A NOUS DEUX, MANHATTAN

Née et élevée à New York, Judith Krantz a fait ses études au Wellesley College. C'est une des plus célèbres romancières américaines : en France, comme dans le monde entier, L'Amour en héritage, Scrupules, Princesse Daisy *ont été des best-sellers et ont fait l'objet d'adaptations télévisées. Judith Krantz vit aujourd'hui à Beverly Hills avec son mari — le producteur Steve Krantz — et leurs deux enfants, Nicholas et Tony.*

A vingt-neuf ans, Maxi Amberville mène la vie insouciante des privilégiés de la fortune. Fille de Zachary Amberville, fondateur de l'un des plus gros empires de la presse américaine et décédé depuis peu, elle revient à New York pour assister à une réunion du conseil d'administration de la compagnie. C'est là qu'elle apprend avec stupéfaction que sa mère vient de se remarier avec Cutter, le frère de Zachary. Et Cutter a la ferme intention de prendre en main les affaires de la société...
A nous deux, Manhattan, récit d'une réussite, est aussi l'histoire d'une famille dont l'unité est mise à rude épreuve, et celle d'une femme qu'on pourrait croire comblée, mais qui cherche désespérément à trouver l'amour. Grande fresque aux multiples personnages, aux rebondissements incessants, ce roman va de l'après-guerre à aujourd'hui, de Manhattan à l'Écosse, et mêle la passion, la violence et l'humour.

Paru dans Le Livre de Poche :

L'AMOUR EN HÉRITAGE.

JUDITH KRANTZ

A nous deux, Manhattan

TRADUIT DE L'AMÉRICAIN
PAR JEAN-PAUL MOURLON

PIERRE BELFOND

Ce livre a été publié sous le titre original :
I'LL TAKE MANHATTAN
par Crown Publishers, Inc., New York

1

MAXI AMBERVILLE quitta prestement son siège tandis que le Concorde ralentissait en bout de piste, et se précipita vers la sortie, courant dans l'étroite allée centrale sans se préoccuper des consignes de sécurité. Les autres passagers gardèrent le calme un peu distant de ceux qui, ayant payé deux fois le tarif de 1re classe sur Paris-New York, n'ont aucune envie de se dépêcher. Quelques-uns froncèrent les sourcils, choqués de voir une aussi belle créature se donner ainsi en spectacle.

– Qu'est-ce qui prend tout ce temps? demanda Maxi à l'hôtesse.

– Nous ne sommes pas encore arrivés, madame.

– Quoi? Bien sûr que si! Maudits engins! Ils passent plus de temps au sol qu'en l'air!

Elle tremblait de fureur, et son corps tout entier, vibrant d'énergie contenue, exprimait assez ce qu'elle pensait d'Air France.

– Madame, je vous demanderai de bien vouloir regagner votre fauteuil.

– Et puis quoi encore? Je suis pressée!

Maxi resta sur place, bien campée sur ses pieds chaussés de bottes, comme chaque fois qu'elle voyageait. Ses cheveux noirs, coupés court, se dressaient en tout sens, pour retomber en boucles épaisses sur son visage indigné. Elle aurait été fascinante au milieu d'une foule de jolies femmes : auprès d'elle, la beauté pure semblait non seulement sans intérêt, mais tout à fait déplacée. Dans la pénombre de la cabine, elle rayonnait, comme si elle allait pénétrer dans une salle de bal. Maxi était vêtue d'une vieille veste en daim, couleur cognac, d'un jean usé, et portait un sac en bandoulière. Agacée, elle rejeta ses boucles en arrière, découvrant une grosse mèche blanche juste au-dessus de l'œil droit.

Le Concorde s'immobilisa enfin, et l'hôtesse, avec un dédain plein de dignité, regarda Maxi qui, d'un pas très assuré, se ruait hors de l'appareil, dont la porte était à peine entrouverte.

Elle s'arrêta au bureau d'immigration le plus proche de la sortie et jeta son passeport au douanier. Il l'ouvrit, le parcourut d'un air négligent, puis le fixa avec attention.

– Maximilienne Emma Amberville?

– En personne. La photo est horrible, hein? S'il vous plaît, je suis pressée. Pourriez-vous le tamponner et me laisser partir?

Il la regarda d'un air neutre, puis, calmement, tapota le clavier de son ordinateur.

– Maximilienne Emma Amberville Cipriani Brady Kirkgordon?

– Je sais, je sais. Un nom pas très facile à porter. Mais ce n'est pas illégal, que je sache.

– Pourrais-je savoir pourquoi ce n'est pas celui qui figure ici?

– Mon passeport n'était plus valable et j'en ai fait refaire un autre cet été à l'Ambassade des Etats-Unis à Paris. Vous voyez bien que c'est un nouveau.

– Vous avez changé de nom légalement?

– Légalement? Tous mes divorces étaient parfaitement légaux. Je préfère mon nom de jeune fille, alors je l'ai repris. Vous voulez vraiment que je vous raconte ma vie? Tous les passagers de ce maudit avion vont passer avant moi! Et en plus, il faut que j'attende aux Douanes!

– Les bagages ne sont pas encore sortis de l'avion.

– Justement! Je n'ai *pas* de bagages! Si nous n'étions pas là à parler de mon passé, je serais déjà dans ma voiture!

Il reprit son examen. La photo ne révélait rien de la vitalité électrisante de Maxi, et, si habitué qu'il fût aux clichés médiocres, il avait cru un instant que celui-là n'était pas le bon. On n'y voyait guère que des mèches, et une bouche au sourire quelconque. Mais il émanait de cette femme furieuse une audace, une hardiesse qui l'auraient contraint à la remarquer, comme si on lui avait mis sous le nez une lumière aveuglante. De plus, elle ne paraissait pas assez âgée – vingt-neuf ans – pour avoir déjà eu trois maris.

A contrecœur, il apposa la date du jour – le 15 août 1984 – et lui rendit son passeport, mais non sans avoir tracé un signe indéchiffrable au dos de sa déclaration.

Avec l'agilité de la vraie New-Yorkaise, Maxi fila jusqu'au Bureau des Douanes, jeta son sac sur une table, et regarda autour d'elle avec impatience, cherchant des yeux un inspecteur. A cette heure matinale, ils étaient encore rassemblés dans un coin de la grande salle, et finissaient leur café, sans paraître très désireux de commencer leur journée. Plusieurs d'entre eux l'aperçurent en même temps et posèrent aussitôt leur gobelet. Un jeune homme roux sortit du groupe et se dirigea vers elle.

– Hé, O'Casey, tu as l'air bien pressé! dit un de ses collègues en lui prenant le bras.

– De quoi? C'est moi qui m'en occupe, c'est

tout, répondit-il en se dégageant. D'un air résolu, il s'avança vers Maxi, distançant les autres.

– Bienvenue à New York. La comtesse de Kirkgordon, si je ne m'abuse.

– Ah! O'Casey, laissez tomber ces histoires de comtesse. Vous savez bien que ça fait longtemps que je ne suis plus l'épouse de ce pauvre Laddie.

Mains sur les hanches, elle le regarda, un peu mal à l'aise. Quelle malchance de tomber sur l'insolent Joseph O'Casey – pas désagréable, avec ses taches de rousseur, mais qui s'obstinait à se prendre pour Sherlock Holmes. Il devrait y avoir une loi contre les fonctionnaires qui, comme lui, s'acharnaient sur les honnêtes citoyens.

– Comment pourrais-je l'oublier? Vous veniez à peine de divorcer quand vous êtes arrivée avec une garde-robe entière de Saint Laurent... Vous n'êtes pas une très bonne couturière, madame Amberville : ces étiquettes de chez Saks étaient vraiment fixées n'importe comment... Vous devriez savoir que nous étudions les collections dès qu'elles sont présentées à la presse.

– C'est très bien, O'Casey. Je m'en souviendrai. Pourriez-vous me faire une faveur et inspecter mon sac? Je suis horriblement pressée aujourd'hui.

– La dernière fois, une telle hâte s'expliquait par vingt flacons de Shalimar, à deux cents dollars la pièce, et, la fois d'avant, par la nouvelle Patek Polo, que vous portiez bien en évidence au poignet – vous vous souveniez sans doute de la fameuse histoire d'Edgar Poe sur la lettre volée. En or massif, huit mille dollars... Et avant... voyons... Il y avait ce petit vison Fendi, teint en rose... Vous aviez voulu me faire croire qu'il venait d'un marché aux puces et n'avait pas coûté plus de trois cents dollars. Il en valait quinze mille à Milan, si je me souviens bien.

Il sourit d'un air satisfait. Rien de tel que la mémoire des détails.

– Le Shalimar était un *cadeau* pour une amie! Je ne mets jamais de parfum.

– Vous êtes tenue de déclarer les cadeaux, comme le précise le formulaire.

Elle le regarda. Pas la moindre trace de pitié dans ces yeux irlandais – souriants, certes, mais cela ne présageait rien de bon.

– Vous avez tout à fait raison, O'Casey. Je suis une fraudeuse. Depuis toujours... Je ne sais pas pourquoi... Il faudrait que j'arrête. C'est comme une névrose. Je suis malade. J'ai besoin d'aide, et j'en trouverai. Mais je vous jure que cette fois, exceptionnellement, je n'ai rien. Je suis ici pour affaires, et je dois me rendre en ville au plus vite. Il faut que j'y sois, pour l'amour du ciel. Fouillez mon sac et laissez-moi partir. S'il vous plaît...

O'Casey l'observa avec attention. Cette femme était si belle qu'il se sentait défaillir dès qu'il contemplait son visage. Quant au reste... comme tous les douaniers, il avait appris à déchiffrer le sens caché des gestes, des mouvements du corps, et, à cet instant précis, ceux de Maxi ne révélaient rien. Dieu sait ce qu'elle pouvait dissimuler pour avoir l'air si innocente.

– Je suis désolé, madame Amberville. Vous êtes bien connue de nos services, comme en témoigne le petit signe sur votre déclaration, et je ne peux vous laisser partir ainsi. Nous devrons procéder à une fouille corporelle.

– Je vous dis de regarder dans mon sac! s'exclama Maxi, abandonnant son ton suppliant.

– Je n'y trouverai rien. Ce doit être sur vous. Vous devrez attendre l'arrivée d'une inspectrice. Il en viendra une d'ici une heure ou deux. Je ferai en sorte qu'elle s'occupe de vous en priorité.

– Une fouille corporelle ! Vous plaisantez !

Maxi était stupéfaite. Depuis toujours, elle vivait comme elle l'entendait, convaincue d'être au-dessus des lois ordinaires. Et personne ne pourrait rien faire à Maxi Amberville sans sa permission, jamais. *Jamais !*

O'Casey eut un petit sourire :

– Je suis tout à fait sérieux, madame Amberville.

Elle le regarda, incrédule. Il le pensait vraiment, ce petit minable imbu de son propre pouvoir. Mais tout homme a un prix, même Joe O'Casey. Elle poussa un soupir.

– Joe, nous nous connaissons depuis des années, vous et moi, n'est-ce pas ? J'ai toujours été une bonne citoyenne, non ? Mes amendes ont rapporté beaucoup plus au Trésor américain que les droits que j'aurais dû acquitter.

– C'est ce que je vous dis chaque fois, mais vous n'écoutez pas.

– Je n'ai jamais passé de drogue, ni de fromage non pasteurisé, ni de salami atteint de fièvre aphteuse... Joe, je vous propose un marché.

Sa voix enjôleuse était lourde de sous-entendus.

– Inutile de chercher à me corrompre.

– Je sais. Je ne le sais que trop. C'est bien là le problème, Joe. Vous êtes d'une honnêteté maladive. Non, je veux simplement faire un échange.

– Qu'est-ce que c'est que cette histoire, madame Amberville ?

– Appelez-moi Maxi. Le don d'un corps me paraîtrait plus opportun qu'une fouille corporelle totalement déplacée.

– Le don d'un corps ? répéta-t-il machinalement, bien qu'il eût tout à fait compris ce qu'elle voulait dire. La seule pensée d'un cadeau aussi extravagant suffisait à lui faire oublier l'uniforme qu'il portait.

– Un corps. Le mien. Tiède, accueillant, rien que pour vous, Joe O'Casey. Et sans droits de douane.

Elle mit avec nonchalance sa main dans la sienne, sans le quitter des yeux, lui jetant un regard dont on doit l'invention à Cléopâtre, mais que Maxi avait perfectionné. Il ne put résister, et rougit si fort que ses taches de rousseur disparurent.

– Huit heures, ce soir, chez P.J. Clarke?

Il acquiesça d'un simple signe de tête, et, comme dans un rêve, fit une croix à la craie sur son sac et la laissa passer.

– Je suis toujours à l'heure, alors ne me faites pas languir, lança-t-elle en partant.

Quelques minutes plus tard, assise à l'arrière de la limousine bleue qui l'attendait, elle put enfin se détendre. Elie Franc la conduisait. C'était le chauffeur le plus rapide et le plus rusé de la ville. Inutile de lui dire de se dépêcher; personne ne pouvait le rattraper, sauf les motards de la police, et il était bien trop malin pour tomber dans leurs pièges.

Jetant un coup d'œil à sa montre, Maxi s'aperçut qu'en dépit de l'insupportable lenteur des compagnies aériennes et des bureaux de douane elle arriverait à l'heure. La veille encore elle était à Quiberon, pour y suivre un traitement thalassothérapique – des bains d'eau de mer, remplis de bulles –, bien nécessaire après un été très agité. C'est là qu'elle avait reçu un coup de téléphone de son frère Toby : il fallait qu'elle rentre immédiatement à New York, pour assister à une réunion impromptue du conseil d'administration d'Amberville Publications.

Leur père, Zachary Amberville, fondateur de la compagnie, était mort subitement, un an auparavant, à la suite d'un accident. Sa société était l'un des géants de la presse américaine, et les réunions de ce genre étaient, en règle générale, prévues longtemps à l'avance.

– Il y a là-dessous quelque chose qui ne me plaît guère, Boucles d'Or, avait dit Toby. Encore des problèmes en perspective... J'en ai entendu parler par hasard. Pourquoi n'avons-nous pas été prévenus? Tu es sûre de pouvoir rentrer en si peu de temps?

– Tout à fait. Je me douche, je me sèche, je vais en avion de Lorient à Paris, j'y passe la nuit, je prends le Concorde et j'arrive à New York pendant que vous dormirez encore. Pas de problème.

Et de fait, sans le contretemps imposé par O'Casey, elle aurait même été en avance.

Pour la première fois depuis son arrivée à New York, Maxi se rendit compte que la matinée, bien qu'un peu fraîche encore pour la fin août, se faisait toujours plus chaude. Enlevant sa veste, elle sentit quelque chose frotter contre sa taille, juste sous sa ceinture. Perplexe, elle y glissa la main, et en retira une mince chaîne de platine, mise en place à Paris, moins de six heures auparavant, dans sa suite favorite du Ritz. Une énorme perle noire, couronnée de deux plumets de diamants de Van Cleef et Arpels, y était suspendue. Merveilleux, se dit-elle en l'accrochant à son cou. Un bijou si baroque, si voyant... Comment avait-elle pu l'oublier à ce point? Ah! c'est toujours ça de pris, pensa Maxi, avec le bonheur sans mélange de celui qui vient de gagner au Monopoly en trichant.

2

ELIE s'arrêta net devant l'Amberville Building, à la jonction de la 54e Rue et de Madison Avenue. Sans attendre qu'il vienne lui ouvrir, Maxi, après avoir de nouveau consulté sa montre, bondit hors de la limousine et se précipita dans l'immense hall vitré, sans remarquer les dizaines d'arbres rares, les centaines d'orchidées et de fougères qu'il abritait. L'heure n'était pas à la botanique. Elle prit l'ascenseur pour se rendre à la grande salle de conférences de l'empire fondé par son père en 1947, à partir d'une petite revue d'entreprise. Elle en repoussa les lourdes portes et resta immobile, mains sur les hanches, pieds largement écartés, passant en revue les gens rassemblés à l'intérieur. Une posture familière, qu'elle adoptait volontiers depuis qu'elle avait appris à se tenir debout. Le monde décevait trop souvent Maxi pour ne pas justifier son profond scepticisme.

– Pourquoi sommes-nous là ?

Responsables de rubriques, éditeurs et gestionnaires restèrent un instant silencieux avant de se répandre en salutations. Mais ils n'en savaient pas plus qu'elle, et beaucoup d'entre eux étaient revenus en ville à la hâte, interrompant leurs vacances pour assister à la réunion. Encore avaient-ils été convoqués officiellement, alors que Maxi avait appris la nouvelle presque par hasard. Elle avait manqué bien des séances du conseil d'administration, mais se voyait conviée à chacune d'elles, et il était impensable qu'elle n'ait pas été informée.

Un charmant petit vieillard à cheveux blancs se détacha des autres et vint vers elle.

– Pavka !

Ravie, elle embrassa Pavka Mayer, le directeur artistique des dix revues d'Amberville Publications.

– Qu'est-ce qui se passe ? Où sont ma mère et Toby ?

– J'aimerais bien le savoir. Je n'apprécie guère d'avoir à rentrer de Santa Fé en quatrième vitesse, sans compter que je n'ai pu me rendre à l'opéra, hier soir. Ta mère n'est pas encore arrivée.

Il connaissait Maxi depuis qu'elle était enfant. Il l'aimait beaucoup, et comprenait que la vie compliquée qu'elle menait était entièrement consacrée à chercher les meilleurs moyens de s'amuser en ce bas monde. Il l'avait vue grandir, et elle le faisait penser à un mineur parti en quête d'or, qui irait d'un filon à l'autre, trouverait un peu de minerai ici, des cailloux là, et poursuivrait toujours plus avant, espérant atteindre enfin cette veine de métal pur – de plaisir pur – qui, croyait savoir Pavka, lui échappait encore. Mais elle était certaine de son existence, et, mieux que tout autre, Maxi saurait la découvrir, se dit-il.

– Tout ça me paraît un peu bizarre.

– A moi aussi. Mais dis-moi, qu'as-tu fait cet été, petite fille ?

– Ah ! comme d'habitude – briser des cœurs, danser comme une folle, affronter les séducteurs, sans jamais respecter les règles, tenir le rythme, faire ami-ami avec les jeunes gens à la mode. Tu sais bien ce que c'est, Pavka chéri – mes petits jeux d'été... Je gagne ici, je perds là... un peu de séduction de temps en temps... rien d'important.

Pavka jeta sur elle le regard aigu d'un artiste. Il la connaissait bien, mais, à chaque rencontre, restait surpris – un peu comme s'il eût reçu une légère décharge électrique – de sa présence physique : Maxi semblait plus réelle que bien des gens, plus *là*. Elle ne dépassait pas le mètre soixante-cinq, et son corps mince n'occupait guère de place; mais elle créait autour d'elle un espace vibrant d'énergie pure. Comme une reine de la Belle Epoque, elle avait une taille très mince, d'admirables seins et des hanches somptueuses. La tenue masculine qu'elle portait lui donnait un petit côté pirate qui la rendait plus féminine encore. Aucun chagrin ne venait troubler l'éclat de ses yeux superbes, qui avaient la couleur exacte du jade impérial – frais, brillant et pur.

Pavka savait qu'aucune photographie ne pourrait saisir l'essence même de Maxi, parce qu'il lui manquait cette structure osseuse marquée qui, seule, permet à une femme de bien passer sur un cliché. Il ne se lassait jamais de contempler ses sourcils, sombres et bien droits, toujours un peu relevés, comme surpris, au-dessus d'un regard espiègle qui ne tremblait pas. Un nez délicat, presque classique, mais légèrement retroussé, la faisait paraître plus vive, et la mèche blanche perdue dans ses cheveux courts et noirs, toujours ébouriffés en un amas capricieux, en devenait plus blanche encore. Pavka estimait pourtant que sa bouche était son plus bel attrait. La lèvre inférieure s'incurvait avec douceur, comme pour un sourire, et l'autre avait, sans contestation possible, la forme d'un arc, que venait effleurer en son centre un minuscule grain de beauté. Une bouche de sorcière, se dit-il, avec le solide jugement d'un homme qui aime les femmes depuis un bon demi-siècle.

Pavka l'admirait encore quand les portes de la grande salle s'ouvrirent. Toby Amberville entra et Maxi courut vers lui.

– Toby...

Il s'arrêta et ouvrit les bras, l'attirant vers lui. Elle se blottit un long instant contre son frère, levant son visage vers lui pour que tous deux puissent se frotter le nez. Elle chuchota :

– Toby, qu'est-ce qui se passe ?

– Je n'en sais rien. Je n'ai pas pu contacter Maman depuis plusieurs jours. C'est un mystère – mais je crois que nous allons tout savoir. Tu as l'air en pleine forme, petite.

– Qui t'a dit ça ?

– Une idée à moi. Je le sens dans ta chevelure. Tes joues font l'effet d'être toutes bronzées – le soleil de la montagne, pas celui de Long Island. Et tu as pris du poids, pas loin de quatre cents grammes, à un poil près, juste ici, sur les fesses. Très confortable.

Il la repoussa doucement, et elle le regarda s'avancer dans la pièce. Son frère aîné – de deux ans à peine – pouvait en savoir plus sur elle que quiconque, rien qu'en touchant sa paume ou en l'écoutant prononcer trois mots.

De grande taille, Toby Amberville semblait infatigable, mais son air absorbé, un peu recueilli, le faisait paraître plus vieux que ses trente et un ans. Au premier abord, il ne ressemblait guère à Maxi, si ce n'est que tous deux occupaient totalement l'espace où ils se trouvaient. Sa bouche, tendre et charnue, venait contredire un menton très ferme, d'une obstination farouche qui intimidait beaucoup de gens, en dépit du rire confiant de Toby, comme de sa beauté pleine de force. Les premières rides faisaient leur apparition autour de ses yeux noisette, et un observateur en aurait sans doute conclu qu'il louchait, ou souffrait peut-être de myopie, mais se refusait, par coquetterie, à porter des lunettes.

Il s'avança, plein d'assurance, et s'assit dans le fauteuil que son père lui avait attribué lors de son vingt et unième anniversaire, et qui l'attendait à chaque réunion. Mais il l'occupait de moins en moins souvent, sa rétinite pigmentaire rendant sa vue de plus en plus faible. Est-ce qu'il arrive encore à distinguer quelque chose? se demanda Maxi. On ne pouvait jamais le savoir : l'une des caractéristiques de sa maladie était précisément que la vue variait d'un jour à l'autre, en fonction d'innombrables facteurs – la distance, l'angle de vision, la force ou la faiblesse de la lumière, sans qu'il soit possible de rien prévoir. Il y aurait donc des moments où Toby verrait parfaitement, ce qui lui rendrait plus pénible encore le retour à une quasi-cécité. Mais il avait tenu bon, il était en paix avec lui-même, et Maxi l'entendit saluer tous les présents, se tournant vers eux dès qu'il identifiait leur voix. L'espace d'un instant, la jeune femme oublia ce qui l'avait amenée là, et se perdit dans la contemplation attendrie de son frère.

– Maximilienne...

La voix frêle avait un léger accent britannique, et sa beauté fit frissonner Maxi. Seule sa mère pouvait ainsi la surprendre, sans que pourtant elle parût capable d'élever le ton pour donner un ordre, réclamer une faveur, ou manifester la moindre colère. C'était une voix si pleine d'assurance, de grâce et de charme discret, que Lily Amberville avait toujours tout obtenu – ou presque – de ce qu'elle désirait. Maxi se retourna pour accueillir sa mère.

– Maxi, quand es-tu arrivée? Je croyais que tu faisais du ski au Pérou. Ou au Chili?

La question trahissait une certaine surprise. Lily repoussa sur un côté les mèches de sa fille – geste familier qui impliquait une nette condamnation de sa façon de se coiffer. Maxi ressentit une colère infantile qu'elle avait cru ne plus pouvoir éprouver. Seule ma mère peut me donner l'impression d'être laide, pensa-t-elle. Pourquoi donc ?

Lily Amberville vivait depuis trente ans dans cette aura d'adulation qui entoure quelques-unes des femmes les plus riches et les plus belles du monde. Elle embrassa sa fille avec la dignité d'une reine, et, comme toujours, Maxi se soumit à son baiser avec un mélange d'avidité et de ressentiment.

– Tu es magnifique, Maman.

Lily ne releva pas :

– Tu aurais pu nous prévenir que tu arrivais.

Maxi se rendit compte que sa mère paraissait un peu nerveuse, ce qu'elle n'aurait jamais cru possible. Nerveuse, et même tendue.

– Il semble qu'il y ait eu un problème, Maman. Personne ne m'avait parlé de la réunion d'aujourd'hui. Je n'en aurais rien su si Toby ne m'avait pas téléphoné...

– On a eu, à n'en pas douter, des problèmes pour te joindre – mais ne ferions-nous pas mieux de nous asseoir? répondit vaguement Lily.

Elle s'en alla, laissant Maxi devant la porte. Pavka Mayer s'avança vers la jeune femme :

– Viens t'asseoir à côté de moi, petit démon. J'en ai si peu l'occasion...

Elle se mit à rire :

– Démon? Tu ne m'as pas vue depuis deux mois. Après tout, j'ai pu changer.

– Petit démon! répéta-t-il tandis que tous deux traversaient la pièce. Comment décrire autrement, songea-t-il, cette capacité – toujours aux aguets, toujours agile et preste – de faire naître les ennuis? Spectacle fascinant, qu'il n'aurait pas voulu – ni pu – interrompre.

– Changée? Ma petite Maxi? Devrais-je croire que les sept nains t'ont donné cette admirable perle noire parce que tu étais aussi innocente, aussi pure, aussi lointaine que Blanche-Neige?

– Il n'y en avait qu'un, et il était de taille tout à fait normale.

Sans se décontenancer, Maxi glissa dans son corsage le bijou que, de nouveau, elle avait oublié. Ce n'était pas exactement le genre de joyau qui se porte en de telles occasions.

Comme elle allait s'asseoir à côté de Pavka, une main la saisit avec force par le bras. Se raidissant, elle se retourna brusquement. Cutter Dale Amberville, son oncle – le frère cadet de son père –, se pencha pour l'embrasser sur le front.

– Cutter, qu'est-ce que tu fais ici?

– Lily m'a demandé de venir. A vrai dire, c'est moi qui suis surpris de te trouver ici. J'étais convaincu que tu nous avais abandonnés pour des cieux plus agréables. Je suis ravi de te voir, Maxi.

Sa voix était chaude et accueillante. Maxi dut se contrôler pour ne pas laisser paraître l'aversion qu'elle ressentait.

– Et où croyais-tu que j'étais, Cutter?

– Tout le monde pensait que tu faisais du ski au Pérou ou au Chili. Un endroit impossible, avec des hélicoptères et des glaciers...

– Et c'est pour cette raison que je n'ai pas été prévenue de la réunion d'aujourd'hui?

– Mais naturellement. Il semblait inutile d'essayer, nous n'avions même pas de numéro de téléphone. Je suis ravi de constater que je me trompais.

– Il ne faut jamais croire tout ce qu'on raconte, Cutter. Toby savait où j'étais, c'était pourtant simple de le lui demander. Mais, apparemment, lui non plus n'a pas été informé. Tout cela me paraît très bizarre. Au demeurant, même si je devais remonter l'Amazone, j'exige qu'on me tienne au courant.

– Je promets d'y penser à l'avenir.

Cutter Amberville eut un sourire qui parut se refléter dans ses yeux bleus, faisant perdre à ses traits un peu de leur incroyable distinction – un sourire si large qu'il découvrit ingénument une dent mal plantée, et transforma son visage d'ambassadeur en visage de débardeur. C'est à l'indéniable puissance de ce sourire que Cutter devait une bonne part de sa chance. Il avait depuis longtemps oublié l'époque où, devant un miroir, il s'y exerçait, forçant la chaleur, et donc la sincérité, à passer de ses lèvres à ses yeux par de subtils mouvements des muscles.

Cutter Amberville avait vécu ces trois dernières années à Manhattan. Il était revenu après une absence, ponctuée de rares et brèves visites, qui avait duré vingt-cinq ans. Il n'avait guère changé, pourtant, et gardait sa superbe allure d'athlète. Ses cheveux coupés courts étaient toujours aussi blonds, ses yeux aussi bleus. Cet homme extraordinairement séduisant avait ensorcelé bien des femmes; mais il y avait, dans ses manières apparemment franches et directes, quelque chose d'obscur, qui laissait deviner comme un secret farouchement gardé. Il avait peu d'humour, et peu de considération pour tous ceux qui ne pouvaient lui être utiles. Zachary Amberville avait toujours beaucoup aimé son frère.

Cutter continuait de sourire, et sa main tenait fermement le bras de Maxi, d'une façon presque protectrice. Elle se dégagea brusquement, sans se soucier de paraître impolie, et se jeta dans le fauteuil à côté de Pavka. Son oncle ne parut pas s'en offusquer, et lui caressa familièrement les cheveux d'un geste rapide. Le nez de Maxi se fronça de dégoût. Mais qui diable a donc amené Cutter à la réunion? se demanda-t-elle. Il n'y a jamais assisté avant.

Elle suivit des yeux sa mère qui, de la démarche flottante, pleine d'élégance et de fierté, de l'ancienne danseuse qu'elle était, se dirigeait vers la grande table. Elle s'assit à côté du fauteuil resté vide depuis la mort de Zachary Amberville : un siège usé, délabré, qui rappelait douloureusement à tous les présents le souvenir de l'homme audacieux, impatient, enthousiaste et plein d'entrain, qui les avait quittés si brutalement.

Il ne faut pas que je pleure, se dit Maxi, furieuse. Chaque fois qu'elle voyait le fauteuil de son père, elle ressentait si fortement sa présence que les larmes lui venaient aux yeux. Depuis un an, elle n'avait cessé de pleurer la mort de celui qu'elle adorait, mais s'était toujours efforcée de garder son chagrin pour elle. Il est si pénible de voir quelqu'un souffrir, et de tels sentiments n'avaient pas leur place dans la salle du conseil d'administration.

Retenant son souffle, serrant les poings, Maxi se reprit. Ses yeux brillaient, mais les larmes ne coulaient pas. Elle fixa Cutter, qui suivait Lily. Où va-t-il s'asseoir? se demanda-t-elle. Il n'a pas l'air d'y avoir de siège pour lui. C'est avec incrédulité qu'elle vit sa mère faire un geste aussi précis que stupéfiant, et d'une main fine indiquer à Cutter qu'il pouvait prendre celui que son mari avait été le seul à occuper.

Comment pouvait-elle... comment *osait*-elle lui permettre de s'asseoir là? se dit Maxi, le cœur battant. Tout près d'elle, Pavka laissa échapper un cri étouffé, tandis que, autour de la table, tous réprimaient en hâte des exclamations de surprise. L'atmosphère changea d'un seul coup, et les gens échangèrent furtivement des regards sidérés. Mais

Cutter parut ne pas faire attention à eux, et s'assit comme si de rien n'était, imperturbable.

Zachary Amberville avait dirigé sa société avec l'appui d'un petit groupe dont tous les membres étaient là. Après sa mort, sa veuve était venue assister à des réunions qu'elle n'avait jamais suivies du vivant de son mari. Elle était aujourd'hui l'actionnaire majoritaire de la compagnie avec soixante-dix pour cent des parts; le reste avait été réparti entre Maxi, Toby et leur frère cadet Justin.

Lorsqu'ils étaient en ville, Maxi et, plus rarement, Toby avaient parfois entrepris de venir aux séances. Mais la jeune femme n'avait jamais vu sa mère exprimer la moindre opinion, ou contribuer à une décision – comme elle-même, d'ailleurs. Dirigés par Pavka Mayer, les rédacteurs en chef, les éditeurs et les cadres continuaient à faire tourner l'énorme entreprise, comme ils l'avaient fait du temps de Zachary, avec dévouement et compétence, sans avoir rien perdu de leur enthousiasme.

Il y eut un moment de silence. Personne ne connaissait l'ordre du jour de la réunion, et tous attendaient que Lily Amberville le leur annonçât. Mais elle gardait les yeux baissés et ne dit rien. Abasourdie, trop ébahie pour reprendre son souffle, Maxi vit Cutter repousser en arrière le fauteuil de son père, et, très à l'aise, s'y installer confortablement. Puis il en vint aux choses sérieuses.

– Mme Amberville m'a demandé de m'adresser à vous. Elle regrette tout d'abord d'avoir dû rappeler si précipitamment certains d'entre vous, mais elle avait à vous faire une déclaration, et elle a pensé qu'il vaudrait mieux que vous soyez avertis aussi tôt que possible.

– Qu'est-ce que... dit Pavka à voix basse, en se tournant vers Maxi.

Elle secoua la tête, pinça les lèvres et regarda fixement Cutter. Qu'est-ce qui avait poussé sa mère à lui demander de prendre la parole ? Pourquoi ne parlait-elle pas elle-même, au lieu de laisser faire cet étranger à la compagnie, un étranger qui n'avait aucun droit de se mêler, si peu que ce fût, des affaires d'Amberville Publications ?

Cutter, très calme, continua d'un ton mesuré :

– Comme vous le savez tous, Mme Amberville n'a procédé à aucune modification des structures d'Amberville Publications depuis la mort tragique de mon frère, l'année dernière. Mais elle s'est livrée à une étude approfondie de l'avenir de la société, des dix revues qu'elle publie, et de ses avoirs. Je crois maintenant le moment venu de faire remarquer que, bien que six des publications soient au premier rang de leur domaine, les quatre autres connaissent des difficultés.

Il s'interrompit pour boire une gorgée d'eau, et Maxi sentit son cœur battre encore plus vite. Son oncle, insidieusement, se donnait une allure de général. « Je crois », avait-il dit, et, tout autour de la longue table, les gens attendaient, sans oser rien dire, qu'il fasse la déclaration promise.

– Nous savons tous, poursuivit-il, que mon frère aimait plus à créer une nouvelle revue qu'à jouir de son succès; qu'il préférait résoudre les problèmes d'une revue malade, plutôt que d'exploiter au maximum le potentiel d'une revue saine. C'était sa plus grande force, mais, maintenant qu'il nous a quittés, c'est devenu une faiblesse. Seul un autre Zachary Amberville aurait l'obstination, la confiance en soi, et la volonté de supporter des années de pertes, de verser les bénéfices de nos six publications dans la bouche avide des quatre autres, jusqu'à la guérison.

« *Nos* ! pensa Maxi, scandalisée. Depuis quand, Cutter, as-tu le droit de parler ainsi ? Depuis quand possèdes-tu une part d'Amberville Publications? » Mais elle se tut, pleine d'appréhension, et attendit, révulsée par ce ton dominateur, chargé de menaces.

– Trois de nos revues les plus récentes, *Longueur d'Onde, Jardins* et *Vacances,* perdent de l'argent à un rythme inacceptable. *Blazers et Boutons* n'a plus, depuis des années, qu'une valeur purement sentimentale...

La voix de Pavka Mayer se fit entendre pardessus celle de Cutter.

– Un instant, monsieur Amberville. J'entends parler un homme d'affaires, pas un patron de presse. Je connaissais les projets de Zachary pour les trois revues, et puis vous assurer qu'il ne s'attendait pas à ce qu'elles soient bénéficiaires rapidement. Ce n'est d'ailleurs qu'une question de temps. En ce qui concerne *Blazers et Boutons,* je pense...

Maxi se dressa brusquement :

– Oui, Cutter, et *Blazers et Boutons*? Tu ne le sais sans doute pas, ignorant du métier comme tu l'es, mais papa l'a toujours appelé son enfant. Et c'est sur lui qu'il a bâti toute l'entreprise!

Cutter choisit d'ignorer les remarques de Pavka.

– Un luxe, ma chère. C'est un luxe de maintenir en vie un magazine, sous prétexte qu'autrefois il a eu du succès – un luxe que ton père pouvait se permettre.

– Et alors? S'il pouvait se le permettre, pourquoi pas nous? Qu'est-ce qui te fait croire que tu peux nous dicter ce qui est admissible et ce qui ne l'est pas?

– Ma chère Maxi, je parle au nom de ta mère, et non au mien. Elle *contrôle* Amberville Publications – tu sembles l'oublier. Il est, naturellement, un peu pénible pour toi de te voir rappeler les faits par quelqu'un d'étranger à la société.

Il tourna vers elle un regard sans expression.

– Tant que ton père vivait, il dirigeait seul toutes ses affaires; même toi, chère et impétueuse Maxi, tu seras contrainte d'en convenir. Mais aujourd'hui il n'est plus là pour prendre les décisions pénibles. Seule ta mère en a le droit et le pouvoir. Elle estime qu'il est de son devoir d'en venir à des méthodes de gestion plus sûres, puisque personne n'a le génie de ton père pour nous guider. Il est de son devoir de se préoccuper des comptes, d'évaluer profits et pertes.

– Cutter, moi aussi je lis les bilans, et Toby et Justin aussi. L'année dernière, les profits du groupe ont dépassé cent millions de dollars. Tu ne vas quand même pas dire le contraire?

– Bien sûr que non. Mais tu ne tiens pas compte de la compétition féroce à laquelle il faut faire face chaque mois pour garder une part du marché. Il est un peu frivole d'ignorer le fait que grâce à une décision, certes difficile et pénible, mais nécessaire, et que ta mère a *décidé de prendre,* Maxi, les profits du groupe peuvent augmenter de façon sensible.

– Frivole! Cutter, une seconde. Je n'ai absolument pas l'intention d'accepter que...

– Maxi, le mot était peut-être mal choisi, et je m'en excuse. Mais saisis-tu au moins que ta mère n'a de comptes à rendre à personne?

– Je sais, je sais, mais je répète qu'Amberville Publications n'a pas de problèmes financiers.

Maxi, obstinée, se refusait à voir changer quoi que ce soit dans l'univers créé par son père. A côté d'elle, Pavka Mayer était animé de la même résolution. Le discours qu'il venait d'entendre avait remué en lui le souvenir de Zachary, qui avait dirigé son équipe, avec un courage exemplaire, tout au long des périodes difficiles qu'avait traversées la presse. Zachary, son ami, qui, contrairement à Cutter, ne dissimulait jamais ses mobiles ni ses sentiments, et se lançait dans chaque réunion avec une énergie communicative, montrant à tous qu'ils étaient ses compagnons, ses égaux. Pavka savait fort bien qu'Amberville Publications était une entreprise tout à fait saine, mais, contrairement à Maxi, n'avait pas l'autorité que confère une part de capital. D'un air sombre, il contempla Cutter, qui, ignorant désormais les protestations de la jeune femme – comme si elle était devenue invisible –, se tourna vers la longue table et affronta les regards de tous les membres du conseil.

– Amberville est dans une situation qui rend *intolérable* l'accroissement de pertes parfaitement prévisibles. Mme Amberville a décidé d'*interrompre la publication* des quatre revues déficitaires, et ce dans les plus brefs délais. Elle regrette d'avoir à prendre cette décision, mais n'entend pas en discuter le bien-fondé.

Il se détendit, impassible, sachant que, malgré tout ce qu'il pourrait dire, ceux qui l'écoutaient allaient réagir violemment – une bonne part d'entre eux venaient de se voir condamner à mort. Des voix incrédules, horrifiées, s'élevèrent de toutes parts. Maxi avait rejoint Toby, et chuchotait avec frénésie. La salle se calma d'un seul coup quand Lily Amberville, surprise de la vigueur de l'opposition, et se retrouvant sur la défensive – ce qui ne lui était pas arrivé souvent –, leva ses deux mains fines, paumes tendues.

– S'il vous plaît ! Je crois qu'il faut vraiment que je dise quelque chose. Je crois que j'ai rendu un mauvais service à M. Amberville en lui demandant de vous annoncer de pénibles nouvelles... Je ne pensais pas... Je ne croyais pas que ce serait si brutal pour vous... c'est un problème de gestion qui... mais j'aurais dû parler séparément à chacun d'entre vous. J'ai bien peur, pourtant, que cela n'ait été au-delà de mes moyens. Ne blâmez pas M. Amberville pour une décision que j'ai été seule à prendre, et ne pensez pas qu'il n'ait pas le droit de vous en faire part. Je n'ai même pas pu, jusqu'à présent, dire à mes enfants pourquoi je voulais qu'il parle en mon nom... je...

Elle se tourna vers Cutter d'un air implorant et s'interrompit. Il prit sa main et, de nouveau, toisa les autres du regard, très maître de lui, comme un dompteur dans la cage aux fauves.

Maxi les regarda, aussi stupéfaite que révoltée. Pourquoi Cutter devrait-il parler au nom de sa mère ? Malgré elle, il lui revint en mémoire un vieux souvenir. Elle avait quinze ans et Cutter leur avait fait une de ses rares visites à New York. Elle était au lit et révisait un examen. Il était entré dans sa chambre, en peignoir de bain, cherchant quelque chose à lire, lui avait demandé ce qu'elle lisait, et s'était approché pour voir. Et puis, elle avait senti sa main se glisser sous sa veste de pyjama pour s'emparer d'un de ses seins. Elle l'avait violemment repoussé, prête à hurler, et il avait pris congé après s'être excusé avec un sourire. Mais elle avait compris ce qu'il voulait, et il le savait. Il s'était abstenu de recommencer, mais elle ne pouvait plus se trouver dans la même pièce que lui sans se souvenir de ce contact répugnant. Pourquoi tenait-il la main de sa mère ?

Cutter regarda Maxi droit dans les yeux. Puis il dit, d'une voix si assurée, si triomphale, qu'elle paraissait neutre :

– Nous nous sommes mariés hier, Mme Amberville et moi.

3

Sarah Anderson Cutter, d'Andover, Massachusetts, se plaignait parfois que son fils aîné n'ait jamais ressemblé à un Anderson. De toute évidence, Zachary était le lointain descendant des Amberville, ces huguenots français venus combattre avec La Fayette, dans le régiment du marquis de Biron, avant de s'installer en Nouvelle-Angleterre. A chaque génération naissait un garçon, ou une fille, qui avait leurs cheveux noirs et leurs yeux bruns, restait de taille moyenne, et souffrait, sur le tard, d'une déplorable tendance à l'embonpoint. Zachary Anderson Amberville faisait partie de ceux-là, se lamentait sa mère, pour mieux dissimuler une fierté qu'il eût été inconvenant d'exprimer.

Elle avait pour ancêtres les Anderson, d'austères Suédois, et les Cutter, qui... qui *étaient* Andover. Plus d'argent dans aucune des deux branches de la famille, bien entendu, mais, après tout, les Amberville ne s'en sortaient pas mieux, si l'on tenait compte de l'avance dont ils disposaient au départ. Tous d'irréductibles provinciaux, très conformistes. Mais Zack avait le dynanisme, l'énergie et l'ambition d'une famille entière d'immigrants de fraîche date.

Il était né en 1923, quelques années après le mariage de Sarah Anderson avec Henry Dale

Amberville, jeune rédacteur d'un petit quotidien local non loin d'Andover. A sept ans, Zack partait tous les matins à l'aube livrer le journal de son père. Il s'efforça vaillamment d'augmenter ses ventes en plaçant le *Saturday Evening Post*, mais en vain : la Grande Dépression venait de s'abattre sur les Etats-Unis, et les gens renonçaient désormais à toute dépense superflue.

Le second enfant des Amberville fut une fille, prénommée Emily, qui devint Minnie Mouse, et pour finir, Minnie. A la naissance du troisième, Cutter, en 1934, la crise avait déjà réduit à presque rien les maigres revenus qu'Henry Amberville tirait de son journal. Zack alla au lycée de la ville, et non, comme plusieurs générations d'Amberville, à celui d'Andover. Après l'école, il se mettait en quête de petites tâches rémunérées : servir à boire, porter des paquets, couper du bois, faire les courses des commerçants – peu importait, dès lors qu'il pouvait en faire profiter sa famille. Chaque été, il travaillait avec son père pour apprendre le métier, tentait de vendre de la publicité, et se chargeait de bien des besognes qu'Henry Amberville devait maintenant affronter seul, ayant licencié ses rares employés au début de la Dépression.

Etudiant très billant, Zack avait sauté trois classes en cours de scolarité. Il avait à peine quinze ans quand, parvenu en terminale, il sollicita une bourse auprès de plusieurs universités. Son rêve était d'aller à Harvard, pour rester tout près de sa famille. Il se sentait si responsable de ses parents, de Minnie, et surtout de son petit frère, qu'il proposa de se mettre à gagner sa vie dès sa sortie du lycée, sans aller plus loin, mais les Amberville ne voulurent rien entendre. « Nous y arriverons, Zachary, tant que nous n'aurons pas à payer tes frais de scolarité. Mais ne va pas croire que j'accepterais de voir un de mes fils ne pas faire d'études... » La voix de son père tremblait d'horreur à la pensée d'une telle incongruité.

L'Université de Columbia fut la seule qui offrît à Zachary Amberville une bourse complète, qui couvrait la chambre, les livres et la pension. Les Amberville, les Cutter, les Anderson et les Dale avaient, certes, déjà visité Manhattan au fil des années; mais aucun d'eux n'avait jamais passé plus d'une nuit dans une cité que, d'un commun accord, tous jugeaient trop bruyante, trop peuplée, trop chère, trop commerciale, trop encombrée d'étrangers, et, pour reprendre la formule d'un membre de la famille, « pas du tout américaine, en fait ».

A quinze ans, Zachary, déjà bien bâti, grandissait toujours – il lui manquait encore quelques centimètres avant d'atteindre sa taille définitive, un mètre soixante-quinze. Il avait trois ans de moins que la plupart de ses condisciples, mais son esprit était celui d'un adulte. Maître de son sort depuis des années, guidé par le besoin de prendre soin de sa famille, il y avait gagné une autorité que peu d'étudiants possèdent. Il imposait d'emblée le respect, bien qu'il fût toujours dépeigné, à force de passer la main dans sa chevelure, et de tirer sur sa mèche blanche chaque fois que quelque chose l'intriguait. Il s'habillait sans recherche, et, manifestement, ne se souciait nullement de son allure. Il était gai, bavard, ouvert à toutes les suggestions, curieux de toutes les nouveautés, et son rire sonore retentissait d'un bout à l'autre du dortoir. Il ne buvait pas, ne jurait pas, et ne découchait jamais; mais il y avait en lui une audace et une force qu'on ne pouvait mesurer à l'aune des règles que les étudiants utilisent pour se juger entre eux. Zachary Amberville avait une grande bouche, un grand nez un peu aplati, et, sous des sourcils broussailleux, des yeux verts pleins de feu. Il n'était pas beau;

mais les autres l'aimaient dès l'abord, prêts à partager son enthousiasme pour toutes choses.

Il tomba amoureux de New York dès son arrivée. Tout en travaillant en bibliothèque, il fredonnait intérieurement *I'll take Manhattan, the Bronx and Staten Island too...*, phrase tirée d'une chanson écrite en 1925 par Rodgers et Hart, qui ne quittait jamais longtemps ses lèvres. Je prendrai Manhattan, oh que oui, et je le *garderai*! se répétait-il dans le métro qu'il empruntait chaque fois qu'il avait quelques heures de liberté. Il avait parcouru la ville entière à pied, de la Battery à Harlem, d'une rivière à l'autre, il en connaissait les ponts, les parcs, les avenues et les trottoirs, tout, à l'exception des musées. Tout cela pour le prix d'un ticket de métro, et, de temps en temps, d'un hot-dog – le meilleur du monde – acheté à un vendeur ambulant de Delancey Street. Il gagnait l'argent de ces menues dépenses en travaillant à mi-temps, sur le campus, au Lion's Den où il vendait des sandwiches. Quitter ce job pour tenter sa chance au *Spectateur*, le journal de Columbia, était un luxe qu'il ne pouvait s'offrir. Tout ce qu'il économisait en plus, il l'envoyait à ses parents, sans qu'il eût conscience de devoir faire un choix : être responsable de sa famille représentait pour lui une simple fonction naturelle.

Zachary Amberville avait songé à son avenir. Une fois diplômé de Columbia, il obtiendrait un emploi de pigiste au *New York Times*. Ne devait-il pas, chaque été, sortir, à peu près seul, un journal chaque jour – la santé de son père étant de plus en plus mauvaise... Sans doute pourrait-il convaincre les gens du *Times* de lui offrir une place. Il connaissait tous les aspects du métier, de l'impression à la distribution. L'Ecole de journalisme de Columbia? Il y perdrait son temps, alors qu'il ne pouvait absolument pas se le permettre.

Il avait participé à l'une des visites organisées par le *New York Times.* Mêlé à des groupes d'écoliers, il avait pu ainsi pénétrer dans les profondeurs infernales du journal, pour apercevoir les énormes presses au travail. D'abord pigiste, puis reporter, puis... arrivé là, il ne savait plus, tant le meilleur quotidien de la planète semblait offrir d'occasions fabuleuses.

Mais le monde avait d'autres projets pour les étudiants de la promotion 1941 de Columbia. Le lendemain de la déclaration de guerre, Zachary Amberville, à peine âgé de dix-huit ans, s'engagea dans les marines. Il aurait certes pu attendre d'être mobilisé, et, sans doute, passer d'abord son diplôme, mais il était trop impatient d'en finir avec la guerre pour revenir bien vite au *New York Times. Tell me what street compares to Mott Street in July,* chantait-il en hurlant par-dessus le bruit des moteurs de son chasseur P-47, en route pour l'un de ses innombrables vols au-dessus du Pacifique. Un héros. Il fut commandant à vingt et un ans, lieutenant-colonel le jour de la Victoire. Six mois plus tard, à Hawaï, il n'était plus qu'un colonel très énervé.

– Comment ça, je ne peux pas rentrer? Je devrais être sorti de là depuis des mois! Excusez-moi, monsieur.

– Colonel, je suis désolé, mais le général a besoin de vous.

– Les premiers entrés devraient être les premiers sortis, non? Le général a sous son commandement des dizaines d'autres officiers, alors pourquoi moi?

– Vous semblez avoir un sens de l'organisation tout à fait exceptionnel, colonel.

– Je suis un pilote de combat, monsieur, pas un gratte-papier. Excusez-moi.

– Je comprends ce que vous ressentez, colonel.

J'en parlerai de nouveau au général, mais je n'ai pas grand espoir. Il m'a dit textuellement : « Dites à Amberville que, s'il voulait tant rentrer chez lui, il aurait dû s'engager dans l'aviation *de l'armée de terre.* »

– C'est une insulte, monsieur!

– Je sais, colonel, je sais.

Quand Zachary Amberville revint à New York, la Seconde Guerre mondiale avait pris fin depuis près d'un an. Son père était mort en 1943, et sa mère vivait toujours dans la demeure familiale, non loin d'Andover. La maigre assurance-vie de son mari, et la solde de son fils – envoyée à date fixe et aussitôt mise de côté – lui permettaient d'élever ses deux enfants.

Le nouveau civil s'arrêta d'abord chez J. Press. Il ne pouvait arriver au *Times* en tenue militaire. Ce serait ridicule. Les pigistes doivent s'habiller comme des pigistes, se dit-il en nouant sa première vraie cravate depuis cinq ans – rouge, avec des pois blancs, comme pour répondre à la jubilation qu'on lisait dans ses yeux. Il ne faudrait pas non plus avoir l'air trop snob, trop Ivy League. Pourtant, le seul costume qu'il put s'offrir était coupé dans un tweed raide et velu, qui aurait fait grand effet à Harvard, s'il y était allé, et s'il avait eu vingt ans de plus. La seule chose qui paraisse vraiment neuve, c'est une brosse à dents neuve, pensa Zachary en se regardant, méconnaissable, dans le miroir.

– Je ne comprends pas, dit-il à la réceptionniste. Je ne comprends pas.

– Nous avons autant de pigistes qu'il nous en faut, et même une liste d'attente.

– Mais j'ai des années d'expérience dans le journalisme. J'ai *dirigé* un journal! Je ne demande qu'un poste en bas de l'échelle – pas celui de responsable des informations locales.

– Monsieur Amberville, quand les pigistes ont été mobilisés, le *Times* leur a promis qu'ils retrouveraient leur poste à leur retour. Ils ne sont pas tous revenus, mais les autres ont été engagés en priorité. Ensuite, les anciens soldats diplômés des écoles de journalisme. Certains de nos pigistes y ont même *enseigné* autrefois. C'est vraiment dommage que vous ne soyez pas diplômé d'université. Après, il y a eu les officiers...

– Colonels des marines, par exemple ?

– Nous avons un ancien général, monsieur Amberville, un seul, mais c'était un vrai général.

– De l'Aviation ?

– Comment avez-vous deviné ?

– Une impression. Fichus salopards ! Excusez-moi, mademoiselle.

Elle se retint de pouffer :

– Je serais heureuse de placer votre nom sur la liste d'attente.

– Je n'ai pas le temps. Merci quand même.

Quand il quitta l'immeuble du *Times*, Zachary croisa un groupe d'enfants impatients, en route pour la visite guidée. Il sortit, et, pour la première fois de sa vie, acheta le *Daily News* et l'ouvrit à la page des offres d'emploi.

La guerre avait été profitable à la Five Star Button Company : si le tissu et le métal étaient rationnés, il demeurait possible de faire des boutons à partir de n'importe quoi, ou presque. La compagnie avait pris pour slogan : « Changez d'allure : Changez de boutons », et en avait vendu des millions, en plume ou en paillettes. Nos produits sont de qualité supérieure, expliqua M. Nathan Landauer à Zachary. Des boutons sur lesquels on pouvait compter, qu'on était fier de porter.

Des centaines de modèles différents, fixés à des cartons, étaient accrochés aux murs du bureau.

– J'en suis convaincu, monsieur.

Landauer admirait l'uniforme de colonel, les quatre rangées de décorations, la coupe militaire.

– Peut-être est-ce un travail qui... ça ne répond sans doute pas à ce que vous cherchiez...

– Il s'agit de diriger un journal, non?

– Oui... à condition d'appeler journal la revue d'entreprise d'une fabrique de boutons – je vous avoue que je n'y aurais pas pensé... C'est avant tout un service supplémentaire offert à nos clients, colonel, et une façon de montrer à nos employés qu'ils font partie d'une grande famille.

– Mais vous paraissez tous les mois, vous travaillez avec un imprimeur du New Jersey en règle avec les syndicats, il y a un bureau, une secrétaire à temps partiel pour expédier les affaires courantes, et le salaire est de soixante-cinq dollars par semaine?

– Exact.

– Le travail me plaît, monsieur. Beaucoup.

– Il est à vous, colonel.

– Appelez-moi Zack. Je reviens dans une heure, juste le temps de mettre quelque chose de plus confortable. De changer d'allure, de changer de boutons...

Songeur, Nathan Landauer le suivit des yeux. C'étaient les meilleurs boutons qu'il ait vus depuis bien, bien longtemps. Son fils, Nathan Junior dont il était si fier avait passé trois ans dans la marine comme simple matelot, et s'il avait eu ne serait-ce qu'un seul bouton décent à son uniforme, il n'aurait jamais pensé le montrer à son père.

Zachary Amberville, entre deux bouchées de pastrami, dit à Nathan Landauer Jr. :

– Nat, ne serais-tu pas tenté de faire autre chose que des boutons ? Même si ça te permet de gagner ta vie ? De très bien gagner ta vie ?

– Et que faire ? C'est une affaire de famille, et mon père s'attend à ce que je lui succède dans cinq ans, quand il prendra sa retraite. Je suis le seul garçon de la famille et il a monté l'entreprise seul, à partir de rien. La plus grosse affaire de boutons de la Septième Avenue. Je suis coincé, Zack. Ça lui briserait le cœur. C'est quelqu'un de bien.

– C'est quelqu'un de formidable. Mais tu n'es pas coincé du tout. Tu peux diriger l'affaire d'une main, et de l'autre...

– De l'autre ?

– Tu peux t'associer avec quelqu'un dans une revue.

– Les Indiens n'investissent jamais dans le show-business.

– Qu'est-ce que ça vient faire ici ?

– Tu n'as pas vu ce film avec Ethel Merman ? Elle demande à Sitting Bull comment il a fait pour devenir si riche, et il répond : « Les Indiens n'investissent jamais dans le show-business... » C'est l'idée que je me fais des revues. Je n'y connais rien.

– Tu connais quelque chose aux ceintures ? Aux nœuds papillon ? Aux agrafes et aux œillets ? Aux fleurs artificielles ? Aux boutons-pression ? Aux...

– On se fait une petite idée des choses en descendant la 46e Rue, Zack, elle fait partie de la Septième Avenue... Papa ne voudra jamais l'admettre, mais les vêtements n'ont pas seulement besoin de boutons. Oui, je m'y connais un peu, et alors ?

– Une nouvelle revue : *Le Mensuel de la Passementerie.*

– Tu me permettras un profond scepticisme. Tu n'es pas Randolph Hearst, que je sache.

– Elle répondrait à un besoin. Il y a dans ce pays des milliers de fabricants qui font des milliers de choses différentes, et aucun d'entre eux ne sait ce qu'il y a de neuf, ce qui se passe, ou ce qu'on trouve sur le marché du textile.

– Tu ne crois pas qu'ils ont l'air de se débrouiller comme ça ?

– Bien sûr. Ils n'avaient pas besoin de la roue non plus, avant que quelqu'un n'y pense.

– *Le Mensuel de la Passementerie...* Est-ce qu'il y aura des photos de jolies filles vêtues de toutes petites choses en tricot ?

– Tous les matelots sont des pervers. Non, Nathan Junior, non. Il y aura des informations, de la publicité, des articles sur ce qui se passe Septième Avenue. Des enquêtes : où va l'industrie, que font les concepteurs ce mois-ci, que feront-ils le mois prochain, qu'est-ce qui se passe à Paris, comment vont les différentes firmes, qui change de poste, qui monte en grade, et puis de la publicité et encore de la publicité. En noir et blanc, avec un papier de qualité moyenne, rien d'extraordinaire, mais dont l'encre ne vous colle pas aux mains, et une belle photo de ton père en couverture du premier numéro.

– Et, tandis que le soleil descend lentement sur la radieuse industrie du textile, il me vient comme une idée de ce que vous comptez faire, colonel. J'ai toujours su que tu adorais déjeuner avec moi.

– Tu en posséderas la moitié.

– Ça coûterait combien ?

– D'après mes prévisions les plus optimistes, au moins quinze mille dollars avant d'espérer faire de l'argent. Je ne pense pas que nous puissions trouver assez de souscripteurs avant... disons six mois, assez en tout cas pour commencer à en tirer bénéfice. Naturellement, il faudrait que je quitte mon travail à Five Star pour vendre de l'espace publicitaire et rédiger la revue. Mon salaire est donc compris dans le total.

– Sur les quinze mille dollars, qu'est-ce que tu peux investir?

– L'idée et mon salaire. Je ne serai pas payé tant que l'entreprise ne sera pas bénéficiaire.

– Et de quoi vivras-tu?

– Il y a de la place dans ton appartement, on peut vivre à bon marché à deux comme à un, aujourd'hui les filles paient leurs consommations, et je vais toujours au bureau à pied.

– C'est moi qui avancerais la somme?

– Tu as une meilleure idée?

– Et tu serais le rédacteur en chef?

– Tu as une meilleure idée?

– Ecoute, je sais bien que je suis une poire... mais qu'est-ce que j'ai à gagner dans tout ça? A part une moitié de profits illusoires?

– Tu seras l'éditeur. Chaque revue en a un, Dieu sait pourquoi. Et tu posséderas la moitié de la revue. Tu ne seras plus un simple fabricant de boutons, et quand tu rencontreras une fille, si elle te demande ce que tu fais dans la vie, tu pourras lui dire : « Je suis éditeur, mon chou. »

– Et si elle demande le nom de la revue?

– Ce sera à toi de voir... Invente, raconte-lui ce que tu veux. Quand tu auras enfin trouvé une fille qui t'aime vraiment, tu pourras lui dire la vérité. Mais je ne peux pas changer le titre, Nat. Il faut que les gens comprennent de quoi il s'agit, sinon ils n'achèteront jamais la revue.

– *Playboy*. Je leur dirai qu'elle s'appelle *Playboy*.

– Drôle de nom. Enfin, c'est toi que ça regarde. Allons faire un tour à ta banque avant qu'elle ferme.

Le Mensuel de la Passementerie connut le succès dès le quatrième numéro, et Zack Amberville fut bientôt en mesure de s'accorder un salaire de cent dollars par semaine. Comme il vivait toujours chez Nathan, il en envoyait la plus grosse part à sa mère.

Minnie était en première année à l'Université Dana Hall, et Cutter, âgé de seize ans, allait au lycée d'Andover. Sarah Amberville avait trouvé du travail dans une boutique de cadeaux, et son maigre salaire, ajouté à l'argent de Zachary, lui permettait d'offrir les meilleures études possibles à ses enfants, qui n'avaient pu obtenir de bourses, au vu de leurs résultats scolaires. Minnie avait même eu de la chance d'être acceptée dans son université, pourtant peu cotée. Mais elle était si jolie, si joyeuse, si drôle, que personne ne songeait à lui reprocher ses notes qui, en dépit de tous ses efforts, ne dépassaient guère la moyenne. Cutter, bien qu'un peu paresseux, ne manquait pas de ressources : mais il avait délibérément choisi de ne pas travailler plus que nécessaire. Etre trop brillant vous expose trop souvent à l'hostilité des autres, et Cutter voulait plaire par-dessus tout.

Il fut évident dès le berceau que Cutter Dale Amberville serait un Anderson. Grand, très blond, avec les yeux bleus de ses ancêtres suédois, c'était un jeune homme séduisant, que dévorait une haine féroce. Il était honteux d'avoir dû grandir dans la gêne. D'aussi loin qu'il se souvînt, il n'avait jamais été qu'un Cutter, un Anderson, un Dale, un Amberville *pauvre* – et ce, dans une petite ville où des liens étroits unissaient les quatre familles, et où, bien qu'il n'en fût jamais question, les différences de fortune faisaient perpétuellement l'objet d'estimations minutieuses.

Cutter méprisait son père de se dévouer corps et âme à un journal qui n'avait aucune chance de rapporter de l'argent un jour. Qui serait assez sot pour faire un tel choix ? Mais ce n'était rien à côté de la totale aversion qu'il éprouvait pour son frère, chaque fois qu'il se voyait contraint d'admettre que Zachary le faisait vivre. Cutter jugeait dégradant de se mettre en quête d'un travail. Il était apparenté aux meilleures familles de la ville : comment imaginer qu'il pût livrer leurs commandes d'épicerie, ou qu'il dût leur servir à boire, debout derrière un comptoir ? Sarah Amberville ne suggéra d'ailleurs jamais rien de tel : elle ne voulait pas que Cutter affrontât les mêmes difficultés que Zachary.

Elle ne sut jamais ce que son fils cadet ressentait à l'égard de son frère. Cutter lui vouait un mépris auquel se mêlait une peur irraisonnée. L'écœurante toute-puissance de Zack le terrifiait : il lui faisait l'effet d'être un vent violent, chargé de menaces, qui s'engouffrait dans la paisible demeure familiale, chaque fois qu'il le pouvait, pour la remplir de sa présence tapageuse et vulgaire, et accaparer aussitôt l'attention de leurs parents. Ils étaient si fiers de cet étranger – parti de la maison quand Cutter avait cinq ans – énergique et bruyant qu'ils ne semblaient plus se souvenir de leur fils cadet, et encore moins s'intéresser à lui.

Cutter ressassait amèrement, à n'en plus finir, de nombreux souvenirs d'enfance. A huit ans, il avait obtenu le rôle principal de la pièce de théâtre qu'on jouait à l'école, mais Zachary venait de partir à la guerre et les Amberville ne pouvaient penser à rien d'autre. Au cours des quatre années qui suivirent, ils attendirent, tous les jours que

Dieu fait, des nouvelles de l'aviateur, du héros – tandis que Cutter, toujours plus populaire auprès de ses condisciples, devenait champion de tennis du Massachusetts, catégorie minimes, sans qu'ils y prissent garde. La guerre finie, s'était-on préoccupé de lui ? Non. Jamais. Pas une seule fois. Un adolescent ne peut rien rapporter à la maison qui puisse se comparer à une lettre de Zachary expliquant qu'il allait fonder une revue à New York, ou à un exemplaire de la revue elle-même.

Persuadé depuis toujours que son frère lui avait tout volé, Cutter Dale Amberville devint sombre et renfermé, et veilla à ce que ses parents ne puissent intervenir dans sa vie. Ils l'avaient repoussé dans un coin, loin d'eux; l'ombre étouffante de Zachary le privait de l'amour et de l'affection qui lui revenaient de plein droit, il le *savait.* La générosité de son frère n'était rien d'autre qu'un os jeté à un chien. Plus Zachary lui donnait, plus il lui était redevable, et plus il le haïssait – d'une haine passionnée, jamais satisfaite, plus profonde que l'amour même – celle que seule peut faire naître l'envie du frère pour son frère.

A Andover, Cutter parlait le moins possible de sa famille. Pas question d'avouer que ses études étaient payées par une mère qui travaillait, et surtout par un frère qui dirigeait, à New York, une revue dont le titre suffisait à lui faire honte. Il entreprit, par un usage habile de la flatterie, de soigner sa popularité, cultiva l'art de poser ces questions qui mettent l'interlocuteur en valeur, et, à un âge où l'égocentrisme est de règle, comprit de quel pouvoir disposent ceux qui écoutent et admirent. La haine qui l'habitait lui servit de maître. C'était un excellent sportif, mais ses résultats ne sortaient pas, à dessein, d'une honnête moyenne. Il devint très vite un parfait courtisan, familier des garçons dont les parents étaient à la fois riches et puissants – et d'eux seuls. Il était d'une beauté racée, pleine de force et de distinction. Il savait faire passer dans ses yeux bleus un air de sincérité qui retiendrait le regard des autres, et se gardait de recourir trop souvent à ce charmant sourire de convention qui semblait tout à fait naturel.

Zachary était fier de cet adolescent si grave, bien que, curieusement, il n'ait jamais trouvé grand-chose à lui dire – les rares fois où ils se rencontraient. Car Cutter passait désormais tous ses week-ends et tous ses congés au loin, dans des maisons où il était certain qu'on lui ferait fête.

Par un lundi d'automne de 1948, Nathan Landauer Jr. entra dans les bureaux de Zachary. On lisait sur son visage avenant comme un mélange de joie et de profond embarras.

– Zack, j'ai rencontré une fille, samedi, à un match de football. Elle était avec quelqu'un qui connaît ta famille à Andover, et que j'ai persuadé de nous laisser tranquilles.

– Il y a un million de filles à New York, et tu as dû en rencontrer la moitié... Qu'est-ce que celle-là a de spécial?

– Tout. Elle est parfaite. Je lui ai même dit le nom de la revue, le vrai, je veux dire.

– Et elle n'a pas éclaté de rire?

– Pas vraiment. Elle a trouvé que c'était très intéressant, et même plutôt bizarre. Je suis l'éditeur du *Mensuel de la Passementerie,* tu en es le rédacteur en chef, et pourtant elle et moi ne nous étions jamais rencontrés. Elle m'a dit que tu devais l'avoir fait exprès. C'est vrai, Zack? Pourquoi ne nous as-tu jamais présentés?

– Te présenter?

– A Minnie.

– Minnie? Quelle Minnie?

– Minnie. Ta sœur. La plus belle, la plus adorable, la plus... Pourquoi ne m'as-tu jamais parlé d'elle ? Je croyais que tu étais mon meilleur ami.

– Ça ne m'est jamais venu à l'idée. C'est une gamine de dix-huit ans, et tu n'es qu'un ex-matelot profondément dépravé qui ne pense qu'à la bagatelle.

– J'*étais* un ex-matelot profondément dépravé. J'ai changé. Ecoute, Zack, rachète mes parts du *Mensuel de la Passementerie.* Je t'en fais cadeau, si tu veux.

– Tu es fou, ou quoi ? Pourquoi veux-tu vendre ? Nous faisons un argent phénoménal grâce aux souscriptions et à la publicité, et les coûts de production sont si faibles...

– Je sais, je sais, mais il n'est pas bon de faire des affaires en famille. C'est le meilleur moyen de perdre un ami.

– En famille ? Arrête une minute. Est-ce que tu ne vas pas un peu vite en besogne ? Et Minnie, dans tout ça ?

– Après le match nous sommes allés boire un verre, après nous sommes allés dîner, et à la fin du repas nous avons décidé de nous marier. Tu seras mon beau-frère d'ici quinze jours.

Nathan Landauer avait vingt-cinq ans, mais jamais il n'avait eu l'air aussi adulte.

– Matelot Landauer, j'ai bien peur que vous ne soyez sérieux.

– Il y a des choses qu'on sait tout de suite. C'était le cas pour Minnie et moi. C'est parfois utile d'avoir de l'expérience.

– Minnie n'a jamais eu besoin d'expérience. Vous étiez simplement faits l'un pour l'autre.

Se levant, Zachary serra dans ses bras son ex-associé :

– Combien veux-tu de tes parts ?

– Donne-moi ce qui te paraîtra correct. Je te prêterai l'argent nécessaire.

– L'amour nous rendra tous idiots.

Zack fit tournoyer Nathan dans le bureau et hurla :

– Félicitations, crétin!

Devenir le seul propriétaire de la revue libéra chez Zachary Amberville les ambitions auxquelles il n'avait pas encore osé donner libre cours. La crise l'avait marqué plus profondément qu'il ne l'avait cru : une certaine prudence naturelle le retenait, depuis longtemps, d'assouvir un besoin dévorant de créer, de diriger, de prendre des risques.

Peu après le mariage de Minnie, il lança sa seconde revue, *Style.* Son expérience de l'industrie du vêtement et des magazines de mode lui disait qu'il y avait place pour un titre destiné aux femmes qui ne pouvaient s'offrir les robes de *Vogue* et d'*Harper's Bazaar,* étaient trop âgées pour *Mademoiselle,* et trop sophistiquées pour *Glamour* et ses mannequins aux joues roses, à peine sorties de l'université.

Afin de financer le lancement de *Style,* il s'adressa aux banques, qui lui accordèrent un prêt sur simple examen du bilan du *Mensuel de la Passementerie.* Pour la presse américaine, l'après-guerre devait se révéler un âge d'or; le pays entrait dans une période de croissance économique, et les Américains se jetaient sur tout ce qui était nouveau – voitures ou magazines – avec la même avidité.

Style gagna de l'argent dès le premier numéro. Zachary Amberville avait un flair extraordinaire pour repérer et lancer les nouveaux talents : la revue devait beaucoup de son succès à un illustrateur inconnu, nommé Pavka Mayer, auquel Zack avait autrefois demandé de faire des croquis pour *Le Mensuel de la Passementerie.*

Pavka était arrivé aux Etats-Unis en 1936, à l'âge de dix-huit ans. Sa famille avait été assez avisée pour quitter Berlin à temps. Il fit la guerre dans l'infanterie, et débarqua à Utah Beach le 6 juin 1944. Il était, officiellement, interprète; mais, tout au long de l'avancée des Alliés sur Paris, sa tâche consista essentiellement à échanger du lait, du cidre et de la viande contre des couvertures, du savon et du sucre. On murmurait même qu'une jeep entière avait disparu au cours de ces laborieuses tractations. C'était un tout petit homme, très vif, de cinq ans plus âgé que Zachary, qui lui avait dit :

– Allez-y, Pavka. Choisissez les photographes, les modèles, le papier, l'imprimeur que vous voulez. La compétition est trop rude pour que nous puissions hésiter. Il faut donner plus que les autres aux lecteurs.

Pavka travailla en étroite collaboration avec la responsable de la rubrique mode, une autre inconnue nommée Zelda Powers. Zachary l'avait remarquée chez Norman Norell – le grand couturier lui-même ne pouvait rien créer sans boutons –, où elle travaillait d'arrache-pied; la force de sa personnalité, brillante et pleine d'originalité, l'impressionna dès l'abord. Elle venait de Chicago. C'était une passionnée de mode, prête à tout pour rester proche de son univers. Il lui dit simplement :

– Zelda, vous n'avez pas la moindre idée de ce que doit faire la titulaire de la rubrique mode. C'est bien pourquoi je veux vous engager. Faites-moi une revue comme personne n'en a jamais faite – celle que vous auriez envie d'acheter. Pas d'imitations – je veux quelque chose d'original. Faites tout, absolument *tout,* ce qui vous plaira, du moment que vous faites plaisir aux annonceurs, et ne montrez leurs produits que si vous y êtes tenue. Ne perdez jamais le public de vue : donnez-lui des rêves qu'il puisse s'offrir, mais à votre manière.

Le succès inattendu de *Style,* disaient les bons connaisseurs de la presse, était dû à Pavka et à Powers. Mais ceux qui avaient rencontré Zachary Amberville étaient d'un avis différent.

En 1951, Zachary était déjà cinq fois millionnaire en dollars – d'abord grâce au *Mensuel de la Passementerie,* puis à *Style,* et enfin à *Sept Jours.* Il avait créé cet hebdomadaire l'année précédente : le grand format et les nombreuses photos de *Life* et de *Look,* mais un esprit tout à fait différent. Zachary avait étudié de près les lectures des Américaines, et conclu qu'aucune femme ne serait assez snob pour lire des revues de cinéma sans se préoccuper d'être vue. Il était conscient du pouvoir de la presse à sensation, et des journalistes qui, comme Walter Winchell, semblaient faire entrer le public dans les coulisses. Il y aurait toujours une rubrique mondaine dans chaque journal, même s'il fallait le déplorer.

L'Américain moyen, c'est-à-dire à peu près tout le monde, veut entendre parler des gens célèbres et *tout* savoir sur eux, se dit-il en arpentant les rues de Manhattan. Il eut l'idée d'un magazine somptueux, rempli de photos en couleurs, qui ne ferait pas grand place au texte, aux lettres de lecteurs, aux éditoriaux, ne parlerait pas du football, des fermiers, de l'Amérique profonde, ni du reste du monde et de ses souffrances, ne serait ni plutôt à droite comme *Life,* ni plutôt à gauche comme *Look.* Une revue totalement apolitique et résolument frivole, qui dirait tout ce qui était arrivé, la semaine précédente, à tous ces gens célèbres si fascinants, et le dirait comme personne ne l'avait jamais fait. Une revue insolente, qui ne craindrait pas le scandale (tant que les avocats seraient d'accord), pour qui personne ne serait sacré; mais qui n'oublierait jamais que les stars de cinéma et les têtes couronnées étaient plus passionnantes que n'importe qui, même si l'Amérique était une démocratie. *Surtout* parce qu'elle était une démocratie.

Zachary fit appel aux meilleurs auteurs américains pour rédiger les brefs articles qui accompagneraient les nombreuses photos. « Surtout pas de littérature! Je veux quelque chose à lire, qui soit de premier ordre et bien ficelé. Nous ne sommes pas une nation d'intellectuels, comme vous avez dû le remarquer. C'est sans doute regrettable, mais les faits sont les faits. Je veux quelque chose de vivant, de brûlant, et tout de suite! »

Pavka Mayer devint directeur artistique de *Sept Jours*, auquel il sut donner tant d'élégance qu'aucun de ses lecteurs ne remarqua qu'il ne s'adressait pas précisément à ses instincts les plus nobles. Les meilleurs photographes du monde furent ravis de parcourir toute la planète à des tarifs supérieurs à ceux de *Life* ou de *Paris Match*. *Sept Jours* fut un énorme et foudroyant succès dans tout le pays, en une nuit ou presque – une véritable institution.

Fin 1951, Zachary Amberville décida de se rendre à Londres. Il travaillait beaucoup trop, et, à chaque ouverture d'un nouveau bureau en Europe, était privé du plaisir d'embaucher des responsables et de les voir se mettre à l'œuvre. Londres était la plus importante de ses antennes, si l'on exceptait celle de *Style* à Paris, aussi devrait-il s'y rendre en premier lieu. Sa secrétaire lui suggéra que ce serait peut-être une bonne idée, tant qu'il serait là-bas, de passer chez un coiffeur, et de se faire faire quelques costumes sur mesure.

– J'ai du mal à vous suivre.

– J'en suis désolée, monsieur Amberville. Un homme comme vous ne devrait pas avoir une telle allure. Vous avez moins de trente ans et vous pourriez être très beau si vous vouliez vous en donner la peine.

– Je suis propre, non? Ma chemise aussi. J'ai même des chaussures cirées. Alors?

– Le prestige d'un patron rejaillit sur son employée. Vous portez tort à ma réputation au Club des secrétaires de direction, monsieur Amberville. Elles ont toutes des patrons qui se font faire des costumes à Saville Row, qui vont chez les bons coiffeurs tous les dix jours, ont des chaussures de chez Lobb; mais vous... vous n'allez même pas chez Barney... Vous n'êtes membre d'aucun club, vous vous contentez d'un sandwich au lieu de déjeuner dans les grands restaurants, vous n'êtes jamais pris en photo dans les boîtes de nuit, au bras d'une jolie femme... Je ne suis même pas sûre de pouvoir vous expliquer.

– Vous leur avez déjà dit ce que vous faisiez?

– Surpayer sa secrétaire ne suffit pas à donner de la classe à un homme.

– J'avoue que tout ça me dépasse. Mais je penserai à la coupe de cheveux.

Zachary n'était naturellement pas homme à rendre des comptes à sa secrétaire – sa vie privée ne la concernait pas. Il n'avait ni le temps, ni la patience, de mener l'existence d'un célibataire célèbre. Il connaissait beaucoup de femmes, superbement belles, mais n'était encore jamais tombé amoureux. Trop égoïste? Trop occupé par ses journaux? Trop cynique? Non. Pourquoi chercher à se duper lui-même? Il était incurablement romantique. Une fille de rêve occupait ses pensées – quel mélo! –, douce, pure, idéaliste – ce qui, à Manhattan, ne court pas les rues. Elle était aussi irréelle que belle, mais un jour il finirait bien par l'oublier. Alors il prendrait pour femme une créature superbe, réfléchie, avec le sens de l'humour. Il avait besoin d'une épouse, ne fut-ce que pour le protéger de sa secrétaire.

4

Pour tous les membres de sa noble famille, l'Honorable Lily Davina Adamsfield restait une énigme. Ils se sentaient pourtant aussi fiers d'elle qu'ils l'auraient été d'un rare portrait de Léonard de Vinci, pieusement transmis d'une génération à l'autre – le trésor du clan. Lily était la fille unique du dix-neuvième baronnet, et second vicomte, Evelyn Gilbert Basil Adamsfield, et de la vicomtesse Maximilienne Emma Adamsfield, née l'Honorable Maximilienne Emma Hazel. Ses nombreux cousins et cousines, parfaitement respectables, parfaitement bien-pensants, faisaient ce qu'on attendait d'eux : ils prenaient soin du patrimoine familial, chassaient, pêchaient, s'occupaient de leurs jardins et de leurs collections, ne dédaignaient pas les bonnes œuvres, et épousaient les personnes les plus convenables de leur milieu, pour avoir avec elles les plus beaux enfants du monde.

Mais Lily... Comme tant d'autres de ses amies, elle fut inscrite au cours de danse dès l'âge de quatre ans. Celui de Madame Vacani était, et reste, l'institution où les petites filles de l'aristocratie, comme les jeunes membres de la famille royale, sont envoyés pour apprendre la valse et la polka. Presque tous y passent avec la même indifférence qu'ils mettent à monter à cheval. Lily fit exception à la règle : elle était de celles, très rares, que la danse captive dès la première leçon. C'est une passion impossible à refréner, comme bien des parents s'en rendent compte plus tard, souvent à leur vif regret.

A huit ans, Lily avait passé le concours d'entrée de l'Ecole Royale de Ballet. Elle en suivait les cours trois fois par semaine, après la classe, et s'adonnait à la danse comme si c'eût été une vocation inspirée par le ciel.

– Si nous étions catholiques, dit un jour sa mère à son père, cette enfant compterait les jours qui la séparent du couvent.

– De fait, le caquetage n'est pas son fort. Pour un peu, on croirait qu'elle appartient déjà à l'un de ces ordres qui font vœu de silence.

– Voyons, chéri, ce n'est pas juste. Lily a simplement du mal à s'exprimer – elle n'a jamais eu la parole facile. Peut-être est-ce pour cette raison que la danse est si importante à ses yeux.

A l'âge de onze ans, Lily fut admise, après examen, dans la classe supérieure de l'Ecole Royale de Ballet, où elle pourrait mener de front ses études et sa carrière de danseuse. Celle-ci absorbait toute sa vie, et elle courait d'une classe à l'autre sans s'inquiéter de devoir renoncer aux activités propres aux jeunes filles de son milieu. Son univers se réduisait à ses parents, aux professeurs et aux autres élèves – encore, dans ce dernier cas, se limitaient-elles au strict minimum. Lily n'était pas là pour se faire des amies. Dès l'enfance, avec une surprenante maturité, elle avait compris que le monde de la danse est la proie d'une compétition féroce, qui dure toute la vie, et ne prend fin qu'avec les adieux à la scène.

Pendant des années, elle vécut dans la peur de devenir trop grande pour pouvoir danser. Qu'elle atteigne un mètre soixante-quinze, et son avenir serait irrémédiablement compromis. C'était son seul sujet de conversation avec ses condisciples, sans compter son autre grande frayeur, celle de se blesser – éventualité terrifiante, sans cesse présente, que toutes redoutaient de la même façon.

Lorsqu'elle fut parvenue au terme de la classe supérieure, ses professeurs s'accordèrent à dire que son talent était si prometteur qu'elle devait passer une année supplémentaire à l'école dirigée par Sir Charles Forsythe, danseur illustre qui avait été l'élève d'Anthony Tudor et de Frederick Aston. Elle acquerrait ainsi la touche de perfection qui lui permettrait de mettre toutes les chances de son côté, quand il lui faudrait entrer dans une troupe de ballet de niveau international.

Lily Adamsfield était devenue une jeune fille d'une exceptionnelle beauté, aux yeux changeants comme des opales, à la fois gris-bleu et verts – des yeux lunaires qu'elle ne prenait jamais la peine de contempler dans un miroir. Tout au plus le maquillage stylisé qu'elle portait sur scène les agrandissait-il. Ses mains charmantes, ses doigts si longs n'existaient que pour donner plus d'ampleur à ces gestes pleins de langueur et de fragilité qui, pour paraître naturels, exigent une force de déménageur. Elle avait de tout petits seins, de larges épaules bien découpées, des bras et des jambes presque trop longs pour son torse, mais parfaitement adaptés aux exigences de la danse, un dos bien droit, un cou d'une grâce sans pareille; un corps qui n'avait pas d'autre fonction que de danser. Sans chaussons, ses pieds déformés étaient ceux d'une centenaire.

Il ne lui vint jamais à l'idée qu'elle se privait du plaisir d'être admirée par les jeunes gens. Pour elle, ils se réduisaient à ses partenaires masculins – qu'elle ne jugeait que sur leur souplesse, leur puissance, ou la fermeté avec laquelle ils saisissaient sa taille en la soulevant. Sortie du cloître de la danse, elle rencontrait bien, de temps en temps, des garçons de son milieu, mais peinait à trouver quelque chose à leur dire. Sa voix, en dépit d'une douceur un peu frêle, restait tremblotante, presque effrayée.

Quand Lily avait quitté ses vêtements de danse bien-aimés – collants, jambières, justaucorps, sweaters usés, qui la transformaient en guenille ambulante –, elle ne savait absolument pas quoi porter. La vicomtesse Adamsfield, femme de goût, choisissait toutes ses robes pour elle. Lily n'avait aucune conversation, aucune pratique du bavardage de salon, et rien à dire sur le sport, le cinéma, les voitures et les chevaux. Tout jeune homme de son âge, attiré par sa beauté lunaire, renonçait très vite à attendre qu'elle lui réponde, ou du moins consente à lui prêter attention, et s'éclipsait en quête d'une jeune fille plus vivante.

Pourtant ses parents ne se faisaient aucun souci pour ce cygne étrange qui leur devait le jour. Elle était merveilleusement différente – si cette adolescente ne connaissait aucun succès mondain, quelle importance? Elle serait, bien entendu, présentée à la Cour, saurait faire la révérence nécessaire, serait photographiée par Lenare et ferait son entrée dans le monde – il était inconcevable qu'il en allât autrement. Mais cela se limiterait à une soirée de débutantes, à une réception, à une saison. Promise à la gloire, Lily n'avait pas de temps à consacrer à de tels rites. À dire vrai, tous ceux de son milieu savaient que la fille des Adamsfield deviendrait une nouvelle Margot Fonteyn. Sa famille, éblouie, était aussi certaine de son avenir que l'intéressée elle-même.

Elle était née avec un corps dont elle ne pouvait s'attribuer le mérite, mais savait que, sans cet esclavage, aveugle et volontaire, sans cette soumission résolue aux exigences presque insupportables de la danse classique, il ne signifiait rien. Ses muscles, ses ligaments, ses jointures, la longueur de ses membres : autant d'accidents heureux. Mais la carrière d'une danseuse étoile dépend de bien autre chose, supérieur au talent lui-même, quelque chose qui est dans l'âme, et cela, elle était certaine de le posséder.

Personne n'aurait pu deviner la féroce ambition qui habitait cette jeune fille timide, qui ne se maquillait pas, laissait ses longs cheveux blonds retomber négligemment autour de son visage, hésitait avant d'entrer dans une pièce, évitait toute conversation, marchait avec une grâce heureuse et naturelle, mais gardait toujours le regard fixé au loin. Elle était orgueilleuse, farouchement orgueilleuse; sa fierté était un vice puissamment ancré en elle, aussi bien dissimulé qu'un enfant à peine conçu.

– C'est une danseuse exceptionnelle, disait une voix familière. Il ne fait aucun doute qu'elle sera admise au Royal Ballet.

Lily, qui s'apprêtait à quitter le bâtiment – elle était déjà en retard pour dîner –, hésita dans le couloir. Sir Charles parlait avec quelqu'un, derrière la porte entrouverte. Qui d'autre, se demanda-t-elle, angoissée, quelle autre fille parmi ses camarades de classe – parmi ses rivales – pourrait entrer si aisément au Royal Ballet ? Cette année, elle avait eu la part du lion lors de la distribution des premiers rôles féminins, mais, de toute évidence, elle devait avoir une rivale. Jane Broadhurst ? Anita Hamilton ? Seraient-elles assez bonnes pour Covent Garden ? Fortes, oui, mais assez fortes pour Covent Garden ? Elle resta immobile, attendant d'en savoir davantage.

– Elle pourrait essayer d'autres troupes... même le New York City Center.

Lily serra les poings. L'autre voix était celle d'Alma Grey, la maîtresse de ballet.

– Ou Copenhague, peut-être ? Ils ont besoin de nouvelles danseuses depuis que Laura et les deux autres ont été engagées à New York.

Le Ballet Royal de Copenhague ? se répéta Lily, sans pouvoir y croire. Impossible, tout simplement impossible. Elle seule pouvait se voir accorder pareille chance.

– Oui, ma chère Alma, aucune troupe de niveau international ne refuserait d'engager Lily. Il y a quinze ans, dix, même, j'aurais dit qu'avec son mètre soixante-huit elle était trop grande, mais aujourd'hui ce n'est plus un problème, si elle a achevé sa croissance. Mon seul regret est qu'elle n'est pas aussi bonne qu'elle pourrait l'être...

– Ah ! c'est à vous briser le cœur... Arriver si près, si près... Cette année, elle a... oui, Charles, oui... elle a presque franchi la limite. Je vous jure que, par moments, en l'observant, je priais pour elle, et puis... je me disais, non, non, cela ne se produira pas. Elle est si belle... techniquement, tout est parfait... et pourtant... pourtant... il lui manque ce petit quelque chose, qui n'a pas de nom, mais que le public reconnaît tout de suite, qui l'arrache de son fauteuil...

– J'ai souvent pensé que c'était une question de personnalité.

– Je n'ai pas envie d'analyser. Je préfère appeler ça la magie.

– Elle peut danser tous les seconds rôles dans une troupe de renommée internationale, et les rôles principaux dans des compagnies moins importantes.

– Danseuse étoile ? Je ne suis pas d'accord. Lily n'y parviendra jamais. Mon cher Charles, vous devrez bien admettre qu'il n'est pas possible d'être « presque » *prima ballerina.*

– Il en est d'indiscutables, et d'autres encore plus grandes, auxquelles on donne parfois le titre d'*assoluta* quand elles vieillissent, mais je suppose qu'en effet je me faisais des illusions... Il n'y a pas de « presque » danseuse étoile. J'en conviens.

– Un bien étrange métier, Charles, quand on y pense, tout à fait contre nature, et tout à fait injuste, j'en ai souvent l'impression. Aussi loin que nous allions, aussi dur qu'elles travaillent, personne ne peut jurer de rien avant qu'elles n'y aient *déjà* consacré leur jeunesse... Ah! bien sûr, il y a ces exceptions qu'on reconnaît tout de suite, mais Lily n'a jamais fait partie du nombre.

– Et combien en avez-vous rencontrées tout au long de votre carrière, ma chère?

– Quatre, pas plus, Charles, vous le savez parfaitement. J'attends la cinquième. Il y en aura forcément une, un jour ou l'autre.

– L'année prochaine, peut-être? Ou l'année d'après?

– Espérons-le.

Des envieux, pensa Lily en se précipitant dans la rue sans rien voir, à tel point qu'un taxi faillit la renverser. Vieux, ignoblement vieux, desséchés, vils, pitoyables, ignorants, et par-dessus tout *envieux* de sa jeunesse, de son talent – un talent qu'aucun d'eux n'avait jamais eu. Deux vieillards divaguant sur quelque chose qu'ils reconnaissaient ne pouvoir nommer, versant des larmes de crocodile, savourant leur propre vilenie, assez vains pour pouvoir la juger, mais trop lâches pour oser dire qu'elle n'était pas assez bonne, au moment même où ils devaient admettre – étaient littéralement forcés d'admettre – que n'importe quel corps de ballet de la planète ne demanderait qu'à l'engager.

L'envie. Elle la connaissait depuis qu'elle avait commencé à danser, se dit-elle, furieuse, en rentrant chez elle aussi vite que possible. La jalousie de ses camarades chaque fois qu'on la mettait en valeur, qu'on lui faisait un compliment, qu'on lui donnait le premier rôle. Un signe infaillible, la seule émotion que personne ne puisse réprimer, le seul tribut qui puisse la rassurer tout à fait. L'envie signifiait qu'elle était la meilleure. C'était son alliée. Mais savoir que même Sir Charles et Alma Grey y succombaient la rendait malade... Ils auraient dû être des professeurs, des guides, des protecteurs, pas des concurrents; au-delà de l'envie, mais c'était sans doute trop demander à la nature humaine. Ils descendraient dans la tombe en l'enviant encore, desséchés, pourris, ratatinés d'envie – de quoi d'autre? Ils l'écœuraient. Elle aurait presque été gênée pour eux, s'ils ne s'étaient montrés si répugnants. Elle se mit à marcher plus vite encore, courant presque, essayant de chasser de son esprit les mots qu'elle venait de surprendre. Pourquoi perdre une minute de plus à penser à des choses qui ne pouvaient être vraies? Elle avançait en redressant la tête, épaules en arrière, avec le port d'une danseuse étoile – l'attitude la plus fière que puisse prendre le corps humain.

– Lily, tu es en retard. Tout va bien? lui demanda sa mère du salon.

– Bien sûr, Maman. Je suis désolée de t'avoir fait attendre. J'en ai pour une minute.

Maudite Miss Briny, songea Zachary Amberville. Il aurait dû l'emmener avec lui, ou ne pas prêter l'oreille à ses mises en garde vestimentaires. Il avait retiré sa veste et se tenait devant une lourde table de bois sur laquelle, en tas qui glissaient sans cesse, s'amoncelaient d'innombrables coupons des meilleures soies et des meilleurs cotons du monde : unis, à rayures, à carreaux, écossais. De quoi se faire couper des chemises pour toute une vie. Le rayon tailleur de Turnbull et Asser n'était pas un endroit pour un homme qui détestait courir les boutiques, et n'avait d'ailleurs aucune idée de ce qu'il voulait. Au bout d'une heure de suggestions stériles, le jeune vendeur si poli l'avait finalement laissé seul pour qu'il réfléchisse, après avoir en vain drapé sur ses épaules diverses longueurs d'étoffe. Il avait aussi apporté des dizaines d'autres échantillons, dans de petits livrets, mais plus le choix était grand, plus il devenait difficile de se décider.

Bleu pâle ? Cela semblait la seule idée raisonnable, mais Zachary refusait d'en être réduit à faire faire sur mesure des chemises du ton uni qu'il achetait depuis des années. Il ne pouvait, par ailleurs, s'en aller tranquillement, après avoir pris tant de temps au vendeur. Résolument, il se mit à éliminer les tissus qu'il ne se voyait pas porter, les repoussant sur le côté. Au moins, pensa-t-il, en ce samedi matin, il aurait appris que les Anglais avaient la passion des couleurs criardes. Il n'avait jamais vu de contrastes de rayures ou de carreaux aussi atroces – si agressifs que seul un truand pourrait oser les porter.

Pensif, mais décidé, il finit par sélectionner quatre tissus possibles, et, comme le vendeur le lui avait montré, les déroula pour s'en draper. Il s'étudia dans le miroir et secoua la tête avec effroi. Il y avait peu de lumière dans la petite pièce, et tous les motifs qu'il avait choisis semblaient presque identiques. On aurait dit qu'il était vêtu d'une tente de bédouin.

– Excusez-moi, mais pourriez-vous me donner

un conseil? dit-il à l'adresse d'une silhouette féminine, assise sur un sofa, qu'il avait vaguement remarquée. L'homme plus âgé avec lequel elle était entrée, discutait précisément avec son vendeur.

– Je vous demande pardon? répondit-elle, effrayée, comme si elle sortait d'un rêve.

– Un avis. J'ai besoin de l'avis d'une femme. Cela vous ennuierait-il de vous lever et de jeter un coup d'œil? Dites-moi ce que vous pensez de ces rayures. Ne vous croyez pas obligée d'être polie... Si vous ne les aimez pas, soyez franche. Je viendrais bien jusqu'à vous, mais tous les coupons de tissus vont tomber par terre. Je suis cloué à cette table, et mon vendeur m'a oublié.

– Je vais aller vous le chercher.

– Ne prenez pas cette peine, il m'a abandonné. J'ai besoin d'un regard neuf.

A contrecœur, Lily Adamsfield obéit et s'approcha. Des manières plutôt cavalières, mais qu'attendre d'autre d'un Américain?

Bon sang, elle est incroyablement jeune – mais ça n'a aucune importance, pensa Zachary en un éclair de certitude. Un regard sur Lily lui avait suffi pour tomber amoureux, amoureux de son visage ovale, entouré d'épaisses mèches de cheveux blonds, amoureux de ses yeux, dont les profondeurs grises semblaient refléter la mer brumeuse, amoureux de sa bouche, d'une douceur si vivante, avec un rien de tristesse délicieuse, qu'un baiser ferait disparaître. Il tomba amoureux pour toujours. C'était elle. Si vulnérable. S'il avait su que la fille de ses rêves existait pour de bon, il serait venu la chercher depuis belle lurette. Zachary laissa le tissu glisser de ses épaules et prit la main de Lily :

– Allons déjeuner.

L'Honorable Lily Davina Adamsfield, à peine âgée de dix-huit ans, qui, dans une robe taillée par Norman Harnell à même une dentelle précieuse, ressemblait à la reine des nymphes, et Zachary Anderson Amberville furent mariés un mois plus tard, en janvier 1952, avec la bénédiction abasourdie du vicomte et de la vicomtesse Adamsfield, en présence de quatre cent cinquante personnes, dont la future reine Elizabeth et le prince Philip, et de Miss Briny, de Pavka Mayer, de toute la famille Landauer et de Sarah Amberville. Il ne manquait que Cutter, retenu par ses examens. Lily avait fait asseoir Sir Charles, Alma Grey et toutes ses camarades de ballet au second rang, juste derrière la princesse et ses parents.

Qu'ils regardent, qu'ils regardent bien, aussi longtemps qu'ils voudront, se dit-elle en réglant les détails du protocole – qu'ils voient comme elle était heureuse, même si elle avait sacrifié sa carrière, son avenir, tracé d'avance, de *prima ballerina*. Elle danserait encore – la danse lui serait toujours aussi nécessaire – mais ne se produirait plus en public. L'existence difficile, exclusive, entièrement tournée vers le même but, qu'on exige d'une danseuse étoile, n'avait pas sa place dans la vie si sûre, si rayonnante, qui l'attendait : être la femme de cet Américain d'une incroyable énergie, qui l'adorait et croyait en elle aveuglément.

Comme elle l'avait dit à sa mère stupéfaite, il ne serait pas correct envers Zachary de faire carrière. Plus question désormais d'entrer au New York City Ballet. « J'aurais tout à la fois... Je n'abandonne jamais qu'un titre, deux mots, danseuse étoile. Et si j'avais gâché ma vie à cause d'eux, Maman? Je ne peux à la fois épouser Zachary et mener la vie que je croyais désirer. Je dois devenir adulte, et ce choix fait partie de l'initiation. C'est un sacrifice, c'est vrai, mais c'est un sacrifice que je veux faire – que je dois faire. Ce n'est pas tout gâcher, je te le promets. J'ai passé toutes ces années en pure perte – j'en ai simplement fini avec elles. Crois-moi, Maman, je sais ce que je fais. »

Je lui apprendrai comment embrasser, pensa Zachary dans cet état d'euphorie qui semblait ne plus le quitter depuis leur rencontre. Elle ne savait pas, personne n'avait jamais baisé ses lèvres. Il aurait parié toute sa fortune que, sans son voyage en Angleterre, il serait resté la vie entière aux Etats-Unis, sans jamais trouver une jeune fille comme Lily, une jeune fille que personne n'avait embrassée.

Et maintenant, il allait devoir lui apprendre à faire l'amour. Si seulement c'était dans un an, quand ils seraient installés dans la grande maison qu'elle choisirait pour eux, quelque part dans New York – n'importe où, pourvu que cela lui plaise –, si seulement c'était dans une chambre familière, remplie de tous les beaux objets qu'elle achèterait, dans un lit dont les draps ne seraient pas aussi immaculés et froids que ceux de cette suite nuptiale du Claridge. Des draps accueillants rendraient les choses plus faciles. Ou alors un hôtel français. Le Claridge était trop britannique, trop majestueux. Demain ils seraient à Paris, mais demain n'était pas aujourd'hui.

Si seulement il était un Amberville d'autrefois ! Il aurait affronté, en Nouvelle-Angleterre, une nuit de noces avec une épouse vierge – ce qui était alors la seule situation possible, ce à quoi il aurait dû très précisément s'attendre. La tradition, voilà ce qu'il lui fallait. Quelques bonnes vieilles valeurs à l'ancienne mode. Peut-être ferait-il bien de voter républicain l'année prochaine.

Il se souvint brusquement de sa toute première expérience, avec une élève-infirmière qui travaillait à St. Luke Hospital, et dont la fenêtre faisait face à la sienne à Columbia. Il n'était qu'un bizuth de quinze ans, et elle n'était guère plus âgée. En tout cas, elle avait su exactement où, quand, et surtout comment. Le savoir-faire... cela suffisait. Depuis cette nuit mémorable, chacune de ses partenaires en avait possédé ne serait-ce qu'un peu, et il n'y avait jamais eu aucune vierge parmi elles.

Mais lui n'était jamais tombé amoureux non plus. Lui aussi était donc vierge, à sa façon : vingt-neuf ans, ancien pilote de la marine, propriétaire de trois revues, plusieurs fois millionnaire, amant de dizaines de femmes – plus qu'il n'en pouvait compter –, mais vierge sur le plan sentimental. « Arrête de réfléchir, se dit-il à voix haute dans son cabinet de toilette. Ça ne sert à rien. »

Il fut momentanément rassuré quand il vit Lily, assise devant le feu qui brûlait dans la cheminée de leur immense chambre lambrissée. Il ne sut jamais, quand il la prit dans ses bras et sentit la froideur de sa peau, ce que le calme parfait dont elle faisait preuve, dans son peignoir de dentelle et de satin blancs, devait à des centaines de répétitions de *Giselle,* aux souvenirs musculaires de *Coppélia,* aux soirées pendant lesquelles elle avait tenu le rôle d'Odette dans *Le Lac des Cygnes.* Un siècle et demi de ballet classique permet aux danseurs de faire face à n'importe quelle situation, d'affronter le lever de n'importe quel rideau. Mais une fois que Zachary et Lily furent étendus l'un à côté de l'autre sur le vaste lit, une fois qu'elle eut posé son peignoir sur un fauteuil, ne gardant qu'une chemise de nuit de satin, il se rendit compte qu'elle frissonnait, en dépit de la chaleur qui régnait dans la pièce.

– Allons, petite, tout cela est absurde, dit-il, la prenant dans ses bras, elle et les couvertures, et l'emmenant s'asseoir sur ses genoux dans un fauteuil en face du feu. C'est comme si nous devions inviter les domestiques et les femmes de chambre à assister au spectacle... Comme ces nuits de noces royales, autrefois, quand tout le monde venait mettre au lit les pauvres mariés, et restait à regarder et à raconter des histoires grivoises.

– Raconte-m'en une, dit-elle, s'efforçant de sourire.

– Tu ne comprendrais sans doute pas celles que je connais. Je ne me souviens d'ailleurs jamais comment elles finissent. C'est une de mes lacunes, mais ça me rend très bon public : j'ai toujours l'impression de les entendre pour la première fois.

– Et quelles sont tes autres lacunes?

– Je ne sais pas jouer au golf, je perds toujours aux courses – ce qui ne m'empêche pas de recommencer –, je n'arrive pas à retenir les millésimes des grands crus, ni même à faire la différence entre un bordeaux et un bourgogne, je n'ai jamais eu ce travail de pigiste au *New York Times*...

– Je voulais parler des vrais échecs, les grands, ceux dont on ne se remet jamais, dit-elle sans sourire.

– Je ne crois pas en avoir connu. Et je ne compte pas m'y mettre. Jamais de la vie.

– C'est ce que j'ai pensé de toi le jour où nous nous sommes rencontrés... tu n'es pas homme à échouer en quoi que ce soit.

– Chérie, comme tu as l'air violente!

Stupéfait, il regarda Lily, sa mystérieuse et timide épouse, dont chaque geste semblait à la fois une caresse et une supplication, mais dont l'expression s'était brusquement chargée d'une attention très vive qu'il ne lui connaissait pas.

– Tu ne me connais pas, Zachary, je suis violente, dit-elle d'une voix si angélique qu'il ne put que rire.

Il baisa ses lèvres, et elle répondit avec cet empressement un peu gauche qui lui plaisait tant. Il glissa les bras sous les couvertures pour l'enlacer. Sa peau était tiède, maintenant; Lily se détendait et ne frémissait plus. Il fit courir ses doigts le long de son cou, frôlant avec émerveillement la courbe étonnante qui le joignait à l'épaule. Sa main s'aventura jusqu'à la clavicule, éprouva la force, la puissance des muscles. Il aurait pu entourer son bras d'une seule de ses grandes mains. Avec une certaine inquiétude, il sentit là comme une subtile fermeté, qui lui fit prendre conscience de la différence entre eux deux. Elle était faite d'acier recouvert de soie, et lui de chair, rien que de chair.

Une excitation soudaine courut dans ses veines – comme ces incendies de forêt que la foudre allume en dix endroits différents –, mais il resta maître de lui. Pour apprendre à Lily à faire l'amour, il avait décidé de ne rien entreprendre sans tendresse, et la tendresse lui imposait une grande lenteur. Les minutes passèrent, tandis que la jeune femme, les yeux clos, sentait les doigts de Zachary glisser de son épaule à son coude, sans presque la toucher. L'une des bretelles de sa chemise de nuit tomba, découvrant un petit sein au minuscule téton plat, d'un rose si pâle qu'on le distinguait à peine sur la blancheur de la peau. Il l'aperçut à la lueur du feu, retint son souffle et se garda de le caresser. Elle n'est pas encore prête, se dit-il, en passant doucement ses lèvres le long du cou de Lily, sous ses cheveux. Elle restait assise sans bouger, muette, sans presque peser sur ses genoux, mais il sentait bien qu'elle était crispée, et respirait à peine.

« Détends-toi, ma chérie, mon amour, je ne ferai rien qui puisse te faire souffrir, rien ne presse, nous avons tout notre temps », chuchota-t-il sans qu'elle paraisse l'avoir entendu. Ses doigts caressants quittèrent le coude pour descendre le long de l'avant-bras, et atteignirent le poignet. D'un mouvement rapide qui le surprit, elle tourna sa paume contre la sienne, et prit sa main qu'elle porta à sa poitrine. « Non, chérie, non, ce n'est pas la peine, tout va bien », dit-il à voix basse, et il se dégagea. Elle faisait simplement ce qu'elle croyait devoir faire, pensa-t-il. Sans parler, elle l'embrassa, pressant ses lèvres froides contre les siennes, comme une enfant qui veut être rassurée. Il serra les mâchoires pour s'empêcher de glisser sa langue entre les dents de sa femme. Le mois précédent, il lui avait appris à embrasser de cette façon, mais elle avait parfois refusé de se prêter au jeu, et il ne voulait pas lui imposer quelque chose qu'elle accepterait mal – cette nuit plus que toute autre.

D'un rapide mouvement d'épaule, Lily fit tomber la seconde bretelle de sa chemise de nuit. Elle était assise sur les genoux de Zachary, provocante et toute droite, les yeux fermés, les jambes toujours sous les couvertures, désormais nue jusqu'à la taille, et le contraste entre ses seins enfantins et la largeur masculine de ses épaules était furieusement érotique. On la croirait taillée dans l'ivoire, songea-t-il. Il voyait, sous la peau si pâle, le cœur qui battait, et le motif inoubliable que dessinaient les veines autour des seins. Avec des précautions infinies, il en suivit une de l'index, en prenant garde de ne pas se montrer trop hardi.

Lily parut frémir. Avait-elle encore froid, ou devenait-elle impatiente ? Il se décida à toucher la pointe d'un sein, légèrement, du bout des doigts, en cherchant à voir comment elle réagirait. Elle demeura impassible, mais il eut l'impression que le téton se dressait. Caressant l'autre, il découvrit avec joie que, lui aussi, réagissait. « Oui, oui, c'est bien, c'est bon », murmura-t-il, soucieux de ne pas effrayer Lily alors que ses sens commençaient à s'émouvoir. Les doigts de Zachary s'enhardirent, ses caresses se firent plus précises. Lily parut se crisper, et il s'arrêta aussitôt, pensant avec une émotion proche du respect que pour la première fois les lèvres d'un homme parcouraient ce corps. Pourtant, d'un mouvement rapide et résolu, elle attira sa tête contre sa poitrine, offrant son sein à ses baisers en chuchotant : « N'arrête pas... »

Zachary souleva Lily, dont la chemise de nuit tomba alors qu'il traversait la pièce, la déposa doucement sur le lit et s'étendit à côté d'elle, sans oser encore l'étreindre, malgré l'impatience qui le dévorait. S'appuyant sur un coude, il passa une main hésitante le long de sa taille minuscule, de ses hanches étroites, de ses superbes cuisses longues et souples, découvrant un corps comme jamais il n'en avait vu. Nue, pensa-t-il, Lily ressemblait à une déesse, à une divinité surgie d'un autre monde, bien supérieur au nôtre. Son émotion crût encore, mêlée au désir le plus ardent qu'il ait jamais éprouvé, quand il vit sa toison blonde, légèrement bouclée, bien plus abondante qu'il ne l'aurait cru – celle d'une femme, et non d'une jeune fille. Lily tremblait un peu sous ses caresses, tournant la tête d'un côté et de l'autre, les yeux toujours fermés, sans le repousser ni chercher à le toucher. On dirait qu'elle est endormie, se dit-il, comme si elle voulait que je la prenne en rêve.

Après qu'il eut caressé longuement ce corps offert, il l'attira contre lui et passa un bras sous sa tête. Le moment était enfin venu. La serrant plus fort encore, il se pencha et entra en elle avec lenteur, aussi tendrement qu'il le put, tandis qu'il fixait son visage pour savoir quand se retirer, si elle souffrait trop, mais Lily ne bougeait pas : elle restait sous lui sans tressaillir, presque inerte, bien que sa respiration fût devenue plus rapide. Zachary étendit ses jambes tout en se maintenant sur les coudes pour ne pas l'étouffer. Il fut bientôt secoué de spasmes violents, que la frustration de l'attente rendait plus forts encore, et qu'il ne put retenir – une vague, un ouragan...

Pendant quelques instants, noyé dans les battements de son propre cœur, il oublia Lily. Puis, reprenant ses esprits, il se dégagea et la prit dans ses bras, couvrant son visage de baisers pleins d'une folle gratitude, mêlés de larmes qu'il ne pouvait s'empêcher de verser. Il ne s'était pas attendu à ce qu'elle éprouvât du plaisir. Par la suite, graduellement, avec un soin infini, il lui apprendrait à savourer l'amour. Pour le moment, il demeurait stupéfait de son courage, infiniment ému de son refus de lui montrer combien il était brutal, touché qu'elle se soit offerte sans témoigner des efforts qu'elle faisait autrement qu'en fermant les yeux.

– Est-ce que je t'ai fait mal, chérie ?

– Non, bien sûr que non.

Elle ouvrit les paupières et lui sourit. Comment pourrait-il savoir que son corps avait été dressé à accepter la souffrance, à l'accueillir, à lui faire fête ? Que ce qu'elle venait d'éprouver n'était rien à côté de la douleur endurée quand il fallait casser une nouvelle paire de chaussons de danse ? Depuis l'âge de huit ans, chaque jour, des heures durant, elle vivait dans une constante souffrance. Elle avait appris à en sourire, et, comme toute danseuse, comme tout athlète, à y voir la rançon de l'existence.

Lily avait attendu autre chose de sa nuit de noces : quelque chose d'inconnu, de brutal, de brûlant, de bien plus violent que ce qu'elle éprouvait quand l'un de ses partenaires la soulevait en force, plus haut que de coutume. Elle avait attendu un duel de deux corps, qui les aurait laissés fourbus, pantelants, suants, épuisés, comme après une soirée de gala. Pas ces embrassades interminables, pas cette exploration furtive d'un corps dans lequel, depuis longtemps, elle ne voyait plus qu'un instrument, et dont elle n'avait même plus conscience. Elle aurait voulu, elle aurait tant eu besoin d'être *prise*, subjuguée, impitoyablement plongée, tête la première, dans un monde qu'elle ignorait, que les gloussements des autres élèves lui laissaient parfois entrevoir, et qui la fascinait, bien qu'elle ait cru le rejeter.

Impossible de faire plus que ce qu'elle avait fait, pensa-t-elle. Elle ne savait quelle attitude adopter, quelles positions prendre, mais son immobilité avait sans doute montré à Zachary qu'elle lui permettait tout ? Elle ne pouvait supporter l'idée de se sentir gauche, mal à l'aise, avec son corps, et pourtant personne, sinon lui, ne pourrait rien lui apprendre. Il a l'expérience, songea Lily en plongeant dans le sommeil. Elle avait fait de son mieux. A lui maintenant de changer tout cela en quelque chose de merveilleux, merveilleux, plus merveilleux encore que les acclamations du public.

Les Amberville revinrent à Manhattan après une lune de miel de dix jours à Paris. Zachary ne s'était jamais éloigné aussi longtemps de ses affaires – près de six semaines depuis son départ pour l'Angleterre –, et, mis à part de rapides visites à ses bureaux londonien et parisien, n'avait pas fait la tournée d'inspection qu'il prévoyait à l'origine. Mais il était trop heureux pour s'en soucier.

Au cours de chacune de ces dix nuits, il avait fait l'amour à Lily, goûtant chaque fois des heures sereines, paisibles, qui étaient comme la lente découverte, pas à pas, d'un paysage inconnu éclairé par la lune. Sa femme était une musique, pensait-il, une musique merveilleuse que personne d'autre ne pouvait entendre.

Lily ne lui refusa jamais rien, sauf un soir quand sa bouche avait effleuré ses cuisses. Hésitante, elle avait posé ses mains sur sa toison, avant de les retirer. Il n'avait pas insisté. Un jour, à force de patience et de tendresse, il trouverait le moyen de lui faire connaître d'autres plaisirs. Elle n'éprouvait aucun dégoût, se répétait-il, mais, tout simplement, n'avait pas encore appris à s'abandonner. Simple question de temps. Il ne faudrait pas non plus oublier ce que pouvait représenter, pour une adolescente de dix-huit ans – à peine plus qu'une enfant –, le fait de se retrouver brusquement mariée à un homme qui en avait vingt-neuf. Savoir que Lily serait à lui chaque nuit lui permit de refréner toute brutalité, toute hâte, tout geste qui, redoutait-il, pourrait paraître animal – trop rude, trop effrayant pour une jeune fille aussi sensible.

Après cette première nuit, il se rendit compte qu'il lui fallait toujours la prendre une seconde fois; son immobilité même lui faisait l'effet d'un aphrodisiaque. Il l'écoutait respirer, l'embrassait doucement, bougeant à peine, afin de ne pas meurtrir cette créature infiniment délicate, silencieuse et soumise – sa femme.

5

PLUTÔT que de passer quatre ans dans une université de la Côte Est, Cutter Amberville préféra partir pour la Californie. Il voulait mettre la plus grande distance possible entre son frère et lui, et quitter cette partie du monde où le nom d'Amberville poussait aussitôt les gens à lui demander s'il était apparenté à Zachary. Les étudiants de Berkeley, du haut de leur perchoir d'intellectuels, tout près de San Francisco, appellent ironiquement Stanford – leur rival élitiste – « la Ferme ». Cutter s'y fit des compagnons très semblables à ceux qu'il fréquentait à Andover : des garçons riches, qui avaient ce qu'il recherchait.

A Stanford, il dut travailler davantage que par le passé; mais il apprit très vite l'art de se limiter au strict minimum. Cela lui laissait tout le temps de se consacrer à ses points forts : le tennis, le squash, la voile, le polo et le ski. C'étaient là, indiscutablement, des sports de jeune homme riche et bien né, qui exigeaient des années de pratique; celui qui y excellait jouissait de l'admiration générale. Il y fallait de l'habileté, des réflexes, de l'endurance, et, dans le cas du polo et du ski, la volonté résolue de s'exposer physiquement. Et Cutter était toujours prêt à prendre des risques – dans la limite du raisonnable. Son esprit calculateur, soigneusement dissimulé, lui avait fait découvrir en effet que les gens confondaient souvent courage physique et courage tout court. Son frère – son ennemi – n'avait jamais pratiqué sérieusement aucun sport.

Le tennis et le squash faisaient l'objet de toute son attention. Ailleurs, il devait lutter contre un animal, ou contre les éléments; mais là, au contraire, il s'agissait d'une compétition d'homme à homme. Vaincre réclamait un effort; rien de comparable, pourtant, à la maîtrise et à la technique dont il sut faire preuve pour perdre, avec honneur, plusieurs parties décisives, face aux pères de certains de ses amis. C'étaient des gens qui jouaient exceptionnellement bien pour leur âge – des banquiers qui, un jour, seraient en mesure de lui proposer un emploi dans un secteur où avoir des relations vous procure tout naturellement des commissions. Perdre au tennis avec brio et bonne humeur, sans laisser soupçonner qu'il ne s'était pas donné à fond, devint l'un des talents de Cutter Amberville – aussi précieux que ses manières courtoises et son allure avenante, plus précieux encore que son courage reconnu de tous.

– Hier, j'ai accompagné Mme Zachary Amberville dans les boutiques, dit Zelda Powers.

Pavka Mayer et elle prenaient un verre avant d'aller déjeuner.

– Ah? Vos propos sont aussi amers que votre visage, ma chère. Zelda, n'oubliez pas qu'elle est très jeune, très anglaise, et qu'elle ne pense qu'à la danse depuis qu'elle est née, ou peu s'en faut – c'est du moins ce que Zachary laisse entendre. Qu'elle ne sache pas s'habiller – autrement qu'en tutu, s'entend – ne devrait donc pas vous étonner.

Zelda jeta à Pavka un regard plein de rancœur :

– L'Honorable Lily ne sait pas s'habiller *du tout.*

– Mauvais goût ? Ou simplement goût provincial, sans imagination ? Les Anglais n'ont jamais eu la réputation de savoir s'arranger.

– Nous sommes allées chez Bergdorff, chez Saks, chez Bonwit, chez les meilleurs couturiers – Zachary n'aurait pas toléré la confection –, et elle a regardé les plus belles robes avec autant d'intérêt que si je l'avais traînée à une exposition de vers de terre. Elle n'a pas jugé utile d'essayer quoi que ce soit. Rien. Rien du tout. Et pourtant, il faut bien qu'elle s'habille, Pavka. Elle s'est mariée si vite que sa mère n'a pas eu le temps de lui acheter un trousseau complet, et d'ailleurs ni l'une ni l'autre n'ont la moindre idée de ce qu'une jeune mariée doit porter à New York. Elle était en tweed pastel – un chef-d'œuvre à mi-chemin entre Alice au pays des merveilles et une princesse héritière en visite officielle dans un pays hostile.

– Mais elle est belle... si belle...

– Je ne dis pas le contraire... Je voulais simplement rendre service... Vous savez que je ferais n'importe quoi pour Zachary. En désespoir de cause, je l'ai emmenée chez Mainbocher, et là elle s'est un peu animée. Quand nous sommes parties, elle avait commandé trente-sept robes et ensembles différents – presque toute la collection. Les premiers essayages ont lieu dans une semaine.

– Eh bien, qu'est-ce qui ne va pas ? Votre problème est résolu, non ?

– Ça me reste sur l'estomac. Du Mainbocher, à son âge ! Des toilettes sur mesure, les plus chères de tous les Etats-Unis... discrètes, d'un bon goût parfait – on pourrait les porter à l'envers si la fantaisie vous en prenait. Les femmes qui les achètent sont les plus riches de New York, elles font partie d'une élite très fermée. Enfin, du Mainbocher, ça se *mérite*! Et je parie que personne n'a jamais acheté autant de robes en une seule fois... Cette... cette *gamine* n'a même pas demandé combien cela coûterait... ça ne lui est pas venu à l'idée...

– Et alors? Zachary peut se le permettre.

– C'est son attitude qui m'a exaspérée. Ce n'est pas une question d'argent. Zachary vous a-t-il parlé de la demeure qu'il vient d'acheter? La seule, de toute la ville, qu'elle ait condescendu à aimer?

– Il y a fait allusion, mais je n'y ai pas vraiment pris garde.

– Elle m'a emmenée la visiter. Pavka, vous savez comme moi quel genre d'homme est Zachary : simple, les pieds sur terre, pas une once de prétention. Croyez-vous vraiment qu'il va se plaire dans un château de marbre gris, grand comme la moitié de la Fondation Frick? Trois étages, avec une salle de bal, mon cher, et un immense jardin! Pour deux personnes? Ce n'est plus une maison, c'est un palais!

Pavka se plut à jouer l'avocat du diable.

– Il l'aimera si cela la rend heureuse.

– Et pourquoi une gamine comme elle aurait-elle besoin d'un palais pour être heureuse? Plus personne ne vit ainsi! Pensez aux travaux de rénovation, de décoration, au personnel qu'il va falloir engager – sans compter que quelqu'un devra leur dire quoi faire, parce qu'elle ne saura pas, ou ne prendra pas la peine de s'en occuper. Pensez aux jardiniers. Des jardiniers à New York! Avez-vous la moindre idée de ce que tout cela va coûter?

– Non. Mais vous savez aussi bien que moi que Zachary peut se le permettre, et largement. Zelda, je ne crois pas qu'il faille décider pour les autres de la façon dont ils doivent dépenser leur argent, et je pense que vous en conviendrez. En tout cas, vous avez toujours été de cet avis jusqu'ici.

– Pavka, très cher, ne seriez-vous pas en train de dire que je suis jalouse ?

– D'après vous ?

– Bien sûr que oui. Je devrais avoir honte. Mais je n'y arrive pas.

– Ainsi donc Zelda Powers elle-même se laisse aller à une réaction féminine tout à fait naturelle. Prenez garde, vous risquez de perdre tout ce qui fait votre originalité. Cela pourrait se révéler mauvais pour les ventes de *Style*.

– N'y comptez pas.

– Je n'en ai pas l'intention. Reprenez donc un verre. Si, si, j'insiste. J'irai même jusqu'à vous l'offrir.

Du temps – juste après la guerre – où tous deux étaient célibataires, Nat Landauer et Zachary Amberville avaient passé plus d'un après-midi aux courses en compagnie de Barney Shore, aimable jeune homme de vingt-cinq ans, un rouquin qui avait été le compagnon de chambre de Nat à Syracuse. Tout comme ce dernier était destiné à diriger un jour la Five Star Button Company, Barney semblait devoir hériter de l'entreprise familiale – quelque chose qu'il appelait négligemment « les présentoirs ».

Zachary lui demanda un jour :

– Quel genre de présentoirs ?

– Pour les magazines.

– Vous les fabriquez ?

– Non, on les remplit, dit Barney pour couper court. Il était trop occupé à étudier la presse hippique – exercice minutieux qui ne lui réussissait pas mieux qu'à Zachary. Ce n'est qu'avec la parution de *Style* que celui-ci comprit l'importance d'une société nommée Crescent, que Joe Shore, le père de Barney, avait créée : avec Curtis, Warner, Select et NICD, c'était l'une des plus grosses messageries de presse.

Sans elles, il serait impossible de publier des magazines. Du temps où Zachary était propriétaire du seul *Mensuel de la Passementerie,* il ne vendait qu'aux abonnés, mais à la création de *Style,* il signa avec Joe Shore un contrat de distribution de trois ans. La première année, il versa à Crescent dix pour cent du prix de chaque exemplaire vendu, puis, les deux suivantes, six pour cent. En contrepartie, Crescent faisait office de banquier, et le payait en fonction du tirage.

L'apparente courtoisie de Joe Shore était trompeuse : il pouvait décider du sort d'un magazine en déterminant combien d'exemplaires il enverrait aux grossistes locaux, qui eux-mêmes les feraient parvenir aux détaillants, qui à leur tour – et le plus tôt serait le mieux, suppliait chaque éditeur – les placeraient sur leurs présentoirs, au meilleur endroit possible.

Zachary Amberville avait tout de suite plu à Joe Shore, homme aussi coriace que paisible. S'il n'accordait pas facilement sa confiance, il ne la reprenait jamais, sauf en cas de rupture de contrat. Le meurtre, l'incendie volontaire, le vagabondage délictueux – rien n'aurait amené Joe Shore à changer d'avis sur un homme qu'il aimait, et qui tenait parole.

– Joe, lui dit Zachary un jour de 1953, alors qu'ils déjeunaient ensemble, je veux que vous rencontriez Lily. Accepteriez-vous de dîner en notre compagnie mardi de la semaine prochaine, avec votre épouse, Barney et la jeune fille qui sort avec lui en ce moment ?

– Certainement, Zack – une minute. Vous avez bien dit mardi ?

– C'est ça. Pas celui qui vient, mardi en huit.

– Quand vous voudrez, Zack, avec grand plaisir, mais pas un mardi, jamais le mardi. Ma femme me tuerait.

– Un matou comme vous ? Je vous croyais parfaitement heureux en ménage.

– Zack, ne me faites pas marcher.

– Allons, allons ! Qu'est-ce qu'il y a, mardi soir ?

– Milton Berle. Le comique. Mardi, huit heures du soir.

– Et alors ?

– Combien d'articles lui avez-vous consacrés dans *Sept Jours* ?

– Je ne sais pas trop... Je jette toujours un coup d'œil sur ce qui se passe, et je me pose des questions, mais le responsable de la rubrique télé m'a demandé de lui faire confiance. Comme je lui ai offert le double de ce qu'il gagnait à *Life* pour l'avoir, j'essaie de ne pas lui mettre de bâtons dans les roues. En ce qui me concerne, je n'ai jamais le temps de beaucoup regarder la télévision, et ça n'intéresse pas du tout Lily.

Joe Shore hocha la tête, stupéfait :

– Incroyable. Vous ne savez vraiment pas ce que vous perdez. Je parie que vous n'avez même pas de poste.

– J'ai regardé la télévision une fois, chez Barney, et n'ai vu qu'une bande de nains. Il faudra qu'ils fassent mieux que ça. Rien de tel qu'un film ou un spectacle de Broadway. Café ?

Ainsi donc, se dit Zachary en rentrant à pied par les rues encombrées, Joe Shore – l'homme qui, de toutes ses connaissances, avait le plus de pouvoir réel – était incapable d'accepter une invitation à dîner le mardi soir, à cause de Milton Berle. Est-ce qu'Eisenhower et Mamie, son épouse, le regardaient aussi ? Et le sénateur Joseph McCarthy ? Et Estes Kefauver ? Zack ne tenait pas assez en place pour rester assis trop longtemps, sauf pour un match de base-ball de temps à autre. Quelle que fût l'importance de la télévision, elle lui faisait concurrence pour les budgets publicitaires des annonceurs, mais pas assez pour qu'il s'en préoccupât autant que des autres revues. Il s'immobilisa à l'angle de la Cinquième Avenue et de la 52e Rue. Le pays entier s'arrêtait-il tous les mardis à huit heures du soir ? Sans doute, comme il devait s'arrêter pour Lucille Ball, Sid Caesar ou Dieu sait qui d'autre. Lui-même, Zachary Amberville, n'était qu'un crétin ignorant qui avait failli commettre l'erreur fatale de juger le public américain selon ses propres goûts. Pas assez sot, cependant, pour ne pas le reconnaître, et s'efforcer d'y remédier. *La Semaine de la Télévision ?* Trop austère. *Cette Semaine à la télévision ?* Trop long. *L'Hebdomadaire de la Télévision ?* Trop intellectuel. Cela faisait penser à l'*Atlantic* ou à *Harper's. Votre Semaine TV ?* Encore trop long. *TV Hebdo.* Ce sera parfait. Il traversa la rue, voyant déjà à quoi ressemblerait le premier numéro. Un format carré, de vingt sur vingt, sur du papier de bonne qualité, bourré de texte et de photos, avec, bien sûr, les programmes de la semaine, et une grande photo couleur de Milton Berle en couverture. Pressant le pas, Zachary Amberville revint à son bureau. Il valait déjà dix millions de dollars de plus que lorsqu'il était parti déjeuner mais ne le savait pas encore.

Plusieurs mois avant la fin des travaux d'aménagement de leur palais de marbre gris, 70e Rue Est, Lily découvrit qu'elle était enceinte. Sa première réaction fut d'avoir peur : qu'adviendrait-il de son corps? Puis elle sourit. Réaction typique de danseuse. Elle avait renoncé à sa carrière pour mener une vie normale, et son enfant serait la preuve, s'il en était besoin, qu'elle était enfin libre, enfin femme – cette grossesse marquerait le rejet définitif du petit monde hermétiquement clos de la danse. Elle faisait encore ses exercices à la barre, chaque matin pendant une heure, dans la grande suite du Waldorf Towers où les Amberville s'étaient installés provisoirement; mais, depuis son arrivée à Manhattan, la danse avait cessé d'occuper sa vie. La barre était une habitude, un moyen de garder la forme, et rien de plus.

Sa merveilleuse garde-robe! Elle fut saisie d'effroi. Ses vêtements ne lui iraient plus d'ici quelques semaines. Ah! personne n'y pouvait rien. Elle irait chez Mainbocher cet après-midi et leur demanderait de lui créer des modèles pour femme enceinte. Devrait-elle écrire immédiatement à sa mère, ou même lui téléphoner? Il faudrait que Mère se mette en quête sans tarder de la parfaite gouvernante, qui viendrait d'Angleterre et s'occuperait de tout. Le docteur Wolfe lui avait dit de surveiller son poids. Un bon médecin, pensa-t-elle, mais quelle remarque absurde! C'est ce qu'elle faisait depuis toujours. Elle se félicita du bonheur qu'elle éprouvait. Ses petits seins de danseuse, inévitablement, se feraient voluptueux. Elle serait délicieuse dans une robe très décolletée, et dirait à Mainbocher qu'elle voulait, pour les soirées, des modèles amples, très échancrés, noués sous la poitrine à la mode Empire. Autant en profiter tant que cela durerait, car, bien entendu, elle n'allaiterait pas son enfant. Toutes ses cousines l'avaient fait, ce qui lui paraissait une épouvantable perte de temps; rester assise patiemment, des heures durant, tandis qu'une petite créature se servait de vous comme d'une vache humaine... Le bébé ne se souviendrait certainement pas d'avoir été allaité ou non – et, dans un cas comme dans l'autre, n'aurait aucune raison de lui en être reconnaissant.

Elle prit note mentalement d'indiquer aux décorateurs où installer la nursery. Très loin de sa chambre, afin de n'être jamais dérangée par les cris de l'enfant. Un bébé qui pleure est, sans conteste, l'une des choses les plus exaspérantes qui soient, et elle n'entendait pas plus le tolérer que s'habiller au rayon prêt-à-porter des grands magasins!

Etre mère à son âge? Ah! autant s'y prendre tant qu'elle était jeune, comme cela se faisait dans la famille royale, et d'ailleurs elle n'avait pas le choix. Mais ce serait dommage, quand même. Lily, installée à Manhattan depuis si peu de temps, commençait à peine à se faire à l'idée de pouvoir, au moindre désir, obtenir tout ce qu'elle voulait, quand elle le voulait. Au demeurant, avoir un bébé ne signifiait pas renoncer à toutes les satisfactions, mais seulement les différer de quelques heures. Elle savait, depuis le début, que Zachary était immensément riche. Elle comprenait maintenant que sa fortune dépassait tout ce qu'elle avait pu imaginer, et qu'il était infiniment plus généreux que tous ceux qu'ils avaient connus. A bien y penser, son propre père s'était montré plutôt pingre – il était convaincu qu'il fallait élever les enfants dans la discipline, et leur mesurer l'argent de poche. Lily n'en avait jamais eu besoin – rien ne l'intéressait assez pour qu'elle ait l'occasion de faire des dépenses – mais, maintenant qu'elle avait renoncé à la danse, elle découvrait une foule de choses qu'elle avait envie d'acheter. Les boutiques de Manhattan se révélaient si tentantes, et il était si agréable de savoir qu'elles ne contenaient rien que

Lily ne puisse acquérir, rien que Zachary ne soit prêt à lui offrir.

« Opulent. » Un mot répugnant. Riche. Autant le dire franchement. Riche. Très, *très riche.* Peut-être, quand le bébé serait présentable, permettrait-elle à *Style* de la photographier. L'Honorable Mme Zachary Amberville et son enfant... Non, pas *Style.* Ce n'était pas une revue destinée aux gens riches – ce qui expliquait peut-être qu'elle se vendît aussi bien. *Vogue,* disons, ou, mieux encore, *Town and Country.* A bien y réfléchir, il serait original de faire sa première apparition dans les magazines chic, que tout le monde lisait à New York, en jeune maman, plutôt qu'en jeune mariée, comme tant d'autres.

Bien entendu, parler de la « bonne société » new-yorkaise est une plaisanterie. A Londres, on en fait ou non partie. Une fille de vicomte sera toujours une fille de vicomte, quel que soit son époux. Elle a des parents, des ancêtres, une place dans la constellation. Elle peut épouser quelqu'un de titré, un membre de l'aristocratie provinciale, voire un Américain, mais chacun se souviendra toujours de ce qu'elle était « avant ». Il faudra des générations pour que cela cesse d'avoir de l'importance – et encore! Peut-être que dans des siècles les gens diraient encore : « Ah! Lady Melinda... Son arrière-arrière-grand-mère était fille de banquier avant d'épouser le comte de Dieu-sait-où. » Snob, sans doute, atrocement snob, pensait-elle, mais c'est pourtant ainsi que va le monde.

Mais New York! Tant de leurs prétendues « grandes dames » ne sont encore qu'à trois générations – quatre, au maximum – des requins de la finance qui ne furent rien d'autre que des voleurs ayant réussi. Certes, il y avait la postérité des colons du *Mayflower,* et ce Cincinnati Club, qui regroupait les descendants des officiers de l'armée de Washington. En d'autres termes, songea-t-elle, de colons entrés en rébellion contre un assez bon roi, il y a moins de deux siècles. Les membres de ce club semblaient jouir d'un vif prestige – bien que Zachary, qui aurait pu en faire partie, ne s'en fût jamais donné la peine. Et sa propre mère lui avait dit, dans les semaines qui avaient précédé le mariage : cinquante familles se considèrent comme les fondateurs du « Vieux New York », mais seule une poignée d'entre elles peuvent se targuer d'ancêtres respectacles venus de l'Ancien Monde. Les Van Rensselaer, qui tenaient leurs armoiries du Prince d'Orange, avaient perdu leurs terres. Mais les Livingston, toujours prospères, pouvaient remonter à la noble maison des Callender, en Ecosse. Les Pell étaient d'anciens aristocrates anglais, et les Duer et les Rutherford possédaient un arbre généralogique dont tout un chacun eût été fier. Il est juste de vénérer ses ancêtres, se dit Lily avec ironie, mais ne pourrait-il y avoir un peu plus de patine sur leurs tombes? Moins d'un siècle avant la Révolution française, Louis XIV avait vendu, pour 6600 livres, des titres de noblesse, en laissant un blanc où le nouvel aristocrate inscrirait son nom. Peu de familles, en vérité, subiraient avec honneur un examen remontant au-delà de quelques siècles. Les Adamsfield eux-mêmes n'étaient encore, au début du XVIe siècle, que de simples propriétaires terriens. Non, le fétichisme du titre était chose ridicule, et indigne d'elle.

Et pourtant, pourtant... Elle allait vivre à Manhattan, et le simple amour-propre exigeait qu'elle soit traitée avec le respect dû à son rang. Une fois débarrassée du bébé, elle ne fréquenterait que les rares personnes vraiment huppées. A coup sûr, on lui demanderait de faire partie de nombreuses associations de bienfaisance – c'était, apparemment, une folie new-yorkaise – et elle deviendrait membre actif de celles qu'elle aurait choisies avec le plus grand soin. Sa mère lui avait dit et répété qu'il était très imprudent de se faire trop vite des amis quand on s'installe quelque part. On passe les dix années qui suivent à tenter de s'en défaire.

Lily s'étira avec volupté. La maison, le mobilier ancien qu'elle acquerrait pour la meubler, les robes innombrables, le sentiment de pouvoir régner sur Manhattan dès qu'elle le voudrait, les voyages quand il ferait trop chaud, ou trop froid, dans la ville, les bijoux des grands joailliers de New York... tout semblait se fondre en une ronde affairée de plaisirs. Quelle folie d'avoir passé la plus grande part de sa vie enchaînée à une discipline qui ne lui accordait aucune joie, sauf celle, furtive, de danser encore mieux que d'habitude. Les danseuses, et surtout les *prima ballerina,* sont vraiment des *esclaves,* se dit-elle. Esclaves de leurs normes impossibles, de leurs professeurs, de leur corps – et, par-dessus tout, du public, à qui le prix d'un ticket permettait d'exiger d'elles une perfection dont il ne pouvait deviner le coût. Des chiens savants, qu'on faisait sauter à travers des cerceaux, et qui auraient d'eux-mêmes choisi la servitude. Quelle chance d'avoir pu s'échapper à temps! Une fois devenue danseuse étoile – ce qui n'aurait pas manqué de se produire –, il lui aurait été infiniment plus difficile de se soustraire à cette existence impitoyable.

Le téléphone sonna. Lily tressaillit, tirée de sa rêverie. « Oh oui, chéri, j'ai merveilleusement dormi. Non, rien de bien nouveau, une journée de plus à discuter avec les tapissiers et les décorateurs. Allons, Zachary chéri, ne t'en fais pas, je m'amuse vraiment beaucoup. » Sans doute aurait-elle dû le prévenir dès qu'elle avait découvert qu'elle était enceinte, mais cela lui était sorti de l'esprit. Ah! il sera toujours temps ce soir. Il comprendrait, sans doute, que bientôt ils devraient cesser de faire l'amour ensemble. Très bientôt. Elle reposa le récepteur, puis le reprit. Elle allait téléphoner à Mlle Varney, la vendeuse de chez Mainbocher, et prendre rendez-vous pour demain. Non... pour cet après-midi. A quoi bon attendre?

– Ne pas allaiter mon fils? Chéri, il est impossible que j'aie pu dire une chose pareille.

– Lily, voyons, tu ne te souviens pas? Je t'ai bel et bien entendue dire à Minnie que toutes ces histoires sur les anticorps contenus dans le lait maternel n'étaient qu'une lubie américaine, que rien ne valait l'air pur, et une bonne gouvernante.

– Peut-être. Tu dois avoir raison. Et alors? J'ai changé d'avis! Où est l'infirmière qui s'occupe de mon fils? Elle devrait être là depuis cinq minutes. Zachary, voudrais-tu aller le chercher? J'ai peur que les gens de l'hôpital ne lui donnent quelque chose pour dormir, afin d'être tranquilles. Ils ont horreur des mères qui allaitent, c'est un surcroît de travail pour eux.

Tandis que Zachary errait dans les couloirs à la recherche d'une infirmière, Lily se rongeait d'impatience. Tobias était né, sans problèmes, trois jours auparavant, et dès qu'elle l'avait vu, avec sa coiffe de boucles blondes, ses joues pleines et son joli petit corps parfait, elle avait compris que jamais de sa vie elle n'avait aimé. Ni ses parents, ni Zachary, ni elle-même. Etre submergée par une vague d'amour maternel était bien la dernière chose à quoi Lily se fût attendue : elle avait pourtant passé le premier jour à pleurer, parce que son enfant n'était pas près de son lit, mais à la pouponnière, avec les autres bébés. Il *était* elle, une partie de son propre corps – comment pouvait-on l'emmener comme s'il ne lui appartenait pas? Trop tard pour le laisser à côté d'elle, dans son berceau, avait expliqué le médecin. Toutes les autres mères semblaient avoir opté pour cette solution, alors que l'hôpital avait à peine l'équipement nécessaire pour la moitié d'entre elles. Si seulement, avait-il ajouté, elle en avait fait la demande quelques mois auparavant. Comme si elle avait su alors que Tobias serait son fils!

C'était un garçon, évidemment. Quelle sottise de prétendre ne pas se soucier du sexe d'un enfant, du moment qu'il est en bonne santé! Chacun sait bien, en son for intérieur, que le premier-né doit être un garçon. Les hommes des cavernes le pensaient déjà, et l'humanité avait fait de même depuis.

– Le voilà! s'écria Zachary en ouvrant la porte à l'infirmière. Il a l'air affamé! Je l'ai repéré au bruit.

– Il a besoin de crier, c'est bon pour ses poumons, dit Lily d'un air aussi expert que sa mère, et ouvrant les bras avec avidité.

– Voulez-vous que je vous laisse? demanda l'infirmière.

– Je n'ai pas besoin de vous pour le moment, madame, merci. Zachary chéri, tu ne m'en voudras pas? C'est si nouveau pour moi. J'aurais besoin d'être un peu seule avec lui. Reviens dans... disons une heure. Il aime prendre son temps.

Zachary s'efforça de cacher sa déception :

– Tu es sûre? Tu n'auras besoin de rien?

Il la regarda avec adoration. Elle était adossée à plusieurs oreillers de soie bordés de dentelle, comme les draps et le couvre-lit qu'il avait apportés. Lily, ses cheveux flottant sur ses épaules, n'avait jamais paru aussi angélique. Elle portait aux oreilles d'énormes saphirs de Van Cleef et Arpels, qu'il venait de lui offrir pour fêter la naissance d'un garçon. L'écrin du collier et des bracelets qui complétaient la parure reposait, grand ouvert, sur la table à côté d'elle, et les bijoux eux-mêmes, entassés près de la lampe, semblaient le souvenir d'un songe d'une nuit d'été.

– Si c'est le cas, chéri, j'ai une sonnerie sur la table de nuit, et je m'en servirai, je te le promets. Maintenant, allez-vous-en tous les deux, avant que mon fils ne réveille toute la ville.

On peut discuter à l'infini des influences respectives du milieu et de l'hérédité; mais il paraissait évident que Tobias Adamsfield Amberville deviendrait un monstre. Il était impensable qu'un enfant né d'un père ivre d'admiration et d'une mère qui voyait en lui une extension d'elle-même – et ne se refusait jamais rien – ne fût pas affreusement gâté.

– Ce doit être le sang des Anderson, remarqua sa grand-mère, Sarah Amberville. Le fameux esprit travailleur des protestants, en quelque sorte.

Lily, enceinte de six mois, éclata de rire.

– Et il travaille déjà bien, Sarah.

– Regardez-le bêcher le jardin. Si sérieux, si méthodique... on dirait qu'il est payé à la pelletée. Il n'a pas pleuré une seule fois depuis que je suis là, il va tranquillement au lit quand c'est l'heure, et sa gouvernante m'a dit qu'il ne lui causait aucun souci. Il mange tous ses légumes, ce que même Zachary ne faisait pas à son âge. J'espère que le prochain sera aussi facile à vivre.

– Ce sera le compagnon de jeux de Tobias. Ce n'est pas bon pour un enfant d'être fils unique, c'est pourquoi j'en veux un autre aussi vite. Sinon, je me contenterais de voir grandir celui-là.

Sarah Amberville ne répondit pas. Elle ne s'était toujours pas habituée à sa bru – elle n'y parviendrait jamais –, et en avait même un peu peur : si par malheur elle lui déplaisait, plus question de voir son petit-fils, ni même, sans doute, son propre fils. Minnie avait été condamnée à un bannissement de plusieurs mois, pour avoir osé remarquer qu'on fabriquait aux Etats-Unis des vêtements pour enfants d'excellente qualité, et qu'il paraissait donc un peu excessif d'en faire venir de Londres, d'autant plus que Toby grandissait à toute allure.

– Regardez, il revient. Il doit avoir faim.

– Attendez que le jardinier arrive demain, gloussa Lily.

– Il aura une surprise?

– Toby a déterré toutes les tulipes, jusqu'à la dernière. Elles devaient fleurir la semaine prochaine. Le jardinier en avait planté quatre cents à l'automne.

– Mon dieu, mon dieu, murmura Sarah Amberville. Elle ne s'était pas rendu compte que Lily savait dès le début ce que faisait Toby; depuis deux heures Sarah s'appuyait sur ses mains, se mordant les lèvres et priant d'avoir le courage de se taire. Peut-être trouvait-on facilement de bons jardiniers à Manhattan. A Andover le problème ne se posait pas. Etre grand-mère semblait se révéler moins drôle qu'elle ne l'aurait cru. Comme tout le reste, sans doute.

Lily n'aurait pu imaginer de bébé plus vilain que Maximilienne Emma Amberville : une sorte de poulet déplumé, sans le moindre cheveu, avec des jambes torses, et, dès le premier jour, une éruption de boutons. Elle avait la diarrhée, hurlait quand elle avait faim, et braillait le reste du temps. Ce doit être l'enfant la plus difficile de la pouponnière, lui avoua l'infirmière-chef.

Quand Lily lui rapporta cette remarque, Zachary explosa :

– J'espère que tu lui as dit de se mêler de ses affaires !

– Zachary ! Il n'en était pas question. La pauvre femme ne savait plus que faire. Je l'ai assurée que le bébé serait à la maison dès demain. C'est la gouvernante qui me préoccupe sérieusement. Et si elle s'en allait ? Elle a tellement l'habitude de Tobias.

– Elle est bien trop payée pour le peu qu'elle a à faire.

– J'ai appelé l'agence pour en engager une autre. Ils m'ont proposé une femme avec de solides références, une certaine Mlle Hemmings, qui a l'habitude des cas difficiles. Elle sera là quand nous quitterons l'hôpital, et entrera en fonction aussitôt. Heureusement, la chambre de Maximilienne est loin de celle de Tobias, elle ne le réveillera pas.

– Lily, voyons, elle a la diarrhée, pas la lèpre. J'ai tendance à penser qu'elle aura beaucoup de caractère, et j'aime vraiment son air. Elle me ressemble, tu sais.

– Chéri, ne sois pas ridicule. Séduisant comme tu l'es ?

– Tu n'as pas vu de photos de moi bébé.

– Ça devrait s'arranger avec le temps. Elle ne pourrait pas être pire.

La diarrhée et les boutons disparurent en même temps. En six mois Maximilienne prit assez de poids pour que ses petites jambes maigres se fassent dodues et bien droites. Ses cheveux poussèrent, épais et raides, et Zachary, triomphant, découvrit qu'elle avait une mèche toute blanche au même endroit que lui. Sur le plan du caractère, elle réussit, en moins de deux ans, à briser celui de la gouvernante spécialiste des cas difficiles.

Mlle Hemmings était au bord des larmes.

– Madame, j'ai eu affaire à des bébés malades, à des bébés si tranquilles qu'on voyait que quelque chose n'allait pas; à des bébés hyperactifs qui couraient partout, jusque dans les égouts; à des bébés qui grimpaient aux arbres à dix-huit mois; à des enfants qui, à quatre ans, n'avaient pas encore appris la propreté... tout ce qu'on peut imaginer. Mais Maxi... Il faut que je prenne du repos, Madame, sinon je ferai une dépression nerveuse.

– Oh, non! Mademoiselle Hemmings, s'il vous plaît, n'en faites rien.

– Il le faut, Madame. J'aime trop Maxi. Elle est si adorable et si désobéissante. Je ne peux me résoudre à la punir, et c'est mauvais pour elle.

Mlle Hemmings était, de toute évidence, bien décidée à partir. Lily se montra très froide :

– J'avais cru que vous pourriez surmonter ce genre de problèmes. J'ai bien peur que Maxi ne soit trop gâtée. Tout ce qu'elle veut, elle l'a... Vous auriez dû faire quelque chose...

– J'ai essayé, Madame, mais...

– Mais vous avez échoué. C'est bien cela, n'est-ce pas?

– Si vous voulez voir les choses sous cet angle, oui.

– Je vous tiens pour responsable de la situation, mademoiselle Hemmings, et j'ai peur de ne pouvoir vous accorder de certificat élogieux.

– C'est à vous d'en décider, Madame. Mais je doute qu'on puisse résoudre la difficulté en engageant une autre gouvernante.

– C'est ce que nous verrons! Je suis sûre que quelqu'un d'autre saura y faire!

– Je n'aime pas blâmer les parents, Madame, dit

Mlle Hemmings, blessée dans son orgueil professionnel, mais la meilleure gouvernante du monde ne peut faire que ce qui est de son ressort. Si vous voulez bien m'excuser...

– Une minute, je vous prie. Pourrais-je savoir exactement ce que vous entendez par là, mademoiselle Hemmings ?

– Maxi est trop gâtée parce que son père lui donne tout ce qu'elle désire, et parce que vous passez tout votre temps avec Toby. Elle essaie désespérément d'attirer votre attention, et – puisque vous me demandez d'être franche – se sert de son père comme d'un substitut maternel.

Avant que Lily ait pu répliquer, Mlle Hemmings quitta la pièce et monta à l'étage faire ses valises. Au cours d'une carrière aussi longue qu'honorable, elle n'avait jamais parlé de façon aussi claire, et, bien que consternée de devoir quitter Maxi, se sentait plutôt fière d'elle-même.

La gouvernante anglaise de Toby, Mme Browne, était plus solide que sa collègue. Elle prit en charge Maxi, qu'elle appela « notre petite de deux ans », d'une façon qui voulait tout dire. Lily, agacée, malgré elle, par les remarques de Mlle Hemmings, mit un point d'honneur à faire la lecture à la petite fille avant le dîner, tous les soirs ou presque, et à la laisser jouer avec ses bijoux, une demi-heure durant, le dimanche matin, perchée sur le lit maternel – un lit couvert de dentelles qui le faisaient ressembler à un gâteau de mariage. Personne ne pourra m'accuser d'être une mère négligente, songeait Lily, pleine d'ennui et de ressentiment, tandis qu'elle lisait à voix haute.

Tobias venait d'avoir quatre ans quand il se mit à tomber de son lit. Jusque-là il s'était parfois réveillé en pleine nuit pour aller à la salle de bain, suivant le même trajet familier afin de ne déranger personne. Il demanda un jour :

– Maman, est-ce que je peux avoir de la lumière la nuit ?

– Voyons, chéri, tu n'en as jamais eu, même quand tu étais tout petit. Tu as fait un mauvais rêve, c'est ça ?

– Non, je ne vois rien quand je me réveille. Je ne sais pas où je suis dans le lit, sauf si je tâte autour de moi, et si je suis au bord, je tombe. Et je ne trouve pas la lampe dans le noir. C'est arrivé plusieurs fois, et ça fait mal quand je tombe.

– Il fait peut-être trop sombre dans ta chambre ?

– Non, non... Avant il y avait assez de lumière dans la rue... Je ne sais pas, je n'arrive plus à voir dans le noir.

Le cœur de Lily se mit à battre avec violence :

– Je suis sûre que ce n'est rien de grave, mais je vais quand même t'emmener chez le docteur Stevenson. Tu as sans doute besoin de manger davantage de carottes, mon bébé.

Le pédiatre soumit Toby à un examen complet.

– Un bien beau jeune homme, madame Amberville. Pour ce qui est de tomber du lit, je suis certain que ce n'est rien, mais, juste pour être sûr, je pense que vous devriez faire examiner ses yeux.

– Mais c'est ce que vous venez de faire !

– Par un spécialiste. Juste pour être sûr.

– Pour être sûr ?

– Ne vous inquiétez pas. Les enfants ont toutes sortes de symptômes passagers, surtout quand ils grandissent aussi vite que votre garçon, et il est toujours préférable de consulter un spécialiste, même si cela se révèle inutile.

Le docteur Stevenson adressa Toby au docteur Davis Ribin, célèbre ophtalmologiste, qui examina ses yeux avec le plus grand soin. Lily, restée dans la salle d'attente, s'efforçait de lire un magazine. Brusquement, levant la tête, elle aperçut Zachary, debout à côté d'elle, et comprit aussitôt que le médecin lui avait demandé de venir.

– Non! hurla-t-elle.

Il la prit dans ses bras :

– Lily, Lily... Quoi que ce puisse être, la médecine en viendra à bout. On peut tout faire; les yeux, c'est le domaine le plus avancé qui soit. Lily, je m'occuperai de tout, n'aie pas peur. Viens, le docteur veut nous parler. Une infirmière s'occupe de Toby, je les ai vus en entrant.

– Je suis navré d'avoir à vous l'annoncer, dit le docteur Ribin, mais Toby est atteint de rétinite pigmentaire. C'est une maladie dont nous ignorons la cause. Ne rien voir la nuit en est souvent le premier symptôme.

Zachary prit la main de sa femme :

– Une maladie? Quel genre de maladie?

– D'abord, monsieur Amberville, permettez-moi de vous rappeler que la rétine est une membrane très mince qui recouvre l'intérieur de l'œil. Elle contient des cônes et des bâtonnets sensibles à la lumière. Les cônes sont les récepteurs de la lumière faible, et c'est pourquoi une altération de leur fonctionnement, comme dans le cas de Toby, se traduit d'abord par une incapacité à voir dans l'obscurité.

Des explications aussi longues mettaient Lily hors d'elle :

– Docteur Ribin, quel est le traitement à suivre en pareil cas ?

– Il n'y en a pas, madame Amberville. On ne peut remplacer les cellules nerveuses de la rétine quand elles sont endommagées.

– Pas de traitement ? La médecine ne peut rien faire ?

– J'ai bien peur que non.

– Et la chirurgie ? Il faudra qu'on l'opère ?

– Il n'existe pas de traitement chirurgical pour la rétinite pigmentaire.

– C'est impossible ! Je ne vous crois pas ! On peut traiter n'importe qui ! Il n'a que quatre ans, c'est un enfant, un petit enfant...

Zachary serra la main de Lily, à lui faire mal :

– Que va devenir Toby ? demanda-t-il.

– C'est une maladie à évolution progressive, monsieur Amberville. Les bords de la rétine sont affectés en premier lieu, et, bien que la vision centrale de Toby puisse rester stable pendant des années, son champ de vision finira par se réduire à mesure qu'il grandira. Pour finir – mais je suis incapable de vous dire quand – il ne lui restera plus qu'un point. Mais cela peut ne se produire que beaucoup plus tard. Bien des années passeront d'ici là, j'espère, mais je ne peux vous préciser combien exactement.

Zachary – bien qu'il sût quelle serait la réponse du médecin, rien qu'à voir son visage – se sentit obligé de demander :

– Excusez-moi, docteur, mais n'y a-t-il pas une chance pour que ce soit quelque chose d'autre ?

– J'aimerais pouvoir le penser. Si cela peut vous aider, je vous conseillerai de consulter un de mes collègues, mais malheureusement c'est une maladie qui, bien que rare, ne laisse pas de place au doute, et le diagnostic en est facile. Il y a des caillots de pigments dispersés dans toute la rétine, et les vaisseaux sanguins qui l'irriguent ont rétréci. Je suis navré d'être aussi catégorique. Je souhaiterais pouvoir me tromper, monsieur Amberville.

– Mais comment cela lui est-il arrivé ? s'écria Lily. Comment ? Dites-le-moi !

– La rétinite pigmentaire est parfois associée à certains cas de sénilité. Mais quand un enfant en est victime, c'est forcément héréditaire, madame Amberville.

6

UNE fois diplômé, Cutter Amberville fut presque tenté de rester en Californie. A Stanford, il s'était fait nombre d'amis influents, et avait fini par partager la superstition locale qui veut que l'endroit soit très supérieur à Harvard. Sa mère venait le voir plusieurs fois par an, mais il passait les congés et les grandes vacances sur la Côte Ouest. Il suivit les cours de la Stanford Business School, puis travailla un moment pour Booker, Smity et Jameson, société de San Francisco spécialisée dans les placements financiers. Le père de Jumbo Booker, son compagnon de chambre, en était le président. Ce petit homme maigre et vigoureux, qui jouait passionnément au tennis, avait pris grand plaisir à battre à plusieurs reprises le jeune Amberville.

Début 1958, à vingt-quatre ans, Cutter décida pourtant de s'installer à Manhattan. Même en Californie, tous ceux qu'il rencontrait finissaient, tôt ou tard, par l'interroger sur son frère. Peut-être qu'en allant en Chine, pensait-il, il pourrait échapper à cette inévitable question, mais sinon... Mieux valait faire face, et tirer parti de cette encombrante parenté. New York était la capitale des placements financiers, et être un Amberville ne pourrait porter tort à sa carrière. Cutter avait bien l'intention de gagner beaucoup d'argent. Il ne faudrait pas que Zachary soit le seul riche de la famille.

Cutter était pétri de ces traditions aristocratiques qui, à Stanford et à San Francisco, régissent les manières, les attitudes, la culture, et gouvernent jusqu'au monde des affaires. Il eut du mal à s'adapter à la frénésie collective de Manhattan. Qui donc étaient tous ces gens? Pourquoi diable couraient-ils, quand il suffisait de marcher? Ne pouvaient-ils donc converser sans dépasser un niveau sonore supportable? N'avaient-ils pas de quoi s'occuper, ou feignaient-ils d'être surmenés?

Au bout d'une semaine, Cutter décida d'ignorer purement et simplement la ville, et de ne pas chercher à en comprendre les déplaisantes habitudes. Il finit par découvrir que, dans certains quartiers, vivaient des gens qui lui étaient proches, et ses amis d'Andover, de Stanford et de San Francisco l'avaient introduit dans les seules demeures de Manhattan où il pouvait se sentir chez lui.

A vrai dire, Cutter Amberville se voyait fêté partout où il allait. Il était grand – un mètre quatre-vingt-cinq; le sport lui avait donné ces longs muscles pleins d'élégance qui font soupirer d'aise les tailleurs. Cette allure inimitable qui avait été la sienne dès l'adolescence s'était affinée avec les années, et Cutter était désormais un homme d'une exceptionnelle beauté. Le soleil californien avait hâlé sa peau et doré sa chevelure. Un nez parfait, des yeux aussi bleus que la mer en Sicile, aussi froids que les eaux d'un fjord, et une bouche austère, merveilleusement dessinée, ne pouvaient laisser insensible aucune femme. Puissant, mais sans lourdeur, il faisait songer, dès qu'il entrait quelque part, à ce « matador aux membres légers » dont parlait Byron. Sa blondeur dissimulait pourtant la dureté d'un tueur de taureaux, et d'obscurs desseins. Son assurance et sa fierté étaient telles que personne n'aurait pu croire qu'elles étaient le fruit d'un exercice aussi volontaire que celui qui lui avait appris à donner chaleur et sincérité à son sourire.

Ce charme indéniable faisait maintenant partie intégrante de lui-même – le charme agréable, flatteur, *nécessaire,* d'un homme envieux, dont toute l'existence visait à regagner l'attention et l'affection qui, croyait-il, lui avaient été si injustement refusées pendant son enfance.

Ses onze ans d'écart avec Zachary lui faisaient l'effet d'une génération. Rien ne pourrait jamais lui faire renoncer à la haine dévorante qu'il vouait à son frère; aucune réussite, si complète qu'elle fût, ne parviendrait jamais à compenser la perte définitive de ce qui lui était dû. Mais cette haine lui était devenue si familière que, de temps en temps, il pouvait presque la laisser sommeiller, et mettre de côté la litanie des injustices dont il avait été victime.

Pourtant, s'il lui était loisible d'ignorer, pour un moment, l'incroyable succès de Zachary – qui volait de victoire en victoire, comme pour le tourmenter –, Cutter ne pouvait se résoudre à admettre cette réussite, ni se résigner à l'idée de n'être que le frère cadet. En son for intérieur, il se refusait à croire que ce triomphe ne le privait pas de quelque chose d'essentiel. Il s'en trouvait définitivement *amoindri,* tout à fait injustement, et Zachary en était responsable. Cutter, en dépit de tout son charme, de son admirable beauté, était lourd d'une amertume muette, aussi ineffaçable que si elle avait été tatouée sur son cœur. Il entretenait et chérissait sa haine, aurait-elle disparu qu'il lui aurait fallu rebâtir son univers, et lui donner un sens nouveau. Mais cela restait bien improbable : les publications Amberville paraissaient toutes les semaines, tous les mois, sous des couvertures éclatantes et accrocheuses; à chaque numéro les pages de publicité y étaient plus nombreuses. Et *TV Hebdo,* acheté par des millions d'Américains, se trouvait, à côté du téléviseur, dans chaque salon où Cutter pénétrait.

Quand Cutter vint s'installer à Manhattan, près d'un an s'était écoulé depuis qu'on avait identifié la maladie de Toby. Lily, pourtant, avait l'impression que son fils voyait toujours aussi bien qu'avant. Ni elle ni Zachary n'avaient soufflé mot de leur visite au docteur Ribin, même à la gouvernante. Comme nul ne pouvait rien faire – un autre spécialiste avait confirmé le diagnostic –, ils gardaient le silence, incapables de supporter l'idée d'en discuter, même entre eux – surtout entre eux.

« Héréditaire. » Les deux médecins en étaient tombés d'accord. Il n'y avait aucun cas de cécité chez les Amberville, les Anderson, les Dale et les Cutter, mais le grand-père et l'un des oncles de Lily – tous deux du côté maternel – étaient aveugles. Non, Zachary et Lily n'auraient pu parler de Toby, faute de pouvoir prononcer les seuls mots qui leur venaient à l'esprit. « Ses gènes », pensait-il. Et elle : « C'est ma faute. » Injuste, injuste, parfaitement injuste. Tous deux le savaient, mais ne *pouvaient pas* s'empêcher de le penser.

Un silence énorme avait envahi leur vie, y créant un vide, et ils avaient si nettement conscience de ces mots interdits qu'ils croyaient pouvoir les toucher du doigt. C'était comme si un glacier s'était avancé inexorablement, menaçant leur existence à deux.

A vingt-quatre ans, Lily s'était imposée comme la femme la plus marquante que la bonne société new-yorkaise avait connue depuis des générations. Des grandes dames de trente ans ses aînées, riches, cultivées, considérées, se donnaient toutes les peines du monde pour la rencontrer. Elle était non seulement la fille du vicomte et de la vicomtesse Adamsfield, mais l'épouse de M. Zachary Amberville, qui avait, en son nom, fait don d'un million de dollars à la collection de peintures américaines du Metropolitan Museum, et du double à l'Université de Columbia, pour son programme de bourses d'études.

Lily se distrayait sans tapage – mais avec prodigalité, dépensant avec délices des sommes folles –, et jamais les journaux ne parlaient d'elle. Pourtant, chacun de ses départs en voyage, pour Londres ou Paris, était ressenti comme une perte, une atteinte au prestige de Manhattan. A son retour, chaque fleuriste en vogue se voyait commander des dizaines de bouquets – autant d'hommages qui lui étaient dus; la vie mondaine prenait un rythme plus rapide, et ses nombreuses connaissances sentaient que, de nouveau, les choses retrouvaient leur cours ordinaire, et qu'une saison de fêtes allait commencer.

Lily était le mécène généreux de toutes les troupes de ballet, et chaque matin, sans faute, passait une heure à la barre. Elle jouait un rôle de premier plan dans ces manifestations culturelles qui rassemblent tous les New-Yorkais d'une certaine classe, sans pour autant faire partie de nombreux comités. Sa simple apparition lors d'une soirée de bienfaisance, ou d'un gala d'ouverture – aussi subtilement dominatrice que la lune qui se lève, toujours habillée par Mainbocher, la chevelure ramenée en arrière en un lourd chignon – suffisait à en faire un événement.

Les New-Yorkais, si vifs, si prompts à mesurer l'importance des gens, furent sensibles à l'extrême modestie dont Lily faisait preuve, et, en hommes avisés, comprirent que c'était le signe d'une supériorité qu'ils étaient désireux – et même heureux – de reconnaître, parce qu'elle rehaussait la leur. Que Lily ait décidé de ne jamais mentionner son titre d'« Honorable » leur offrait le plaisir d'apprendre aux non-initiés qu'elle était la fille d'un vicomte, d'un dix-neuvième baronnet. Ne pas le dire devint bientôt un sujet de fierté pour ceux qui la connaissaient le mieux – ou qui, du moins, le croyaient.

Longtemps avant les premiers signes de la maladie de Tobias, Lily avait cessé d'espérer qu'elle pourrait connaître un jour le plaisir physique. Elle pensait, de par son tempérament, n'avoir nul besoin de ces satisfactions pour lesquelles certaines femmes semblaient vivre. Il faut de tout pour faire un monde, et d'autres ne pensaient qu'au chocolat ou aux martinis. Cette absence de désir ne la révoltait pas : la vie était trop pleine de choses délectables, facilement accessibles, pour lesquelles elle avait un appétit sans limites, impossible à rassasier.

Zachary, pour sa part, en était venu à estimer que la froideur de Lily serait définitive. Il ne perdit jamais ni sa douceur ni sa patience, mais rien ne semblait pouvoir éveiller sa femme à la vie des sens. Elle ne s'était jamais détournée de lui : pourtant, la passion qu'il éprouvait décrut quand il comprit que jamais elle ne serait payée de retour. Son amour ne fit que croître, un amour teinté de pitié pour cette femme extraordinaire qui ne se plaignait jamais.

– Celui-ci, dit Maxi en désignant un mot sur une page de *Racing Form*. Les quatre hommes, assis dans une tribune de Belmont Park, regardèrent la petite fille, l'air perplexe.

Barney Shore, amusé, demanda à Zachary :

– La petite sait lire, Zack?

– Tu sais lire, Maxi? s'enquit son père.

Tout était possible avec une fillette de trois ans. Elle avait peut-être appris toute seule.

– Celui-là, répéta-t-elle.

Nat Landauer voulut savoir :

– Pourquoi celui-là, Maxi?

– Je l'aime bien, oncle Nat.

– Et pourquoi aimes-tu celui-là, petite? demanda Joe Shore d'une voix douce.

– Je l'aime, c'est tout, oncle Joe. Celui-là.

– Son nom, Maxi... Tu peux dire son nom à ton oncle Joe?

– Non, mais je l'aime.

– La jeune personne ne sait pas lire, conclut-il, plein d'assurance.

Barney Shore était tout excité :

– Mais elle est peut-être capable de choisir un cheval... C'est peut-être une... vous savez, comme ces idiots-savants qui peuvent vous dire quand tombe un lundi, dans un millier d'années...

– Un peu de respect pour la petite! Est-ce que c'est une façon de parler devant une enfant?

– Excuse-moi, Papa. Maxi, tu en aimes d'autres?

– Non, oncle Barney. Celui-là, c'est tout.

– Gagnant ou placé?

– Gagnant.

Elle ignorait que dans certaines courses on ne peut parier que sur le cheval qui l'emporte. Zachary protesta mollement :

– Allons, Barney, tu ne vas pas y croire, quand même?

– Ça ne peut pas nous faire du mal d'écouter ce qu'elle dit. A nous quatre nous ne serions pas capables de trouver le vainqueur d'une course de souris. Nous avons peut-être besoin d'un œil neuf. L'intuition féminine, Zack! Ne me dis pas que tu ne crois à rien.

Nat Landauer intervint :

– Qu'est-ce qu'on risque, d'ailleurs? Deux dollars chacun... L'année dernière, j'ai dû en perdre pas loin de dix mille.

– Deux dollars gagnant pour chacun, proposa Zachary.

Après tout, il était responsable de Maxi.

– Papa, est-ce que je peux avoir un hot dog?

Zachary la regarda, tranquillement perchée sur son siège, semblable à une poupée japonaise, avec son épaisse chevelure noire, aux mèches raides, coupée en cercle tout autour de la nuque. Elle portait une robe jaune à col blanc, avec des smocks au cou et aux manches, des socquettes blanches et des petites chaussures de cuir noir verni. Chaque fois qu'il la contemplait, il s'émerveillait de son visage, plein de piquant et de drôlerie.

– Papa? Un hot dog?

La gouvernante le tuerait si elle l'apprenait.

– Non, chérie. Je regrette, mais ça ne convient pas aux petites filles.

– Mais ils sentent si bon.

Elle lui sourit d'un air hésitant.

– Ils ne sont pas aussi bons qu'ils en ont l'air.

– Mais tous les autres enfants en mangent.

Le sourire de Maxi se fit plus hésitant encore, presque pathétique – le sourire de quelqu'un qui ne peut comprendre pourquoi on lui refuse un verre d'eau quand il meurt de soif, mais pardonne à celui qui le tourmente.

– Maxi... il ne faut pas manger de hot dogs aux courses...

Maxi prit la main de son père et se blottit contre lui.

– D'accord, Papa. Si seulement...

– Quoi donc, ma chérie?

– Si seulement j'avais mangé davantage au déjeuner.

– Tu as faim?

– Oui, mais ça ne fait rien, Papa. Ça m'est égal.

Elle le regarda, tandis que des larmes minuscules lui perlaient aux paupières :

– Ça m'est complètement égal.

– Assez! s'écria Nat Landauer. Cœur de pierre! Espèce de monstre! Oncle Nat va t'acheter un hot dog, Maxi.

– Non, oncle Nat, merci. Papa dit que je ne dois pas en manger.

Il y eut un silence. Joe Shore parut peiné, et poussa un profond soupir. Zachary Amberville fixa son beau-frère, qui soutint son regard. Maxi les observait, retenant son souffle. Des larmes coulèrent sur ses joues.

– D'accord, d'accord! Mais pas de moutarde!

Nat grinça des dents, plein de colère :

– C'est ce qu'il y a de mieux, la moutarde, crétin.

Joe Shore avait retrouvé le sourire :

– Aimez-vous la moutarde, mademoiselle?

– Je préfère le ketchup.

– Ce sera parfait, dit Zachary en toute hâte. Tous les enfants en prenaient, même la gouvernante l'aimait. Il souleva Maxi pour qu'elle puisse suivre la course. Elle mangea son hot dog avec détachement tandis que son cheval gagnait la course.

Barney Shore s'en alla toucher les paris, revint, rayonnant, et sortit de sa poche une somme d'argent considérable :

– J'avais parié cent dollars pour chacun de nous, et cent de plus pour Maxi. Vous n'êtes que des radins, et vous devriez me remercier.

– Merci, oncle Barney, dit Maxi.

Ce jeu lui avait beaucoup plu. Elle décida de donner un baiser à Barney, pour le récompenser d'être aussi gentil.

– Je pense que je n'ai pas besoin de vous présenter l'un à l'autre, dit Pepper Delafield.

Elle quitta Lily et Cutter pour s'en aller accueillir d'autres invités.

– Ce serait un peu bizarre de nous serrer la main, dit Cutter en prenant celle de Lily. Je devrais vous embrasser sur la joue, mais ce serait encore plus incongru, de la part d'un étranger.

– Le plus étrange, c'est que nous ne nous soyons encore jamais rencontrés. Chaque fois que Zachary et moi nous trouvions à San Francisco, vous étiez en voyage. Et vous n'êtes jamais venu à New York...

Lily retira sa main. Elle ignorait que, chaque fois que Cutter avait vu des photos d'elle dans *Vogue* ou *Town and Country*, il avait tourné la page en hâte, plein de fureur. Une petite frimousse banale, typiquement anglaise, que son frère avait sans doute épousée pour son titre, un peu comme on achète un gâteau parce qu'il est surmonté d'une cerise. Il fallait bien rencontrer Zachary, puisque son frère l'avait entretenu jusqu'à ce qu'il commence à gagner sa vie; mais il s'en tiendrait à jouer le rôle du jeune beau-frère de l'Honorable Lily.

– Maintenant je suis là pour de bon.

Autour d'eux se faisait entendre ce bruit qui rassure enfin les maîtresses de maison les plus expérimentées : celui d'une conversation avisée, ininterrompue, ponctuée de rires, un peu semblable aux frémissements du ragoût quand il est juste à point. Il couvrit le silence embarrassé qui s'était fait entre Lily et Cutter. Cette femme le stupéfiait. Impossible, désormais, de l'ignorer, pas plus qu'on ne peut ignorer la loi de la gravité. Jusque-là, il n'avait connu que des Américaines de la bonne société, qui, comprit-il aussitôt, s'efforçaient plus ou moins de se conformer à un idéal que Lily incarnait. Elle était superbe! Et elle avait une qualité des plus rares : chaque détail de son visage paraissait accentué, comme s'il regardait un agrandissement photographique, et pourtant l'ensemble donnait l'impression d'être simplifié – avec cette simplicité qui est l'apanage de la beauté pure.

Nécessaire. Cette femme rayonnante lui était nécessaire. Et, de toutes les femmes au monde, il fallait qu'elle fût l'épouse de son frère. Il était impossible qu'elle aimât Zachary : il le sut aussitôt, avec une certitude absolue. Sinon, elle ne serait pas là – elle ne pourrait pas – à le regarder comme en ce moment, avec une folle curiosité – avec une peur qui fit résonner aux oreilles de Cutter les roulements de tambour du triomphe. Une peur qu'il voyait nettement frémir sur ses lèvres, qui étouffait son sourire de commande, la contraignait à baisser les yeux, à se raidir pour ne pas trembler. Une peur qui n'avait qu'une cause, et il savait laquelle, car il éprouvait le même sentiment. La peur de quelqu'un dont, en l'espace d'un instant, la vie a été bouleversée à jamais.

– Cutter, bon sang! Je te cherche partout! Pepper m'a dit que tu étais là. Ça fait sacrément plaisir de te voir!

Zachary le serra dans ses bras – un peu embarrassé, mais sans pouvoir s'en empêcher. La raideur distante que lui témoignait son frère l'avait toujours blessé, mais, en dépit de tous ses efforts, il n'avait pu en venir à bout. Leurs rapports gardaient quelque chose de contraint, qu'il ne s'était jamais expliqué, et attribuait, faute de mieux, aux onze ans qui les séparaient – le vieux cliché du fossé des générations. Mais il était enchanté de contempler le jeune homme – non, corrigea-t-il, l'homme : car Cutter était désormais un adulte – vingt-quatre ans –, et, l'âge mis à part, la personnalité la plus marquante de la pièce. Cutter sourit machinalement :

– Content de te voir, Zachary.

Comment avait-il *osé*? Comment avait-il eu l'impudence monstrueuse d'épouser cette fille? Il ne savait donc pas qu'il n'avait aucun droit sur elle? Il pouvait bien la couvrir de saphirs et de diamants, l'appeler comme il le voudrait : jamais elle ne lui avait appartenu. Il regarda Zachary, remarquant qu'il avait épaissi – ce qui était d'autant plus visible que son frère n'avait jamais pris la peine, depuis des années, de se faire faire un nouvel habit de soirée –, notant les fils gris qui envahissaient sa chevelure sombre. Il y avait aussi, sur son visage, des rides que Cutter ne lui connaissait pas – des rides apparues l'année précédente, au cours des longues nuits passées devant la chambre de Toby, où désormais la lampe demeurait toujours allumée.

– Cutter, tu es vraiment magnifique! N'est-ce pas, chérie! As-tu déjà trouvé un appartement? Sinon, tu peux toujours rester avec nous en attendant.

– J'en ai loué un aujourd'hui, 76e Rue Est, à quelques pas de chez toi. C'est un meublé, que je garderai le temps de trouver ce que je veux, mais il est tout à fait convenable.

– Parfait ! Ça veut dire que tu vas venir nous voir – Lily, est-ce que nous dînons à la maison demain soir ?

– Oui.

– Ça te va, Cutter ?

– Ça sera parfait.

– Viens assez tôt pour les enfants. Nous dînons à huit heures, mais si tu arrives à six heures et demie, tu auras le temps de les voir avant que la gouvernante ne les fasse disparaître.

– Formidable ! J'y compte bien.

– Il est interdit de discuter entre membres de la même famille, dit Pepper Delafield en s'élançant vers eux. Elle les dispersa stratégiquement parmi ses autres invités, comme elle seule savait le faire.

Lily ne dormit pas de la nuit, et, finalement, à cinq heures du matin, se leva pour errer dans la grande maison. Elle caressa le bois des lambris, souleva de lourds coffrets d'argent pour les reposer aussitôt, piétina des cousins de velours. Quand elle se surprit à détruire méthodiquement un bouquet de roses – arrachant les pétales qu'elle froissait entre ses mains jusqu'à ce qu'ils soient flasques et humides, puis les jetant avec violence sur le guéridon –, elle décida d'aller dans la salle de bal qu'elle avait consacrée à la danse, pour y faire des exercices à la barre. C'était le remède infaillible aux pensées qui pouvaient l'agiter, et ce rythme de l'esprit, comme du corps, ne lui avait jamais fait défaut. Mais sa discipline de danseuse s'évanouit avec l'arrivée du jour, et, pour la première fois de sa vie, Lily n'acheva pas sa séance, sans d'ailleurs s'en préoccuper outre mesure. Elle attendait, aux aguets, dans la maison silencieuse, que survienne quelque chose, sans trop savoir ce qu'elle attendait. Impossible de faire face à ses engagements de la journée. Elle annulerait tous ses rendez-vous pour rester chez elle.

Elle passa la matinée dans son boudoir, feuilletant sans les voir une pile de magazines. Depuis deux ans, Zachary et elle faisaient chambre à part, et les domestiques avaient l'habitude de la voir s'accorder une journée de-ci de-là, pour échapper à un emploi du temps épuisant, et, comme aujourd'hui, se faire servir un repas sur un plateau. Lily resta assise sans y toucher, comptant les secondes qui la séparaient de six heures trente. Toutes les cinq minutes, elle allait se regarder dans le miroir et n'y voyait que des yeux qui semblaient terrifiés, et des joues brûlantes. Elle tenta de donner quelques coups de téléphone, mais, chaque fois, s'arrêta au moment de composer le numéro, incapable de trouver quoi que ce soit à dire à ses correspondants.

Rien ne paraissait important, rien n'avait plus de sens. C'était comme de n'avoir plus de mémoire et pas d'avenir. Elle posa la main sur sa gorge, et sentit le pouls battre violemment, puis marcha de long en large, se répétant les quelques paroles banales échangées avec Cutter. Seul réconfort : il avait dit être à New York pour de bon. Sa belle-mère lui avait montré des photos de famille – on y voyait un jeune homme blond, aux traits réguliers et sévères –, mais aucune ne lui avait fait présager cet homme magnifique, qui la laissait muette de désir, impuissante, désemparée, tremblante et agitée, affolée par une sensation d'horizons inconnus, qui s'ouvriraient devant elle en révélant des cieux sauvages, inéluctables. Elle regardait sans cesse sa montre. Cinq heures et demie s'étaient écoulées.

On frappa à la porte et le maître d'hôtel entra :

– Monsieur Amberville, Madame.

Il traversa la pièce pour reprendre le plateau. Cutter se tenait dans l'encadrement de la porte, immobile. Lily ne lui jeta qu'un coup d'œil furtif, sans pouvoir se résoudre à le regarder en face, ou à se lever du sofa où elle était assise. Tous deux attendirent que l'homme fût sorti, après avoir refermé la porte derrière lui. Alors Cutter s'avança vers elle, la souleva sans effort et la tint contre lui, tremblante, muette, mais au fond peu surprise – et étonnée de ne pas l'être. Il prit entre ses mains son visage brûlant, et, gravement, délibérément, l'embrassa sur la bouche, encore et encore, jusqu'à ce que tous deux s'effondrent, incapables de rester debout plus longtemps. Ni l'un ni l'autre ne dirent mot. Bientôt ils furent nus, étendus sur le tapis, haletant d'impatience, après s'être dévêtus en silence. Une seule pensée les habitait. Enlacés, soupirant, hoquetant, ils s'appartinrent. Ils n'avaient échangé ni salutations, ni promesses – rien d'autre que leur solitude, leurs rêves inachevés, leurs âmes assoiffées. Puis, presque aussitôt, Cutter la prit de nouveau, et – maintenant que le monde s'était métamorphosé pour elle – Lily découvrit ce secret de la passion qu'elle ignorait encore, ce rythme intime qui, dissimulé dans son corps, avait attendu jusqu'à cet instant décisif. Que se serait-il passé si Cutter n'avait pas existé ? Comment avait-elle pu supporter de vivre sans lui ?

– Je ne sais que faire, finit-elle par dire, insouciante, à peine capable de parler.

– Il faut que je te quitte, chérie. Il se fait tard et tu vas être dérangée. Veux-tu bien m'excuser pour ce soir ? Il m'est impossible d'accepter de te voir avec lui... Tu me comprends, n'est-ce pas ? Je reviendrai demain à la même heure, si tu le veux. Lily, est-ce que tu m'aimes?

– Oh oui, oui!

– Demain, répéta-t-il, et il s'en alla.

Lily ne sut jamais ce qu'elle avait pu faire après le départ de Cutter. Sans doute avait-elle pris un bain, lu une histoire aux enfants avant qu'ils ne dînent, sans doute avait-elle dîné aussi et excusé l'absence du frère de Zachary. Mais elle se souviendrait toute sa vie de certains moments de cette première journée : les vêtements déchirés dissimulés au fond d'une penderie; la crème étendue lentement, rêveusement, sur ses joues là où les poils de la barbe de Cutter l'avaient meurtrie; la sensation du tapis sous ses jambes; l'heure passée enfermée dans la salle de bain, sans pouvoir retenir des larmes brûlantes de joie, tandis que, de ses lèvres, s'échappaient des bruits semblables aux vagissements d'un nouveau-né.

Après dîner, sachant que, sans les enfants ou les domestiques, elle ne serait pas en mesure d'agir comme à l'accoutumée, elle dit à Zachary qu'elle avait besoin de marcher pour se détendre. Il acquiesça, perdu dans ses pensées, et elle le laissa dans la bibliothèque, occupé à parcourir des papiers rapportés du bureau. Elle fit plusieurs fois le tour du pâté de maisons, se demandant si elle aurait la force de passer la soirée sans aller chez Cutter, finit par comprendre que non, courut jusqu'à son immeuble et sonna. Que ferait-elle s'il n'était pas chez lui? elle retint son souffle jusqu'à ce que la porte s'ouvre, et grimpa en trébuchant les deux étages qui menaient à son appartement, sans même savoir ce qu'elle dirait. Il était là, simplement vêtu d'un peignoir.

– Je voulais tant que tu viennes. Je n'ai pensé à rien d'autre depuis que je t'ai quittée.

Elle entra dans la pièce, dont elle ne vit pas l'ameublement hétéroclite – cuirs usés, chaises couleur moutarde... Il l'arrêta avant qu'elle ait fait trois pas :

– Cela t'est-il déjà arrivé ? Avec qui que ce soit ?

– Bien sûr que non, répondit-elle, surprise, le visage enfiévré par le vent, par sa propre audace.

– Je le savais. J'en étais certain.

Il défit son manteau et l'emmena dans sa chambre, dont le lit, grand ouvert, l'attendait...

– Est-ce que tu m'appartiens ?

– Je t'appartiens.

– Tu ne peux faire autrement, n'est-ce pas ? Rien n'y changera jamais rien, hein ?

– Rien. Personne. Jamais.

– Tu m'aimes ?

– Oui. Oui. Oh, oui.

Ils prirent des risques, comme seuls en prennent les fous. Ils firent l'amour dans une cabine téléphonique de l'Aiglon, tandis que Zachary et son invité prenaient un verre au bar. Quand Cutter eut commencé de travailler à Wall Street, elle se rendit à son bureau, profitant de l'absence de sa secrétaire, à l'heure du déjeuner. Souvent, très souvent, quand ils n'étaient pas chez lui, il lui interdisait de le toucher, malgré ses supplications. Il éprouvait une joie violente à retenir son propre plaisir, à faire en sorte qu'elle jouisse, mais pas lui. Elle ne savait jamais à l'avance quand il lui ferait l'amour, et il se gardait bien de le lui dire.

Au cours d'une soirée très animée, il la prendrait négligemment par le coude, et la conduirait, avec une lenteur voulue, vers la salle de bain, dont il fermerait la porte à clef. Le lendemain, lors d'une autre réception, il recommencerait, puis, plus tard, l'observerait aller et venir parmi les autres invités, folle de désir, et ne parvenant à garder une apparence de sérénité qu'en évitant son regard.

Pendant l'entracte d'une comédie musicale de Broadway, tandis que Zachary irait chercher des rafraîchissements, ils se tiendraient tous deux dans un coin, sans se regarder. « Je te veux », chuchoterait-il. La passion ferait briller les yeux de Lily, et il savait qu'elle passerait tout le reste du spectacle en mourant de désir, sans même pouvoir le toucher.

Lily déclara qu'elle était devenue allergique au rouge à lèvres, et cessa d'en mettre; elle gardait toujours une brosse à cheveux, un petit flacon de parfum et des Kleenex dans son sac à main. Elle y serrait aussi une brosse à dents de voyage et un mini-tube de pâte dentifrice. Quand ils ne pouvaient s'en servir, elle et Cutter buvaient un verre de cognac dès qu'ils rejoignaient un groupe d'invités. Ils étaient tous les deux fous de plaisir, mais pas au point de ne pas prendre toutes les précautions nécessaires.

Lily finit par avoir besoin de ses refus; elle tirait gloire de ne jamais savoir ce qu'il ferait. Elle ne s'accordait plus aucune satisfaction, aussi frustrée qu'elle soit, pour mieux fondre, palpiter d'amour à chaque heure du jour, surtout lorsqu'elle s'habillait pour l'une de ces soirées auxquelles tous deux devaient assister. Cutter, en effet, s'était très vite intégré au petit groupe de gens que les Amberville rencontraient presque chaque soir en cette saison de printemps.

Lily se libéra, sous de vagues prétextes, de presque tous les comités dont elle faisait partie, et refusa les invitations à déjeuner, pour pouvoir retrouver Cutter chez lui, si jamais il l'appelait. Il pouvait venir en métro depuis Wall Street et avoir assez de temps, en milieu de journée, pour passer avec elle une longue demi-heure; c'était le seul moment où ils se retrouvaient au lit ensemble. Mais il lui mesurait ce plaisir sans raison apparente, disait qu'il devait assister à des repas d'affaires; en fait, il préférait, et de beaucoup, les risques qu'ils prenaient dans les lieux publics au confort du lit; il préférait la domination qu'il exerçait sur elle, simplement en lui touchant le coude et en l'entraînant loin des autres, surtout si Zachary était présent. Il se tenait parfois à côté d'elle – toujours vêtue de soie, comme une reine, avec ses bijoux, ses longs cheveux flottant dans son dos, car c'est ainsi qu'elle se coiffait maintenant –, et parlait affaires avec son frère, trois quarts d'heure durant sachant qu'elle n'attendait qu'un signe de lui. Puis il s'éloignait sans même s'excuser, pour discuter avec quelqu'un d'autre. C'étaient, pour Cutter, les meilleurs moments : pouvoir dénier toute existence au mari comme à la femme, et se borner à un baiser sur les joues à la fin de la soirée, en sachant que, pendant tout ce temps, il aurait pu avoir à ses pieds l'épouse de Zachary.

7

A LA naissance de Maxi, les Amberville avaient acquis une résidence estivale – une grande demeure à bardeaux perchée sur les dunes de Southampton, à Long Island, et dominant l'Atlantique. Lily aimait ces étés paresseux, qui avaient quelque chose d'un peu anglais : se reposer, prendre le thé, tailler les roses, faire des parties de croquet, aller chaque jour au Maidstone Club pour jouer au tennis dans une ambiance protégée, feutrée, de bon ton, si loin des foules new-yorkaises... Elle avait aussi plus de temps à consacrer à ses enfants. Les soirs de fin de semaine, Zachary étant rarement en mesure de l'emmener dîner en voiture, elle préférait souvent ne voir personne, et mangeait seule. Ensuite, elle allait parfois marcher sur la plage, foulant de ses pieds nus le sable encore tiède, sans penser à rien, et se sentait presque heureuse.

Mais maintenant, Lily allait devoir affronter l'été 1958; juillet et août la sépareraient de Cutter, sauf pendant les week-ends, et elle s'efforça frénétiquement de trouver une raison de rester en ville. Il n'y en avait aucune, hélas : impossible d'envoyer Toby, Maxi et les domestiques là-bas, tandis qu'elle camperait, presque seule, dans leur maison de New York, en prétextant ne pas vouloir abandonner Zachary... Tout le monde, et son mari en premier, trouverait cela inutile, et bizarre.

On était encore milieu juin, mais Lily ne pouvait penser qu'à cet impossible été qui l'attendait. Elle menait la même vie que d'habitude, sans rien laisser paraître de son inquiétude, tout comme, autrefois, elle avait dansé les pieds en sang, en ne perdant jamais son sourire radieux. Puis, une nuit, elle se réveilla, fébrile, au sortir d'un cauchemar qui lui échappa dès qu'elle ouvrit les yeux. Son cœur battait si violemment qu'elle pressa ses seins de ses mains, pour dominer sa peur, incapable de mettre de l'ordre dans ses pensées. Son rythme cardiaque se ralentit peu à peu, tandis qu'elle cherchait à se souvenir de son rêve. Qu'est-ce qui avait pu la terrifier à ce point ? Lily resta immobile, mains sur la poitrine, respirant profondément. Soudain, un frisson parcourut sa chair, et son cœur, de nouveau, se mit à cogner avec fureur. Ses seins étaient sensibles, plus tièdes, plus pleins que d'habitude. Cela ne s'était produit que deux fois dans sa vie...

Inutile de chercher qui était le père. Ces derniers mois, Zachary n'avait eu le droit de lui faire l'amour qu'en de rares occasions – juste de quoi prévenir toute querelle –, non sans que chaque fois elle prenne toutes ses précautions pour ne pas être enceinte. Mais avec Cutter, elle avait, dans son insouciance, oublié de le faire – comme tout le reste.

La joie l'envahit – une joie qui se refusait à prendre en compte la réalité et ses problèmes. Sa peur, un moment éveillée, disparut tout à fait, et Lily, plus intensément heureuse qu'elle n'aurait cru pouvoir l'être un jour, se répéta à n'en plus finir : « Le bébé de Cutter, *notre* bébé. » Elle était trop excitée pour rester au lit, bien qu'il fît encore nuit, et alla jusqu'à la fenêtre afin de contempler la ville. Depuis quelques minutes, New York était aussi tranquille, aussi obscur qu'il pouvait l'être de jour ou de nuit. Ce n'était plus une citadelle étrange, solitaire, peuplée de tours dures et brillantes; il avait pris désormais la couleur de son seul, de son unique amour. C'était là qu'elle avait rencontré Cutter, conçu son enfant, c'était là qu'elle était devenue une femme.

Cutter s'assit au bord du lit et, d'un air protecteur, mit prudemment son bras autour des épaules nues de Lily. Elle était comme une bombe qui pouvait éclater d'un moment à l'autre et le réduire à néant. Dès l'instant où elle lui avait annoncé la nouvelle, il avait été saisi d'une telle panique qu'il pouvait à peine réagir. Rendu muet, il la laissa babiller, toute à sa joie démente, tandis qu'il se torturait l'esprit en réfléchissant à ce qu'elle venait de lui dire.

Dès les premiers mots, il s'était replié sur lui-même, comprenant brusquement, sans l'ombre d'un doute, qu'elle et lui pensaient et sentaient dans deux plans d'existence différents, qui jamais ne se rencontreraient. Cutter aimait Lily autant qu'il lui était possible d'aimer une femme. Elle avait toutes les qualités qu'il admirait, et une supériorité aristocratique innée qui flattait sa nature exigeante. Elle semblait faite pour son plaisir personnel. Lily représentait pour lui une merveilleuse aventure sensuelle, et le désir qu'il avait d'elle ne venait pas seulement de la revanche, aussi triomphale que secrète, qu'il prenait ainsi sur Zachary. Aux yeux du monde, cependant, elle demeurait tabou : c'était sa belle-sœur, une femme mariée, mère de deux enfants... La savoir enceinte de lui suffit à chasser de son esprit le souvenir de ces mois de passion qu'ils avaient connus. Cutter ne ressentait plus qu'une profonde terreur. Il lui fallait, coûte que coûte, se tirer de cette situation.

– Chérie, qu'as-tu l'intention de faire?

– L'intention? Je n'ai aucune intention. Je pensais que tu... que nous pourrions...

– Nous marier, vivre heureux et avoir beaucoup d'enfants?

Sa voix était douce, mais il crispait les poings.

– Oui... Je crois que c'est un peu ce que je pensais. Oh, Cutter, je suis incapable de réfléchir... Je suis trop heureuse pour ça. Je t'aime trop pour essayer...

– Chérie, chérie, il faut bien que l'un de nous deux s'en charge. Je veux un enfant de toi, Lily, j'en veux des tas, mais... et Toby et Maxi? Tu as pensé à eux?

– Toby et Maxi? Ils resteront avec moi, voyons. Nous serons tous ensemble, ils ne souffriront pas – Zachary n'est pas homme à les abandonner, et les choses finiront bien par s'arranger, comme cela se fait toujours dans ce pays.

Elle haussa les épaules. Cutter la regarda. Cette folle puérile, stupidement romantique, ruinerait sa vie s'il ne parvenait pas à la ramener à la raison. Il réussit à garder son calme :

– Le Zachary que tu connais est un époux généreux, indulgent, qui te donne tout ce que tu veux, chérie. Mais comment savoir à l'avance ce qu'il fera quand il aura découvert ce qui se passe? Si j'étais à sa place, je crois que j'essaierais de te tuer, et, en tout cas, de te prendre les enfants. Crois-tu qu'il est arrivé là où il en est en laissant les autres lui prendre quoi que ce soit? Crois-tu qu'il tolérerait que quelqu'un le couvre de ridicule? Chérie, tu ne sais pas qui est vraiment ton mari... moi si... Je connais ce salaud depuis ma plus tendre enfance. Il pourrait bien, en fin de compte, t'accorder le divorce, après s'être rendu compte qu'il ne peut pas te garder, mais ce serait très long et très pénible.

Lily secoua la tête avec violence. Tout ce que disait Cutter était faux. Rien ne pourrait l'empêcher d'avoir ce qu'elle voulait. Cutter ne comprenait pas Zachary aussi bien qu'elle... Il ignorait que son mari n'avait jamais pu se faire aimer d'elle. *Tout était la faute de Zachary...* toutes ces interminables années sans amour, toutes ces nuits sans passion, arides et stériles. Elle s'était montrée si patiente, si innocente. Assez donné de moi-même à Zachary, pensa-t-elle avec amertume. Maintenant c'était terminé.

– Lily, écoute-moi. Il n'y a que deux solutions possibles. Ou bien tu attends pour divorcer que ton enfant soit né, ou bien tu te fais avorter immédiatement... non, non, *arrête,* arrête et écoute-moi ! Tu peux te faire avorter tout à fait légalement dans une clinique à Porto Rico ou en Suède, ou tu peux t'adresser à une bonne dizaine de médecins de Park Avenue, comme le font toutes tes amies. Chérie... Dieu sait que je ne peux supporter l'idée que tu te fasses avorter, mais il n'y a pas d'autre moyen.

– Il n'en est pas question, dit Lily, le visage plein de défi et de dédain.

– Je comprends ce que tu ressens, mais...

– Oh que non ! Si c'était le cas, tu ne m'aurais jamais dit une chose pareille. C'est absolument hors de question. Rien ne pourra m'en convaincre. Je veux avoir notre enfant.

Cutter se leva brusquement et traversa la pièce pour jeter un coup d'œil à sa montre posée sur la coiffeuse. S'il l'écoutait plus longtemps parler sur ce ton sans réplique, si sûre d'elle-même, dans son égoïste, étroite, infantile stupidité, il la frapperait.

Impossible de savoir ce dont elle était capable, ou de quel scandale elle pourrait le menacer, mais une chose restait certaine : elle était parfaitement en mesure de briser sa carrière sans même s'en apercevoir. Si sa compagnie apprenait la nouvelle, il serait à la rue dans les cinq minutes, couvert d'opprobre partout où il irait; toutes ses connaissances en feraient des gorges chaudes, et il se retrouverait responsable d'une femme et de son mioche – à vingt-quatre ans, alors que sa vie ne faisait que commencer. Tout cela parce qu'il n'était pas venu à l'idée de cette idiote d'utiliser un diaphragme.

– Chérie, je suis déjà en retard. Il faut que je me dépêche. Rentre à la maison, repose-toi, et laisse-moi m'occuper de tout. Je trouverai un moyen pour que nous soyons ensemble. C'est aussi important pour moi que pour toi. Habille-toi, maintenant... J'ai cinq minutes pour prendre une douche et me raser.

– Quand te reverrai-je?

– Ce soir, j'ai ce dîner d'affaires dont je t'ai parlé, et demain j'ai une réunion à l'Université Club... Ça ne peut tomber à un plus mauvais moment, mais il est prévu que j'y fasse un discours. Ecoute, j'en terminerai avec ce dîner aussi vite que possible, et je te rejoindrai ici. Zachary est à Chicago et nous pourrons passer la nuit ensemble. Entre avec ta clef et attends-moi.

Souriante, Lily sortit du lit. Cette séparation forcée ne la faisait pas souffrir. Il serait si agréable d'être seule un moment, pour savourer son propre bonheur. Les hommes se perdent toujours dans les petits détails.

Quand elle arriva ce soir-là, une lettre l'attendait sur le couvre-lit :

Ma chérie,

Si je ne t'aimais pas aussi fort, je pourrais détruire ta vie pour que nous puissions être ensemble, mais je ne puis m'y résoudre. Tu as été si protégée que tu ne peux même pas t'en rendre compte. Tu es passée directement de la maison de ton père à celle de ton mari, sans jamais faire de la peine à qui que ce soit, sans en ressentir toi-même. Tu as mené une vie dans laquelle la honte, le scandale et le déshonneur n'ont tenu aucune place, et je ne peux t'y exposer simplement parce que tu m'aimes.

Je pourrais affronter le déshonneur d'être tombé amoureux de la femme de mon propre frère, car je connais la vérité sur ce que nous éprouvons l'un pour l'autre. Mais, aux yeux du monde, aux yeux de tous tes amis de New York, tu serais la seule à blâmer; celle qui prend tout ce que son mari peut lui offrir, puis se détourne de lui avant de le trahir. Tes parents, en particulier, en auraient le cœur brisé. Ce sont toujours les femmes qu'on tient pour responsables dans ce genre d'affaires, à moins que l'homme ne soit une fripouille notoire – c'est injuste, mais tu sais qu'il en va ainsi. Les hommes sont considérés comme d'heureux coquins, et la femme comme une catin. Il me serait intolérable de te voir souillée par les médisances – et dans ton cas, ce serait bien pire : il y aurait des gros titres dans les journaux, en Angleterre comme ici.

Depuis que je t'ai quittée, je n'ai fait que réfléchir. Toby aura toujours besoin d'une éducation spéciale, très coûteuse, que seul Zachary est en mesure de lui offrir. Tu sais quelle affection Toby a pour lui. Comment pourrais-je arracher un enfant, qui sera bientôt aveugle, à sa vie de tous les jours, à sa maison, à son père? Maxi pourrait sans doute s'adapter à tout, mais Toby est un cas à part, et je ne peux me permettre de le faire souffrir sous prétexte que nous nous aimons.

Je sais que peu t'importe de devoir vivre avec ce que je gagne, que peu t'importent les maisons, les domestiques, tout ce que Zachary te donne. Mais je serais désespéré *de te voir réduite à compter sou par sou, à t'occuper de trois enfants, de travaux domestiques, à t'inquiéter de problèmes d'argent. Nous n'avons jamais parlé de ma situation, mais je ne suis encore qu'en tout début de carrière. Un jour – bientôt, je le sais – je gagnerai assez pour vous faire vivre tous, mais pour le moment c'est impossible avec trois enfants, à moins de devoir dépendre financièrement de Zachary, ce qui serait absolument insupportable, et finirait par nous dresser l'un contre l'autre.*

Ma chérie, ma Lily, tu es la seule femme que j'aimerai jamais... As-tu réalisé cependant que je n'ai que vingt-quatre ans?

Mon dieu, je donnerais tout pour être plus âgé, installé, enfin capable de t'arracher à lui et de tout te donner, sans m'occuper de ce que pourraient dire les gens. Mais il nous faut attendre. *Si tu en as le courage, nous pourrons avoir notre vie à nous. Tu devras prendre une décision vis-à-vis de l'enfant. Quoi que tu fasses, ce sera bien, ce sera la seule chose à faire.*

Je repars pour San Francisco. Quand tu liras cette lettre, je serai déjà dans l'avion. Je suis bien trop lâche pour te dire tout cela en face, trop honteux de n'avoir pu arranger les choses, de n'avoir pu trouver un moyen d'être avec toi. Je t'en supplie, ma chérie, ne me déteste pas. Je m'en charge moi-même. Je t'aimerai toujours, et un jour nous serons réunis, si tu peux être patiente, forte, courageuse, et me pardonner. Et attends, attends.

Cutter

Lily ne lut la lettre qu'une fois, la plia et la mit dans son sac à main, puis, pleine d'orgueil, quitta la pièce vide. Comme Cutter doit m'aimer, pensa-t-elle, pour n'avoir pensé qu'à la façon dont le bébé changerait ma vie *à moi*! Si seulement il était là! Elle aurait pu lui dire qu'il n'avait aucune raison d'avoir honte. Le détester? Comment le pourrait-elle? Chaque mot de la lettre montrait assez combien il tenait à elle. Ne comprenait-il pas que leur enfant les unirait à jamais? De toute façon, elle savait déjà ce qu'était l'attente.

Tous les mercredis après-midi, Zachary Amberville réunissait les gens avec l'aide desquels il gérait sa société. Comme beaucoup des firmes privées qui n'ont pas d'actionnaires, Amberville Publications fonctionnait sans conseil d'administration. Le groupe n'avait donc pas de statut officiel, ce qui n'empêchait pas Zachary de beaucoup réfléchir aux invitations qu'il lançait. Il était entendu tacitement que quiconque prenait part à une réunion y assisterait toujours par la suite. Dans le domaine de la presse, il n'est pas rare que les plus hauts responsables soient débauchés par la concurrence; et chaque numéro est préparé cinq mois à l'avance : aussi un secret absolu doit-il entourer tous les projets d'avenir. Zachary attendait toujours longtemps avant de demander à l'un de ses employés de venir se joindre à eux.

Zelda Powers, rédactrice en chef de *Style*, dirigeait une équipe d'environ quatre-vingts personnes, dont quelques-unes s'occupaient d'un domaine bien précis : la mode, la beauté, les chaussures – toutes-puissantes chaussures, dont les fabricants font tant de publicité! A cela venaient s'ajouter tous les articles de fond publiés dans la revue, ainsi qu'une section qui en occupait les premières pages, et regroupait tous les échos sur ce qui se passait de neuf au cinéma, à la télévision, en peinture, en musique ou dans l'édition. On l'appelait *Saviez-vous que...?* Travailler dans cette rubrique, pour un salaire inférieur à celui d'une vendeuse de chez Macy, revenait à se voir accorder le même honneur que Jean Lannes, duc de Montebello, le seul des douze maréchaux de Napoléon à avoir eu le droit de tutoyer l'Empereur.

Aucune jeune fille pauvre ne pouvait se permettre d'y entrer; une jeune fille riche n'avait aucune chance si elle n'était pas terriblement douée. Il fallait à la fois pouvoir compter sur d'autres revenus, et se montrer extrêmement brillante, car la compétition pour les trois postes d'assistantes de la rubrique commençait très tôt, sur les campus des universités les plus prestigieuses. Les jeunes rédactrices étaient engagées par John Hemingsway, le responsable de la rubrique dite « d'intérêt général ». Il savourait chaque seconde du pouvoir qu'il détenait; lui seul décidait de quelles célébrités on parlerait dans les pages centrales de la revue, et quel Américain, ou quelle Américaine, il était temps de disséquer en trois mille mots et plusieurs photos couleur. Lui seul décrétait que tel ou tel être humain ne méritait qu'un cliché noir et blanc, et un millier de mots, ou que tel sujet était, tout d'un coup, devenu digne de l'attention de *Style,* qui y consacrerait un article.

Pour *Saviez-vous que...?*, Hemingsway n'engageait que des célibataires sachant s'habiller, plus petites que lui, et de moins de trente ans : si elles avaient passé cet âge sans s'être mariées, elles seraient sans doute trop névrosées pour lui donner satisfaction. De surcroît, elles devaient être prêtes, au besoin, à travailler la nuit – avoir trop de petits amis, pensait-il, signifiait qu'elles s'intéressaient plus au mariage qu'à la rubrique. Enfin, si assidues qu'elles soient, il ne jetait son dévolu que sur des candidates qui n'étaient pas assez ambitieuses pour vouloir prendre sa place, car il ne faisait pas du tout confiance aux femmes.

Des dizaines de filles remplissaient toutes ces conditions. Deux de ses trois assistantes étaient strictement conformes à ses exigences. La dernière – secrètement ambitieuse, et, partant, la plus habile du trio – pouvait veiller très tard, en tenant dans ses filets une bonne demi-douzaine de soupirants. Heureusement pour elle, Nina Stern dormait peu et travaillait vite.

Nina avait vingt-cinq ans, et c'était la plus âgée de toutes les jeunes filles juives, belles et *célibataires*, dont on avait entendu parler en 1958. Les gens avaient même cessé de discuter de ce problème avec sa mère. Les nombreux amis de la famille Stern tenaient pour assuré que quelque chose n'allait pas chez elle, sans qu'on sût quoi. La plus timide suggestion se révélerait cruelle et, pis encore, n'aurait aucun effet. La malheureuse ne pouvait même pas se targuer de la moindre rupture de fiançailles. Pourquoi s'en mêler, quand on ne pouvait rien y faire ? Autant intervenir là où il y avait encore de l'espoir.

Pour Nina Stern, le mariage était la fin de tout. Elle avait sans doute flirté avec le médecin qui l'avait mise au monde, et, certainement, avec toute créature vivante rencontrée depuis. C'était la seule forme de communication qu'elle connût. Mais, si on l'en avait accusée, elle n'aurait sans doute pas compris ce que les autres voulaient dire. Elle flirtait avec les enfants, les adolescents, les adultes des deux sexes, les homosexuels de toute obédience, comme avec tous les animaux. Elle avait flirté avec beaucoup d'arbres et de fleurs – mais jamais, il est vrai, avec un rocher. Son attitude n'avait rien de sexuel ou de romantique : c'était une façon instinctive de faire face à la situation du moment, une tendance généralisée, permanente, immuable, à la séduction. Ce n'était pas quelque chose de « correct » – au sens de : convenable –, mais de grand, voire de noble, et, par ailleurs, d'innocent, ou presque. Cela expliquait que – tout comme il y a des professions qui sont à l'abri de la déprime – Nina Stern, quel que soit son âge, ne se trouverait jamais à court de mâles. Elle savait qu'il y aurait toujours des hommes à sa disposition, aussi vrai qu'elle s'appelait Nina, et prisait trop la variété pour penser un seul instant à se contenter d'un seul d'entre eux.

Elle aimait déjeuner avec ses amies de faculté, et s'extasier devant les photos de leurs florissantes familles; elle ne ressentait qu'une sincère admiration, quand leurs sœurs cadettes exhibaient des bagues de fiançailles; mais les serviettes monogrammées lui faisaient penser à des camisoles de force, et les draps neufs à des linceuls. Le second étage de Tiffany était le seul endroit de New York où Nina ne supportait pas de faire des courses; elle se voyait pourtant souvent contrainte d'aller y acheter un cadeau à l'occasion d'une naissance. Les décorateurs puisaient librement dans les vastes réserves du magasin, et, rivalisant d'ardeur, disposaient sur les tables, de façon inédite, l'argenterie, les cristaux et la porcelaine. Quand, sortant de l'ascenseur tendu de velours gris, Nina se retrouvait devant ces fantastiques étalages chatoyants, ils ne lui inspiraient que des images de femmes faisant la queue chez Gristede en attendant que le boucher s'occupe d'elles, de cuisines en désordre, et d'assiettes sales. Pour le reste, elle n'avait pas de temps à consacrer aux rêveries macabres, sauf quand il s'agissait de rendre compte pour *Style* d'un nouveau film d'épouvante.

Elle était, au premier abord, l'incarnation même de la femme épanouie de taille moyenne – seul détail qui, chez elle, ne sortît pas de l'ordinaire. Sa chevelure tombant sur ses épaules était brun clair, mais de cette nuance, aussi irrésistible que difficile à décrire, qu'on appelle *marron glacé*. Elle mesurait un mètre soixante-cinq, ce qui est, mystérieusement, la taille parfaite pour toute activité, quelle qu'elle soit – à l'exception du basket-ball. Son visage n'était ni rond, ni ovale, ni en cœur, mais sa forme plaisait à chacun, parce que c'était tout simplement la bonne, comme ses traits, comme sa voix, comme son corps – en ce sens que la plus minime altération aurait semblé *fausse*. Il faut généralement plusieurs pages de dictionnaires pour définir toutes les acceptions du mot « juste », mais regarder Nina Stern de près, une seule fois, suffisait à faire comprendre le sens exact de ce terme.

Cette amoureuse du flirt – avec, en elle, cette « justesse » qui bravait toute définition – devait parfois travailler le week-end, quand elle avait eu une semaine particulièrement chargée à repousser tous les hommes qui voulaient l'épouser, sans cependant les éconduire pour de bon. Un certain samedi de juin 1958, elle fut aussi contrainte de se rendre au bureau pour terminer un article destiné à *Saviez-vous que...?* C'était une de ces journées où la seule activité concevable, pour un New-Yorkais digne de ce nom, consistait à aller ouvrir la maison près de la plage, ou à peindre les volets, quelque part dans Fairfield Country – un jour où aucun habitant de Manhattan n'aurait pu être surpris en ville. Nina prit l'ascenseur – automatisé depuis peu – pour aller au quinzième étage. Entre le dixième et le onzième, il s'arrêta.

– Que faire? demanda-t-elle à l'inconnu qui était son seul compagnon.

– Il y a un téléphone... Je vais appeler pour qu'on nous tire de là, répondit Zachary Amberville.

La personne qui aurait dû se trouver à l'autre bout du fil était, de toute évidence, partie déjeuner. Zachary essaya à plusieurs reprises, mais en vain, d'obtenir une réponse.

– Je ne m'en ferais pas trop, dit Nina, s'il n'y avait pas cette espèce de bruit. La Muzak[1], c'est la mort! Ils nous retrouveront lundi, complètement fous, en train de chanter *Le petit renne au nez rouge* pour le restant de nos jours.

– Vous aimez le pain de seigle?

– Avec des grains de cumin?

– C'est ça. Je suis passé chez Reuben et j'ai pris un sandwich avant de venir ici.

Il déballa l'énorme sandwich ovale, découpé en trois parties et rempli d'épaisses tranches de pastrami, de gruyère, de corned beef et de chou, avec en plus la moutarde maison.

– Vous avez même un cornichon! dit Nina, émerveillée.

– Ça stimule le cerveau. Bien mieux que le poisson. Pourquoi ne pas nous asseoir?

– Si seulement il y avait moyen d'arrêter la Muzak.

– Il y en a un. Grimpez sur mes épaules et poussez le bouton à gauche au-dessus de la porte.

Nina inspecta l'étranger. Ce ne pouvait pas être un sadique, sinon il l'aurait déjà violée. Manifestement il avait bon cœur, puisqu'il lui offrait de partager cet admirable sandwich, alors que tous

1. Musique d'ambiance destinée aux lieux publics (Marque déposée). N. du T.

deux devraient peut-être attendre un jour et demi avant d'être libérés. En dépit de tout ce qu'on avait pu lui raconter pendant son enfance, elle n'avait pas peur qu'il appartînt à un réseau de traite des Blanches. La mère de Nina ne l'avait jamais laissée aller seule au cinéma le samedi après-midi, sauf au Trans-Lux, sur la 85e Rue, où une surveillante patrouillait dans les allées, lampe de poche à la main. Chacun sait qu'à New York toute jolie fille venue non accompagnée dans une salle sera piquée avec une seringue par un homme assis à côté d'elle, et s'évanouira pour se réveiller à Tanger une semaine plus tard, réduite à l'esclavage. Nina pensait qu'elle y serait assez bien traitée, s'il fallait en arriver là, et d'ailleurs son compagnon ne donnait pas cette impression. Il avait une chevelure noire, très propre, mais qui aurait eu besoin d'une bonne coupe, une bouche flexible et sinueuse très agréable, de grands yeux sombres pleins de gaieté. Il portait des chaussures faites sur mesure, et une coûteuse veste de tweed, même si elle ne lui allait pas.

Elle acquiesça de la tête. Zachary s'inclina, comme un pilier de rugby. Elle enleva ses chaussures, puis sauta sur son dos.

– Redressez-vous lentement, ordonna-t-elle. Je n'ai jamais fait ça de ma vie.

Il s'exécuta tandis qu'elle s'agrippait à ses cheveux. Elle coupa la Musak en appuyant sur le bouton d'un coup sec, et il la fit redescendre avec précaution. Tous deux s'assirent. L'ascenseur était propre, et d'ailleurs ils n'avaient pas le choix.

– Ça m'a donné faim, dit-elle.

– Prenez le milieu, répondit-il généreusement en dépliant l'emballage métallisé. C'était toujours la partie la plus succulente d'un sandwich de chez Reuben.

Toute sa vie, les hommes lui avaient toujours

laissé la meilleure part, tout comme elle avait toujours eu le blanc du poulet, le bacon le plus croustillant, le homard femelle et le délicieux corail qu'il contient. Bien que toujours reconnaissante, elle n'en était pas plus surprise que la fée Morgane ne l'aurait été. Elle sourit à Zachary. Bien entendu, son sourire était naturellement celui qui convenait, comme le reste. Quelle fille sympathique, pensa-t-il.

– Où travaillez-vous ?

– A *Style*, pour la rubrique *Saviez-vous que... ?* Et vous ?

Il haussa les épaules :

– Je m'occupe de ventes, dit-il évasivement.

– Sans intérêt ? Atrocement fastidieux ? Morne et lugubre ?

– Nécessaire, hélas ! Rien qui puisse vous intéresser. Je viens de passer trois jours à Chicago pour un congrès de vendeurs, et ça suffit comme ça.

– Allez-y, ennuyez-moi. Parlez-moi de ventes sinistres, de ventes mesquines, indigestes, dites-moi tout sur ces ventes monotones, somnifères et malheureusement nécessaires. Arrêtez-vous quand je serai dans le coma.

– Je n'ennuie jamais une dame à dessein. Parlez-moi donc de *Saviez-vous que... ?*

– A mon tour de refuser de vous ennuyer... Cela se réduit à beaucoup de bavardages sans grand intérêt. Ne vaut-il pas mieux manger que palabrer ?

Nina attachait trop d'importance à son travail pour accepter d'en discuter avec tous les hommes qui traversaient sa vie, et elle venait de comprendre que celui-là allait être du nombre. D'habitude, ce genre de décisions lui demandait moins d'un quart de seconde, mais, comme jusqu'à présent elle avait vécu dans la terreur d'être enfermée dans un ascenseur, ses réflexes étaient plus lents qu'à l'accoutumée.

– On peut faire les deux à la fois.

– Faut-il faire durer le sandwich aussi longtemps que possible, au cas où on ne viendrait pas à notre secours ou bien...

– Mangez, mangez. Impossible d'apprécier si on n'y va pas franchement.

– Je m'en souviendrai... Vous êtes si avisé...

C'est vraiment une fille intelligente, songea Zachary. Exceptionnellement futée. Je crois que je vais l'inviter à la réunion de mercredi prochain. On doit pouvoir utiliser ce type de cervelle. Et elle a quelque chose d'agréable, je ne pourrais pas dire quoi.

L'ascenseur se remit en marche comme ils terminaient le sandwich. Nina sortit au 15e étage. Elle agita la main et lui dit en souriant :

– Nina Stern.

– Zachary Amberville.

La porte se referma.

– Ce n'est pas juste! s'écria-t-elle en éclatant de rire. Elle riait encore en ouvrant la porte de son bureau. Nina, se dit-elle, tu viens de gâcher la chance de ta vie.

Pour une fille intelligente, elle pouvait parfois se montrer tout à fait sotte.

Le soir, son travail achevé, Zachary rentra chez lui à pied en chantant à pleine gorge *This great big city's a wondrous toy/ Just made for a girl and a boy*, non sans faire, comme toujours, une fausse note sur *boy*. Il traversa Madison Avenue d'une allure distraite, et parvint à la fin de la chanson : *We'll turn Manhattan into an isle of joy*. Cela faisait longtemps qu'il n'avait pas été d'aussi bonne humeur. Il ne chantait plus cette chanson depuis des mois... des années. Il ralentit le pas. Comment se sentait-il? Etait-ce cette soirée de printemps, fraîche et vivifiante, qui semblait annoncer quelque chose de tout à fait passionnant, que les New-Yorkais sont les seuls à percevoir, à mesure que les journées s'allongent? Ou la satisfaction d'avoir passé tout un après-midi à mettre au point un nouveau magazine, dont personne ne savait rien encore? Ou simplement New York, centre enivrant de toute la galaxie, qui avait vu naître ses ambitions, et les avait comblées? *Bien*. Il se sentait bien. Pourquoi diable n'en aurait-il pas le droit? Comment ne pas se sentir bien, quand on vaut tant de millions de dollars qu'on ne prend plus la peine de les compter, quand on a un pouvoir comme le sien, quand on s'amuse autant... « Les ventes », se rappela-t-il, et il éclata de rire. O ventes divines!

Quel âge pouvait avoir une fille comme Nina Stern? Bon sang, mais c'est qu'il se sentait *jeune*! Il avait trente-cinq ans, et l'impression de se retrouver des années en arrière, quand il en avait seize, et qu'il travaillait à Columbia pour récolter de quoi se payer le métro et un hot dog... Ce n'était pas si loin... Avant la guerre... avant son mariage... dix-neuf ans auparavant seulement. Dont six marié. Il fronça les sourcils, et brusquement sa bonne humeur faillit le quitter. S'il se sentait si jeune, pourquoi n'avait-il pas fait l'amour à Lily ces derniers temps? Et d'ailleurs, pourquoi cela arrivait-il si rarement? Comme le disait Nat Landauer : qui est-ce qui compte?

Lui comptait. Lily ne s'était jamais montrée très passionnée, et il l'avait accepté... Elle était ainsi, tout simplement... si pleine de bonne volonté. Douce, délicate, docile. Il avait fallu s'en contenter, bien que, des nuits durant, il ait désiré ardemment une femme qui puisse apaiser sa faim. En six ans, pourtant, il n'avait jamais trompé sa femme. Bizarre, quand on y pense : tant d'autres le faisaient, même quand ils aimaient leur épouse, même quand celles-ci étaient disponibles – comme Lily semblait ne plus pouvoir l'être, sauf à intervalles de plus en plus rares. Il comprit qu'elle s'était, au moins moralement, détachée de lui récemment, quand il était venu dans sa chambre, et qu'elle lui avait fait comprendre, sans parler, subtilement, délicatement, qu'elle ne voulait pas de lui cette nuit-là. Y avait-il dans sa vie un drame intérieur, dont il ne savait rien ?

Disponibles. Il y avait dans cette ville tant de femmes disponibles. Mais pas toutes. Nina Stern, par exemple. Elle devait être mariée, ou fiancée, ou avoir une liste de soupirants longue comme le bras. Des filles comme elle, intelligentes et belles, étaient destinées à quelqu'un, c'était évident. Et elle avait un solide appétit, ce qui est toujours attirant chez une femme. Il se mit à chanter : *We'll go to Coney, and eat baloney on a roll, through Central Park we'll stroll, da dum.* Quelqu'un se retourna pour le regarder, et il se rendit compte que de nouveau il chantait à pleine voix. Il faudrait dire à Hemingsway de l'amener à la réunion de mercredi prochain. Ce serait bon pour elle de voir comment on dirigeait une entreprise de presse, et pas seulement du point de vue de *Saviez-vous que... ?* Mieux encore, il lui enverrait une note personnelle, une invitation spéciale. Le tout motivé, bien entendu par son profond intérêt pour les ventes. « Ce n'est pas juste », avait-elle dit... et c'était vrai. Il lui revaudrait ça. Soudain, il ouvrit le portail de la grande demeure de marbre gris, et entra au moment où le maître d'hôtel achevait de traverser le hall. Il eut un bref sursaut d'incrédulité... Etait-ce vraiment sa maison ? Lui appartenait-elle vraiment ? Il se sentait de nouveau si jeune, comme autrefois quand il partait de Columbia pour s'aventurer en ville, et marchait le long des rues, sans même se demander ce qui se cachait derrière des demeures comme celle-ci – d'une splendeur qu'il ne pouvait même pas imaginer. Zachary salua l'homme avec chaleur, et monta l'escalier en direction de sa bibliothèque personnelle. Il préférait y travailler, plutôt que d'aller dans celle du rez-de-chaussée.

Lily était à la fenêtre et regardait dans le jardin. Elle se tourna vers lui avec impatience.

– Lily ?

– J'attendais que tu reviennes, chéri. J'aimerais tant que tu n'aies pas à travailler le samedi, surtout quand tu as dû t'absenter presque toute la semaine.

– J'avais un dossier à étudier, et j'y arrive mieux au bureau où j'entasse des piles de papiers dont je n'aurais pu m'occuper lundi. Mais c'est si agréable de te trouver là. Comment ? Du champagne ? J'ai oublié quelque chose ? Un anniversaire à célébrer ?

Il déboucha la bouteille et remplit adroitement les verres tulipe posés sur le plateau d'argent qu'elle avait mis sur sa table. Ils trinquèrent.

– Un toast, chéri. Les meilleures nouvelles du monde... un autre bébé.

– Un autre bébé ! Je *savais* qu'il allait se passer quelque chose de merveilleux !

Hurlant de joie, il la serra dans ses bras, sans plus penser à rien d'autre.

Lily se soumit à son étreinte, les yeux remplis de larmes. Courage, avait dit Cutter, et vaillance. Elle ferait n'importe quoi pour lui. Le plus difficile était passé. Maintenant l'attente allait commencer.

8

SEUL un profond état de choc et un vernis de bonnes manières permirent à Toby et à Maxi d'affronter le moment où ils durent féliciter Lily et Cutter de leur mariage. Tous quatre s'inclinèrent, échangèrent quelques mots, mais aucun d'entre eux n'essaya de sourire. C'était, pensa Maxi, comme s'ils s'apprêtaient à enterrer décemment la victime anonyme d'un chauffard – une victime dont le corps était celui de Zachary Amberville.

La consternation stupéfaite qui remplissait encore la pièce fut, en définitive, la bienvenue. Elle permit au frère et à la sœur de battre en retraite précipitamment, main dans la main, et de s'engouffrer dans l'ascenseur, tandis que Lily et Cutter discutaient avec ceux du groupe Amberville que la mise à mort des quatre revues avait épargnés. Eux au moins pouvaient présenter leurs meilleux vœux de bonheur avec un naturel dont ni Maxi ni Toby n'auraient pu faire étalage. Elie les ramena à la maison de ce dernier, située dans une rue paisible, non loin de la 70e Rue Est. Sans dire mot, Toby se dirigea à grands pas vers le bar, juste au bord de la piscine qu'il avait fait construire, et qui occupait le premier étage et le jardin de sa demeure – étroite de façade, mais profonde – et leur prépara deux grands verres.

– Qu'est-ce que c'est?

– Cognac. Je ne bois jamais, mais je crois bien que cette fois-ci...

– Je ne peux y croire... Je n'y comprends rien...

– Tais-toi, bois, et nageons un peu. Il est encore trop tôt pour en parler.

Il se déshabilla et piqua une tête dans la piscine, avec ce plongon rapide et sans défaut qui lui avait, plus d'une fois, valu le succès en compétition. Maxi le rejoignit, vêtue de sa seule perle noire, et ils firent plusieurs longueurs de bassin, jusqu'à ce qu'elle sente que les émotions qui l'agitaient cédaient peu à peu la place à une simple lassitude. Elle cessa de nager et s'assit sur le bord. Toby finit par faire surface et se hissa sans effort à côté d'elle. Il avait des muscles et des épaules magnifiques, mais une taille très fine comme tant de grands nageurs.

– Ça va mieux?

– Autant que je puisse aller bien, c'est-à-dire pas très bien. J'ai l'impression d'avoir été réduite en pièces par une grenade.

– Je me demande si, tous les deux, nous ne sommes pas un peu naïfs d'être aussi surpris. Nous n'avons pas fait attention à bien des choses concernant ces deux-là...

– Tu veux dire que Maman est si seule... depuis... depuis la mort de Papa... et qu'elle s'est tournée vers Cutter? Après tout, ils ont à peu près le même âge... J'ai beau ne pas l'aimer, et me méfier de lui, je dois reconnaître qu'il est incroyablement beau... La vie, le sexe ne prennent pas fin avec la quarantaine. Il est naturel qu'elle soit gênée d'épouser son beau-frère, qu'elle s'éclipse et ne nous prévienne pas à l'avance. Toby, ce n'est pas un hasard si elle nous l'a appris publiquement... La seule chose que je ne puisse imaginer, c'est qu'ils aient convolé sur un coup de tête. Je les vois mal en Roméo et Juliette.

– Tout à fait d'accord là-dessus. Il y a autre chose, cependant, que j'ai remarqué, mais à quoi je n'ai pas prêté suffisamment attention. Il y a entre eux une *complicité*... Il y en a toujours eu une, plus ou moins, depuis que Cutter est revenu d'Angleterre. Et elle est bien plus forte encore depuis que Papa est mort brusquement, l'année dernière.

– Complicité ? Qu'est-ce que tu veux dire ? Qu'ils sont unis dans le crime ?

– Non, c'est plutôt une sorte d'implication très profonde, un souci très vif des désirs et des besoins de l'autre, un accord qui est plus qu'un accord, qui crée entre eux un lien plus fort, plus durable, que le fait, bien évident, qu'il soit beau, ou qu'elle ait besoin d'un homme.

– Qu'est-ce qui te permet d'en être aussi sûr ?

– Je *l'entends*. Tu sais que je discerne dans les voix des gens des choses que les autres ne saisissent pas. Je l'entends dans leur façon de marcher quand ils sont ensemble. Quand on est aveugle, Boucles d'Or, on apprend à écouter les autres se déplacer, de mille façons différentes, dont aucune n'a la même signification. Ils sont liés par une profonde complicité – je l'entends, et, bon sang, je le *sens*, sous tout le parfum, le savon et l'after-shave que je renifle sur eux.

Ces paroles firent frémir Maxi, mue par une réticence instinctive, et elle s'efforça de changer de sujet :

– Pourquoi t'obstines-tu à m'appeler Boucles d'Or ?

– Parce que j'aime ce nom. Si ta chevelure était toute blanche, je n'en verrais que des fragments, de temps à autre, alors je t'appelle comme ça me plaît. Surtout ne deviens jamais chauve. Pour en revenir à Maman et à Cutter, il l'a amenée exactement là où il veut qu'elle soit. C'est la première fois qu'elle est ainsi, si dominée, si dépendante... Quand Papa vivait encore, je sentais entre eux deux quelque chose de différent, de tout à fait différent. Ils étaient aimables l'un pour l'autre... Sans doute avaient-ils fait la paix... Ils étaient amis, ou du moins pas ennemis, mais pas complices.

– Tu es révoltant.

Il rit en lui donnant une tape sur sa cuisse nue.

– Douce et fraîche... dit-il sur le ton du compliment. Tu en as encore pour dix ans, quinze, peut-être, avant de commencer à perdre cette souplesse des muscles.

– Bas les pattes, dégénéré.

– Boucles d'Or, est-ce que tu m'aimes ?

– Je t'aime, mon oiseau de nuit.

C'était leur rituel. Le plus ancien souvenir de Tobias était d'avoir touché les joues de sa sœur bébé, et celui de Maxi, la main de son frère qui la relevait alors qu'elle était tombée dans une rue verglacée.

– Oh, Toby, si seulement tu avais pu voir tous ces pauvres gens lors de la réunion. On aurait cru que certains venaient d'être condamnés à la potence.

– Je les ai entendus. Ça suffisait.

– Mais comment accepter sa façon de dire qu'il parlait en son nom ? Tu sais bien qu'il est impossible que Maman ait pris une telle décision – elle n'a jamais joué aucun rôle dans la gestion de la société. Elle ne s'intéresse pas aux profits, enfin ! Tout ça est l'œuvre de Cutter, Dieu sait pourquoi. Mais on ne peut pas lui permettre de saborder quatre revues, en même temps ! On ne peut pas le laisser faire ! Papa n'en aurait *jamais* eu l'idée, pour quelque raison que ce soit, à moins d'être complètement ruiné. Toby! Toby! *Souviens-toi de Papa!* Ce n'est plus de l'euthanasie, c'est du meurtre pur et simple!

Sa voix s'enflait à mesure qu'elle parlait.

– Mais qu'y pouvons-nous? Maman, c'est clair, a tout pouvoir de faire appliquer sa « décision » – quel que soit celui qui l'a influencée. Quoi qu'elle veuille faire de la société, elle en a, légalement, parfaitement le droit.

– La persuasion morale, dit Maxi d'un ton qui était à mi-chemin entre la demande de renseignement et la découverte d'une idée.

– Quoi? On dirait que tu t'es éloignée trop longtemps du rivage natal! On est à New York, petite. La persuasion morale, c'est tout juste bon pour les éditoriaux du *New York Times*.

– Je pensais à une forme particulière de persuasion morale, Toby. Plus adaptée à Manhattan. Offre-moi à déjeuner, et j'aurai la force de rendre une petite visite à notre oncle.

– Que je sois pendu si je comprends ce que tu veux faire.

– Et moi donc! gloussa-t-elle. Pour le moment. Mais il nous faut creuser...

– ... pour un New York meilleur, ajouta-t-il, complétant la phrase à laquelle tous deux recouraient pour expliquer tout ce qui n'allait pas dans une ville qui, pour eux, était le centre de l'univers.

Cutter était assis dans son bureau de Wall Street.

– Ce serait tout à fait déraisonnable, Maxi, et ça ne te conduirait nulle part. Je comprends ce que Tobias et toi ressentez, crois-moi, et je suis de tout cœur avec vous...

– Laissons tomber les fleurs de rhétorique et

revenons-en aux faits, puisque c'est de ce point de vue que tu aimes à te placer.

Depuis son arrivée à New York, elle n'avait pas eu le temps de passer à la maison pour se changer, mais nager avec Toby, et goûter au merveilleux repas préparé par lui, lui avait rendu son esprit audacieux, et, pendant le trajet en voiture, elle s'était fait une idée précise de ce qu'il fallait tenter, de la façon d'attaquer.

– Il m'est complètement égal qu'Amberville Publications soit ou non une société privée, Cutter. Elle reste soumise à l'opinion publique. Quand Toby et moi irons voir les journaux, comme nous en avons l'intention, avec notre rapport d'actionnaires nous leur dirons que nous sommes convaincus que tu as, manifestement, exercé sur notre mère une influence abusive – notre mère qui se trouve être, depuis peu, ton épouse, comme par hasard –, et que tu as mis à mort quatre revues, sans consultation préalable avec nous ou avec Justin, c'est-à-dire trois actionnaires directement concernés.

Elle étendit les jambes d'un air de défi et s'enfonça dans son fauteuil, sûre d'elle-même et détendue, puis reprit :

– Tu as peut-être le cuir assez épais pour mépriser l'opinion publique, mais as-tu pensé à tes clients? A tes associés, si soucieux de ne pas se faire remarquer? A tous les patrons de presse, les Newhouse, les Hearst, les Annenberg, tous les autres? Quelle attitude vont-ils adopter, et que diront-ils de toi, Cutter? Tous savent que tu n'es pas un véritable éditeur, que tu ne l'as jamais été et ne le seras jamais. Ça va faire une belle histoire bien croustillante, bien sordide, pour les média... Quatre revues qui disparaissent en même temps, des centaines et des centaines de gens mis à la porte, tout cela sur le jugement d'un homme qui n'a pas cinq minutes d'expérience professionnelle, et qui ne doit qu'à sa femme le minuscule perchoir qu'il occupe.

Cutter retourna un coupe-papier, déplaça un encrier, régla la pendule de son bureau. Il y eut un bref silence avant que Maxi ne poursuive – manifestement il ne voulait rien dire.

– Je préférerais ne pas être à ta place quand nous tiendrons notre conférence de presse, Cutter. Je suis sûre que Pavka se joindra à nous. Je sais qu'il ne possède pas la plus petite part de la société, mais les média l'adorent, ils le considèrent – à juste titre, d'ailleurs – comme un génie, un grand précurseur. Tu te souviens des files d'attente lors de sa rétrospective au Musée des Arts Graphiques? C'est une véritable institution, et mon père a été le premier à lui donner sa chance – sans compter que c'est Pavka qui a eu l'idée de *Longueur d'Onde.* Zachary Amberville avait foi dans l'avenir de ses revues, et les gens avaient foi en lui – tu sembles l'oublier. *Mon père était une légende, et il l'est toujours.*

– Tu essaies de me faire chanter, Maxi, mais ça ne marchera pas. Les revues en question ont cessé de paraître ce matin même. Il revenait à ta mère d'en prendre la décision, et c'est ce qu'elle a fait.

– Tu n'es qu'un sale, un odieux menteur pourri, dit-elle lentement. Elle n'a rien décidé du tout. Ça vient de toi. Je ne sais pas encore pourquoi, mais c'est ton œuvre, Cutter.

– *Comment oses-tu me parler sur ce ton?*

Maxi n'avait encore jamais vu son oncle aussi furieux – ses yeux figés étincelaient de colère. Elle sourit en le regardant bien en face. Si sa mère avait vraiment pris cette décision, si peu que ce fût, jamais de tels mots ne lui auraient échappé – lui, toujours si étroitement, si merveilleusement maître de lui, si affable.

Le sourire de Maxi s'agrandit encore, et se fit aussi insolent qu'un matou dans sa sciure :

– Et je repousse l'accusation de chantage. Tu n'as jamais entendu parler de persuasion morale?

– Persuasion *morale*? Venant de toi, ce n'est même plus grotesque, c'est absurde. Très bien. Qu'est-ce que tu veux?

– Une revue. J'en veux une des quatre, pour un an, et pendant ce temps tu me laisseras absolument libre de faire ce qui me plaît. Pas de fil à la patte, pas de regards par-dessus mon épaule, pas de restrictions budgétaires. Surtout pas de restrictions budgétaires.

– A t'entendre, tu as hérité du flair de ton père. Alors, tu vas sauver une revue à toi toute seule? C'est à peine si de toute ta vie tu as réellement travaillé une semaine d'affilée, et encore, c'était pendant l'été, du temps où tu étais gamine.

Il avait repris son calme :

– Mais cessons de nous quereller, ça ne nous mènera nulle part. Si je peux persuader Lily de te confier une revue – car c'est elle qui doit donner son accord –, toi et tes frères devrez promettre de ne pas mêler les média à ce qui est une affaire de famille.

– Nous te laisserons même libre de faire ce que tu veux des trois autres.

– Je n'ai pas besoin de ta permission, je n'aime pas qu'on se livre au chantage, quel que soit le nom que tu donnes à ça, et je ne pense pas qu'on prendrait très au sérieux une conférence de presse tenue par une séductrice notoire, et par un homme qui, en raison de son infirmité, ne peut même pas juger de la mise en page d'un magazine. Mais, par respect pour l'harmonie familiale, et parce que tu possèdes, indéniablement, l'art de faire naître les problèmes – et si Lily accepte –, quel titre choisiras-tu pour cette étonnante tentative de résurrection ?

– *Blazers et Boutons*, répondit-elle aussitôt. Elle était certaine que, si son père vivait encore, sa première revue, son talisman, serait celle dont il se soucierait avant tout.

– Je ferai de mon mieux auprès de ta mère, Maxi, mais je ne peux rien te promettre avant de lui en avoir parlé.

– Foutaises.

Elle se leva brusquement et se dirigea vers la porte.

– Je me considère dès maintenant comme rédactrice en chef de *Blazers et Boutons*. Inutile de m'accompagner jusqu'à l'ascenseur.

Epuisée, mais avec un sentiment de triomphe coulant dans ses veines, Maxi rentra dans son appartement au 63e étage de la Trump Tower. Elle s'était lancée sans être sûre de pouvoir venir à bout de Cutter, que sa réputation de spécialiste des placements financiers – sérieuse, sans pour autant connaître une réussite éclatante – protégeait de toute remise en cause de sa compétence en affaires. Au cours de la dernière décennie, de nombreux magazines avaient disparu, et l'oubli avait vite succédé aux regrets. Comme Maxi tournait la clef dans la serrure, elle se dit que si Cutter avait été membre du bureau éditorial d'Amberville Publications, jamais elle ne l'aurait emporté par des menaces de conférence de presse. Comment faut-il s'y prendre exactement pour en « convoquer » une ?

– Yahou !

Maxi s'effondra sous le poids d'une créature grande et mince, hurlante, pieds nus, encombrée d'un sac à dos et de trois raquettes de tennis, qui cria et la serra dans ses bras jusqu'à ce qu'elle demande grâce.

– Maman, ma petite maman, ma minuscule petite maman à moi, te voilà rentrée! Je viens juste d'arriver et j'ai regardé dans le frigo. Il n'y a strictement rien à manger, ici, mais je sais que tu ne me laisseras pas mourir de faim, ô petite mère de toutes les Russies.

– Angelica, ma chérie, lâche-moi, je t'en supplie.

Sa fille de onze ans semblait avoir grandi d'un mètre au camp de vacances où elle est partie jouer au tennis.

– Qu'est-ce que tu fais ici? Tu ne devais rentrer que la semaine prochaine.

– Je suis partie quand j'ai été éliminée en huitième de finale. Ça la fiche mal... Tout va bien si on n'arrive pas jusque-là, ou si on est éliminé en demi-finale, mais autrement... Pas question, Gaston.

– Angelica, comment es-tu revenue d'Ohji? Oh, mon dieu, tu n'as pas *fait du stop*, au moins? s'écria Maxi, horrifiée.

– J'ai appelé Papa pour qu'il m'offre l'avion, bien sûr, et il est venu m'attendre à l'aéroport. Mais il n'avait pas le temps de me nourrir, enfin, pas suffisamment. Des hamburgers, des milkshakes au chocolat... Tu as vu comme j'ai grandi? C'est pas formidable? Au moins, je ne serai pas bêtement de taille moyenne, comme toi. Peut-être que je pourrai être mannequin. Tu crois que j'ai besoin de me faire refaire le nez? Tout le monde s'y met au camp. Où on va dîner? Papa t'a appelée en Europe, pour te dire que je rentrais? J'ai un surnom, il faudra que tu m'appelles Chip, maintenant, et moi je t'appellerai Maxi, ça fait plus adulte.

– Appelle-moi comme tu veux, mais ne compte

pas sur moi pour t'appeler Chip. Il y a quand même des limites à ne pas dépasser.

Maxi posa les mains sur les épaules de sa fille, la repoussa légèrement en arrière, et l'examina avec attention. Quelle formidable combinaison de gènes, se demanda-t-elle, avait bien pu créer cette promesse de beauté exceptionnelle, à vous couper le souffle? Les Amberville, les Adamsfield, les Anderson, les Dale et les Cutter avaient contribué à ce mélange, étonnamment poétique et romantique, qui avait pour nom Angelica Amberville Cipriani. Pourtant, ses traits étaient avant tout ceux de son père, Rocco Cipriani – Rocco le Magnifique, digne de la Renaissance, obscur et fascinant, mystérieux, lumineux –, dont les ancêtres avaient quitté Venise pour les Etats-Unis, moins d'un siècle auparavant – les seuls Vénitiens, sans doute, à avoir jamais quitté la ville volontairement.

– Tu as aussi trouvé un nom pour ton père?

Maxi s'efforçait, comme toujours, de se montrer courtoise vis-à-vis de son premier époux, avec qui elle partageait la garde d'Angelica.

– Maxi, tu me cherches, vraiment. Comme si on pouvait donner un surnom à son père! Parfois je me pose des questions à ton sujet.

– Je vois qu'il y aura toujours deux poids et deux mesures. Et surtout ne me demande pas ce que ça veut dire, tu le sauras bien assez tôt.

Angelica répandit le contenu de son sac à dos dans toute la pièce.

– A propos du dîner... Je dirais thaïlandais, ou alors des sushi. Au camp, on n'avait droit qu'à une nourriture pour gens-venus-de-la-ville, si tu vois ce que je veux dire... du pain blanc, tout mou et humide, horrible, des tranches d'une espèce de fromage en plastique orange, de la mortadelle rose pâle... Ça fait deux mois que je n'ai pas vu passer un repas décent.

– Angelica, nous allons en revenir à ton estomac dans une minute, mais si tu me demandais ce que je deviens?

Angelica, qui avait entrepris de se trouver une paire de chaussettes propres, demanda, tout sourire :

– Que deviens-tu, Maman?

– Je suis la nouvelle rédactrice en chef de *Blazers et Boutons.*

– Arrête... Qu'est-ce que tu deviens? As-tu rencontré récemment un être humain particulièrement digne d'intérêt? Ça fait un bout de temps que je n'ai pas eu de beau-père.

– Angelica, tu n'auras plus *jamais* de beau-père, je te l'ai déjà dit cent fois. Je suis sérieuse, à propos de *Blazers et Boutons.* C'est moi qui vais m'en occuper.

Stupéfaite, Angelica interrompit sa quête inutile :

– *Le Mensuel de la Passementerie?* Qu'est-ce que tu veux faire de cette chère vieille chose?

– Qu'est-ce que tu racontes?

– *Blazers et Boutons*... Grand-père m'a toujours dit qu'il s'appelait en fait *Le Mensuel de la Passementerie.* C'est marqué sur la couverture, en toutes petites lettres. *Blazers et Boutons,* c'est le titre que lui a imposé un responsable au bord du désespoir, pour essayer d'arranger les choses, mais ça n'a servi à rien. Grand-père m'a dit qu'il le publiait encore par pitié pour les gens qui travaillaient là depuis si longtemps... Il pensait qu'ils ne pourraient pas se recaser ailleurs, et la plupart d'entre eux y ont passé toute leur vie, mais ça fait des années qu'il ne s'y intéressait plus. Franchement, Maman, quand en as-tu vu un exemplaire pour la dernière fois? C'est quasiment une pièce de collection. On doit en vendre à peu près deux cent dix. Fastidieux.

– Angelica, comment sais-tu tout ça?

– Je parlais souvent affaires avec Grand-père... il disait que j'étais la seule de la famille à comprendre quelque chose à l'édition. Maxi, est-ce que tu aurais des chaussettes que je puisse t'emprunter? Hé, maman, tu te sens bien? Tu as l'air toute drôle. Ça ne peut pas être le décalage horaire, ou alors c'est que tu as pris une ligne régulière. Peut-être que tu as faim, comme moi. Maman, quand est-ce qu'on va à Venise?

– Venise? répéta Maxi, d'un air absent.

– Maman, on doit aller passer deux semaines à *Venezia* – tu sais, en Italie? – avant que je retourne à l'école. Ne dis pas « Venise? », comme si tu n'avais pas pris les billets et fait les réservations depuis des mois.

– Nous ne pouvons pas y aller.

– Mais tu l'as promis!

– Pas de Venise. Désolée. Je te revaudrai ça. Je dois travailler. Au *Mensuel de la Passementerie.*

– Mince! Tu parles sérieusement, on dirait. On a perdu tout notre argent?

– Je me suis conduite comme une idiote.

– C'est mieux, ou c'est pis?

– Pis, bien pis, infiniment pis. Ah, et puis zut!

– Allons, Maman, ne te laisse pas abattre.

Angelica la serra dans ses bras, à lui broyer les os.

– Nous pouvons aller dîner au Parioli Romanissimo – qu'est-ce que ça fait, si je ne vois pas la terre de mes ancêtres – un restaurant, c'est presque la même chose que Venise... sans les canaux... les pigeons... la Place Saint-Marc... le Palais Gritti...

Sa voix s'éteignit peu à peu, avec une tristesse poignante.

– Je ne peux même pas dîner avec toi ce soir, Angelica. Je vais appeler Toby et il t'emmènera où tu veux.

Maxi se haïssait.

– Tu as rendez-vous! dit sa fille, rayonnante.

– Une promesse. Et je ne peux pas ne pas la tenir. Appelons ça une dette d'honneur. Je dois être chez P.J. Clarke à huit heures sonnantes.

Elle s'affala dans un fauteuil et s'y blottit d'un air chagrin.

– Angelica, est-ce que par hasard tu aimerais les perles noires? Si oui, je t'en ai rapporté une d'Europe.

– Ah! arrête, Maxi... Ne me fais pas le coup de la culpabilité. Ça n'est pas du tout ton style.

Un inspecteur des douanes sait vraiment comment aborder un corps féminin, se dit gaiement Maxi le lendemain matin, en essayant de se réveiller. Y avait-il sur Terre un homme capable de faire l'amour comme un authentique Irlandais au sommet de sa forme? Et O'Casey était vraiment dans toute la force de l'âge. Son second époux était australien. Le charmant et insupportable Dennis Brady. Un garçon délicieux, comme on aurait dit en Angleterre, mais qui avait la désastreuse habitude de mélanger tequila glacée et vodka en quantités égales, puis de boire force rasades du tout, avant d'essayer, sans l'aide du capitaine, de mettre son navire à quai dans le port de Monte-Carlo. Peut-être leur mariage aurait-il pu marcher, s'il n'avait pas été si horriblement paresseux, ou si le bateau n'avait pas été un yacht transocéanique de quatre-vingts mètres, doté d'une aire d'appontage pour hélicoptère. Peut-être l'accident – le naufrage? – aurait-il été moins humiliant si l'hélicoptère avait été solidement arrimé... Maxi avait mis pied à terre au bout de six mois, se souvint-elle, tout endormie – plus triste, mais guère plus sage.

PLUS SAGE! Les mots résonnèrent dans sa tête,

et la firent sortir du lit, en proie à la panique. Plus sage? Qui ça? Quelle heure était-il? Elle devait se mettre au travail immédiatement. Les gens de *Blazers et Boutons* avaient sans doute entendu parler de la réunion d'hier, et très vraisemblablement étaient-ils assis là, dans l'incertitude, en larmes, attendant que tombe la hache. Il fallait qu'elle y aille, où que ce soit, qu'elle les rassure, prenne tout en charge, et fasse... et fasse... tout ce qui serait nécessaire. Oui, agir, prendre des décisions, tout examiner, s'occuper de tout, faire quelque chose, faire *n'importe quoi.* Elle courut en tout sens, cherchant à tirer les rideaux, de façon à pouvoir trouver une montre ou une pendule, mais elle était désorientée, et ne savait comment manœuvrer les lourdes draperies, ni où dénicher les interrupteurs.

Maxi n'avait pas dormi là avant de partir pour l'Europe, deux mois plus tôt. A ce moment, comme beaucoup d'appartements de la tour, le sien n'était pas encore terminé, bien que Maxi l'ait acheté sur plan, plusieurs années auparavant, à son ami Donald Trump. Le lieu n'était rien de plus, alors, que l'idée qu'il s'en faisait : une façon d'utiliser un fragment, presque hors de prix, de l'espace aérien new-yorkais. Elle finit par trouver les cordelettes et ouvrit les lourdes draperies de soie abricot.

De surprise, Maxi s'immobilisa devant les fenêtres. Etait-ce bien là Manhattan, cité familière, aimée et détestée à la fois? Ou bien, pendant son sommeil, son nouvel appartement était-il tombé doucement sur une autre planète? Le soleil venait juste de se lever à l'est, derrière elle, et projetait ses rayons sur Central Park, encore perdu, par endroits, dans l'obscurité; il illuminait les sommets, les clochers et les tours de la ville, aussi loin que l'on portait le regard : au nord, vers Harlem; à l'ouest, jusqu'au New Jersey, par-delà l'Hudson; au sud, passé le Trade Center, jusqu'à l'Atlantique. Seigneur tout-puissant! se dit-elle. C'est Manhattan, et je l'ai *acheté* tout entier. Elle se sentit remplie d'allégresse. Manhattan lui appartenait! Elle devait être la seule personne debout à cette heure, la seule à posséder un tel point de vue, taillé à même le ciel. Peut-être y avait-il en bas des taxis, des bus, des voitures de pompiers, mais Maxi ne pouvait les entendre depuis le 63e étage. Elle flottait, sans dériver pour autant, ancrée dans un nid qui lui avait coûté plus de quatre millions de dollars, et qui était presque aussi haut que les petits nuages blancs effilochés, à la Fragonard, qui viraient au rose au-dessus du parc. Le soleil monta peu à peu, se reflétant sur des fenêtres qui, une à une, envoyèrent à Maxi les messages de la journée à venir, les nouvelles du matin nouveau. Elle comprit quelle chance elle avait de disposer d'un endroit qui pouvait modifier son humeur.

I'll take Manhattan, the Bronx and Staten Island too, chanta-t-elle, dansant sans fin, toute seule, sur l'air que son père lui avait appris.

– Angelica, je n'ai rien à me mettre qui fasse suffisamment éditeur, dit-elle au petit déjeuner.

– Je croyais que tu étais rédactrice en chef, Maman. Tu es déjà montée en grade?

– Je me suis réveillée pendant la nuit, et je me suis rendu compte tout d'un coup que *Blazers et Boutons* devait déjà avoir un rédacteur en chef. Ce ne serait pas très bien vu de commencer en arrivant d'un air dégagé pour prendre la place d'un autre, alors que je me suis nommée éditeur d'autorité. Depuis la mort de ton grand-père, ses magazines n'en avaient plus.

Angelica mangeait quatre œufs sur le plat, généreusement arrosés de beurre fondu, comme elle l'aimait.

– Comment doit s'habiller un éditeur?

– Comme une incarnation du pouvoir, un leader, quelqu'un qui donne du moral aux troupes, et dont le jugement est rigoureux, irréfutable, impossible à mettre en question.

Angelica versa sur ses œufs une épaisse et judicieuse couche de Tabasco.

– Ce qui n'est pas ton cas.

– Exact. Mais ils n'en savent rien, et si je m'habille de façon dynamique, ils réagiront à mon image, ou du moins c'est ce que j'ai tendance à penser. Malheureusement, ma garde-robe ne semble commencer qu'avec le déjeuner, de quoi avoir l'air très chic au Cirque ou à La Côte Basque, mais rien qui évoque une matinée d'éditeur, sérieuse et professionnelle. Et j'ai beaucoup trop de vêtements pour les cocktails, les dîners, les bals, les yachts, les chalets ou les plages. Plus les bottes et les jeans dans lesquels je voyage.

– On dirait un test de personnalité. Si on regarde dans ma penderie, on saura qui je suis vraiment.

– J'aimerais que tu sois moins franche, Angelica. Est-ce que tu ne pourrais pas faire preuve d'un peu plus de tact?

– C'est toi qui as commencé. Et cet ensemble croisé de Saint-Laurent, à pantalon, que tu as acheté l'année dernière, sans jamais le porter parce que tu étais affreuse dedans?

– Ça n'a pas changé. J'ai l'air d'un petit bonhomme replet déguisé en femme. On ne voit plus ma taille, et il élimine mes jambes. Tu conviendras sans peine que j'ai les plus belles jambes de New York.

– Personne n'en doute, Maman. En Saint Laurent, avec des hauts talons, tu aurais l'air d'un homme de taille moyenne déguisé en femme. Et les épaules font vraiment peur.

– Peut-être qu'avec un corsage sensationnel?

– Un corsage très strict, et une écharpe macho négligemment jetée sur l'épaule, à la Viva Zapata.

– J'ai horreur de ça, et l'écharpe tombe tout le temps.

– Tu n'as pas le choix. Maman, tu as déjà été vraiment amoureuse ?

– Je ne réponds pas à ce genre de questions à une heure pareille.

– Si jamais je le rencontrais, tu crois que Woody Allen serait trop vieux pour moi ?

– Pas vraiment. Mais je ne pense pas qu'il veuille être mêlé à tout ça.

– Comme tout le monde, dit Angelica tristement.

– C'est le malaise de l'âge. Ne me demande pas ce que ça veut dire.

Angelica le savait *presque*.

– Non. Alors, tu vas vraiment au bureau ce matin ? Terrifiant. Bonne chance, Maxi.

– Qu'est-ce que tu vas faire aujourd'hui, des achats ?

– Ouais, pour la rentrée. Je vais d'abord voir Armani, Krizia, Rykiel, Versace, Kamali, et je finirai par acheter devine quoi ?

– J'aimerais bien être aussi grande que toi.

– Je te trouve tout à fait mignonne comme tu es. Ça me plaît bien d'avoir une mère de taille moyenne, ça me donne l'impression d'être adulte.

– Je croyais que c'était déjà fait, grommela Maxi.

9

LES locaux de *Blazers et Boutons* se trouvaient encore 46ᵉ Rue, entre la Sixième et la Septième Avenue, là où Zachary Amberville avait loué ses premiers bureaux. A la création de la revue, l'immeuble était un peu vieillot – guère plus, pourtant, que le reste du voisinage –, mais à quelques pas du quartier de la passementerie. Rien n'avait changé depuis, à ceci près que la vieillesse avait cédé la place au délabrement. Maxi ne s'en aperçut pas en repérant les lieux, et se présenta à la réceptionniste :

– Je suis Mlle Amberville. Pourriez-vous dire au rédacteur en chef que je suis là?

– Il vous attend?

– Annoncez-moi, c'est tout. Maximilienne Amberville.

Robert Frederick Fink arriva aussitôt – rose, rond, coquettement vêtu, entre soixante-cinq et soixante-dix ans, et absolument enchanté de sa visite.

– Maxi! Embrasse ton oncle Bob! Je parie que tu n'as jamais oublié le jour où tu as gagné douze mille dollars aux courses? Viens dans mon bureau et parle-moi de toi... ça fait des années...

– Près de vingt ans, répondit-elle, presque étouffée sous ses embrassades. Elle se souvenait fort bien de l'événement, mais pas de lui.

– C'est comme si c'était hier. Attention à la porte, elle s'ouvre à peine.

Maxi se faufila dans la pièce, et s'arrêta net. L'endroit abritait huit bureaux, sur lesquels s'entassaient d'énormes piles de papiers de toutes sortes, soigneusement disposées de manière à tenir en place sans être soutenues d'aucune façon. Il y avait juste assez d'espace entre ces hautes murailles pour aller, en file indienne, jusqu'à un neuvième bureau, celui de Bob Fink, où l'épaisseur de papier ne dépassait pas vingt centimètres. Il l'installa avec précaution sur l'unique fauteuil destiné aux visiteurs, et fit un détour pour s'asseoir de l'autre côté.

– Je n'ai jamais cru aux classeurs, Maxi. On y met quelque chose, on l'oublie, et on ne le revoit plus jamais. Autant le brûler tout de suite. Demande-moi un document, n'importe lequel.

– Pardon ?

Des deux mains, Maxi serra son foulard à rayures, et croisa les bras sur sa poitrine. Si elle éternuait, se dit-elle, il faudrait une semaine pour la déterrer.

– Demande-moi de te trouver quelque chose... une facture, un justificatif, un relevé, tout ce que tu veux.

– Un exemplaire de *Blazers et Boutons* de... voyons... 1954.

– Non. Trop facile.

– Une fiche de paiement de... papier... de... juin 1961.

Bob Fink se leva, scruta son domaine d'un œil sévère pendant deux minutes, se dirigea vers l'un des bureaux et, avec la plus extrême délicatesse, parvint à extraire plusieurs feuilles de l'un des minarets.

– Et voilà ! Regarde-moi ça ! Le papier était fichtrement moins cher à l'époque.

– Incroyable ! Est-ce que je pourrais voir le dernier numéro de *Blazers et Boutons* ?

Bob Fink fit la grimace :

– Il est là, mais je n'en suis pas très fier. Rien n'a plus été pareil depuis qu'on a laissé les mains libres à Blouson Noir.

– Qui ça ?

– John Fairchild. Les stylistes français l'appelaient comme ça parce qu'il était dur avec eux. Mais ce qu'il a fait pour les ventes de *La Mode* ! Une vraie fusée ! Et quand nos annonceurs l'ont vu, bien entendu, c'est là qu'ils sont allés placer leur argent, et, comme si ça ne suffisait pas, Fairchild publie *L'Hebdomadaire de la Chaussure*, ce qui nous a privés de tous nos clients spécialisés dans les courroies à boucle. Alors, de fil en aiguille... Il nous reste quelques abonnements en cours, quelques petits fabricants à qui ça plaît d'avoir leur photo en couverture, mais... Maxi, tu dois voir les choses en face... *Blazers et Boutons* est... même pas en difficulté, ce serait trop optimiste. Il faut être vivant pour ça. Disons qu'il est en réanimation, mais l'hôpital vient de fermer ses portes.

– Est-ce que je peux le voir quand même ? dit Maxi sans se décourager.

Il lui donna une mince revue, à la pimpante couverture rouge, ornée d'une photographie de John Robinson, de la Robinson Braid Company, dont l'essentiel du texte retraçait la carrière. Quelques pages étaient consacrées aux dernières nouvelles du monde du galon et de la coupe; il y avait aussi un article sur les boutons des costumes Adolfo, illustré du dessin d'un parement qui en comportait trois. Pour finir, quelques publicités. Les deux plus importantes étaient celles de la

Robinson Braid Company et de la société qui vendait ses boutons à Adolfo.

Maxi plia en deux cette relique émouvante, et la glissa avec avidité dans son sac à main.

– Oncle Bob, as-tu entendu parler de la réunion d'hier ?

– Des rumeurs. Peut-être une dizaine de coups de fil... Une vingtaine, à vrai dire. Je trouve très gentil de ta part que tu viennes m'en parler personnellement. Ton père – qu'il repose en paix – aurait agi de même. Je savais que cela arriverait un jour.

– Oh que non, Bob ! Je suis le nouvel éditeur de *Blazers et Boutons*, et tous les deux nous allons lui redonner vie, comme mon père l'aurait fait !

Elle se dressa, tout excitée, et faillit recevoir une tonne de papier sur la tête.

– Si c'est ce que tu as de mieux à m'offrir, chérie, je n'aimerais pas remporter le gros lot ! Assieds-toi, pour l'amour du ciel !

– Je ne plaisante pas ! Je suis sérieuse ! Enfin, Bob, rien ne nous retient, nous pouvons faire aussi bien que Fairchild. Nous allons tout mettre sens dessus dessous ici... Pas ton bureau, bien sûr, mais...

– Maxi... L'industrie du vêtement n'a pas besoin de plus d'un seul organe de presse... il lui faut un journal, *Le Quotidien de la Mode*, pas un mensuel. Tu n'as pas l'intention de publier un quotidien, quand même ?

– Eh bien, non... Mais il y a *La Mode* ? On pourrait sortir quelque chose d'analogue, en mieux.

– Le problème, c'est qu'ils se servent d'un matériel déjà rédigé et photographié pour *Le Quotidien de la Mode*... Parfois ils allongent le texte ou recourent à la couleur, mais ça ne leur coûte à peu près rien... Fairchild gagne énormément d'argent avec dix mille abonnés au plus. *La Mode*, c'est avant tout des annonces publicitaires, avec toutes ces grandes photos si belles...

Il soupira :

– Je dois sans doute vieillir... Je n'arrive pas à me faire à ces filles magnifiques en sous-vêtements masculins. Où sont les dessous d'antan ?

Maxi se tortilla dans son caleçon Calvin Klein. Il avait donné une nouvelle dimension à sa vie intime. Elle et ses amis étaient-ils tous des pervers ? Ou bien Bob Fink était-il simplement vieux jeu ?

– *La Mode* n'a que dix mille abonnés ? Tous les gens que je connais le lisent.

– Justement ! Chaque exemplaire est lu par des dizaines de personnes. La plupart d'entre elles ont de gros revenus, ce qui explique l'importance des annonces publicitaires. Maxi, tu ne pourras pas affronter Fairchild. Ils sont spécialisés dans les journaux corporatifs depuis 1881, avant que ton père soit né – presque avant la naissance du mien ! Et d'ailleurs, pourquoi diable ? Tu es une Amberville.

– Je comprends bien, Bob, mais je suis sûre de pouvoir tirer d'affaire *Blazers et Boutons*. Avec ton aide, bien sûr.

Comment, se dit Maxi, pourrait-elle jamais se débarrasser d'un aussi charmant vieillard ? Si seulement il n'était pas aussi pessimiste.

– Mon aide ? Maxi, depuis longtemps je brûle d'envie de partir à la retraite. Je traîne ici parce que je dois bien ça à la mémoire de ton père, mais, fort heureusement, j'ai investi dans l'immobilier au bon moment. La plupart des anciens présidents des Etats-Unis ont bâti leur demeure à Palm Springs sur des terrains que je leur ai vendus. Le seul gros morceau que je n'ai jamais pu avoir, c'est celui des Annenberg, avec le terrain de golf et le reste. Je l'ai manqué, mais on ne peut pas gagner à tous les coups.

– A la retraite ? Tu veux prendre ta retraite ?

– Et m'installer sur la Côte Ouest. Regarder pousser mes palmiers. Peut-être apprendre à monter à cheval.

– Mais... et tes bureaux ?

– Brûle-les. Ça va coûter une fortune de tout sortir d'ici, mais c'est ce que je ferais, si j'étais à ta place, et j'y mettrais le feu.

– Et les autres ? Ceux que Papa ne voulait pas licencier ?

– Voyons... Il y a Joe, qui trouve les idées et rédige les articles, Linda, qui s'occupe des illustrations, de la maquette, et de l'impression. Je me chargeais de la publicité. Pas de service des ventes, tu t'en doutes. La réceptionniste répond au téléphone et tape à la machine. J'ai mis Linda et Joe avec moi dans l'immobilier, et l'autre pourra retrouver du travail n'importe où. C'est une jeune personne très capable, qui déteste être ici. J'ai dû l'augmenter pour la garder.

– Trois personnes ? *Seulement* ? Comment est-ce possible ?

Surtout, ne pas s'évanouir.

– Eh bien... Il y a aussi le type de l'immeuble, dont nous louons les services pour qu'il vide les corbeilles à papiers et nettoie de temps en temps... Il y a une machine Xerox en bas, quand nous voulons des photocopies, et l'imprimeur nous envoie quelqu'un régulièrement pour nous vendre du papier, mais à part ça... voyons... ouais, trois personnes. Et on perd de l'argent quand même. Le loyer, les salaires, les fournitures, tout ça coûte cher. Et puis les repas; il faut bien que tout le monde mange.

– La compagnie paie vos repas ? demanda Maxi, incrédule.

– C'est ton père qui en avait eu l'idée, au bon vieux temps. Il avait insisté. Bien sûr, *Lindy* était encore ouvert. Rien n'est plus pareil depuis qu'ils ont fermé.

– Quand... pensais-tu t'en aller? Je ne voudrais pas qu'on croie que je suis pressée, mais...

– Quel jour sommes-nous? Mardi. On peut en avoir terminé pour vendredi. Ça m'ennuie de te laisser cette pagaille. Ne t'inquiète pas, je m'arrangerai pour que le gars des poubelles vienne tout prendre, et Hank, le type de l'immeuble, ne verra pas d'inconvénient à travailler tard, pour que tout soit à peu près propre lundi, mardi au plus tard.

– Tu es sûr de ne pas vouloir rester?

Au moins, soyons polie, pensa-t-elle.

– Ma pauvre, je suis déjà dans l'avion. A propos, si tu ne t'offusques pas qu'un vieil admirateur risque une petite remarque, cette tenue que tu as mise n'est pas... peut-être que quelque chose de plus... ah... de *moins* menaçant? J'aurais peur de te rencontrer dans une ruelle obscure, Maxi. Tu sais, si tu veux, je peux t'emmener chez les fabricants. Beene, peut-être, ou Ralph Lauren. Un bon changement d'image et tout ira bien.

Toby hurlait :

– Vous avez le culot d'appeler cette bouillie farineuse une golden? Mordez-y, pauvre crétin, et dites-moi depuis combien de temps elle est en chambre froide!

Il saisit le grossiste par le col et lui présenta la pomme.

– Allez-y, mangez!

– Je me suis fait voler, monsieur. Je viens d'en acheter vingt cageots dans le nord, et ils m'ont juré les avoir cueillies la semaine dernière.

Dégoûté, Toby le lâcha :

– Ben voyons. Ça m'apprendra à vouloir essayer un nouveau fournisseur. Vous ne vous rendez pas compte que je peux tout vous dire de cette pomme ? Il m'a suffi d'en toucher la peau pour savoir qu'elle était de la saison dernière. Elle n'a pas l'odeur d'un fruit frais, et si j'avais le malheur d'y goûter, je vomirais. Allez vendre ça à d'Agostino !

Il se détourna et s'adressa à Maxi :

– La plupart des gens d'ici me connaissent et ne cherchent pas à me faire ce genre de blagues. Je ne lui ai jamais rien acheté, j'ai cru pouvoir tenter le coup.

– C'est la dernière fois qu'il essaie de voler un aveugle. Au moins, l'un de nous deux n'aura pas été plumé cette semaine.

– Pourrais-tu perdre cet air de chien battu et cesser de te plaindre ?

Toby descendit l'allée des grossistes en fruits. Il se servait de sa canne à laser, comme toujours dans un endroit aussi dangereusement encombré que les halles de Hunt's Point. Les trois rayons infrarouges de l'appareil déclenchaient une aiguille en contact avec son index, pour l'avertir qu'il y avait quelque chose devant lui, ou au-dessus de sa tête, ou encore des débris sous ses pieds. Il la faisait tournoyer sans peine, en décrivant un arc – une technique apprise des années auparavant. Procédant avec méthode, il se mit à choisir des pommes prises dans différents cageots, les tâta, les sentit, les retourna entre ses longs doigts, comme si chacune devait servir pour une nature morte, tout en opérant à une vitesse stupéfiante.

– Je ne me plains pas, dit Maxi avec amertume. Je suis furieuse contre moi-même. Jeanne d'Arc sauvant la peau du propriétaire de Rancho Mirage... sans compter trente ans de repas gratuits. Je n'ose imaginer Cutter en train de mourir de rire.

– Ecoute, il te reste une revue, un bureau, et un an pour faire ce qu'il te plaît. C'est ta fierté qui est blessée, Boucles d'Or, rien d'autre.

– Ce n'est même pas une revue, c'est... le néant. Le bureau... Il faudrait que tu y ailles pour le croire. Ta canne exploserait... Combien de pommes as-tu l'intention d'acheter, pour l'amour du ciel ?

– C'est l'époque des tartes Tatin, petite. Des milliers, je pense.

– Mais pourquoi, pourquoi n'ai-je pas eu le bon sens de me renseigner auprès de Pavka ou de Nina Stern avant de choisir la revue que je voulais ? J'aurais pu avoir n'importe laquelle ! Pourquoi a-t-il fallu que je fonce tête baissée ?

– Ah ! Les mystères de l'âme humaine... si tu étais ne serait-ce qu'un peu plus méfiante, tu ne serais pas Maxi, et si tu n'étais pas Maxi, le monde serait bien plus triste.

– Mais plus sage.

– Peut-être. Encore qu'être plus sage n'est pas tout ce qu'on croit. C'est comme le célibat... il faut s'en abstenir aussi longtemps qu'on peut.

Il passa commande de ses pommes, et, suivi de Maxi, quitta l'énorme et hideux complexe qui assurait près de la moitié du ravitaillement de Manhattan. Toby n'y faisait plus ses achats quotidiens, et s'en remettait à ses assistants; mais, de temps en temps, il venait à Hunt's Point réfléchir à de nouveaux projets pour ses trois restaurants new-yorkais. Il en possédait deux autres à Chicago, et quatre sur la Côte Ouest, tous également prospères.

Toby avait découvert l'office alors qu'il allait avoir huit ans. Ce territoire lui était interdit, bien que sa vision diurne demeurât encore à peu près correcte. Lily éprouvait une frayeur irraisonnée à la pensée de le savoir à côté d'un feu – ce qui le décidait, davantage encore, à entrer dans cette pièce mystérieuse.

Une nuit, il attendit que toute la maisonnée fût endormie, puis rampa, le long des couloirs familiers, jusqu'au rez-de-chaussée, avant de pénétrer dans le grand espace tentateur. Allumant la lumière, il se mit à tout explorer, centimètre par centimètre, à commencer par les tiroirs, en se servant de ses cinq sens pour étudier chaque objet inconnu – car sa vue, malgré tout, s'était déjà fortement affaiblie. Il porta à son nez, toucha du bout des doigts tous les ustensiles de cuisine, toutes les casseroles vides, les planches à découper, les fourchettes et les cuillères. Il huma les couteaux, y posa la langue, en lécha le dos, en passa doucement le tranchant sur sa paume, les appuya contre ses joues. Il secoua tous les objets, pour entendre le bruit qu'ils faisaient, les soupesa, compara leur poids, avant de les remettre en place. Le lendemain, il s'aventura jusqu'au réfrigérateur, et là, pendant les longues heures paisibles de la nuit, le petit garçon surprotégé tomba amoureux. Pour Tobias, un œuf était un monde, un artichaut une galaxie, un poulet un univers.

Il revint soir après soir dans la cuisine, jusqu'à ce qu'il en connût chaque recoin, jusqu'à ce qu'il n'y eût plus un seul brin de persil qu'il n'eût goûté. Pourtant, respectueux des injonctions de sa mère, il n'avait jamais allumé le fourneau, se contentant de l'examiner en tout sens, afin de le graver dans sa mémoire sensorielle.

Une nuit, il ne put s'empêcher de prendre un

récipient et d'y casser un œuf : l'extérieur en était fascinant, mais l'intérieur irrésistible. Un autre suivit, jusqu'à ce qu'une douzaine nagent dans une grande jatte brune, tandis que les coquilles, proprement empilées l'une sur l'autre, s'entassaient sur la table. De toute évidence, il convenait de les battre à la fourchette, se dit Toby. La porte s'ouvrit alors qu'il avait presque fini – œuvrant avec vigueur et méthode –, et le cuisinier le découvrit. Ce premier essai culinaire prouvait simplement qu'on ne pouvait se livrer à ce genre d'activités en silence.

Zachary tint à ce que Toby suive des cours de cuisine, et engagea un chef de l'école Cordon Bleu pour travailler avec lui, tous les après-midi au sortir de la classe.

Bientôt Toby fut en mesure de dire si l'huile d'olive coulait au rythme voulu dans la mayonnaise qu'il préparait, rien qu'au bruit imperceptible que faisaient les gouttes en tombant. Il savait d'oreille à quel instant précis il fallait retirer une omelette de la poêle; à l'odeur il pouvait dire quand un oignon avait blondi à point. Il n'avait pas besoin de sablier pour cuire des œufs, et de rien d'autre qu'un couteau bien affûté pour découper fruits et légumes en minuscules lamelles.

Pourtant, vers sa dixième année, ses problèmes de vue devinrent de plus en plus graves. En dépit de sa grâce naturelle, Toby paraissait maladroit et gauche, et se heurtait constamment aux gens ou aux objets, qu'il aurait pourtant dû voir.

Lily refusait d'admettre qu'un jour il serait presque aveugle, et fit comme si de rien n'était. Mais Zachary, qui, le samedi après-midi, emmenait souvent les enfants au cinéma, se rendit compte que Toby y était perdu, désemparé, jusqu'à ce que les lumières se rallument. Il fut bientôt évident qu'il ne pouvait faire de sport d'équipe, tant sa vision latérale était mauvaise, et l'empêchait de suivre la trajectoire d'un ballon, ou d'un palet de hockey. Bien que Lily fût résolue à laisser Toby dans l'ignorance – pourquoi l'avertir avant que ce soit absolument nécessaire? disait-elle –, Zachary estima que son fils devait se préparer à ce qui l'attendait.

Au début des années soixante, on ne savait encore à peu près rien de la rétinite pigmentaire. Zachary amena Toby au docteur Eliot Berson, de la Harvard Medical School, afin qu'il lui fît subir un électro-rétinogramme, destiné à mesurer la puissance des signaux transmis par les cellules nerveuses de la rétine. Le médecin fut incapable d'établir un pronostic précis, et se borna à dire que, si Toby avait de la chance, il lui resterait encore un peu de vision fonctionnelle passé la trentaine.

Zachary ne put se résoudre à répéter des paroles aussi nettes à son fils, mais fit tout son possible pour lui expliquer pourquoi il devrait se limiter à des activités comme la nage ou la gymnastique. Zachary choisit de parler de sport, et non de vie quotidienne, de rétine et de cônes, plutôt que de problèmes de vue.

– Est-ce que je vais devenir aveugle, Papa? demanda Toby au bout des quelques minutes de silence qui avaient suivi les confuses explications de son père.

– Non! Non, Toby! Pas complètement, jamais complètement, et pas avant des années.

Zachary s'efforça de prononcer ces mots de façon aussi neutre que possible, mais son cœur se brisait.

– Alors je ferais mieux d'apprendre le braille, non?

Zachary ne trouva rien à répondre.

– Le braille et la dactylographie, ajouta Toby.

Il se leva et partit dans sa chambre. Personne ne

sut jamais ce qu'il y endura, mais il en sortit déterminé, de toute son âme, à profiter de la vie, même s'il ne pouvait vaincre sa destinée.

Le braille ne lui était pas encore indispensable, mais mieux valait l'apprendre aussi jeune que possible, et il suivit régulièrement les cours. Sous la direction d'un instructeur particulier, il nageait dans la piscine couverte construite pour lui dans le jardin des Amberville, avec la même énergie qu'il consacrait à ses leçons de cuisine. Toby semblait mener deux existences distinctes : dans l'une, il voyait; dans l'autre régnait l'obscurité. Pendant une dizaine d'années, la maladie resta stationnaire, comme il est fréquent en pareil cas. Il sortit diplômé de l'Ecole Hôtelière de Cornell, prêt à ouvrir son propre restaurant, après avoir passé huit étés comme apprenti chez de grands chefs en France, en Italie et à Hong Kong.

Depuis longtemps – comme un chevalier qui affûte ses armes et huile son armure en prévision d'une lointaine bataille –, il étudiait les innombrables ustensiles de cuisine destinés aux non-voyants, et adoptait tous ceux qui lui plaisaient, bien qu'il n'en eût pas encore besoin. La cuisine de son premier établissement était admirablement organisée. Aucune ménagère, même obsessionnelle, n'aurait pu atteindre cette rigueur avec laquelle Toby, faisant usage de son bon sens, avait disposé ses instruments. Son fidèle destrier était une paire de balances de boulanger : la première pourvue d'un dispositif électronique pour le pesage des épices, de zéro à cinq cents grammes; la seconde allant jusqu'à cinq cents kilos. Des indications en braille étaient fixées sur leurs cadrans, à un centimètre d'intervalle.

Ses gantelets étaient des moufles isolantes, longues de trente centimètres, qui protégeaient ses mains; ses épées, des cuillères en bois, des doubles spatules, des doseurs emboîtés, qu'il pouvait vérifier du doigt, sans avoir besoin de lignes de graduation. Sa lance était un indicateur, à bip sonore, de niveau des liquides, et ses casques des bols mélangeurs, tous dotés, à la base, d'un anneau de caoutchouc, pour assurer leur stabilité.

Comme il allait avoir trente ans, et dirigeait deux restaurants en plein essor, Toby se rendit compte que, dans ce qu'il voyait, les espaces vides devenaient toujours plus vastes; les gens et les choses semblaient nager, apparaissaient et disparaissaient de façon déconcertante; les images étaient faibles, fragmentées, de moins en moins colorées. Il s'était astreint à donner à ses problèmes le moins d'importance possible, mais comprit que, cette fois, il aurait besoin de l'aide de spécialistes.

Pendant quatre mois, il se rendit au St. Paul's Rehabilitation Center de Newton, dans le Massachusetts. On bandait les yeux de tous les élèves, quel que soit leur degré d'infirmité, pour leur apprendre aussi bien des choses élémentaires – se tenir à table, compter de l'argent – que des techniques plus difficiles, comme le maniement de la canne. Toby prit des leçons d'escrime, qui aidaient à identifier les sources sonores, et de « vidéation » : pouvoir s'orienter et se déplacer autrement que par la vue, en estimant la vitesse du vent, ou l'origine des bruits : ceux de la nature, ceux des gens, ou des automobiles. Quand il quitta l'établissement, Toby se sentait aussi armé qu'on peut l'être pour l'avenir.

Il revint à New York, et se remit à essayer les innombrables dispositifs mis au point pour les aveugles. Chaque fois qu'il ouvrait un nouveau restaurant, il y installait une cuisine qui était l'exacte réplique des précédentes. Il apprit à ses chefs – qui y voyaient parfaitement, à travailler comme lui, en se servant de ses ustensiles, et bientôt, si le besoin s'en était fait sentir, ils auraient pu évoluer dans le noir.

Désormais, Toby n'était plus derrière les fourneaux que de temps en temps, pour mettre au point de nouvelles recettes dans son premier restaurant; ses maîtres queux dirigeaient les autres. Il leur rendait visite sans prévenir, lors de ses voyages à Chicago ou Los Angeles. Vingt minutes d'inspection lui suffisaient pour tout savoir : malheur au maître d'hôtel si une assiette à compote avait été mal placée. Malheur au chef qui lésinait sur les champignons; malheur à celui qui méjugeait de la maturité d'un brie; malheur au rôtisseur dont le poulet n'était pas moelleux jusqu'à la pointe de l'aile; malheur au saucier qui mettait une pincée de sel en trop. Malheur, malheur, malheur au directeur de l'établissement si les nappes manquaient d'un certain fini empesé; si le cristal n'avait pas, sous les doigts, la douceur du satin; si les bougies étaient trop courtes d'un centimètre, ou les fleurs trop vieilles d'une heure. Chaque raid lui valait le nom de « Tobias le Terrible », mais tout son personnel le vénérait davantage après chaque visite.

Toby poussa du coude Maxi, perdue dans ses pensées :

– C'était plus drôle d'emmener Angelica courir les boutiques. Ecoute, tu as raté ton coup, mais ça n'est pas la fin du monde. Remets-toi. Laisse tomber. Oublie tout. Tu ne peux pas plus sauver *Le Mensuel de la Passementerie* que tu ne peux ressusciter les bottines à boutons. Ça ne sert à rien de perdre ton temps dans le seul dessein de combattre Cutter. Il a gagné, et tu serais bien inspirée de l'admettre. Tire un trait, arrête de faire cette tête d'enterrement, et redeviens Maxi.

– Tu es un sacré rabat-joie, pour un oiseau de nuit, répondit-elle, furieuse.

– Je suis un brillant homme d'affaires, ce qui signifie que chaque jour je dois affronter la réalité. J'aimerais que tu me témoignes un peu de respect. Après tout, je suis le célibataire le plus désirable de tout New York, mais aussi le plus farouche, parce que je me fiche éperdument de ce dont une fille peut avoir l'air, et que je n'ai pas encore trouvé l'âme sœur avec qui passer le restant de mes jours.

– Un vieux rabat-joie prétentieux, radin et dépourvu de tact, qui n'a même pas l'idée de m'offrir un verre quand j'en ai tant besoin.

– C'est plutôt l'heure du petit déjeuner, tu ne crois pas?

– Le problème avec toi, Toby, c'est que tu prends tout au pied de la lettre – ce que ta mère s'est toujours bien gardée de te dire.

– Qui dit petit déjeuner dit boire un verre, non?

– Puisque tu le dis, pourquoi pas?

A Beverly Hills, India West se regarda d'un air mauvais dans le miroir de la coiffeuse de sa chambre à coucher. Elle procéda à de minimes réglages mentaux, et ses yeux, qui avaient ce bleu brillant si particulier, des turquoises persanes, parurent foncer ou s'éclaircir à volonté. Des muscles suprêmement délicats bougèrent sous sa peau, et il se passa assez de choses pour remplir un numéro entier des *Cahiers du Cinéma*. Elle tomba follement amoureuse, traversa une légère déprime, fut tourmentée par une terreur secrète, devint joyeuse, passa de la garce à la nonne, et fut illuminée par l'attente de l'extase. Tous ses systèmes, remarqua-t-elle lugubrement, fonctionnaient toujours à la demande, en dépit de sa catastrophique gueule de bois.

Comme elle se contemplait fixement, insensible à son image, à ses traits extraordinaires, dont la perfection l'ennuyait plus que tout, elle se dit qu'être appelée la plus belle star du monde avait quelque chose de tout à fait *inepte.* Un travail d'adulte, ça? Les gens savaient-ils quel racket c'était? Elle se voyait comme dans un film de Greta Garbo : visage céleste, dont l'expression ne changeait jamais, et le public conditionné à y lire de puissantes émotions... Garbo avait-elle éprouvé le même sentiment? India pensait que oui, et que la Divine s'était retirée avant que quelqu'un ne s'en rendît compte.

– Tu n'es pas Meryl Streep, pauvre idiote, dit-elle à haute voix à son superbe reflet, mais au moins tu sais jouer la comédie.

Elle rassembla les vagues ondoyantes de ses cheveux ambrés, et regarda avec dégoût le Bloody Mary sur la table. India West ne s'enivrait jamais, mais la dernière nuit représentait une horrible exception, pour laquelle un seul remède pourrait décider son foie à se remettre au travail. Elle but, déesse résignée à une minute de mortalité, frissonna et revint en chancelant vers son lit.

Elle avait consacré ce qui lui restait de force à l'ouverture de la boîte de jus de tomate, et à la découverte du Tabasco. Le dimanche, en effet, elle était seule. Pas de domestiques, de secrétaires, de cuisinier, dans l'énorme demeure; tous les téléphones restaient muets. Les grands manitous de l'industrie dormaient, ou pensaient vaguement à un brunch, assis devant la télévision à regarder d'autres gens, condamnés à vivre ailleurs, jouer au football américain. Au fait, pensa-t-elle, si ce n'était pas dimanche, il faudrait qu'elle aille suivre, comme d'habitude, sa séance d'entraînement avec

Mike Abrums, son professeur de gymnastique – l'arbitre de sa vie. Si jamais il se rendait compte qu'elle avait la gueule de bois – et Dieu sait qu'on ne pouvait rien lui cacher –, il la lui ferait amèrement regretter. Il pourrait même *annuler ses rendez-vous.*

En dépit de la rumeur bien fondée selon laquelle il possédait – mais où? – un cœur d'or, Mike Abrums dirigeait ses élèves avec cette discipline implacable acquise au cours de ses années passées dans les marines, quand il enseignait à des hommes comment en tuer d'autres à mains nues. Désormais, il maintenait dans une forme parfaite les plus beaux corps d'Hollywood – méticuleusement choisis – lesquels lui vouaient une obéissance qui touchait à l'adoration. Sa liste d'attente comptait plusieurs centaines de noms. Mike avait interdit à India la viande rouge, le sucre, le sel, les graisses et l'alcool, sous quelque forme et en quelque quantité que ce fût. La nuit précédente, dans un accès de rébellion, elle avait copieusement ingéré chacun des articles de la liste tabou.

– Si je n'étais pas aussi belle, je pourrais manger un hamburger tous les jours, dit-elle, pathétique, en s'adressant au plafond. Si je n'étais pas si célèbre, je n'aurais pas à être parfaite. Si je n'étais pas riche, je ne pourrais pas me permettre d'aller six fois par semaine chez cet éblouissant dictateur. Si je n'étais pas connue, nul ne s'en soucierait. Je dois avoir ce genre de problèmes dont les gens se moquent toujours, et qu'ils voudraient tant avoir. Mais que tout le monde les aime ne signifie pas que je doive en faire autant. Ce ne sont pas des avoirs transférables. Banalité, j'en conviens, mais vu mon état...

Sa voix, même en cet instant, gardait une richesse de nuances infinies, qui évoquait le vin : de l'obscure puissance du bourgogne à l'éclat du champagne glacé, de la tiédeur moelleuse du bordeaux à la douceur céleste du sauternes. Au bout de six ans de célébrité, India ne s'étonnait plus de se parler à elle-même. L'un des problèmes les moins connus des stars de cinéma est qu'elles ne peuvent se livrer qu'à quelques personnes au monde. Tirer gloire d'être son confident était une tentation presque irrésistible, et si, sortie du cercle de ses rares intimes, elle révélait quoi que ce fût à d'autres, elle était sûre de pouvoir le lire le lendemain dans le journal.

– Si seulement mon plafond était plus intéressant, songea-t-elle.

La gueule de bois ne lui laissait guère de possibilités. Elle ne pouvait supporter la musique, n'avait pas la force de se concentrer sur un livre, et, pis encore, personne à qui elle eût envie de téléphoner. A cette pensée, elle sentit des larmes lui perler aux paupières. Elle s'extirpa du lit avec difficulté, passa un peignoir, et se dirigea lentement vers la piscine. Tout valait mieux que de rester là à pleurnicher sur elle-même.

India suivit le chemin qui menait au jardin. Au départ, ce devait être quelque chose de tropical. Deux cent mille dollars plus tard, le paysagiste avait réussi à créer un décor irréel à la Douanier Rousseau, peuplé de plantes exotiques monumentales qui, dans l'état où se trouvait India, lui paraissaient grotesques et menaçantes. Mal à l'aise, elle songea à des tigres, à des serpents, à des bohémiennes endormies. Le réseau d'irrigation souterrain se mit en marche d'un seul coup, avec des bruits sourds de mauvais augure. Il n'aurait dû fonctionner que pendant la nuit. Tandis qu'elle était inondée par dix bouches d'arrosage différentes, trois énormes bergers allemands jaillirent des fougères géantes en aboyant, et manquèrent la renverser.

– Couché ! Couché, ignobles crétins ! hurla-t-elle en essayant de faire preuve d'autorité. Ils bavaient sur elle d'équivoque façon.

– Bonnie-Lou ! Sally-An ! Debbie-Jane ! Couché, bon sang !

C'étaient tous des mâles, mais il lui était plus facile de faire semblant d'y voir des femelles. Ces bêtes monstrueuses la terrifiaient; une conversation avec la police de Berverly Hills avait cependant convaincu son homme d'affaires et son agent de leur nécessité. Apparemment, les palissades, les portes à dispositifs électroniques, la caméra à la sortie du garage, les mouchards compliqués installés dans toute la maison la protégeaient moins bien qu'un seul berger allemand.

Tremblant de tout son corps, India poursuivit en ruisselant son chemin vers la piscine, cheveux trempés, peignoir dégoulinant, tandis que les chiens, bavant toujours, lui marchaient sur les pieds et lui léchaient les mains. Pourvu que ce soit un signe d'affection, pensa-t-elle. Oh, mon dieu – leur avait-on donné à manger ? L'avenir de ce dimanche lui parut de plus en plus compromis.

Elle parvint difficilement à s'extraire de la forêt, et s'arrêta avec un cri de fureur incrédule. Dans la nuit, l'eau de la piscine avait pris une ignoble teinte vert sombre. Les chiens, les bouches d'arrosage, et maintenant les algues. C'en était trop. Elle revint en courant à la maison, et ramena les couvertures sur sa tête, maudissant le technicien chargé de l'entretien, qui avait sauté une visite.

– Les êtres humains ne sont pas faits pour vivre à Beverly Hills, grogna-t-elle dans ses draps désormais mouillés. L'endroit n'est qu'un désert qu'a fait fleurir l'eau volée à d'honnêtes et laborieux fermiers par les pervers fondateurs de San Francisco. Une abomination aux yeux du Seigneur. Repentez-vous, pécheurs.

Elle sortit la tête et envisagea la possibilité d'un second Bloody Mary. Non. Pas question. Le premier était un remède, mais le suivant? Elle ferait mieux de compter ses bénédictions, comme le lui avait appris sa mère. En premier lieu, comme toujours, la santé. Ensuite, ses draps. Un coton de chez Patrasi, le plus doux qui soit, à six cents dollars la paire. Sa fierté, son bonheur – elle en avait une pleine armoire. Une drogue, peut-être? Un plaisir inoffensif, en tout cas, puisqu'on ne peut pas les manger ou les boire. Ou n'était-ce qu'une forme de transfert?

L'année dernière, elle avait réussi à se sortir de son transfert sur son analyste, le docteur Florence Florsheim, la psychiatre des stars, et semblait maintenant reporter son affection sur son linge de maison. Pouvait-on y voir un progrès? Il faudrait que toutes deux en discutent, mais India en doutait. Et ses autres bénédictions? Belle, riche, célèbre et douée. John Simon lui-même convenait qu'elle avait du talent, ce qui la réconfortait chaque fois qu'elle n'était pas sûre d'elle-même. Du déjà vu, cependant. Rien, en somme, de bien réconfortant. Des amants? Aucun pour le moment, et le dernier en date constituait, aucun doute là-dessus, une erreur d'une telle énormité qu'elle rougit rien que d'y avoir pensé. Peut-être l'*absence* d'amants était-elle une bénédiction cachée. Accordons-lui une valeur d'un demi-point, ce qui nous mène à six et demi. Pas mal, pour quelqu'un qui souffre d'une gueule de bois mortelle. La jeunesse? Elle n'avait que vingt-sept ans. Oui, à condition d'oublier que dans trois ans elle en aurait trente. Trois ans – autant dire l'éternité. Plus de mille jours. *Mille jours n'étaient rien!* Ah! restons-en là. Dieu, qu'il était difficile d'être la plus belle star de cinéma du monde. Le stress dans toute son horreur – même le docteur Florsheim devait le reconnaître.

India songea à une remarque de Nijinski. Un admirateur du grand danseur lui avait demandé s'il n'était pas difficile de demeurer en l'air, comme il semblait bel et bien le faire. Il avait répondu que non : « Il suffit de grimper là-haut et d'y rester un petit moment. » Excellente description d'une carrière cinématographique, se dit-elle. Le pauvre Nijinski était mort fou. Au demeurant, à quoi d'autre était-elle bonne? Elle voulait réussir, avait travaillé dur, et devait maintenant se maintenir en l'air, en défiant la gravité. De nouveau, elle s'apitoya sur son sort. Le téléphone sonna comme elle s'apprêtait à sortir du lit pour se réconforter à la vue de quelques taies d'oreiller.

– Mademoiselle West? Ici Jane Smith de « Soixante Minutes ». Nous avons décidé d'enquêter sur le syndrome India West, et je serai là la semaine prochaine avec mon équipe pour vous suivre pendant un mois environ. Je m'intéresse avant tout au problème de la célébrité – à commencer, bien entendu, par le bouton sur votre fesse gauche...

– MAXI! Mon ange! Comment as-tu pu t'absenter si longtemps... D'où appelles-tu? Tu vas vraiment venir? Je suis seule, si seule...

– Non, je suis à New York, et je ne pense plus en bouger jusqu'à ma mort. J'ai une telle gueule de bois que je n'y survivrai pas. Je t'ai appelée pour te dire adieu.

– Toi aussi? Je guéris la mienne au Bloody Mary. Va t'en faire un, j'attendrai.

– Quelle idée répugnante! Je vomirais.

– Ecoute, d'un point de vue chimique, le jus de tomate est moitié sel, moitié potassium. Il remet en place tes électrolytes plus vite qu'une transfusion, et tu ne sentiras pas la vodka si tu ajoutes assez de

Tabasco. Le meilleur spécialiste de Beverly Hills me l'a conseillé, je t'assure.

– D'accord... mais ne t'en va pas. Je me dépêche.

India se sentit renaître. Avec Maxi de retour sur le même continent, le dimanche le plus sinistre semblait plein de promesses. Maxi ne pouvait entrer quelque part sans créer une atmosphère de fête.

Un tintement de glaçons signala le retour de sa meilleure amie.

– Je sais pourquoi j'ai bu, mais toi?

– C'est la soirée d'hier. J'y suis allée seule, sans voir personne à qui je veuille parler. Et puis un type absolument fascinant est entré, et j'ai repris goût à la vie, jusqu'à ce qu'il soit si près que je puisse lire ce qui était écrit sur son T-shirt.

– India, je t'ai déjà dit de ne jamais faire une chose pareille. Les T-shirts, c'est de l'agression pure. Qu'est-ce qu'il y avait sur le sien?

– « La vie c'est la mort. »

– Il faut que tu quittes cet endroit! Quand les T-shirts te poussent à boire...

– Et à manger, dit India d'un ton lugubre. Tout ce qui m'est tombé sous la main.

– Réfléchis : une nuit d'excès ne va pas se voir sur tes cuisses, et si tu ne te sens pas obligée de te confesser à Mike Abrums, il n'en saura rien, et tu pourras toujours tout révéler au docteur Florsheim, parce qu'elle ne juge pas.

– Maxi, Maxi, tu as raison! Quand tu n'es pas là, il n'y a personne pour me dire quoi faire, sauf moi, et je ne suis pas très douée pour ça.

– Il faut être deux pour savoir quoi faire.

– Mais ce serait un très bon titre pour mon roman!

– Tu en écris un?

– Je m'y mets dès que j'aurai trouvé un bon

titre. J'ai l'impression que c'est ce que je devrais faire. J'ai toujours voulu écrire, et la moitié de la ville se fait publier, alors pourquoi pas moi ?

– Au lieu d'être la plus belle star du monde ?

– C'est ça. Que dirais-tu de : *Si l'enfer c'est les autres, le paradis est un poisson fumé* ?

– India ! Pas pendant que je bois !

– Il te plaît, alors ?

– Il est divin, mais un peu ésotérique. Tu n'as rien de plus grand public ?

– Un roman de science-fiction, alors ? *Château Margaux 2001* me tenterait assez.

– Non, India, non.

– Alors, *Pas de pollutions nocturnes pour les hommes mariés* ?

– Ça ne me paraît pas évident.

– Que penserais-tu de *Hamlet était fils unique* ?

– Ce qui veut dire ?

– C'est assez clair, non ?

– India, écoute, tu sais que tu m'inquiètes, vraiment. Aller seule aux soirées, s'enivrer, réfléchir à des titres de romans... tu vas te remettre à compter tes draps avant même d'avoir compris, et tu sais ce que ça veut dire. Ce n'est pas sain de vivre seule dans une aussi grande maison. Qu'est devenu ce maître d'hôtel divin qui te tirait les cartes ?

– Le docteur Florsheim m'a dit de ne plus compter sur des amitiés que je rétribuais, donc plus d'assistance à domicile.

– Es-tu sûre d'être assez névrosée pour supporter une telle privation ?

– Si ce n'était pas le cas au départ, c'est fait.

– Tu devrais dire au docteur Florsheim qu'il faut absolument que tu t'en ailles, et venir me voir. J'ai tant besoin de toi.

– Je ne demande que ça, mais je suis en plein tournage.

– J'en avais bien peur, dit Maxi d'un ton désespéré.

– Un homme ?

– Dix fois pire que le pire homme que j'aie pu rencontrer – ou même épouser. Pire que Laddie Kirkgordon.

– Ce n'est pas possible... Tu n'es pas malade, au moins ?

– Non, à moins de considérer la stupidité comme une maladie mortelle. Comme l'arrogance, les erreurs de jugement, le fait de se conduire comme une idiote et de se jeter à l'eau dans une piscine vide.

– Mais c'est tout à fait ce qui se passe quand tu tombes amoureuse. Je savais que c'était un homme !

Entendre la voix de Maxi, l'écouter parler de tous ses invraisemblables problèmes suffisait à guérir la gueule de bois d'India.

– Si tu attends pendant que je vais me préparer un autre Bloody Mary, je te raconterai toute l'abominable histoire.

– Youpi !

India s'installa, prête à une écoute passionnante.

10

LE retour de Cutter Amberville à San Francisco, au terme d'un séjour new-yorkais relativement bref, ne surprit pas grand monde. Ses amis, tous San Franciscains de vieille souche, y virent, satisfaits, la justification de leurs propres valeurs. Ils avaient prédit que nulle part dans l'Est il ne retrouverait la douceur de vivre qu'ils goûtaient en Californie, et son rejet de Manhattan prouvait qu'ils ne se trompaient pas. On appelle parfois San Francisco le Wall Street de la Côte Ouest, ou bien le Paris américain. De leur point de vue, c'était une métropole sans équivalent, qu'il était inutile de comparer à un quelconque endroit de la planète. La simple fierté civique suffisait à mettre le lieu à part; cette paisible colonie espagnole était devenue ville-champignon internationale après la découverte d'or, en 1848, au Moulin de Sutter. La fortune, depuis cette date, avait en vagues successives déposé des millions – des milliards – dans les poches des heureux mortels qui dirigeaient la cité; des hommes dont l'argent si fraîchement gagné avait, en moins d'un siècle, pris une patine de bon aloi.

Aucun des amis de Cutter – les Bohling, les Chatfield-Taylor, les Thieriot, les Guigné et les Blyth – ne sut jamais qu'il avait quitté New York à cause de Lily. Il était aussi recherché qu'une licorne, cet animal de légende dont la corne, disait-on, possédait des pouvoirs magiques. Un bon parti encore célibataire n'était-il pas aussi rare qu'une licorne?

Quelques mois à Manhattan avaient rendu Cutter encore plus irrésistible à regarder, en accroissant le contraste entre sa blondeur et son allure altière et réfléchie. Il semblait faire plus que son âge, être plus dangereux; un danger mystérieux, rendu plus séduisant encore par ses manières parfaites, et son sourire étonnamment chaleureux, mais si rare, qui changeait du tout au tout son expression et humanisait cet homme distant. Bien né, déjà respecté par les sommités du monde de la finance, mais, comme se le confiaient les femmes de la ville, apparemment peu enclin au mariage. De façon inexplicable, Cutter demeurait résolument farouche, libre de cœur – ce qui était aussi tentant qu'exaspérant. Aucune de celles qui colportaient des médisances sur lui n'aurait pu se douter que c'était par intérêt bien compris qu'il évitait de se lier à l'une des élégantes célibataires de San Francisco : quel tort pourrait lui causer Lily, si elle entendait parler d'une liaison?

La fille la plus séduisante laissait Cutter de glace, pour peu qu'elle représentât une possible affaire de cœur. Pourtant, en dépit d'un contrôle de soi dont peu d'hommes auraient pu se montrer capables, il ne pouvait dominer un besoin de sexe, avide et brutal. Il lui fallait des femmes, le plus souvent possible, et désormais, à cause de Lily, ce serait une entreprise risquée. Les conquêtes faciles, à peu près sûres – celles qui travaillaient à son bureau, ou qu'il pouvait séduire dans les bars – lui étaient interdites. Avec beaucoup de logique, il se dit qu'il y avait des femmes de la bonne société, aussi fébriles que lui, dont le désir inassouvi était aussi vif que le sien, et qu'il pourrait posséder à volonté.

Pour l'attirer, il faudrait néanmoins qu'elles aient trop à perdre pour menacer sa vie publique. Il n'entreprit jamais d'en conquérir une qui puisse se croire des droits sur lui, ou lui porter tort. Si d'aventure il devinait chez l'une d'elles le moindre soupçon de cette attitude folle, irréfléchie, insouciante, qui avait été celle de Lily, il n'insistait pas.

Mais il en existait tant d'autres! Pour un homme entouré de couples mariés, et qui avait des yeux pour voir, les liaisons étaient partout – rapides, secrètes, sans aucun rituel de séduction; une sorte de recherche mutuelle d'un plaisir sans complications. Cutter était le plus subtil des amants. Il savait comment tirer parti du danger, comment saisir l'occasion la plus inattendue, comment repérer une femme aussi sauvage, aussi excitée que lui, par-delà les faux-semblants de leur monde. D'un regard, il pouvait faire la différence entre un simple flirt, et une femelle en chaleur, et s'avancer sans attirer l'attention.

La réputation de Cutter – celle d'être le célibataire le plus insaisissable de toute la ville – crût d'année en année. Il sortait presque tous les soirs : chez Ernie, les frères Gatti savaient tous deux qu'il aimait commencer le dîner par du crabe Dungeness, servi aussi simplement que possible; chez Kan, Johnny Kan lui-même venait répondre au téléphone quand il appelait pour réserver; chez Trader Vic, il avait sa table dans la Cabine du Capitaine; mais, en règle générale, il était invité chez les gens, et non au restaurant.

Cutter avait compris que la musique était le moyen le plus rapide d'être accepté par la bonne société de San Francisco. Il ne manquait jamais de suivre une vingtaine des vingt-six représentations d'opéra, et assistait aux concerts symphoniques, concerts des soirées mondaines, et concerts où l'on écoute pour de bon. Au bout de quelques années, on lui demanda de faire partie du Bohemian Club, institution fondée en 1872 pour favoriser la promotion des arts. Dès le début du siècle, c'était devenu le siège d'un pouvoir exclusivement masculin, un club qui invitait les plus hautes personnalités américaines, à l'occasion des réunions annuelles le long de la Russian River.

Cutter se fit bientôt connaître des dirigeants du monde de la finance, tels que Richard P. Cooler, président de la Wells Fargo Bank; George Christopher, président du conseil d'administration de la Commonwealth National Bank; Rudolph A. Peterson, président de la Bank of America. Il prit soin par ailleurs de maintenir ses contacts avec les milieux bancaires new-yorkais. Ses quelques mois à Manhattan lui avaient donné cette sorte de patine qu'on peut comparer à une année passée dans la meilleure pension suisse pour une débutante originaire d'une ville moyenne. Il s'était gardé d'apprendre tout ce qui n'aurait pas de valeur fiduciaire précise, mais avait plongé très loin dans les courants de l'océan de la haute finance.

A son retour, il avait rejoint son ancienne société, Booker, Smity and Jameston, mais il ne tarda pas à la quitter pour entrer dans une autre, plus importante. A trente ans, il était assez aguerri pour devenir associé minoritaire de Standings et Alexander, l'une des firmes les plus puissantes de la ville.

James Standings III, San Franciscain de cinquième génération, en était président. Aussi princier qu'un citoyen d'une république peut l'être, il aimait beaucoup Cutter. Il l'invita à jouer au golf au Hillsborough Country Club, à se joindre au Woodside Hunt, à naviguer, depuis le port de

Sausalito, sur son yacht de quarante-huit mètres, et parraina sa candidature à son propre Club, l'Union League de Nob Hill. James Standings, comme le M. Bennett d'*Orgueil et Préjugés*, avait en effet des filles à marier. Non pas cinq – comme il en remerciait souvent les dieux –, deux seulement. Toutefois, bien qu'il n'en convînt qu'avec peine, Candice, l'aînée, était loin d'être une beauté.

San Francisco s'enorgueillit, à juste titre, de sa baie, de son charme, de sa culture et de ses restaurants, mais aussi de la beauté de ses femmes. Au début des années soixante, Patsy McGinnis, Penny Bunn, Mielle Vietor, Frances Bowes, Mariana Keen et Patricia Walcott, si charmantes qu'elles fussent, ne représentaient nullement une exception, mais bel et bien la règle. Comparée à la vamp locale moyenne, Candice Standings restait... moyenne, même aux yeux pleins d'adoration de son père. Pas *désespérément* quelconque, bien sûr, mais, si fort qu'il l'aimât, il devait bien admettre qu'elle n'était même pas jolie. Personne n'avait jamais rêvé de l'appeler Candy. Lui et sa femme étaient, eux aussi, plutôt communs, mais ils estimaient que leur fille, san franciscaine de sixième génération, aurait dû naître belle, quitte à défier les lois de la génétique. Après tout, Nanette, la cadette, n'avait que quatorze ans, et montrait déjà d'indéniables signes de beauté.

Après des années d'orthodontie, Candice avait enfin des dents parfaites. Ainsi que des bras et des jambes bien musclés, à force de pratiquer les sports qu'il fallait, mais aussi, hélas! un corps de garçon. Elle était diplômée de Miss Hamlin et de Finch, ses perles venaient de chez Gump – mais il lui manquait tout à fait ce que possèdent même certaines filles de cet endroit vulgaire nommé Los

Angeles, ce petit rien de sexy, malheureusement nécessaire, qui plaît tant aux hommes.

James Standings était immensément riche, et le devenait toujours davantage. Certes, sa femme n'envoyait pas son nettoyage à sec à Paris, comme Mme W. W. Grocker, elle n'avait pas le même cuisinier chinois depuis trente-sept ans, comme Mme Cameron. Mais tous deux vivaient – quand ils n'étaient pas en voyage ou en vacances – au Ramble, somptueuse demeure de trente-cinq pièces, dans l'aristocratique Hillsborough, à vingt-cinq kilomètres au sud de San Francisco. La propriété, qu'ils tenaient des parents de Sally, avait des terrasses, et des jardins à la française presque aussi impressionnants que le Strawberry Hill de Mme Charles Blyth. Mais hélas! trois fois hélas! pour Candice, Hillsborough regorgeait de maisons aussi vastes, peuplées de pères aussi riches, de filles bien trop nombreuses – moins banales, infiniment moins banales qu'elle –, et qui devaient *toutes* se marier, pour pouvoir donner le jour à des San Franciscains de septième génération.

Si James Standings III avait jamais songé à un marché disponible, c'était lors des nombreuses soirées au cours desquelles Sally et lui dînaient avec Candice – vingt-cinq ans déjà – et attendaient, aussi anxieusement qu'elle, que le téléphone sonnât. Mais c'était toujours, et de plus en plus souvent, pour Nanette.

Cutter avait trente et un ans. Il n'avait jamais éprouvé à nouveau ce qu'il avait pu ressentir pour Lily, et ne considérait plus cette période que comme un moment de folie pure. Mais il lui avait fait une promesse, et écrit la seule lettre dont il sût qu'elle assurerait son silence. Depuis, il lui en avait envoyé d'autres, aussi peu compromettantes que possible; pas assez nombreuses pour que leur arrivée à New York soulève des commentaires, et plus rares, bien plus rares, que celles qu'elle lui écrivait; mais assez habilement tournées pour la dissuader de toute action irréfléchie. Lily, en effet, était plus résolue que jamais à ce que, bientôt, ils fussent ensemble. *Ils attendaient depuis sept ans!* Zachary avait une maîtresse, ajoutait-elle, tout le monde le savait. Une fille nommée Nina Stern, qui travaillait à *Style.* Il ne pourrait donc pas garder les enfants. Lily brûlait d'impatience, détestait l'ambiguïté des lettres de Cutter, et pensait qu'il se montrait absurdement circonspect. Cutter devinait la colère qui montait à chaque nouvelle lettre, quand elle lui demandait ce qu'il attendait pour se déclarer.

Cutter n'avait aucune intention de l'épouser, de vivre avec elle et ses enfants, et de faire son chemin, pas à pas, comme tout un chacun. Il avait conscience de sa propre valeur, et comptait bien l'exploiter. Il avait résolu de se marier avec la femme qui lui serait le plus profitable, et entendait fermement s'unir à Candice Standings, la fille de son patron. Il tenait aux importantes commissions qui lui reviendraient de droit dès qu'il serait son époux.

Candice était tout à fait quelconque, certes, mais pas assez laide pour que les gens puissent dire aussitôt qu'il ne l'avait épousée que pour son argent. Elle semblait avoir un bon caractère, montait à cheval, skiait, jouait au bridge et au tennis avec la même dextérité. Elle ferait donc une excellente compagne. Candice lui en serait éternellement *reconnaissante.* Ce mariage ne serait jamais qu'un nouvel exemple de bel homme uni à une femme peu attirante, arrangement admis depuis des siècles. Candice avait un joli sourire, après tout, et il pensait, à en juger par sa mère,

Mme Standings, qu'elle n'aurait pas tendance à l'embonpoint.

La seule difficulté restait Lily. Que ne serait-elle pas capable de dire sur lui, en entendant parler de son mariage avec Candice Standings – événement mondain qu'on ne pourrait tenir secret? Leur liaison était désormais une vieille histoire, si déplaisante qu'elle fût, et ne lui donnait aucun droit sur lui. *Mais l'enfant?* Justin. Son fils. Même James Standings III hésiterait à lui donner une fille sans beauté, si Lily, de rage, venait à lui parler de Justin. Depuis que Cutter avait appris sa naissance, il s'efforçait de n'y jamais penser, et n'avait jamais jeté les yeux sur l'enfant que Lily avait choisi, par pure arrogance, par vanité et par égoïsme, de mettre au monde. Elle seule était responsable de l'existence de Justin, même si elle croyait que ce fils lui permettait d'avoir barre sur Cutter.

Discrètement, il se mit à faire la cour à Candice Standings – si discrètement qu'il la voyait presque toujours en présence de sa famille ou de ses amis. Il lui témoignait une chaleur particulière, juste suffisante pour être remarquée, mais pas assez voyante pour être prise au sérieux et faire l'objet des commérages. Il savait que Candice était amoureuse de lui, d'un amour humble et timide qui la mettait à sa merci. Sa seule chance, se disait-il, était de placer Lily devant le fait accompli, de s'enfuir avec Candice à Las Vegas pendant un week-end. Après, advienne que pourra. Il serait alors le gendre de James Standings III, son héritier en titre, et personne n'y pourrait rien. Lily n'avait pour seule arme qu'une lettre. Même si elle était assez folle pour s'en servir, ce ne serait que les paroles du jeune homme qu'il n'était plus... Il n'existait pas d'autres preuves.

Les Standings faisaient du ski à Squaw Valley, ainsi qu'à Klosters, en Suisse, mais récemment ils avaient acquis un pavillon à Aspen. Tous étaient assez experts pour négocier sans difficulté les pentes très raides et les pistes étroites bordées d'épaisses forêts. James et Sally Standings préféraient skier l'après-midi quand il faisait beau, mais Cutter et Candice étaient toujours les premiers à grimper en haut de la montagne, ignorant l'air glacial et les risques d'engelures, pour accomplir la première descente de la journée. En combinaison et lunettes de ski, Candice était aussi belle que n'importe qui, pensait Cutter, et meilleure skieuse que bien d'autres. Elle pouvait le suivre où qu'il allât, et il n'avait nul besoin de s'inquiéter si elle pourrait filer à la même allure que lui sur les pistes étroites qui, de-ci de-là, traversaient les forêts de la montagne.

L'amour du ski était peut-être ce qui émouvait Cutter le plus – après sa haine pour son frère : le seul sport qui lui donnât l'impression d'être entièrement libre, libéré pour quelques minutes de ce que les gens pouvaient penser de lui, libéré de son passé, de son avenir, de lui-même – surtout de lui-même –, et qui le fît vivre dans le seul présent, clair et pur.

Un matin, très tôt, alors qu'il traversait la croûte gelée d'une neige fraîchement tombée, se réjouissant d'en franchir l'espace encore vierge, Cutter s'aperçut tout d'un coup qu'il n'entendait pas, comme d'habitude, le bruit des skis de Candice, s'arrêta et se retourna. Ne la voyant pas, Cutter entreprit en jurant de remonter la piste, une piste si raide qu'il pouvait à peine la gravir. Il l'appela, mais en vain. Aucun autre skieur à l'horizon. Au bout de quelques minutes, il la découvrit hors de la piste, qui pendait, immobile, prise dans les branches de deux pins jumeaux, à une trentaine de centimètres du sol, comme si elle avait été projetée d'en haut. Elle a dû heurter une arête et partir en chandelle, se dit-il en grimpant à travers les arbres. *Heurter une arête et partir en chandelle.* Cette idée le fit frissonner. Elle avait pu se briser tous les os dans la chute. Il finit par l'atteindre. Cutter, aux cours des nombreuses années passées sur les pistes, avait été témoin d'assez d'accidents pour deviner, rien qu'à voir sa position anormale, qu'elle avait dû se casser la colonne vertébrale. Il lui enleva un gant pour tâter son pouls. Elle vivait, mais il ne pouvait en dire plus : elle était inconsciente, il ne devait surtout pas essayer de la déplacer. Il la laissa là, visage tourné vers le sol, sur un lit de branches d'où pendaient des glaçons, et dévala la piste pour aller chercher du secours.

Bien entendu, ce n'était pas sa faute. Personne ne pourrait l'accuser. Les gens ne cessent pas de se blesser en faisant du ski. Tout le monde savait que Candice était bonne skieuse. Un matin glacé, une piste étroite et raide... Non, personne, même pas ses parents, ne pourrait, raisonnablement, lui en vouloir. Il pourrait cependant choisir d'assumer la responsabilité du drame, dire que tout était arrivé à cause de lui, qu'il aurait dû savoir que la neige était gelée, bien trop dangereuse. Il aurait pu – il aurait dû – lui dire de s'arrêter. Oui, il pourrait s'accuser de tout. Et il l'épouserait, si elle survivait, pour avoir tout ce que Candice Standings était en mesure de lui apporter. Lily elle-même ne pourrait lui faire le moindre reproche, s'il prenait pour femme une infirme – estropiée par sa faute.

Pour séduire Zachary, il avait fallu à Nina Stern plus de temps qu'elle ne l'aurait cru. Après la naissance de Justin, troisième et dernier enfant des

Amberville, Lily avait été très malade, des mois durant. Maxi, qui se retrouvait la plus négligée de toute la famille, avait entrepris de se surpasser par des actes de désobéissance pleins d'invention. Mary Poppins elle-même n'aurait pu en venir à bout, se disait souvent Zachary. Son cœur fondait en la voyant verser des larmes de repentir, quand elle était prise sur le fait et devait être punie. Heureusement qu'on avait inventé la télévision. La priver de son programme favori était la seule réprimande qu'il consentît à lui infliger. Il n'aurait pu se résoudre à lui donner la fessée, ou à l'enfermer dans sa chambre. Comment faisait-on pour inculquer la discipline aux enfants avant l'apparition de la télévision ?

Zachary était trop occupé pour prêter beaucoup d'attention à Nina lors des réunions du mercredi, pris qu'il était entre ses problèmes familiaux et ceux du bureau : car c'était une époque où toutes ses revues devaient se préparer à la lutte, c'est-à-dire progresser ou disparaître. Mais, pour finir, l'occasion se présenta d'elle-même, comme Nina l'avait toujours su. Ce fut une invitation à dîner inattendue à l'issue d'une journée longue et difficile, mais gratifiante, quand il ne reste plus que deux personnes dans la pièce. Nina n'avait pas passé sa vie à préparer cette minute, pour la laisser échapper. Le lendemain, quand Zachary se réveilla dans son lit, il savait enfin pourquoi les hommes papillonnaient, détails précis et renversants à l'appui, et comprit que rien ne pourrait l'empêcher d'être avec elle.

Au cours des premiers mois de leur liaison, Nina l'obséda trop pour qu'il se sentît coupable envers sa femme et ses enfants. Un jour, pourtant, il se rendit compte que jamais il ne pourrait demander à Lily de divorcer. Impossible de faire une chose pareille à une femme exquise, courageuse et pleine de talent, encore adolescente quand il l'avait conquise, et qui avait renoncé pour lui à un avenir, assuré et merveilleux, de danseuse étoile. Elle ne connaissait pas d'autre vie que celle qu'il l'avait encouragée à mener, et elle lui avait donné trois enfants. Lily était une mère admirable pour Toby et Justin, et ne perdait jamais patience face à Maxi. De plus, Lily Amberville était devenue l'une des reines de New York, et il ne pouvait lui faire perdre ce titre. Depuis la maladie de sa femme, lui et Lily ne faisaient presque plus l'amour, non parce qu'elle craignait d'être de nouveau enceinte, mais parce que la naissance de Justin semblait avoir provoqué en elle un profond changement psychique. Raison de plus pour ne pas l'abandonner.

Avec beaucoup de peine, il expliqua tout cela à Nina, persuadé qu'elle ne voudrait pas rester avec un homme qui ne lui offrait aucune perspective d'avenir.

– Si je comprends bien, tu crois que mon idée de l'avenir, c'est d'attendre que tu divorces pour m'épouser ?

– Hm... ah... oui. Je vois ce que tu veux dire. Ou plutôt, je ne vois pas ! Est-ce que ce n'est pas plus ou moins ce qu'une femme comme toi *devrait* attendre... non ? Nina, bon sang, est-ce que tu ne veux pas... est-ce que tu ne voudrais pas... tu es une fille bien... tes parents... n'importe quelle fille... ah, je... je croyais trop que ça y était. Je pensais... je croyais... ah, et puis zut.

– Ne va pas croire que je ne t'aime pas, dit-elle, en essayant de son mieux de ne pas éclater de rire, mais sans grand succès.

– Si tu m'aimes, pourquoi ne veux-tu pas m'épouser ?

– Je suis un cas bizarre. Je n'aime pas le mariage, c'est trop évident, tout le monde s'y met, ça finit par devenir quelque chose qu'on doit faire chaque jour, comme de se brosser les dents. Ce que j'aime, c'est ce que nous vivons : faire l'amour, nous voir au bureau pendant une réunion en sachant que chacun pense à l'autre, nous glisser dans les coins, partir pour les week-ends, et faire encore l'amour quand tout le monde pense que nous sommes ailleurs, toute cette superbe histoire à la *Backstreet,* tout à fait démodée. J'aime parler avec toi, mais pas forcément toutes les nuits.

– Tu es vraiment sûre d'être juive ?

– On dirait ma mère. Dépêche-toi de me refaire l'amour, et vite, si tu veux que j'oublie cette remarque, dit-elle d'un ton menaçant, riant aux larmes de le voir si secoué.

Nina Stern aimait autant sa liberté que le pouvoir croissant dont elle disposait à *Style* – pouvoir, tout le monde le reconnaissait, qu'elle devait à son mérite, et non au fait d'être la maîtresse du patron. Elle adorait travailler tard, ou même la nuit, sans avoir à se préoccuper d'une famille, et était bien décidée à ne plaire à personne d'autre qu'elle-même. Nina recevait chaque jour plus d'invitations que trois personnes n'auraient pu en accepter : elle était l'une de ces rares femmes – une demi-douzaine au plus – qui, célibataires des plus attirantes, sont particulièrement recherchées lors des soirées new-yorkaises. Depuis qu'elle avait vingt ans, des hommes de tout âge rivalisaient entre eux, mais maintenant, passé la trentaine, elle se révélait encore plus mystérieusement désirable qu'autrefois, et aussi flirt. Sa fidélité à Zachary rendait ses manières séduisantes encore plus énigmatiques, puisque ne débouchant sur rien. C'était un défi auquel peu d'hommes pouvaient résister, et qui l'entourait d'une aura de femme charmante, prospère, tout à fait heureuse, avec une vie privée – très privée – bien à elle. Quand sa mère se plaignait de la voir sans mari ni enfants, elle se bornait à répondre que, de toutes les femmes qu'elle connaissait, elle menait la vie la plus passionnante – remarque que Mme Stern jugeait frivole, et à côté de la question, mais qui satisfaisait pleinement Nina.

Cutter et Candice se marièrent dès qu'il fut certain qu'elle était hors de danger. On ne savait pas encore si elle guérirait, mais, après deux ans de soins attentifs, elle s'était peu à peu remise de son accident. Son dos lui causerait toujours des problèmes, et de fréquentes douleurs, mais la colonne n'avait pas été atteinte; si Candice ne pouvait plus faire de sport, du moins marcherait-elle normalement.

Au cours de ces deux ans, Cutter n'avait pas seulement gagné le bénéfice de la gratitude presque incrédule de ses beaux-parents; l'amour que Candice lui portait devint proche de l'adoration. C'était quelque chose de si puissant – elle subissait à ce point sa domination – qu'elle devait dissimuler ses sentiments, par crainte de paraître ridicule. A mesure que les années passaient, ce devint une obsession qui prit la forme, tyrannique et fiévreuse, de la jalousie. Jamais, en effet, elle n'avait pu, en son for intérieur, se convaincre que Cutter l'aimât pour de bon. Etait-ce vraiment une preuve d'amour que de l'épouser, alors qu'elle aurait pu être infirme pour le restant de ses jours? Ou un simple sentiment de culpabilité? Il avait juré que, oui, il se sentait responsable de son accident, mais la faute seule, si grande qu'elle fût, ne l'aurait jamais poussé à devenir son mari s'il ne l'avait pas aimée. Il le lui jura des dizaines de fois, jusqu'à ce qu'un jour elle comprît que mieux valait ne plus mettre sa parole en doute, car Cutter semblait à bout de patience.

Elle se domina avec une force de caractère que personne ne lui aurait soupçonnée, et, aux yeux de tous, et même de Cutter, parut n'être qu'une de ces jeunes épouses riches qu'elle fréquentait : des femmes qui se comportaient comme si un mari allait de soi. Candice, pourtant, ne pouvait se libérer, ne serait-ce qu'une demi-heure, d'un sentiment d'insécurité né du temps où les hommes l'ignoraient. Une jalousie, dissimulée avec soin, la possédait d'autant plus fort qu'elle restait muette. Cutter devint la seule justification de sa vie, et, lorsque tous deux prenaient part aux rites de la vie mondaine de San Francisco – rites auxquels sa naissance et sa position la condamnaient –, ses yeux le cherchaient toujours, discrètement, pour s'assurer qu'il ne parlait pas à une jolie femme. Les paroles de jalousie qu'elle ne pouvait se permettre de prononcer se transformèrent en un verre brouillé, comme un filtre jaune sale, taché d'une ordure innommable, à travers lequel le monde des privilégiés lui apparaissait comme un univers où ne régnait plus que la souffrance.

Candice Amberville se mit à boire de plus en plus tôt le matin, afin qu'à l'heure de s'habiller pour une réception, ou une soirée à l'opéra, elle se sente assez détendue pour se contempler dans le miroir sans se comparer à toutes les femmes de la ville, mais en vain. Elle dépensa une fortune en vêtements et devint l'une des femmes les plus élégantes de San Francisco, mais en vain. Elle alla chaque jour chez le coiffeur, pour que sa chevelure soit toujours impeccable, mais en vain. Elle offrit à son cuisinier le double de ce qu'on lui aurait proposé ailleurs, et donna les dîners les plus remarquables de son milieu, mais en vain. Elle était malade, et personne ne pouvait la guérir. Chaque fois que Cutter lui faisait l'amour, elle l'imaginait avec une autre, et même ce court répit était vain. La jalousie tuait peu à peu Candice Amberville et, si Cutter lui avait été fidèle, c'eût été en vain.

Elle en était si souillée qu'elle avait l'impression de souffrir d'une infecte maladie de peau qui suintait de chaque pore, et se trouvait sale, corrompue, couverte d'ulcères et de croûtes, dont chacune était grattée à n'en plus finir, jusqu'à ce que le sang et le pus se mettent à couler de façon invisible mais répugnante.

Dans un effort frénétique pour échapper à ses propres pensées, elle acheta un couple de retrievers dorés. Ils lui donnèrent un bref sursis, une manière de soulagement : elle pouvait déverser dans leurs oreilles tous ses soupçons, ses mots de dégoût pour ses pairs, qui, à dîner, s'asseyaient à table à côté de Cutter et riaient avec lui, qui lui demandaient d'être leur partenaire en double mixte au tennis, ou de passer la journée à faire de la voile avec eux, lors de l'une de ces nombreuses courses nautiques. Sans montrer le moindre signe d'inquiétude, elle l'encourageait à y aller, à goûter tous ces sports auxquels elle ne pouvait plus prendre part. Elle feignait de vouloir passer des vacances au ski, déclarant qu'elle avait besoin de changement, qu'elle se plairait à marcher dans la neige, ou à lire, pendant qu'il serait sur les pistes.

S'il n'avait tenu qu'à elle, Cutter n'aurait joué qu'au polo. Là, au moins, quand elle l'observait depuis les tribunes, elle était sûre que, pour plusieurs heures d'affilée, il n'appartiendrait à personne d'autre. Pourtant, chaque fois qu'il ne montait pas, l'imagination de Candice lui dictait des scénarios. Cutter, encore ruisselant de sueur après un match de tennis, trouvait une pièce vide dans le club, et se dévêtait pour se jeter sur sa partenaire; Cutter, étendu, nu, dans la cabine d'un bateau, avec une femme; Cutter, revenu très tôt de la montagne, se glissait sans qu'on le vît dans la chambre de l'une de celles qui avaient skié avec lui, et la regardait se dénuder avant de lui faire l'amour.

Candice acheta d'autres retrievers primés et se mit à en élever. Elle buvait de plus en plus et gardait des bouteilles dans le chenil, de façon à avoir un endroit bien à elle, où elle pouvait boire en cachette et confier à ses chiens tout ce qu'elle ne pourrait jamais dire aux autres, parce qu'ils la croiraient folle. Pour Candice, pas moyen d'accepter sa situation, de se résigner peu à peu; pas de trêve. Son sens de l'honneur, aride et torturé, se réduisait à *faire semblant de ne rien savoir,* à vivre comme si son mariage allait parfaitement bien, à présenter aux autres un personnage superbement vêtu, confiant et souriant, dans un monde où, pensait-elle, chacun savait que son mari la trompait.

En fait, Candice Amberville avait tort. Peu de gens connaissaient les nombreuses liaisons de Cutter, bien que certains en aient eu vent. Il choisissait ses partenaires avec soin : des rebelles, comme lui, toutes soucieuses – dans leur propre intérêt – de ne laisser aucun signe que leurs maris pourraient déchiffrer; des femmes qui appartenaient à cette clandestinité qu'on retrouve dans toutes les villes du monde.

Le père de Candice, qui, chaque année, confiait à son gendre de nouvelles responsabilités, n'aurait jamais cru que, chaque semaine, l'épouse de l'un des associés de Standings et Alexander retrouvait Cutter dans une chambre d'hôtel. La mère de Candice aurait traité de menteur quiconque lui aurait dit que Cutter avait des dizaines de maîtresses. Un seul des membres de la famille Standings savait réellement à quoi s'en tenir. Nanette avait quinze ans lors du mariage de Candice. Elle en avait maintenant vingt-quatre. Maussade et rose, elle était devenue amorale, sans scrupules, prête à tout, et faisait usage des femmes et de la cocaïne avec la même curiosité provocante. Pourquoi s'en priver? L'existence était si morne, San Francisco si provincial, la vie conjugale – elle était mariée – si fastidieuse, si convenue d'avance qu'il valait la peine de tout essayer, au moins une fois.

Tous les réseaux secrets, même les plus clandestins, finissent par apparaître et celui de la débauche ne fait pas exception. Nanette recueillit assez d'échos sur les activités de Cutter pour se faire une idée plus précise de cet homme blond, d'une froideur si résolue, si attentive, et qui affectait de ne voir en elle que la sœur cadette de Candice.

Comment avait-il réussi à lui faire croire qu'il ne prenait pas garde à sa sexualité à elle, aussi visible qu'une marque au fer rouge sur le front pour quelqu'un comme lui? La trouvait-il peu attirante? se demanda-t-elle, vexée. Qu'y avait-il de vrai dans ce qu'on racontait? Un homme qu'on n'avait pas besoin de provoquer, toujours prêt, qui laissait chaque femme comblée – une sorte de pirate du sexe. Etait-il bien cela? Son horrible sœur, si calme, si maîtresse d'elle-même, si hautaine, si snob, si méprisante, si occupée par ses chiens et ses réceptions – la suffisance de Candice s'expliquait-elle par le fait que Cutter était son mari? Nanette se le demandait avec une irritation croissante.

Il lui résista aussi longtemps qu'il le put. Elle était trop proche de la maison, se disait-il, refusant de voir que cela faisait partie de son attirance pour elle. Il la désirait depuis des années, depuis que l'adolescente était devenue une femme voluptueuse, pleine de sensualité, si animale et lascive qu'à chaque rencontre, lors des réunions de famille, il aurait voulu, malgré lui, la prendre immédiatement, sans sourire, sans un mot – de la façon dont, il le savait, elle désirait être prise : avec brutalité. Combien de nuits, dans le pavillon d'Aspen, s'était-il jeté sur le corps peu attirant de sa femme, offerte et implorante, tout en pensant à la savoureuse Nanette, sombre et flamboyante, dont la chambre n'était qu'à deux pas de la sienne?

Ils se traquèrent comme des bêtes dans la jungle, à la fois chasseurs et chassés, jusqu'à ce qu'un jour la seule question qui restât à poser fût : *Quand?* Vite, le plus vite possible. Puis : *A quand la prochaine fois?* D'une habileté de courtisane qu'il n'avait rencontrée chez aucune femme, Nanette était insatiable, aussi vorace qu'une louve, et deux fois plus perverse. Habilement, elle l'initia à la seule expérience qu'il ignorât encore : le plaisir fabuleux, interdit, d'avoir deux femmes en même temps. La subtile Nanette avait compris que c'était le moyen le plus sûr de le tenir à sa merci, aussi longtemps qu'elle le désirerait. Peu lui importait de partager Cutter avec une autre qu'elle-même venait de posséder. Elle éprouvait comme un frisson très fort à lui montrer deux femmes faisant l'amour, tandis qu'il regardait et attendait qu'elle lui permît de la prendre, ou de prendre sa partenaire, ou les deux. Peu importait.

Mais un secret connu de trois personnes n'est protégé que si deux d'entre elles sont mortes. Et celui-là était trop beau pour être réduit à une simple rumeur, trop épicé pour ne pas être savouré, roulé sur la langue, par tous ceux pour qui la débauche n'est qu'un mot, un rêve qu'ils n'oseraient jamais mettre en pratique. Ce devint un soupçon, et presque – mais pas tout à fait – une chose de notoriété publique. Puis, comme les mots écrits à l'encre sympathique deviennent lisibles quand on les expose à la chaleur, ce « secret » finit, ainsi que cela devait arriver, par revenir aux oreilles de Candice.

Depuis leur mariage, ou presque, elle avait supporté les aventures de Cutter avec une autre femme, car celle-ci demeurait anonyme. Depuis des années, toute sa force, toute son énergie étaient consacrées à ne rien voir; l'alcool, les chiens, la fierté étaient ses seules consolations. Mais désormais son orgueil ne pourrait plus la soutenir : la femme avait pris un visage, celui de Nanette. Sa sœur lui raconta tout, sans lui montrer quel plaisir elle prenait à cette pseudo-confession. Le masque hautain de Candice était devenu si parfait que Nanette ne put résister à la tentation d'arracher sa sœur à son autosatisfaction. Venimeusement, et sans paraître le faire exprès, elle laissa en bonne place un Polaroïd d'elle et de Cutter en train de faire l'amour.

Candice comprit qu'elle ne pourrait en supporter davantage. Impossible de vivre ainsi. Plus d'avenir possible. Elle ne cesserait de voir cette photo. Ce ne serait jamais un simple souvenir : le cliché vivrait sous ses yeux – la pire des souffrances. L'enfer était entré dans la pièce, anéantissant le doute, et sans le doute l'espoir n'existait plus.

Candice revêtit sa plus belle robe, peigna sa chevelure luisante, se maquilla, se rendit dans un hôtel du côté d'Union Square, prit une chambre au seizième étage, but la moitié d'une bouteille de Scotch et se jeta par la fenêtre.

On aurait pu n'y voir qu'un cas de folie subite, ou de dépression suicidaire, si bien dissimulée que même sa mère n'en aurait rien soupçonné. Mais, tandis qu'elle avalait l'alcool dont elle avait besoin pour sauter dans le vide, Candice pensa à ses chiens, et griffonna une lettre qui donnait des instructions pour qu'on s'occupât d'eux – une lettre décousue, où le désir de punir sa sœur l'emporta sur celui de prétendre jusqu'au bout qu'elle ignorait quel genre d'homme était Cutter, et où elle accusait Nanette.

Le policier qui découvrit le message le donna à James Standings III. Il fut bien obligé de croire que Candice se trompait sur le compte de Nanette : il ne lui restait plus d'autre fille. Toute sa vengeance se tourna vers Cutter, devenu vice-président de la société. Afin d'éviter qu'un scandale ne vienne s'ajouter à ce qu'il pouvait encore présenter comme une tragédie, James Standings III ne put que chasser Cutter de la compagnie, et jurer que plus jamais il ne serait engagé par aucune des nombreuses banques de San Francisco auprès desquelles il avait tant d'influence.

Le père de Candice ne le sut jamais, mais sa vengeance se révéla plus efficace que tout ce qu'il aurait pu entreprendre – à moins de s'emparer d'une arme à feu. Car il arracha ainsi à Cutter la présidence de Standings et Alexander vers laquelle son gendre se dirigeait délibérément depuis le jour de sa première rencontre avec Candice.

Jumbo Booker n'avait jamais renoncé à la gloire d'emprunt que lui valait son titre de meilleur ami de Cutter. Enserré dans les liens d'un mariage confortable, Jumbo avait l'illusion de prendre part à la vie secrète, si excitante, que menait son vieux camarade – du moins il le supposait, car Cutter ne s'en vantait jamais –, sans pour autant affronter les problèmes qui se seraient posés s'il y avait participé pour de bon. Cutter se retrouvant tout d'un coup, d'inexplicable façon, sans travail, Jumbo se démena pour lui venir en aide, savourant ce signe que sa propre situation moins prestigieuse demeurait pourtant supérieure.

Jumbo collectait des fonds pour le compte de l'administration Nixon, et dénicha à Cutter une affectation au sein de la bureaucratie compliquée de l'Agence pour le Développement International en Belgique. Bruxelles – ville hospitalière, bien que plutôt triste, avec son perpétuel brouillard – s'accordait bien à l'état d'esprit de Cutter, qui ne tarda pas à se plonger dans la vie diplomatique tortueuse de cette cité affairée et prospère. Par la suite Jumbo lui donna l'occasion de travailler dans une banque londonienne, spécialisée dans les placements financiers, et, plusieurs années plus tard, réussit même à le faire revenir à New York, dans l'agence locale de Booker, Smity et Jameston. On était en 1981, et Cutter estimait qu'il était temps de rentrer au pays. Ni l'accueil plus qu'amical des épouses des membres de l'OTAN, ni la sympathie des Britanniques n'avaient pu compenser tout à fait les avantages auxquels, en tant qu'Amberville, il pouvait espérer avoir droit sur le sol natal.

En 1969, douze ans avant le retour de Cutter, Nina Stern avait eu trente-cinq ans. Sa liaison avec Zachary était si discrète qu'elle était devenue un élément de la mosaïque de la vie new-yorkaise, qui allait de soi pour ceux qui savaient, et demeurait ignoré des autres. Quelles que fussent les vagues de commérages qui, dix ans plus tôt, avaient dû se donner libre cours, ce n'étaient plus que des vaguelettes : Lily et Zachary étaient toujours mariés. Nina et lui étaient comme une institution peu connue, une société historique obscure, installée dans une ruelle, sans moyens et sans chercheurs. Ils étaient les seuls à savoir quels trésors se dissimulaient derrière cette façade construite à deux, et Zachary, quant à lui, ne réclamait pas de plus grand bonheur.

A trente-cinq ans, pourtant, Nina Stern n'avait plus la même insouciance qu'à vingt-cinq. Elle était toujours aussi appréciée et certaine de succéder à Zelda Powers au poste de rédactrice en chef de *Style*. Toutefois, son dégoût des tâches domestiques n'avait pas résisté aux assauts de son destin biologique... Elle avait atteint l'âge auquel la célibataire qui fait carrière se voit confrontée à la traditionnelle, à l'inévitable alternative : *Maintenant ou jamais*. A la veille de son anniversaire, elle résolut d'examiner la situation, et se demanda où elle en serait dans dix ans. La réponse ne lui plut guère : exactement au même point. Même succès, même liaison avec Zachary. A quarante-cinq ans. La cinquantaine approcherait à grands pas. Les voix de l'atavisme se firent entendre. *Maintenant ou jamais*. Pourrait-elle se réconcilier avec le *jamais*? Fallait-il changer d'avis sur ce qu'elle avait cru désirer, simplement parce que le sablier du temps ne cessait de couler? Nina Stern fit son examen de conscience, aussi sincèrement que possible, et sans illusions. Elle comprit qu'elle aussi hélas! était, au fond, comme toutes les autres. Elle voulait le *maintenant* et ne pouvait supporter le *jamais*. Même si, en définitive, le mariage et les enfants ne la rendaient pas heureuse, il fallait qu'elle juge par elle-même. Une réflexion très ordinaire, très humaine, qui la déçut et, en même temps, la soulagea un peu... Peut-être – peut-être – serait-ce, en fin de compte, une expérience intéressante.

Elle rompit avec Zachary aussi rapidement, aussi tendrement qu'elle put, et épousa très vite le meilleur parti parmi les nombreux hommes qui, depuis des années, ne cessaient de la courtiser.

Seule Nina, dit triomphalement Mme Stern à ses amies, pouvait, dès la première année de son mariage, donner le jour à des jumeaux et reprendre son travail. Seule Nina, pensa Zachary, pouvait avoir rompu avec une telle correction, une telle honnêteté que lui-même avait pu se rendre à la cérémonie et se sentir – presque – heureux pour elle. Seule Nina, pensa Nina, pourrait continuer à prendre tant de soin de Zachary, et pourtant donner à son nouvel époux l'amour – presque – exclusif auquel il avait droit. Après tout, il était possible de faire d'une pierre deux coups... il suffisait de savoir s'y prendre à temps.

Lily Amberville vit l'occasion et ne manqua pas d'en tirer parti. Le carton de mariage lui aurait montré que Zachary avait rompu avec sa maîtresse, même si elle n'avait su lire dans ses yeux sa poignante solitude. Depuis que, six ans auparavant, Cutter s'était marié, elle avait vécu dans un vide doré, richement paré, d'un luxe extravagant. Maintenant, Zachary était aussi solitaire qu'elle, et, peu à peu, tous deux se réconcilièrent et firent la paix. Une paix silencieuse – il n'y avait jamais eu de rupture ouverte –, qui devint chaque année plus solide; une paix sèche, résignée, et pourtant gratifiante. Chacun avait eu sa grande histoire d'amour. Désormais, il leur restait leur couple, les enfants, et c'était mieux, tellement mieux, que d'être seul.

11

Zachary Amberville et Nina Stern Heller déjeunèrent ensemble un jour du printemps 1972, se rencontrant, sans y prendre garde, dans l'un de ces restaurants où ils étaient si souvent allés durant leur liaison – un lieu sans prétention où ils avaient peu de chance d'être aperçus par l'une de leurs connaissances. C'est à cette époque qu'ils avaient découvert que Manhattan comptait des dizaines d'endroits de ce genre, tout proches, confortables, chaleureux, et qui servaient une nourriture très acceptable. Plus de raison, désormais, d'être discrets, ni d'abandonner ces établissements que tous deux aimaient. Si d'aventure un peu de nostalgie, des souvenirs de souffrance ou de bonheur venaient se glisser lors des repas entre le patron d'Amberville Publications et la rédactrice en chef de *Style,* cela ne faisait qu'ajouter une saveur douce-amère à la fête.

– Tu dois quand même admettre, dit Nina, que Maxi a beaucoup d'aptitudes.

– Comme Bonnie and Clyde.

– Allons, Zachary, ne sois pas trop dur avec elle. Je crois qu'il faut la motiver, lui donner de quoi mettre en œuvre ses qualités. Après tout, quand un sujet l'intéresse au lycée elle est capable d'avoir la meilleure note...

– Oui, et quand ce n'est pas le cas, elle ne prend pas la peine de travailler, ce qui fait encore descendre une moyenne lamentable. Quelle université voudra d'elle, avec des résultats pareils ?

Nina songea à Maxi et soupira. Une déconcertante friponne, tout à fait adorable, mais toujours dans les ennuis, et qui avait réussi, dans une société aussi permissive, à se faire renvoyer d'une longue succession de lycées et de camps de vacances. Non pour vol, fraude ou trafic de drogue, mais simplement en poussant ses camarades à commettre les sottises les plus drôles.

– Elle est toujours élue présidente de sa classe.

– Généralement juste avant d'être exclue, dit Zachary. Le seul avenir qu'elle me paraisse avoir, c'est de remporter le titre de Miss Camaraderie, mais ce n'est pas le genre de filles à qui on peut permettre de participer au concours pour Miss Amérique...

– Si seulement...

– Ouais.

Tous deux n'avaient aucune envie de discuter une fois de plus des difficiles rapports entre Lily et Maxi, qui faisaient que Zachary était pratiquement seul à s'occuper de sa fille.

Dès l'instant où Lily avait découvert l'inexorable maladie de Toby, elle semblait avoir abandonné la fillette – infatigable, pleine de santé – pour ne plus se préoccuper que de son fils. Maxi avait trois ans à peine quand cela s'était produit, et elle n'avait cessé depuis de réclamer l'inaccessible affection de sa mère. Lily avait pour Toby un amour attentif, possessif, inquiet.

A peine né, Justin devint, lui aussi, l'objet d'une adoration excessive. Dévorée par ses deux fils qui, comme des amants, donnaient à son univers des couleurs nouvelles, et exigeaient qu'elle soit infidèle, Lily ne chercha même plus à trouver le temps de faire la lecture à son envahissante petite fille ou de la laisser jouer avec ses bijoux.

Maxi a son père pour elle toute seule, se disait-elle pour se justifier, quand la fillette tentait de retenir son attention. Si Lily devait lui tenir tête ce serait aux dépens de sa propre santé mentale. Cette enfant est indestructible, se répétait-elle chaque fois qu'elle donnait des directives – brèves, fermes, et stériles – à l'une des innombrables gouvernantes de Maxi, avant de s'en revenir bien vite aux problèmes d'apprentissage de Toby, ou à la santé de Justin – car, né prématurément, ce dernier était longtemps resté très fragile.

Pourtant, durant toute son enfance, Maxi implora sans arrêt cet amour dont elle avait tant besoin. Elle s'efforçait d'arracher quelques égards à sa mère, de toutes les façons perverses qu'elle pouvait imaginer, mais réussissait seulement à se faire punir par son père – qui ne s'y résolvait qu'à contrecœur, comme elle le savait fort bien.

Maxi ne tenta jamais d'être une « bonne petite fille », sachant que, meilleure elle serait, moins elle aurait de chances d'être remarquée. Et cependant, elle avait été, dès le début, soumise aux règles de la droiture. Quelque chose de bien réel, qui s'appelait l'équité, lui était plus précieux que tout, et elle tenta de se convaincre, en grandissant, qu'il était « juste » que Toby et Justin accaparent à ce point sa mère. Elle voulut y croire de toutes ses forces, sans y réussir complètement, et cessa assez tôt d'espérer obtenir l'amour de Lily. Elle n'y renonça jamais tout à fait, mais son espoir diminua d'année en année, jusqu'à être si profondément enseveli qu'il ne la faisait presque plus souffrir.

Nina repoussa son osso bucco et se tourna vers Zachary :

– Il y a une chose que tu n'as jamais essayée. Chaque été tu l'expédies dans un endroit différent, faire du tennis, du théâtre, du cheval, et chaque fois on te la renvoie par le premier avion. Pourquoi ne pas lui proposer un véritable défi ? Je parie qu'elle serait à la hauteur.

– Ce que j'aime chez toi, parmi un million d'autres choses, c'est ton optimisme.

Il lui sourit. Belle, chaleureuse, merveilleuse... La peste soit de son mari.

– Un job pour l'été. Cela consumerait toute sa folle énergie. Elle aurait de quoi s'investir, de quoi se réaliser.

– Mais qui l'engagerait ?

Zachary ne pouvait imaginer que quiconque puisse, de son plein gré, ajouter Maxi aux vicissitudes des affaires.

– Toi, Zachary, toi.

– Oh non ! Pas moi ! Pas Maxi !

– Tu sais très bien qu'il y a toujours des jobs d'été pour les jeunes qui sont recommandés, les enfants des gros annonceurs. C'est une pratique courante. J'en ai une demi-douzaine de prévues, rien que dans mon équipe : Mlle Jolies Robes, Mlle Collants, et quatre autres encore. Aucune n'est aussi futée que Maxi.

– Le piston est une chose, le népotisme en est une autre.

– Ne réponds pas à côté. J'en parlerai à Pavka, et nous trouverons bien à la caser quelque part. Essaie, au moins... tu n'as rien à perdre.

– Rien à perdre ? demanda Zachary, amusé par son côté bonne sœur.

– Au pire, qu'est-ce qui peut arriver ?

– Elle fichera la pagaille partout.

– Mais ça vaut la peine d'essayer, non ?

Nina le regarda, avec, dans les yeux, un amour que son mari n'avait jamais vu et ne verrait jamais.

– Tu me le conseilles ou tu me le recommandes ?

– Je te le recommande.
– Alors, ça vaut la peine d'essayer.

Amberville Publications comprenait maintenant trois autres revues prospères. *Savoir Vivre,* consacré à l'art subtil de cultiver des goûts toujours plus raffinés; *La Semaine du Sport,* très vite devenue indispensable à tout Américain – homme, femme, enfant – ayant usé une paire de baskets; et *Intérieurs,* superbe mensuel destiné aux masochistes fortunés. Il faisait sentir à ses lecteurs, si riches qu'ils fussent, qu'ils vivaient comme des porcs, et attirait de nombreux amateurs, qui examinaient à la loupe les illustrations de chaque numéro, afin de ne pas manquer le moindre détail humiliant des maisons des autres.

Pavka Mayer, désormais principal responsable, et directeur artistique, de tous les titres de la société, était assis dans son bureau et contemplait Nina avec délectation. Sa dernière idée ne l'avait pas étonné : il la croyait capable de tout.

– On ne peut envisager qu'un endroit où Maxi ne causera que le moins de dégâts possible, dit-il pensivement.

– *Style* est hors de question. La mode mène aux photographes, et les photographes au sexe.

– On ne peut pas la cacher à *TV Hebdo.* Les gansters qui s'en occupent ne la supporteraient pas. Et ils sont capables de l'envoyer interviewer Warren Beatty, rien que pour s'amuser.

– A *Sept Jours,* elle rencontrera trop de jeunes de son âge, et il ne faut pas encourager ses penchants de chef de bande. Tous les journalistes de *La Semaine du Sport,* sont, ont été, ou veulent être des athlètes, et je ne crois pas que ce serait une bonne idée de mettre Maxi en présence d'autant d'hommes plus âgés qu'elle.

– Vous n'allez quand même pas me dire qu'elle est encore vierge?

– Je n'en sais rien. J'ai toujours pris soin de ne pas demander. Ce n'est pas mon affaire, Pavka. C'est peu probable, mais, après tout, rien n'est impossible.

– Il ne reste donc que *Savoir Vivre* et *Intérieurs*. Choisissez.

– Non, vous. Je ne veux pas porter toute la responsabilité.

– Moi non plus, dit Pavka, têtu.

Il appuya sur un bouton pour appeler sa secrétaire :

– Miss Williams, préféreriez-vous travailler pour *Savoir Vivre* ou pour *Intérieurs*?

Il y eut un long silence, puis :

– Monsieur Mayer, j'ai fait quelque chose de mal?

– Non, non, répondez simplement à ma question. S'il vous plaît. Vous serez bien aimable.

– Je suis renvoyée, alors?

– Mais non! C'est juste un pari.

– Vous avez gagné ou perdu?

– Miss Williams, je vous en supplie. Tirez à pile ou face si vous n'avez pas d'opinion.

– Je préférerais travailler à *Savoir Vivre*. C'est plus agréable de voir des photos de rôti de porc que de la salle à manger de je ne sais qui.

– Merci, Miss Williams. Bien joué.

– Vous serez toujours le bienvenu, monsieur Mayer.

Rayonnant, Pavka se tourna vers Nina :

– Qu'y puis-je, si les femmes m'adorent?

Maxi était aux anges. Chaque été, jusque-là, elle avait été condamnée au bannissement à la campagne. Plages, lacs, air pur, équipes de sport, autant de choses qu'on avait jugées indispensables à son bien-être. De son point de vue, un tour rapide à Central Park suffisait à garder le contact avec la nature.

Les rares fois où elle s'était trouvée à New York pendant l'été, elle avait découvert, pour quelques heures, un autre Manhattan : une île tropicale brûlante, animée d'un rythme nouveau; une ville transformée, languissante, mystérieuse, plus excitante que jamais. Il entrait et sortait autant de gens des bureaux, mais eux aussi avaient l'air différent : ils s'habillaient autrement, souriaient davantage. Un air de vacances, de fête sur le point de commencer, flottait sur le quartier des affaires. Dans les zones résidentielles régnait une sorte de vide paresseux : les maîtresses de maison, les enfants, les gouvernantes, tous si bien vêtus, avaient totalement disparu, comme si la peste rôdait dans les rues.

Et désormais ce Manhattan passionnant, palpitant, en pleine métamorphose estivale, allait lui appartenir, sauf pendant les week-ends, quand elle irait à Southampton rejoindre le reste de la famille avec son père. Elle partirait travailler avec lui le matin, puis – délicieuse conspiration – s'éclipserait sans lui dire au revoir, et prendrait un autre ascenseur pour se rendre dans les bureaux de *Savoir Vivre,* où tout le monde la connaîtrait sous le nom de Maxi Adams. Pavka et Nina avaient tenu à dissimuler sa véritable identité, sauf à Carl Koch, le rédacteur en chef. Si les membres du personnel apprenaient qu'elle était la fille de Zachary Amberville, ils penseraient, au mieux, que c'était une gosse de riche venue s'encanailler dans la presse, ou, au pire, ils la suspecteraient d'être une moucharde placée là par la direction, pour savoir ce qu'ils faisaient, et tout raconter à son père. *Savoir Vivre* ayant à peine plus de deux ans d'existence,

Maxi y était inconnue, et il avait été décidé de l'installer dans le service artistique, où elle collaborerait à la mise en page. Comme Nina l'avait assuré à Pavka :

– Elle peut faire des merveilles avec de la colle Tak, un rouleau de Scotch et une règle.

– Maxi et un pot de colle? Ça ne durera pas deux jours. Mais c'est mieux que les essais en cuisine, ou pis encore, la rubrique des vins. On peut toujours enlever la colle, ou en remettre.

Le premier lundi de ce mois de juillet, Maxi se leva très tôt, et commença de préparer son entrée dans le monde des grandes sociétés et de la responsabilité. L'idée d'un job – d'un job d'adulte – l'enchantait. Elle avait jugé indispensable de vieillir Maxi Adams de deux ans et de dire à tout le monde qu'elle en avait dix-neuf.

Elle fouilla dans sa penderie à la recherche de son plus vieux jean, le plus taché de peinture, celui qui suggérait le mieux le travail. Elle le portait lorsqu'elle avait peint un décor de théâtre, dans son avant-dernier lycée, et il lui semblait qu'il dégageait une aura esthétique – n'allait-elle pas faire partie d'un service artistique? Elle mit une chemise propre en toile de jean bleu pâle, aussi usée, et qui paraissait dire que, de toute sa vie, Maxi n'avait jamais connu une minute d'oisiveté. Une chemise, pensa-t-elle, commode, pratique et adulte, avant tout adulte. Elle serra étroitement une lourde ceinture indienne – turquoise et argent – autour de sa taille de marquise. Après tout, les responsables du service devaient s'attendre à ce que leur plus modeste employé ait un certain sens de la décoration. Des chaussures? Non. Elle enfila l'une de ses nombreuses paires de bottes Western bien-aimées – 450 dollars par correspondance, à l'ordre de Tony Lama –, dont les hauts talons, croyait-elle, la grandissaient d'au moins huit centimètres.

Satisfaite de son allure, elle passa à la suite. En 1972, aucune femme ne croyait jamais avoir assez de cheveux. Maxi avait laissé pousser les siens jusqu'aux épaules, et aimait à les faire onduler, y glissant souvent l'une des nombreuses fausses mèches accumulées au fil des années. Mais aujourd'hui, le sérieux et la dignité se révélaient nécessaires. Elle ramena sa chevelure en arrière, de façon à mettre sa mèche blanche bien en évidence. Du maquillage? Maxi avait, de ce point de vue, autant d'expérience qu'une démonstratrice de chez Bloomingdale. Elle voulait paraître *âgée* : moins elle se maquillerait, plus elle aurait l'air jeune. Elle y consacra donc beaucoup de soin, appliquant base, poudre, fond de teint, mascara, eye-liner, rouge à lèvres et ombre à paupières d'une main ferme, résultat de longues heures de pratique. Elle mit de massives boucles d'oreilles de turquoise, étudia le résultat final, et se servit d'un crayon à sourcils pour assombrir le grain de beauté au-dessus de sa lèvre supérieure.

Non. Pas encore *tout à fait* assez âgée. Elle plongea dans sa penderie, et en tira une paire de lunettes d'écaille qu'elle portait toujours en jouant au poker. Les verres ne corrigeaient rien du tout, mais il était utile de porter au moment de bluffer une sorte de masque, si transparent qu'il fût. Quelque chose manquait *encore,* se lamenta-t-elle, en se regardant dans un miroir triple. Tous ces cheveux, bien sûr. A quoi bon une mèche blanche devant, si tout le reste retombait dans le dos? Elle ramena sa chevelure en chignon qu'elle noua soigneusement. La perfection même. Portrait de l'artiste en femme d'âge presque moyen.

Zachary accueillit son apparition au petit déjeuner d'un air aussi impassible qu'il le put. Peut-être, pensa-t-il, ressemblait-elle à n'importe quelle fille de son âge. Il ne passait pas son temps à les dévorer des yeux, et ne pouvait donc en être sûr. Mais n'y avait-il pas quelque chose de... dépravé dans la façon dont ses jeans et sa chemise collaient à son corps? Maxi ne se rendait-elle pas compte qu'elle paraissait encore plus sexy qu'en se trémoussant en dessous de dentelle noire? Une fille avec une taille aussi fine et une telle... poitrine ne devrait-elle pas s'abstenir de porter une chemise en toile de jean qui épousait chaque pouce de son corps épanoui? Et ces lunettes? Depuis quand lui en fallait-il? Elles ne faisaient que la rendre plus... il n'aurait su dire quoi, mais cela le perturbait. Et qu'avait-elle fait de son visage? De sa chevelure? Il ne pouvait le deviner, mais ce matin sa fille semblait différente. Devenait-il fou, ou bien avait-elle l'air presque... adulte? Non, pas Maxi. Impossible. Mûre, bon sang, mûre.

– Tu as l'air plus mûre, Maxi.

– Merci, Papa.

– Tu ne crois pas que... peut-être... tu devrais mettre une robe?

– Papa, personne n'en porte plus, aujourd'hui.

C'est vrai, se dit Zachary. Nina était en pantalon, sa secrétaire et ses rédactrices aussi. Seule Lily... et ses robes allaient toutes jusqu'à mi-mollet. Il soupira, espérant que le bon vieux temps reviendrait, et termina les œufs qui attendaient dans son assiette.

Carl Koch, le rédacteur en chef de *Savoir vivre,* dit à Linda Lafferty, la compétente directrice du service artistique :

– Voici Maxi Adams, votre assistante pour l'été. Faites-lui faire ce que vous jugerez bon.

Puis il disparut en toute hâte, profondément soulagé, laissant Linda – qui mesurait plus d'un mètre quatre-vingts, mais restait bien en chair – affronter seule le problème.

Un instinct très sûr avait aussitôt convaincu Koch que Maxi créerait bien des difficultés. Tout au plus en ignorait-il l'ampleur. Toutes ces gamines étaient toujours une vraie plaie. Mais Pavka lui avait donné des directives très strictes, dont il devait tenir compte, et *Savoir Vivre* n'aurait pas le choix de tout l'été. A Linda Lafferty de s'en charger maintenant.

Linda inspecta Maxi avec un ébahissement croissant. Cette jeune personne lui donnait l'impression d'être une intellectuelle en herbe qui ferait le trottoir à Santa Fé, ou une émule de Simone de Beauvoir égarée dans une soirée entre hommes.

– Salut, finit-elle par dire.

– Salut, Miss Lafferty.

– D'où... venez-vous?

– Est, dit Maxi, soucieuse d'éviter une question aussi décisive. Mais Linda Lafferty insista :

– Côte Est? Europe de l'Est?

– Du côté de la 70e Rue Est.

– Ah. Des études aux Beaux-Arts?

– Lycée et camp seulement.

– Camp?

– Camp de vacances, murmura Maxi, soudain incapable de trouver quelque chose de plus convaincant.

Pourquoi moi? pensa Linda Lafferty. *Pourquoi moi?*

Au bout d'une semaine, Maxi estima que rien de ce qu'elle avait fait jusque-là ne pouvait se comparer au bureau, pour ce qui était de se donner du bon temps – et le service artistique de *Savoir vivre* dépassait, de ce point de vue, tout ce qu'elle avait pu imaginer. Dire qu'elle n'avait jamais deviné que si les gens allaient travailler, c'était pour rester là à raconter bien plus d'histoires grivoises – et vraiment bonnes – qu'elle n'en avait entendu au lycée ? Pour semer la pagaille, bavarder entre eux, traînasser, fumer des joints aux toilettes, et cancaner comme des fous en parlant de sexe ? Tous semblaient faire l'amour les uns avec les autres. Continuer toute la journée, et être payé pour cela – voilà le secret que les adultes ne vous confient jamais quand ils parlent avec tant de sérieux de ce qu'ils appellent « les affaires ». Le jeu dans toute son ampleur.

Tous ses nouveaux amis s'occupaient de la maquette, ce qui lui rappelait le jardin d'enfants : coller des images sur du papier fort... Elle aimait les aider, se penchait sur leur épaule, alignait les bords des illustrations, passait les markers, et faisait rire les autres si jamais ils avaient trop de problèmes avec une photographie qui ne s'adaptait pas à la page. Elle leur avait aussi montré des choses auxquelles ils n'auraient jamais pensé. L'article sur le foie gras, par exemple : accompagné de clichés de dix-sept tranches du produit, dont chacune venait d'un restaurant français différent. Le temps que Maxi ait réarrangé l'ensemble, personne n'était plus capable de dire où était le haut et où était le bas.

Maxi aimait par-dessus tout le moment où arrivait le chariot du vendeur de bagels et de beignets. Tout le monde cessait aussitôt de faire semblant de travailler, et se rassemblait autour pour s'empiffrer, comme des nomades avant une traversée du désert. Elle revenait même assez tôt de la pause déjeuner, pour le passage du chariot à trois heures de l'après-midi. De toute façon, personne n'avait vraiment besoin d'elle avant. Le déjeuner, quelle invention extraordinaire! Deux heures de liberté pour faire du lèche-vitrines. Maxi suivait un régime, et, sans prendre la peine de manger, préférait passer au peigne fin les boutiques et les grands magasins.

Elle choisissait elle-même ses vêtements, depuis des années, mais avait toujours dû attendre septembre pour cela. Désormais, la ville était pleine d'articles d'automne, et il n'y eut rien qu'elle n'essayât. Une fois terminé son raid quotidien – pillage et mise à sac aux frais de Lily –, elle rapportait des piles de paquets dans la petite pièce brillamment éclairée qu'elle occupait, sortait tous ses achats et les mettait pour ses camarades de travail. Ils avaient un sens extraordinaire des formes et des couleurs, et lui enseignaient beaucoup de choses sur ce qu'il fallait porter. Elle cessa de mettre des lunettes et de se coiffer sottement, une fois reconnue membre du groupe – à dix-neuf ans, et bientôt vingt.

L'idée de commencer en septembre son année de terminale était trop révoltante pour y penser. Maxi décida d'aller plutôt aux Beaux-Arts. Tous, au bureau, avaient des conseils à lui donner sur l'établissement à choisir. Quel plaisir de les voir arriver, de les entendre raconter le temps où ils faisaient leurs études, et la folle existence qu'ils avaient menée alors. Elle détestait la fin de la journée : il fallait refuser toutes les invitations à boire un verre dans l'un des innombrables bars des environs, et disparaître pour rentrer à la maison – bien qu'elle ait pu, très souvent, convaincre son père de l'emmener dîner.

Linda Lafferty bouillait de fureur estivale. La productivité du service artistique – *son* service! – s'était effondrée depuis l'arrivée de Maxi. A proprement parler, jamais ses assistants ne s'étaient montrés aussi fiables qu'elle l'aurait souhaité. Et maintenant, ils s'étaient transformés en boucs en rut passant le plus clair de leur temps à trouver des prétextes pour aller discuter, une fois de plus, avec cette... cette... Linda ne trouva pas le mot qui convenait. Maxi ne répondait pas à ses critères, et aucun des termes qu'elle connaissait ne pouvait rendre compte, de façon satisfaisante, de cette... sexy, si drôle, sans loi aucune, perturbatrice, et pourtant, en dépit de tout – reconnais-le, Linda, toi aussi tu aimes bavarder avec elle, se dit-elle, accablée de dégoût. Cette gamine semblait faire la noce tous les jours. Ce doit être la fille de Seagram, de General Foods ou de Coca-cola, pour qu'on lui permette à ce point de se comporter en fléau : en effet, Carl Koch refusait tout simplement d'entendre les plaintes de Linda à ce sujet.

Et cependant, elle devait s'occuper du service – qui était toujours le plus surchargé de la revue. Une grande part de celle-ci était abandonnée aux photographes, et le reste bourré de publicités pour des produits de luxe. Les lecteurs de *Savoir Vivre* étaient des gens fortunés, et le mensuel, imprimé sur un épais papier glacé, devait ruisseler de splendeurs visuelles, qui leur donneraient l'impression d'être encore plus riches. Assurer la qualité et l'originalité de cette corne d'abondance périodique était une lourde responsabilité, qui incombait pour l'essentiel au service artistique. Le texte avait peu d'importnce, bien que les articles consacrés aux vins ou à la cuisine fussent écrits par les plus grands auteurs, qui se voyaient offrir des sommes énormes – comparées aux tarifs habituels de la presse.

Linda Lafferty, désespérée, se dit qu'il lui fallait un assistant : quelqu'un qui travaille vite et bien, qui soit assez dur pour accélérer le cours des choses. Un bottage de fesses général pourrait faire merveille et venir à bout de la folie Maxi, pensa-t-elle. Pourtant sa taille lui rendait à peu près impossible de s'en charger de manière efficace. Linda ne savait pas si c'était son désir d'être aimée, ou la peur de tuer quelqu'un; mais elle était, du moins, assez fine pour savoir quand elle avait besoin d'aide.

A sa grande surprise, Carl Koch, qu'elle était allée voir dans cette intention, accepta presque aussitôt. *Savoir Vivre* rapportait beaucoup d'argent, mais, comme presque tous les rédacteurs en chef, il rechignait à accroître les effectifs tant qu'il pouvait s'en dispenser. Linda avait collaboré précédemment avec un jeune homme très brillant, un véritable bourreau de travail. Elle désirait l'engager depuis longtemps, et maintenant, Maxi Adams, reine de la colle Tak, Lorelei du collage, sorcière de la règle, allait lui donner l'occasion de proposer à Rocco Cipriani un salaire auquel il ne pourrait résister. N'avait-il pas dit que seul l'argent, beaucoup d'argent, pourrait le décider à quitter Condé Nast? Maxi Adams servirait un but, tiendrait un rôle, sans même s'en rendre compte.

Linda Lafferty regarda Rocco Cipriani avec sévérité :

– Je pars en vacances. Je n'ai pas eu une minute à moi depuis que je suis ici. Je ne serai pas là quand vous commencerez demain. Je ne veux pas que les gens viennent me voir pour se plaindre de vous. Vous aurez la responsabilité de tout. Ils recevront des notes de service en ce sens.

– Vous voulez un bon coup de balai, plus Barbe-Noire le Pirate et le chat à neuf queues?

– C'est ça. Aucun de mes bons à rien ne fait le travail qui lui est imparti. J'ai un très gros problème de discipline sur les bras. Je compte absolument sur vous pour les battre, les cogner, les assommer, pendant que je m'abandonnerai à ces trente jours de dépression nerveuse auxquels Carl m'a dit que j'avais droit. Quand je reviendrai, je veux être en avance sur le planning... ou sinon gare.

Elle avait décidé de ne pas lui indiquer Maxi comme source des difficultés. Qu'il trouve tout seul. Un apprentissage sur le tas.

– Vous êtes maligne comme tout quand vous êtes menaçante, Linda.

– C'est bien pour ça que je vous ai engagé, et que nous avons passé tout le week-end à venir à bout de cette ignoble charretée de travail en retard. Vous sauverez ma peau parce que vous n'êtes pas malin du tout.

– Et moi qui croyais que vous m'aimiez.

– Vous êtes tout à fait bien, pour un gamin, dit-elle d'un air pincé.

Elle maudit son inextinguible concupiscence irlandaise qui n'avait même pas le bon sens de se calmer un peu à la vue du jeune et inaccessible Rocco Cipriani. Elle le contempla avec attention, cherchant à savoir comment un homme aussi absurdement beau pouvait, comme lui, inspirer à ce point le respect. Un indécent chaos de boucles noires, des yeux sombres très enfoncés, à la fois rêveurs et pleins de feu, le nez d'un Médicis. Malgré la sûreté de son coup d'œil, elle n'aurait pu trouver le moindre défaut dans ces traits si fortement marqués. Elle n'osait même pas fixer sa bouche – une femme n'a jamais assez de maîtrise de soi. Tout, chez Rocco, fonctionnait en même temps, puissamment, sans fatigue, implacablement. Il était difficile de détourner les yeux de lui. Il aurait fait, pensa-t-elle, un modèle parfait pour le chef-d'œuvre d'un peintre Renaissance – un saint Sébastien plein de fierté. Il ne manquait que des flèches pour transpercer son corps à ces endroits si vulnérables, si intéressants. Rocco vous en apprenait autant sur la Haute Renaissance italienne qu'une visite au Metropolitan.

Et pourtant, à vingt-trois ans à peine, il réussissait si bien chez Condé Nast qu'il ne lui faudrait guère qu'un peu plus d'ancienneté, un peu plus d'expérience, avant de devenir directeur artistique d'une revue bien à lui. Elle savait pertinemment qu'il ne resterait pas à Amberville Publications. C'était tout au plus un de ces mouvements stratégiques, obliques et subtils, qu'accomplissent certains des meilleurs, et des plus ambitieux, graphistes, afin d'aller plus vite qu'en demeurant toute leur vie au sein de la même société. Linda n'avait pas agi autrement. On en était plus apprécié que si l'on se montrait obstinément fidèle, et cela ne présentait de risques que si l'on n'était pas très, très, *très* bon. Rocco n'avait pas à s'inquiéter.

Il y a à Manhattan autant de directeurs artistiques que de revues, d'agences et de firmes de films publicitaires. Rocco représentait un cas à part : il n'avait jamais voulu travailler que pour la presse, et n'éprouvait aucun désir d'entrer dans la publicité, en dépit de l'argent fou que gagnaient ces pauvres crétins qui s'auto-proclamaient « directeurs créatifs ». Ils étaient liés par les exigences de leurs clients, alors que lui n'était limité que par sa propre imagination. Pour Rocco, pas de plus grande joie dans l'existence qu'une revue encore à naître : des pages et des pages d'espace blanc, pur et glorieux, illimité, renouvelé chaque mois par la magie du département publicité. Cet espace n'attendait que lui; il pourrait le remplir de mises en page auxquelles personne n'avait encore pensé, de combinaisons de caractères jamais vues depuis l'invention de la typographie, de graphismes qui feraient date, de photographies inédites, rassemblées de façon novatrice, d'illustrations commandées à des artistes connus seulement des galeries d'art et des musées. Chaque page était pour lui ce qu'une toile vierge est à un peintre : une nouvelle occasion d'imposer ce qui *pourrait* être – et, comme un peintre, il ne se sentait jamais tout à fait satisfait.

Rocco était l'insatiable Alexandre le Grand du monde de la presse, toujours mécontent de tout, sans armées, mais avec des torrents de talent. Il travaillait au moins dix heures par jour, puis rentrait chez lui ouvrir sa boîte aux lettres où s'entassaient des revues venues des quatre coins du monde. Il les dévorait toutes, jurant de façon atroce quand il découvrait une idée à laquelle il n'avait pas pensé, et arrachait les pages qu'il voulait étudier pour les fixer sur les murs de son grand loft de Soho, dans Greenwich Village, jusqu'à ce qu'ils soient recouverts du sol au plafond. Elles étaient alors, peu à peu, submergées par d'autres, et se trouver dans la pièce revenait à vivre dans un collage des meilleures créations graphiques internationales.

Rocco n'enviait que deux hommes au monde : Alexander Liberman, le génie qui était directeur artistique de Condé Nast, et Pavka Mayer. Il savait qu'un jour il serait amené à succéder à l'un d'entre eux – mais aussi qu'il avait encore beaucoup à apprendre. La proposition de Linda Lafferty offrait donc un attrait supplémentaire : il pourrait travailler pour la première fois pour Pavka, certes de façon indirecte – mais il aurait toujours la possibilité d'emprunter quelques idées au grand homme.

Rocco débuta à *Savoir Vivre* à la mi-juillet, un lundi matin. Le vendredi, Linda, incapable d'en supporter davantage, succomba à la tentation de lui téléphoner pour savoir comment cela se passait.

– Nous sommes venus à bout de presque tout le travail en retard, et lundi j'attaque le numéro de novembre.

– Déjà ? Vous êtes sûr ?

– Ah ! Personne n'était enchanté de devoir travailler jusqu'à minuit tous les soirs de la semaine, mais ils l'ont fait quand même.

– Et le problème Maxi ?

– Maxi ? Vous voulez parler de mon assistante ?

– Si vous tenez à la décrire ainsi, oui.

– Linda, voyons, il n'y a pas de problème du tout. C'est incroyable à quel point elle se rend utile. Elle ne prend même pas la pause de midi, se contente d'un œuf dur et se remet aussitôt à balayer les traces de gomme. Elle s'assure que chacun aura de quoi travailler en revenant de déjeuner – elle semble très adulte pour une fille de dix-neuf ans. Elle est à l'heure chaque matin, s'en va la dernière le soir, ne traînasse pas quand arrive le chariot à bagels, apporte le café juste avant que tout le monde commence à en avoir envie, garde mes markers bien en ordre – en fait, je n'ai jamais eu un bureau aussi organisé. Elle ne fume pas, ne perd pas de temps à bavarder – en fait, je ne suis même pas sûr qu'elle aille aux toilettes. Une Mormone, peut-être ? Elle est toujours là quand j'en ai besoin... et pourtant elle ne me gêne jamais. Une fille bien. Pas vilaine non plus, maintenant que j'y pense... en fait... pas mal du tout...

– Oh NON.

– Pardon?

– Rien. Rien du tout. Allez-y, Rocco, continuez. Je vais retourner à la plage et marcher dans l'océan jusqu'à ce que je me noie.

– Rocco, puisque tu as décidé de travailler tout le week-end, je pourrais peut-être te donner un coup de main? suggéra Maxi en retenant son souffle.

Elle serait morte pour lui. Elle aurait marché sur des charbons ardents, s'en serait couverte, avant de s'allonger doucement jusqu'à ce que tout soit fini. Il n'y avait rien dans le lexique du comportement humain qu'elle n'aurait fait pour Rocco Cipriani, à commencer par quitter la maison, traverser les continents à pied et mourir de faim dans le désert. Il suffisait qu'il le lui demandât.

– Je ne voudrais pas contrarier tes projets.

– Je n'en ai pas, en fait. Et je pourrais apprendre des tas de choses tout en veillant sur tes affaires. Tu sais comment tes maquettes disparaissent les unes sous les autres quand tu travailles dur. Et puis... je pourrais aller chercher la pizza, ajouta-t-elle.

Cette suggestion lui venait de la sagesse de toute une vie.

– Bonne idée. J'oublie toujours de manger. Et la pizzeria d'à côté met tant de temps à livrer que le fromage est toujours froid. OK, passe samedi matin vers neuf heures. Je vais te donner mon adresse.

Elle prit le papier et le mit dans son sac pour le garder à jamais. Elle savait où il habitait, connaissait son numéro de téléphone, n'ignorait plus rien de sa nombreuse famille, qui vivait à Hartford, ni de la bourse qu'il avait obtenue pour l'école des Beaux-Arts, ou de ses prix et de ses promotions. L'arrivée de Rocco à *Savoir Vivre* avait fait naître toutes sortes de spéculations dans le service artistique, et Maxi avait écouté avec la plus grande attention, sans rien dire, mais en enregistrant tout, négligeant les éléments qui faisaient double emploi, ou ne semblaient pas aller ensemble, et s'était fait une idée assez juste de la vérité. Elle savait qu'il avait eu beaucoup de filles, mais qu'aucune ne l'avait retenu bien longtemps, elle connaissait ses amis et ses ennemis. Elle en savait autant sur cet étranger – rencontré pour la première fois cinq jours plus tôt – qu'on peut en apprendre et en deviner. Maxi avait de Rocco une intuition qui ne se réduisait pas à un acte de contemplation, de reconnaissance ou de réflexion mentales, qui allait plus loin que la définition philosophique selon laquelle c'est une perception spirituelle, une connaissance immédiate qu'on prête aux anges ou aux purs esprits. La sienne était plus profonde et bien plus brève. C'était celle d'Hawthorne : « Une intuition miraculeuse de ce qui doit être fait, au moment où il convient d'agir. »

Le premier week-end que Maxi passa dans le loft de Rocco fut très affairé. Chaque fois qu'elle le voyait perdu dans ses pensées, devant sa planche à dessin, elle se déplaçait dans la pièce si doucement qu'il ne l'entendait pas, cherchant à savoir où il mettait toutes ses affaires. Elle fit son lit avec des draps propres, rassembla son linge sale, pour aller jusqu'à la laverie automatique que, pour la première fois de sa vie, elle était sûre de pouvoir trouver et utiliser au mieux. Elle lava ses premières assiettes sales et les rangea, passa dans la cuisine et dressa la liste des articles indispensables qui manquaient. Mais elle n'eut pas le temps de s'attaquer à ses tiroirs ou à sa penderie. Tandis qu'elle accomplissait ces tâches célestes, Maxi gardait toujours l'œil sur Rocco et, dès qu'il levait la tête à la recherche de quelque chose, le lui apportait, prêt à servir, avec une maîtrise d'infirmière. Il dévora la pizza et les sandwiches qu'elle était allée chercher, en les partageant avec elle, bien sûr, mais en silence, sans cesser de réfléchir aux problèmes dont il devait venir à bout. Maintenant que le plus gros du travail en retard était fait, Rocco voulait imposer son propre style à *Savoir Vivre* avant que Linda Lafferty revienne de vacances.

Il fut immédiatement confronté aux difficultés suscitées par une revue consacrée à la cuisine et aux vins. Il avait travaillé depuis si longtemps avec des robes et des mannequins que mettre en page des objets avant tout destinés à faire saliver le lecteur représentait un défi et il en oubliait tout le reste.

– Un grain, rien qu'un grain, marmonna-t-il le dimanche soir, pendant que Maxi découpait une nouvelle pizza.

– Tu n'as pas faim?

– Un seul grain de caviar doré, sur une double page. Bien sûr, il serait simple de confier la photo à Penn, mais qui dit Penn dit Condé Nast, et de toute façon je ne fais pas ce qui est trop évident. Un hologramme? Une micro-photographie? On ne peut pas *dessiner* un grain de caviar... encore que... Oui, oui, peut-être... une feuille d'or couvrant deux pages, et Andrew Wyeth pour exécuter le croquis... peut-être... C'est du pepperoni?

– J'ai demandé qu'on mette tout dessus.

– C'est bien.

Il retomba dans le silence, et, peu après, voyant

qu'il allait arrêter de travailler, Maxi s'en alla, si doucement que Rocco ne remarqua pas son départ.

Au cours de la semaine qui suivit, quiconque serait passé dans le service artistique de *Savoir Vivre* aurait cru se retrouver dans la salle des copistes d'un monastère médiéval. Tous étaient courbés sur leur bureau, pleins de zèle et de gravité, expérimentant toutes les idées que Rocco leur jetait, dans sa recherche de pages toujours plus neuves, toujours plus passionnantes.

Zachary fut ravi d'entendre Maxi lui parler du rôle modeste, mais indispensable, qu'elle tenait dans l'affaire, et plus heureux encore quand elle lui posa des questions qui montraient combien elle suivait de près le processus de mise en forme de la revue. Il était pourtant un peu inquiet de la voir aussi intéressée. Ne serait-ce pas qu'un simple feu de paille ? Il ne croyait guère à l'enthousiasme de sa fille, et fut soulagé d'apprendre qu'au moins elle avait passé le week-end dans le Connecticut, chez sa camarade de classe India West, et qu'elle devait y retourner ce samedi.

Le dimanche soir, Rocco posa ses outils, bâilla et s'étira.

– Et voilà ! Ça devrait y être, dit-il à Maxi d'un ton victorieux.

Elle venait juste de placer ses chaussettes – lavées, séchées et roulées – en ordre militaire, dans un tiroir où il ne pourrait manquer de les trouver. Le loft était aussi immaculé qu'elle avait pu le faire, sans déranger toutes les revues, les livres et les portfolios.

– Une petite pizza ? demanda-t-elle.

– Non. Ça suffit. Je ne pourrais pas.

Il lui sourit. La meilleure assistante qu'il ait jamais eue, pensa-t-il. Et il aurait juré qu'elle avait fait quelque chose – mais quoi ? – qui lui rendait plus facile de s'habiller le matin.

– Je pourrais cuire un steak, préparer une salade, et mettre une pomme de terre à cuire au four, proposa-t-elle.

– Et où trouveras-tu ça un dimanche soir ?

– Ici.

Elle ouvrit le réfrigérateur rempli par ses soins la veille. Maxi était allée dans un camp de vacances où l'on apprenait les techniques de survie, et les rudiments de la cuisine.

– D'accord, d'accord. Je crois que je vais faire un somme en attendant que tout soit prêt. Réveille-moi pour le dîner, tu veux bien ?

– Entendu.

Rocco sombra presque aussitôt dans un profond sommeil. Il était si tard que le soleil couchant teintait la pièce, encore remplie pourtant de la lumière de l'été. Maxi s'approcha du lit et s'agenouilla avec précaution juste à côté. Elle dut serrer les poings pour s'empêcher de toucher les cheveux de Rocco. Que se passerait-il s'il se réveillait aussi brusquement qu'il s'était endormi ? Elle n'avait jamais pu le regarder directement plus de quelques secondes, sauf au bureau pendant qu'il parlait à quelqu'un, et, même alors, avait su que s'il levait les yeux et la surprenait, elle rougirait d'humiliante façon. Elle s'était montrée très prudente au cours de ces deux week-ends dans son appartement; si elle le dérangeait de quelque manière que ce fût, il la jetterait dehors.

Maxi était si amoureuse de Rocco, le redoutait si fort, qu'elle ne pouvait plus réagir normalement. Depuis leur rencontre, elle n'était plus elle-même, et ne savait comment le redevenir, face à cet homme qui, de toute évidence, ne se comportait pas envers elle comme les mâles le faisaient d'habitude. L'amour provoquait chez Maxi un état dans lequel le moindre geste de Rocco était investi d'une grande séduction. S'il se grattait la tête ou se mordait les jointures, elle était charmée. S'il fredonnait à mi-voix, elle croyait entrevoir le Paradis. Elle suivit les lignes parfaites de ses lèvres avec un mélange de vénération et de passion désespérée. Tout son être la poussait vers lui, mais elle demeurait immobile, brûlant de désir – un désir d'une violence qu'elle ne ressentirait jamais pour aucun autre. Elle était pleine de l'inexprimable confusion et de la passion exclusive propres au premier amour. Si seulement elle pouvait soulever une seule de ses douces boucles noires, et toucher, seulement toucher, sa peau, ou passer le dos de sa main contre sa joue. Mais elle n'osait pas. Trop risqué.

Comme elle se tenait agenouillée là, paralysée de désir, les paroles de Rocco la frappèrent soudain.

« Ça devrait y être », lui avait-il dit avant de cesser de travailler. Elle le connaissait suffisamment pour comprendre qu'il était venu à bout du numéro de novembre. Bien entendu, il attaquerait le prochain dès la semaine suivante, mais sans avoir besoin de créer un nouveau style graphique, ce qui l'avait poussé à travailler sept jours sur sept. Maxi n'avait encore jamais réfléchi à ce moment. Elle avait voulu croire que les week-ends dans le loft se poursuivraient... mais son job d'été ne durerait que cinq semaines de plus. La panique la submergea. Demain, elle retournerait travailler, mais ne serait qu'une personne parmi d'autres, dans un service surpeuplé, et qui irait chercher le café. Cet instant précis, qu'elle n'avait jamais pu imaginer avec clarté, ne se présenterait jamais –

cet instant absolument nécessaire où, enfin, Rocco la *verrait* pour de bon.

Paniquée, Maxi redevint elle-même. L'enchantement qui la paralysait prit fin. Sa devise, découverte en classe de français, était la fameuse phrase de Danton : « De l'audace, encore de l'audace, toujours de l'audace ! » Pendant quelques instants, elle arpenta la pièce en silence, puis, murmurant « De l'audace ! », ôta son T-shirt, son jean et ses sous-vêtements en quelques mouvements résolus, et défit ses espadrilles. Elle était là, nue, aussi rose et voluptueuse qu'un Boucher, avec sa poitrine si pleine, qu'en dépit de leur poids, ses seins pointaient vers le haut. Sous sa taille, minuscule et ferme, là où la peau gardait la trace de la ceinture qu'elle venait de laisser tomber sur le sol, ses hanches s'arrondissaient, de délicieuse façon, en une courbe exubérante et superbe.

La nudité était aussi naturelle à Maxi qu'à Eve; parfaitement proportionnée, elle paraissait plus grande sans vêtements. Elle fit courir ses doigts dans ses longs cheveux, secouant la tête, incapable de bouger. De l'audace, se dit-elle, *de l'audace* ! Sur la pointe des pieds, elle alla jusqu'au lit et se pencha vers Rocco, rassurée de voir qu'il dormait toujours à poings fermés. Avec prudence, aussi doucement qu'une fleur, elle s'étendit à côté de lui, et trouva la place où pelotonner son corps délicat mais voluptueux. Puis elle se souleva, de manière à être au-dessus de lui. De l'audace, implora-t-elle en se mettant à l'embrasser pour le réveiller, si légèrement, si tendrement, que plusieurs minutes s'écoulèrent avant qu'il ne commence à remuer et à geindre. Elle défit les boutons de sa chemise et baisa sa poitrine et sa gorge jusqu'à ce qu'il reprenne conscience, et, quand il ouvrit les yeux, l'embrassa sur la bouche, encore et encore, en se déplaçant pour que ses seins viennent reposer sur le torse de Rocco, tout en lui maintenant les épaules sur le lit, jusqu'à ce qu'il se réveille tout à fait et cherche à se lever.

– Maxi ? *Maxi ?* dit-il, stupéfait.

Elle s'allongea sur le dos et le regarda, droit dans ses yeux étonnés. Elle rit de ce grand rire, libre et joyeux, qu'il n'avait encore jamais entendu.

– J'espère que tu n'attendais pas quelqu'un, répondit-elle.

Il se pencha vers elle et l'attira avidement contre lui.

12

– COMME nous avions coutume de le dire dans la RAF, tu viens d'acheter la ferme, remarqua India West, pensive.

– Ce qui signifie? demanda anxieusement Maxi.

India n'avait jamais tort. Jamais. Elle n'avait que quinze ans – deux de moins que Maxi –, mais, dès leur première rencontre, au lycée – en essayant, comme d'habitude, de sécher un cours de gym –, elles étaient devenues les meilleures amies du monde, unies par une préférence commune pour des versions embellies de la vérité. Comme Maxi l'avait expliqué une fois à India : les gens les prenaient pour des menteuses, alors qu'elles se bornaient à réarranger la vie afin de la rendre plus intéressante pour tout le monde. Un service public, en quelque sorte.

– Que tu t'es écrasée à l'atterrissage, dit India d'un air absent, en se regardant dans le miroir. Je crois que je serai plutôt... ah! belle. Qu'est-ce que tu en penses?

– Tu sais très bien que tu es divinement belle. Tu l'as toujours été. N'essaie pas de changer de sujet. C'est de moi qu'on parle.

India arrivait tout juste de Saratoga, où elle avait passé l'été avec sa famille. Lily Amberville, Toby,

Justin et les domestiques devaient revenir de Southampton fin août. Maxi pouvait enfin parler à quelqu'un de Rocco – hébété, ensorcelé, fasciné, prisonnier. Depuis cette première nuit de juillet, ils ne s'étaient pas quittés un instant, pendant et après le travail. Il l'aimait pour de bon. Il le lui avait dit – et Rocco, contrairement à elle, ne disait jamais que la vérité. Maxi, en pleine extase, ne pouvait comprendre pourquoi India, si insouciante d'ordinaire, voyait un problème dans cet amour sans nuages.

– Tu as dix-sept ans, pas dix-neuf, et une Amberville n'est pas une Adams.

– J'en aurai dix-huit demain, et je suis bel et bien celle dont il est amoureux.

– Pas si sûr.

– Il ne m'aimera plus quand il aura tout découvert, c'est ça? India, c'est ridicule!

– Non. Je veux parler de quelque chose d'autre, et tu sais très bien quoi. Ce n'est pas parce que nous sommes dans ce genre d'établissement qu'on appelle poliment « forme d'éducation alternative » que toi et moi sommes deux idiotes.

– D'accord, d'accord. Mon père est très riche...

– Ah!

– L'un des hommes les plus riches des Etats-Unis, et alors? Je ne vais même pas à Vassar College. Je suis encore au lycée. Est-ce que deux malheureuses petites années et un père plein d'argent suffisent à faire de moi une lépreuse?

– Tu lui as menti.

– Je mens à *tout le monde.*

– Moi aussi... mais, à t'en croire, Rocco dit toujours la vérité. Par conséquent, il n'aura plus confiance en toi. Comment un jeune homme plein d'amour-propre, fier de ses opinions, né dans une aimable famille italienne très conservatrice, va-t-il poursuivre son ardente liaison avec Mlle Amberville – cette adolescente qui se trouve être la fille de son patron? De quoi aura-t-il l'air? En théorie, tu es son assistante. Et sa carrière? Apparemment son travail a beaucoup d'importance pour lui. Comment pourra-t-il te croire, désormais? Tu l'as dupé du début à la fin, le malheureux, et si tout avait commencé un an plus tôt, tu n'aurais même pas eu l'âge légal. Et Dieu sait ce qui se passera quand Papa et Maman Amberville sauront tout!

India se servait de sa voix avec autant de maîtrise qu'un sonneur de cloches, changeant de timbre à volonté, si bien que tout le monde était contraint de l'écouter. Maxi elle-même se sentit subjuguée, accoutumée comme elle l'était au phénomène India West.

– J'aimerais que tu ne me parles pas comme ça, dit-elle.

Elle tordit entre le pouce et l'index sa mèche de cheveux blancs, et tira dessus jusqu'à en avoir mal. En dépit de ses bravades, elle se rendait bien compte que, si elle s'était déjà fourrée dans des situations impossibles, celle-ci était pire que tout.

– India, j'ai besoin de toi. J'ai un problème pratique abominable. Ma famille doit rentrer dans une semaine, et je ne serai plus libre. J'ai dit à Rocco qu'ils étaient encore en Europe. Si je lui apprends qu'ils sont rentrés, il va vouloir les rencontrer... il est très vieux jeu là-dessus.

– Ah bon.

– Il y a encore trois semaines avant la rentrée. Je peux lui expliquer qu'ils ne reviendront pas avant, si tu me sers d'alibi. Je leur dirai que je suis avec toi, quand je serai avec Rocco; le soir, comme je n'ai qu'à me montrer au dîner, je dirai à Rocco que je suis avec toi. Ça va, comme ça?

– S'il est si vieux jeu, ne s'attendra-t-il pas à ce que tu lui présentes ta meilleure amie?

– Tu... tu fais une phobie. Tu as peur de quitter

la maison. C'est de l'agoraphobie, tout le monde sait ce que c'est.

– Et pourquoi ne viendrait-il pas me voir ? Il est merveilleusement compatissant, paraît-il.

– Tu as peur de rencontrer des gens que tu ne connais pas. C'est une autre de tes phobies. Il pourra te parler au téléphone. C'est rassurant.

– De ce côté-là, c'est réglé. Et Papa-Maman ? Comment se fait-il que nous soyons inséparables ?

– Je t'aide à étudier pour que tu puisses passer dans ma classe.

– Tu m'aides à étudier ? *Toi ?*

– Parfaitement. Ils savent que j'en suis capable, quand je le veux. Ce sera une bonne action. S'ils appellent à la maison pour me parler, tu réponds, et tu trouves un prétexte pour expliquer pourquoi je ne suis pas là.

India était une menteuse bien plus inventive et crédible que Maxi ne pouvait espérer l'être un jour.

– Si je comprends bien, je vais devoir passer les trois semaines qui viennent pendue au téléphone ? Et qu'est-ce qui arrivera quand les cours commenceront pour de bon ? Quand tu auras vraiment du travail à faire à la maison ? Tu ne pourras plus en sortir aussi facilement.

– Donne-moi ces trois semaines pour être avec lui... D'ici là, j'aurai bien trouvé quelque chose.

– Il reste toujours la vérité.

– India, s'il te plaît, s'écria Maxi, horrifiée, tu n'as pas l'air de comprendre. C'est la chose la plus importante qui me soit jamais arrivée – qui m'arrivera jamais... Il faut que je m'arrange pour que ça marche. La *vérité* ! Laisse tomber. Il est trop tard pour... tu vois bien quoi.

– Le contrat le plus noble que nous puissions passer avec un de nos semblables est : « Que la vérité soit à jamais entre nous », psalmodia India.

– Pourquoi tiens-tu à me torturer?

– C'est de Ralph Waldo Emerson. Je suis en train de le lire. Qu'y puis-je, si j'ai une bonne mémoire?

– Tu ne pourrais pas essayer de te souvenir de tout à un autre moment?

– Il a dit aussi : « N'ayez crainte : dans un siècle, tout ne sera qu'harmonie. »

– C'est un vrai réconfort que de t'entendre, India. Pourquoi a-t-il fallu que je choisisse pour meilleure amie une gamine précoce?

– « Qui patine sur une glace fragile doit chercher son salut dans la hâte. »

– Encore Emerson?

– Il t'ennuie?

– Non, il me rend nerveuse.

Les yeux vert jade de Maxi, agrandis par l'anxiété, semblaient absorber toute la lumière de la pièce dans leurs profondeurs tentatrices.

– Ecoute, Maxi, c'est vraiment si drôle de faire la folle?

– Il n'y a *rien de plus drôle* que de faire la folle.

– Ah! C'est bien ce que je craignais.

Ce n'est que début octobre que la vérité se rappela au bon souvenir de Maxi. Elle avait dépensé tant d'énergie à sauter de l'un à l'autre des mensonges qu'elle et India racontaient à de plus en plus de gens, qu'elle en avait négligé l'une des préoccupations normales des femmes qui font l'amour aussi souvent qu'il est humainement possible. Comme le dit délicatement son amie, elle était enceinte d'un mois, peut-être de deux, quand elles entreprirent de compter les semaines écoulées depuis les dernières règles de Maxi. Elles se regardèrent au milieu d'un silence solennel, horrifié, et, pour la première fois, aucune des deux ne chercha à interrompre l'autre. Brusquement, l'ébauche de sourire qui ne quittait jamais la lèvre inférieure de Maxi se transforma en un immense sourire, et son visage malicieux fut illuminé d'un plaisir sans mélange.

– Le bonheur ! Un bonheur divin, fabuleux, incroyable ! Oh, QUEL BONHEUR !

Elle se leva, souleva India – déjà plus grande qu'elle –, et, folle d'allégresse, la fit tournoyer dans la pièce.

– Le bonheur ? s'écria India, scandalisée. Lâche-moi donc, pauvre idiote ! Le bonheur ?

– Un bébé. Un mignon petit bébé. Un petit garçon qui ressemblera à Rocco. Un bambino tout rose et tout blanc, tout joufflu, avec des boucles noires. Vivement qu'il arrive ! J'apprendrai à tricoter, je suivrai des cours d'accouchement naturel. Si seulement il pouvait venir au monde demain... Je t'avais bien dit qu'il se passerait quelque chose, et que tout irait bien. Et tout ce bonheur en plus... C'est incroyable d'avoir autant de chance.

– Pitié, Seigneur.

India s'effondra dans un fauteuil, incrédule.

– C'est tout ce que ça t'inspire ? Qu'est-ce qui ne va pas ? Je croyais que tu savais comment on s'amuse.

– Peut-être que je ne m'en fais pas la même idée que toi. Et puis, je ne sais v'aiment pas comment mett'e les enfants au monde, Mam'zelle Sca'lett.

– C'est ma faute, dit Nina Stern. C'est moi qui ai eu l'idée de lui donner un job.

– C'est ma faute, dit Zachary. C'est moi qui ai accepté.

– C'est ma faute, dit Pavka. C'est moi qui l'ai envoyée dans ce service. Et Linda Lafferty dit que c'est sa faute à elle.

– En fait, Pavka, remarqua Nina, c'est la faute de votre secrétaire, celle qui vous adore. Elle a choisi *Savoir Vivre.*

– Ecoutez, vous deux, intervint Zachary, c'est la faute de Maxi, et de personne d'autre. Dieu sait qu'on ne peut accuser Rocco... le pauvre n'a pas eu l'ombre d'une chance, une fois que Maxi s'est décidée.

– Qu'en pense Lily? demanda Pavka.

– Elle est trop prise par les préparatifs du mariage pour avoir le temps de réfléchir. De son point de vue, dix-huit ans est un âge suffisant pour se marier, si l'on n'a pas l'intention de faire autre chose dans la vie. Elle en avait à peine plus quand je l'ai épousée. Mais elle veut à tout prix une grande cérémonie à l'anglaise, avec tout le tralala : des demoiselles d'honneur, des filles qui jettent des pétales de rose, des pages en culotte de velours. Toute la maison va être sens dessus dessous pour la réception. Le seul problème, c'est le temps : il faut qu'ils se marient aussi vite que possible. Ce serait déjà fait, sans les projets de Lily. Mais Maxi n'en a cure, dans un sens ou dans l'autre... Elle s'amuse beaucoup trop pour s'inquiéter de savoir *quand* l'enfant doit naître. Je les imagine déjà faisant un pas de deux dans l'allée, et portant un bébé au lieu d'un bouquet...

– Et Rocco? dit Pavka.

– Quoi, Rocco? D'après Linda Lafferty, vous estimez tous les deux qu'il accomplit un excellent travail.

– Je ne parle pas de ça... et sa famille?

– Ils pensent que tout ce qu'il fait est admirable. Nous avons finalement réussi à rassembler tout le monde pour dîner, et tout s'est aussi bien passé que pour n'importe quelle première rencontre de futurs beaux-parents – et peut-être même mieux. Joe Cipriani était dans l'aviation en Corée, alors nous nous sommes raconté nos souvenirs de guerre. Lily et Anna, la mère de Rocco, ont parlé argenterie, porcelaine, robes de mariée. Maxi est restée là à regarder, comme si elle avait accompli un miracle, et devait recevoir le prix Nobel de la reproduction. Rocco ne trouvait rien à dire. Il semblait avoir été assommé à coups de gourdin, écrasé par un train, ou les deux.

– Alors, s'étonna Nina, pourquoi diable sommes-nous là à nous inquiéter, alors que chacun trouve que tout est parfait ?

– Parce que nous connaissons Maxi, répondit Zachary d'un air sombre.

Angelica Amberville-Cipriani fit son entrée dans le monde en avril 1973, un peu plus de six mois après le mariage de ses parents – délai que, depuis que le monde a commencé à compter sur ses doigts, l'humanité a toujours jugé parfaitement respectable. Rocco était sorti de son état catatonique une fois la cérémonie terminée, et Maxi avait, le cœur léger, renoncé à son année de terminale pour préparer l'appartement de son mari en vue de l'arrivée de l'enfant.

Lily et Zachary avaient tous deux insisté pour que le bébé, une fois sorti de la maternité, vive dans un appartement confortable où Maxi pourrait disposer d'une gouvernante qui l'aiderait, d'une domestique pour préparer les repas, et d'une autre pour faire le ménage. Ils comptaient bien acheter et meubler l'appartement, et payer les salaires du personnel, mais Rocco avait fermement refusé d'accepter quoi que ce fût, à la seule exception de leur cadeau de mariage – un service en argent. Il gagnait trente-cinq mille dollars par an, et l'indépendance financière était une vieille habitude chez lui. Ses parents n'avaient en rien contribué à sa subsistance, depuis l'obtention de sa première bourse pour l'Ecole des beaux-arts; il était certain de pouvoir gagner de quoi faire vivre une femme et un enfant. Maxi venait d'avoir dix-huit ans. Bien des filles de son milieu à lui étaient déjà, à cet âge, des mères accomplies qui s'occupaient efficacement de leurs modestes foyers.

Maxi envisageait l'avenir avec une énergie sereine. Elle suivit les cours de trois écoles de cuisine, afin de proposer à Rocco de choisir entre plats français, italiens et chinois; s'initia à deux méthodes d'accouchement, au cas où elle changerait d'avis en cours de route; se rendit chez Saks et chez Bloomingdale, et se risqua même chez Macy, pour acheter un trousseau de bébé complet. Elle eut la judicieuse idée de mettre au garde-meuble les dizaines de cartons contenant leurs cadeaux de mariage, et ne garda qu'une batterie de cuisine, un service de vaisselle, des couverts en acier inoxydable et des gobelets de verre peu coûteux.

Fort heureusement, le loft de Rocco était assez spacieux pour qu'ils réussissent, avec l'aide de deux menuisiers du voisinage, à le diviser en trois parties séparées : l'une pour le bébé, la deuxième pour la cuisine et le rangement, la troisième pour vivre, manger et dormir, et où Rocco aurait sa table de travail. Il avait suggéré de la diviser encore en deux, pour disposer d'un coin bien à lui, mais, comme Maxi le lui avait fait remarquer, elle entendait bien continuer à l'aider chaque fois que ce serait nécessaire; cela ne servirait donc à rien. Ce serait la parfaite harmonie de l'année dernière, pensait-elle, avec, en plus, la joie d'avoir le bambino endormi, bien à l'abri, dans son petit domaine à lui.

Maxi était assise sur un banc, dans un minuscule parc près de chez eux, aux deux arbres décharnés, et berçait le landau anglais, remarquable par sa taille, sa couleur d'un bleu brillant, ses hautes roues pleines d'élégance, et sa bordure, sur la capote de toile, qui protégeait du soleil les yeux d'Angelica. C'était un mois d'août chaud et humide, comme on n'en voit qu'à Manhattan; la ville demeurait prisonnière d'un amas monstrueux de matière nauséabonde, d'un gris jaunâtre, qui devait être de l'air, mais aurait tué un Indien d'Amazonie. Maxi était vêtue d'un short, d'un débardeur et de sandales, et avait relevé sa chevelure sur sa tête, pour se libérer la nuque. Pourtant, des filets de sueur y couraient toujours. Elle s'éventa, en pure perte, avec un exemplaire de *Rolling Stone,* luttant contre l'envie de se mettre à baver, à hurler comme un chien, et à réclamer un nouveau départ.

Je vais penser à des choses drôles, se dit-elle avec raideur. Rocco est drôle quand il ne travaille pas à ce double numéro de Noël. Angelica est drôle quand elle ne nous réveille pas par ses hurlements. C'est drôle d'être mariée quand elle dort et qu'il ne travaille pas. La cuisine, c'est drôle quand... non, pas vraiment. Pas quand il faut faire la vaisselle après. Cela nous donne environ une heure de drôlerie tous les deux jours. Ou plutôt, cela donnerait, s'il n'y avait pas ce temps. RIEN n'est drôle à New York au mois d'août, pensa-t-elle férocement, quand l'air conditionné ne fonctionne pas.

Leur système était mort de vieillesse trois semaines auparavant, au début de la vague de chaleur. En faire installer un autre au beau milieu de l'été le plus brûlant qu'on ait connu depuis des années se révélait impossible. Jour après jour, Maxi attendait qu'on vienne en livrer un, et se rendait compte chaque fois qu'il lui faudrait encore attendre.

Chaque matin, Zachary lui téléphonait pour la supplier d'aller à Southampton avec le bébé; chaque soir, Rocco lui répétait qu'elle était folle de rester en ville, qu'il se débrouillerait très bien tout seul pendant la semaine, et lui promettait de venir chaque week-end. Mais Maxi, plus obstinée qu'elle ne l'avait jamais été au cours d'une vie où elle n'en avait fait qu'à sa tête, refusait toujours de céder.

Le premier été, se disait-elle, était le moment de cet examen que tout le monde s'attendait à la voir rater. Elle tenait pourtant à s'accrocher, se refusait à s'enfuir chez ses parents comme une gamine, et à abandonner son mari, alors qu'il travaillait si dur, en le laissant privé d'épouse, d'enfant, et d'affection. Elle n'entendait pas qu'il ne soit là qu'une fois par semaine, et ne puisse voir grandir sa fille au cours de ces quelques mois si importants. S'enfuir en courant vers la brise fraîche, l'océan, les domestiques qui lui apporteraient des verres de jus de fruits frais... Non! Elle sortit un paquet de Kleenex humides, et épongea les rigoles de sueur qui lui coulaient dans la nuque.

Pourquoi ne pouvait-elle penser qu'à du blanc? Du linge blanc, du sable blanc, de petites éclaboussures de nuages blancs dans le ciel bleu comme la mer, des Pampers d'une blancheur immaculée, des tennis blancs, des femmes de chambre en tablier blanc, de grandes maisons de bois blanches, des tables d'osier blanches, avec des nappes de dentelle blanche et de la porcelaine de Limoges blanche. Le blanc était cependant la dernière chose que Manhattan eût à offrir en ce mois d'août, exception faite des répugnants débris de papier souillé qui voletaient à ses pieds.

Angelica se réveilla en hurlant. Maxi la prit, et l'éventa frénétiquement. En dépit de bains frais et d'épongeages constants, l'enfant souffrait d'une éruption de boutons, ou de Dieu sait quelle irritation, qui affectait presque tous les replis de son petit corps replet de quatre mois. C'était un joli bébé, sauf quand la souffrance déformait son visage, comme ç'avait été le cas depuis le début de l'été. « Mon pauvre bébé », fredonna Maxi, qui sentit des larmes lui venir aux paupières. « Mon pauvre petit bébé. Je suis si triste pour toi, tu sais, sanglota-t-elle dans le cou d'Angelica. Pauvre, malheureux, brave petit bébé, toi qui es si gentille, et personne ne t'en sait gré, personne, personne, personne ! » Sa fille cessa de pleurer, ouvrit grand les yeux, tira sur une mèche de cheveux de sa mère et lui sourit. « Oh, pauvre, pauvre petite », s'écria Maxi, en pleurant plus fort encore à la vue de ce sourire.

Elle se leva d'un bond, et sortit du parc en courant. Un taxi s'arrêta en la voyant faire des signes frénétiques, et Maxi abandonna sans remords le landau – importé, cinq cents dollars – au coin de la rue. Elle prit Angelica dans ses bras et se glissa dans la voiture.

– St. Regis Hotel, dit-elle au chauffeur. Vite, c'est une urgence.

C'est là qu'Amberville Publications réservait en permanence une suite destinée aux clients de passage, et tout le monde connaissait Maxi de vue. Elle fut escortée jusqu'aux cinq pièces de cette suite avec autant de rires et d'attentions que si un canot de sauvetage venait de l'arracher aux vagues. Elle s'effondra sur un lit, serrant son enfant contre elle, et, pour un instant, plus rien n'eut d'importance, sinon l'air frais. Dès qu'elle sentit son énergie lui revenir, Maxi remplit une baignoire d'eau tiède, ôta tout ce qu'Angelica et elle portaient, défit ses cheveux et entra prudemment dans l'eau en tenant le bébé. Elle s'allongea et fit flotter l'enfant sur sa poitrine, la soutenant sous les aisselles et frottant son nez minuscule. Elle émettait de petits bruits plaintifs et faisait aller Angelica d'avant en arrière; une sirène et son petit.

Bientôt, toute son efficacité retrouvée, Maxi s'enroula avec le bébé dans d'immenses serviettes, puis se saisit du téléphone. Elle appela d'abord Saks pour des vêtements de bébé, un berceau et des draps, un autre landau et un fauteuil à bascule. Puis elle se mit en rapport avec Bonwit pour un assortiment de négligés, de courts pyjamas de soie, de chemises en coton et de shorts pour elle-même. Ensuite elle demanda au fleuriste de l'hôtel de lui faire parvenir une dizaine de vases blancs remplis de fleurs blanches. Le pharmacien reçut l'ordre de livrer de l'huile d'amandes douces, du talc, des Pampers et du shampooing. Elle commanda chez F.A.O. Schwartz un mobile à suspendre au-dessus du berceau, et des doubles de ses animaux favoris parmi les jouets en peluche d'Angelica. Elle appela le bureau de l'hôtel et expédia des garçons d'étage dans toutes les directions, pour qu'ils lui rapportent ses achats sur l'heure. Enfin elle contacta le personnel de service et se fit monter un repas. Oui, l'assura-t-on, la maison pouvait préparer la purée de carottes et le blanc de poulet. Pour finir, Maxi téléphona à Rocco au bureau.

– Chéri, dit-elle, tout excitée, je viens de découvrir l'endroit le plus merveilleux qui soit pour passer l'été, et c'est à deux pas de ton travail.

Les vagues de chaleur sont monnaie courante à New York au mois d'août, mais, comme le savent les autochtones, elles peuvent être aussi redoutables en septembre. « Automne à New York » est une chanson qui désigne clairement octobre, tout comme « Avril à Paris » rappelle la nécessité de se munir de parapluie, d'imperméable doublé, et de bottes bien étanches. Les murs chaleureux du St. Regis Hotel accueillirent Maxi, Rocco et Angelica pendant cinq semaines encore. Rocco ne put s'empêcher de constater que la note de service était, à elle seule, plus élevée que son salaire hebdomadaire, mais se contraignit à ne pas protester. Quoi qu'il puisse en penser, se dit-il, il ne pouvait exiger que le bébé subisse la chaleur du loft. Il serait bien temps de retourner chez eux une fois qu'il ferait plus frais.

– Je crois que nous devrions rentrer ce soir, lui dit Maxi un matin de la fin septembre, alors qu'il partait travailler.

– J'avais cru que tu comptais rester là jusqu'aux premières neiges, répondit-il, souriant au visage heureux, enfiévré de sa femme, et mordillant le bout de son nez insolemment pointu.

– Je suis lasse des femmes de chambre, murmura-t-elle en léchant sa poitrine, aussi haut qu'elle pouvait, entre deux boutons de chemise, sous sa cravate, et ce tout en portant Angelica.

– J'essaierai de quitter le bureau aussi tôt que possible, et je t'aiderai à faire les valises.

– Ce n'est pas la peine, chéri, j'aurai toute la journée, et le personnel m'a promis de s'occuper du plus gros... Reviens pour nous prendre toutes les deux.

Le soir, à son arrivée, Maxi et Angelica l'attendaient dans le hall de l'hôtel.

– Tout est fait, dit-elle triomphalement.

Ils prirent un taxi. Le portier donna une adresse au chauffeur, et leur dit au revoir d'un signe de main.

– Pourquoi va-t-il dans le centre? demanda Rocco.

– Je voulais m'arrêter en route pour voir mes parents d'abord.

– Alors pourquoi a-t-il dépassé leur demeure? s'enquit-il patiemment.

Il comprit que Maxi préparait l'une de ces surprises qu'elle aimait tant : apprendre à faire des tortellini, encadrer, de ses mains inexpertes, une série de croquis de son mari, ou trouver une vieille robe pour Angelica dans une boutique d'antiquités, et montrer le bébé traînant derrière lui une cascade de dentelle victorienne.

– Ils rendent visite à Toby.

– Et Toby rend visite à un ami?

– Voilà. Tu es très fort. Savais-tu que je t'avais épousé pour ta vive intelligence, et pas seulement pour ton incroyable beauté?

– Je croyais que c'était parce que je t'avais mise enceinte. C'est plus ou moins l'opinion générale, répondit Rocco, enchanté de la malice qu'il lisait dans ses yeux. Il s'était livré à elle comme à une femme aperçue en rêve – un rêve heureux, presque impossible. Parfois, sa jeune épouse était, comme ce soir, l'incarnation même d'une bonne farce.

– Pas devant le bébé! chuchota-t-elle.

Le taxi s'arrêta lentement devant un agréable immeuble résidentiel de la 76e Rue, non loin de Madison Avenue. Ils prirent l'ascenseur jusqu'au cinquième étage, et marchèrent dans un vaste couloir avant que Maxi ne sonne à une porte. Une femme de chambre en uniforme vint leur ouvrir, avec un sourire de bienvenue.

– Il n'y a personne? s'étonna Rocco.

Il contempla la grande pièce aux murs blancs, aux tons bruns, terre cuite et terre de Sienne, et meublée d'une façon qui lui plut aussitôt, sans qu'il sache exactement pourquoi.

– Ils doivent être quelque part, dit Maxi en se dirigeant vers un couloir. Il y a quelqu'un?

– Tu ne crois pas que nous devrions attendre dans le salon?

– Allons, chéri, il faut bien qu'ils soient quelque part.

Rocco la suivit tandis qu'elle traversait des pièces meublées de façon charmante, mais inoccupées : une chambre d'enfant, une chambre d'amis, une chambre à coucher avec un énorme lit à colonnes recouvert d'une antique couverture piquée, et une cuisine étincelante où la femme de chambre s'affairait, préparant le dîner. Dans la petite salle à manger aux murs rouges, une table rustique de style français était dressée pour deux. Il lui saisit le bras et s'efforça de l'arrêter.

– Assieds-toi et attends. On ne peut pas entrer chez quelqu'un comme ça, même pas toi. Ou alors c'est une surprise-partie?

Elle lui échappa, portant toujours Angelica.

– Attends, il y a encore une chambre. Ils s'y sont peut-être cachés.

Maxi ouvrit une autre porte, et Rocco se retrouva dans une pièce bien éclairée, entièrement vide, à l'exception de sa table à dessin, de son tabouret et de son matériel. Tout était bien en place, et il ne manquait rien.

Elle lui fit face, ravie d'elle-même :

– Ne va pas croire que ça s'est fait en une nuit, dit-elle, toute fière.

– Ça?

– Notre maison à nous. « Surprise-partie! » Tu n'es pas aussi futé que je l'aurais cru.

– Tu sais ce que j'ai dit : je ne veux rien accepter de tes parents... Maxi, comment peux-tu faire une chose pareille?

– J'ai tenu le plus grand compte de ce que tu as dit, mais tout ça n'a rien à voir.

– Alors, d'où est-ce que ça vient?

– De moi. De moi pour toi, de moi pour moi, de moi pour Angelica.

– Comment ça, moi?

– Mon propre capital. Mon père l'a établi quand je suis née. Je l'ai touché lors de mon dernier anniversaire. Je recevrai quelque chose de plus à vingt et un ans, et encore à vingt-cinq. Toby et Justin aussi, bien sûr. C'est une façon de faire un don à ses enfants tant qu'on est encore vivant, afin que le fisc ne prenne pas tout à votre mort, expliqua Maxi, peu au fait des détails.

– Ton père, *te connaissant,* t'a donné autant d'argent? demanda Rocco, incrédule.

– Ah! une fois que c'était fait, il ne pouvait plus rien y changer. Sinon je crois qu'il ne m'aurait pas donné autant. Il aurait eu tort, tu ne crois pas? J'aurais pu me livrer à toutes sortes de folies, si l'on tient compte...

– Si l'on tient compte?

– Que je possède cinq millions de dollars.

– Cinq millions de dollars!

– Honnêtement, Rocco, achat de l'appartement compris, je n'en ai même pas dépensé sept cent cinquante mille!

– Sept cent cinquante mille.

– Ah, ce n'est pas très grand... juste assez pour nous trois, expliqua-t-elle patiemment. Rocco n'avait pas l'air très vif ce soir.

– Nous déménagerons quand nous aurons un autre enfant.

– Tu es enceinte? demanda Rocco, d'un ton qui s'efforçait de rester neutre. C'est la seconde surprise de la soirée?

– Pas encore, pour l'amour du ciel!

– Allons-nous-en!

– Où ça?

– A Soho. Si je n'accepte rien de tes parents,

comment peux-tu croire un instant que j'accepterais ce... cet endroit... de toi ? dit-il, pâle de fureur, se sentant insulté au plus profond de lui-même.

– Mais ça n'a rien à voir avec mes parents. C'est *tout à fait* différent – j'ai acheté et meublé cet appartement *de mes propres deniers.* J'ai quand même le droit de dépenser mon argent, Rocco ? Après tout, c'est pour *nous,* pour que nous le partagions.

– Je ne peux pas. Désolé, Maxi, mais c'est absolument impossible. Cela irait contre tout ce à quoi je crois.

– Tu n'es qu'un Italien borné, têtu, et typiquement macho, répondit-elle, à bout de patience.

– Je suis moi-même. Tu aurais dû t'en rendre compte quand nous nous sommes mariés. Je n'ai pas changé.

– Moi non plus.

– C'est bien là le problème. L'un de nous deux devra bien s'y résoudre.

Il serra les poings. Lui aussi aurait dû savoir. Les avertissements ne lui avaient pas manqué, mais il n'en avait tenu aucun compte, pauvre niais qu'il était, refusant de la croire aussi profondément corrompue, aussi inconséquente et capricieuse.

– Ne me regarde pas comme ça, Rocco Cipriani !

– Adieu, Maxi.

Il craignait que d'autres mots ne soient irrémédiablement cruels, plus cruels encore que la fin de leur mariage. Il redoutait cet instant depuis le début, mais s'était efforcé d'oublier ce qu'il avait deviné du véritable caractère de Maxi, et qui le mettait si mal à l'aise.

– J'enverrai chercher mes affaires.

Bouche bée, Maxi contempla la pièce vide. Elle entendit la porte d'entrée se refermer doucement, attendit quelques minutes qu'on sonne, puis emmena Angelica dans le salon si agréablement meublé, et s'assit sur l'un des grands sofas de velours couleur feuille morte.

– Il reviendra, Angelica, dit-elle au bébé. Il a simplement besoin de comprendre qu'il ne peut pas me donner des ordres comme ça. Pour qui se prend-il, d'ailleurs ? *Personne* ne me parle sur ce ton, tu m'entends, personne !

Elle éclata en sanglots pleins d'une effrayante douleur, car elle savait pertinemment que ni lui ni elle ne changeraient. Ils en étaient incapables. Il ne pourrait même pas s'y efforcer, ce mufle têtu, à cause de sa stupide, de son inutile fierté. Et elle n'en ferait rien non plus. Pas question. Elle était Maxi Amberville, après tout. *Alors, pourquoi essayer ?*

13

Maxi ne passa pas une seule nuit dans l'appartement qu'elle avait décoré avec une joie si désastreuse. Elle fit en sorte que la table à dessin et le matériel de Rocco lui soient renvoyés dès le lendemain, et donna l'ordre à son agent immobilier de tout vendre jusqu'à la dernière saucière, aussi vite que possible, et au premier prix qui en serait offert.

Les avocats d'Amberville Publications s'occupèrent du divorce avec une célérité pleine de tact, et sans aucune publicité. Une fois que Rocco eut obtenu la garde en commun d'Angelica, il accepta que le bébé vive en permanence avec Maxi. Rocco était retourné travailler chez Condé Nast, et la seule autre solution concevable aurait été d'engager une gouvernante, ce qui aurait été absurde, Angelica ayant une mère parfaite. Il tint cependant à exercer, aussi souvent que possible, son droit de prendre Angelica durant le week-end, et rejoignit, dans le parc avoisinant, la légion des autres pères divorcés, avec la douteuse distinction d'avoir le rejeton le plus jeune du lot.

Maxi s'efforça de traverser cette période en s'attachant à élever sa fille, avec le plus grand soin. Elle devint experte en dénégation : ne pas réfléchir, ne pas se souvenir, ne pas se poser de questions, ne pas se demander « que se serait-il passé si » – tout en conférant avec six épiciers différents, mais également patients, de Madison Avenue, sur la qualité de leurs jus d'orange et la provenance de leurs blancs de poulet. Une douleur épouvantable, pourtant, vibrait au plus profond d'elle-même, comme un diapason, sauf quand elle babillait avec Angelica; mais ce bébé, plein de santé, passa le plus clair de sa première année à dormir. Maxi supporta cette torture en silence, comprenant qu'il n'y avait pas d'autre éventualité. Entre-temps, elle donnait à manger à Angelica, la baignait, et l'emmenait rendre visite, à l'étage inférieur, à Lily et à Zachary. Elle était revenue à la maison le soir où Rocco avait quitté leur nouvel appartement, cherchant le refuge le plus sûr qu'elle connût.

Cette période d'affliction dura de l'automne 1973 à la fin de l'hiver 1974. Ce n'est que très tard, au cours du printemps de sa dix-neuvième année, que vint, enfin, un jour où Maxi comprit que, désormais, elle pouvait oser examiner la situation. Elle s'y prépara en empilant force oreillers sur le lit, et s'y étendit après avoir déposé sur sa poitrine, comme un cataplasme, le corps endormi, tiède et parfumé, d'Angelica. La petite fille venait d'avoir un an, et elle avait suffisamment grandi pour offrir toute la protection voulue à une adulte assez malheureuse pour devoir analyser sa propre santé mentale.

Où en était-elle exactement? se demanda Maxi. Comment se définir? Divorcée, vingt ans dans quelques mois, et mère d'une petite fille. Elle n'était plus une adolescente, ne serait jamais une débutante, n'était ni étudiante, ni mère célibataire. Par ailleurs, elle n'avait pas de carrière professionnelle à mener. Elle semblait ne pouvoir occuper qu'une catégorie – celle d'une jeune et intéressante

– non, *fascinante* – divorcée. Si toutefois les gens faisaient encore usage de ce mot.

Quelles étaient donc les possibilités qui s'offraient à une jeune divorcée déjà millionnaire ? En principe, pour quelqu'un ayant autant d'argent et de temps libre, le monde devrait en être plein. De toute évidence, Maxi pouvait continuer à vivre dans cette grande maison de marbre gris, à l'abri, tranquille et protégée, tout en entrant et en sortant comme elle le voudrait. Elle était désormais une adulte, plus une lycéenne. Elle pourrait faire de la maison de ses parents une sorte de base, à partir de laquelle elle s'aventurerait à volonté pour... pour... faire quoi ?

En premier lieu, elle pourrait – et ferait sans doute bien – d'aller à l'Université. Mais voilà, il faudrait d'abord qu'elle termine ses études secondaires. Des années passées à parcourir les marais et les chemins de traverse du système scolaire lui avaient appris qu'il y aurait toujours, quelque part, un établissement qui se laisserait persuader de l'accepter en terminale. Par conséquent, l'Université représentait une possibilité tout à fait envisageable. Mais se sentait-elle vraiment d'humeur à se charger d'un tel fardeau éducatif ? N'était-il pas à la fois trop tôt et trop tard ? Tant pis pour l'Université.

Bien entendu, il lui restait les voyages. Elle pouvait emmener Angelica, engager une gouvernante, et passer six mois par an en Angleterre, où sa grand-mère l'introduirait dans le monde. Les yeux de Maxi se fermèrent presque à la pensée de conquérir Londres. Elle achèterait les robes les plus démentes jamais créées par Zandra Rhodes, louerait un grand appartement à Eaton Square, aurait une Rolls – non, une Bentley – non, une Daimler, enfin, la voiture de la Reine, cet engin trop large pour les routes américaines. Elle plongerait dans les délices de la haute société londonienne, dont sa mère s'était si peu souciée, grâce aux bons offices du dix-neuvième baronnet, et second vicomte, Adamsfield. Ah! si seulement les années soixante n'avaient pas pris fin. Pourtant, elles devaient encore se tapir quelque part, même si ce n'était plus comme avant. Oui... Londres. Maxi sourit dans l'obscurité des rideaux d'indienne du baldaquin au-dessus de son lit. Puis, brusquement, elle ouvrit grand les yeux, furieuse, ramenée à la réalité. Rocco, cet insupportable papa à l'italienne, ne lui permettrait jamais de le priver d'Angelica six mois d'affilée. Jamais. Impossible, sauf pour une semaine, deux au maximum. Tant pis pour les voyages.

Travailler? Le désir d'assumer les tâches les plus modestes du service artistique de *Savoir Vivre* l'avait conduite là où elle était. Peut-être le monde du travail ne lui convenait-il pas? De toute façon, il lui fallait s'occuper de sa fille. Tant pis pour le travail.

Elle semblait bien être clouée là, étendue sur son lit, de retour chez elle. Et pourtant, cette époque était dépassée complètement! Tant pis si ses parents tenaient tant à ce qu'elle reste.

Maxi souffla tout doucement dans les cheveux d'Angelica, et mordilla une boucle noire. Lily et Zachary la croyaient incapable de se débrouiller seule. Elle le lisait dans leurs yeux, bien qu'ils aient pris soin de ne jamais suggérer que l'arrangement actuel pourrait durer longtemps. Mais elle savait ce qu'ils pensaient. Ils auraient aimé qu'elle demeurât avec eux jusqu'à ce qu'un autre homme, plus convenable, fasse son apparition pour la réduire à un esclavage que Maxi n'avait nulle intention de subir à nouveau.

Ce processus d'élimination ne lui laissait qu'une possibilité : il fallait qu'elle ait, à Manhattan, un endroit bien à elle. Dehors! Si elle ne bougeait pas, elle retomberait dans le rôle familier, agréable, mais périmé, de fille de la maison. L'appréhension tenailla Maxi quelques instants. Jamais elle n'avait vécu seule; elle était passée tout droit de la maison de son père à celle de son mari, pour refaire ensuite le trajet en sens inverse.

Raison de plus, pensa-t-elle, lèvres serrées, pour s'y mettre. Dès demain elle partirait en quête d'une maison. Elle en voulait une, puisqu'il était impossible d'aller à Londres; une agréable petite maison dans laquelle elle accueillerait ses amis. Mais lesquels? Depuis ce jour, ô combien maudit, où elle était entrée dans le service artistique de *Savoir Vivre,* elle avait été si absorbée par les multiples péripéties de sa propre existence qu'elle avait perdu le contact avec toutes ses connaissances, à l'exception d'India – partie à l'Université, l'égoïste. Pourtant il fallait bien qu'elle connaisse *quelqu'un.* Une hôtesse célèbre n'avait-elle pas déclaré un jour que, pour attirer des invités, il suffisait d'ouvrir une boîte de sardines, et de le faire savoir? Maxi résolut d'en acheter une, ainsi qu'une clef. La vie lui aurait au moins appris qu'une chose en entraîne une autre. Si, chemin faisant, il y avait eu d'autres leçons, elle n'y aurait pas pris garde.

Une fois que Maxi eut décidé de quitter la protection de ses parents, elle trouva très vite la maison de ses rêves, et découvrit deux décorateurs, Ludwig et Bizet, pour l'aider à la transformer en un décor où la chronologie n'avait pas sa place. Ce n'était pas la demeure d'une femme impulsive, mais d'une héritière sereine, avec un penchant marqué pour les intérieurs éclectiques : quelques touches vénitiennes, pleines de fantaisie, réchauffaient le style Louis XV, combinaison adoucie par du chintz anglais.

Passé sa timide tentative d'introspection, Maxi rumina longtemps, et souvent, sur son avenir. Elle avait rejeté la catégorie de jeune divorcée, presque aussi vite qu'elle y avait pensé. Il y en avait tant à Manhattan, qui formaient un vaste club informel auquel elle ne désirait nullement s'inscrire. Avec encore plus d'art, et de discipline, qu'elle n'en avait déployé pour se préparer à sa première journée de travail, elle entreprit avec minutie de créer une nouvelle Maximilienne Emma Amberville-Cipriani, qu'on pourrait immédiatement identifier comme *veuve*. Le veuvage – précoce, cruel, accidentel et mystérieux – était un état autrement plus désirable que tous ceux qui s'offraient à elle. Mélancolique, élégant, distingué, avec une aura de... poésie? Oui, poésie, pour peu qu'on sache s'y prendre, se dit-elle, les lèvres tremblantes d'un sourire contenu.

Maxi se fraya un chemin vers le veuvage par la maîtrise élégiaque de son sourire; par les silences frémissants dans lesquels elle tombait à l'improviste; par la dignité pleine de courage dans laquelle elle se drapait. Elle réduisit le champ d'énergie dans lequel elle évoluait d'habitude, et le tourna vers l'intérieur, afin qu'il soit évident – mais jamais au premier abord, jamais trop ostensiblement – qu'un chagrin muet la rongeait, et qu'elle n'ennuierait personne à ce sujet. Elle était maintenant toujours vêtue de noir – un noir cossu, sérieux, coûteux, presque indécent –, et ne portait plus, en fait de bijoux, que le cadeau de mariage de ses parents : un magnifique double rang de perles de Birmanie, calibrées de douze à dix-neuf millimètres, chacune parfaitement ronde, et d'un éclat sans égal. Et puis, bien sûr, l'accessoire indispensable à la veuve : un modeste anneau qu'elle brûlait d'envie de jeter à la poubelle. Aussitôt rentrée à la maison, Maxi se hâtait de mettre un vieux jean et un T-shirt usé, mais ne sortait jamais sans être vêtue de pied en cape, même si c'était pour aller à la campagne en corsage de soie et pantalon noir. Elle mit à contribution ses talents de maquilleuse pour parvenir à une pâleur délicieuse, se débarrassa de sa collection de rouges à lèvres et de fonds de teint, et se limita à assombrir les alentours de ses yeux à l'aide de gris fumés et de bruns taupés. Si seulement India pouvait juger de ses efforts, se disait-elle, impatiente, en mettant au point ses effets.

Elle s'interdisait de rire aux éclats, et, de la même façon, se fit une règle de ne jamais parler d'elle-même. Maxi devint très habile à amener les gens à aborder leur sujet favori : eux-mêmes; elle apprit à détourner avec subtilité toutes les questions relatives à sa vie privée, et refusa par principe deux invitations sur trois. Elles ne lui manquaient pas, mais elle voulait rester à la maison avec Angelica. Bien que sans cesse tentée, elle n'alla pas jusqu'à dire à quiconque que Rocco Cipriani était mort – bel et bien mort –, mais ne faisait jamais allusion à un ex-mari, ou à un précédent mariage.

A Manhattan, pour que les gens prennent la peine de se souvenir des détails de la vie privée des autres, il faut sans cesse maintenir la pression. Maxi fut reconnue pleinement veuve en moins d'un an, à l'aube de son vingt et unième anniversaire.

Ce n'était pas un veuvage sans distractions. Elle prit, avec la plus grande discrétion, une bonne douzaine d'amants, en succession pas trop rapide; tous sans défauts; de bons partis, impatients de l'épouser, qui comprendraient que Maxi comptait dépenser son argent comme elle l'entendait. Pourtant, aucun d'eux ne lui avait semblé suffisamment *nécessaire* pour qu'elle accepte de le conserver plus de quelques mois. Elle se convainquit que plus jamais elle ne tomberait amoureuse, et cette pensée, si mélancolique qu'elle fût, était tempérée par la liberté qu'elle lui offrait. Maxi se flattait d'être la version moderne d'une héroïne d'Henry James : une femme dont on connaissait à peine le passé; au présent si secret, si fascinant, illuminé par l'éclat de son indépendance, de sa famille, de sa fortune et, pourquoi ne pas le dire franchement, de son visage; et dont l'avenir était riche de promesses infinies.

En un jour parfumé d'août 1978, Maxi se dirigeait vers l'entrée du Casino de Monte-Carlo. Elle flânait, seule dans l'obscurité, soulagée de savoir que la principauté compte un policier pour cinq visiteurs, et qu'une femme pouvait, en toute sécurité, arborer tous ses bijoux dans la rue la plus sombre de la petite ville. Elle sentait, au plus profond d'elle-même, que la chance l'attendait à la table de chemin de fer, mais n'était pas pressée de commencer.

C'était la première sortie de Maxi à Monte-Carlo, et, au sens propre, la première fois de sa vie où elle se retrouvait tout à fait libre d'aller et venir à son gré, seule et sans avoir de comptes à rendre à qui que ce soit. Ses parents séjournaient à Southampton. Rocco était parvenu à arranger les choses à la revue, et, ayant son mois d'août de libre, avait emmené Angelica chez ses parents, à la campagne, au-delà d'Hartford.

Maxi avait refusé plusieurs invitations : s'installer chez des gens, se joindre à des amis en voyage. Elle s'était paisiblement réservé une suite à l'Hôtel de Paris de Monte-Carlo – une suite aux proportions majestueuses, qui occupait un angle de l'immeuble, disposait d'un grand balcon en demi-cercle, donnant sur le boudoir, et d'où elle avait contemplé le coucher de soleil. Bien en dessous, elle apercevait le port encombré, au-delà duquel, sur un promontoire rocheux, se dressait le palais. Derrière lui, le ciel admirable rencontrait la mer admirable sur laquelle des dizaines de navires de plaisance s'apprêtaient à entrer dans le port. D'où elle était, on ne pouvait deviner que, chaque semaine, on démolissait une autre de ces charmantes villas edwardiennes, qui ont fait si longtemps le charme de la ville, pour la remplacer par l'un de ces immeubles résidentiels modernes, comme on en voit à Miami; on ne pouvait se douter que chaque pouce du territoire des Grimaldi était exploité avec une méticulosité dépourvue de sentimentalité, beaucoup plus helvétique que méditerranéenne.

Le mois d'août, si chaud qu'il puisse être, est vraiment *la* saison de Monte-Carlo, le mois des bals, des feux d'artifice, du ballet. Il voit se rassembler un assortiment particulier – et souvent *très* particulier – de gens riches arrivés de partout, qui ne manquent jamais cette visite annuelle à Monaco. Août est une période favorable de trente et un jours, durant laquelle les exilés fiscaux venus du monde entier, parce que leurs avocats et leurs comptables leur ont donné l'ordre de résider là en permanence, peuvent louer leurs coûteuses demeures et gagner de quoi vivre pendant le reste de l'année; le seul mois au cours duquel le port soit plein de yachts au mouillage. Le mythe de Monte-Carlo connaît alors, comme tous les ans, une nouvelle renaissance.

Maxi se sentait revivre d'enivrante façon. En prévision du voyage, elle avait réuni une nouvelle garde-robe, qui remplissait sept valises, et dont le noir était banni. Elle s'était munie d'une solide lettre de crédit auprès d'une banque locale, et, l'après-midi même, avait changé tant de dollars en francs que son sac à main était bourré à craquer.

Certaines parties de poker, aux enjeux très élevés, qui se déroulaient de nuit à New York, avaient parfois animé son veuvage précoce; mais Maxi, depuis toujours, désirait visiter un véritable casino, qui ne ressemblât en rien à Las Vegas. Le jeu, pensait-elle, c'est un peu comme de faire du lèche-vitrines... on ne peut vraiment s'y adonner en couple. Qu'on y voie ce qu'on veut – une question d'habileté, de chance, ou même un simple choix de nombres –, tout cela se réduisait à prendre une décision, et ce n'est pas là une opération à mener à bien de concert, avec quelqu'un qui lorgne par-dessus votre épaule et fait des suggestions. Ce serait bon pour elle, pensa Maxi vertueusement, d'essayer. Le veuvage est si restrictif. Elle le *méritait*, et, de toute évidence, chacun, dans la foule qui se pressait à l'entrée du casino, était d'humeur aussi joviale.

On était déçu en entrant dans les grandes salles, où des touristes débraillés s'acharnaient sur des machines à sous. Les hauts plafonds peints semblaient contempler la scène avec chagrin, face à d'aussi sordides activités. Mais, une fois dépassé les hommes sévères qui gardaient l'accès des salons privés, Maxi découvrit que la légende de Monte-Carlo existait toujours – aussi authentique, aussi fermement ancrée dans l'Histoire qu'un trois-mâts surgi du passé. Un charme fin de siècle, cynique et voluptueux, étalait sa splendeur dorée; un rythme de valse noyait le tempo de jazz dément des pièces précédentes; une lueur rose succédait aux lumières crépitantes des machines à sous. Des gens bien vêtus, posés, qui parlaient à voix basse, allaient de-ci de-là dans une atmosphère chargée d'une fièvre presque insupportable, d'un frémissement qui ne peut appartenir qu'à un lieu consacré au jeu. Personne n'était à l'abri de sa puissance, et surtout pas Maxi Amberville.

Elle avait ralenti le pas et avançait dans le casino d'une démarche pleine d'aisance, avec cette assurance que personne ne peut feindre, celle de la jolie femme parfaitement à l'aise *sans* chevalier servant. Elle portait une robe à bustier de mousseline, d'un vert à peine plus clair que ses yeux, et d'une transparence proche de la cruauté. Ses cheveux noirs, qu'à New York elle ramenait sévèrement en arrière, avaient reçu la permission de couler sur ses épaules. Elle avait transformé son double rang de perles en une seule longue rangée, qui retombait sur son dos nu, et jeté un rameau de minuscules orchidées blanches entre ses seins. Rien en elle ne suggérait le veuvage... ni même l'adolescence. Elle se sentait aussi blasée et hautaine qu'elle en avait l'air; une belle féline descendue en ville.

Elle se dit qu'il était trop tôt pour le baccarat ou le chemin de fer. Mieux valait essayer la roulette, rien que pour se mettre en train. Elle n'y avait jamais joué, mais cela semblait être un jeu d'enfant, ridiculement facile, qui ne réclamait aucune compétence particulière.

Maxi se dirigea vers le caissier et acquit pour dix mille dollars de jetons. Elle reçut en échange une centaine de grosses plaques noires, dont chacune valait cinq cents francs. Elle ne risquait rien à jouer si peu, pensa-t-elle en s'asseyant à la table la plus proche. Elle décida de jouer son âge, et demanda au croupier de placer dix plaques de 500 F sur le 23. La roue tourna, finit par s'arrêter, et Maxi se retrouva moins riche de mille dollars. Son prochain anniversaire, peut-être? Le 24 ne donna rien. Et pourtant, songea-t-elle, s'il était sorti, elle aurait empoché trente-cinq mille dollars, chaque numéro gagnant rapportant trente-cinq fois la mise. Et cette chance des débutants à laquelle elle avait droit ? D'un autre côté, on ne peut pas vraiment considérer la roulette comme un investissement, se dit Maxi en réfléchissant à son prochain choix. L'homme à côté d'elle s'adressa au croupier :

– Cinq mille sur le zéro.

Maxi ne put identifier l'accent du parieur. Elle le fixa avec curiosité. Il était effondré sur un coude, comme si celui-ci suffisait à le soutenir, et portait le smoking le plus élimé qu'elle ait jamais vu. Sa chevelure sombre avait besoin d'une bonne coupe, ses joues creuses d'un bon rasage. Ses paupières étaient si basses, ses cils si longs, qu'il semblait impossible qu'il pût y voir. Il avait l'air d'un épouvantail, plein d'ennui, mais d'une bizarre élégance, qu'on aurait abandonné dans les champs jusqu'à ce que les oiseaux le réduisent en pièces. Elle s'écarta quelque peu. C'était, sans aucun doute, le genre de fripouille pour qui un essai téméraire à la roulette représentait le dernier épisode d'une sordide histoire de débauche. Il y avait quelque chose de décadent dans son profil si fin. Il avait pourtant des mains magnifiques, et des ongles immaculés. Un tricheur ? Sans doute pas : quel professionnel digne de ce nom rêverait d'avoir l'air aussi mal vêtu, aussi pathétiquement attifé ?

Maxi perdit soixante-dix autres plaques de 500 francs sans s'en rendre compte, occupée à détailler l'homme, qui ne lui avait jeté qu'un rapide coup d'œil. Il devait avoir la trentaine, et c'était sans doute un Irlandais – qui d'autre aurait pu avoir une peau si blanche et des cheveux si noirs ? Si ses yeux étaient bleus, ce serait la preuve définitive, mais ils restaient cachés. Il perdit ses dix plaques et, de nouveau, paria paresseusement cinq mille francs sur le zéro. Son expression ne changeait pas, et il ne semblait pas s'intéresser à la danse exubérante de la boule, à mesure que la roue tournait, d'abord à vive allure, puis ralentissait peu à peu avant de s'arrêter. Maxi perdit encore et nota, fascinée, que l'homme portait des vieux tennis, des socquettes blanches grotesques, et, sous le smoking, un T-shirt blanc, par-dessus lequel il avait noué l'indispensable cravate, aussi négligemment que si c'eût été un bout de ficelle. Ce devait en être un, d'ailleurs, et effrangé, de surcroît.

Maxi se rendit compte qu'elle n'avait plus que dix plaques de cinq cents francs, fit signe à un membre du personnel qui errait autour de la table, et lui donna de quoi en acheter cinquante. Son voisin leva la tête en l'entendant :

– Et dix pour moi, s'il vous plaît, dit-il d'un ton négligent, sans sortir d'argent. De toute évidence, il espérait que le Casino lui ferait crédit.

– Désolé, monsieur, répondit l'homme.

– Pas possible ?

– J'ai bien peur que non, monsieur.

– Ce n'est pas mon jour.

Il fit ce commentaire d'un ton parfaitement dénué d'expression.

– Non, monsieur, approuva l'homme, qui partit chercher les plaques de Maxi.

Il est irlandais, pensa-t-elle. Au cours de cette brève conversation, elle avait aperçu ses yeux, d'un bleu profond. Un rat de quai, sans doute un matelot de l'un des yachts du port, venu au Casino dans un smoking emprunté, et qui avait perdu jusqu'au dernier sou de ce qu'il possédait en entrant. Pourtant, il n'y avait pas, dans sa voix, le ton chantant des Irlandais, mais un autre accent – anglais, sans être britannique, quoi que cela veuille dire, pensa Maxi, perturbée.

Il fouilla dans ses chaussettes, et sortit de chacune cinq plaques, avec cette indifférence absolue qui, se dit-elle, signifiait qu'il les avait gardées en vue de cette occasion précise. Elle se sentit peinée pour ce propre-à-rien. Son refus de laisser paraître son désespoir absolu avait quelque chose de courageux, d'émouvant. Il était manifestement au bout du rouleau. Quel destin serait le sien, une fois qu'il aurait tout perdu ? Il avait sans doute emprunté – ou même volé – l'argent avec lequel il jouait. Il plaça de nouveau ses dix plaques sur le zéro, sans même en garder une pour pouvoir continuer. Elle retint son souffle pendant que la roue ralentissait. La petite boule s'arrêta enfin. Sur le zéro. Maxi applaudit, pleine d'enthousiasme. Cent soixante-quinze mille francs – cela l'empêcherait de se faire sauter la cervelle. Elle lui sourit pour le féliciter et constata, incrédule, qu'il n'avait même pas levé les paupières. Fallait-il le pousser du coude ? N'avait-il donc rien vu ?

Il y eut autour de la table un bruissement d'intérêt tandis que le croupier prenait les paris, mais le voisin de Maxi ne bougea pas. L'homme finit par lui demander :

– Toujours sur le zéro, monsieur ?

– Ouais.

Il allait laisser filer l'argent, se dit Maxi, horrifiée. Les chances pour que le zéro sorte deux fois de suite étaient parfaitement calculables mais infimes. Etait-il fou, ivre, défoncé, ou bien ne comprenait-il rien au jeu ?

Luttant pour ne rien dire, elle en oublia de parier, et, quand le croupier aboya « Rien ne va plus », se rendit compte qu'il était trop tard pour donner le moindre conseil. Elle soupira et attendit l'inéluctable, tandis que la roue tournait, que la boule sautillait et gambadait. Elle s'arrêta enfin. Sur le zéro. Un hoquet de surprise monta de la foule des spectateurs. L'épouvantail venait de gagner trente-cinq fois cent soixante-quinze mille francs. Cela devrait lui ouvrir les yeux, lui donner l'air un peu moins désespéré, se dit-elle en se tournant vers lui. Elle croisa son regard l'espace d'un instant. Avait-il levé les paupières? Remarquait-on un faible sourire sur ses lèvres? Un peu de couleur sur ses joues? Non. Rien. Il était toujours effondré sur un coude, sans avoir touché à ses jetons, il avait l'air aussi lointain, aussi détaché, que lorsque le préposé avait refusé de lui faire crédit. Un détraqué, pour sûr.

– Enlevez ces jetons du tapis, lui ordonna-t-elle à voix basse.

– Pourquoi? demanda-t-il doucement.

– Parce que sinon vous allez tout perdre, pauvre crétin. Et ne discutez pas. C'est la chance de votre vie, siffla-t-elle, furieuse.

– Et jouer raisonnablement?

Il semblait vaguement amusé – enfin, presque.

On ne jouait plus : le croupier attendait qu'un responsable du casino lui donne la permission d'accepter le pari. Il en arriva un, qui regarda l'épouvantail d'un air indéfinissable, et, à contrecœur, fit un signe de tête à l'employé. Tandis qu'une foule bourdonnante se rassemblait aussitôt autour de la table, Maxi, dans son agitation, oublia encore de parier. L'homme était fou, pas de doute là-dessus. Un fou criminel. La loi des moyennes n'avait pas été suspendue en son honneur, et il n'y avait aucune chance pour que la boule tombe sur le zéro une troisième fois. Le casino le savait aussi bien qu'elle, sinon jamais la partie n'aurait pu se poursuivre. Combien de gens avaient-ils vraiment eu l'occasion de faire sauter la banque à Monte-Carlo? Le croupier s'occupait des autres joueurs, et c'est seulement après avoir placé leurs paris qu'il se tourna vers l'épouvantail :

– Toujours sur le zéro, monsieur?

– Pourquoi pas?

Cela dit avec un vague bâillement.

Maxi, furieuse, vit l'homme lancer la roue. Tous restaient silencieux. Comme le croupier s'apprêtait à dire « Rien ne va plus », elle bondit vers la pile de jetons déposés sur le zéro, et les dispersa sur la table, les semant autour de son voisin, avant que le pari soit pris et les plaques perdues pour de bon.

Un hurlement scandalisé monta de la foule. Cette atteinte à l'étiquette était si impensable que Maxi devint le point de mire de tous les regards. Elle les fixa, indignée. Des barbares, se dit-elle, qui attendaient de voir quelqu'un jeté en pâture aux lions. Eh bien, ce ne sera pas pour aujourd'hui, bande de salopards, même si j'ai l'air d'une idiote. Sûre de son bon droit, elle tint tête à l'assemblée jacassante, jusqu'à ce qu'elle se rende compte que l'épouvantail suivait toujours la roue, sans toucher à un seul des jetons qu'elle avait sauvés pour lui. Une sueur froide la couvrit un instant. Elle venait de se rappeler une particularité de la loi des moyennes. La roue tournait chaque fois comme si jamais on ne l'avait mise en mouvement. Oh non, supplia-t-elle, non. *S'il vous plaît.* Le silence était tombé brusquement. Maxi ferma les yeux. Un cri incrédule vint des spectateurs. Zéro. Encore une fois. Elle demeura immobile et souhaita mourir. Elle le méritait. Le meurtre aurait été trop doux pour elle. Une main saisit son bras. Il allait le lui briser. Oui, un os après l'autre. Il en avait le droit. Elle ne se défendrait pas.

– Personne ne pourra dire que vous ne valez pas cher, dit l'épouvantail avec douceur en se levant. Il la tira pour qu'elle fasse de même, laissant un employé ramasser les jetons éparpillés sur la table.

Maxi ouvrit les yeux et éclata en sanglots. Elle vivrait. Il était encore plus fou qu'elle ne le pensait, mais, au moins, ce n'était pas un assassin.

– Je n'aime pas voir pleurer une femme.

Elle s'arrêta aussitôt. Il valait mieux. Il lui offrit un mouchoir – propre, à sa grande surprise –, et l'aida à se moucher et à sécher ses larmes.

– Ce n'est jamais que de l'argent, dit-il en souriant pour la première fois.

– *Que de l'argent?* Plus de quarante millions de dollars?

Il haussa les épaules :

– J'aurais fini par le reperdre un de ces jours. Vous n'allez quand même pas croire qu'ils me laisseraient jouer, autrement? Vous ne travaillez pas pour la maison, au moins? Non, je ne crois pas. Mais ils vous doivent une consommation gratuite. Venez, asseyez-vous, je vais commander. Champagne?

– Quelque chose de plus fort, implora-t-elle.

– C'est bien. De la tequila, alors. De la Tequila Buffalo Grass.

Il fit signe à un serveur :

– Même chose que d'habitude, Jean-Jacques, et un autre pour Madame. Un double.

– Pas de chance, ce soir, monsieur Brady, dit le garçon, compatissant.

L'épouvantail contempla Maxi :

– Pas forcément, Jean-Jacques, pas forcément.

Il se tourna vers elle :

– Buvez et je vous ramènerai chez vous.

– Oh, non, non, ce n'est pas la peine, protesta-t-elle.

– Ce serait aussi bien. Après tout, vous *êtes à moi,* maintenant. Il y en avait pour quarante millions de dollars!

– Oh!

– Je pense que vous serez d'accord?

– Oui. Bien sûr. Ce... ce n'est que justice.

Maxi pensa que son destin aurait pu être pire.

Infiniment pire. Mais il faudrait qu'elle fasse quelque chose pour ses vêtements.

Dennis Brady était l'un de ces propres-à-rien que l'on expédiait autrefois aux colonies, à ceci près qu'il venait d'Australie. Un siècle auparavant, son ancêtre, Black Dan Brady, avait quitté Dublin pour s'installer là-bas, et avait fait fortune en découvrant un énorme filon d'argent dans la Wasted Valley, au fin fond de la Nouvelle-Galles du Sud. La Wasted Valley Proprietary Company avait, par la suite, mis au jour de vastes gisements de minerai de fer, de manganèse et de charbon. En 1972, outre ses mines, elle possédait des fonderies d'acier et des puits de pétrole, qui représentaient trois pour cent du produit intérieur brut du pays. Son chiffre d'affaires était de près d'un milliard de dollars par an. Son principal responsable était Dennis Brady, actionnaire majoritaire, et seul héritier – il était orphelin – de la fortune des Brady. Il était fatigué, fatigué, *fatigué* de Melbourne; fatigué, fatigué, *fatigué* d'être l'homme le plus riche d'Australie; fatigué, fatigué, *fatigué* de discuter pour savoir s'il fallait forer des puits de pétrole au large des côtes chinoises, chercher du cuivre au Chili, ou de l'or en Afrique du Sud. Dennis Brady n'avait pas la moindre envie d'extraire le moindre gramme, ou la moindre goutte, de quoi que ce soit, où que ce fût. Par ailleurs, il aimait beaucoup le jeu. Celui-ci était malheureusement interdit en Australie, et le casino le plus proche, en Tasmanie, avait perdu tellement d'argent avec lui qu'il y était désormais interdit de séjour.

Il convoqua les membres du conseil d'administration, et leur expliqua qu'il n'était pas une brebis galeuse – puisqu'il payait toujours ses dettes –, ni un gaspilleur, puisqu'il gagnait souvent. Sur le long terme, il était presque rentré dans ses fonds, bien qu'il sût parfaitement que les chances seraient toujours du côté des casinos. Par ailleurs, il n'était pas non plus une bénédiction pour la société. Inutile de voter à ce sujet, messieurs. Dieu sait qu'il avait fait de son mieux, pendant vingt-neuf misérables années, pour se montrer digne de la dynastie Brady, mais en pure perte. Tout cela était atrocement *fastidieux*. Ne vaudrait-il pas mieux qu'il disparaisse, s'en retourne là d'où venaient les Brady, et les laisse s'occuper des affaires de la famille ? Que tous ceux qui sont pour disent oui – pas de chichis entre nous. Il se souvenait qu'il possédait assez de parts pour faire pencher la balance lors du vote. Pourrait-il leur offrir un verre en guise d'adieu ?

– Et ensuite ? demanda Maxi, fascinée.

– Ils m'ont dit qu'il était trop tôt pour boire, mais qu'ils pensaient que j'avais eu une bonne idée, et m'ont tous serré la main. Des gens sympathiques. Ils doivent sans doute être encore occupés à forer, à fondre, à laminer, à chercher des compagnies à acheter. Ils sont aussi actifs que les nains qui aident le Père Noël : motivés, sérieux, patriotes, bons envers leurs mères... C'est bien, mais c'est si ennuyeux.

– Et vous êtes revenu en Irlande ?

– Oh que non. Je ne m'intéresse pas aux courses ou aux élevages de chevaux – je suis allergique à ces bestioles –,et je ne peux pas supporter la pluie. Je suis venu ici directement, j'ai acheté ce yacht et n'ai pas bougé depuis. Ce n'est pas le plus gros du port, mais il n'y a pas de quoi avoir honte, et de toute façon c'est le plus gai du lieu.

– Mais qu'est-ce que vous *faites*, Dennis ?

– Eh bien... comment dire... je... vis, voyez-vous ? Un peu par-ci, un peu par-là. Je fais du ski nautique, je bois un peu, je bois beaucoup, j'écoute de la musique, je navigue, je me promène en hélicoptère – il arrive même que le bateau appareille pour un jour ou deux. Parfois je suis si occupé que je ne passe pas au casino avant minuit. Je leur ai demandé de me limiter strictement les crédits... sinon ce serait ennuyeux.

– Et vous ne vous ennuyez jamais plus?

– Disons pas en ce moment. Je n'ai jamais possédé de femme valant quarante millions de dollars. Je me demande ce que je vais bien pouvoir faire de vous?

– Peut-être que si vous pensiez à moi comme une simple femme...

Elle s'efforça de discerner son visage dans l'obscurité. Tandis qu'ils parlaient, les autres yachts avaient éteint toutes leurs lumières, à l'exception de leurs feux de position, et Dennis Brady avait presque disparu dans la nuit sans lune. Elle comprit qu'elle aurait voulu voir encore cette face mi-tragique, mi-démente – ce à quoi elle ne s'attendait pas.

– Si vous étiez une « simple femme », je ne vous aurais jamais raconté tout cela.

– De quoi parlez-vous avec les femmes que vous ne possédez pas?

– De pas grand-chose, dit-il, songeur.

– Vous êtes timide.

– Non, australien avant tout. Quand il est question de femmes, nous préférons agir. C'est du moins le principe de base.

– Mais vous me disiez que personne ne pouvait être moins australien que vous.

– Comment ferais-je? J'ai une très mauvaise coordination de l'œil et de la main. J'ai toujours été mauvais en sports, surtout en football. Quand mes parents sont morts, mes tuteurs m'ont envoyé en Angleterre, ce qui fait que je n'ai même pas l'accent qui convient. Un demi-Australien, et un inadapté complet, j'en ai bien peur.

Il soupira et prit la main de Maxi dans les siennes. Elle sut aussitôt qu'il existait au moins un sport dans lequel Dennis Brady savait briller. Bon à rien, fantasque, sans doute doué pour la seule fainéantise, mais absolument pas inoffensif, oh non. Toutes les sirènes d'alarme de son système se déclenchèrent.

– Ah! mon pauvre Dennis, c'est une bien triste histoire. Cela dit, je me vois contrainte de vous rappeler que le compteur tourne toujours.

– Le compteur? Ah, oui, bien sûr... J'avais failli oublier. Combien?

– Un million de dollars.

– Par semaine?

– Non, Dennis.

Il s'efforça de prendre un air incrédule :

– Par jour?

– Par heure... et vous en avez passé deux à bavarder.

– Grands dieux! C'est peut-être un peu cher. D'un autre côté, c'est moins rapide que la roulette. Ou du moins ça devrait, pour peu qu'on sache s'y prendre. Si vous en êtes sûre...

– Tout à fait.

– Dans ce cas... peut-être accepteriez-vous... de descendre? dit-il en se levant brusquement.

– Je suis à vos ordres.

– J'aime ce jeu, commenta Dennis Brady, tout joyeux. Même si on ne peut pas parier.

– Maxi, te viendrait-il à l'idée d'épouser quelqu'un comme moi? demanda Dennis Brady d'un ton plein d'humilité. Surprise, Maxi se tourna vers lui. Il était étendu à côté d'elle, grand, mince, et si fort, sur le lit de la cabine principale du yacht.

Sans ses déplorables vêtements, il se révélait être un homme admirablement bien bâti et, à en juger par les dernières trente-six heures, toute l'énergie qu'il avait dédaigné de consacrer à la prospection minière devait avoir été mise de côté rien que pour elle.

– Quelqu'un comme toi? Ça n'existe pas, Dennis, sinon le monde ne serait pas le même – pas d'agressivité, pas d'ambitions. Sexe et casino... Le paradis doit être comme ça.

Elle ressentait dans le moindre de ses muscles une douleur délicieuse, et son esprit était si agréablement dérangé qu'elle pouvait à peine parler et encore moins penser.

– Eh bien, à vrai dire, pour en venir au fait, je voulais parler de moi, rien que de moi, Maxi.

– Ah bon? T'épouser?

– C'est l'idée de base, oui.

– Quelle heure est-il?

– Dix heures du matin.

– Depuis combien de temps sommes-nous à bord? demanda-t-elle avec un immense bâillement.

– Trente-quatre heures exactement. Oh! Maxi, chérie, vas-y, réponds-moi.

Maxi fit un effort pour réfléchir. Cela semblait important.

– Voyons... trente-quatre heures, plus les deux que tu as passées à bavarder... trente-six... il te reste donc... quatre heures... Si tu parviens à tout arranger avant que le délai soit écoulé, que puis-je faire?

– Je savais que tu verrais les choses comme ça, dit-il, tout heureux.

Il drapa une serviette de bain autour de sa taille et s'empara du téléphone à côté du lit.

– Capitaine? Combien de temps vous faut-il pour gagner les eaux internationales? Quoi? Non, je me fiche de ce que pensent les autorités du port. Combien de membres d'équipage sont descendus à terre ? Ah ! Débrouillez-vous, mon vieux, débrouillez-vous. A propos, vous êtes bien un vrai capitaine, n'est-ce pas ? Oui, oui, je sais, j'ai vu vos certificats – vous avez déjà célébré un mariage en mer ? Rien qu'une cérémonie funèbre ? Bah, quand on a fait l'un, on peut faire l'autre. Sortez votre Bible, et mettons-nous en route.

– Je n'ai rien à me mettre, dit Maxi machinalement, en étouffant de rire. Mme Dennis Brady. Qu'en penseraient les gens ? Est-ce que ça avait de l'importance ? Comme il était charmant. Comme ils allaient s'amuser. Elle n'était responsable de rien. Tout le monde comprend bien qu'il faut acquitter une dette d'honneur, faute de quoi on y perd toute sa renommée.

14

– Pauvre cher vieux Dennis, dit Maxi pensivement.

India et elle étaient attablées chez Spago, le restaurant d'Hollywood que toutes deux préféraient.

– Je l'ai quitté il y a plus d'un an, et il m'envoie encore des cartes postales d'une tristesse...

India s'apprêtait à entamer une pizza au fromage de chèvre. Elle s'interrompit :

– Pourquoi diable as-tu l'air de le regretter ? Je me souviens parfaitement de t'avoir entendue dire que tu ne pouvais pas vivre à Monte-Carlo une minute de plus. Je me rappelle même que tu citais Emerson : « Vivre sans devoirs est chose obscène » – c'est ça ?

– Oui. Je le pense encore. Je regrette profondément d'avoir divorcé une nouvelle fois, mais je n'oublierai jamais m'être réveillée pour comprendre que le cher enfant ne s'était pas ennuyé un seul instant au cours de nos six mois de vie commune, et que je devenais folle. Oh ! India, c'était si fastidieux, fastidieux, *fastidieux*, de vivre avec un homme qui ne faisait rien, sinon lézarder... Un apathique complet, un joyeux bon à rien, à qui ça ne donnait pas le moindre sentiment de culpabilité. Je crois que je ne cessais pas de le comparer à mon père, ce qui est injuste, bien sûr, puisque Dennis m'avait prévenue. Tu sais tout ce que papa accomplit chaque jour, combien il est remonté, plein d'enthousiasme pour son travail, à quel point il sait transmettre son énergie, et combien je l'admire ? J'ai bien peur qu'il m'ait empêchée d'apprécier un homme qui n'essayait même pas de *faire* quoi que ce soit. En plus, expédier chaque mois la pauvre Angelica et sa gouvernante de Monte-Carlo à Manhattan, et retour, était à peu près impossible. Ce maudit Rocco refusait catégoriquement de la laisser plus de la moitié du temps avec moi. Il a un appartement bien plus grand qu'avant, avec toute la place nécessaire pour recevoir la fille et la nurse, mais comme nous nous partageons la garde, qu'est-ce que je pouvais tenter ? D'ailleurs Angelica aurait risqué d'être trop gâtée par un équipage de vingt personnes qui étaient toutes en admiration devant elle.

– Est-ce que faire l'amour était aussi devenu fastidieux ?

– Non. J'aurais bien voulu. Mais on ne peut fonder tout son avenir sur la simple attirance sexuelle.

– C'est *toi* qui me dis ça ?

– Disons pas au-delà d'une certaine limite, et je ne voulais pas en arriver là, alors je suis partie avant.

– Tu es sûre que tu n'es pas encore un peu amoureuse de lui ?

– Je ne pense pas l'avoir jamais été... je l'aimais bien, c'est tout... il était si avide, si perdu... si plein de vitalité. C'est l'Australien qui me plaisait en lui. Si seulement il n'avait pas tenu à se montrer si *paresseux*.

Elle soupira :

– J'avais de l'affection pour lui, India, mais pas assez, pas assez...

Maxi regarda d'un air sévère son saumon grillé, regrettant de n'avoir pas, elle aussi, pris de pizza. Elle était venue à Los Angeles rendre visite à son amie, libre – entre deux tournages – pour le week-end. India avait accédé à la célébrité avec cette aisance irritante qui lui avait permis de traverser ses études en obtenant toujours les meilleures notes. Maxi se sentait jalouse des exigences de l'industrie cinématographique, qui la tenait captive, si loin de New York, ou l'envoyait tourner dans des endroits impossibles; jalouse du plaisir qu'India devait y prendre, en dépit de ses lamentations selon lesquelles faire des films était un travail d'esclave tout à fait fastidieux, comparable, au mieux, à une vie de pensionnaire privilégié dans une prison à hauts risques.

– Ah! Oublie donc Dennis Brady, conseilla India, en attaquant une énorme assiettée de pâtes accompagnées de champignons japonais et de saucisse de canard.

– C'est ce que j'ai fait depuis longtemps. C'est toi qui as commencé.

– J'ai tout au plus demandé s'il y avait de nouveaux hommes dans ta vie, et tu m'as répondu : aucun qui puisse se comparer à Dennis.

– India, comment se fait-il que tu me donnes encore des conseils, alors que tu vas chez un psychiatre?

– On peut être névrosée et capable d'aider les gens, répondit India, offensée.

Personne ne comprendrait jamais rien à la psychanalyse, même pas Maxi.

– Je ne vois pas pourquoi tu devrais penser que tu es névrosée. Tu n'as pas changé depuis que je te connais : réfléchie, floconneuse, bien trop belle, et un peu bizarre. Mais maintenant tu es célèbre.

– Je suis complètement névrosée, du genre à ne

pas vouloir m'attacher à un homme, à moins de rencontrer un type presque aussi névrosé que moi, avec un plumeau d'un mètre sur la tête. La notoriété ne fait qu'aggraver les choses.

– Qu'est-ce que le docteur Florence Florsheim va bien pouvoir y faire ?

– *Faire ?* Elle n'est pas censée *faire* quoi que ce soit. C'est moi qui dois changer.

– Tu veux dire qu'elle te soutient ? Qu'elle croit en toi ?

– Non, Maxi. *Tu* me soutiens, *tu* crois en moi, parce que tu es mon amie et que n'en demandes pas plus. C'est ma psy, pas ma copine. Elle écoute sans juger, et pose une question toutes les deux semaines environ. De plus, elle se fiche éperdument de quoi j'ai l'air, ce qui est un soulagement extraordinaire. Il ne sert à rien de ne pas lui dire la vérité; elle ne peut pas lire dans mes pensées, et si je mens, ça me coûtera du temps et de l'argent, parce qu'il faudra bien que j'y vienne quand même, sinon je ne jouerais pas franc jeu, et je ne m'en sortirais pas. Je peux lui confier tout ce que je veux, elle a déjà tout entendu et ne s'en offusquera pas. Si d'aventure je lui dis quelque chose d'important, elle s'en souviendra.

– Tu en es vraiment sûre ?

– Non. C'est un article de foi. Il faut croire à son psychiatre, Maxi, et si tu commences à douter de lui, il faudra lui expliquer pourquoi, ce qui te prendra une année de plus. Le principal, je pense, c'est qu'elle est mon *alliée*. Je sais bien que je la paie pour ça, mais il faut que j'aie une alliée fidèle, surtout ici.

– Elle t'a dit qu'elle était de ton côté ? Comment le sais-tu ?

– Je le *sens*... et arrête de réclamer des garanties, elle n'en donne aucune. Maintenant, pourrions-nous cesser de vouloir expliquer l'inexplicable, et parler de ce que tu comptes faire de ta vie – que tu as déjà gâchée, sauf quand tu as mis au monde Angelica ?

– Je vais à Londres la semaine prochaine. Il y a des années que ça me tente, et Angelica sera avec Rocco pendant tout le mois de juillet.

– Où vas-tu t'installer ?

– Chez mes grands-parents, bien sûr. Ils seraient horriblement vexés, sinon. Ils vont tous deux avoir soixante-dix ans et sont plus vifs que jamais. Ils ont déjà prévu toutes sortes de choses pour moi, de quoi m'amuser... Je vais rencontrer des gens, des cousins au deuxième, troisième et quatrième degré, et je n'en connais aucun.

– Ça a l'air... intéressant.

– Parfaitement atroce, tu veux dire.

– C'est la même chose, répondit India avec entrain.

– Il est inutile d'essayer d'y faire quoi que ce soit, dit la vicomtesse Adamsfield à son mari, sur un ton lugubre qui démentait ses faibles tentatives de se montrer philosophe.

– Mais, de tous les hommes disponibles, de tous les Ecossais – et Dieu sait que j'aime ce peuple plus qu'aucun autre au monde –, il a fallu que ta petite-fille choisisse un *Kirkgordon* ! Laddie Kirkgordon, rien de moins, et deux mois à peine après l'avoir rencontré ! Sa famille a tout perdu à Flodden Fields, il y a plus de quatre cents ans, et depuis ils n'ont cessé de descendre la pente.

– C'est ta petite-fille aussi, et après tout, ruiné ou non, il est Oswald Charles Walter Kirkgordon.

– Oswald ! Pas étonnant qu'on l'appelle Laddie ! pesta Evelyn Gilbert Basil Adamsfield. Lui-même avait eu la chance de pouvoir extraire de son nom un misérable « Bertie », après une bonne dizaine de bagarres à l'école.

– Oswald a été roi de Northumbrie de 635 à 642. Le nom est sans doute une tradition familiale. Il n'a régné que pendant sept ans, malheureusement, mais ce devait être un très saint homme, qui envoyait des missionnaires convertir les païens, vois-tu.

– Non, je ne vois pas. Et je m'en soucie comme d'une guigne. Cet Oswald ne pouvait-il donc pas s'occuper de ses affaires? Maxi a dû te faire la leçon? La voilà préoccupée de sainteté, maintenant?

– Elle est amoureuse, Bertie. Elle te l'a dit elle-même.

– Je te trouve tout à fait mesquin sur ce sujet.

– Je n'irai pas jusqu'à feindre d'en être heureux, Maxime, un point c'est tout. Je lui avais trouvé un époux remarquable, tu le sais parfaitement.

– Maxi a dit que c'était un crétin.

– Aucun marquis ne peut être un crétin, surtout s'il est déjà presque duc : son père ne passera pas l'année. Il est à la rigueur un peu falot, mais idiot, non. Et de surcroît, sa famille a toujours été fidèle à la Couronne, alors que ces sauvages, ces écervelés de Kirkgordon, sont restés des partisans de la Maison des Stuart. Pour eux, c'est un descendant de Marie la Sanglante qui devrait être sur le trône. Pas étonnant qu'ils soient dans la dèche; idéalistes, irréalistes, excentriques, têtus, tous autant qu'ils sont. Et ce Laddie est le pire du lot.

– Je crois que c'est ce que Maxi aime en lui. Elle m'a dit qu'il avait un sens très aigu de la destinée, quelque chose pour quoi vivre et combattre, un souci profond de tout ce qu'il faisait, une volonté de lutte passionnée, un...

– S'il te plaît, Maximilienne, épargne-moi la

suite. Moi aussi j'ai assisté au mariage, et ce qu'elle aime en lui est évident.

– Il faut bien reconnaître qu'il est magnifique, dit Lady Adamsfield rêveusement. Au vrai, je n'ai pas vu d'aussi bel homme depuis bien, bien longtemps... Cette tête pleine de noblesse, ces yeux d'un bleu... ce teint merveilleusement frais et coloré, ces cheveux blond roux, presque dorés, cette taille immense, ces *épaules*...

– Ce château en ruine, ces terres stériles...

– Ces murs historiques de quatre mètres d'épaisseur, ce paysage sublime...

– Il n'a pas un sou, et elle aurait pu être duchesse.

– Elle est assez riche elle-même, chéri, elle est comtesse, et il l'adore...

– Maximilienne, dit le vicomte Adamsfield, tu es une incurable romantique. J'avais toujours cru que tu étais une femme raisonnable.

– Ah, j'espère que cette fois elle est installée pour de bon.

– Maxi ? Avec un *Kirgordon* ? Tu me permettras d'en douter, ma chère. Installée ! Vraiment !

– Qu'est-ce que c'est que *ça* ? dit Milton Bizet en reculant.

– A quoi ça ressemble ? demanda, d'un air suffisant, son associé, Leon Ludwig.

– Un télégramme aussi épais qu'un annuaire. Ce doit être de Maxi. Passe-le-moi.

– Milton, pourquoi me demander de quoi il s'agit si tu le savais déjà ?

– Pour témoigner de mon inquiétude, de ma curiosité et de mon plaisir fébrile. En fait, je m'étonnais de ne pas avoir de nouvelles depuis l'annonce de son mariage avec ce superbe Kirkgordon. Notre Maxi et son indécent macho d'époux doivent avoir acquis une merveilleuse demeure à Londres, me disais-je, et elle ne nous sera pas infidèle au point de laisser les décorateurs anglais y poser leurs sales petites pattes. Où est-ce ? A Mayfair, certes, mais où est Mayfair ? Passe-moi ce télégramme.

– C'est un château, dit Ludwig.

– Fais confiance à Maxi. Nous lui avons appris à voir grand.

– En Ecosse.

– Oh non !

– Oh que si. Quelque part entre Kelso et Eltrick Forest, précise-t-elle, comme si nous savions où ça se trouve. Pas de chauffage, à l'exception de quelques cheminées assez grandes pour y rôtir un mouton, pas de galeries, pas de petits pavillons, pas de lambris, pas de biens de famille, pas de tapisseries, pas de tableaux, presque pas de salles de bain, des fenêtres minuscules afin de se défendre contre les attaques des troupes royalistes – qu'est-ce que cela veut dire ? Le tout tombe en ruine depuis plus d'un millénaire, et, même du temps de sa splendeur, n'avait rien de confortable... Ce n'est pas une somptueuse demeure, Milton, oh non, c'est une forteresse. Elle l'appelle le Château de l'Epouvante, et veut que nous nous y rendions aussi vite que possible, de préférence demain, afin d'en faire quelque chose d'un peu plus *douillet.* La pourriture sèche a l'air de poser de très gros problèmes – tu sais où ça peut mener... Elle dit que la décoration se limite à une centaine de parures de cerfs, et à des hordes d'horribles poissons empaillés, accrochés aux murs. La famille n'a même pas d'argenterie correcte, à l'exception de je ne sais quel calice sacré. Pauvre, pauvre Maxi.

– Pourquoi « pauvre » ? La question d'argent ne se pose pas. Je me souviens quand nous avons dû aller à Monaco redécorer le yacht du bienheureux Dennis... Il ne s'est pas préoccupé un instant de ce que nous dépensions. C'est un travail qui m'avait bien plu. En fait, j'ai vraiment aimé Dennis, pas toi? Il ressemblait tout à fait à Peter O'Toole dans *Lawrence d'Arabie*.

– En moins bien habillé, dit Leon Ludwig avec un sourire nostalgique.

– Et oublieras-tu jamais tout ce que nous avons fait dans la seconde maison de Maxi, après lui avoir dit de se débarrasser de la précédente? Elle avait vraiment tenu la distance. Je pense qu'elle conservera son nouvel appartement, dans la Trump Tower, comme pied-à-terre, quand elle sera lassée de la chasse à courre, ou de l'Ecosse, tu ne crois pas?

– Je sais tout au plus que l'argent ne pose pas de difficulté. Ce n'est jamais le cas de Maxi. C'est *nous*... il va falloir passer des mois entiers là-bas. Milton, à quoi l'Ecosse te fait-elle penser? A part la chasse à courre?

– Aux cachemires, aux plaids, au whisky... euh... aux pulls shetland, aux tartans, au Drambuie... hum... à la panse de brebis farcie, aux cornemuses, aux truites... aux kilts! Leon, c'est pour un jeu télévisé?

– La pluie. Le froid. Le brouillard. L'inconfort. Les landes solitaires. Le chien des Baskerville. Si le Château de l'Epouvante n'a ni chauffage central ni salles de bain, où en trouverons-nous aux environs?

– Leon, tu es petit. Tu paniques pour un rien. Il y aura bien un hôtel quelque part. Sinon, nous irons camper au Claridge, et ne ferons un saut en Ecosse qu'en cas d'absolue nécessité. Si seulement le Claridge avait des salles de bain mieux éclairées! Je n'arrive jamais à y voir assez clair pour me raser correctement, mais où aller, autrement?

– Nulle part. Les gens penseraient que nous allons faire la charité dans les bas-fonds, ce qui hélas ! n'est plus considéré, à Londres, comme étant du dernier chic.

– Je vais prévenir ma secrétaire de réserver sur l'heure. Elle dit qu'il lui faut le chauffage central dès la semaine prochaine, et, pour une raison que j'ignore, elle ne semble pas parvenir à en convaincre les entrepreneurs du coin. Elle est en pleine crise, Leon. Elle a besoin de nous.

– Comme d'habitude, Milton, non ? Nous lui sommes indispensables.

– Enfin, j'espère que cette fois elle s'est installée pour de bon.

– Qui ça ? Maxi ? Milton, tu as perdu la raison. *Installée,* franchement !

Angelica mangeait son hamburger d'un air bien pensif pour une fillette de sept ans, songea Rocco.

– Il y a quelque chose qui ne va pas, chérie ?

– Oh, non, Papa. Je me demandais seulement si j'aimais Laddie autant que Dennis, c'est tout.

– Ah !

– Dennis était très drôle, mais Laddie joue de la guitare à douze cordes et chante de vieilles chansons; Dennis m'a appris à nager, mais Laddie va m'offrir un poney shetland et me montrer comment monter; Dennis avait un gros bateau superbe, mais Laddie a un château énorme; Dennis m'a expliqué comment jouer à Go Fish, et il me laissait toujours gagner, mais Laddie m'a donné une petite canne à pêche rouge, et quand ce sera la saison des truites, il...

Rocco l'interrompit :

– Tous deux sont parfaits, on dirait. Des types

formidables. Tu veux un autre hamburger, Angelica ?

– Oh oui, Papa, s'il te plaît. Ils ne savent pas en faire à Monte-Carlo ou en Ecosse. Ça me manque vraiment.

– Vraiment.

– Oui, comme les sandwiches au thon et la dinde à la sauce aux airelles, dit Angelica avec tristesse.

– Et il n'y a rien d'autre qui te manque, Angelica ?

– Ah ! si, Dennis, un peu. Je ne connais pas encore assez bien Laddie pour arrêter de regretter Dennis, même si Laddie est très, très grand, et très, très beau.

– Je vois.

– Tout va bien, Papa. Peut-être qu'on regrette toujours les gens qu'on aime bien, même quand on en rencontre d'autres qu'on aime aussi.

– Peut-être.

– Passe-moi le ketchup, s'il te plaît, Papa. Tu te souviens quand Maman était mariée avec Dennis ? Quand chaque mois, avec la gouvernante, je prenais l'hélicoptère de Monte-Carlo à Nice, et puis l'avion de Nice à Paris, et enfin le Concorde jusqu'ici, pour être avec toi ? Maintenant je suis en cours élémentaire, et je ne peux pas changer d'école tous les mois.

– Je sais, chérie.

– Alors, quand je vais commencer les cours, en Ecosse, je ne pourrai pas venir te voir avant que j'aie des congés assez longs.

– Je comprends, chérie. J'en ai discuté longuement avec ta mère, et j'ai dû admettre qu'en effet je ne pouvais pas interrompre ta scolarité.

– Mais je suis inquiète à ton sujet, Papa.

– Et pourquoi donc, Angelica ?

– Parce que je vais te manquer.

– Oh que oui ! Et fichtrement ! Mais tu auras ta mère, Laddie, un poney, un château, et sans doute des dizaines de jolis petits kilts à porter à l'école, alors tu seras trop occupée pour que je te manque, chérie.

– Tu me manques tout le temps où je ne suis pas avec toi, Papa, dit-elle d'un ton de reproche.

– Plus que Dennis ?

– Ne dis pas n'importe quoi ! Ce n'est pas du tout la même chose. J'aimais bien Dennis, mais toi, je t'aime.

– C'était juste histoire de plaisanter.

– Je ne trouve pas ça drôle du tout. Retire immédiatement ce que tu viens de dire.

– D'accord, d'accord.

– Très bien. Je peux avoir une glace au chocolat, s'il te plaît ?

– Bien sûr. Tout ce que tu veux.

– J'espère que cette fois Maman est installée pour de bon avec Laddie. Ça ne me plairait pas qu'il me manque.

– Installée ? Ta mère ? Ha !

– Qu'est-ce que ce « Ha » veut dire, Papa ?

– Je toussais, Angelica, je toussais.

Lily posa son toast beurré :

– Zachary, écoute donc ce qu'écrit ma mère dans sa lettre, dit-elle d'un ton plein d'inquiétude.

– Qu'est-ce qui la tracasse ?

– Maxi.

– Je m'en doute. Ta mère est bien trop raisonnable pour s'affoler devant des broutilles. Qu'est-ce qu'elle a encore fait ? Je suppose que les gens ne sont plus choqués de la piscine couverte qu'elle a installée dans la tour, ni de la salle de bain dans chaque chambre – bien que le château soit classé monument historique?

– Rien d'aussi minime. Mère dit que Maxi est l'objet de toutes les conversations à Londres, ce qui n'est pas facile quand on habite en Ecosse. Il semblerait qu'elle donne des fêtes qui durent des semaines.

– Et pourquoi pas? Il lui a fallu près d'un an pour moderniser et décorer cette vieille baraque, ce qui a dû lui coûter des millions. Elle veut amortir les dépenses, et quel meilleur moyen que de s'entourer d'amis?

– Tu as sans doute raison, Zachary, mais on dirait bien que sa demeure a mauvaise réputation. On dit que Maxi fait pousser une énorme quantité de marijuana dans la serre, et qu'elle remplit le Calice Kirkgordon – que l'archevêque de Glasgow a offert à la famille au XVe siècle – d'une inépuisable provision de... Mon Dieu, Mère écrit « de joints » – je ne savais pas qu'elle connaissait ce mot. Et Maxi joue gros jeu au poker dans la salle des trophées de feu le comte, tous les jours, *y compris* le dimanche... Pour l'amour du ciel, chéri, pose donc ton couteau à beurre... Et elle allume de grands feux de joie au sommet de la tour du château, pour célébrer le jour de la Saint-Patrick, le jour de Christophe Colomb, celui de Kosciusko, toutes les fêtes américaines, sans que les pompiers du lieu puissent la persuader d'arrêter. Elle s'obstine à conduire sa Ferrari du mauvais côté de la route, et pis que tout, Zachary, quand elle a été invitée chez ses voisins, le duc et la duchesse de Buccleuch, à Bowhill House, elle a dit n'être pas sûre que leur Léonard de Vinci fût authentique! C'est tout à fait impardonnable, et faux, de surcroît, et elle aurait dû le savoir.

Lily jeta la lettre sur le sol, exaspérée.

– Elle est malheureuse, Lily. Voilà ce que ça

veut dire, et je n'en suis pas surpris. J'ai toujours pensé que cet animal de Kirkgordon était bien trop beau. Je me méfie des hommes qui ont autant d'allure. Je reconnais que Maxi se conduit parfois en enfant gâtée, mais jamais elle n'a été autodestructrice.

Il ôta ses lunettes d'un air absent et hocha la tête, préoccupé.

– La seule partie de la lettre qui m'inquiète pour de bon, c'est cette histoire de conduite à droite. Je vais lui téléphoner pour savoir ce qui se passe. J'avais vraiment espéré que, cette fois, Maxi était bel et bien installée.

– Je connais ta faiblesse de père, mais il devrait quand même y avoir des limites à tes illusions. Installée? Ta fille? Maxi? Zachary, vraiment!

– Qu'est-ce qui n'a pas marché, cette fois-ci, Maxi? demanda India, haletante. Raconte-moi tout depuis le début.

– Si tu étais venue me rendre visite, tu n'aurais pas à poser la question. Mais tu étais trop occupée pour faire un saut, ne serait-ce qu'un week-end. Alors me voilà de retour sur la Côte Ouest, rien que pour te voir.

– Mensonge éhonté. Je n'étais pas en mesure de supporter le décalage horaire dans les deux sens, et tu le sais bien. Ce n'est pas comme si tu avais vécu à San Francisco. Allez, arrête de tourner autour du pot.

– Avant tout, c'était le dreich.

– Bien sûr, bien sûr. Et à quoi ressemble ce Monsieur Dreich?

– Dreich est un mot écossais, India, qui veut dire très, très humide, très, très sombre, très, très brumeux et très, très froid. Le temps, India, le temps est atrocement dreich.

Maxi se pencha et prit un peu de pizza dans l'assiette d'India. Elle était désormais assez mince pour tout oser, et la pizza de chez Spago était irrésistible.

– Alors, tu as divorcé à cause de la météo? Intéressant. C'est la première fois que je l'entends celle-là. Bien sûr, quand on a vu beaucoup de films de Bergman, on comprend qu'un temps sinistre est générateur de mélancolie et de morbidité, mais en moins de deux ans? Maxi, laisse mon assiette tranquille. Tu n'as qu'à commander une pizza. Et ce chauffage central que tu avais fait installer?

– India, si tu te montrais assez généreuse pour partager? Je t'ai donné la moitié de mes cheveux d'ange, non? Et si je te disais que mes goûts en matière d'hommes sont les plus horribles de la planète, et qu'on ne devrait pas me permettre de sortir seule sans garde du corps?

– Je serais contrainte de manifester mon désaccord. Rocco, si je me souviens bien, était l'un des plus grands hommes de l'histoire; Dennis – à sa façon – plus que charmant; et Laddie Kirkgordon, selon tes lettres, un pur délice. Je cite : « C'est un mélange du roi Arthur, de Tarzan et de Warren Beatty. » Qu'il ait été comte n'avait donc aucune importance?

– On se réveille en pleine nuit, on se dit qu'on est comtesse, et on cherche à voir la différence.

– Et pourquoi te réveillais-tu en pleine nuit pour te parler à toi-même?

– D'accord, India, d'accord. J'abandonne. Je vois que tu as suivi les leçons du docteur Florsheim – aller droit au fond des choses, c'est ça?

– Plus ou moins, répondit India d'un ton délibérément neutre.

– Laddie est fou à lier.

– C'est tout? Rien d'autre? Presque tous les hommes en sont là, Maxi. Des fous délirants. Mais on ne divorce pas pour ça, on apprend à vivre avec. C'est sans doute pourquoi je ne me suis jamais mariée. J'en sais trop dès le départ. Laddie n'était pas ton genre d'aliéné, c'est tout.

– C'est le moins qu'on puisse dire. Je crois que c'était en réaction à ce pauvre Dennis, mais au début j'ai vraiment tout aimé : la glorieuse tradition transmise d'une génération à l'autre, le sens de la vie, ce que veut dire être écossais, la vénération des ancêtres, la Maison des Stuart, le patriotisme, tout ! Mais, une fois que nous sommes sortis du lit assez longtemps pour que je puisse comprendre ce qu'il disait, et ça nous a pris une année entière, je me suis rendu compte que j'étais plus américaine que je ne l'aurais cru. Laddie a commencé à me paraître tout à fait obsédé, et j'ai enfin vu qu'il était fou, cinglé, qu'il vivait à une autre époque, et refusait d'avoir le moindre rapport avec le monde réel, à une exception près : remporter la Flèche d'Argent Selkirk – c'est la seule chose dont il se préoccupe.

– Hm ?

– C'est le trophée d'une épreuve de tir à l'arc, le plus ancien qui soit. La compétition a lieu tous les sept ans, et rassemble le Corps de Garde des Archers de la Reine. Laddie passait au moins six heures par jour à s'entraîner, et pour lui, ce n'était pas une distraction, mais la vie même, bien que sa Reine ne soit pas Elizabeth II. S'il avait fait meilleur, il y aurait consacré plus de temps, mais avec tout ce dreich...

– Pourquoi ne t'es-tu pas enfuie plus tôt ? Entre l'humidité et le tir à l'arc, je ne comprends pas pourquoi tu as attendu si longtemps.

– J'étais tout simplement trop *honteuse* pour admettre avoir commis une nouvelle erreur. Je n'ai jamais connu aucun de mes époux plus de deux mois avant de les épouser – une trentaine *d'heures* pour ce pauvre Dennis, India. Qu'est-ce que ça t'apprend sur mon compte? Inutile de répondre – ne dis rien, ce n'était pas une question.

– Qu'en pensait Angelica?

– Oh, elle s'amusait trop pour remarquer que le propriétaire des lieux était un peu spécial. Elle aimait la piscine couverte, l'école du village, elle est devenue très bonne au tir à l'arc. Laddie lui a donné des leçons, je dois le dire en sa faveur. Heureusement, je l'ai emmenée à temps, avant qu'elle ne se mette à croire que Bonnie Prince Charlie allait surgir des nuages et l'emporter sur son cheval blanc. Je crois qu'elle pourrait vivre sous l'eau. C'est moi qui ne m'adapte pas.

– Tu es trop impulsive.

– Crois-tu que moi aussi je devrais aller consulter le docteur Florence Florsheim? demanda Maxi, l'air désespéré. On ne peut pas dire que je fasse beaucoup de progrès – on dirait bien que de nouveaux ennuis se préparent.

– Il se trouve que c'est le seul conseil que je ne puisse te donner. Les gens en analyse n'ont pas à expliquer à tous leurs amis qu'ils devraient en faire autant. De toute façon, le docteur Florsheim ne te prendrait pas, parce que tu as trop entendu parler d'elle, parce qu'elle en sait trop sur toi, sans compter que nous sommes les meilleures amies du monde. Ce serait tout à fait déplacé.

– Tu lui parles de moi? demanda Maxi, ravie. Je ne savais pas ça! Qu'est-ce que tu lui dis?

– Quand je m'efforce d'éviter quelque chose dont je ne veux pas discuter, j'ai tendance à faire allusion à toi, c'est vrai. Mais, comme tu n'es pas un de mes problèmes, ce n'est qu'une façon de perdre du temps, et je sais maintenant que, chaque fois que ça se produit, c'est parce que j'essaie de contourner un truc vraiment atroce.

– Ah!

– Ne cherche pas à comprendre.
– Non, non, India, je te promets que non.
– Qu'as-tu l'intention de faire maintenant, Maxi?
– Tout d'abord, je vais prendre un engagement solennel, India, et tu me serviras de témoin. Je vais jurer que jamais, plus jamais, je n'épouserai d'autre homme. Plus jamais, India, tu m'entends?
– Je l'entends, mais je ne te crois pas. Ce n'est pas parce que tu n'as pas l'intention de te remarier que tu tiendras parole. Tu es trop jeune pour prononcer un tel vœu. Je te conseille fermement de t'en abstenir.
– Laisse-moi en décider! India, si je me marie encore, je... je ferai paraître une annonce pleine page, disant que je ne suis pas responsable de mes actes, que je n'ai aucune jugeote dès qu'il s'agit d'hommes, que je m'y prends en dépit du bon sens, que j'agis à la hâte et m'en repentirai à loisir, et que toi, India West, tu es mon témoin – la seule à savoir que j'ai fait un vœu, un vœu absolu, de ne jamais, jamais épouser un autre homme.
– Et où paraîtra cet avis? demanda India, en pleine crise de fou rire.
– Dans le *New York Times*... dans *Women's Wear Daily*, dans le *Times* de Londres, dans *Le Figaro* – cela devrait toucher tous les gens que je connais, tu ne crois pas?
– Et *Weekly Variety*. Tu as rencontré pas mal de gens dans le show business.
– D'accord. Je suis tout à fait sérieuse, India.
– Je sais, je sais. Oh! Maxi, j'espérais tant que cette fois tu t'installerais pour de bon.
– India! *Moi?* Tu devrais savoir à quoi t'en tenir!

15

En dépit du découragement qui l'avait saisie pendant le week-end, et lors du coup de fil à India, c'est pleine d'excitation que Maxi se rendit, le lundi, au siège de *Blazers et Boutons*. Un long entretien thérapeutique avec sa meilleure amie l'avait convaincue que Bob Fink, l'ancien rédacteur, était tout simplement trop desséché pour comprendre qu'on pouvait encore faire quelque chose de sa revue, si bas tombée qu'elle fût. Il n'y croyait plus – à supposer que c'eût jamais été le cas –, il ne voulait pas se battre davantage, il manquait d'imagination, il avait gagné trop d'argent dans l'immobilier pour se préoccuper d'améliorer quoi que ce soit, sauf lorsqu'il était question de ses repas gratuits, se dit-elle en ouvrant la porte qui menait aux bureaux – porte qu'elle résolut de faire repeindre aussi vite que possible.

L'endroit était peu engageant. Elle le parcourut des yeux. Des couvertures du *Mensuel de la Passementerie* – du temps où c'était encore cette revue, vigoureuse et prospère, sur laquelle Zachary Amberville avait fondé son empire – étaient épinglées aux murs. Voir ces témoignages surannés des années quarante et cinquante renforça la conviction de Maxi : redonner vie à la publication ne demandait qu'un peu d'imagination. Le maigre numéro de *Blazers et Boutons* qu'elle avait mis dans son sac avait une couverture très semblable à celles-là. De toute évidence, un détail aussi important aurait pu, aurait dû, changer du tout au tout en quarante ans.

– Bienvenue aux temps difficiles, mademoiselle Amberville.

Maxi fit volte-face. C'était la réceptionniste qui l'avait annoncée la semaine précédente.

– Vous êtes encore là? Bob Fink disait que tout le monde voulait s'en aller.

– Mon salaire m'est payé jusqu'à la fin de la semaine, et je suis trop jeune pour prendre ma retraite.

– Quel est votre nom?

– Julie Jacobson.

Maxi s'assit devant le vieux bureau abîmé.

– Appelez-moi Maxi. Pour ce qui est de nos vêtements... Pourrions-nous parler franchement?

– Je crois que ce serait préférable, répondit Julie sans se compromettre.

Leur tenue était identique : minijupe d'un rouge criard, corsage blanc, cravate d'homme, bien trop longue, nouée autour du cou, collants et hauts talons noirs. Un manteau de laine, assorti à la jupe, était pendu derrière le bureau. Maxi portait le même. L'ensemble était la dernière création, fraîche et gaie, de Stephen Sprouse : tout à fait ce qu'une adoratrice de la mode, aux jambes superbes, aurait choisi de mettre en *ce* jour de *ce* mois de *cette* année-là. Comme elles avaient à peu près la même taille, les jeunes femmes paraissaient absolument semblables des pieds aux épaules.

– Je crois que nous devrions cesser de nous rencontrer dans ces conditions, dit Maxi, ou du moins essayer d'y prendre garde.

L'ensemble et le corsage coûtaient plus de mille dollars, sans même tenir compte des chaussures.

Bob Fink avait précisé que sa secrétaire était surpayée. De combien exactement?

Julie était de la taille de Maxi, mais, comme elle avait peu de poitrine et des hanches étroites, elle aurait toujours l'air plus grande dans les mêmes vêtements. Ses cheveux courts étaient teints, d'une couleur invraisemblable, entre le bordeaux et l'orange, à la limite du punk, et sévèrement ramenés en arrière. Ils découvraient un visage de biche impertinente : des yeux immenses et pleins de défi, soulignés au crayon noir et à l'ombre à paupières; un nez très mince, aux narines si sensibles qu'on croyait qu'elles allaient frémir à tout instant; des lèvres délicates rehaussées de pourpre; un menton assez menu pour donner l'impression que Julie Jacobson était timide comme un petit animal, et pourtant assez ferme pour faire comprendre qu'elle ne permettait à personne de lui donner des ordres.

– Mais nous parlerons chiffons plus tard, poursuivit Maxi. Je vais jeter un coup d'œil dans mon bureau. Ensuite, vous pourrez peut-être me montrer le reste de l'établissement?

Julie se dressa d'un bond et, dos tourné à la porte de l'ancien royaume de l'oncle Bob, lui barra le passage :

– Je ne crois pas que vous teniez tellement à entrer.

– Ah bon?

– Ce n'est peut-être pas la meilleure façon de commencer la journée.

– Ne me dites pas qu'il ne s'est pas débarrassé de son fatras! Il l'avait promis!

– Non, non, on a tout déblayé.

– Alors, où est le problème? demanda Maxi, pleine d'entrain.

Elle fit quelques pas et s'arrêta net.

La pièce était tout à fait vide, à l'exception d'un

fauteuil de cuir noir hors d'âge. De multiples couches de bouts de papier couvraient le sol sur plusieurs centimètres d'épaisseur. Un désastre dix fois pire que Broadway après l'un de ces défilés où on jette des confettis. Elle remarqua, ahurie, des toiles d'araignée dans les coins. Des *araignées* à New York? Les neuf bureaux de l'oncle Bob ne dissimulaient plus les murs souillés, maculés de taches. Au fil des ans, des infiltrations d'eau avaient fait tomber la peinture, qui gisait par terre en longues bandes irrégulières. Les fenêtres étaient si sales qu'elles laissaient à peine passer la lumière, et un soleil chétif éclairait faiblement ce spectacle de désolation.

– Au moins, dans *De Grandes Espérances*, Miss Havisham avait des *meubles* pour soutenir ses toiles d'araignée! s'écria Maxi quand elle eut retrouvé l'usage de la parole.

– Le bureau sur lequel il travaillait s'est effondré quand ils ont voulu le déplacer.

– N'y aurait-il pas un balai, un aspirateur, quelque chose, pour nettoyer ce... je ne trouve même pas le mot.

– Je ne vois guère que la motivation.

Julie semblait avoir réfléchi à la question. Maxi fut horrifiée :

– Pas *moi*, quand même!

– Habillées comme *nous* sommes? Je pensais à Hank, l'homme de peine de l'immeuble. Un petit cadeau et il se sentira puissamment motivé. Auriez-vous cinquante dollars?

– En liquide? Je ne crois pas. Est-ce qu'il accepterait une carte de crédit?

– Je vais vous les prêter. Vous me rembourserez demain.

– Oh, merci, Julie, merci. Sortons d'ici. C'est morbide.

– C'est vous la patronne.

– Ah bon? Oui! Où la patronne pourrait-elle s'asseoir pour discuter de l'avenir de *Blazers et Boutons* avec la rédaction?

– Il n'y a plus de rédaction.

– Et vous?

– Pas question. Je ne vois pas d'inconvénient à vous prêter de l'argent, mais ça s'arrête là. Mon travail ici est purement temporaire, Dieu merci.

– Ne pourriez-vous pas faire semblant? Jusqu'à la fin de la semaine? Vous pourriez le mentionner dans votre C.V., quand vous chercherez du travail.

– J'ai bien l'intention de ne pas faire la moindre allusion à *Blazers et Boutons* dans mon C.V. Si cela peut vous réconforter, considérez-moi comme une conseillère technique, et laissez-moi vous offrir un café, afin de nous remonter le moral. Ne cherchez pas la cafetière électrique, elle est en panne.

– Le snack le plus proche, alors?

– Vous y êtes.

– Julie, dit Maxi d'un air très sérieux, en se penchant par-dessus la table, avez-vous réfléchi à toutes les possibilités? Dans le monde entier, chaque groupe de rock est fou de galons dorés, d'uniformes, d'ornements... Partout les médailles sont de nouveau à la mode... Les épaulettes n'ont jamais eu autant d'importance. Regardez celles de Claude Montana! Les T-shirts... Qu'est-ce que le punk, sinon une forme de passementerie créative? Et les robes de soirée de cette année... il faut qu'elles scintillent, sinon inutile... Sonia Rykiel : garniture partout. Nous pourrions sortir un numéro entier sur... sur les manches bouffantes de Joan Collins!

– Hmmmm.

– Ce qui signifie?

– Je n'ai travaillé ici que pendant quinze jours;

le poste d'assistante que je devais obtenir à *Mademoiselle* est tombé à l'eau au dernier moment. Mais j'ai eu le temps de voir qui souscrit encore à *Blazers et Boutons.* Il s'agit avant tout de gens comme M. Lucas, qui veut à tout prix vendre cinq mille mètres de passementerie, ou M. Spielberg, dont la vie tout entière est consacrée aux galons. Je ne crois pas que les manches de Joan Collins les passionneraient beaucoup. Et si elle apparaissait nue en couverture, je ne suis pas sûre qu'ils s'en rendraient compte. *Blazers et Boutons* traite avant tout des petits détails pratiques de l'industrie du textile. Pour ce qui est des nouveautés, Spielberg et Lucas s'en tiennent au *Quotidien de la Mode.* Vous ne pourrez rien y changer.

– Dans ce cas, nous devrons élargir notre cercle de lecteurs, attirer d'autres gens que Lucas et Spielberg.

– Pas *nous,* Maxi, *vous.*

– On verra bien demain, dit Maxi en faisant un grand geste de la main. Parlez-moi de vous. Confiez-moi tous les détails que vous jugerez utiles.

– J'ai vingt-deux ans. Je suis sortie diplômée de Smith l'année dernière. Ma mère tenait à ce que je fasse des études de secrétariat, au cas où. C'est ce que les femmes, dans ma famille, font depuis trois générations, et je suis la première à qui cela ait servi. Ça ne me plaît pas du tout. Je commence dans deux semaines à *Redbook,* comme sous-assistante de la responsable de la rubrique mode.

– Vous êtes new-yorkaise? demanda Maxi, curieuse de savoir. Elle n'avait jamais rencontré quelqu'un d'aussi professionnel, d'aussi férocement sûr de soi, que Julie.

– Cleveland, Shaker Heights. Mon père est neurochirurgien, et ma mère enseigne la littérature anglaise à l'Université. Sa spécialité : Virginia

Woolf et le Groupe de Bloomsbury. Ma sœur prépare un double doctorat de français et de philosophie, afin de pouvoir enseigner Pascal, Montaigne et Voltaire – Dieu sait à qui –, et mon frère est planificateur municipal, c'est l'un des principaux assistants du maire de Cleveland. Je suis le seul échec de mes parents.

– Et quel crime avez-vous commis? dit Maxi, bouche bée.

Ce devait être la couleur de ses cheveux. Tout le reste paraissait si impressionnant.

– Je suis folle de la mode. Personne dans la famille Jacobson ne pense que ce soit une très bonne façon d'occuper la seule vie dont nous disposons. C'est frivole, mal payé, et ne contribue nullement à l'enrichissement de la connaissance.

– C'est la quatrième, ou la cinquième, industrie du pays.

– Ils ne pensent pas beaucoup de bien de l'industrie en général.

– Ils m'ont l'air un peu... bostoniens.

– Une branche de la famille vit à Boston depuis toujours. A côté d'eux, les Jacobson de Cleveland ressemblent à des producteurs de télévision.

– Je n'ai même pas achevé mes études secondaires, avoua Maxi.

– C'est pour ça qu'on vous a envoyée à *Blazers et Boutons*? Pour vous apprendre ce qui arrive aux gens comme vous?

– C'est une idée à moi. Et je n'ai pas l'intention d'abandonner.

– Je ne vois pas pourquoi, avec toutes les revues que publie Amberville, vous devriez vous soucier de ce pauvre vieux *Blazers et Boutons*. A votre place, j'aurais filé à *Style* comme une flèche.

– Parlons mode, suggéra Maxi.

Julie lui plaisait bien. Pas question, pourtant, de mettre son cœur à nu devant elle, dans le seul but de satisfaire sa curiosité. Les raisons en étaient trop chargées d'émotions, trop liées à son amour envers son père, pour que Maxi cherche à y voir plus clair.

Les yeux de Julie se mirent à briller :

– Milan? Bendel? Les stylistes américains?

– Choisissez; c'est vous qui offrez le café.

L'après-midi, Maxi passa plusieurs heures dans ce qui avait été le service artistique. Deux tables nues, en forme de L, et quelques chaises branlantes gisaient sur un linoléum en lambeaux. De temps en temps, elle entendait Julie, dans la pièce à côté, répondre au téléphone et traiter avec un homme de peine réticent, manifestement peu motivé.

Maxi s'était armée d'un bloc-notes jaune et d'une provision de stylos à bille. La première chose, se disait-elle, c'est de prévoir l'avenir d'un *Blazers et Boutons* tout neuf, plus gros, plein de vigueur explosive. Elle avait l'intention de faire des listes, des croquis, et de recommencer tant qu'il faudrait. Elle marcha dans la pièce, alla regarder par la fenêtre, revint s'asseoir, contempla son bloc-notes, se leva et marcha encore un peu. L'inspiration ne venait pas. Peut-être était-ce la faute du décor, de ces atroces sandwiches jambon-fromage avalés dans un snack avec Julie – ils n'avaient plus de salade de thon qu'elle aimait tant –, de la pleine lune ou de la diabolique influence de Saturne. Peut-être n'était-ce pas son jour. Peut-être était-ce Lucas et Spielberg. Julie n'aurait jamais dû lui en parler. Aucune de ses idées ne lui semblait pouvoir les satisfaire, et, après tout, ils représentaient le dernier carré des fidèles lecteurs de *Blazers et Boutons*. Si la revue devait surgir de ses cendres, il lui faudrait attirer des milliers de Lucas et de Spielberg, où qu'ils soient. Des centaines de milliers. Des millions!

– Dieu tout-puissant ! s'écria Maxi.

– Vous avez parlé ? demanda Julie, debout à l'entrée de la pièce.

– Il n'y a pas de millions de Lucas et de Spielberg !

– Un de chaque, je crois. Sur la liste de vos abonnés, du moins.

– Julie, je vais marcher un peu. Je pense mieux debout.

– Il fait bon dehors, dit Julie, qui jeta un coup d'œil entendu au bloc-notes toujours vierge. L'oxygène stimule le cerveau.

– Et il fait bon dehors. A demain.

Elie attendait en bas dans la limousine.

– Au centre de l'univers, Elie, ordonna-t-elle.

Il la mena jusqu'au carrefour de la 57e Rue et de la Cinquième Avenue, s'arrêta et vint lui ouvrir la portière.

– Quand aurez-vous besoin de moi ce soir, mademoiselle Amberville ?

– Je ne sais pas, Elie, mais appelez vers six heures.

Elle descendit à grands pas la Cinquième Avenue, savourant l'humeur subtile de la ville, ce grand spectacle perpétuel. Elle aimait l'intolérable tension de cette métropole pareille à une île, qui semblait perchée sur le cratère d'un volcan en éruption. *I'll take Manhattan, the Bronx and Staten Island too,* chanta-t-elle, bien qu'elle sût, depuis des années, que la chanson que lui avait apprise son père avait été modifiée pour mieux refléter la résolution de Zachary Amberville, les paroles commençant en fait par *We'll take Manhattan, A nous deux, Manhattan.*

La Cinquième Avenue ne lui avait jamais paru aussi vaste, aussi lumineuse, qu'après ces heures sinistres passées dans son nouveau bureau. La foule des passants qui se poussaient, se bousculaient, se dépassaient – version typiquement new-yorkaise, agressive et *con brio,* de la flânerie – semblait plus diverse, plus fascinante encore, au terme de cet après-midi stérile, en tête-à-tête avec son bloc-notes. Chacun avait une destination, un but, une raison d'être là, à cet endroit, dans cette rue, à cette heure précise.

Que voulaient-ils tous? se demanda Maxi. *Vouloir* est l'essence du New-Yorkais. Elle-même savait ce qu'elle désirait : faire de *Blazers et Boutons* un énorme succès. Pourtant, Maxi se dit brusquement que c'était impossible, et qu'elle ne l'ignorait pas. Pas avec une revue pareille. Pas question. Il y avait, dans cette ville, un marché pour tout : mais pas de demande suffisamment *importante* pour une publication dont les articles, si bien écrits qu'ils fussent, seraient consacrés aux broderies des costumes à trois mille dollars de Julio Iglesias, aux dentelles de Prince, ou qui diraient tout sur les paillettes de Linda Evans. On devait pouvoir publier une revue destinée aux porteurs de verre de contact, aux gauchers, ou même aux collectionneurs de bouts de ficelle; mais ce ne serait jamais qu'un *petit* magazine. Maxi n'entendait nullement y investir toute son énergie.

Tant pis pour la passementerie, se dit-elle. Il lui fallait trouver une idée neuve, un – un *concept.* C'est de cela qu'elle avait besoin, pensa-t-elle, dansant presque, dans sa minijupe rouge, sourire aux lèvres. Rien qu'un nouveau concept, qu'on n'ait pas encore employé. Cela suffirait. Elle accéléra le pas, et tous les hommes qui la croisaient brûlaient d'envie de la suivre.

Le soir, quand Elie l'appela, elle lui dit que, le lendemain matin, il devrait faire le tour de tous les kiosques à journaux de la ville, pour lui rapporter un exemplaire de chaque revue mise en vente. Autant savoir ce qui se faisait déjà avant d'imaginer la sienne.

– Maman, dit Angelica, suppliante, quand est-ce que tu vas arrêter de te torturer? C'est insupportable de te voir comme ça.

– Rien à fiche, ma petite.

– Ce n'est pas très gentil de parler à ta fille de cette façon.

– Si tu veux quelqu'un de gentil, va chercher quelqu'un d'autre. Je n'ai pas le temps. Je travaille.

– Pourquoi tu me fais des choses pareilles?

– Parce que. Et arrête de pleurnicher... Les autres filles ont des mères qui travaillent et elles ne se plaignent pas.

– Des mères qui travaillent! Tu as l'air d'un robot complètement cinglé.

– Va jouer dans ta chambre.

– Ça fait trois jours que tu es enfermée avec toutes ces revues, tu ne manges rien, tu lis jusqu'à ce que tu t'écroules, tu grinces des dents quand tu dors...

– Comment sais-tu ça?

– Tu t'es endormie comme ça hier soir, et je t'ai entendue.

– Rien qu'un peu de stress, Angelica. C'est tout à fait normal.

– Mais tu as horreur de ça, Maman, tu fais toujours tout pour l'éviter. Arrête!

– Le stress fait partie de la condition humaine. Tu ne le sais peut-être pas parce que tu es trop jeune, mais d'après ce que je lis, chaque femme de ce pays doit endurer un stress insupportable, et ça va toujours en empirant, même quand nous sommes là, à perdre du temps en bavardages. Maintenant, va-t'en, et laisse-moi reprendre mon travail.

– Maman, je vais appeler Toby, et te faire enfermer dans un asile.

– Il faut trois médecins pour ça, et ils sont tous trop occupés à écrire des articles sur le stress. Tu n'en trouveras aucun qui ait le temps, mais tu peux toujours essayer.

Angelica replia sa grande carcasse et s'assit à côté de Maxi. Trois jours auparavant, quand Elie était arrivé avec la première brassée de revues, sa mère avait eu l'air d'un enfant qui déballe ses cadeaux de Noël. Elle s'était installée dans la bibliothèque, aux rayonnages chargés de livres, aux fauteuils de cuir blanc cassé, pour se jeter sur chaque numéro avec impatience, le parcourant page après page, d'une couverture à l'autre, sans rien négliger. Une fois l'opération terminée, Maxi posait avec soin le magazine sur l'une ou l'autre des piles qui commençaient à se former autour d'elle. Elie revenait de chacune de ses expéditions les bras lourdement chargés. Maxi se sentit peu à peu abattue. Au déjeuner, elle était consternée, et le soir, contrariée. Le lendemain elle en était venue à la fureur – qui, depuis, n'avait cessé de croître. Et les revues arrivaient toujours, s'entassant en piles croulantes tout au long des murs, sauf du côté des fenêtres.

Elie, épuisé, en avait déjà repris beaucoup, afin de les jeter : magazines pour hommes; revues de sport, d'automobiles, d'informatique, de hi-fi; hebdomadaires d'informations, revues de cinéma, romans-photos; publications à l'intention des homosexuels mâles; périodiques d'aviation; revues économiques de toute nature.

Maxi s'était trouvé une place sur le tapis rouge et blanc, tissé à la main, et demeurait assise, jambes croisées, entourée de dizaines de titres différents.

– Je n'en ai pas encore découvert qui soit destiné aux lesbiennes, dit-elle, songeuse et lasse.

– Maman! C'est ça que tu comptes faire?

– C'est peut-être le seul créneau encore libre.

– Tu crois que les lesbiennes iraient dans les kiosques acheter ça? dit Angelica, surprise.

Elle entendit s'ouvrir la porte d'entrée. Ce devait être Elie avec d'autres de ces ignobles revues : les pas étaient ceux d'un homme.

– Dans ce pays qui compte cinquante-neuf millions de célibataires, et où *Bride* se flatte de toucher un peu plus de trois millions de personnes, il est évident qu'il doit y avoir quelque part un important public de lesbiennes, répondit Maxi, en s'efforçant de paraître rationnelle.

Un homme entra dans la bibliothèque. Elles étaient si absorbées qu'elles ne l'entendirent pas. Il s'appuya négligemment contre le chambranle. Son port de tête ironique, son menton pointé en avant, la lueur de scepticisme de ses yeux, l'allure belliqueuse de sa chevelure blond cendré, courte et raide, tout indiquait quelqu'un qui contemple le monde avec un certain dédain. Il était vêtu d'un cuir si usé qu'on aurait cru un ensemble de pièces et de morceaux; trois Nikon pendaient à son cou, et son sourire entendu était plein de tendresse. De toute évidence, Maxi et Angelica lui inspiraient une bienveillance amusée qu'il ne devait pas ressentir pour beaucoup de monde.

– Pourrais-je vous proposer un abonnement à *Boy's Life,* mesdames? dit-il doucement.

– Justin! hurla Maxi.

Elle se précipita dans ses bras, éparpillant ses revues en tous sens.

– Justin! Espèce de monstre! Où étais-tu depuis un an, sale type! Pauvre crétin! Justin chéri!

– Moi aussi! Moi aussi! s'écria Angelica. Elle le serra très fort, en essayant de grimper sur lui, comme elle le faisait quand elle était petite, et manqua le renverser. Il finit par s'arracher à ces deux créatures babillardes, les sépara, et mit un bras autour de chacune d'elles. « Voyons voir », dit-il, et elles se turent aussitôt, se soumettant à son examen. « Toujours aussi belles », ajouta-t-il au bout de quelques secondes. Il fixa sa sœur et sa nièce avec attention, sans que ses yeux gris négligent quoi que ce fût, mais, quelles que fussent ses pensées, il les garda, comme d'habitude, pour lui.

Peu après la mort, si horrible, si brutale, de Zachary Amberville, Justin avait disparu sans dire mot aux membres de la famille. Il était coutumier du fait depuis l'âge de quinze ans, et les Amberville s'étaient habitués à le voir entrer et sortir. Au cours de ses absences, il n'écrivait ni ne téléphonait jamais; mais, de temps en temps, des photographies signées « Justin » apparaissaient dans diverses revues : des clichés d'îles minuscules, si lointaines qu'elles demeuraient ignorées des agences de voyage; de montagnes si inconnues qu'elles n'avaient pas de nom; de jungles qui se réduisaient à des taches blanches sur les cartes; de surfers australiens; de travestis brésiliens du Bois de Boulogne; de l'intérieur de la tribune royale à Ascot. Elles n'avaient rien de commun, sinon le regard aigu de celui qui était derrière l'objectif – un regard qui saisissait des images qu'on ne pouvait ignorer, même à une époque où, semblait-il, toutes les photos les plus extraordinaires avaient déjà été prises.

Son dernier « voyage », comme on appelait, dans la famille, ses mystérieuses errances, avait été plus long que tous les précédents, et ses clichés plutôt rares. Pourtant personne ne s'en inquiétait : il était admis une fois pour toutes que Justin était invulnérable.

Adolescent, il semblait très mal dans sa peau, nerveux, gauche, et cherchait toutes les occasions de passer inaperçu. Puis, à douze ans, il commença de pratiquer les arts martiaux, et suivit un entraînement impitoyable, qui rappelait à Lily la farouche obstination de la danse classique. Peu à peu, son allure, même quand il se tenait immobile, devint inquiétante. Tout ce qui, en lui, avait paru vague et incomplet était devenu force et puissance. Aujourd'hui, c'était une présence avec laquelle il fallait compter, pleine d'adresse et de grâce féline. Un homme de vingt-quatre ans, de taille moyenne, et dont le corps mince avait néanmoins plus de densité que celui de bien des gens de son âge.

Justin avait l'air à la fois follement courageux et imprévisible, bien qu'il eût dédaigné faire étalage de sa puissance. Le cuir qu'il portait n'était pas une armure, mais un simple vêtement, usé, négligé, commode, avec lequel il voyageait partout. Quand, à Southampton, on pouvait le convaincre de prendre part à une partie de croquet, il émanait de lui la même intrépidité, bien qu'il fût vêtu d'un pantalon de toile blanche et d'un sweater pastel. Elle venait de ses muscles si durs, de son absence de relaxation, comme si à tout instant il s'apprêtait à combattre.

Maxi n'avait jamais vu Justin toucher quelqu'un autrement qu'avec tendresse, et s'était pourtant dit souvent qu'elle savait peu de chose sur son frère cadet, bien que tous deux s'aimassent profondément. Jamais elle n'avait rencontré d'homme qui fût, à ce point, sur ses gardes. Elle ne pouvait comprendre ce qui se passait derrière ce grand front bombé, ni quel besoin obscur le poussait à quitter la maison si fréquemment. Même Toby, aux sens si aiguisés, si habile à déchiffrer les pensées les plus secrètes, ne pouvait percer l'énigme des mobiles de Justin. Tous deux avaient l'impression qu'il visait un but invisible, qui leur échappait : un but qu'il n'avait jamais expliqué, encore moins décrit, et qui pourtant l'entraînait inexorablement.

– Qu'est-ce que vous faites, toutes les deux? demanda Justin en souriant. Toby m'a dit que je vous trouverais ici, mais il ne m'a pas précisé dans quel état. Il a ajouté que vous m'en parleriez.

– Maman cherche un concept nouveau pour une revue, dit Angelica en haussant les épaules, et je m'assure que pendant ce temps elle ne mourra pas de faim. La nouvelle cuisinière nous a quittées hier.

– Pourquoi, Maxi? dit Justin, étonné. A quoi bon un magazine de plus?

– C'est ce que je me demande, voilà le problème. Mais la vraie raison, c'est Cutter. Je ne veux pas qu'il puisse me faire passer pour une idiote.

– Dans ce cas, tu peux compter sur ma pleine coopération, rétorqua Justin, avec toute la férocité dont il était capable.

Alors que Toby et Maxi auraient pu expliquer en détail tout ce qui leur déplaisait chez leur oncle, Justin le détestait depuis toujours, sans savoir pourquoi. C'était un dégoût instinctif que les mots n'auraient pu rendre, une antipathie réciproque absolue. Comme tous les membres de la famille, Justin avait été curieux de savoir qui était le frère de son père, ce frère qui ne semblait jamais sortir de San Francisco. Alors qu'il avait presque onze ans, Cutter et Candice Amberville finirent par venir à New York où ils restèrent quelques jours avant de partir pour l'Europe. A la première rencontre, la curiosité que Justin éprouvait se transforma en une répugnance viscérale qu'il ne chercha même pas à comprendre. C'était quelque chose d'aussi solide qu'un roc, qu'on ne pouvait remettre en question. Aussi puissant que son amour pour Zachary, aussi évident que son affection pour son frère et sa sœur.

– J'accepte ton offre, dit Maxi, ravie.

Depuis trois jours, elle n'avait parlé qu'à Angelica. Julie s'affairait au bureau, menant à bien la tâche d'expédier *Blazers et Boutons* dans ces limbes où flottent les revues disparues, qui ne donnent plus lieu qu'à de rares accès de nostalgie, ou à des questions dans les concours des journaux. Maxi n'avait contacté aucun des professionnels d'Amberville Publications, qui auraient été heureux de lui venir en aide. L'orgueil l'en avait empêchée, ainsi que le désir de tout faire *seule,* du début à la fin, puis, si elle échouait après avoir donné le meilleur d'elle-même, de reconnaître sa défaite s'il le fallait. Mais elle ne voulait pas s'en remettre à la compétence de Pavka, de Nina ou de Linda Lafferty, même si elle lui était acquise. Maxi, à vingt-neuf ans, n'avait jamais réussi grand-chose, à part mettre au monde Angelica. Pour Justin, cependant, c'était différent. Il faisait partie de la famille.

– Par quoi commençons-nous? demanda Justin en enlevant plusieurs épaisseurs de cuir et en se faisant une place par terre avec Maxi et Angelica.

– Tu ne veux pas savoir pourquoi j'ai besoin d'un concept.

– Pas forcément, tant qu'il s'agit d'avoir Cutter. Où en es-tu? Est-ce que tu as ne serait-ce qu'une vague idée?

– Je sais ce que je ne peux pas faire. J'ai éliminé *Vogue, Précis d'architecture, Pelouse et Maison,* toutes ces revues somptueuses. Non seulement ce serait trop cher à publier, mais Amberville a déjà *Style,* et je ne veux pas lui faire concurrence. Et puis tous ces journaux me rendent *furieuse*!

– Depuis quand? Je croyais que tu aimais ça.

– C'est vrai. J'avais besoin de ma dose mensuelle de papier glacé, mais plus je les regarde, plus je les lis, plus ils m'énervent. Justin, te rends-tu compte à quel point ce genre de magazines t'amène à penser que tu n'es qu'un rien du tout? Personne, ou presque, ne peut avoir cet air-là, porter ces fichus vêtements, ou ce maquillage délirant, avoir des maisons comme ci, des jardins comme ça... tu peux essayer, tu peux passer ta vie à attendre d'être photographié lors de cette minute de perfection, la seule qu'ils montrent jamais, mais tu ne pourras pas y arriver. Ce n'est pas que du rêve qu'ils vendent, c'est de l'humiliation, de la souffrance, du mécontentement et surtout de *l'envie.*

– Maxi, calme-toi. Ils vendent des robes, des meubles, des produits de beauté... les pages éditoriales servent de simple véhicule aux publicités. Ça fait tourner le commerce. Tu le sais aussi bien que moi.

– Je ne les aime pas plus pour autant, dit Maxi, têtue.

– Mais *tu* les lis quand même. Tu sais parfaitement que tu peux acheter tout ce que tu vois dans ce genre de revues. Regarde cet appartement... Quatre millions de dollars? Cinq? Je ne me souviens plus. Regarde tes penderies pleines à craquer, regarde ton coffret à bijoux, et puis regarde-toi bien dans le miroir. Qu'est-ce qui te manque? A part un quatrième époux.

– Je pense à mes lecteurs, répondit Maxi, agacée.

– Ah bon, tu as déjà des lecteurs? Je savais bien

que cet endroit était un peu spécial, mais je pensais que c'était à cause de la vue qu'on y a.

– J'ai bien l'intention d'en avoir, Justin, et je ne veux pas leur imposer une nouvelle overdose de richesse.

– Bravo ! Et quel genre de revues as-tu décidé de ne pas publier ? dit-il. La véhémence de sa sœur piquait sa curiosité.

– Aucun de ces fichus magazines pratiques, *Maisons, Cercle de Famille, Femmes modernes,* qui traînent les femmes dans la boue. Regarde cette annonce dans *Le Mensuel de la ménagère...* Ils en ont interrogé quatre-vingt-six mille, et quatre-vingt-sept pour cent d'entre elles pensent que « les femmes peuvent tout faire ».

– Elles ont tort ? Tu t'es toujours comportée comme si tu en étais persuadée.

– Attends la suite : « Nous sommes là tandis qu'elle s'attache à parvenir à une parfaite forme physique. Un régime raisonnable, des projets beauté, gymnastique... et nous sommes encore là quand elle s'efforce d'être meilleure dans d'autres domaines. A la maison. Au bureau. Dans son groupe... en se donnant autant de mal que les dix-sept millions de femmes qui nous lisent chaque mois. » C'est un énorme complot pourri, une véritable *tyrannie,* Justin. Toutes ces malheureuses sont contraintes d'être parfaites, en tout temps, en toutes occasions. Dépêchez-vous, dépêchez-vous, et si vous en mourez, n'oubliez pas de renouveler votre abonnement !

– Angelica, donne un Valium à ta mère.

– C'est déjà fait, Justin. Ça n'a servi à rien. Tu crois qu'on va mourir quand on a la bave aux lèvres ?

– Je ne pense pas, chérie, ta mère est juste un peu stressée.

– Justin, cria Angelica, effrayée, n'emploie pas ce mot, s'il te plaît.

– La barbe! grommela Maxi en jetant par terre un exemplaire de *Cercle de Famille.* On est en septembre, et ils mettent en couverture « 101 cadeaux de Noël à faire soi-même », « Les meilleures recettes de gâteaux », ainsi qu'un article sur le livre du docteur Art Ulene, *Comment mettre fin aux problèmes familiaux avant qu'ils ne commencent...* Et si vous ne savez pas cuisiner? Si vous *achetez* vos cadeaux? Si vous ne voulez pas en savoir plus sur les problèmes de famille, Noël ou pas? Et c'est le magazine féminin le plus vendu dans le monde. Tiens, et regarde celui-là, regarde : ça s'appelle *Club de Femmes* et c'est d'un drôle! Un article sur une greffe d'estomac qui n'a pas marché, un autre sur une adolescente qui a une maladie de foie très rare, et mortelle; un autre sur le stress, avec un test pour vous dire si vous êtes un bon candidat aux crises cardiaques; et puis, histoire de se détendre, comment tricoter au crochet un napperon pour les fêtes. Le crochet, un antidote au stress? Ou un bon moyen d'en provoquer un?

– Maxi, pourquoi perds-tu ton temps avec ça? Ce n'est pas vraiment ton genre... Je ne t'ai jamais vue préparer quelque chose de plus compliqué qu'un vodka-tonic, et je me souviens que tu étais furieuse que les citrons verts aient des pépins.

– Il faut que je sache ce que les gens achètent, ce que les *femmes* lisent, sinon je ne saurai pas quoi leur proposer qu'elles n'aient *déjà,* expliqua Maxi, qui semblait s'être changée en gargouille. C'est évident.

– Mais tu ne vas quand même pas te battre contre *Pelouse et Maison...* Où est ta garantie de remboursement, où est la confiance de tes lecteurs? Où est ta réputation d'excellence, ta position d'ami fidèle, pas de simple revue?

– Comment se fait-il que tu en saches tant, Justin? demanda Maxi, soupçonneuse.
– J'ai déjeuné une fois avec quelqu'un de chez Hearst, répondit-il évasivement.
– J'aime bien faire des gâteaux, dit Angelica. Maman, est-ce que je pourrais avoir ton exemplaire de *L'Heure de la Femme*?
– Avec ma bénédiction!
Maxi sourit, pour la première fois de la journée. Elle se tourna vers Justin, levant des sourcils étonnés. Faire des gâteaux?
– Qu'est-ce qu'il y a dans cette pile? demanda-t-il en désignant le tas de revues le plus proche d'elle.
– Ça, c'est les revues du genre « Qu'est-ce qui ne va pas? ». Elles partent du principe que la situation est si mauvaise que vous avez désespérément besoin d'aide. Voici par exemple *Femme* et *Femme parfaite* avec des titres typiques : « Pourquoi le laisser vous écraser? »; « Vos règles : halte aux idées fausses »; « Venez à bout de votre timidité »; « Si le sexe vous pousse à dire : Qu'est-ce qui ne va pas chez moi? »; « Ainsi, le sexe ne vous intéresse pas... »; « Bannissez l'ennui, triomphez de la souffrance, combattez l'insécurité, venez à bout de la solitude »; « Comment vous sauver de vous-même ». Je pourrais continuer...
– Non, non, s'il te plaît, ou je vais me mettre à hurler, dit Justin, incapable de réprimer un éclat de rire.
– Maman réagit de façon excessive, lui chuchota Angelica.
– Oh que non, s'écria Maxi. Je regarde simplement ce qui est en vente dans les kiosques, et j'ai des réactions *normales*.
– Comme de grincer des dents quand tu dors? lui demanda sa fille.
– Précisément! Et cet article sur « Le meilleur

remède contre le stress », par Michael Korda. Devinez ce que c'est.

– La relaxation ? dit Justin.

– Respirer profondément ? Manger du chocolat ? suggéra Angelica.

– Non, non, mes enfants... « Faites-en plus... Comment parvenir à la réussite, sans honte et sans remords ». *RÉ-PU-GNANT* ! Maxi s'effondra sur le sol et grogna. « Faites-en plus, dit-il. *Plus.* »

– Laisse-moi te masser le dos, Maxi, ça va te tuer, dit Justin en remontant ses manches et en faisant craquer ses doigts.

– Maman, tu veux un gâteau au chocolat ? Il paraît que ça rend heureuse, que ça libère une hormone ou je ne sais quoi.

– Non, n'essayez pas de me mettre de meilleure humeur.

Maxi se releva brusquement, s'empara des revues qui l'entouraient, et les jeta avec violence sur les piles entassées le long des murs.

– Assez ! Halte à la culpabilité ! Cessez d'être des victimes ! Vos kilos en trop, votre amant devenu un tyran, votre dramatique ignorance en matière financière, le fouillis dans vos penderies, le fait que vous ne preniez pas assez de calcium, n'êtes pas montée en grade dans votre service, ne savez pas concilier travail et famille, et devez sauver votre mariage; assez de vos erreurs de régime, et des moyens de les surmonter; assez de votre vie sexuelle si fastidieuse, et c'est sans doute votre faute; votre vie vous déprime, les hommes ne veulent pas s'engager; vous ratez tous vos entretiens pour avoir un poste... assez, assez, *assez* !

– Nous sommes d'accord, n'est-ce pas, Justin ? dit Angelica en toute hâte, mais Maxi ne l'entendit pas, et continua de parler de plus en plus fort tandis que ses pieds nus martelaient le tapis, comme des sabots furieux.

– Ça ne fait que ruiner votre confiance en vous, en prétendant vous expliquer comment être, paraître, vous sentir plus confiante; ça vous donne l'impression que jamais votre corps ne sera *assez* séduisant, que vous pouvez, et devez, être meilleure, meilleure, *meilleure*, à la cuisine, au lit, au bureau – vous n'avez pas eu de promotion? Comment ça se fait? Pourquoi n'êtes-vous pas cadre, et, si oui, quelles horribles choses révèlent les tiroirs de votre bureau, et quand apprendrez-vous à manipuler votre patron? Et si vous ne travaillez pas, pourquoi n'êtes-vous pas à la maison, en train de préparer une garniture pour la dinde? Pourquoi êtes-vous donc si nulle? Et pourquoi, sans cette revue, vous ne passeriez pas la nuit? Qu'ils soient bénis – que soient bénis les gentils journalistes qui vous rassurent sur la nullité qui vous sert de mari, sur les dix-sept choses que vous faites mal au lit, le seul homme – un mufle, évidemment – que vous n'oublierez jamais; tout est ta faute, vilaine fille. *VILAINE FILLE!* Culpabilisation! EST-CE QU'UN HOMME ACHÈTERAIT UNE REVUE QUI LUI EXPLIQUERAIT TOUS LES MOIS QU'IL N'EST QU'UN CRÉTIN? Non, mes enfants, non. *Encore un article sur la boulimie et je me mets à vomir.* N'y a-t-il pas décidément une seule revue qui aime les femmes telles qu'elles sont? Qu'est-ce que je viens de dire?

– Tu vomiras si... commença Angelica, hystérique.

– Non, après.

– N'y a-t-il pas une revue qui aime les femmes? dit Justin.

– C'EST ÇA! C'est tout à fait *ça*! La revue qui vous aime, qui ne cherche pas à vous changer, qui veut vous amuser, qui existe pour votre plaisir, rien que pour votre plaisir. Qui se fiche éperdument de savoir que vous mangez trop, que vous n'avez pas d'homme, que vous auriez dû savoir à quoi vous en tenir, ou que vous avez besoin d'aide. Il y a déjà plus d'aide dans les kiosques que le monde entier n'en peut faire usage. POUR LE PLAISIR! Vous m'entendez? POUR LE PLAISIR!

Elle ouvrit grand les bras et sauta en l'air, expédiant au loin son dernier magazine d'un coup de pied digne d'une majorette texane.

– Nous t'avons entendue, Maman. Comme tout le monde dans l'immeuble, d'ailleurs.

– Et comment va s'appeler cette revue si plaisante? demanda Justin, ravi de voir sa sœur adorée retrouver la forme.

– Elle a déjà un nom. J'ai choisi *Blazers et Boutons* quand on m'a laissé le choix. Mais les temps ont changé, ajouta Maxi, toute joyeuse, et le nom aussi. Ce sera désormais *B & B*.

– *B & B*? Qu'est-ce que ça veut dire? dit Angelica.

– Comment veux-tu que je le sache? C'est vraiment important? Biscottes et Beurre, Bénédictine et Brandy, Bijoux et Babioles, comme tu voudras. La revue s'appelle *B & B* et c'est POUR LE PLAISIR!

16

– DÉBILE ! Débile !

Furieux, Rocco jeta par terre le numéro d'*Adweek* qu'il était en train de lire. Il regarda par la fenêtre de son bureau, au 43e étage de Dag Hammarskjold Plaza, et aperçut, contrarié, le néon rouge de l'usine d'embouteillage Pepsi, de l'autre côté de l'East River. Coca-Cola était son client, et Pepsi l'ennemi abhorré – jusqu'au jour, presque inévitable, où ce serait le contraire.

– De toute façon, ajouta-t-il, cette histoire ne tient pas debout. Tourner huit heures et demie de film, et les réduire, au montage, à un spot télé de trente secondes, en espérant que les gens ne changeront pas de chaîne ! Aussi bon qu'il soit, c'est le signe qu'au départ quelque chose ne va pas.

– Nous n'avons rien à voir avec ça, Rocco, dit Rap Kelly d'un ton apaisant. C'est pour un savon déodorant quelconque. Tu ne devrais pas lire ce genre d'articles.

– Laisse tomber la philosophie, Rocco, dit Man Ray Lefkowitz, le troisième associé de Cipriani, Lefkowitz et Kelly, l'agence de publicité la plus courue de New York. Quand on offre aux gens la télécommande, il est évident qu'ils vont s'en servir pour sabrer les publicités.

– Si ça venait de chez *nous*, proféra Rocco, l'air

sombre, j'étranglerais le metteur en scène de mes propres mains. Il est loin de valoir Hitchcock.

Manny et Rap échangèrent un regard. Rocco allait-il traverser une fois de plus ce qu'ils appelaient entre eux l'une de ses crises de manque? Quand, trois ans plus tôt, tous deux avaient réussi à le détacher de Condé Nast, ç'avait été la tâche la plus difficile – bataille pour le contrat Chevrolet comprise – qu'ils aient jamais entreprise. Rocco refusait d'admettre que, dès qu'il s'agissait de retenir l'attention du public, les revues n'étaient que des dinosaures. Il voulait s'enterrer pour toujours dans la presse, et c'est ce qu'il avait fait, jusqu'à ce qu'ils parviennent à l'arracher à son obsession.

Manny Lefkowitz, brillant rédacteur publicitaire, se souvenait encore de l'argument décisif :

– Rocco, il faut plus de temps, d'énergie, et de réflexion, pour tourner une page de publicité, surtout lorsqu'on a dû *acheter* la revue, que pour appuyer sur le bouton quand passe un spot télé. C'est ton droit, en tant que citoyen américain, d'en voir apparaître un *gratuitement* dès que tu allumes ton poste. Pour un directeur artistique, quel est le défi le plus grand? Le public régulier d'un magazine, le consommateur de bonne volonté, qui cherche avant tout à amortir la dépense qu'il vient de faire? Ou bien les téléspectateurs, saturés de pubs, qui veulent simplement voir la suite de leur programme? Inutile de répondre, c'est évident. Si tu es le meilleur de tous, comme Kelly et moi le pensons, seule la publicité télévisée est digne de toi. C'est un pas que tu dois franchir, Rocco, tu seras bien obligé de le reconnaître.

– Oui, bien sûr... mais... je ne sais pas si... où est l'espace vierge, Manny, où est la mise en page?

– Sur l'écran, Rocco, tu le sais parfaitement. Tu

attireras plus vite les gens, tu en attireras davantage... des millions... Et tu devras leur vendre quelque chose, pas seulement les distraire. La différence essentielle, Rocco, c'est que mettre en page une revue, c'est l'équivalent de la masturbation – tu crées de jolies maquettes pour que les annonceurs puissent planter leurs publicités *autour...* c'est de l'égocentrisme pur et simple. Avec les spots télé, tu gagnes ou tu perds en un instant, juste avant que quarante pour cent des téléspectateurs décident d'aller voir ailleurs. Il faudra donc que tu sois encore meilleur – pas seulement bon, *formidable.*

– La masturbation? dit Rocco, offensé.

– Avec tout le respect que je dois à la presse, elle est en retard d'un siècle sur son temps. Une page de revue ne *bouge* pas, ne parle pas, et personne n'y pourra jamais rien. Secoue-toi, Rocco, ne fais pas comme ce type qui disait que personne n'irait voir les films parlants.

– Oui, Rocco, ne soit pas stupide, intervint Rap Kelly.

Des trois, c'était lui le vendeur, chargé de battre le rappel de la clientèle. Il était, en particulier, infiniment plus malin qu'il ne le paraissait, et avait décroché plus d'un contrat que des paroles trop habiles auraient fait fuir.

Rocco les avait regardés : Manny – un talent fou –, principal rédacteur, et vice-président, de BBD & O; Rap, qui faisait la pluie et le beau temps chez Young et Rubicam. Il avait compris que fonder une agence de publicité avec de tels génies était une aventure à laquelle il ne pouvait résister. Jamais encore un directeur artistique de Madison Avenue ne s'était vu proposer le poste de créatif qu'ils lui offraient. Traditionnellement, cela revenait à quelqu'un sorti des rangs des concepteurs.

Il avait alors trente-trois ans, et, mis à part son

bref passage à Amberville Publications, avait toujours travaillé pour Condé Nast. Mais Alexandre Liberman, son idole, était plus vif que jamais, sans paraître ressentir les atteintes de l'âge, et Rocco se dit brusquement qu'il convenait peut-être d'abandonner la page imprimée, ne serait-ce que pour un temps. Manny et Rap devaient avoir raison. Sans parler de l'argent. Personne, dans la presse, ne pouvait espérer gagner ce qu'il pourrait se faire dans la publicité, et il fallait désormais se montrer enfin réaliste à ce sujet.

Depuis que Maxi et lui avaient divorcé, à peine plus de neuf ans auparavant, il avait décidé d'ignorer le problème, sachant que c'était antipatriotique, artificiel, et, d'une certaine façon, ridicule, comme s'il avait fait un vœu. Travailler à New York et ne pas penser à l'argent est encore plus difficile que de ne pas penser au sexe ou à la nourriture. Mais pour quelqu'un comme lui, dont la richesse – celle de Maxi – avait gâché l'existence, c'était un sujet révoltant.

Il ne s'était pas trompé. CL & K, comme on appelait leur firme, se révéla, dès le premier jour, une mine d'or. Ils firent tomber des arbres, comme des bananes mûres, des clients qu'on aurait crus propriété exclusive des vénérables géants de Madison Avenue; les capricieux directeurs publicitaires des plus grosses compagnies vinrent frapper à leur porte, avant même qu'ils aient fini d'arracher leurs meilleurs éléments aux autres agences. Car Cipriani, Lefkowitz et Kelly avaient un petit quelque chose en plus : tous trois étaient célibataires, libres, et bien des plus grands talents de la publicité sont des femmes. Man Ray Lefkowitz était un géant roux, aux yeux violemment bleus – signe, assurait-il, d'appartenance à une tribu descendant en droite ligne de la Reine de Saba; Kelly était un Irlandais roux, aux yeux violemment bleus, qui avait été pilier de football américain pour l'UCLA, et, quand il le voulait, chantait d'une voix de ténor éclatante, à vous tirer les larmes. Les trois hommes n'avaient jamais perdu un seul cheveu de leur scalp, ni offensé une dame, ou manqué d'observer la Saint-Valentin. L'année précédente, à cette occasion, leur note de fleuriste chez Robert Homma avait dépassé quatre-vingt mille dollars : de longues branches de cognassier en fleur, placées dans des vases japonais anciens. Cela leur avait rapporté, comme le disait gravement Kelly, « un million de fois plus ».

– Enivrons-nous, dit brusquement Rocco, en voyant s'allumer le néon de Pepsi. Est-ce que nous ne venons pas de décrocher le contrat Cutty Sark ?

– La semaine dernière, répondit Rap Kelly. Ça n'a pas été facile de les convaincre d'abandonner le vieux bateau qui leur servait de logo... Je croyais que tu détestais le scotch, Rocco.

– Pas quand il s'agit d'un client. Je vais m'y faire. Allons-y, les enfants, c'est l'heure de la pause.

Il mit sa cravate, son veston, et sortit, tandis que, derrière lui, Lefkowitz et Kelly se regardaient avec inquiétude. Rocco buvait rarement.

– Rien qu'une petite touche de cette délicieuse vulgarité new-yorkaise, à la limite du fruste, un soupçon, rien qu'un soupçon, de chic un peu brutal, dit Leon Ludwig.

– Je ne suis pas d'accord. Nous parlons classe moyenne; très cottage anglais, avec des tonnes d'indienne à fleurs satinée et des canapés quelque peu revêches, répliqua Milton Bizet, de « Ludwig et Bizet », les décorateurs auxquels Maxi avait fait appel pour ses deux demeures new-yorkaises et pour la rénovation du château du comte de Kirkgordon.

Ils n'avaient pu, cependant, réellement imposer leurs idées dans l'appartement de la Trump Tower. Leurs efforts tendaient à corriger la géométrie de l'immeuble, car Maxi tenait à conserver bien des choses acquises au long de ses errances – le butin d'une nomade, aussi riche qu'insouciante, aux instincts de gardienne de bazar. Ils avaient abattu les murs de l'appartement mitoyen, également acquis par Maxi, et œuvré de leur mieux, mais gardaient l'impression de n'avoir pas su se faire entendre de leur cliente comme ils l'auraient souhaité.

– Ne confondez pas, leur dit Maxi. Nous parlons mobilier de bureau, chaises de dactylo dernier cri. Pas de déclaration d'intention.

Tous trois approchaient de l'endroit où se trouvaient les bureaux de *Blazers et Boutons*, et, une fois qu'Elie eut arrêté la limousine devant l'immeuble, non loin de la Septième Avenue, Ludwig et Bizet s'immobilisèrent sur le trottoir, incrédules.

– Ici? demanda Leon en reculant.

– Ici. Le bail est encore valable trois ans, tout l'espace à l'étage est disponible, le loyer est moins cher que dans un bâtiment neuf, et le voisinage me rappelle des souvenirs.

– Ce n'est même pas Art Déco, dit Milton Bizet, stupéfait. Jamais il n'avait traversé cette partie de New York, même pour se rendre au théâtre.

– Ce n'est pas de l'art du tout. C'est un désastre, et on ne peut rien en faire. Vous allez m'arranger ça, et tout de suite. Je ne peux pas engager une équipe sans avoir de lieu décent à mettre à sa disposition.

– Peut-être qu'une de ces compagnies spécialisées dans l'aménagement des bureaux – les Itkins, ou quelque chose comme ça – répondrait mieux à tes exigences que... hasarda Leon Ludwig, peu désireux d'aventurer son élégante personne dans l'immeuble.

– Je n'ai pas de rapports avec les Itkins, et je pense que vous entendez poursuivre les nôtres?

– Bien entendu, ma très chère, mais...

– Alors grimpez jusqu'en haut, et cessez de pleurnicher, dit-elle avec un sourire inquiétant. Ce sera si amusant pour vous de travailler en fonction du budget, ajouta-t-elle pensivement.

– De combien? demanda Milton, surpris. Jamais Maxi ne parlait budget, sinon comme de quelque chose qu'ils pourraient gaspiller sans remords, lui dénichant des objets merveilleux sans lesquels elle ne saurait pas vivre. Depuis qu'elle habitait dans la Trump Tower, Bizet savait que les problèmes ne tarderaient pas.

– La *moitié* de ce que vous estimez être le strict minimum.

– Est-elle drôle, dit Leon.

– J'ai l'impression qu'elle ne plaisante pas, répondit Milton avec une horreur non feinte, en contemplant le visage grave de leur cliente favorite – bien que peut-être un peu difficile...

– En effet. Publier la revue va coûter un argent fou, et je ne veux pas qu'on en dilapide pour les murs des bureaux. D'un autre côté, les vaches donnent plus de lait dans un environnement agréable, comme les gens, et il est donc essentiel que l'endroit soit plaisant, gai, qu'il soit *amusant* d'y travailler. Je veux des fenêtres qui s'ouvrent, pas d'éclairages fluorescents, sauf quand c'est absolument nécessaire, une salle de réception formidable – avec des miroirs, des miroirs *bon marché,* Leon. Pas de blagues...

– Maxi, personne ne t'a jamais dit qu'il fallait dépenser de l'argent pour en gagner? répondit-il en une ultime tentative pour échapper aux souffrances, ô combien prévisibles, que susciterait un budget serré.

– Si, justement. Tout passera dans les salaires. Sinon, comment pourrai-je décider les gens que je veux à quitter leurs emplois pour collaborer à une revue qui n'existe pas encore? Ah, nous y sommes.

Maxi ouvrit la porte du bureau. Il n'y avait personne à la réception, et elle disparut aussitôt à la recherche de Julie. Elle ne voulait pas voir des hommes d'âge mûr sangloter.

– Soyez la bienvenue, dit Julie, soulagée. Voici les clefs. Tout est en ordre, les dettes sont réglées, j'ai vidé mon bureau, le téléphone fonctionne toujours, et il ne reste plus ici qu'un bloc-notes jaune, et les stylos à bille que vous aviez laissés la semaine dernière.

– Et mon cardigan? s'enquit Maxi, en la regardant d'un air bizarre.

– Lequel? Vous n'en avez oublié aucun.

– Je sais.

Plissant les yeux, Maxi étudia le nouvel ensemble de Julie – signé Perry Ellis – un ensemble qui fixerait la norme du prêt-à-porter américain de cette année-là. Deux façons extraordinaires d'utiliser le cachemire : une tunique éblouissante, un damier de rouges, de bleus et de jaunes, inspirée de la période cubiste de Sonia Delaunay; et d'une longue jupe noire qui allait parfaitement avec les chaussures plates et les collants magenta de Julie. Le cardigan valait huit cents dollars – Maxi en avait acheté un le samedi –, et il était trop incroyable, trop spécifiquement « automne 1984 » pour être porté plus d'une saison. Au bureau, on ne pourrait même pas le mettre une fois tous les quinze jours. La jupe – trois cents dollars – deviendrait peut-être un classique; mais ce cardigan était un geste de bravade, le signe qu'on avait affaire à une femme si riche, qu'elle pouvait se le permettre sans réfléchir au prix, ou si folle de vêtements, qu'elle l'achèterait quand même, le porterait glorieusement à quelques reprises, avant de le conserver pour toujours, bien à l'abri.

Julie Jacobson ne pouvait être riche à ce point, estima Maxi, sinon elle ne serait pas contrainte de travailler comme secrétaire en attendant de décrocher un emploi d'assistante à *Redbook*. Elle avait mené à bien la pénible tâche d'inhumer *Blazers et Boutons* avec énergie, célérité, savoir-faire et bonne humeur, installant son poste de commandement dans ce qui était autrefois le service artistique. Comme Maxi s'enfuyait pour ne pas être témoin des vapeurs de Milton et Leon, elle avait remarqué que les locaux étaient désormais aussi immaculés que possible, vu leur état de décrépitude. Julie valait deux femmes et demie.

– J'ai une proposition à vous faire, dit Maxi en s'asseyant à côté d'elle.

Julie frissonna :

– Non, non, vraiment non.

Maxi n'en tint aucun compte :

– Combien allez-vous gagner à *Redbook*?

– Cent soixante-quinze dollars par semaine, mais la question n'est pas là.

– Ce qui vous intéresse, c'est d'être à la rubrique mode, comme assistante adjointe du chef de service?

– Exactement.

Les yeux de Julie brillaient. Elle s'imaginait, dans un avenir encore flou, assise au premier rang lors des présentations de mode à New York, crayon levé, prête à noter tout ce qui lui paraîtrait digne d'intérêt.

– Vous avez déjà joué au Monopoly? demanda Maxi.

Julie acquiesça, perdue dans son rêve.

– Vous vous souvenez quand vous avanciez à toute allure sur le plateau, avant de recevoir deux cents dollars de la banque? C'était agréable, non?

Julie revint à la réalité :

– Maxi, dans quoi voulez-vous m'entraîner? Je ne travaille plus pour vous, Dieu merci. Je ne suis plus sur la feuille de paie depuis vendredi. Il n'y a plus de feuille de paie, d'ailleurs.

– Oh que si. Une nouvelle, et toutes les semaines.

– Combien de personnes employez-vous? demanda Julie, soupçonneuse.

– Pour l'instant, personne. Par la suite, des dizaines et des dizaines. Des centaines.

– Pour faire quoi?

– Publier une nouvelle revue.

– Mais c'est *exactement* ce que vous comptiez faire la semaine dernière! Maxi, vraiment!

– Aucun rapport. Vous aviez tout à fait raison pour *Blazers et Boutons*. C'était une folie de jeunesse. Mais désormais je suis beaucoup plus riche de sagesse et d'expérience.

– C'est vrai, ça?

– Faites-moi confiance.

– Je me méfie des gens qui me disent : « Faites-moi confiance. »

– C'était un test, dit Maxi d'un air suffisant, et vous l'avez réussi. C'est pourquoi je vous propose officiellement le poste de chef de la rubrique mode de *B & B*, ainsi que celui de première assistante auprès de moi. Vous vous occuperez de tous les détails jusqu'à ce que je trouve quelqu'un qui puisse s'en charger, afin que vous soyez totalement libre de préparer vos pages.

– Tous les détails ? Qu'est-ce que ça cache ? C'est quoi, *B & B* ? Un remake de *Blazers et Boutons* ? Quel sera l'espace imparti à la mode ? Quelle autorité aurai-je réellement ? Et le salaire ? Et que se passera-t-il si ça ne marche pas, et que je manque ce poste à *Redbook* ?

– Trois cents dollars par semaine, pour commencer. *Vous passez chez les couturiers pour vos vêtements.* Vous aurez pleins pouvoirs dans le cadre de la philosophie de *B & B*, à savoir que les femmes sont merveilleuses telles qu'elles sont – pas d'objections ? –, et... ah, te voilà ! Voici Justin, votre conseiller photo. Justin, voici Julie Jacobson, la responsable de la rubrique mode de *B & B*. Vous serez amenés à travailler ensemble.

Julie fit volte-face, et, bouche bée, contempla Justin, qui venait de se matérialiser silencieusement dans l'encadrement de la porte. Il s'appuyait contre le mur avec une force si intense, si tendue, qu'on aurait cru qu'il soutenait le bâtiment de l'épaule. Il s'avança vers elle – hypnotisée par la batterie de Nikons qu'il portait, aussi négligemment qu'un foulard noué autour du cou –, et lui serra la main.

– Justin, *Justin-le-Grand* travaille aussi pour la revue ? balbutia-t-elle.

– Lui-même. Je vous ai dit de me faire confiance. Ça ne voulait pas forcément dire que c'était faux, dit Maxi en riant. Et voici – « Salut les gars ! », comme disait Mary Tyler Moore – Milton Bizet et Leon Ludwig, qui vont se charger de la décoration des lieux. Entrez, les enfants, et dites bonjour à Julie Jacobson, la responsable de la rubrique mode. Elle va éplucher vos factures, alors soyez gentils avec elle. Inutile d'être aimable avec eux, Julie. En fait, je ne saurais trop vous conseiller la plus extrême prudence. Leon, quelle couleur vois-tu pour le bureau de Julie, en partant du principe qu'elle ne changera pas celle de ses cheveux ?

– Une atmosphère forestière... beaucoup de batik, des tapis aux murs, un tapis persan par terre, évidemment, des palmiers...

– Leon, je parlais de la *peinture.* Pas de tissu sur les murs, pas de tissu où que ce soit. C'est trop cher et ça se salit. Des bureaux *sans* tissu, voilà qui fera date dans l'histoire de la décoration, n'est-ce pas, Justin ? Très zen. Ça vous vaudra peut-être un article dans *Précis d'Architecture,* et même, qui sait, la couverture de *Arts Plastiques.* Tout dépendra de votre imagination, de votre talent. Si vous en montrez suffisamment, je pourrais vous confier la rubrique décoration, mais d'abord il faudra faire vos preuves.

– Un bureau tout blanc, proposa Milton, offensé. Une grosse boîte d'Ajax et des éponges.

– Est-ce que je pourrais avoir une rose blanche, dans un vase blanc, rien d'autre ? demanda Julie, rouge d'excitation.

– J'offre la rose, dit Justin.

– Je vous *prêterai* un vase en onyx, annonça Leon. Tout ce qu'il y a de plus blanc.

– Hmm, dit Maxi, *je* comptais bien disposer d'un bureau tout blanc, pour aller avec ma mèche. On ne peut pas en prévoir deux.

– C'est Julie qui l'aura, décréta Leon, qui se sentait beaucoup mieux. C'est la seule avec qui nous devrons être gentils, désormais.

– Pavka, je suis si heureuse que tu m'aies demandé de déjeuner avec toi. Je ne t'ai pas vu depuis... oh, trop longtemps.

Maxi s'était ruée dans ses bras au milieu du tourbillon de sa jupe plissée, avec de grands mouvements de ses membres si fins, qui prouvaient qu'en certaines circonstances le genou est loin, très loin, d'être une jointure déplaisante.

– Tu m'as manqué, mais je savais que tu étais occupée, dit Pavka, en prenant soin de ne pas paraître lui faire de reproches. Il savait très bien qu'elle l'avait évité. Beaucoup de rumeurs couraient, au sein d'Amberville Publications, sur le projet de Maxi; mais personne ne pouvait donner le moindre détail concret.

– Nous avons repeint les bureaux, dit Maxi, modestement.

– Eh bien... c'est un début.

– C'est bien mon avis.

Maxi étudia le menu du Four Seasons Grill Room, qui était devenu une sorte de club regroupant les gens les plus importants du monde de l'édition. Si importants que les limousines qui obstruaient le coin de Park Avenue et de la 52e Rue, comme pour les funérailles d'un mafioso, constituaient le moindre de leurs petits bénéfices.

– Et, une fois que vous aurez terminé, reprit Pavka patiemment, après qu'ils eurent commandé, vous allez mettre des rideaux, des meubles, des tapis?

– C'est très certainement ce que nous serons sans doute amenés à faire – ou, du moins, ce que nous nous efforcerons de mettre en pratique, répondit gravement Maxi, en pesant ses mots.

– Et, si je comprends bien, tu finiras par publier une revue? lança-t-il, mais elle ne cilla pas.

– Ah, oui. Je pense que oui, en fin de compte. Bien entendu, ce n'est pas pour demain, mais je crois pouvoir dire que tôt ou tard nous nous remuerons pour voir s'il nous est possible de sortir une jolie... petite... revue.

– Qui, par le plus grand des hasards, n'a pas encore de titre?

– Pas vraiment. Non, je n'irais pas jusqu'à affirmer qu'on pourrait prétendre qu'elle en a un.

Les yeux de Maxi, qui avaient la couleur du jade impérial, étaient brusquement devenus d'un vert aussi banal, aussi quelconque, que celui d'un nuancier. Elle était bien résolue à ne révéler aucun détail à Pavka. Elle se sentait comme une mère oiseau qu'on vient déranger dans son nid, alors que son premier œuf va éclore.

– Mais voyons, ma chère, tu as certainement l'intention de lui en donner un?

– En temps voulu. En temps voulu.

Elle semblait faire preuve d'une paresse béate. Il faut ignorer le temps, laissait-elle entendre.

– Maxi, voyons, tu sais quelle est l'importance du titre?

– Bien sûr. *Reader's Digest, National Geographic, Playboy.*

– Je suppose que tu es à la recherche d'un titre qui dira au lecteur de quoi parle la revue, hmmm?

– C'est plus ou moins ce que je fais. Pavka, savais-tu que, selon Russell Baker, il n'existe que six grands sujets : le sexe, Dieu, le mariage, les enfants, la politique et le base-ball?

– Puis-je donc me permettre d'en conclure que ta revue sera consacrée au sexe?

– Il en sera toujours question, d'une façon ou d'une autre. Le mariage est bien aussi. Comme le divorce.

– Maxi? Pourquoi ne veux-tu rien me dire? Tu me fais enrager, tu parles comme l'héroïne d'une mauvaise pièce d'avant-garde. Tu ne sais donc pas qu'il te faut un titre *informatif,* simplement pour que les gens se décident à *jeter un coup d'œil* sur le premier numéro? Et ce n'est qu'un problème parmi d'autres, le tout premier d'une longue série, chaque fois qu'on lance une nouvelle revue. Le plus difficile, Maxi, c'est de décider les gens à le feuilleter. Leur vendre est infiniment plus simple.

– Pavka, mon ange, j'ai une immense faveur à te demander.

Maxi lui jeta un regard d'une douceur cosmique. Le cœur de Pavka fondit. Elle n'avait pas à s'en faire, il avait toujours été à sa dévotion.

– Tout ce que tu voudras. Tu sais très bien que je peux t'aider – veux-tu discuter de ton projet en détail ? Ou bien puis-je travailler sur la maquette ? Rien n'est trop beau pour ma Maxi.

– Tout ce que je veux que tu fasses, c'est t'abstenir de me parler de tous mes problèmes, répondit-elle de sa voix la plus tendre. Je sais quels conseils précieux tu pourras me donner, Pavka, mais *tu en sais trop.* Tu as vu échouer trop de revues. Parlerais-tu à un bébé qui va faire ses premiers pas des dangers du ski ? du deltaplane ? du patinage sur glace ?

– Fais comme tu veux, mais il y a une chose que tu ne pourras m'empêcher de te répéter – tu as besoin d'engager quelqu'un d'expérimenté qui surveillera l'ensemble, ce qu'on appelle d'habitude un directeur exécutif, ou un secrétaire général, quelqu'un qui n'impose pas ses idées sur le contenu de la revue, mais qui veille sur tous les projets, de la conception à la réalisation, ce qui est très fastidieux, puis apporte à temps à l'imprimeur la copie, les photos et les publicités. Il faut que ce soit un pessimiste qui croit que tout ira mal s'il ne s'en occupe pas lui-même. Une bête de somme, si tu veux, mais à qui on peut faire confiance les yeux fermés. Faute de quoi ta revue sera un navire sans gouvernail.

– C'est moi, le gouvernail.

– Non. Ce n'est pas dans ta nature. Le bateau, oui, et l'océan, et sans doute le vent qui gonfle les voiles.

– Hmm.

Maxi ne savait pas si elle devait se sentir apaisée ou irritée, mais il lui plaisait de se comparer à un navire – un yacht de course à trois mâts, long de quarante-huit mètres.

– Je suppose que tu penses à quelqu'un de précis ?

– Il y a quelqu'un que je peux avoir. Il était secrétaire général de *Longueur d'Onde* avant le massacre de Cutter, et il est parti en congé quand il a été renvoyé, il est donc toujours disponible. Un nommé Allenby Montgomery. Allenby *Winston* Montgomery.

– Il faudra que je l'appelle « général » ?

– Evidemment – il ne répond plus à aucun autre nom. Mais il est inutile de le saluer, si tu n'en as pas envie.

– Un homme facile à vivre, dit Maxi, résignée. Elle savait bien que Pavka avait raison. Il lui fallait quelqu'un de solide, pour qu'elle puisse s'occuper du reste.

– J'espère que tu as songé à un directeur artistique, ajouta prudemment Pavka. Si Maxi avait su pour de bon ce qu'elle comptait entreprendre, elle n'aurait pu s'empêcher de tout lui révéler, même si elle ne voulait pas de ses conseils. Elle aurait été trop contente d'elle-même. Avait-elle seulement un concept ? Si oui, il en doutait, ce devait être une vague idée, quelque part derrière sa délicieuse petite tête, sous cette coiffure en perroquet qui partait en tout sens, y compris vers le haut, et donnait l'impression qu'elle sortait du lit, où l'avaient rejointe quelques amis intimes pleins de tempérament.

– Un directeur artistique ? murmura-t-elle. Oui, bien sûr, j'y ai pensé... mais je n'en suis pas là pour le moment. Nous attendons que la peinture sèche – je n'ai pas encore besoin d'en trouver un.

– J'ai demandé une fois à un grand éditeur quelle était la pire chose que ses ennemis pourraient lui faire pour causer sa perte, et il m'a répondu : « Me voler mon directeur artistique », dit Pavka, comme pour lui-même.

– Qui était-ce ?

– Ton père. Il parlait de moi.

– Evidemment. Touché. Mais tu sais, je pense vraiment à des gens qui travaillent pour d'autres revues. C'est un processus de tri, de choix, il faut trouver la perle rare – et j'y réfléchis pour de bon, Pavka, je n'ai pas encore pris de décision, c'est tout. Fais-moi confiance.

– Bien sûr, voyons. Dis-moi, comment t'en tires-tu avec la maquette ?

– Brillamment, brillamment... Je suis comme le cowboy qui saute dans un buisson de cactus. On lui demande pourquoi, et il répond : « Sur le moment, ça m'a paru une bonne idée. »

Pavka rit, sans laisser voir que cela confirmait sa conviction que Maxi lui mentait. Son passage estival à *Savoir Vivre* avait, certes, eu de nombreuses conséquences, en particulier le mariage et la maternité, mais il ne pensait pas qu'elle ait eu l'occasion d'examiner une maquette, ni qu'elle ait appris à en créer une. Il soupira, bien que tout cela ne le surprît guère.

– Souviens-toi, chérie, si tu as besoin d'aide, je serai là, dit-il en continuant à faire semblant, puisque c'était ce qu'elle voulait. Et je dirai au général de t'appeler dès qu'il sera de retour.

– Merci, Pavka. Tu es trop bon.

Tous deux achevèrent de déjeuner en riant de l'atmosphère du lieu, riche en aventures sentimentales. Ils observèrent des chefs de rubrique qui séduisaient des journalistes, et inversement, des éditeurs qui séduisaient des chefs de rubrique, ou le contraire, sans jamais voir de journaliste en séduire un, ou une – ce serait comme si deux joueurs de football tombaient amoureux l'un de l'autre. La moitié des personnes présentes avait été mariée deux fois et demie à l'autre moitié, et préparait activement une troisième union. Tous n'entretenaient de relations suivies qu'avec les chefs de rang.

Après le déjeuner, Maxi retrouva Elie juste devant la porte à tambour. Il résistait avec flegme à tous les efforts du portier qui voulait lui faire déplacer sa limousine. Comme Elie la ramenait au bureau, elle se sentit soulagée de n'avoir rien dit à Pavka, si tentant que ce fût. A bien y réfléchir, il était un peu vieux jeu, un peu pessimiste. Peut-être n'aurait-il pas compris que, maintenant qu'elle avait trouvé un concept, tout le reste suivrait. Il ne fallait plus qu'un rien de mise en place. Rien d'autre. Peut-être un soupçon... une touche de... ah, de travail... oui, disons-le franchement, de travail.

Ce soir-là, refusant trois invitations à dîner, Maxi resta chez elle. Si seulement les gens qu'elle connaissait n'avaient pas hurlé en apprenant qu'elle ne pouvait les rejoindre à cause de son travail. Fronçant les sourcils, elle s'installa au centre de son énorme lit, s'appuya sur le moins mou de ses nombreux oreillers, et ramassa l'étole de vison blanc abandonnée non loin de là, pour que ses genoux forment comme un petit bureau couvert de fourrure.

Tous les accessoires qu'elle jugeait indispensables à la création d'une maquette étaient rangés à côté d'elle. Elle avait acheté dix rames du papier le plus épais qu'elle ait pu trouver, cinq types de ruban Scotch, deux boîtes de crayon n° 3, un taille-crayon miniature Sanyo, un nécessaire de calligraphie, un vaste assortiment de crayons à bille, de toutes les teintes disponibles sur le marché. Les derniers numéros de tous les magazines féminins parus aux Etats-Unis se trouvaient à portée de sa main. Elle les contempla avec mépris. Elle n'avait jamais vu de maquette complète, rien d'autre que des mises en page isolées, mais de toute évidence une maquette devait être un objet en forme de revue. Elle comptait se servir de celles qu'elle avait rassemblées pour y découper des publicités, qu'elle placerait dans sa maquette, de telle sorte que le produit fini ne soit que texte et images. En fait, se dit-elle, soulevant sa coûteuse paire de ciseaux suisses, pourquoi ne pas prélever les plus belles annonces sur-le-champ ? Elle pourrait ainsi se débarrasser des revues, et les jeter dans la corbeille à papiers, où elles seraient à leur place.

Elle disposa bientôt d'une épaisse liasse de publicités, pour la plupart en couleurs. Après réflexion, Maxi décida d'en ajouter quelques-unes en noir et blanc – Bill Blass, Blackglama, Lancôme, Germaine Monteil –, pour faire contraste. Elle repoussa les magazines, et, fière de son efficacité, regroupa les annonces en deux catégories, à l'aide de trombones qu'elle avait pris soin d'acheter.

Maintenant, la maquette.

Maintenant.

Peut-être devrait-elle d'abord voir ce que faisait Angelica, s'assurer qu'elle rédigeait ses devoirs. Non. Les cours ne reprenaient que la semaine suivante. Sa fille serait dans la bibliothèque, attendant impatiemment le début de *Hill Street Blues*. Peut-être Maxi pourrait-elle appeler India et lui dire ce qu'elle préparait. Non. Elles bavarderaient des heures durant, et la soirée serait perdue. Résolument, elle prit le nécessaire de calligraphie une plume à pointe d'acier, et entreprit de dessiner une arabesque sur une feuille rouge. C'était plutôt difficile, mais, à la cinquième tentative, elle parvint à un résultat satisfaisant. Elle traça vaillamment *B & B* sur la page, en bas de laquelle elle dessina un petit cercle, avant de placer en son centre, avec minutie, la lettre C. Elle avait maintenant le copyright de son titre. Cela suffisait. Extraordinaire. Peut-être cela avait-il un rapport avec la Bibliothèque du Congrès ? Une fois publié, il lui appartiendrait pour de bon. Une fois publié. Elle n'avait jamais voulu croire celui qui lui avait dit qu'on ne peut protéger les titres. Que quelqu'un essaie de lui prendre *B & B* !

Bon. Jusque-là, tout va bien. Maintenant, le texte et les illustrations. Le texte d'abord, bien sûr sinon comment saurait-elle de quelles images elle avait besoin ? S'il lui fallait des photos ou des dessins ? Oui, le texte. Non, pas le texte ! Après tout, ce n'était pas à elle de rédiger toute la revue. C'était le travail des journalistes. Il lui fallait des manchettes, des titres d'article. Quelle chance de savoir ce dont elle ne voulait pas, d'avoir passé tant de temps à éliminer tout ce qui rendait les femmes envieuses ou déprimées. Le plus gros travail était fait, quand on y réfléchissait. Peut-être pourrait-elle rejoindre Angelica dans la bibliothèque, et voir ce qui se passait cette semaine dans *Hill Street*. Peut-être Mick s'était-il acheté un nouveau costume. Peut-être Furillo tomberait-il amoureux d'une blonde. Peut-être Renko se mettrait-il au bodybuilding. Peut-être Joyce serait-elle coiffée différemment. Maxi soupira. Elle aurait dû attendre le lendemain pour se mettre à la maquette. On peut s'y atteler n'importe quel jour de la semaine, mais *Hill Street Blues* ne passait que le mardi. Elle pourrait ne suivre que le début.

Non. Elle resterait là. Il le fallait. De toute façon, ce devait être une rediffusion. Elle s'empara du bloc-notes jaune encore vierge, à demi dissimulé sous un oreiller, prit un crayon et écrivit lentement : « Pourquoi les petits gros sont les meilleurs au lit, par Nancy Kissinger. » Nancy serait ravie d'avoir l'occasion de l'expliquer au monde entier, songea Maxi, qui respira profondément pour la première fois depuis son installation sur le lit. Elle suça le crayon, réfléchit avec intensité, tira trois fois sur sa mèche blanche et écrivit : « L'envie du pénis, une idée fausse : un manuscrit inédit de Sigmund Freud. » Un peu long, comme titre, mais il attirait l'œil immédiatement. L'estomac de Maxi se mit à gargouiller. Elle ne s'était jamais rendu compte que penser vous donne faim. Résistant à l'impulsion de se rendre à la cuisine, elle griffonna : « Pourquoi le chocolat doit faire partie de votre ordinaire. » Qui donc dirigeait le programme spatial? Elle le lui confierait. Ou à Jane Fonda. Qui avait le plus d'autorité morale? Jane, bien sûr.

Elle se leva et se mit à tourner en rond devant la fenêtre, sans même remarquer les lumières de Manhattan en dessous d'elle, comme si elle était un extraterrestre dont le vaisseau allait se poser dans Central Park. Puis elle revint sur son lit, et écrivit : « D'amour et de haine : Vous et votre coiffeur, par Boy George. » Elle passa quelques lignes, grommela, puis reprit le crayon : « Les vrais hommes ne rêvent jamais de femmes minces, par... Clint Eastwood... non, Mel Gibson... non, Mikhail Baryshnikov. »

« Une rubrique mensuelle, dit Maxi à voix haute, une rubrique mensuelle. » Elle fourragea dans ses cheveux, se gratta les oreilles, se tira les orteils et finit par écrire : « Parlons du sexe, par Tom Selleck. » Elle sourit. Il fallait autant d'efforts pour un article isolé que pour une série régulière. Quelle économie! Elle décida d'essayer encore une fois, pour voir si ça marcherait, et ferma les yeux pendant quelques minutes, fouillant dans son cerveau comme si c'était la hotte du Père Noël. Au bout d'un moment, elle se frotta les yeux avec vigueur, les ouvrit, et inscrivit : « Les vingt-cinq choses que j'aime avant tout chez les femmes de plus de trente ans, par Warren Beatty. » La fois suivante, ce serait les femmes de plus de cinquante, de soixante, ou de vingt-cinq ans, avec des auteurs différents – Richard Gere, Bill Murray, Sam Shepard, Prince, ou n'importe quel homme très séduisant. Même si une lectrice n'était pas directement concernée, elle pourrait prévoir l'avenir, ou comprendre pourquoi elle était prématurément adorable. « Mon meilleur divorce, par Liz Taylor. » Pas de rubrique mensuelle possible, cette fois, à moins d'ajouter Zsa-Zsa-Gabor, et d'ailleurs, ce n'était pas d'un intérêt assez durable. La plupart des gens divorcent rarement. Certains ne divorcent jamais – la reine d'Angleterre, par exemple. Maxi écrivit en hâte : « Reine : le pire métier du monde, par Anthony Haden-Guest. » Elle s'arrêta un instant, se demandant si ses lectrices savaient qui était Haden-Guest, estima que non, sans doute, barra son nom et le remplaça par celui du Prince Philip. Elle éternua vigoureusement. « Où mettent-elles donc les Kleenex ? A quoi ressemblent vraiment les salles de bain de cinq femmes célèbres, une fois qu'elles ont fini de se préparer; un essai photographique d'Helmut Newton. » Maxi se rendit compte, étonnée, qu'elle était déjà en bas de page. Elle écrivit en haut de la suivante : « L'amour en voiture. » Par John De Lorean. Non. Par Paul Newman.

– Maman.

La porte de sa chambre s'ouvrit d'un seul coup.

– Qu'est-ce qui se passe, Angelica ? Tu ne vois pas que je travaille ?

– Viens vite, Lucy est enceinte. Personne ne sait

qui est le père, ni les conséquences que ça aura sur sa vie. Dépêche-toi, ou tu vas tout manquer!

– Je ne peux pas m'arrêter. Viens me raconter quand tu sauras. Et ferme la porte derrière toi.

– Et ton sens de la compassion? dit Angelica, interdite. Etait-ce bien la même mère que celle dont le seul rêve aurait été d'être abandonnée sur une île déserte avec tous les héros masculins de *Hill Street Blues*?

– Ce ne sont jamais que des acteurs, rétorqua Maxi. Elle nota sur une autre page : « Vingt bonnes raisons de ne pas avoir d'enfants. »

De nouveau seule, Maxi s'étira avec prudence. Tous ses accessoires l'entouraient. Elle n'avait pas encore attaqué la maquette, mais elle éprouvait, au creux de l'estomac, une sensation familière. C'était... dresser ces listes était... presque... tout à fait... comme... S'AMUSER!

Elle sauta du lit, tout excitée, et alla dans la salle de bain pour se regarder dans le miroir. Il lui fallait se calmer, après avoir découvert que ce à quoi elle évitait même de penser, ce qu'elle n'avait pas révélé à Pavka, et qui la terrifiait tant, cette mise au net effective d'idées, était réellement possible. Elle avait l'air pâle, dépenaillée, et tout son maquillage avait disparu. Le mascara s'était étendu quand elle s'était frotté les yeux, et elle se serait inquiétée si elle n'avait pas été certaine d'être si belle.

« Les dix mannequins les plus célèbres : à quoi ressemblent-elles *vraiment* » se dit-elle à voix haute. Justin pourrait prendre les photos. A la dérobée, parce qu'un modèle n'accepterait pas cela de son plein gré. Mais s'il les photographiait en hâte, avant que les maquilleurs et les coiffeurs se mettent à la tâche, les filles ne remarqueraient rien au moment de signer les bons à tirer habituels. Ce serait un début prometteur pour la rubrique beauté du premier numéro, et cela rendrait heureuses des millions de femmes. *B & B* aurait en effet des rubriques : Beauté, Décoration, Mode, et même Santé. Mais Santé faisait un peu trop sévère. Pourquoi ne pas l'appeler : « Bien Vivre : boire, manger, faire l'amour », et commencer par : « Les dix meilleurs remèdes contre la gueule de bois » ? Un vrai service public ! La décoration ? Elle chargerait Milton et Bizet d'écrire quelque chose sur « Pensez-y à deux fois avant de tout changer », exemples terrifiants à l'appui. Pour la mode, quelque chose d'apaisant – cela rendait tout le monde si anxieux, d'habitude. « Les dix choses indispensables que toute femme possède DÉJÀ, par Yves Saint Laurent. » Avec des photos montrant comment s'en servir. Maxi se tapota les dents avec son crayon pour savoir lesquelles.

– Maman, Lucy a perdu son bébé, dit Angelica, toute triste, en passant la tête par l'entrebâillement de la porte. Quelle erreur d'avoir rencontré ce type... elle ne veut toujours pas dire qui c'est.

– « Cet homme était une merveilleuse erreur : une expérience décisive dans la vie d'une femme », dit Maxi.

– Je ne comprends pas.

– Attends que Don Jonhson t'explique.

17

Personne ne peut rien contre les coupures. Aucun remède connu ne peut venir à bout de la souffrance, exaspérante et minuscule, provoquée par des dizaines d'entre elles au bout de chaque doigt. Rien ne soulage le mal de dos, sinon un changement de position, un peu de gymnastique et un bon massage. Si, par conséquent, votre travail consistait à manipuler d'innombrables bouts de papier en gardant une posture pénible, vous deviez apprendre à supporter le mal de dos et les coupures. Et la fatigue oculaire. Quand les choses devenaient floues, vous alliez jusqu'à la salle de bain, mainteniez un gant de toilette humide sur vos paupières, vous versiez des gouttes dans les yeux, avant de vous remettre à la tâche. Pour vous sentir mieux, vous auriez dû vous arrêter, et ce n'était pas possible – pas avant que la maquette soit terminée, sinon *B & B* ne verrait jamais le jour.

– Je crois que ça me forgera le caractère, dit Maxi, épuisée, à Angelica, qui se penchait sur elle avec inquiétude.

Maxi repoussa la maquette, se leva, et s'effondra sur le tapis de la chambre à coucher.

– Tu étais très bien avant, rétorqua la fillette.

Elle était si habituée à se sentir supérieure à sa cinglée de mère que ce nouveau rôle, plein de sérieux – et qui, de toute évidence, ne pourrait durer plus longtemps que les habituelles lubies de Maxi –, avait quelque chose de terrifiant. Tout avait commencé avec l'annulation du voyage à Venise... rien n'était plus pareil depuis. On n'en parlera plus la semaine prochaine, se dit Angelica. Certes, Maxi s'était obstinée à être comtesse de Kirkgordon, en Ecosse, pendant près de deux ans, mais ce n'était pas pareil : il s'agissait d'un mariage, et pas, comme ici, d'une simple revue. Elle frissonna, se souvenant des vents glacés sur la lande, des courants d'air du Château de l'Epouvante, puis sourit, pensant avec affection à son second beau-père. Maman s'était-elle rendu compte qu'il était fou? Délicieusement fou?

– Quand auras-tu fini, Maman?

– Comment ça, « quand »? demanda Maxi, indignée. Tu ne vois pas que c'est fait? Pourquoi crois-tu que j'ai arrêté de travailler? Pourrais-tu me frotter le dos, s'il te plaît? *S'il te plaît*. Marche dessus pieds nus, fais quelque chose, Angelica, si tu m'aimes.

– Mais tu es justement étendue sur le dos. Tourne-toi.

– Je ne peux pas. Je n'en ai pas la force.

– Allons, Maman, allons, roule sur le côté!

– Tout de suite. Angelica, c'est formidable, hein? Tu ne crois pas que ma maquette est fabuleuse?

Angelica jeta un coup d'œil sur l'objet qu'elle avait appris à détester. Il ressemblait tout à fait aux quatre tentatives précédentes : énorme, informe, très laid. Rien qu'à le regarder, elle comprit qu'il tomberait en morceaux dès qu'on y toucherait. Il lui faisait vaguement penser à l'école : elle avait dû fabriquer des choses de ce genre au cours élémentaire – en plus petit et en bien plus beau.

– Terrifiant, Maman, vraiment terrifiant. J'aime bien la couverture rouge. C'est un rouge vif très joli, ça attire l'œil.

Maxi se retourna en grognant et regarda sa fille droit dans les yeux.

– Qu'est-ce qui ne va pas?

– Mais rien, rien. C'est super, enfin, je ne sais pas à quoi ressemble une maquette, alors je n'ai pas de point de comparaison, mais le rouge de la couverture est vraiment extra.

Maxi se leva et se dirigea vers le bureau sur lequel était posé la maquette.

– De la m..., dit-elle calmement. Et c'est tout ce que je peux faire de mieux.

– Maman!

– Je m'excuse, Angelica, mais j'emploie un mot que tu dois connaître... et utiliser de temps à autre.

– Ce n'est pas ta façon de parler, c'est ce que tu dis. Tu as travaillé si dur... Il *faut* que ça soit bon. Tu n'as pas pu te tromper à ce point – tu es fatiguée, c'est tout. Tu n'es pas bon juge.

– Pas la peine. Il suffit de voir pour se rendre compte. J'ai besoin d'un coup de main. Il me faut un directeur artistique, entre autres. Et quel est le meilleur du monde, Angelica?

– Pourquoi poser une question aussi idiote, alors que tu en connais la réponse aussi bien que moi?

– Et qui peut contacter ton père par téléphone, à n'importe quelle heure du jour ou de la nuit?

– Moi, mais tu n'espères quand même pas que *je* vais *lui* demander de t'aider! Tu as toujours dit que tu ne lui réclamerais même pas un morceau de pain si tu mourais de faim, ou une goutte d'eau si tu mourais de soif.

– Je ne veux ni pain ni eau, simplement le plus grand directeur artistique du monde.

– Tu ne pourrais pas te contenter du numéro deux ?

– Angelica, c'est indigne de toi.

– Tu n'as qu'à l'appeler et lui demander toi-même. Vous communiquez toujours par téléphone. Où est le problème ?

– Nous ne parlons que de toi, Angelica. Qui va te prendre. Où, et quand. De rien d'autre, même pas du temps qu'il fait.

– Complètement débile.

– Peut-être, mais c'est comme ça.

– Eh bien, je ne suis pas d'accord. Et d'ailleurs je suis en retard pour ma leçon de guitare. Ah, les adultes ! dit Angelica, écœurée.

Elle disparut si rapidement que, lorsque Maxi se lança à sa poursuite, elle n'eut que le temps de voir les portes de l'ascenseur se refermer en silence sur le tapis beige et brun du couloir.

Maxi revint dans sa chambre, sans même prendre la peine de jeter un coup d'œil dans l'une des nombreuses pièces de son nouvel appartement. Chacune d'elles, installée à grands frais par Bizet et Ludwig, était remplie des meubles, des tableaux, des sculptures qu'elle avait dénichés à travers le monde; des centaines d'objets achetés en hâte, et qui lui avaient paru indispensables jusqu'à ce qu'elle en prenne possession. Depuis une semaine qu'elle travaillait à la maquette, Maxi n'était presque pas sortie de sa chambre. Elle prenait ses repas debout, dans la cuisine, mangeant ce que la cuisinière avait jugé bon de lui laisser dans le frigo, et se remettait à la tâche aussitôt, en faisant un signe de la main à Angelica, si, d'aventure, sa fille était à la maison.

Lèvres serrées – ah, l'ingratitude des enfants ! –, elle composa le numéro de Cipriani, Lefkowitz et

Kelly. La secrétaire de Rocco lui dit que M. Cipriani était en conférence avec des responsables de General Foods, et ne pouvait être dérangé. Ensuite, il devait se rendre au studio de Richard Avedon. Un spot pour Calvin Klein.

– Mais c'est urgent, Miss Haft, expliqua Maxi. On la mit en ligne immédiatement.

– Qu'est-ce qui est arrivé à Angelica? demanda Rocco, plein d'inquiétude.

– Elle est en pleine forme. Impossible, mais en pleine forme.

– Alors... pourquoi appelles-tu? dit-il, très froid.

– Rocco, j'ai besoin de ton aide.

– Il est arrivé quelque chose à Angelica! Maxi, bon sang...

– Rocco, ta fille est en parfaite santé physique et mentale. Mais il me faut absolument ton concours pour une question professionnelle, et au plus vite. Quand peux-tu passer? Je ne peux pas t'apporter ça au bureau. Tu comprendras en le voyant.

– Maxi, quoi qu'il te faille absolument, demande-le à quelqu'un d'autre. Je suis en réunion. Au revoir.

– Rocco – si tu ne viens pas m'aider, je... je donne la pilule à Angelica.

– Elle n'a que onze ans, pour l'amour du ciel!

– Ah! c'est que bientôt elle en aura douze, et elle est si précoce, si mûre... Les filles d'aujourd'hui sont aptes à la maternité très tôt, et avec le maudit sang latin qu'elle te doit, qui sait ce qui peut se passer? Mieux vaut prévenir que guérir. Tu as lu les récentes statistiques sur les grossesses chez les adolescentes? Je me souviens que, lorsque j'avais son âge...

Maxi n'acheva pas sa phrase, pleine de souvenirs improvisés.

– Ce soir à neuf heures.

Rocco raccrocha sans en dire davantage.

Fredonnant gaiement, Maxi téléphona à sa masseuse et prit rendez-vous. Hilda serait là dans une demi-heure. Ensuite, un bain prolongé. Elle se laverait les cheveux sous la douche, puis s'accorderait une petite sieste. Pourquoi diable, se demanda-t-elle, les hommes se rendaient-ils la vie si difficile ? Si seulement ils pouvaient toujours se montrer charmants, agréables, empressés. Mais non, leur caractère était tel qu'ils vous contraignaient littéralement à recourir à des moyens de persuasion détournés. Il lui fallait se faire violence pour ne pas se montrer franche, mais en cas d'urgence, on est bien obligé de se servir de ce qu'on a sous la main. Angelica n'aimait même pas les garçons. Il faudrait bien compter encore... oh, six bonnes années, avant qu'il soit nécessaire de penser à la pilule. Ou peut-être préférerait-elle rester vierge jusqu'au mariage. La virginité revenait à la mode. Maxi s'empara de son bloc-notes jaune et écrivit d'un air absent : « Essayer le célibat pour voir, par Dan Aykroyd et Chevy Chase. »

*

– C'est *quoi* ? demanda Rocco, incrédule, en contemplant le gros tas rouge.

– Je te l'ai déjà dit. Je veux que tu t'en occupes, et que ce soit la plus belle maquette jamais réalisée, dit Maxi, très femme d'affaires.

– Je ne crée plus de maquettes, Maxi, et je crois que tu le sais parfaitement, répondit-il, tremblant de rage.

Cette garce avait besoin d'une bonne fessée. Penser qu'il avait pu épouser une créature aussi basse, aussi vile, aussi perverse. Si égoïste, si préoccupée d'elle-même... ne parlons pas du recours au chantage. Qu'Angelica, avec une mère pareille, fût aussi charmante, aussi parfaite, était un miracle dû à la supériorité de son héritage génétique paternel. Pas étonnant qu'il n'ait jamais éprouvé la tentation de se remarier. Cette... cette offense au sexe féminin dresserait n'importe qui contre le mariage.

– Et pourquoi devrais-je m'en occuper? Je peux te recommander des dizaines de gens qui sauront transformer ça en maquette. Ce n'est pas très compliqué.

– Parce que tu ferais mieux, dit Maxi, implacable.

– Un petit peu mieux, peut-être, et alors? Ce qui compte, dans une revue, c'est ce qu'il y a *dedans,* pas seulement la mise en page. Les gens ne s'y laissent pas prendre, ils regardent le contenu.

– Le contenu est parfait. Je n'ai besoin de ton aide que pour la présentation.

– Parfait? Ça t'est venu comme ça? Tout droit de ta petite cervelle? Tu serais peut-être intéressée de savoir que Time Inc. a un groupe chargé de mettre sur pied de nouvelles revues, de réfléchir à de nouvelles idées? Il y a là-dedans dix-huit personnes de premier plan, comme Stolley, le fondateur de *People,* ou Fier, de *Rolling Stone,* sans compter dix-sept autres, qui travaillent en free-lance, et quinze gestionnaires. Ils se démènent comme des fous, et disposent d'un budget annuel qui dépasse trois millions de dollars! Cinquante types en tout, dirigés par Marshall Loeb, à qui *Money* doit son succès. Ce que *Time* a pu s'offrir de mieux. Ils ont déjà une maquette terminée, pour un projet qui s'appelle *La Semaine des femmes,* une autre pour une revue intitulée *Hebdomadaire de l'investissement,* sans compter des couvertures, et des équipes toutes prêtes. Qu'est-ce que tu en penses?

– Ça m'est égal, répondit Maxi d'un ton neutre. Je ne crois pas aux comités. Henry Luce ne devait pas y croire non plus. Comme mon père. Rocco, tu comptes parler boutique toute la nuit, ou tu veux te mettre au travail?

Sa chevelure en désordre, ébourriffée avec art, demeurait bien en place, et il ne put voir la peau de son crâne frémir d'épouvante. Et si quelqu'un de Time Inc. avait eu la *même* idée qu'elle?

– Je m'en vais dès que j'ai parlé à Angelica des dangers qu'il y a à prendre la pilule trop jeune.

– Pas la peine, s'écria Maxi, indignée. Il n'en a jamais été question, pauvre andouille. Tu ne te rends jamais compte que je plaisante, c'est bien là le problème. Parmi beaucoup d'autres. De toute façon, ce soir, elle a la permission de regarder MTV et elle n'aime pas qu'on la dérange.

Elle se dirigea vers la maquette, s'en empara et la jeta si rapidement dans les bras de Rocco qu'il la rattrapa sans y réfléchir.

– C'est nul!

– Je sais. C'est bien pourquoi j'ai besoin de toi. Assieds-toi et lis-la.

– Je te donne trois minutes, espèce de garce menteuse. Et uniquement parce que je sais qu'Angelica est là, et que tu lui diras du mal de moi, si je ne jette pas un coup d'œil sur ce gâchis. *B & B*? qu'est-ce que c'est que ça? En voilà un titre! On dirait un digestif fabriqué par des moines, pas une revue.

Il s'assit devant le bureau, y posa l'objet, et commença d'en feuilleter rapidement les pages. Retenant son souffle, Maxi le fixa, guettant ses réactions. Cela faisait plus de quatre ans qu'elle ne l'avait pas vu. Depuis qu'Angelica avait eu sept ans, l'un ou l'autre, ou Elie, l'emmenait d'un appartement à l'autre, sans que ni lui ni elle aient besoin de se rencontrer. Dieu, pensa-t-elle, que d'erreurs peut commettre une femme parce qu'un homme est beau! Il n'a presque pas changé depuis que je l'ai aperçu pour la première fois, et ça n'a pas la moindre importance... c'est comme s'il était invisible. Je me demande quand il va commencer à grossir et à perdre ses cheveux. C'est inévitable – simple question de temps. De toute façon, il doit y avoir chez lui quelque chose qui ne va pas. Angelica m'a dit qu'il sortait avec des tas de filles, et il n'est toujours pas casé. Il va avoir trente-six ans. Il ne sera bientôt plus qu'un vieux garçon triste et solitaire... C'est mauvais pour Angelica, ces gens-là meurent jeunes. Pourquoi ne réagit-il pas ? Il a parcouru l'article sur Kissinger, avec toutes ces photos si amusantes, si hautaines, de Nancy, et il n'a même pas cillé, ce salaud. Il ne veut pas me donner ce plaisir. Eh bien, je me fiche éperdument de son opinion. *B & B* est destiné aux femmes, pas aux vendus de la presse qui s'abaissent à tourner des films publicitaires. Je suis heureuse qu'il ait du succès, à cause d'Angelica, mais il est impossible qu'il aime la vie qu'il mène. Pas avec cet air pincé.

Rocco feuilleta la maquette, arriva au bout, la referma et la poussa de côté.

– Quel sera le prix de vente ?

– Rocco ! Tu crois que la revue a une chance ! Tu n'aurais jamais posé cette question si tu ne pensais pas que ce soit bon.

Maxi sauta en l'air, plus soulagée qu'elle n'aurait jamais cru pouvoir l'être.

– Elle a... quelque chose. Pas de la « qualité », oh que non, mais elle... accroche. Sans doute un reflet de ton esprit tordu. Elle pourrait se vendre.

– J'avais compté un dollar cinquante.

– Tu es folle. Pas assez cher, et de loin.

– C'est le prix de *People,* et tout le monde l'achète.

– Maxi, je suis désolé d'avoir à te l'apprendre, mais tu parles d'une revue qui a le plus gros tirage du pays, et qu'on trouve devant les caisses des supermarchés, de telle sorte que les ménagères la mettent automatiquement dans leurs caddies.

– C'est là que sera *B & B*. Elle vise le même public, ainsi que celui de *Cosmo* et de *Pelouse et Maison*. Les *femmes*, Rocco, les femmes. D'innombrables femmes achèteront une revue qui les aime *telles qu'elles sont*, une revue qui les amusera, qui leur garantira de passer un bon moment.

– Et à qui as-tu volé cette idée ?

– Oh, ça m'est venu comme ça un jour. D'un seul coup.

– Si tu veux vendre à un dollar cinquante, il te faudra un tirage énorme, au moins quatre millions d'exemplaires – non, cinq –, si tu veux gagner de l'argent. Et de la publicité, encore et encore. Tu vis dans un rêve. Je parie que tu n'as même pas de distributeur.

– Je ne relèverai pas le pari, dit Maxi, très digne. Je sais parfaitement que c'est un coup tordu, mais j'aime jouer. Et je ne m'intéresse pas aux revues spécialisées; ce n'est pas *Bon appétit*... Je veux le grand public, et si ça ne marche pas, eh bien on recommence à zéro.

– Baratin. Quel argent vas-tu perdre ? Celui de Lily ?

– Je n'ai pas l'intention d'en perdre. Cessons de couper les cheveux en quatre. Je veux que tu fasses de cette revue une merveille. Tu peux y arriver rien que par le graphisme, même si le papier n'est pas celui de *Ville et Campagne*. Vois-y une chance d'en revenir à l'espace vierge, de faire ce que tu savais si bien faire avant que General Foods et General Motors viennent s'en mêler. La liberté, Rocco. Je t'offre une liberté artistique absolue ! Tu vas pouvoir de nouveau être honnête. Je te fais une faveur, en réalité, bien que tu ne paraisses pas t'en rendre compte. Tu pourrais faire preuve d'un tant soit peu de gratitude.

– Garce !

– C'est un défi auquel tu ne pourras pas résister.

– Bien sûr que si. Je t'enverrai un type de première classe, qui travaille en free-lance. Je dois m'occuper de quarante gros clients. Comment peux-tu être assez mégalomane pour t'imaginer que j'ai le temps de m'amuser à créer la maquette d'une nouvelle revue ? C'est un boulot *énorme.*

– Non. C'est toi que je veux.

– Tu crois encore que tu peux avoir tout ce que tu désires, on dirait. Extraordinaire, presque admirable. Etre à ce point engluée dans le passé, comme un animal préhistorique qui serait dans la vase jusqu'aux oreilles, mais respirerait encore...

– Fais comme tu veux, soupira Maxi. Envoie-moi quelqu'un de valable. Ah ! Rocco, avant que tu t'en ailles, j'ai des brochures à te montrer.

– Des brochures ? A propos de quoi ?

– Des pensions suisses. Il y en a une demi-douzaine de vraiment bonnes. Il est temps qu'Angelica quitte l'école, ce n'est pas seulement pour le ski et pour son français. Ici, elle est soumise à toutes sortes de mauvaises influences. Tu sais qu'on vend du hach, du LSD ou du PCP dans les cours de récréation. Et les jeunes de son âge qu'elle connaît sont beaucoup trop à la page. Il faudrait vraiment qu'elle aille en Suisse. Tu pourras la voir pendant l'été, si elle n'est pas en camp de vacances, ou aller la voir à Noël, si elle te manque.

– Tu... tu...

Il était muet de fureur. Il allait la tuer.

– Ah ! C'est si agréable de voir que tu as changé d'avis. Quand puis-je espérer voir le résultat final ?

– En deux temps trois mouvements, dit-il, mâchoires serrées.

– Ce qui veut dire ? Une semaine ? Deux semaines ?

– Je vais te montrer, hurla Rocco. Il la saisit, la renversa sur le lit, et la fessa aussi fort qu'il put. « *Un. Deux.* » Il la frappa de nouveau. « *Et trois* ! »

– Espèce de lâche, hurla Maxi, en essayant de lui donner un coup de pied. Il grogna, et tomba sur le lit – Maxi l'avait atteint au genou. Elle s'empara de sa chevelure et tira dessus férocement, tandis qu'il s'efforçait de prendre appui sur le matelas, afin de lui briser les reins une fois pour toutes. Elle lui échappa alors que les mains de Rocco allaient se refermer sur ses épaules, fit un plongeon et le saisit fermement, juste en dessous de la ceinture... Il s'immobilisa aussitôt. Dieu sait ce dont elle était capable. Aucun des deux ne bougeait plus; ils attendaient, dans un profond silence que seuls leurs souffles venaient rompre, et bientôt Rocco se rendit compte que cela ne pourrait pas durer longtemps...

Maxi s'effondra sur Rocco, dont les yeux s'étaient fermés. Elle rassembla assez de force pour se relever. Ils avaient encore leurs chaussures, remarqua-t-elle confusément, et tous leurs vêtements – ou presque. Les lèvres de Rocco remuèrent, sans qu'elle puisse entendre ce qu'il disait. Elle se rapprocha.

– C'était contre mon gré, grogna-t-il.

– C'était par pitié, susurra Maxi. Elle le repoussa avec le peu d'énergie qui lui restait, et il faillit tomber du lit. Titubant, il parvint à se remettre sur ses pieds, se rajusta avec difficulté et se tint là, trébuchant, sans savoir quoi faire.

– Tu as oublié la maquette, murmura-t-elle.

Il la prit sans mot dire, et se dirigea vers la porte d'un pas incertain.

– Sur combien de pages de publicité puis-je compter de la part de CL & K? demanda-t-elle alors qu'il s'escrimait sur la poignée de la porte.

– Pitié, Seigneur, marmonna-t-il. Il sortit et s'efforça de claquer la porte, sans succès.

Maxi s'étendit sur le lit et fixa le plafond. Chaque homme a son point faible, se dit-elle. Le même pour tous, d'ailleurs. Si vous saisissiez ce simple fait, vous vous en tireriez chaque fois. De surcroît, elle avait découvert le remède contre les coupures.

18

– COUPEZ. Et… tirez!

La voix du metteur en scène marqua, comme un adieu, l'ultime seconde, la toute dernière prise, du nouveau film d'India West.

Rayonnante, elle courut presque jusqu'à sa loge, enfin libre, d'autant plus que – fait sans précédent – sa psychiatre, le docteur Florence Florsheim, était en vacances alors même que le tournage du film prenait fin. Une telle conjonction d'événements ne s'était jamais produite depuis son accession à la célébrité. Elle pourrait enfin accourir au secours de Maxi, dont le dernier appel téléphonique était si préoccupant. Il devait se passer quelque chose de grave. Maxi n'avait plus rappelé depuis ce dimanche, quinze jours auparavant, et chaque fois qu'India cherchait à la joindre, elle ne pouvait avoir qu'Angelica au bout du fil. La fillette faisait preuve d'un certain talent de menteuse. « Maman travaille et ne peut absolument pas être dérangée », répondait-elle toujours. India aurait pu la croire, mais elle connaissait bien Maxi. Cette maîtrise du mensonge était sans doute héréditaire. Angelica se révélait aussi crédible que sa mère.

India, cependant, entendait bien découvrir elle-même quel sinistre mystère planait « à l'Est », comme elle se surprit à le dire – un peu comme les

Anglais qui, prisonniers d'une ville de garnison indienne, parlaient de « chez nous » pour faire allusion à l'Angleterre. Dès demain elle s'envolerait pour New York. Ses bagages étaient prêts, ses ignobles chiens confiés à un chenil – dont les tarifs étaient à peine inférieurs à ceux du Beverly Hills Hotel –, et dans la soirée elle saurait ce qui était arrivé à sa meilleure, à sa plus vieille amie.

Maxi ne pouvait penser sérieusement à un projet de revue consacrée aux... fermetures Eclair ? Il avait été difficile de suivre son récit, entrecoupé de moments d'auto-accusation, et de violentes explosions de colère à l'endroit de son oncle Cutter. A la seule exception de Lily, fréquemment photographiée, India se souvenait mal de la famille de Maxi. En de rares occasions, elle avait entr'aperçu Toby et Justin, il y avait de cela bien longtemps, quand sa camarade et elle étaient adolescentes, et faisaient leurs devoirs ensemble. Après le premier mariage de Maxi, India n'avait maintenu le contact avec les Amberville que par ce que son amie lui confiait. Si, de temps à autre, Maxi n'était pas venue lui rendre visite en Californie, India ne l'aurait pas revue depuis le divorce d'avec Rocco. A cette époque, India s'apprêtait à quitter Manhattan pour entrer à l'Université. Elle avait réussi à s'entendre avec Maxi et à passer quelques jours à Monte-Carlo, sur le yacht du divin Dennis Brady; mais les pitoyables années écossaises lui avaient totalement échappé. Une vraie honte : la comtesse de Kirkgordon devait être une inestimable, une inoubliable erreur de distribution.

Maxi était désormais sa seule famille, pensa India. Ses propres parents étant morts, Maxi demeurait le seul point fixe de son existence. Quatre-vingt-dix-neuf fois sur cent, elles ne se rencontraient qu'au téléphone, mais cela suffisait pour savoir ce que l'autre pensait. De plus, India était la marraine d'Angelica, et compensait son absence en lui envoyant de merveilleux cadeaux. Comment croire qu'une gentille petite fille pouvait mentir à sa généreuse, à son adorable marraine ? Il faudrait qu'elle ait avec cette enfant une longue conversation sur Emerson et l'importance de la vérité. Avec une mère comme Maxi, Dieu sait quelles mauvaises habitudes Angelica avait pu prendre, se dit India en hochant la tête. Elle y remédierait. Faisons-la bénéficier de quelques-uns des conseils du docteur Florsheim, achetons-lui des draps décents.

Maxi pendait la crémaillère. Toutes les personnes inscrites dans son carnet d'adresses avaient été invitées. Elle mit la soirée sur pied, pleine de joie à la pensée que Rocco revoyait sa maquette, et passa toute la matinée avec Julie, sans qu'aucune des deux lâchât un instant le téléphone. « Ce genre d'événement doit surgir de nulle part, et pour le soir même, lui avait-elle dit. Si on donne aux gens le temps de réfléchir à ce qu'ils vont mettre, de passer chez le coiffeur, de se demander qui sera là, tout est gâché. S'ils avaient prévu autre chose, ils peuvent toujours amener leurs amis. C'est comme une pochette-surprise. »

C'était un zoo, particulièrement choisi, et réservé aux espèces supérieures. Des gazelles, des paons, des cerfs dix-cors, de superbes panthères, des phoques luisants, des lions satisfaits d'eux-mêmes, et, de-ci de-là, quelques singes. Tous animaux de Manhattan, dont les voix atteignaient un niveau sonore qu'aucun groupe d'aucune grande ville du monde n'aurait pu – ni voulu – dépasser.

La porte d'entrée demeurait ouverte : il était impossible d'entendre la sonnerie de l'intérieur. India, suivie par le garçon d'ascenseur qui portait ses bagages, s'arrêta sur le seuil, abasourdie, et s'apprêta à faire demi-tour. De toute évidence, l'heure n'était pas aux visites-surprises. Elle irait s'installer dans la suite que le studio réservait en permanence au Palace, et téléphonerait demain. Les soirées de ce genre la rendaient encore plus horriblement timide que d'habitude.

– Marraine!

Angelica la souleva du sol, aussi respectueusement que possible, et la regarda, stupéfaite.

– C'est toi! Toi-même en personne! Terrifiant! Maman t'a téléphoné, mais tu n'étais pas chez toi. Comment as-tu su pour ce soir?

– C'est... toi... Angelica?

– Je sais, j'ai grandi. Je vais te reposer. Je ne t'ai pas fait mal, au moins?

– Bien sûr que non. Tu m'as simplement... surprise. Maintenant, Angelica, écoute-moi. Tu m'as dit qu'on ne pouvait pas déranger ta mère parce qu'elle travaillait, et je débarque dans un asile de fous. Qu'est-ce qui se passe?

– Mais elle travaillait vraiment, Marraine. Jusqu'à hier soir. Macabre! Maintenant elle se détend.

India s'efforça de se montrer sévère :

– Et pourquoi as-tu trois trous dans chaque oreille, Angelica? Et des clous ornés de plumes dedans? C'est une secte?

La beauté inattendue de la fillette la consternait. Se doutait-elle de ce qu'elle deviendrait?

– Ça me plaît bien, Marraine. Tu crois que j'ai eu tort? Pour parler franchement, je me sens un peu bizarre. Tu aimes mon jean dément? Super, hein? On a dû le fabriquer dans je ne sais quelle colonie de lépreux. Macabre!

– Je vois ce que c'est, répondit prudemment India, remontant aussi loin que possible les années soixante-dix, à la recherche d'une réponse appropriée. (Elle ajouta :) Si tu enlèves les clous, les trous dans tes oreilles disparaîtront... Et pourrais-tu, s'il te plaît, cesser de m'appeler Marraine ?

– Si tu y tiens... dit Angelica, un peu déconfite. Je vais emporter tes bagages jusqu'à la chambre d'amis... India.

Elle les souleva sans effort et se mit en route.

– Non, arrête. Il m'est impossible de rester ici. C'est bourré de monde, s'écria India, prête à fuir.

– India, je vais tout simplement vider la chambre pour toi en dix secondes. Tu es l'invitée d'honneur. Tu vois le plan ?

– Tu parles toujours comme ça, Angelica ?

– J'essaie, j'essaie.

Angelica reprit les bagages et lui fraya un chemin.

Cette enfant a besoin d'aide, songea India en se changeant en hâte dans la pièce fermée à clef. Quelle chance d'être venue ! Peut-être était-il encore temps ? Manifestement, Maxi avait négligé l'éducation de sa fille. India sortit, vêtue d'une robe de Judyth van Amringe, en dentelle et mousseline blanches, qui flottait de façon si légère qu'on aurait cru qu'elle n'était maintenue que par la broche fixée juste au-dessus de la hanche – une pièce de monnaie grecque sertie dans un cabochon d'émeraudes et de saphirs. La beauté d'India évoquait la fuite des saisons – l'hiver en moins. Un défilé changeant, mais toujours aussi fascinant, à mesure qu'elle passait du printemps et de ses sortilèges au plein été, et à la maturité de l'automne, selon le scénario ou les exigences du metteur en scène. Aujourd'hui, libre de son choix, elle incarnait le printemps dans toutes ses promesses, dans toute sa fraîcheur.

Si timide qu'elle fût, India demeurait réaliste. Impossible de trouver des robes qui la rendraient invisible lors des soirées; aussi, autant avoir l'air d'une star. Les gens s'y attendaient, et cela attirait moins l'attention qu'un look à la Diane Keaton, calamiteux, bougon, pourquoi-devrais-je-prendre-la-peine-de-me-mettre-en-frais-pour-*vous*, qui n'inspirait aux autres qu'une curiosité hostile. A un moment où toutes les robes scintillaient, elle faisait bande à part : cela lui aurait donné l'impression d'être une présentatrice de la cérémonie des Oscars, et, après tout, elle en avait remporté un.

India partit à la recherche de Maxi, se déplaçant, délibérément, comme si elle dérivait – technique mise au point pour les soirées, afin de toujours être en mouvement. S'il lui fallait s'arrêter, elle semblait encore bouger, tant elle se tenait à distance de la personne qui lui parlait. Elle n'avait jamais de verre à la main, de façon à pouvoir dire, si elle était prise dans une conversation : « Oh, je voudrais boire quelque chose, je reviens », et se libérer. Ou bien India demandait à son interlocuteur – les femmes ne paraissaient jamais avoir quoi que ce soit à lui dire – d'être un ange, d'aller lui rapporter une consommation, puis s'enfuyait en sens inverse. En cas de nécessité, elle se rendait au bar, buvait d'un trait et rendait immédiatement le verre au serveur.

India regardait toujours en l'air, un peu au-dessus des gens, pour qu'ils ne puissent croiser son regard, zigzaguait vaguement en se déplaçant, afin de représenter une cible mobile, et son expression montrait clairement qu'elle entendait rejoindre une vieille connaissance, de l'autre côté de la pièce. Tout cela lui permettait d'assister aux inévitables sauteries d'Hollywood sans parler à qui que ce fût, sauf aux agents de Creative Artists. Ils étaient partout, et, ignorant son manège, la serraient sans cesse dans leurs bras. Elle était leur cliente, et ne les intimidait guère – comment seraient-ils impressionnés par une femme, si belle et si célèbre qu'elle fût, quand ils étaient chargés de vendre sa beauté, et déduisaient leur commission de ses revenus?

En fait, pensa India, dérivant toujours, et espérant que ses petits trucs la protégeraient, elle ne se sentait jamais timide face à ses agents, ou à tous ceux impliqués dans le tournage des films. Une fois leur apprentissage terminé – devenus second assistant du second assistant d'un tel ou d'un tel – ils se rendaient compte qu'elle était une femme comme les autres. Le docteur Florence Florsheim soutient qu'être une star de cinéma et faire tapisserie revient au même, se dit India, luttant contre un début de panique.

Son analyste voulait toujours savoir la même chose : « Que pourrait-il vous arriver de pire si vous preniez réellement part à une conversation ? » India ne parvenait jamais à lui donner une réponse satisfaisante. Son esprit semblait se vider. C'était *ça* le pire. Quelque chose, dans son allure, coupait net toute discussion, laissant retomber sur ses épaules réticentes le fardeau des échanges humains. La qualité essentielle du docteur Florsheim, c'est qu'elle ne regardait jamais India, sauf au début et à la fin de la séance, et ne tolérait pas le bavardage.

India passa d'une pièce à l'autre, en gardant le même air absorbé, mais de plus en plus vite. Maxi restait invisible, et elle se sentit gagnée par la panique. Il faudrait bientôt qu'elle cesse de regarder en l'air, et fixe les gens, au risque de croiser le regard de quelqu'un.

– Je suis *désolée*!

Elle venait de se heurter à un homme, renversant sur son veston le contenu des deux verres qu'il portait.

– Mon dieu, je suis si maladroite... Je ne faisais

pas attention... laissez-moi éponger... Oh, mon dieu, balbutia-t-elle, rouge de confusion.

– Ce n'est que de la vodka, ne vous en faites pas. Il n'y a pas de mal, répondit-il d'un ton rassurant.

Il y avait dans sa voix un léger rien qu'elle perçut sur-le-champ, et qui fit disparaître son angoisse. Si c'était *lui* qui avait renversé les verres sur *elle*, il serait sans doute demeuré maître de la situation, se dit India, stupéfaite de voir comment il pouvait la rassurer. Seuls quelques metteurs en scène – les plus grands – y arrivaient en si peu de mots.

– On dirait que vous cherchez quelqu'un. Puis-je vous être utile?

– Non. J'allais à l'aventure, répliqua India machinalement.

Maxi pouvait attendre. Elle osa jeter un coup d'œil sur l'homme qu'elle venait d'inonder. Une tête de plus qu'elle, la trentaine... Comme il se tenait là, très calme, sans se préoccuper de sa veste trempée, elle en vint à se demander de quoi il aurait l'air s'il était amoureux. Un serveur qui passait prit les deux verres qu'il avait encore en mains. India s'empara de serviettes en papier.

– Est-ce que je pourrais... vous dégoulinez sur le tapis, dit-elle en riant.

Il prit les serviettes :

– La vodka s'évapore sans laisser d'auréole. Il y a assez de chaleur animale dans cette pièce pour la faire disparaître en une minute.

Des mots très simples, mais son visage gardait une expression pensive, comme s'il rêvait. Fascinée au point d'oublier sa peur des inconnus, India se surprit à le regarder de la même façon que certaines personnes, indiscrètes et dépourvues de tact, la contemplaient parfois, comme si le seul spectacle de ses traits pouvait leur apprendre quelque chose. Il y a de l'élégance en lui, songea-t-elle, liée à sa façon d'être aimable, ferme, si sûr de lui, et qu'on remarque aussi dans sa bouche, faite pour... non, modelée par la bravoure. Et en même temps, une impatience. Une sorte de choc provoqué par... était-ce de la concentration? Une vraie pile électrique. Pourvu qu'il ne la quitte pas pour aller rejoindre celui ou celle à qui il portait à boire. Toutefois il ne semblait pas décidé à bouger. Ils étaient ensemble, au milieu de la fiévreuse agitation qui régnait dans la pièce, comme une île dans la mer. Elle regarda ses yeux avec effort, et il lui sembla qu'il la fixait avec insistance, avec intensité, sans pourtant donner le moindre signe de cette reconnaissance, de cette déférence, ou de cette stupéfaction qu'India était résignée à accepter.

– J'aime votre voix, dit-il.

– Merci.

Pour la première fois de sa vie, India n'éprouvait pas le besoin de s'excuser pour un compliment. L'assurance de cet homme devait être contagieuse.

– Votre voix caresse l'air ambiant.

– Ah, vous savez bien que ce n'est peut-être qu'un simple truc, répondit-elle, se servant – sa vieille malice d'autrefois lui revenait – de l'accent qu'elle avait dû prendre pour jouer la Blanche Du Bois d'*Un tramway nommé désir* – bredouillant les pronoms, avec une emphase précipitée, vertigineuse, sur les verbes, terminant sa phrase en élevant vaguement la voix.

– Une voix comme on en entend dans les plantations. J'ai toujours beaucoup aimé ça, mais ça ne vous va pas vraiment. Vous manquez trop d'assurance pour être du Sud... C'est leur charme... Les Sudistes ne font jamais voir leur timidité, pour ne pas la faire naître chez les autres.

– Et la mienne se voit? demanda-t-elle, abattue.

Elle avait toujours pensé qu'elle n'avait pas été aussi bonne qu'elle aurait dû, en jouant Blanche, bien que tout le monde ait prétendu le contraire.

– Tout de suite. Pour moi, du moins. Mais ça me plaît. Tout le monde est parfois timide, mais dans cette ville les gens deviennent agressifs dans le seul dessein de camoufler leur timidité – qui est pourtant naturelle, inévitable... Le résultat – il fit un geste – c'est ce qu'on entend ici. C'est très fastidieux à écouter, et difficile à combattre. Je chuchote la moitié du temps... on vous entend mieux sous le bruit que par-dessus.

– J'ai un professeur qui disait la même chose.

– Un professeur?

Il se pencha vers elle et l'examina d'encore plus près.

– Un professeur de chant, dit-elle, troublée.

– Vous êtes chanteuse?

– Ça m'arrive de chanter, répondit India, stupéfaite.

Pour la première fois depuis des années, elle rencontrait quelqu'un qui ne la reconnaissait pas, et ne savait plus que faire. Elle plissa les yeux, soudain méfiante. Mon dieu, pourvu que ce ne soit pas l'un de ces types qui faisaient semblant de ne pas savoir qui elle était. C'était encore pis que des voyeurs. Non, sans doute n'allait-il pas au cinéma, ou ne lisait-il pas les revues. De toute évidence, le nom d'India West ne devait rien lui dire.

– Et que faites-vous d'autre?

Il a l'habitude de commander, se dit-elle.

– Je... travaille, et... comment dire... je vis, comme tout le monde. Je nourris mes chiens, je suis des cours de gymnastique, je lis beaucoup, je nage... euh... j'assiste à des soirées, et c'est à peu près tout. Je crains que ça ne donne pas l'impression d'une vie bien remplie... ah! je vais chez mon psychiatre, le docteur Florence Florsheim... ne riez pas! Je ne vois pas ce que ça a de drôle, c'est un nom comme un autre, elle n'y peut rien... encore que... avec un prénom pareil, peut-être n'aurait-elle pas dû épouser M. Florsheim – India était secouée d'un rire nerveux – ou bien peut-être était-elle très amoureuse. Ou alors, c'est son nom de jeune fille.

– Vous ne le lui avez jamais demandé?

– Elle répond rarement aux questions. Elle est très orthodoxe à ce sujet.

– Le mien y répond.

– Alors il n'est pas freudien, répliqua-t-elle d'un petit air supérieur.

– Il m'a dit que, comme tous ses confrères, il avait pioché Freud, mais qu'il avait balayé tout ce qui lui paraissait faux... Si vous lui dites que vous haïssez votre mère, il en conclut que, jusqu'à preuve du contraire, elle était difficile à vivre, pas que vous vouliez lui faire l'amour dès l'âge de trois ans.

– Ça me plaît assez. Mais je suis coincée chez le docteur Florsheim. Elle en sait trop.

– Les psychiatres des autres ont toujours l'air mieux que le vôtre. C'est la première règle de l'analyse. Je dois cependant reconnaître qu'en effet votre existence n'a pas l'air très remplie. Un mari? Des enfants?

– Aucun. Et vous?

– Jamais marié, pas d'enfants.

– Cela ne vous intéresse pas? Vous n'aviez pas le temps?

Il devait y avoir quelque chose qui n'allait pas. C'est toujours ainsi que ça se passe.

– Cela ne s'est pas fait, tout simplement, mais ça viendra. D'ici là, je suis libre, honteusement libre, et j'aimerais quitter cet enfer pour vous emmener dîner. Si nous nous en allions?

– Oh, oui, dit India.

– *India!* Qu'est-ce que tu fais là? s'écria Maxi, stupéfaite.

– Bonsoir, chérie! Je t'expliquerai plus tard. Je m'en vais dîner, répondit India, sans pitié.

Elle s'efforça, en un seul regard, de transmettre à Maxi toute son affection, et de lui faire comprendre qu'il fallait absolument qu'elle la laisse s'enfuir avec cet homme divin, avant qu'une autre seconde s'écoule et que quelqu'un – peut-être la personne à qui il portait à boire – ne survienne pour le séparer d'elle. Elle ne pouvait pas, elle ne voulait pas, courir ce risque.

– Toby, enfin! Tu ne peux pas disparaître avec India comme ça! C'est mon amie, pas la tienne, et personne ne m'avait dit qu'elle était là!

– Toby? chuchota India, d'une voix où se mêlaient la surprise et l'ébauche d'un choix.

– India? Elle? Celle qui est la plus belle fille du monde?

Toby s'arrêta net. On pouvait lire bien des choses sur son visage, et par-dessus tout l'hésitation.

– Ah, ça suffit! s'exclama India. Vous m'avez dit quatre fois que je vous plaisais. Alors, cessez de vous comporter comme un crétin. De toute façon, il est trop tard, non?

– Ah, ah! gazouilla Maxi, on dirait bien que vous êtes partis pour votre première dispute. Magnifique! Je peux écouter?

19

Mains dans le dos, Cutter Amberville marchait de long en large derrière son bureau. Il semblait vouloir toujours suivre le même chemin, comme s'il s'appliquait à placer ses pas dans les traces qu'il aurait faites sur une plage de sable humide. Il serrait si fort les poings que le bout de ses doigts était tout rouge. Maxi le regardait aller et venir. Elle avait refusé le siège qu'il lui offrait et, prenant son temps, choisi un fauteuil sur le bras duquel elle s'était perchée, après l'avoir déplacé jusqu'au point exact où elle entendait s'installer – trop loin du bureau de son oncle pour que celui-ci se sentît à l'aise.

Maxi, chaussée de bottes de cheval étincelantes, balançait des jambes prises dans des jodhpurs de velours brun, lacés du mollet au genou. Elle caressait, sous une veste assortie, pincée à la taille, le col ruché de son corsage de dentelle victorienne. L'ensemble était une fantaisie de Chantal Thomass, et ne prétendait nullement passer pour une véritable tenue d'équitation.

– Cutter, dit-elle en brisant le silence furieux dans lequel il s'enfermait, mon chauffeur est en double file. Ne pourrais-tu pas te décider à me dire enfin ce pour quoi tu semblais si désireux de me voir ? Tu lui éviterais une contravention.

Il fit demi-tour et se pencha par-dessus son énorme bureau :

– Je crois que je t'ai sous-estimée, Maxi.

– Tu ne pouvais pas m'annoncer ça au téléphone? Je suis très occupée, et venir ici me gâche toute la matinée. Le temps, c'est de l'argent, Cutter, le temps c'est de l'argent!

Plusieurs semaines s'étaient écoulées depuis que Rocco avait terminé sa miraculeuse maquette; des dizaines de gens très coûteux avaient été embauchés, l'énorme tâche de venir à bout du premier numéro, et de préparer les suivants, se poursuivait dans la fièvre; tout cela alimenté par l'énergie de Maxi, qui travaillait sept jours sur sept.

La porte de son bureau était toujours ouverte – ou plutôt, conformément à ses instructions, il n'en comportait pas. Au centre de la pièce se dressait une grande table chargée de boissons gazeuses et de pots de café, de thé et de Sanka, constamment remplis par la serveuse que Maxi avait engagée à cet effet – une femme qui veillait à ce qu'il y ait toujours des petits fours sur les plateaux, et préparait sans arrêt des piles de sandwiches délicieux. D'autres tables, et des tabourets de bar tentateurs, entouraient le festin. On pouvait les repousser sans difficultés si les présents devenaient trop nombreux. Le lieu ressemblait, à s'y méprendre, à l'un de ces cafés du XVIIIe siècle dans lesquels Samuel Johnson se sentait chez lui. Il advint ce qu'elle avait prévu : chacun des membres de son équipe – jeune, brillante, très bien payée, et qui s'accroissait sans cesse – passait là au moins une ou deux fois par jour, sachant qu'il serait toujours le bienvenu et qu'on le nourrirait comme un roi. Tous se rassemblaient et discutaient de la revue, les gens des services apprenaient à se connaître; et de ces échanges constants entre les meilleurs talents du monde de la presse, de ces conversations pleines d'enthousiasme surgissaient d'innombrables idées neuves pour *B & B*, dont aucune ne se perdait : perchée sur un tabouret pour ne déranger personne, Maxi notait tout. Si elle était occupée ailleurs, ou devait répondre au téléphone, l'une de ses trois secrétaires la remplaçait. Elle n'avait accepté de se rendre au bureau de Cutter que pour l'empêcher de venir voir le sien. Il le contaminerait.

– Je n'aurais jamais cru que tu pourrais faire cela, continua son oncle. Non, même pas toi.

– Mais tu n'as pas vu les premières mises en page, répondit Maxi, contrariée.

Quelqu'un l'aurait-il renseigné ? Y avait-il un mouchard dans l'équipe ?

– Je ne parle pas de ta revue, Maxi, quelle qu'elle soit.

Il la regarda bien en face, et elle se rendit compte qu'il était rouge – presque écarlate – de fureur contenue. Il poussa vers elle une pile de papiers :

– *Voilà* de quoi je parle ! Des factures qui se montent à des millions de dollars, et que ces crétins de comptables ont payées sans réfléchir, sans m'en parler, sans y regarder à deux fois, uniquement parce qu'elles portaient la signature d'une Amberville. Papier, loyer, mobilier, photos, articles...

– Et nourriture, intervint Maxi. Au départ, on dépense toujours plus qu'on ne l'avait cru. Ce sera beaucoup moins onéreux une fois *B & B* sorti, et, bien entendu, la situation changera du tout au tout dès que nous commencerons à gagner de l'argent.

– Non, Maxi, ne joue pas à ce petit jeu, tu sais aussi bien que moi ce dont nous étions convenus. Tu voulais *Blazers et Boutons*, et tu l'as eu. Une toute petite revue, quasiment sans budget. *B & B*, puisque c'est comme ça que tu l'appelles, n'a absolument rien à voir avec notre arrangement.

– Ce n'est pas mon avis. C'est bel et bien *Blazers et Boutons,* tout comme celui-ci était *Le Mensuel de la Passementerie* – c'est même marqué sur la couverture. Tu ne m'as jamais dit que je ne pouvais pas le moderniser, Cutter, ou en faire quelque chose de plus viable. Tu m'as donné une année, je la prends, et elle ne fait que commencer.

– *Je ne t'ai jamais permis de dépenser des millions!* s'écria Cutter, frappant des poings sur le bureau.

– Espérons que ce bureau n'a pas grande valeur, commenta Maxi, bâillant légèrement. Il a l'air authentique, mais on fait de si bonnes copies de nos jours.

– *Des millions de dollars!* Jamais je n'ai dit...

– Ah! mais jamais tu n'as dit le contraire, n'est-ce pas, Cutter?

Maxi lui sourit d'un air paresseux, réajusta la dentelle de son col, très sûre d'elle, puis, d'une chiquenaude, chassa un grain de poussière sur ses bottes. Ses sourcils se dressèrent, jusqu'à se dissimuler sous ses mèches.

– Il est trop tard, vois-tu. J'ai déjà vendu personnellement six mois d'espace publicitaire, à des tarifs privilégiés, aux plus gros annonceurs. Ce sont des clients réguliers d'Amberville Publications, et ils ont, tu t'en doutes, toutes les raisons de croire qu'ils font une bonne affaire quand une Amberville vient les voir avec un concept excellent et une maquette sublime. De leur point de vue, notre compagnie s'est *engagée* vis-à-vis de *B & B.* Il *faut* donc passer leurs annonces ou leur rembourser l'argent au risque de paraître, au mieux, inconséquents et peu sérieux. D'autant plus que tu viens à peine de décider, de ton propre chef, d'interrompre la publication de trois autres revues. Tous savent que *B & B* jouit de toute ta confiance, Cutter. J'ai pris soin d'insister sur ce point. Tu ne peux pas y toucher sans que chacun pense aussitôt qu'Amberville Publications est au bord de la faillite.

– As-tu une petite idée de l'effet de tes dépenses sur notre bilan ?

– Sans doute vont-elles y creuser un gros trou.

Maxi se leva et s'apprêta à sortir :

– Ah ! Cutter, il serait honnête de te prévenir – ta tension me paraît monter dangereusement : les factures sur ton bureau ne sont qu'un commencement. Je serai dans le rouge pendant les six premiers mois. Il faut dépenser si on veut réussir, et je ne peux pas risquer de décevoir mes lecteurs. Comme disait mon père : « Attrapez-les d'abord, et gardez-les ensuite. »

Cutter, fou de rage, demeurait immobile derrière son bureau.

– Encore une chose. J'ai fait passer une série d'annonces dans tous les journaux lus par les spécialistes des média. J'y parle de *B & B* et des projets d'avenir d'Amberville Publications. C'est une façon de leur présenter notre toute nouvelle revue. Tu devrais recevoir la facture sous peu. Pas la peine de m'accompagner, je trouverai le chemin toute seule... comme d'habitude.

Elle franchit la porte et la repoussa à demi. Puis elle se retourna, jeta un coup d'œil vers lui, l'examina avec attention, hocha la tête et fit entendre un petit son inquiet.

– Grands dieux, Cutter, tu as vraiment l'air tout retourné.

Maxi referma la porte doucement, mais pas avant d'avoir demandé :

– J'ai dit quelque chose de mal ?

– Lily chérie, viens t'asseoir près de moi, dit Cutter, en lui faisant signe de le rejoindre sur le sofa.

Obéissant, elle quitta son fauteuil pour prendre la place qu'il lui offrait, et son corps mince et souple vint se blottir près de lui.

Elle eut un soupir satisfait – une satisfaction plus profonde que l'amour même. De tels moments – si longtemps attendus –, lorsqu'il revenait du bureau, étaient la récompense de ses années de patience, se disait-elle souvent. Plus gratifiants encore que la passion charnelle, bien que la persistance de l'insatiable désir qui unissait leurs corps fût sa plus grande fierté. Leurs années de séparation avaient laissé les cendres d'un feu qui ne réclamait qu'un souffle de vent, une allumette, un peu de papier et de bois, pour reprendre vie. Et pourtant, pouvoir être assis ensemble à la fin de la journée, comme il ne lui avait jamais vraiment plu de le faire avec Zachary... ah! c'était une joie encore plus merveilleuse. En de tels instants – quand au bonheur d'être enfin réunis après tant d'années venait s'ajouter celui d'être mariée à Cutter – Lily savait qu'elle avait, cette fois, obtenu ce qu'elle désirait – ce qu'elle *méritait* – depuis toujours.

– Chérie, aujourd'hui au bureau, il s'est passé quelque chose qui m'a amené à penser à toi, à notre avenir.

Lily avait posé la tête sur son épaule. Elle se dressa brusquement, effrayée par la gravité de son ton.

– Non, non, dit-il en riant, pas de quoi s'inquiéter. Quelque chose à quoi il faut réfléchir, à quoi je n'aurais jamais pensé moi-même, mais dont il faut que je te parle. Les affaires.

– Les affaires? Tu m'avais promis que nous ne perdrions pas de temps à en discuter. Je n'y ai jamais rien compris, et, quand Zachary se lançait là-dessus, j'avais mal à la tête rien qu'à devoir l'écouter.

– Cela concerne et cela ne concerne pas les affaires. Ça n'a rien d'ennuyeux. Il faut que tu m'écoutes, chérie.

– Les affaires, c'est toujours ennuyeux, dit Lily têtue, mais je suis du genre patient, comme tu as dû le remarquer.

– J'ai reçu un coup de fil d'un type de l'United Broadcasting Company – quelqu'un que je ne connais pas du tout. Il voulait savoir s'il était possible de te rencontrer pour parler... d'une vente éventuelle d'Amberville Publications.

– Quoi? Il est fou! Pour qui se prend-il? *Quelle insolence!* Qu'est-ce qui lui fait croire que la société est à vendre? Il est inimaginable que quelqu'un soit assez grossier pour téléphoner de cette façon à l'improviste, s'écria Lily, indignée, comme si on volait ses bijoux sous ses yeux, sans qu'elle puisse rien faire.

Cutter eut un rire indulgent :

– Il ne cherche pas à profiter de la situation, chérie. Il ne fait que son travail. Ce n'est pas une agression – en fait, c'est un immense compliment. Je n'ai qu'à le rappeler demain, lui dire que ça ne t'intéresse pas, qu'Amberville Publications n'est pas à vendre. Il n'insistera pas – encore que... Tu peux t'attendre cependant à recevoir de plus en plus de coups de fil de ce genre.

– Parce que Zachary est mort?

– S'il vivait encore, cela ne changerait rien. On lui poserait la même question. C'est ce qui se passe ces temps-ci. Beaucoup de sociétés, et notamment les grands empires financiers, cherchent à acheter des revues.

– Eh bien, ça ne m'intéresse pas. Pourquoi diable? De toute façon, je ne possède que soixante-dix pour cent des parts. Tu sais que les enfants ont le reste.

– Ils ne peuvent vendre qu'à toi, et tu es l'actionnaire majoritaire. Tu peux faire tout ce qu'il te plaira, Lily. Ils ne pourront t'en empêcher. Quand je t'ai expliqué pourquoi nous devions interrompre la publication des revues qui perdaient de l'argent, je pensais que tu l'avais compris.

– Oui... Tu m'as convaincu que c'était nécessaire. Mais vendre... je n'y ai jamais songé. Zachary y a consacré sa vie... il n'a jamais vendu une seule de ses revues. Je ne sais pas s'il aurait accepté de le faire, quelles que soient les circonstances, quelle que soit la somme qu'on lui ait offerte.

– Ah ! Lily, il faut vraiment que tu lui sois loyale, hein ? As-tu déjà réfléchi à quel point tu avais été sacrifiée, *toi,* à ces magazines ? *Toi ?* Toutes ces discussions d'affaires qui t'ennuyaient tant, tous ces voyages pendant lesquels tu te retrouvais seule, toutes les fois où tu as dû t'occuper toi-même des enfants et de leurs problèmes, parce que Zachary travaillait tous les week-ends qu'il a passés, enfermé dans son bureau, tous ces gens avec qui il t'a fallu être charmante alors qu'ils ne t'intéressaient pas ? Cet empire a été bâti *sur ta vie,* Lily. Des années entières de ta vie, et tu n'en auras jamais qu'une. Et te voilà à penser à ce qu'il ferait s'il était encore vivant. *Ce n'est plus le cas.* Je suis le seul à qui tu puisses faire confiance. Confierais-tu tes intérêts à Pavka ? Il est vieux – très brillant, mais vieux. Sans doute partira-t-il à la retraite bientôt. Et les autres ? Peux-tu te fier à eux pour maintenir les revues à flot ? Ce sont des employés – créatifs, certes, mais pas des gestionnaires. Zachary en était un. Seulement, il n'a jamais formé personne qui puisse le remplacer.

– Je n'avais pas vraiment songé...

– Je sais bien, chérie. Je me suis chargé de tout pour que tu n'aies pas à te préoccuper de quoi que ce soit. J'ai quitté Booker, Smity et Jameston, et ouvert mon propre bureau, dans le seul but de garder tes affaires en ordre. Je pense pourtant, au plus profond de moi-même, que la presse n'est pas un domaine où tu devrais t'attarder toute la vie.

– Il se passe quelque chose que j'ignore ? Une raison pour que je vende ?

Il y avait dans la voix de Cutter comme une menace. Lily se dressa.

– Lily, toutes les revues marchent bien... pour le moment... mais en 1985, parmi les réalités économiques, il faudra tenir compte de fortes augmentations du prix du papier, et des frais de distribution. Cela ne veut pas dire que nous gagnerons moins d'argent qu'avant, mais ce sera infiniment plus difficile. En ce moment, notre bilan est encore parfaitement sain. Je ne peux même pas imaginer combien d'argent tu pourrais tirer demain d'Amberville Publications – beaucoup, en tout cas. Cependant, dans quelques années... qui peut savoir ? Je n'ai pas de boule de cristal, et c'est atroce de te voir enchaînée à quelque chose qui ne t'intéresse pas, même si Maxi en est entichée au point de...

– Maxi ? Qu'est-ce qu'elle fait ?

– Rien dont tu doives t'inquiéter. Ses habituels débordements d'enthousiasme... Je m'en occuperai, chérie, afin qu'elle n'en soit pas victime. Bien entendu, si tu vends, les enfants pourront réaliser leur héritage.

– Mais, Cutter, et toi ? N'es-tu pas en train de me dire que *tu* ne désires pas travailler dans la presse ? Que tu regrettes d'avoir quitté Booker ?

– Chérie, si c'est pour toi, je serai plus qu'heureux d'y rester. Je n'ai jamais voulu m'associer avec Zachary, tu le sais. Il l'a suggéré des dizaines de fois, mais j'ai toujours refusé. Pourtant, depuis ce coup de téléphone inattendu d'UBC, je me suis demandé si ce n'était pas une sorte de signe... auquel nous devrions prêter attention.

– Un signe? Signe de quoi?

– D'une nouvelle vie. Dans laquelle nous pourrions être ensemble, sans être contraints de nous inquiéter chaque mois de l'augmentation du prix des pages, du coût croissant des plans de retraite, de tous ces milliers de détails imposés par Amberville Publications. Tu *pourrais* vendre, chérie, si tu le voulais. Et alors nous serions libres. Il n'y aurait plus rien au monde que tu ne puisses faire. Tu pourrais avoir ta propre compagnie de danse... non? Nous pourrions passer le plus clair de l'année en Angleterre, acheter une merveilleuse maison dans le Sud de la France, collectionner *sérieusement* tout ce que tu aimes. Oh, Lily, il y a autre chose dans la vie que de s'asseoir à un bureau, comme je le fais, sans pouvoir te revoir avant d'être venu à bout d'une longue journée de travail. Mais ce n'est pas mon capital, ce n'est pas ma société, c'est à toi de décider si la proposition t'intéresse. C'est pourquoi je devais te parler de ce coup de téléphone. Les affaires sont peut-être fastidieuses, je veux bien, mais je ne pouvais pas ne pas t'en parler.

– Non, non, bien sûr.

– Penses-y, chérie – ou n'y pense pas. Toi seule peux en juger. Tu as donné à Amberville Publications plus de cœur, plus de sang que quiconque, et peut-être devrais-tu continuer ainsi. Tout ce que je veux, c'est que tu sois heureuse.

– J'y penserai, je te le promets. Ce n'est pas quelque chose... je ne peux pas prendre la décision tout de suite... non? Non, évidemment.

– Prends tout ton temps, Lily. C'est une question très grave, répondit Cutter.

Il se leva pour se préparer un autre gin tonic. Amberville Publications, pensa-t-il, cette énorme entreprise de son frère détesté, ne serait bientôt plus qu'un article sur le bilan d'un empire financier; elle perdrait toute identité, ses principaux responsables seraient dispersés, ses biens vendus, et, plus important encore, Zachary Amberville lui-même serait oublié, une fois son nom disparu. D'ici quelques années, il ne susciterait qu'un vague acquiescement chez de rares personnes ayant bonne mémoire. *Dieu merci, il était encore assez jeune pour anéantir la société,* la disperser aux quatre vents, se débarrasser de son emprise, être enfin libéré de son frère, et détruire ce qui restait de lui. Il appellerait le président d'UBC dès demain, et conviendrait de déjeuner avec lui, pour s'assurer qu'il avait vraiment les reins solides. Les acheteurs potentiels ne manquaient pas. Cela au moins était vrai. Il avait prévu ce moment depuis le jour où il avait interrompu la parution de toutes les revues qui perdaient de l'argent. Toutes, sauf une.

– Vous savez, Justin, ce n'est pas facile d'être responsable de la rubrique mode dans un magazine qui explique aux femmes qu'elles sont parfaites telles qu'elles sont. La mode, c'est ce qu'on n'a jamais vu *avant*, bon sang! On devrait aussitôt brûler d'envie d'acheter.

Julie parlait sur un ton de défi, mais sa voix était comme un chant d'amour chargé d'électricité. Sa passion pour Justin était telle qu'elle pouvait dresser la liste de tous les vêtements – à peu près identiques – qu'il portait, et même reconnaître chacun de ses trois Nikon. Elle savait quand il s'était coupé les ongles. Le moindre détail se voyait soumis, de façon indécelable, mais constante, à un examen minutieux; et le fait que Julie ne semblait pas payée de retour donnait encore plus de vigueur à ses sentiments. Si Justin avait témoigné d'un intérêt marqué, il y aurait eu dans leurs relations une sorte de progression, pour le meilleur ou pour le pire. Elle aurait été malheureuse, ou en pleine euphorie. Mais, au cours des semaines où ils avaient travaillé ensemble, il ne l'avait jamais traitée qu'avec un mélange, aussi agréable qu'exaspérant, d'amitié et de coopération purement professionnelle. Et Julie Jacobson, de Shaker Heights, qui, depuis le cours préparatoire, n'avait jamais connu l'échec en amour, avait cessé de voir, dans cette attitude de Justin, un défi. Elle attendait désespérément un signe qui montrerait que, peut-être, tous deux avaient un avenir.

– Vous préféreriez travailler pour une revue plus traditionnelle? demanda Justin, d'un ton indolent. Vous regrettez de ne pas avoir accepté ce poste à *Redbook*?

– Jamais de la vie. Mais cette idée... je veux dire, imaginez un article qui vous dit pourquoi il ne faut jamais, jamais, jeter son maillot de bain préféré. Qu'est-ce que je vais bien pouvoir inventer pour calmer Cole, Gottex, O.M.O. Kamali, tous les fabricants qui font de la publicité dans nos pages?

– Expliquez-leur la théorie de Maxi – quand une femme se sent satisfaite d'elle-même après avoir lu un numéro de *B & B*, elle va réagir de façon positive à leurs annonces, même si les textes ne disent pas qu'elle doit se ruer dehors et dépenser de l'argent, rien que pour survivre pendant le week-end.

– Vous y croyez? Ou c'est une idée de Maxi?

– J'y crois, j'y crois. La nature humaine est ainsi faite qu'il lui faut amasser. *B & B* mettra les femmes dans une disposition favorable pour prêter attention à la publicité.

Justin contempla le studio – le premier qu'il ait jamais eu –, en prenant soin de dissimuler sa consternation. Il avait toujours photographié en extérieurs, n'emportant avec lui qu'un ou deux sacs de toile et des étuis pour ses appareils. Cependant, afin de mener à bien le travail que Maxi lui avait demandé pour *B & B,* il avait bel et bien dû louer un studio avec tout le matériel qu'il contenait, et embaucher des assistants pour répondre au téléphone, travailler dans la chambre noire ou l'aider à mettre en place les projecteurs et les accessoires. Bien entendu, la revue réglait toutes les dépenses, mais c'était la première fois qu'il avait l'impression d'être attaché quelque part. Cela le mettait mal à l'aise, le rendait nerveux, mais, comme il était personnellement intéressé au succès du magazine, il ne pouvait plus disparaître avant que Maxi ait réussi à lancer *B & B,* et que tout aille bien. Ou que ce soit un échec complet. Et les probabilités étaient égales dans un cas comme dans l'autre, se dit-il. Il était accoutumé aux nouveaux projets de sa sœur, il avait observé le rythme frénétique qu'imprimait à sa vie la recherche incessante d'une chose qui fût plus amusante encore que la précédente; mais il ne pensait guère qu'elle aurait assez de patience pour aller au-delà de la mise en route d'une revue. Elle s'en sera probablement lassée d'ici six mois.

Personne, songeait-il souvent, ne la comprenait mieux que lui, car tous deux étaient semblables. Lui non plus n'avait jamais rien trouvé qui l'incitât à s'arrêter et à s'installer. Lui aussi était de passage, sans que grand-chose le retînt jamais longtemps. Il avait profondément aimé son père, et la mort de Zachary avait été pour Justin une tragédie. Il lui manquerait toujours, bien qu'ils aient rarement eu de conversations de cœur à cœur. Justin les avait évitées, et Zachary, le comprenant, ne les avait pas recherchées, ne les lui avait pas imposées. Il y avait eu entre eux comme une complicité muette : il fallait respecter le désir de Justin de se tenir à l'écart.

Sa mère, par contre, se dit-il férocement, semblait le poursuivre depuis sa naissance. « Justin, viens ici et parle-moi. » Chaque jour, en revenant de l'école, il entendait sa voix irrésistible, si grave, si poignante, l'appeler du boudoir. Pas d'autre solution que d'aller la rejoindre, de lui donner le baiser qu'elle attendait, de la laisser le recoiffer, et d'essayer, sans trop se tortiller, de fournir des réponses satisfaisantes aux questions qu'elle persistait à lui poser. « Comment s'est passée ton épreuve de mathématiques, Justin? Tu n'as pas eu froid, avec ce sweater? Pourquoi n'as-tu pas mis ta veste? Quel est ton meilleur ami, cette année? Et qui aimes-tu d'autre? Et ce garçon qui vient de Chicago? Il te plaît? Quand dois-tu rendre ton devoir d'anglais? Si tu as besoin d'aide, tu sais que tu peux toujours me demander, n'est-ce pas? » D'une voix douce, insistante, pleine de poésie et de dévouement, et qui voulait savoir tout ce qu'il faisait, tout ce qu'il pensait.

Il ne lui avait jamais dit qu'il n'avait pas de meilleur ami, ou même de simple camarade, dont il se souciât; cela n'aurait mené qu'à d'autres questions, à de l'inquiétude, à un désir d'y remédier, alors qu'il voulait qu'on le laissât en paix affronter sa peur de grandir, d'apprendre à vivre avec l'idée qu'il ne pourrait compter sur personne pour résoudre ses problèmes, sinon lui-même. Il n'avait pourtant jamais refusé de lui accorder sa présence, ni trouvé le courage de lui tourner le dos. Il comprenait trop bien à quel point elle était avide, exigeante, comme si on l'avait privée de quelque chose, comme si elle était veuve, malgré sa beauté, ses bijoux, son incessante vie mondaine. Il savait, sans avoir besoin de l'exprimer clairement, que la dévotion de Lily pour lui signifiait qu'elle le suppliait de prendre soin d'elle. Il avait fait de son mieux.

C'est seulement après la découverte des arts martiaux, quand il avait commencé à suivre des cours, qu'il avait réussi à se libérer enfin, chaque après-midi, du lourd fardeau de la tendresse maternelle : une tendresse que sa mère n'avait jamais témoignée à Maxi, et qui semblait teintée – souillée – d'un sentiment qu'il ne pouvait identifier, mais avait appris à haïr, en dépit de l'amour qu'il portait à sa mère. Une sorte... d'adoration. Cela venait de ce qu'il était le cadet, s'était-il dit. Maxi avait toujours eu des problèmes avec Lily, Toby était si indépendant, si particulier, en dépit de la cécité qui le menaçait, que Justin était peut-être le seul à qui sa mère pût prodiguer son affection... mais il devait, pour autant, subir la malédiction d'être le *favori*.

Dès qu'il saurait, de façon certaine, si *B & B* était un succès ou un échec, il s'en irait de nouveau, dans un endroit qu'il ne connaissait pas, reprenant le seul rôle dans lequel il eût appris à se sentir à l'aise : celui de l'observateur effacé, partie intégrante du décor, de l'étranger tranquille, et qui pourtant, grâce à son appareil, pouvait se sentir chez lui partout. Et nulle part.

– Justin, s'écria Julie en brandissant un bikini à fleurs qui ne pouvait dater que de la fin des années cinquante, regardez-moi ça! Et il est en si bon état qu'il n'a jamais dû servir.

– Ce doit être le cas pour la plupart des maillots de bain, dit-il en haussant les épaules.

– C'est ce que dit Maxi : « Quand une femme en trouve un qui lui convient, qui cache ce qu'elle veut cacher, et montre ce qu'elle veut montrer, elle n'entrera jamais dans l'eau avec, sauf si elle y est contrainte, et même si elle devient trop grosse pour le porter, elle le gardera dans un coin, avec l'idée qu'un jour il lui ira de nouveau. » Maxi encourage la pensée magique, si vous voulez mon avis, ajouta Julie d'un air désapprobateur.

– Quelle que soit votre opinion, chérie, il va falloir prendre des photos du lot. Combien de mannequins avez-vous fait venir ?

– Trois filles et vingt-quatre garçons.

– Vous êtes folle. Pourquoi tant d'hommes ?

– C'est une autre idée de Maxi. Chaque fille sera entourée d'une cohorte d'admirateurs qui lui jetteront des regards flatteurs, dit Julie avec aigreur. Elle n'avait pas eu le temps de passer chez les couturiers depuis une semaine, parce qu'il lui fallait retrouver ces vieux maillots de bain.

– Et de quoi couvrirez-vous ces jeunes gens ?

– J'ai une cinquantaine... d'objets... de chez Ralph Lauren, en un million de couleurs différentes. Et tous identiques, mais pas vraiment à l'ancienne mode. Je ne sais pas s'il s'agit de maillots de bain ou de sous-vêtements, mais ils ne gaspillent pas le tissu, on dirait !

Julie lui en montra un : juste de quoi passer les jambes et se couvrir le bassin.

– L'apothéose du nombril. Une honte. Nous encourageons les femmes à ne pas acheter de nouveaux maillots, et les hommes sont autorisés à parader presque nus.

– Où allons-nous mettre tout ce monde ?

– Les filles auront la loge – il leur faudra tout l'espace à cause des coiffeurs et des maquilleurs –, et les garçons devront utiliser votre bureau, Justin. Le studio n'est pas assez grand.

– Ça vous arrive souvent d'engager vingt-sept mannequins en même temps ?

– C'est une première. Je pense d'ailleurs que vous feriez bien de trouver un endroit qui dispose d'une seconde loge.

– Sans doute que oui, répondit Justin, sachant qu'il n'en ferait rien. Il avait choisi ce studio précisément parce qu'il était contraint d'y improviser. Un espace exclusivement réservé à son travail le rendait nerveux. Plus il était petit, mieux ce serait. Justin ne le louait qu'au mois, bien que Maxi lui ait donné carte blanche. La pièce qu'il s'était réservée ne contenait guère qu'un bureau, une chaise, un téléphone, et un sofa sur lequel il pouvait s'étendre et se reposer après une séance de prises de vues.

Les filles arrivèrent en même temps, et Justin les considéra d'un œil critique. Julie les avait choisies pour leur allure un peu neutre : belles, mais pas trop. Leur chevelure était courte – pas de crinière à la Farah Fawcett –, mais pas au point d'en être inquiétante, et les maquilleurs avaient reçu l'ordre de ne rien entreprendre de délirant. « Pas de paupières roses, pas de rouge à lèvres bleu, leur avait dit Julie. Pas de ces horreurs prétendument nouvelles. Nous travaillons pour l'Américaine moyenne qui connaît les principes de base du maquillage. »

Les garçons – d'une beauté anonyme – arrivèrent peu à peu, et Justin s'affaira sur ses appareils, tandis qu'on préparait les filles qui avaient victorieusement passé son examen. Comme beaucoup de photographes, il interdisait à son assistant de toucher à son équipement, et lui permettait tout au plus de recharger les appareils quand il était lui-même occupé ailleurs. Bientôt le premier mannequin fut prête, et pendant une demi-heure Justin, Julie et toute l'équipe travaillèrent d'arrache-pied, sans pourtant trouver cette sorte de rythme qui donnerait à chaque fille – entourée d'une dizaine d'hommes nus ou presque – une allure tout à fait naturelle.

– Aspergez-les d'eau, Julie, finit par dire Justin.

– Pourquoi ?

– Ils ont tous l'air figé. C'est ce qui arrive avec des maillots de bain en intérieur. Hé, les hommes, allez dans la chambre noire, vous y trouverez des seaux. Remplissez-les d'eau, et on fera comme ça.

– Nous allons être *mouillées* ? demanda l'une des filles, incrédule. Personne à l'agence ne m'a parlé de ça ! Je veux leur téléphoner d'abord.

– Rassurez-vous, je ne veux tremper que les garçons, dit Justin sèchement. Comme il aurait voulu se retrouver dans une rue inconnue d'une ville inconnue, libre de prendre une photo ou non, au lieu d'être en compagnie de vingt-sept des mannequins les mieux payés des Etats-Unis, dont chacun refusait d'évoluer naturellement, comme le font les gens ordinaires dans des décors ordinaires. Le Gange, voilà où il pourrait les photographier. En fait, ce serait un véritable plaisir de les y pousser tous, et de leur maintenir la tête sous l'eau un bon moment. D'ici là, il lui faudrait se débrouiller.

Son idée fut une réussite qui les détendit comme rien d'autre n'aurait pu le faire; ils redevinrent des enfants qui projetaient le contenu de leurs seaux sur les autres ou sur eux-mêmes, en un concours à qui serait le plus mouillé, créant l'illusion d'une piscine, ou d'une plage, mieux que n'importe quel accessoire.

Jon, un des garçons, à la chevelure rousse ébouriffée et au sourire plein d'une vitalité animale, prit la direction des opérations. Il fut le premier à jeter un seau d'eau sur l'une des filles. « Comment osez-vous! » hurla-t-elle – pour en recevoir aussitôt un autre sur la tête. Ce devint une bataille, pour laquelle tous, ruisselants, oublièrent totalement les appareils photo, tandis que les coiffeurs se contentaient de hausser les épaules, pas mécontents, pourtant, puisque de toute façon ils toucheraient leur sept cent cinquante dollars de l'heure. A chaque signe de Justin, une fois la photo prise, Julie sortait de là chaque fille dégoulinante, et l'emmenait changer de maillot – tâche difficile avec un corps mouillé. Elle aurait dû engager une douzaine de filles, se dit-elle, ou du moins apporter des serviettes, mais qui aurait pu prévoir?

La séance se termina enfin. On rassembla les maillots de bain, les filles furent essuyées avec des serviettes en papier, puis passées au sèche-cheveux, et tout le monde, assistants compris, rentra chez soi. Julie contempla le studio, épuisée, heureuse de savoir que les photos seraient superbes.

– Ne vous inquiétez pas. J'aurai tout fait nettoyer d'ici demain. Vous pouvez y aller, Julie, dit Justin aimablement.

– Je resterais bien, mais...

– Allez, allez, n'insistez pas. Du vent!

Enfin seul, repoussant les feuilles de papier sali et humide, Justin rangea ses appareils. Il ouvrit la porte de la pièce qu'il s'était réservée, en se demandant quelle pagaille les garçons avaient bien pu y laisser.

– Vous avez pris votre temps, Justin. Je vous croyais perdu.

Jon, les cheveux encore légèrement humides, eut un sourire en voyant entrer Justin. Il était assis derrière le bureau, très à l'aise.

– Vous n'avez pas retrouvé vos vêtements? demanda Justin d'un ton calme, que démentait son attitude – celle d'un homme entraîné, prêt à se défendre.

– Ils sont là où je les ai laissés en arrivant.

– Et ça vous amuse d'être assis là dans un maillot de bain trempé ?

– A vrai dire, je l'ai enlevé.

Jon sourit de nouveau et s'étira avec la nonchalance d'un fauve.

– Ça m'étonnerait que vous soyez à votre aise, dit Justin, sur ses gardes. Et il se trouve que c'est mon fauteuil.

– De fait, je serais beaucoup mieux sur le sofa, répondit Jon, sans bouger pour autant.

– J'en suis persuadé, rétorqua Justin, qui semblait vouloir chercher le sens caché des paroles de Jon. Et qu'est-ce qui vous fait croire que j'ai envie de vous voir ici ?

– Justin, dit Jon sur un ton de reproche moqueur, pensez-vous que je ne sais pas ce dont vous avez envie ? Et que je peux vous offrir quand vous le voudrez ? Me croiriez-vous stupide à ce point ?

– Et qu'est-ce qui a pu vous suggérer une telle idée ?

Justin avait l'air plus menaçant que jamais.

– Rien. Ni dans vos paroles, ni dans votre allure, ni dans votre façon de parler ou de marcher... Je le sais... J'ai de très bons instincts.

– Ah bon ? Vous êtes sûr ? Ou n'êtes-vous pas plutôt en train d'essayer pour voir ? Comme vous le feriez avec n'importe qui, dans l'espoir que ça puisse marcher ? Des fois que ça pourrait rapporter ?

– Je ne veux rien, Justin, sinon la même chose que vous. Je suis comme vous, la seule différence, c'est que je n'ai pas peur de demander. Je vous désire depuis que je suis arrivé ici – ce qui n'allait pas sans difficultés, avec des maillots de bain pareils... Arrêtons de jouer. Venez, venez... Ce sera comme il vous plaira.

Sans mot dire, Justin s'avança vers Jon – sans mot dire et de son plein gré.

20

– LE problème avec toi, Maximilienne, c'est que tu es trop impulsive, dit Lily.

Ses yeux couleur d'opale se plissèrent, tandis qu'elle contemplait sa fille d'un air critique.

– Mère, je sais que j'ai une réputation d'insouciance, et je n'en suis pas fière, tu peux me croire, mais *B & B*, c'est tout à fait différent. Ce n'est pas juste de ta part de n'y voir qu'un simple jouet, sans avoir regardé comment j'entends réussir. Regarde, je t'ai apporté la maquette du premier numéro pour que tu puisses te faire une idée par toi-même.

Elle la lui tendit avec empressement.

– Non, Maximilienne, ce n'est pas en jetant un coup d'œil là-dessus que je pourrai juger de quoi que ce soit. Je n'ai jamais vraiment su évaluer les revues, surtout les nouvelles. Même ton père, en dépit de tous ses effort, a été contraint de l'admettre. Remets-la dans ton attaché-case, chérie, pour ne pas l'oublier quand tu t'en iras.

– Mère, s'il te plaît, regarde-la, rien qu'un instant. Ça te fera peut-être rire, insista Maxi.

Il fallait qu'elle parvienne à intéresser Lily. Depuis son retour d'Europe, toutes deux s'étaient rarement vues. Maxi était trop occupée pour rencontrer sa mère lors de ces rares repas, ou des matinées de ballet qui, au fil des ans, étaient devenus le moyen le plus simple, et le moins dangereux, de maintenir leurs relations. Aujourd'hui, cependant, il lui avait fallu trouver le temps de venir prendre le thé – rituel résolument britannique auquel Lily n'avait cessé de sacrifier depuis son arrivée à Manhattan, plus de trente ans auparavant.

– Je préfère m'en abstenir, chérie. Je lirai la revue quand elle paraîtra, mais d'ici là mieux vaut laisser les choses en l'état. Je m'attends à une très agréable surprise. Si je t'ai demandé d'interrompre ton travail, Maximilienne, c'est que ces temps-ci, j'ai un peu réfléchi à Amberville Publications, et que j'étais désireuse de savoir combien coûte ton petit caprice... cette idée soudaine de devenir éditeur, ou rédactrice en chef, ou je ne sais quoi.

– Cutter ne t'en a pas parlé? demanda Maxi, stupéfaite. Plusieurs jours s'étaient écoulés depuis son entretien avec son oncle, et elle pensait qu'il avait tout raconté à Lily.

– Non. A dire vrai, il s'est même montré très vague. Il m'a semblé qu'il évitait la question. C'est précisément ce qui m'a amenée à me demander ce qui se passait, s'il n'y avait pas quelque chose dans l'air – entre vous – que je devrais savoir.

– « Dans l'air »? Tu veux dire que j'aurais un problème avec Cutter? C'est ça?

– Tout à fait, répondit Lily en versant à Maxi une autre tasse de thé.

– Nous avons eu une petite discussion, Mère. Il trouve que je dépense trop, et je *sais* qu'il le faut pour espérer réussir. Si j'arrête maintenant, tout cet argent sera perdu pour de bon. On doit s'y prendre selon les règles, ou ne rien entreprendre du tout, et je ne suis pas parvenue à le lui faire comprendre. Père aurait très bien vu où je voulais en venir. Il est juste de préciser que je n'ai pas été vraiment aimable avec Cutter – pas du tout, en fait –, mais, Mère, ce n'est pas un professionnel de la presse, il a une mentalité Wall Street, il ne voit que le bilan... C'est d'ailleurs normal, puisqu'il est spécialiste des placements financiers, mais cela rend impossible toute conversation sérieuse avec lui. Si Papa...

– Maximilienne, ton père est mort. Ton problème avec Cutter vient de la rancune que tu as envers lui, une sorte de répugnance irraisonnée qui me rend très malheureuse...

– Mère, ce n'est pas ça du tout...

– Une minute, Maximilienne. Laisse-moi finir. Je me suis efforcée de comprendre ta violente... opposition... ton attitude vis-à-vis de Cutter. Je sais que quiconque aurait cherché à entrer dans ma vie, après la mort de ton père, aurait suscité des sentiments aussi vifs de ta part. Tu as toujours été la préférée de Zachary...

Une vieille amertume s'était glissée dans la voix de Lily – une voix subtilement contrôlée, qui faisait comprendre à Maxi que sa mère était en droit d'obtenir tout ce qu'elle voulait, sans même devoir le demander.

– Tu ne comprends pas ce que Cutter représente pour moi, poursuivit Lily, ou, si par miracle tu t'en rends compte, tu n'en as cure. J'ai cinquante ans, Maximilienne, et en janvier j'en aurai cinquante et un. Je sais que tu me trouves trop vieille pour avoir encore le droit d'être sentimentale. Pensez donc, cinquante ans pour toi qui en as vingt-neuf, avec toute la vie devant toi, et un passé qui n'a pas vraiment été de tout repos? A ton âge que peux-tu comprendre de ce que j'éprouve?

– Mère, cinquante ans, ce n'est pas la vieillesse, pour l'amour du ciel! Et je ne suis pas assez sotte pour croire que tu n'as ni cœur, ni désir. Accorde-moi ça, au moins. Peut-être était-ce ce qu'on pensait quand tu avais mon âge, mais les temps ont changé.

Maxi posa sa tasse de thé, si agitée que Lily frémit lorsque la porcelaine heurta la table.

– Les temps ont changé... en principe. La nature humaine reste la même. Et c'est bien pourquoi on en vient à considérer sa mère comme une antiquité. Certes, Angelica n'en est pas encore là! Mais un jour ou l'autre elle aussi pensera comme toi, Maximilienne, souviens-t'en.

– Qu'est-ce qu'Angelica a à voir là-dedans? dit Maxi, profondément contrariée. Je croyais que tu voulais me parler de l'argent que je dépense pour *B & B*.

– Un jour, Maximilienne, tu sauras ce que c'est de se sentir encore jeune et d'être prisonnière d'un corps qui vieillit, quoi que tu fasses, poursuivit Lily, comme si Maxi n'avait rien dit. Je regarde les mannequins dans les revues de mode, et je pense : ah, oui, *maintenant*... mais dans vingt ans ces photos seront *insupportables. Avoir été* belle est une condamnation à vie, pas une chance. Avoir été *quoi que ce soit*, et l'avoir perdu...

– Mère, tu deviens morbide. Tu es belle, tu l'as toujours été, tu le seras toujours. Quel rapport avec notre rencontre d'aujourd'hui?

– J'aurais dû savoir que c'était inutile, soupira Lily.

Elle passa les mains sur son lourd chignon.

– J'essayais de t'expliquer quelque chose sur Cutter et moi, mais ton insensibilité rend cela difficile, comme d'habitude. Eh bien, Maximilienne, combien cette histoire de revue va-t-elle coûter?

– Je ne peux pas encore te donner les chiffres définitifs. Cela dépend de sa réussite, ou de son échec.

– Alors, dis-moi combien tu as dépensé jusqu'à présent.

– Sur les six derniers mois, pas loin de cinq millions de dollars.

– Il est normal de dépenser autant, sans même savoir quel sera le résultat ?

– Tout à fait. C'est même assez peu. Regarde Mort Zuckerman, par exemple. Il a consacré huit millions de dollars à *The Atlantic,* et ne s'attend pas à voir des bénéfices avant plus d'un an. Gannett a fait pour *USA Today* d'énormes investissements, même avec Cathy Black – quelqu'un de formidable ! – pour s'en occuper. Il a fallu dépenser une fortune pour que *Self* marche, et...

– Je t'en prie, Maximilienne, je t'en prie. C'est insupportable de t'entendre parler chiffres. Tu répètes ce que disait ton père comme un perroquet, mais lui, au moins, savait ce qu'il faisait. Ainsi donc, depuis ton retour d'Europe, tu as coûté cinq millions de dollars à Amberville Publications.

– En effet, Mère. Cinq millions de dollars, et je ne voudrais pas que tu croies que c'est terminé. Tu ne le regretteras pas, je te le promets.

Si Lily avait voulu lire sur le visage de Maxi, elle y aurait reconnu la farouche résolution de Zachary.

– Tu me le promets. (Lily eut un haussement d'épaules.) Dans ce cas, je suis rassurée. Une autre tasse de thé ?

– Non, Mère, merci. Il faut vraiment que je retourne au bureau.

– Je comprends, chérie. Embrasse Angelica pour moi. Si elle est libre le week-end prochain, j'ai pris des billets pour un spectacle de danse samedi après-midi.

– Je suis sûre que ça lui plaira.

Maxi embrassa sa mère. Cela s'était mal passé. Comme toujours. Le problème avec toi, Maximilienne, c'est que tu es insensible, que tu n'apprécies pas Cutter, que tu as toujours été la préférée de ton père, que tu veux que je m'intéresse à ton travail. Le problème avec toi, Maximilienne, c'est que tu attends trop de ta mère.

Comme Lily sonnait la domestique pour qu'elle emporte le plateau, elle se dit qu'il était vraiment judicieux d'avoir eu cet entretien avec sa fille. Maxi se comportait comme on avait pu s'y attendre. Cinq millions de dollars, et rien d'autre à montrer qu'une maquette. Lily n'aimait pas parler affaires, mais si Maxi reconnaissait avoir de nouvelles dépenses en perspective, personne ne pourrait dire à combien se monteraient les pertes. Un jouet bien dangereux dans les mains d'une enfant gâtée, insouciante, qui n'avait jamais eu à gagner un sou de sa vie. Cinq millions de dollars jetés par les fenêtres en quelques mois. Pas de quoi s'affoler cependant : Cutter lui avait dit que le bilan de la compagnie était encore sain. Cela confirmait simplement, si besoin était, que, Zachary mort, la famille Amberville ferait mieux de se retirer du monde de la presse.

Ce n'était pas seulement la perte de cet argent, se dit Lily en se dirigeant vers son cabinet de toilette. C'étaient les soucis imposés à Cutter. Elle reconnaissait bien là son dévouement. Il ne lui avait rien confié de l'accès de prodigalité de Maxi, bien que, sans doute, il dût en être fou de rage. Il s'était pourtant abstenu de l'accabler du récit des ambitions de sa fille. Il était la délicatesse même. Sa délicatesse était presque exagérée. Il aurait dû le lui dire. Maxi, à la tête d'une revue, quelle folie, vraiment ! Lily parcourut ses penderies d'un œil critique. Ce cher Mainbocher lui manquait tant. Qui donc, se demanda-t-elle, pourrait savoir ce que Toby et Justin décideraient de faire dans l'avenir ? Même pas elle, qui les aimait tant. A eux trois, les enfants possédaient trente pour cent du capital d'Amberville. Non, pas question qu'ils soient ses associés, merci. Peut-être ne connaissait-elle rien aux affaires, mais, au moins, elle était sûre de cela, se dit-elle avec ce sens pratique, égoïste et plein d'acuité, qu'elle avait toujours réussi à camoufler aux yeux de tous.

– Fiche le camp de là ! grogna l'homme derrière la charrette, à l'intention d'Angelica.

– Comment ça se fait que vous vendez des fouets de cuir ? lui demanda-t-elle, curieuse.

– T'occupe pas et file.

Comment vendre des accessoires sado-maso si les mômes traînaient dans le secteur ? Cette grande bringue aux longs cheveux était la mort du petit commerce.

– Tiens, dit-il en lui donnant un dollar. Va t'acheter un hot dog.

– Merci.

Angelica se dirigea aussitôt vers le stand Sabrett, juste en face de l'entrée de la partie résidentielle de la Trump Tower. Il faudrait qu'elle amène ses copains de la Troupe, demain, pour rendre visite à l'homme à la charrette. Un hot dog gratuit pour chacun ? Pourquoi pas ? Tout en mangeant, elle regarda les divers étalages dispersés le long de la Cinquième Avenue. Des portefeuilles, des ceintures, des foulards, des bijoux fabriqués à l'autre bout de la terre et étendus sur un trottoir autrefois immaculé, devant les plus belles boutiques du monde. La Troupe n'avait jamais vu la Cinquième Avenue du temps de sa splendeur. Ce groupe de traînards comptait entre onze et quinze membres – les seuls enfants de l'immeuble. Pour eux, les vendeurs de rues étaient source constante d'amusement et d'intérêt, une part de leur univers, un contrepoint naturel à leurs appartements, qui coûtaient des millions de dollars.

La Troupe connaissait tout de la Trump Tower. Ils savaient où se trouvait le poste de garde, soigneusement dissimulé et occupé vingt-quatre heures sur vingt-quatre. De là, un couloir – étroit, luxueux, beige – menait à un grand atrium de marbre rose, haut de six étages, peuplé de boutiques de luxe, où coulait, comme par magie, une chute d'eau merveilleuse, tandis que quelqu'un, en queue de pie, jouait du piano dans l'entrée. Des New-Yorkais pleins de lassitude venaient là pour s'asseoir un moment, écouter des mélodies familières, et, peut-être, manger un sandwich, tandis que, quelques étages plus haut, dans des magasins ruineux, des femmes achetaient des chemises de nuit à quatre mille dollars. La Troupe connaissait chaque boutique, connaissait l'étage où se trouvaient les chambres des domestiques, et connaissait même la belle et blonde Mme Trump. Elle s'était laissé convaincre de leur permettre de visiter le jardin de son triplex, qui couvrait tout le sommet de la Tour, et était planté d'arbres.

Angelica était le chef du petit groupe : elle était américaine et possédait le plus grand appartement de la Tour, un « L » et un « H » combinés. Presque tous les autres étaient étrangers, et leurs demeures n'étaient jamais que des pied-à-terre pour leurs parents, qui allaient sans cesse d'une capitale à l'autre. Aujourd'hui pourtant, elle n'avait pas envie de se mettre à la recherche de ses camarades. Elle se faisait du souci pour sa mère, et ne savait pas vraiment pourquoi.

D'abord, se dit-elle en achetant un autre hot dog, Maxi – chose bizarre – avait entrepris de s'organiser, elle avait trouvé une cuisinière qui, tout l'indiquait, demeurerait à leur service, sa mère lui fournissant une liste détaillée de ce qui devait être fait chaque jour, tandis qu'une femme de ménage se chargerait des gros travaux. Maxi – qui n'avait jamais rien prévu – s'était mise à établir les repas pour la semaine entière, afin que les courses puissent être faites sérieusement.

Ainsi leur cuisinière était la seule, de toute la Trump Tower, à passer à Lexington Avenue pour ses achats, au lieu de téléphoner chez Gristede. Où étaient donc les coups de fil de dernière minute aux traiteurs? se demanda Angelica. Elle se souvenait d'années entières de fêtes improvisées, ou des repas d'autrefois, pleins d'insouciance, où elles mangeaient dans les cartons les plats qu'on leur livrait.

Et non seulement sa mère et elle s'asseyaient désormais à table le soir pour dîner, mais Maxi surveillait maintenant son travail scolaire. Sans forcément y comprendre grand-chose : les maths d'aujourd'hui lui passaient au-dessus de la tête – comme celles d'hier, d'ailleurs. Elle s'assurait pourtant que tout était fait à temps. De plus, elle veillait à la garde-robe d'Angelica, au lieu de lui laisser porter n'importe quoi (la fillette ayant dès l'âge de dix ans, pris l'habitude de passer elle-même dans les boutiques). « Ce n'est pas parce que des vêtements sont convenables qu'ils sont hideux », avait dit Maxi l'autre jour. Comment Maman pouvait-elle faire des remarques aussi macabres?

Sans parler de la vie amoureuse de sa mère. Maman ne semblait plus en avoir aucune, et ne s'en souciait pas le moins du monde. Serait-elle déjà ménopausée? Angelica réfléchit à l'âge de Maxi, et se dit qu'à vingt-neuf ans elle était sans doute trop jeune pour ça. Mais, d'aussi loin que sa fille se souvenait, il y avait toujours eu un homme dans la vie de Maxi, l'un après l'autre, et parfois même, soupçonnait Angelica, deux en même temps. Des jeunes gens séduisants, des hommes mûrs. *B & B*, cependant, ne lui laissait plus le temps pour s'intéresser à qui que ce soit, séduisant ou pas. Quand elle n'était pas au bureau, ou avec sa fille, elle passait chaque soir à travailler avec Justin, avec Julie, avec l'un ou l'autre des membres de son équipe, ou même – c'était à n'y pas croire – seule, bel et bien seule, dans sa chambre, penchée sur un bloc-notes jaune. De temps en temps, elle partait dans de grands accès de fou rire. Ses propres trouvailles devaient la faire pouffer, puisque la télévision n'était pas allumée. N'était-ce pas ce qu'on appelle une obsession? Et l'obsession n'est-elle pas mauvaise pour vous?

Et pourtant, aucun signe n'indiquait à Angelica que Maxi allait s'effondrer. Bien au contraire : elle était de mieux en mieux organisée, et elle aimait ça, oh que oui, et c'était pire que tout. Une mère pareille était bien moins drôle qu'une ravissante folle qu'il fallait *superviser.* Angelica n'avait pas prévu que Maxi puisse être adulte, avoir des idées d'adulte sur ce qu'il convenait de faire. Maman changeait, pas de doute là-dessus, et sa fille n'aimait pas ça. Non. Pas du tout. Car si sa mère devenait l'adulte de la famille, quel rôle Angelica pourrait-elle encore jouer?

Aucun Cipriani dans l'Histoire ne s'est jamais mordu la lèvre inférieure, songea brusquement Rocco. Il entreprit de relâcher la douloureuse étreinte de ses mâchoires.

– J'ai réussi à éviter l'erreur classique, dit Maxi en attaquant sa brandade de morue, nappée d'une sauce incendiaire, comme s'il s'agissait d'une inoffensive purée.

– Et laquelle?

Il se demanda pourquoi il avait accepté de dîner

avec elle. Sans doute était-ce par curiosité. Après tout le travail que lui avait demandé la maquette, après qu'il lui eut trouvé Brick Greenfield, un jeune directeur artistique au talent fou, qui se chargerait de la tâche que Rocco avait commencée, il éprouvait, à contrecœur, un certain intérêt pour l'avenir de *B & B*. Mais l'insouciance de Maxi l'échauffait presque autant que la cuisine créole de Chez Léonie.

Rocco avait déjà entendu beaucoup de gens – beaucoup trop – raconter comment Maxi avait rendu visite en personne aux plus gros annonceurs, faisant usage de *sa* maquette comme carte de visite, pour leur proposer d'acheter de l'espace publicitaire dans sa revue, avec toute la ruse, toute la séduction dont elle était capable, et tirant avantage de la réputation d'Amberville Publications. Il devait bien reconnaître que le concept sur lequel reposait *B & B* pouvait paraître logique, insidieusement présenté par Maxi – *à condition* qu'on n'ait jamais eu affaire à elle. Si elle vous était inconnue, par exemple, et parvenait à vous faire croire qu'une revue qui aime ses lecteurs était précisément ce dont vous aviez besoin pour rendre encore plus avantageux ce contrat proposé par une agence aussi célèbre que Cipriani, Lefkowitz et Kelly, avec l'aide d'une équipe, exceptionnellement compétente, de gens dont la vie entière était consacrée à des achats d'espace dans les média. S'il se trouvait que vous étiez l'un de ces parfaits abrutis qu'on appelle des annonceurs, et qu'une fille qui se prétendait éditeur – et même responsable de la publicité – vienne vous voir, sans passer par votre agence habituelle, et réussisse à vous enjôler au point de vous faire prendre des engagements dont, dans votre état normal, vous vous seriez abstenu avec soin.

– Rocco, qu'est-ce que tu fais avec tes dents? Tu saignes, ou c'est de la sauce?

Inquiète, Maxi lui passa sa serviette.

– Laisse, laisse! J'ai dû mordre dans un gros poivron rouge. Ouch!

– Je t'avais dit de faire attention.

Maxi jeta un coup d'œil autour d'elle. Chez Léonie était un restaurant situé Première Avenue, juste assez grand pour accueillir six tables, mais plein d'une atmosphère qu'elle aimait : de vieux disques de mélodies caraïbes passaient sur un antique phonographe quelque part au fond de l'établissement; les photos de famille de Léonie étaient accrochées de-ci de-là sur des murs presques jaunes. Maxi avait l'impression d'être en vacances sur une île. Rocco, c'était évident, avait si bien pris la mentalité de Madison Avenue qu'il était incapable d'apprécier la poésie du lieu. Dire que c'était un homme qui, autrefois, vivait de poivrons rouges. Triste.

– Quelle erreur classique? répéta-t-il, ayant retrouvé sa dignité.

– Ne pas comprendre que chaque exemplaire a deux clients : le lecteur et l'annonceur. Pas d'annonces sans public, et pas de public sans annonces – les gens se méfient d'une revue trop mince. C'est bien pourquoi j'ai pratiquement *donné* tout l'espace publicitaire pour les six premiers mois. Enfin, pas tout à fait, mais pour bien, bien moins cher qu'il aurait dû l'être. Absurdement bon marché. Le premier numéro sera très beau, très gros, rassurant, comme un poulet gras. Ma lectrice pourra à peine le soulever, et, à un dollar cinquante, elle aura l'impression de faire une affaire. Rocco, laisse un peu de place pour le plat principal.

– Il y a autre chose après?

– Attends, dit-elle avec un sourire particulièrement provocant. Le grain de beauté se dessinait au-dessus de l'arc parfait de sa lèvre supérieure, d'une façon qui donna à Rocco l'envie de gifler Maxi, rien que pour voir ce qui arriverait.

– Il y a un petit problème auquel tu ne sembles pas avoir réfléchi. Celui d'assurer la distribution de ta revue. Tu peux avoir le plus beau magazine du monde, avec une pub en quadrichromie à chaque page, il te faut encore dénicher ces millions de lectrices que tu es si certaine d'avoir. Si les gens ne peuvent trouver *B & B*, comment l'achèteront-ils ?

– Rocco, as-tu déjà entendu parler d'un homme appelé Joe Shore ?

– Non.

Maxi soupira :

– C'était un superbe vieillard, mais il est mort il y a... quinze ans, je crois. Je suis allée aux courses avec lui, jusqu'à la fin. Il m'offrait autant de hot-dogs que je voulais. Il est mort comme il l'aurait souhaité, dans son box, à Belmont Park, et il avait parié – deux dollars seulement, mais quand même – sur le gagnant.

– Où veux-tu en venir ?

– Oncle Joe était le père d'oncle Barney, avec qui, bien entendu, je n'ai jamais perdu le contact. Il était consterné quand j'ai divorcé de Laddie Kirdgordon... ça lui plaisait que je sois comtesse. Sa femme et lui étaient venus nous rendre visite au Château de l'Epouvante, et ils ont passé un séjour merveilleux.

– Oncle Barney ? J. Bernard Shore ? Le patron de Crescent ?

Rocco écarta d'un geste l'énorme plat de côtes de porc braisées, de poulet, de riz et de canard rôti. Sa voix se brisa :

– *Crescent ?*

– Crescent. Il faut que j'aie un diffuseur à l'échelon national, expliqua patiemment Maxi.

– J'en suis tout à fait persuadé.

Pas de doute, elle voulait le tuer. Cuisine créole, poivrons rouges, volonté de nuire délibérée. Il se demanda s'il avait déjà un ulcère, ou si cela allait commencer sous peu. Crescent était le plus important diffuseur des Etats-Unis. Certes, Amberville Publications était un de leurs gros clients, mais *B & B*... ils en mourraient de rire. Ou du moins, c'est ce qu'ils devraient faire, s'ils avaient un peu de bon sens.

– Enfin, je suis allée voir oncle Barney, et je lui ai exposé mon problème. Il sait que j'ai toujours su parier sur le bon cheval depuis que j'ai trois ans, et j'ai donc signé un contrat avec lui. Bien entendu, Crescent prendra les dix pour cent habituels sur le prix de vente, lui-même n'y pouvait rien, mais il mettra *B & B* avec les revues qui ont les plus grosses ventes. *Rocco!* Léonie! Venez vite, il est en train de s'étouffer. Mon dieu, Léonie, il y avait des arêtes dans la brandade? Rocco, lève les bras au-dessus de la tête. Non, Léonie, non, ne lui tapez pas dans le dos. Rocco, tu veux que je fasse quelque chose? Ah! remets-toi. Mets deux doigts dans ta gorge si tu ne peux pas respirer... Ah! ça va mieux... bon sang... tu m'as fait peur. Plus jamais je ne t'amènerai ici. Léonie, est-ce que je peux avoir de votre rhum vieux haïtien? Je me sens un peu faible.

Rocco hoquetait entre chaque mot :

– Tu es sûre que c'est ce qu'il a dit?

– Tout à fait. Il m'a dit qu'au besoin il fabriquerait lui-même des présentoirs plus grands, s'il manquait de place.

– Et ça va coûter combien?

– C'est là le problème. Je devrai payer directement le détaillant. Cinq dollars environ toutes les trois semaines. Par point de vente, j'entends. Tu ne pensais tout de même pas que les supermarchés mettent, par charité, les revues à côté des caisses? C'est comme ça que *Cosmo, People* et le *National Inquirer* se retrouvent là où on ne peut les manquer. Les affaires sont les affaires.

Maxi, traumatisée de voir Rocco s'étouffer, se refit une santé en lui dérobant ses côtes de porc qu'elle mangea en plus des siennes.

– Tu vas claquer un blé fou!

– Rocco, pourrais-tu parler moins fort – ou du moins modérer ton langage? Je vais peut-être perdre une fortune, mais je sais où je vais, et je parie sur moi. Comme oncle Barney... Il va me servir de banquier pendant un an. Je lui ai fait gagner beaucoup d'argent aux courses, une fois. La seule occasion qu'il ait eue de toute sa vie... et j'avais trois ans, je ne savais même pas lire. Rocco, pour l'amour du ciel, prends un peu de mon rhum... Tu sais que tu m'inquiètes? As-tu pensé à un bilan médical? Je connais un spécialiste qui s'occupe des publicitaires stressés, comme si c'était une espèce à part.

Un petit groupe solennel descendit de l'avion qui venait de se poser sur l'aéroport de Lynchburg, en Virginie. C'était le jour où le premier numéro de *B & B* devait être imprimé dans l'énorme usine de Meredith/Burda, à la sortie de la ville. Les nouveaux arrivants se scindèrent en deux : une seule voiture de location ne suffirait pas à les emmener tous les sept. Justin, venu là pour soutenir moralement Maxi, conduisait le premier véhicule; sa sœur était à côté de lui, Julie et Brick Greenfield à l'arrière. Le second était piloté par Allenby Winston Montgomery, le secrétaire général proposé par Pavka. Son long visage lugubre avait son expression habituelle – celle d'un homme qui, résigné, monte avec patience et dignité les marches de l'échafaud. Il avait pourtant quelque peu changé depuis que Maxi avait décidé que « Monty » lui allait mieux que « Général ». Il lui avait bel et bien souri une fois, et, bien qu'il n'ait pas recommencé depuis, ceux qui l'observaient estimaient qu'il pourrait très bien le faire avant la fin de l'année. Il était accompagné d'Angelica qui avait refusé de laisser sa mère partir sans elle, école ou pas, et par Harper O'Malley. Le travail de celui-ci consisterait, chaque mois, à demeurer là pendant que la revue serait imprimée, à vérifier les exemplaires à peine sortis des presses, en s'assurant que tout allait bien, et, si ce n'était pas le cas, à procéder sur-le-champ aux modifications qui s'imposaient.

Maxi serrait contre elle le précieux tas d'épreuves couleurs sur lesquelles Monty, Brick Greenfield et elle avaient fait leurs ultimes corrections. Deux jeux préliminaires avaient déjà été revus et envoyés à Meredith/Burda. Ses yeux fixaient sans la voir la campagne environnante, tandis qu'elle s'efforçait de se rappeler si elle avait déjà ressenti la violente émotion qui l'envahissait en ce moment, et que, si elle l'avait pu, elle aurait dédaigné d'appeler la peur.

Oui. Cela lui revenait... Cela lui était déjà arrivé; trois jours environ avant la naissance d'Angelica. Rocco et elle étaient allés au cinéma, et là, brusquement, elle avait réalisé que le bébé qu'elle portait depuis bientôt neuf mois ne pourrait quitter son corps que par un seul endroit. Ce fait absolument irréfutable, qu'elle avait réussi à ignorer jusque-là, l'avait frappée avec une telle force qu'elle n'avait plus eu qu'une idée : comment se tirer de là. Il devait, il doit bien y avoir un moyen de *ne pas avoir* cet enfant. Toutefois, en regardant son énorme ventre, Maxi elle-même dut bien se soumettre à une logique implacable. Impossible d'échapper à la peur. Il fallait en venir à bout. Les épreuves posées sur ses genoux devraient partir à l'imprimerie, tout comme Angelica avait dû venir au monde. Maxi se détendit et les caressa amoureusement. Quel que soit leur avenir, elle leur aurait donné ce qu'elle avait de mieux.

Harper O'Malley et Brick Greenfield étaient déjà venus à l'imprimerie lorsqu'ils travaillaient pour d'autres revues, pour les autres, l'immensité de Meredith/Burda suffisait à inspirer l'angoisse, et même la terreur pure et simple. A l'intérieur de l'usine, les gigantesques presses automatisées occupaient l'énorme hall, haut de cinq étages, dans lequel plusieurs responsables les attendaient. Le bruit – assourdissant, presque inimaginable – rendait toute conversation impossible, mais tous se serrèrent la main et mimèrent des salutations, tandis que Maxi donnait les épreuves. C'était comme d'être prisonnier des *Temps modernes* de Chaplin, avec des raffinements sortis de *La Guerre des étoiles.* Les ordinateurs clignotaient ici et là, occupés à vérifier constamment les bleus, les rouges et les jaunes, et le petit groupe *B & B* attendit – tous étaient serrés les uns contre les autres – que le premier exemplaire sorte des presses. En dépit de l'automatisation, de l'informatique, il fallait toujours – il faudrait toujours – qu'un œil humain vérifie chaque page et s'assure qu'elle avait été imprimée comme elle devait l'être. Quand le grand moment survint, ils firent cercle autour de la revue, dont ils feuilletèrent les pages.

A l'exception d'Angelica et de Justin, tous pensaient savoir exactement à quoi s'attendre : ils avaient revu chaque mot, chaque illustration, des centaines de fois. Mais c'était une expérience foncièrement différente que de voir le magazine broché et massicoté, au lieu d'une série de fragments et de doubles pages. Il y avait à peu près la même différence, se dit Maxi, qu'entre le poids de chair qui reposait sur ses genoux au cinéma, et le bébé qu'elle avait vu dans la salle d'accouchement. C'était presque – mais pas exactement – la même chose.

Après que Maxi, Monty, O'Malley et Greenfield eurent chacun donné le feu vert, le premier tirage de *B & B* se mit à sortir des presses. D'énormes machines rassemblaient le tout en gros paquets maintenus par des bandes de plastique, que des tapis roulants transportaient jusqu'à une aire d'embarquement extérieur, où attendaient d'innombrables camions. En quatre jours, il y aurait des exemplaires de la nouvelle revue dans chaque kiosque à journaux et dans chaque supermarché des Etats-Unis.

Suivie par les autres, Maxi sortit pour voir les premiers camions s'en aller. Il se fit, parmi les présents, un silence soudain que Monty rompit en disant, d'une voix prête à se briser : « Eh bien, ils s'en vont. » Il sourit brusquement. Maxi soupira, et Angelica, qui était juste à côté d'elle, se retourna, la souleva, la serra à l'écraser, et lui donna un baiser sur chaque joue.

– Hé, Maman, dit-elle. Qu'est-ce qui se passe? Tu pleures?

21

Maxi rôdait autour du kiosque à journaux de l'immeuble de la Pan Am. C'était l'un des plus gros, et des mieux achalandés, de tout Manhattan; des centaines de milliers de gens y passent matin et soir, à la recherche de quelque chose à lire. L'endroit est situé à l'une des principales intersections de New York : il faut traverser l'immeuble pour se rendre dans une foule de lieux différents, dont le métro et la Gare Centrale. Chaque éditeur, de Newhouse à Annenberg, de Forbes à Hearst, chaque fois que paraît un numéro, y envoie des gens suivre les ventes, plusieurs fois par jour. Des experts aux yeux inquisiteurs font le tour du kiosque. Ils sont capables de calculer le nombre d'exemplaires restant dans une pile; ils reviennent au bout d'une heure, recomptent et savent aussitôt si la couverture ou les annonces ont attiré un public important, s'ils ont fait le même score que d'habitude, ou connu un échec.

Quatre jours s'étaient écoulés depuis que *B & B* avait quitté l'imprimerie en Virginie, et Maxi s'était forcée à attendre ce soir avant d'aller au kiosque, refusant que quelqu'un du bureau l'accompagne. Ce n'était pas, comme la mise au point du premier numéro, un acte collectif, mais plutôt une affaire personnelle. On joue à la roulette en groupe, mais quand on va échanger ses plaques gagnantes contre de l'argent, ou qu'on se lève nonchalamment après avoir tout perdu, mieux vaut éviter compagnie et fanfare.

Décrivant de grands cercles à pas lents, elle s'approcha de plus en plus près, d'abord accablée par l'incroyable abondance des titres et le tapage des clients, mais peu à peu le spectacle se fit plus clair. L'oncle Barney avait indiqué à Meredith/Burda le nombre d'exemplaires à envoyer à chacun des grossistes régionaux, sur toute l'étendue des Etats-Unis. Normalement, ils décideraient de ce qu'ils devaient expédier aux détaillants, sur la base des chiffres précédents. Cependant, *B & B* étant tout nouveau, Barney avait donné lui-même les estimations qui lui paraissaient plausibles. Un kiosque à journaux n'a pas, comme un supermarché, un certain nombre d'emplacements stratégiques; mais les revues qui se vendent le mieux y seront regroupées au meilleur endroit, afin que les clients ne se donnent pas la peine de les chercher. Pour que *B & B* ait une chance de survivre, il devait être placé – à tout le moins pour la première fois, car l'oncle Barney, en dépit de tout son pouvoir, ne pouvait faire plus – juste à côté de *Cosmo.* Cette revue faisait 92 % de ses ventes dans les kiosques et dans les supermarchés, et se retrouver tout près donnerait à la revue de Maxi une occasion supplémentaire de se faire remarquer des clientes.

Elle repéra les piles de *Cosmo,* sorti quelques jours plus tôt, et constata qu'elles avaient déjà diminué de moitié, contrairement aux autres magazines féminins. Elle se glissa plus près, regardant à droite et à gauche, mais n'aperçut nulle part la couverture de *B & B,* d'un rouge agressif, que Rocco avait choisi parce que c'était précisément la couleur d'un panneau routier vous enjoignant d'arrêter – la seule couleur qu'on soit contraint de remarquer, sauf si l'on est daltonien. Et ce n'est pas mon cas, pensa Maxi. La revue n'avait-elle pas encore été livrée? Cela paraissait impossible. Il faut en moyenne quatre jours pour que chaque ville, chaque arrêt de bus reçoivent leurs exemplaires. Ce kiosque avait forcément été approvisionné en même temps que les autres, et peut-être avant.

Se pouvait-il, se demanda-t-elle, que le patron ait pris livraison de ses paquets de *B & B* sans les ouvrir, si soucieux des titres qui se vendaient tout seuls qu'il n'avait pas pris la peine d'en défaire l'emballage? Monty, dans sa sagesse infinie, lui avait raconté une dizaine d'histoires terrifiantes de ce genre. Quand cela se produisait, pour quelque raison que ce fût, vous étiez mort. Mort. Le nez dans l'eau. Peu importe qu'on eût soigneusement vérifié chaque détail au cours du processus de conception et de fabrication; tout dépendait, en fin de compte, de l'inconnu qui défaisait les paquets de revues, les colis de livres, les piles de journaux, et les déballait pour les mettre en vente. Qu'il soit fatigué, brouillé avec sa femme, ou moins pressé qu'à l'accoutumée, et vous étiez mort. Qu'il ait la grippe et soit remplacé par quelqu'un qui n'a pas l'habitude... mort. *Maudit soit le facteur humain,* se dit Maxi. Tout ça devrait être exécuté par des ordinateurs ou des robots.

Incapable de se dominer, elle vint se placer devant la pile de *Cosmo.* Bouche bée, elle hoqueta, battit des cils : il y avait, juste sur la droite, une grosse pile de la *New York Review of Books,* là où *B & B* aurait dû se trouver. Il fallait s'y attendre. Trahison! Cet ignoble marchand de journaux new-yorkais – sans doute un intellectuel taré, aux ridicules prétentions pseudo-libérales, qui devait avoir un fils qui écrivait des poèmes, ou entendait même devenir critique spécialisé dans la musique baroque – ce salopard s'était emparé de sa place! Se faisait bien voir de la *NYRB* pour son fils pourri. Elle y mettrait bon ordre! Maxi se fraya un chemin jusqu'au centre sacro-saint du kiosque qui pullulait de vendeurs affairés : ils tombaient les uns sur les autres en essayant de rendre la monnaie à la clientèle.

– Où est le patron? lança-t-elle à la cantonade. Montrez-moi le patron, et vite!

– Vous n'avez rien à faire ici, mademoiselle. Et le patron, c'est moi. Veuillez sortir.

Le gros homme fit un geste et lui tourna le dos. New York est plein de jolies filles un peu folles, à la chevelure en bataille et aux yeux verts pleins de fureur.

– Oh que non.

Elle l'attrapa par le bras :

– Où avez-vous mis *B & B*, bon sang de bonsoir? Pourquoi n'est-il pas à côté de *Cosmo*? Et ne me dites pas que vous ne l'avez pas reçu, parce que je suis sûre que...

– Que si. Oui, on les a reçus, mais ils sont déjà partis. J'ai appelé le représentant, qui doit m'en apporter deux cents exemplaires. Ne m'en veuillez pas, madame, j'ai dû mettre à la place cette espèce de machin, et ça me fait mal au ventre.

– Ils sont partis? chuchota Maxi. *Les gens les ont achetés?*

– Ne me regardez pas comme ça, madame. Je n'en sais pas plus que vous. Ils ont fondu en un clin d'œil. Je n'ai jamais vu ça de toute ma vie. Madame, arrêtez! Je ne vous connais même pas... arrêtez de m'embrasser... et... euh... arrêtez de pleurer sur ma chemise... le mascara... le rouge à lèvres... oui, oui, d'accord, c'est formidable que je ne sois pas un robot.

Dommage qu'elle soit folle, avec des jambes pareilles, pensa-t-il : de vraies jambes d'autrefois, comme celles de Marilyn, de Rita, de Cyd Charisse. Dommage qu'il soit trop vieux pour elle... de toute façon, elle gênait le passage.

Pavka Mayer et Barney Shore se connaissaient à peine. Crescent était le distributeur d'Amberville Publications depuis près de trente-sept ans, mais l'élégant et raffiné directeur artistique n'avait eu que peu de contacts avec le féroce nabab, dont la presse hippique demeurait la lecture principale. Pourtant, trois jours après le passage de Maxi dans le kiosque de la Pan-Am Building, Barney invita Pavka à dîner au *Veau d'Or*, un de ces petits restaurants français où tous deux se sentaient à l'aise. L'établissement, très ancien – plus vieux qu'eux en tout cas – était aussi « courtois » que Pavka, aussi peu « formaliste » que Barney, sans prétentions, excellent, et inconnu des étrangers.

– Je voulais fêter ça avec quelqu'un qui éprouverait les mêmes sentiments que moi, dit Barney.

– Je suis heureux que vous m'ayez appelé.

– Sorti il y a une semaine, il est déjà introuvable dans toutes les grandes villes du pays. Jamais vu ça depuis le premier numéro de *Life.* Mes ordinateurs en deviennent fous. Ça n'arrangera pas la guerre entre Forth Worth et Dallas – les femmes de chaque ville vont dans l'autre, en espérant qu'elles dénicheront un exemplaire là-bas. Elles ne peuvent même pas corrompre les employés... ils ne peuvent pas vendre ce qu'ils n'ont plus. Même histoire à Chicago, Los Angeles, San Diego, Boston, Milwaukee... même histoire partout. J'ai mal calculé mon coup, j'aurais dû en faire imprimer cinq fois plus... dix, même. Nous avons convaincu Meredith/Burda de faire un nouveau tirage – ils ont hurlé et nous avons dû payer tarif double. Vous feriez bien de garder votre exemplaire de la première édition. C'est d'ores et déjà un article de collection.

Le sourire de Barney se fit encore plus large.

– Vous n'en auriez pas quelques-uns chez vous? demanda Pavka?

– Désolé, mais ma femme les a offerts à ses amies, jusqu'au dernier, sans m'en faire part. Mes filles veulent l'étrangler.

Barney Shore eut un petit rire. Il aimait suivre son intuition, et Maxi lui avait toujours porté chance.

– C'est bien ce que je craignais. Les amies de la mienne ne font jamais leurs courses elles-mêmes, et quand elles se sont finalement décidées à aller dans un supermarché, il était trop tard. Au bureau, les filles passent leur vie enterrées dans les magazines jusqu'aux genoux. Elles étaient trop blasées pour s'y intéresser, et maintenant elles font la queue à tour de rôle au kiosque à journaux de l'immeuble, pour être là lors du nouvel arrivage. Ne croyez-vous pas que Meredith/Burda aurait dû être assez avisé pour nous mettre de côté un lot spécial?

– Ma secrétaire avait eu l'idée d'en voler un chez son coiffeur, mais il l'avait déjà emporté chez lui et ne l'a jamais rapporté. Il dit que ses clientes sont toutes d'abominables kleptomanes, et que, de toute façon, elles ne l'apprécieront pas autant que lui. Voici nos consommations, Pavka.

Les deux hommes trinquèrent. Leurs regards se croisèrent et leurs sourires disparurent.

– A Zachary Amberville, dit Pavka.

– A Zachary Amberville.

Rocco appela sa secrétaire :

– Où sont Lefkowitz et Kelly?

– Dans le bureau de M. Lefkowitz. Dois-je les contacter ?

– Pas la peine, Miss Haft, je vais y aller.

Il y trouva ses deux associés, de retour du déjeuner; ils n'avaient pas encore enlevé leurs manteaux. Kelly, qui gardait toujours un exemplaire de *Gentleman's Quaterly* sur sa table de nuit, était vêtu d'un pardessus gris sombre du bon faiseur, à revers de velours, et d'un chapeau mou dont le bord était rabattu à l'avant et à l'arrière. Lefkowitz, qui à l'âge de vingt ans avait été fortement marqué par le *Stavisky* de Belmondo, portait un Borsalino. L'objet, comme il le rappelait souvent à Kelly, était l'œuvre de Borsalino et Fratello, d'Alessandria, Italie – rien à voir avec les fabricants de feutre à large bord. Il l'inclinait d'un seul côté pour qu'on puisse le prendre pour Francis Scott Fitzgerald, et gardait son pardessus en tweed, réversible, de Cesarani.

– Vous avez froid, les enfants ? demanda Rocco. Ou vous passez une audition pour un remake de *L'Arnaque* ?

– Rocco, regarde ça ! dit Lefkowitz, tout excité.

– Nous avons failli piétiner deux femmes mais nous en avons eu un, s'écria Kelly d'un air triomphant. Rocco, jette un coup d'œil. Qu'est-ce que tu en penses ? Tu crois que ça ne valait pas la peine d'être griffé à mort ?

Ils lui firent de la place pour qu'il puisse voir, tandis qu'ils tournaient les pages de *B & B* avec cette attention aiguë que seuls possèdent les hommes qui vendent aux gens des choses dont ils n'ont pas encore éprouvé le besoin.

– Pas mal.

– Pas mal ? grogna Rap Kelly. Heureusement que nous avons fait ces achats de pages au prix qu'il fallait. Pas mal ! C'est tout ce que Rocco trouve à dire ! Dois-je y discerner un peu de jalousie, très cher ?

– Laisse tomber, Rap. Pour quoi diable penserais-tu une chose aussi sotte ? demanda Lefkowitz.

– Ecoute, Manny, cette revue a vraiment un style à part. Ça laisse à des années-lumière tout ce que j'ai vu jusqu'ici. Bon sang, regarde cet emploi de l'espace, cette typographie, ce graphisme, cette mise en page... Vous pensez peut-être tous les deux que je ne sais rien faire d'autre que décrocher des contrats, mais je ne suis quand même pas aveugle.

– J'ai dit que c'était pas mal, répéta Rocco qui commençait à s'énerver.

Il contempla les pages qu'il avait créées pour Maxi, et dont il ne pourrait plus revendiquer la paternité sans passer aussitôt pour un parfait crétin.

– Il a dit que c'était pas mal, Rap, qu'est-ce que tu veux de plus ? dit Lefkowitz précipitamment. Ecoute, Rap, quand Rocco travaillait dans la presse, il était au moins aussi bon que le type qui a fait ça, aussi bon, sans problème, tout le monde te le dira.

– Ouais, dit Kelly. A condition que quelqu'un s'en souvienne.

Justin était déjà très en retard pour la soirée donnée par Maxi afin de célébrer le succès du premier numéro. Il s'habillait en hâte et n'entendit pas le premier coup frappé à la porte de son modeste appartement. Le second était déjà plus fort, plus impatient.

– Ouvrez, police.

Qu'est-ce qui se passe ? pensa Justin. Il alla

ouvrir en courant. Deux hommes négligemment vêtus apparurent sur le seuil.

– Justin Amberville ?

– Oui. Pourquoi ?

Ils lui montrèrent leurs insignes :

– Police de New York. Nous avons un mandat pour perquisitionner chez vous.

– Perquisitionner ? Pourquoi faire ? Qu'est-ce qui arrive ?

Surpris, il se déplaça rapidement pour les empêcher d'entrer. Ils le repoussèrent d'un coup d'épaule et, quand il entreprit de répliquer avec violence, de toute sa force, ils durent s'y mettre à deux pour l'immobiliser contre le mur.

– Harry, dit l'un d'eux, jette un coup d'œil là-dedans. Justin a l'air de se prendre pour un vrai dur, et il fait des objections, alors prenons bien soin de procéder à une fouille qu'il n'oubliera pas de sitôt. Voici le mandat, mon petit. On se calme.

Il y avait dans sa voix un violent mépris, mais, à la vue du papier, Justin comprit qu'il ne servirait à rien de se battre avec lui, et d'ailleurs, il n'avait rien à cacher.

Il observa, incrédule et silencieux, avec le mutisme de celui qui rêve, le premier policier fouiller rapidement le salon, éventrer le sofa et les coussins des fauteuils, faire tomber tous les livres des rayonnages, arracher les haut-parleurs de sa chaîne hi-fi. Immobile, debout contre le mur, Justin l'écouta mettre à sac sa chambre, bruyamment, méthodiquement. Il sortit enfin :

– Rien ici, Danny, sauf si c'est sous le plancher. Je vais voir à côté.

– C'est ma chambre noire. Il y a là-dedans pour des milliers de dollars de matériel... Faites attention, bon sang.

– T'en fais pas, mon vieux. C'est pour faire

attention qu'on est là, répondit l'homme, goguenard.

Il ouvrit avec violence la porte du labo, alluma la lumière et se mit à fouiller, jetant brutalement sur le sol tout ce qui ne l'intéressait pas. Justin vit ses Nikon s'écraser à terre l'un après l'autre. Quand ce fut le tour du troisième, d'un seul mouvement rapide et fluide, il échappa à Danny et se jeta sur Harry. Il renversa sans peine le gros homme sur le dos. Le policier grogna de douleur, incapable de faire un geste.

– Salopard ! dit Justin.

Il fit demi-tour en hâte pour affronter Danny. Son coup de pied fracassa le coude de son adversaire. Suivit une lutte brève, atroce et brutale. Sans leurs matraques, les policiers se seraient retrouvés au tapis, mais ce fut Justin qui, roué de coups, à demi inconscient, se vit passer les menottes.

– Harry, hoqueta Danny en se tenant le coude, tu as négligé ce petit placard. Ce fumier doit forcément avoir caché le truc quelque part.

L'autre, encore haletant des coups que Justin lui avait portés, fit tomber des rayonnages une pile de boîtes et fourragea dans les photographies qui y étaient soigneusement rangées. Il s'empara des étuis vides des appareils, et les jeta d'un air dégoûté. Pour finir, il ouvrit le sac que Justin avait placé là au retour de son dernier voyage.

– Et voilà.

Il prit le sac et le posa par terre pour que l'autre policier puisse en voir le contenu.

– Y en a pour combien, d'après toi, Danny ? Qu'est-ce que tu en dis, Justin, hein, qu'est-ce que tu en dis, pourri ?

Il lui décocha un féroce coup de pied dans les côtes.

– Il doit y en avoir pour près de trois kilos, la poche latérale en est pleine. Des millions de dollars au détail. Il devait penser qu'il avait trouvé la cachette idéale. Trop évident pour se donner du mal, hein, Justin ? Vas-y, Danny, je vais l'emmener, lui dire quels sont ses droits. Descends, je reviendrai pour le sac. Tu dois avoir sacrément mal.

Vicieusement, il souleva Justin par ses poignets enchaînés.

– Allons-y, monsieur Amberville, nous avons un rendez-vous en ville.

Après que Justin eut été inculpé de possession de cocaïne et de présomption de vente, qu'on l'eut photographié, qu'on eut pris ses empreintes, il eut droit à un coup de téléphone. Eperdu, souffrant beaucoup, il composa le numéro de Maxi, se tournant instinctivement vers la seule personne qu'il osât appeler.

Quand le téléphone sonna, sa sœur venait juste de mettre au lit une Angelica épuisée. Maxi s'assit à son bureau, morte de fatigue, mais si euphorique, si parfaitement heureuse, qu'elle n'avait aucune envie d'aller dormir.

– Justin ? Pourquoi n'es-tu pas venu ? Nous t'avons attendu... Quoi ? *Quoi !* Non, c'est impossible... Je ne comprends pas... oui, bien sûr, j'arrive tout de suite. Justin, est-ce qu'il faut que j'amène un médecin ? Un avocat, alors ? Non ? Tu en es sûr ? Bon, d'accord. Je promets de ne rien dire à personne. Je serai là aussi vite que possible... oui, mon chéquier... raccroche, j'arrive.

Maxi parvint au commissariat à onze heures du soir, un quart d'heure à peine après avoir quitté son appartement. Quinze minutes de cauchemar, de conjectures affolées, de rues d'épouvante entr'aperçues à travers la vitre du taxi. Quinze minutes durant lesquelles toutes les conditions du mauvais rêve se trouvaient réunies : quelque chose d'atroce, de mal défini et pourtant redouté depuis longtemps, venait de se produire. Ce n'était pas seulement l'arrestation de Justin, mais aussi le sentiment qu'elle s'y attendait pour des raisons qu'elle n'avait pas voulu connaître. C'était comme une bouffée révoltante de quelque chose de familier, à demi perçu, à demi soupçonné, qui demeurait caché, à l'abri des regards, délibérément, et même scrupuleusement, dénié – et plus terrifiant encore que tout ce à quoi elle avait pu penser en plein jour. Ses pensées restaient confuses, et, malgré son manteau de fourrure, Maxi ne put s'empêcher de frissonner. Son chéquier. Il était dans son sac à main. Le seul point de référence solide qui subsistât dans tout l'univers.

Maxi finit par trouver le sergent de faction. Le poste de police était encombré de gens.

– Non, madame, vous ne pouvez pas le faire sortir sous caution. Le montant de celle-ci n'a pas encore été fixé. Après son inculpation, on l'a emmené à One Police Plaza pour y attendre sa mise en accusation devant un juge. Il aurait dû appeler un avocat, pas sa sœur. Le motif de l'inculpation? Possession de stupéfiants – c'est précisé ici – et présomption de vente. Combien de drogue? Suffisamment – et même plus. C'est tout ce que je peux vous dire. Non, vous ne pouvez pas le voir. Pas avant la mise en accusation. Et amenez un avocat avec vous. Quoi? Il n'en veut pas? Bon, écoutez-moi bien, madame : il lui en faut un. Et vite.

Au bout d'une demi-heure de recherches stériles, dans le poste de police, de quelqu'un qui aurait pu lui en dire plus, Maxi fut interpellée par un jeune homme inconnu.

– Mademoiselle Amberville? J'ai appris que votre frère avait été arrêté cette nuit.

– Qui êtes-vous?

– Je peux peut-être vous aider. Je l'ai vu quand

il est arrivé ici. Il avait vraiment besoin d'un médecin, et j'ai pensé que vous devriez en être informée.

– Qui êtes-vous ?

– Il semble qu'on ait trouvé pas mal de cocaïne chez lui. Il a déclaré qu'elle ne lui appartenait pas, que ce devait être à quelqu'un d'autre. Avez-vous une idée à ce sujet ? Quelqu'un en qui il aurait eu confiance, un ami, une connaissance, ou encore...

– Fichez le camp !

Maxi descendit en courant les marches du commissariat en faisant des signes frénétiques à un taxi. Un ami ? Une connaissance ? Quelqu'un qui avait dissimulé de la cocaïne dans un appartement où elle-même n'avait jamais été invitée, où Justin défendait sa vie privée comme un objet fragile, infiniment précieux. *Oh, Justin, qui sont donc ces gens que tu appelles tes amis ?* Qui te connaît mieux que moi ? Pauvre, cher, malheureux Justin... J'ai tant cherché à ne pas savoir. N'était-ce pas ce que tu voulais plus que tout ? Qu'aucun de nous ne sache ?

Rien n'y pouvait, se dit-elle en décrochant le téléphone à côté de son lit pour appeler Lily. Les seuls avocats que Maxi pouvait contacter sur l'heure ne s'occupaient que de divorces. Justin, de toute évidence, avait besoin du cabinet d'avocats le plus capable qu'Amberville Publications pourrait lui offrir, et, de toute façon, mieux valait prévenir Lily le plus doucement possible, avant qu'elle n'apprenne la nouvelle par le journal du matin.

– Allô, Mère.

– Maximilienne, as-tu une idée de l'heure qu'il est ?

– Oui, il est minuit passé. Je suis désolée de te réveiller, mais... il est arrivé quelque chose... Non,

non, *personne* n'est blessé, Mère, ce n'est pas ça. Justin vient d'être arrêté.

– Laisse-moi prendre la communication ailleurs, chuchota Lily.

Quelques secondes passèrent avant qu'elle soit de nouveau au bout du fil :

– Je ne voulais pas réveiller Cutter. Où est Justin ?

– En prison. Ils l'ont emmené à One Police Plaza.

– Pourquoi l'a-t-on arrêté, Maximilienne ? Est-ce qu'il... c'est pour racolage ? demanda Lily, d'une voix basse, terrifiée.

– Mère, enfin !

– Je le redoute depuis si longtemps. C'est cela, Maximilienne ? Dis-le-moi, implora Lily.

– Non, Mère, non. C'est une erreur abominable. Ils disent avoir trouvé de la cocaïne dans son appartement. Ils le soupçonnent d'en vendre. C'est absolument impossible. La seule chose que j'aie réussi à apprendre, c'est qu'il affirme que quelqu'un l'a cachée chez lui.

– S'il le dit, c'est que c'est vrai.

La voix de Lily était plus calme, soulagée.

– Justin n'est pas un menteur, ni un trafiquant de drogue. J'appelle sur-le-champ Charlie Salomon. Il saura quoi faire. Nous le sortirons de prison, demain à la première heure.

– Mère, avant tout, Justin voulait que personne ne sache. Mais il y avait un journaliste là-bas et il m'a prise en photo... Il savait déjà l'essentiel, pour la drogue.

– Il faut nous y préparer.

La voix de Lily, grave et argentine, n'avait jamais eu ce ton de lamentation, même pour elle-même.

– Oh, Mère... Je suis si malheureuse pour lui, pauvre Justin, si aimant, si inoffensif... Pourquoi fallait-il que cela lui arrive à lui? demanda Maxi, mais, à peine posée, sa question lui parut absurde.

– Maximilienne, une mésaventure de ce genre attendait Justin depuis longtemps. Ce n'est pas sa faute, ma chérie, mais cela devait se produire un jour ou l'autre. Essaie de ne pas t'inquiéter. Charlie Salomon est le meilleur avocat de la ville, et Dieu merci, Cutter est là. Bonne nuit, Maximilienne, et... merci, chérie. Merci de ton aide.

Avant d'aller réveiller Cutter, Lily téléphona à Charlie Salomon, avocat-conseil principal d'Amberville Publications. Il était chez lui et regardait la télévision. Elle lui apprit ce qui s'était passé, de façon détaillée, dans la mesure de ce qu'elle savait, et prit rendez-vous pour le rencontrer le lendemain matin à One Police Plaza.

Puis, drapant son peignoir autour d'elle, elle quitta son boudoir pour se rendre à pas lents dans la chambre à coucher qu'elle partageait avec son époux. Il avait eu une journée particulièrement épuisante, et Lily savait qu'il devait se lever tôt pour un rendez-vous d'affaires, à l'heure du petit déjeuner, mais elle ne pouvait attendre plus longtemps. Rassurer Maxi, discuter brièvement avec l'avocat, lui avait donné une envie folle de se jeter dans les bras de Cutter, de s'entendre dire que tout irait bien, qu'il s'occuperait de tout, qu'elle n'était plus seule.

Elle contempla son visage endormi, aussi distingué dans le sommeil que dans l'éveil, car le relâchement de ses muscles ne changeait rien aux lignes aristocratiques, nettes et fines, de ses os et de son crâne. Seule sa perpétuelle vigilance méfiante – celle du toréador – avait disparu de son expression. Sans s'en rendre compte, Lily soupira de plaisir. Elle éprouvait toujours une joie identique à le regarder, même en ce moment, alors que survenait un drame redouté depuis longtemps.

Elle passa doucement le bout des doigts sur le front de Cutter. Il se tourna sur le côté pour se soustraire à son contact, mais elle insista jusqu'à ce qu'il s'éveille, hébété, des profondeurs du sommeil.

– Quoi ? Lily ? Que se passe-t-il ?

– Réveille-toi, chéri, j'ai besoin de toi.

– Lily, tu es malade ?

Il se dressa, inquiet.

– Je vais bien. C'est un des enfants. Il a de gros ennuis...

– Maxi ? Qu'est-ce qu'elle a encore fait ?

– Non. C'est Justin – notre fils, Cutter. Oh, Cutter, serre-moi fort, prends-moi dans tes bras, j'ai si peur, depuis si longtemps, et maintenant c'est arrivé.

Lily se jeta contre lui. Il la serra, l'embrassa sur le front, la réconforta un instant, puis la repoussa afin de voir son visage :

– Dis-moi tout, Lily. Qu'est-ce qui arrive à Justin ? Que s'est-il passé, pour l'amour du ciel ?

– Il est arrêté. La police a perquisitionné chez lui et a trouvé de la drogue – de la cocaïne. Ils l'ont emmené en prison. Il a appelé Maxi, mais il était déjà trop tard pour faire quoi que ce soit cette nuit. J'ai déjà prévenu Charlie Salomon, et il le fera sortir demain matin.

– Une minute. Combien de cocaïne ont-ils trouvée ?

– Maxi ne savait pas. Ils ne le lui ont pas dit, elle sait simplement qu'il y en avait « assez » pour l'inculper de présomption de vente.

– Bon dieu !

Cutter sauta du lit et noua son peignoir.

– Dieu tout-puissant ! Comme si ce gosse n'avait

pas assez d'argent ! Comment peut-il être idiot à ce point ? Je l'étranglerais de mes mains... présomption de vente de cocaïne ? Un Amberville ! Imagines-tu le déshonneur ? C'est aussi vil que...

– Attends ! *Il n'est pas coupable*, Cutter ! Justin ne peut pas avoir fait une chose pareille. Il n'est pas mauvais, ce n'est pas un criminel, comment peux-tu le croire un instant ?

Lily hoquetait de fureur :

– Il ne savait pas qu'il y avait de la cocaïne cachée chez lui. C'est ce que Maxi a appris.

– Oh, Lily... Ce crétin n'aurait-il pas pu inventer un mensonge un peu plus convaincant ?

La voix de Lily s'enfla :

– Tu penses que c'est un *mensonge* ?

– Justin nous cache quelque chose. Je l'ai su dès notre première rencontre. Il n'a jamais été franc avec moi, avec toi, avec le reste de la famille. Il disparaît pendant des mois, sans dire où il va, il a un appartement que nous n'avons jamais vu... Tout ça va dans le même sens, Lily. Je sais que tu ne voudras pas l'admettre, mais c'est comme ça. Et maintenant nous voilà avec cette histoire pourrie sur les bras. Justin n'est qu'un sale gosse de riche, à qui son capital et ses dividendes ne suffisent pas, il faut qu'il vende de la cocaïne et qu'il se fasse prendre, le petit taré.

Cutter arpentait la pièce, et ses paroles impitoyables tombaient comme des pierres aux pieds de Lily. Elle le regarda, et se contraignit à parler aussi calmement que possible :

– Cutter, écoute-moi. Tu ne connais pas Justin, mais, même ainsi, il faut que tu comprennes que jamais il ne ferait quoi que ce soit qui puisse blesser quelqu'un, sinon lui-même. Malheureusement, il fréquente des gens capables de dissimuler de la drogue dans son appartement. Quand j'ai compris que ni l'un ni l'autre vous ne pouviez vous entendre, que jamais vous ne seriez proches, quand tu n'as fait aucun effort pour mieux le connaître – *alors que c'est ton fils, Cutter* –, j'ai pensé que c'était parce que tu avais compris... que tu avais senti... enfin... que tu avais deviné instinctivement qu'il était homosexuel. Et j'ai cru que peut-être tu t'en jugeais responsable, absurdement, que tu pensais que...

– Homosexuel ?

Il y eut un moment de silence. Le mot sembla rebondir d'un mur à l'autre de la pièce remplie de la stupéfaction incrédule de Cutter, et de la soudaine prise de conscience de Lily. Il n'avait *jamais* vu, jamais su – et ne s'était peut-être jamais intéressé à son fils, jamais soucié de comprendre le pourquoi du mode de vie de Justin. Cutter, refusant de la croire, finit par dire :

– Il ne peut pas être homosexuel, Lily, ce n'est pas possible...

– Tu as bien cru qu'il vendait de la cocaïne. Immédiatement, sans poser de questions. Pourquoi refuser de croire qu'il est homosexuel ?

– Mon fils, une tante ? Jamais ! Si c'était Toby... mais pas *mon fils*. Lily, je n'ai jamais voulu que tu aies cet enfant, mais toi... *Il n'aurait jamais dû naître.*

– Jamais dû naître ?

Lily regarda Cutter droit dans les yeux, et il vit un visage que jamais il n'aurait pu imaginer : déformé par la rage, comme si elle allait le frapper – le visage d'une femme dont les sentiments plus profonds sont mis à nu.

Il marcha vivement vers elle et la prit dans ses bras, malgré sa résistance :

– Lily, Lily, pardonne-moi. Je ne le pensais pas... J'ai perdu la tête l'espace d'une seconde – j'ai quelque chose contre les... homosexuels... une phobie, je crois. Une sorte de réaction instinctive...

Quand tu m'as dit que Justin... Je n'ai pas pu le supporter... Lily, c'est absurde, mais c'est mon problème, et je ne me sens pas fier. Je ne t'en veux pas d'être indignée. Tu sais combien les gens peuvent dire, à la suite d'un choc, des choses qu'ils ne pensent pas. Lily, je suis si heureux, si heureux, que nous ayons un fils. Si heureux, ma Lily.

Il la sentit se détendre sous son étreinte, et elle se mit à pleurer.

– Chérie, ça va? Je t'aime tant. Je t'en prie, dis-moi que tu me pardonnes. Ecoute, je vais nous chercher à boire, et ensuite nous parlerons de ce que nous allons faire pour venir en aide à ce pauvre Justin, de ce que je peux faire pour mon fils.

Tout en descendant l'escalier qui menait au bar, Cutter se maudit d'être un parfait crétin – de s'être laissé aller devant elle. La colère n'excusait rien. Dès l'instant où il avait pour la première fois fait l'amour avec Lily, il l'avait dressée à être commandée, dominée, de sorte que désormais il pouvait la faire aller dans toute direction qui servirait son dessein. Mener à bien son intention de détruire Amberville Publications impliquait qu'il conserve toute la confiance de Lily. Il avait réussi à lui faire interrompre la publication de trois revues, mais il en restait sept à anéantir aussi vite que possible. Il avait failli tout gâcher. Cela ne se produira plus, se jura-t-il en revenant dans la chambre, verres à la main. Même si, pour cela, il fallait sauver la peau de Justin, ce sale petit pédé renfrogné. Il l'avait toujours détesté, et maintenant il savait pourquoi.

22

A L'HEURE du petit déjeuner, il y a toujours un embouteillage à l'angle de Park Avenue et de la 61e Rue : la police, en effet, permet aux limousines de se garer en triple file en face du Regency Hotel, tandis que les taxis n'ont pas cette chance et doivent passer un par un devant la façade de cet établissement de luxe, certes, mais, qui n'a rien de remarquable. Sa salle à manger, pour des raisons obscures, est devenue un lieu de rencontre privilégié, où les puissants font affaire entre eux par-dessus le café et les tranches de pain grillé. Le Plaza et le Carlyle sont trop loin, le Waldorf trop à l'est, le nouveau Plaza Athénée trop récent; aussi le Regency accueille-t-il les Tisch, les Rohatyn, les Newhouse et les Sulzberger de la ville, qui concluent parfois plus de transactions lors d'un petit déjeuner d'une heure que pendant tout le reste de la journée. Deux hommes ne s'y voient jamais dans la seule intention de manger, à moins qu'il ne s'agisse de touristes qui n'ont pas voulu attendre qu'on vienne les servir dans leurs chambres et ne cherchent pas plus avant.

Cutter Amberville, grâce à des pourboires réguliers, généreux, soigneusement calculés – ni trop, pour ne pas paraître mal à l'aise, ni trop peu, ce qui n'aurait impressionné personne – avait fait sienne la seconde banquette sur la droite, face aux fenêtres donnant sur la 61e Rue. Il avait choisi cet emplacement trois ans auparavant à son retour d'Angleterre car cela lui permettait de s'asseoir dos au mur. Il ne pouvait comprendre ceux qui s'installaient aux tables du centre de la pièce, s'exposant à tous les regards. Bien entendu, ils savaient qu'on les observait : le petit déjeuner au Regency était une sorte de déclaration d'amour, potentielle ou prolongée. Mais pourquoi diable, se disait Cutter, renoncer à ses habitudes pour attirer l'attention ? Il avait pris soin d'arriver plusieurs minutes avant son hôte, Leonard Wilder, de l'United Broadcasting Company, afin de prendre un léger avantage dès le début de la conversation. Il ne songeait qu'à celui qu'il allait rencontrer, sans avoir une pensée pour Lily qui était déjà partie faire sortir Justin de prison.

Leonard Wilder était célèbre pour son impatience. Il avait deux montres et les consultait sans arrêt; il prenait toujours deux rendez-vous pour le petit déjeuner – l'un à huit heures, l'autre à neuf – sans jamais s'attarder à table. Son statut d'homme d'affaires important le dispensait de se soucier des rituels de courtoisie, des ronds de jambes qui accompagnent les discussions d'affaires, et tout le monde connaissait sa phrase favorite : « Arrêtez vos âneries, venons-en aux faits ! »

Cutter se leva quand le maître d'hôtel vint guider Wilder jusqu'à sa table.

– Heureux de vous rencontrer, monsieur Wilder, dit-il en lui serrant la main. Il m'est très agréable de voir que vous avez pu vous libérer malgré un délai aussi bref. Ma femme et moi avons regardé votre « Ragtime Special » hier soir, et nous sommes convenus tous deux que c'était une émission remarquable.

– L'était pas mal. Très bien marché, répondit

Wilder, sur le rythme de mitrailleuse qui lui était habituel.

– Eh bien, commandons.

Cutter s'absorba dans l'étude du menu :

– Henry, je commencerai par des fraises et M. Wilder – non, rien ? Ensuite du porridge anglais et de la crème fraîche. Et puis voyons... ah oui, des galettes de sarrasin avec du bacon canadien. Assurez-vous que le bacon est maigre, bien croustillant, et rappelez au chef qu'il doit me servir des galettes toutes chaudes.

Il se tourna vers Wilder :

– Je prendrais la même chose, si j'étais vous. Non ? Ils préparent les galettes en une fois, et les posent sur un chauffe-plats... Ça ne me plaît guère, aussi le chef en fait-il toujours spécialement pour moi.

Wilder grommela.

– Et du café chaud, vraiment chaud. Apportez-le immédiatement. Et vous, monsieur Wilder ? Café seulement ? C'est sans doute parce que j'ai vécu sur la Côte Ouest, mais j'estime qu'avec un petit déjeuner décent je peux accomplir, le matin, le double du travail dont je pourrais venir à bout avec une seule tasse de café. Vous êtes sûr ? Très bien, Henry, café pour M. Wilder, rien d'autre.

Leonard Wilder apprécia d'un coup d'œil la minceur de la taille de Cutter. Celui-ci surprit son regard :

– Déjeunez comme un prince, dînez comme un pauvre. C'est un conseil que j'ai toujours suivi. Ma femme et moi faisons du sport tous les dimanches, et nous avons une salle de gymnastique à la maison pour pouvoir nous entretenir tous les jours. Et vous ?

– Au boulot à pied.

– Il n'y a rien de tel. Je pense pourtant que ça ne suffit pas à donner de l'exercice à tout le corps, à moins de courir, ce qui n'est pas possible à New York, si on veut éviter de se faire écraser par un chauffeur de taxi.

Cutter se rassit et but une gorgée :

– Garçon, ce n'est pas ce que j'appelle du café chaud. Apportez-m'en une autre cafetière ainsi que des tasses, voulez-vous? Reprenez aussi celui de M. Wilder. Il est à peine tiède.

Wilder grogna et consulta ses deux montres. Cutter attendait sa commande.

– Je connaissais votre frère, dit Leonard Wilder brusquement. Un type formidable.

– Il nous manque à tous, soupira Cutter. C'est une grosse perte.

– Faisait tout lui-même. Le meilleur de tous. Les choses vont mal, maintenant?

Cutter eut un petit rire :

– Ah! monsieur Wilder, c'est ce qui peut arriver dans une société à responsabilité limitée. Vous et moi pourrions citer bien des exemples de déconfiture après la mort du fondateur. Fort heureusement Amberville Publications n'en est pas là. Henry, ces fraises ne sont pas mûres. Reprenez-les, je vous prie, et apportez-moi une compote de fruits.

Il continua la conversation :

– C'est le problème avec les fraises hors saison, on ne sait jamais. D'habitude, à cette époque de l'année, on en trouve de bonnes, importées d'Algérie ou d'Israël, mais celles-là ne valaient rien.

– Amberville se porte bien, alors?

– A dire vrai, cette année nos profits vont s'accroître de façon considérable. Mon frère aimait s'amuser avec ses revues. Depuis longtemps, les résultats ne l'intéressaient plus. Il adorait lancer de nouveaux magazines et leur donner tout le temps qu'il fallait pour faire leurs preuves. Vous savez à quel point cela peut se révéler coûteux. Et risqué.

Quand ma femme – qui est l'actionnaire majoritaire – m'a demandé de m'en occuper, j'ai décidé de limiter les pertes. J'ai bien peur d'avoir dû faire des choix très pénibles – personne n'aime perdre son emploi –, mais les résultats sont là. Henry, vous pouvez reprendre les fruits. Vous êtes certain de ne pas vouloir m'accompagner pour le porridge, monsieur Wilder ? Il est excellent, ici. Non ? Henry, un autre pot de crème. Celui-là n'est qu'à moitié plein.

Cutter attaqua son porridge, versant dans le bol fumant une copieuse quantité de beurre et de sucre.

– Les profits sont en hausse, dites-vous ?

– Exactement. Chacun de nos magazines a vu grimper ses recettes publicitaires et vous savez bien que c'est là ce qui compte avant tout.

– « En hausse » peut vouloir dire tout ce qu'on veut avec une société du type de la vôtre, dit Wilder en refrénant son désir de jeter un coup d'œil sur ses montres.

– Je ne vois pas d'inconvénient à vous donner des détails, monsieur Wilder. Je dirais quatorze ou quinze pour cent, peut-être plus.

– Hmm. Pas mal.

– Oui, c'était une expérience profondément gratifiante. D'un autre côté, Lily, ma femme, est anglaise, et le pays natal lui manque. Cela fait plus de trente ans qu'elle est prisonnière de New York, à part quelques séjours rapides en Europe quand Zachary voyageait pour affaires. Elle est encore jeune et voudrait passer plus de temps à l'étranger. La chasse, le théâtre, tout cela... Elle dit qu'il y a autre chose que la presse dans la vie. Vous êtes marié, monsieur Wilder, n'est-ce pas ?

– Appelez-moi Leonard. Oui, depuis vingt-cinq ans. Vous avez parlé d'une hausse de quatorze à quinze pour cent, Cutter ?

– En effet. Ah! merci, Henry. Elles ont l'air parfaites.

Leonard Wilder se tortilla sur la banquette. Il était déjà en retard pour son prochain rendez-vous, et Cutter Amberville n'en était encore qu'à ses galettes de sarrasin.

– Pourrions-nous parler chiffres? demanda Wilder.

– Chiffres?

Cutter versa du sirop d'érable sur les galettes.

– Je n'y vois pas d'objection. Vous êtes connu pour ne jamais rien répéter. Aux alentours de cent soixante-dix millions de dollars de bénéfices avant impôt.

– Aux alentours? Comment ça? Au-dessus ou en dessous?

– Je ne voudrais pas avoir l'air d'exagérer, Leonard, mais je m'attends à des résultats supérieurs. Il faut encore couper des branches mortes ici et là.

– L'affaire est à vendre, Cutter? C'est pour ça que vous m'avez appelé?

– Oui, c'est une possibilité. Comme je vous l'ai dit, ma femme veut changer de vie, et elle le mérite. Je lui conseille de ne pas se précipiter, de prendre son temps, mais c'est le printemps, et elle a toujours été impulsive.

– Alors l'affaire est à vendre.

– Il serait aventuré de faire des promesses... mais c'est envisageable. Tout à fait envisageable. A son juste prix.

– Bien entendu.

– Prenez l'exemple de Bill Ziff et de sa société, dit Cutter entre deux bouchées. Il vient de conclure un marché intéressant. J'espère que vous ne m'en voudrez pas de faire allusion à la concurrence, Leonard : CBS vient de lui racheter douze revues pour trois cent soixante-deux millions de dollars. Des titres comme *Photographie populaire* et *Yachting.* Ensuite il en a vendu douze autres à Murdoch, dont *Le Quotidien de l'Aviation* et *Le Guide des hôtels,* pour trois cent cinquante millions. Vingt-quatre publications en tout. Je sais bien que nous n'en avons que six à vendre, mais chacune est la plus importante dans son domaine. Des revues de premier plan, Leonard. Laissons de côté *B & B* pour le moment – c'est une expérience qui n'a pas encore fait ses preuves. Mais les autres rapportent des bénéfices très supérieurs à ceux de Ziff, très, très supérieurs. Vous comprendrez donc que nous devions parler de beaucoup d'argent, sans doute pas loin d'un milliard de dollars. Henry, encore du café chaud, s'il vous plaît.

– UBC a les moyens, Cutter. Ce n'est pas le problème. Vous avez déjà parlé à quelqu'un d'autre ? demanda Wilder qui avait complètement oublié son autre rendez-vous.

– Non. Pas encore. Lily n'a soulevé le problème qu'il y a quelques semaines, et je ne voyais pas de raison de nous hâter. J'aime donner aux idées le temps de mûrir. Chaque chose en son temps.

– Cutter, je ne veux pas jouer au plus fin. Je suis intéressé. Je cherche un groupe de presse depuis des années. J'ai toujours aimé Amberville. J'ai un comité exécutif de trois personnes. Ils peuvent se charger de tout. Une seule chose : ne parlez de tout cela à personne, avant que nous ayons eu l'occasion de nous entendre à ce sujet.

– Ça me paraît raisonnable, d'autant plus que je ne vois pas de raison de me hâter. En fait, notre prochain bilan n'est pas prévu avant trois mois, et je suis si sûr des résultats que je préférerais attendre sa publication. Si Lily n'a pas changé d'avis, vos comptables pourront se mettre au travail et se faire une idée.

– Trois mois... vous êtes certain de vouloir attendre? Nous pourrions traiter beaucoup plus tôt.
– Certain, Leonard. D'ici là, pourquoi ne pas dîner ensemble, avec nos épouses? J'ai l'impression que je vous dois un repas décent. Vous avez manqué un admirable petit déjeuner.

Toby laissait courir ses doigts sur le ventre d'India :
– Quelqu'un d'autre est au courant? demanda-t-il, soupçonneux.
– De quoi s'agit-il? répondit-elle paresseusement, émergeant du globe de bonheur dans lequel elle flottait, consciente de la béatitude que faisait naître en elle la voix de Toby.
– Cette minuscule cicatrice, ici, à droite sous le nombril.
– L'appendicite, quand j'avais huit ans. Même Barbara Walters n'en sait rien. Il est vrai qu'elle ne me l'a pas demandé.
– C'est la cent dix-septième chose que j'apprends à ton sujet et que les autres ignorent. Tes oreilles sont de dimensions différentes; ton nez est décalé sur la droite – d'un cheveu, il est vrai; les cils de ton œil gauche sont plus fins, et tu as moins de poils sous l'aisselle gauche et...
– Toby!
– Je suppose que ce n'est pas ta faute si tu n'es pas parfaite, bien que tu sois censée l'être. Tout ce que j'ai déjà trouvé remplirait un livre, et j'ai à peine commencé. Laissez-moi vous dire par ailleurs, chère madame, que vous n'avez pas la même saveur deux jours de suite. Un homme apprécie un peu de cohérence chez sa femme.
– Et je suis ta femme? s'étonna India, sachant qu'elle n'aurait pas dû le demander, mais incapable de s'en empêcher.

– Ma femme du moment. La seule femme du moment. Mais tu sais ce que c'est... Je ne me suis jamais...

– Ne dis rien : jamais engagé. Espèce de lâche! Si seulement on me donnait cent sous pour chaque mufle qui, dans ce pays, compte les poils de l'aisselle de son amie et refuse de s'engager! Tu n'as pas honte?

– Je n'ai pas compté les poils de ton aisselle, je t'ai simplement fait remarquer...

– Ça revient au même et tu le sais parfaitement. Comment les femmes peuvent-elles accepter des choses pareilles? Pourquoi as-tu le droit d'être aimé de moi sans m'aimer en retour?

– Mais je t'aime, répondit Toby à voix basse. Tu le sais bien. Je t'ai aimée dès que tu as renversé ces verres de vodka sur mon veston, pour attirer mon attention, il y a cinq mois. Mais m'engager... c'est autre chose.

– Dans mon pays, quand on aime quelqu'un, qu'il vous aime et que rien ne vous empêche de continuer, cela mène logiquement à une sorte d'arrangement permanent... qu'on appelle le mariage, dit India, avec la même obstination qui lui avait permis de faire, chaque week-end ou presque, le voyage Los Angeles-New York, et retour, depuis leur rencontre. Elle avait, peu à peu, apporté la moitié de sa garde-robe, et, désormais, le lit de Toby était tendu de ses propres draps de chez Porthault.

– Le mariage n'est-il pas une question en suspens, quand on peut alléguer que, depuis le commencement du monde, ceux qui sont dans l'institution veulent en sortir, et ceux qui sont au-dehors y entrer?

India se dressa sur le lit, furieuse :

– Comment oses-tu me citer Emerson! C'est moi qui ai inventé ça, crétin!

– Par nécessité, par penchant, et par plaisir, nous faisons tous des citations, déclama Toby avec une gravité parfaitement émersonienne.

– C'est Maxi, je suis sûre que c'est Maxi. Je parie qu'elle t'a raconté comment je la tourmentais avec ça, hein ?

– Il se peut effectivement qu'elle en ait fait mention, en passant, à titre d'exemple de ce que peut être l'affection féminine.

– Vous avez parlé de moi tous les deux ?

– Naturellement. Ce ne serait pas dans le caractère de Maxi de garder un silence discret alors que son frère est amoureux de sa meilleure amie.

– Et qu'en pense-t-elle ?

– Que je dois décider moi-même.

– Ma meilleure amie, dit India, amère.

Le téléphone sonna, la faisant tressaillir.

– Ne réponds pas.

– C'est peut-être l'un de mes directeurs, soupira Toby. La restauration ne dort jamais.

Il décrocha le récepteur, écouta un moment, puis raccrocha brusquement, l'air furieux.

– C'était encore lui ?

– J'en ai bien peur, chérie. Ton « plus grand fan », une fois de plus. Et mon numéro de téléphone est sur la liste rouge, et j'en ai changé il y a un mois à peine.

– Oh, Toby, je suis désolée. Ce cinglé. Il m'écrit trois fois par semaine, il essaie de m'appeler. Ma secrétaire se contente de répondre que je ne suis pas là. Oublie-le, c'est la rançon de la célébrité.

Toby débrancha le téléphone et se tourna vers elle :

– Ecoute, mon amour, tu as vraiment une faculté, aussi extraordinaire qu'admirable, de refuser d'affronter les faits, dit-il en reprenant leur conversation interrompue. Je suis aveugle, tu ne peux pas feindre de croire le contraire.

– Pas vraiment, rétorqua India, têtue. Tu peux voir quelque chose. Tu m'as dit que ton champ de vision était de cinq degrés environ, ce n'est pas tout à fait rien.

– Moins de cinq degrés, alors que la normale est de cent quarante pour chaque œil, et seulement quand je parviens à rassembler un petit bout par-ci, un petit bout par-là, quand il y a quelques cônes en activité dans ma rétine. Tout est fragmentaire... le néant... ce n'est même pas noir, c'est comme un clignotement... une réalité qui va et qui vient, sans couleur, ni frontières véritables... ça devrait s'aggraver encore, de toute façon ça ne s'améliorera pas. Et il n'y a pas de remède, pas d'espoir.

– Mais, tout ce que tu sais faire, tout ce que tu as appris à Saint Paul? Tu peux tant de choses, Toby, tu as tant appris quand tu pouvais encore voir... Tu as *vu* pendant des années – plus de vingt-cinq ans. Tu m'as dit toi-même que tu avais un nombre énorme d'indices visuels, des milliers de souvenirs qui t'aidaient à tout rassembler, à reconnaître les formes. Tu n'es pas aveugle de naissance! Et d'ailleurs, le pourcentage réel a-t-il tellement d'importance, tant que tu peux fonctionner? Quand tu peux travailler? Quel rapport cela a-t-il avec nous deux? Tu ne m'as jamais vue, et alors? Quand je serai vieille, toute ridée, tu n'y attacheras aucune importance. Tu ne m'aimes pas parce que je suis belle. Ne comprends-tu pas à quel point c'est essentiel? A part Maxi, tu es la seule personne que je connaisse qui ne fonde pas ses sentiments pour moi sur mon visage, la seule personne dont je puisse croire qu'elle ne m'aime pas uniquement parce que je suis moi. Ça n'a pas d'importance pour toi? Je n'ai pas raison?

– Tout à fait, jusqu'à un certain point. Je ne

pense pas qu'il soit honnête de t'imposer mes problèmes.

– Honnête? Ce qui serait honnête, c'est de prendre le bonheur qui t'est destiné, maintenant, tout de suite, sans avoir à causer de tort à qui que ce soit, rien qu'en tendant la main, dit India dont la voix tremblait.

– India, douce, imparfaite India, tu possèdes à merveille l'art de simplifier les choses. Je ne peux me résoudre à te laisser faire choix d'un homme qui souffre d'une infirmité comme la mienne, car c'est bel et bien une infirmité, quoi que tu en aies – même si tu es convaincue, à l'instant même, que c'est ce que tu veux. Tu ne sais pas ce que l'avenir te réserve, tu ne peux pas savoir combien de temps je pourrai te rendre heureuse.

– Je sais pertinemment que tu es l'homme que je désire, répondit-elle, et que je ne changerai pas d'avis.

– Si je puis me permettre, qu'en pense le docteur Florence Florsheim?

– Ne change pas de sujet.

– Elle doit bien avoir dit quelque chose, analyste ou pas.

– Elle a dit qu'il n'était pas recommandé de procéder à de profonds changements en cours d'analyse. Ça ne m'est pas interdit, simplement déconseillé.

– C'est tout?

– Mot pour mot.

– Je crois qu'elle a raison.

– Ah non! hurla India en martelant de ses poings la poitrine nue de Toby. Je le savais! Tu te moques toujours d'elle, et tout d'un coup, quand ça t'arrange, tu décides d'être de son avis.

– Ce n'est pas parce que c'est ton analyste qu'elle a nécessairement tort. Oh, qu'est-ce que je viens de trouver? Oh, oh, India, pauvre petite, ça m'a tout l'air d'être un début de patte d'oie. Ça ne devrait pas se remarquer à l'écran avant plusieurs années, cinq peut-être, pour peu que tu cesses complètement de sourire. Laisse-moi l'embrasser pour que ça s'arrange.

– Toby, tu n'es qu'un ignoble sadique. Tu sais quoi? C'est la première fois que je suis tout à fait convaincue que Maxi et toi êtes frère et sœur.

Le matin même où Cutter rencontrait Leonard Wilder, Charlie Salomon avait appelé Lily pour lui dire de venir le rejoindre au tribunal. Très influent, il était parvenu à obtenir que l'audition de Justin ait lieu juste après l'arrivée du juge.

– Je vais venir avec toi, chérie, dit Cutter. Laisse-moi annuler ce rendez-vous.

– Non, je ne pense pas que ce soit une bonne idée. Ce n'est pas que je préfère te savoir absent, mais je crois que ce serait plus facile pour Justin si nous traitions cette affaire de façon aussi... routinière... que possible. De toute façon, j'ai promis à Maxi de la prévenir dès qu'il serait sorti de cet horrible endroit. Je vais l'appeler et lui dire de m'accompagner.

– Et Maxi va te remonter le moral?

– Tu sais à quel point elle est proche de lui.

– Très bien, si tu es sûre, mais...

– Tout à fait. Je t'appellerai dès que je serai de retour.

Lily prit Maxi en chemin. Arrivées au tribunal, elles retrouvèrent Charlie Salomon et deux jeunes avocats de son cabinet qu'il avait amenés avec lui. Quand on fit entrer Justin, menottes aux poignets, Lily serra très fort la main de sa fille et baissa les yeux, afin que, si Justin la regardait, il ne puisse se rendre compte qu'elle le fixait, tant qu'on ne l'aurait pas détaché. Il avait l'air aussi provocant que jamais, pensa Maxi. La même attitude menaçante, la tête inclinée de façon agressive; mais il traînait un peu la jambe, et toute sa dureté ne pouvait dissimuler les bleus autour de ses yeux, sur son front et son menton, là où les policiers l'avaient frappé de leurs matraques. Ses cheveux blonds, tout hérissés, étaient emmêlés par endroits. Maxi jeta les yeux sur son frère et croisa son regard. Instinctivement elle lui fit un clin d'œil et sourit, mais Justin ne la reconnut pas.

– L'accusé est un homme très riche, Votre Honneur, déclara l'assistant du district attorney. Deux policiers ont trouvé chez lui près de trois kilos de cocaïne, et il s'est opposé par la force à leur intervention. S'il est reconnu coupable de trafic de stupéfiants, il devra très certainement purger de nombreuses années de prison. Vu les circonstances, tout laisse penser qu'il tentera de quitter le pays plutôt que de passer en jugement. L'Etat demande une caution d'un million de dollars.

Apporte ton chéquier, pensa Maxi. Oh, Justin, comme nous étions naïfs la nuit dernière.

Le journaliste qui l'avait abordée la veille au soir prenait des notes derrière elles.

– Une telle somme n'est pas justifiée, Votre Honneur, dit Charlie Salomon. Mon client n'a encouru, jusqu'à présent, aucune condamnation.

Le juge fit connaître sa décision au bout de quelques minutes :

– La caution est fixée à deux cent cinquante mille dollars.

On remit les menottes à Justin qui fut emmené dans une cellule, à l'intérieur du tribunal, en attendant que la somme soit versée. Lily téléphona à son banquier et fit en sorte qu'un chèque soit apporté par coursier motorisé, lequel mit une heure et demie à arriver. Les formalités de libération prirent une demi-heure de plus.

– Merci pour votre aide, Charlie, dit Lily. Vous et vos collègues vous pouvez vous en aller maintenant. Nous rentrerons avec Justin, Maximilienne et moi.

– Je crois que je vais rester avec vous en attendant qu'il sorte. Il faut que je lui parle, de toute façon, Lily.

– Demain, Charlie, ordonna-t-elle.

Les avocats se retirèrent.

– Le journaliste d'hier soir est encore là, et il a amené un photographe, Mère, dit Maxi.

– Justin n'est pas coupable, Maximilienne. S'ils veulent prendre des photos, nous ne pourrons rien y faire.

– Faut-il sourire devant l'objectif, Mère ?

– Pourquoi pas ? Il n'y a rien dont nous devions avoir honte.

– Tout ce dont j'ai besoin c'est d'une bonne douche et de quoi manger, dit Justin.

Lily venait de suggérer d'appeler son propre médecin pour qu'il examine son fils au cas où son crâne aurait souffert des coups de matraques. Mais rien ne put le faire changer d'avis, et les trois Amberville revinrent dans la grande demeure de marbre gris pour se retrouver, en définitive, autour de la table de la salle à manger, conversant comme si un rhume de cerveau était la chose la plus sérieuse dont on dût discuter. Maxi elle-même éprouvait ce sentiment de force sans réplique avec lequel Lily maintenait son admirable quiétude, et pourtant, sans même regarder son frère ou sa mère, elle devinait la souffrance qui emplissait leurs âmes. Comme des côtes d'agneau succédaient au velouté d'asperges, la tension qui régnait dans la pièce monta peu à peu, avec chaque mot évasif de l'un ou de l'autre. Les domestiques allaient et venaient.

– Mère, pourrions-nous négliger le dessert et prendre le café dans ton boudoir, rien que nous trois ? demanda Maxi.

– Certainement, chérie, répondit Lily, comme si c'était la requête la plus naturelle du monde.

Ils montèrent l'escalier. Justin avançait avec toute la contrainte d'un homme qui garde en réserve ses capacités d'action. Il avait l'air très loin de sa sœur et de sa mère, comme s'il était un torero qui revêt son habit de lumière juste avant la corrida. C'est presque comme s'il n'était pas là du tout, pensa Maxi.

– Du sucre ? demanda Lily.

– S'il te plaît.

Justin en prit deux morceaux.

– Demain, dit Lily sans changer de ton, je demanderai à Charlie Salomon de s'occuper de la question des avocats. Que tu sois innocent n'est pas suffisant pour assurer ta défense.

– Merci, Mère, répliqua Justin, avec un vague sourire ironique.

Lily jouait nerveusement avec le couvercle de la cafetière :

– Bien entendu, tu le comprends, je pense : quel que soit le mode de vie que tu as choisi, cela ne nous empêchera jamais de t'aimer très fort.

– Mode de vie ? Même si j'étais végétarien ? Pirate informatique ? Tueur à gages ?

– De quoi diable discutez-vous tous les deux ? dit Maxi. Il y a beaucoup de questions à se poser, Justin. Une seule chose explique qu'on ait pu trouver de la cocaïne chez toi.

– Maximilienne ! dit Lily d'un ton d'avertissement.

– Mère, nous avons perdu assez de temps.

Elle se leva, saisit la tasse de Justin et la déposa

sur une table, s'agenouilla à côté de lui, le prit dans ses bras, et l'embrassa bruyamment sur chaque joue.

– Ecoute, Justin, il doit y avoir quelqu'un qui a ta clef, ou qui a vécu avec toi, un type qui a déposé ça dans ton appartement à ton insu, quelqu'un avec qui tu es très lié. Ne pourrions-nous pas en parler franchement, que Mère et moi cessions de faire comme si nous ne savions pas que tu es gay ?

Justin bondit et alla jusqu'à la fenêtre, sans dire mot, leur tournant le dos. Maxi courut derrière lui et le prit par la taille.

– *Gay*, Justin, quel que soit le terme que tu préfères. Mère et moi, nous le savons depuis longtemps, et ça ne nous fait ni chaud ni froid ! Reviens t'asseoir. Ce n'est pas la fin du monde. Etre gay est une chose, être idiot en est une autre, et, dans les deux cas, il n'est pas recommandé de croupir en prison. Tourne-toi, que nous puissions en discuter calmement.

– Vous ne savez rien. Vous ne pouvez rien savoir, répondit Justin d'une voix agressive, agrippé à l'appui de la fenêtre, le dos toujours tourné. Il ne paraissait éprouver pour elles que du mépris.

– Mais si, chéri, dit Lily d'un ton plus assuré. Je le sais depuis des années. Je ne voyais pas de raison d'en parler à qui que ce fût. Jusqu'à présent, c'était ta vie privée.

– Je ne me doutais pas que Mère était au courant avant de lui téléphoner hier soir, ajouta Maxi. Seuls des gens qui t'aiment très fort, qui te connaissent aussi bien que nous – et Dieu sait que tu as tout fait pour qu'ils soient rares – pourraient se montrer surpris. Mais c'est un peu difficile d'avoir une conversation avec toi quand tu as le dos tourné. S'il te plaît...

Elle déposa sur sa nuque toute une série de baisers sans cesser de s'accrocher à lui.

– Justin, d'après toi, qui a pu déposer la drogue dans ton placard? C'est la seule question qui compte, non? intervint Lily, comme si elle lui demandait s'il renverrait un maître d'hôtel indélicat.

Il leur fit face. La rougeur de ses pommettes saillantes et les mouvements de sa pomme d'Adam trahissaient seuls son émotion :

– Je n'en ai pas la moindre idée.

– Mais il y a quelqu'un, *un homme,* qui peut entrer chez toi quand tu es sorti? insista Maxi.

Le visage de Justin fut déformé par un rictus de honte si mêlé de souffrance que Lily faillit fondre en larmes.

– Oui.

Ce simple mot, prononcé d'une voix très douce, resta suspendu en l'air comme un soupir. Hardiment, Maxi brisa le silence qui menaçait de les ensevelir tous les trois :

– Tu crois que c'est lui?

– Non, non, impossible. Impossible. Il n'est pas comme ça. C'est un type que j'ai rencontré à une séance de photo. Mais nous nous sommes beaucoup... amusés, il arrivait tout le temps des gens – ça aurait pu être n'importe qui. Le sac n'avait pas été changé de place depuis que je suis revenu.

Sa voix était si vide qu'elles en furent terrifiées.

– Tu sais où il est, maintenant? demanda Maxi. Quel est son nom?

– Il est parti. Ce devait être quelqu'un d'autre. Et son nom ne regarde personne. Je refuse d'accuser quelqu'un en qui j'ai confiance, sous prétexte de prouver mon innocence. *Bon dieu, je hais cette ville!*

Maxi et Lily restèrent silencieuses après que Justin fut sorti de la pièce en toute hâte.

– Merci, Maximilienne. Sans ta franchise, je ne crois pas que j'aurais pu le persuader de dire quoi que ce soit. Mais c'était quand même un peu abject de s'acharner sur lui de cette façon. J'avais honte – pas pour lui –, pour nous.

– Abject ? Oui, peut-être, mais seulement si nous avions voulu savoir pour une raison autre que celle de lui éviter la prison. Vu les circonstances, non, non et non. Mère, il doit quand même être soulagé que ce soit enfin clair, il sait que nous l'aimons autant qu'avant, que cela ne change rien. Il a gardé ce secret trop longtemps.

– Oui, Maximilienne, mais tu as vu son visage... il avait l'air... c'était comme s'il voulait disparaître, comme s'il ne pouvait plus croire personne. Il a toujours été si seul, si à part, si renfermé. Je me suis fait du souci pour lui depuis sa naissance, mais jamais je n'ai pu parler avec lui.

– Ce n'est pas ta faute, Mère, ni la mienne, ni la sienne. C'est comme ça, et il faudra faire avec. C'est la réalité et on ne peut rien y changer.

– J'aimerais pouvoir le croire, dit Lily, songeuse.

– Mère, crois-tu vraiment qu'un jour, alors que Justin était encore un petit garçon, tu aurais pu lui dire : « Maintenant, chéri, quand tu seras grand, tu ne toucheras que des filles », de la même façon que tu lui apprenais à bien se tenir à table ?

Lily eut un sourire, triste et forcé :

– Ç'aurait été trop beau pour être vrai, mais c'est une excellente idée. Tu as l'art d'en venir droit au fait, Maximilienne.

– Merci, Mère, répondit Maxi, presque timidement. Il faut que j'aille au bureau. Et maintenant ? Comment venir en aide à Justin ?

– Je vais appeler Charlie Salomon sur l'heure et lui répéter ce qu'il nous a confié. Seulement... il ne nous a pas dit grand-chose, et puis... ne vaudrait-il pas mieux ne pas en faire état ? Je voudrais pouvoir taire cette part de sa vie aux journaux... L'homme qui avait la clef de son appartement, les soirées... Si au moins nous y parvenions.

– Mère, toute la presse va parler de cette histoire de drogue. Plus le *Star*, l'*Inquirer*, les hebdomadaires d'information. Je ne vois pas comment les en empêcher. Ils déterreront le reste de ce que Justin nous a avoué, ce n'est qu'une question de temps. On ne peut rien faire pour le protéger. Il suffit qu'une seule personne parle à un seul journaliste. Je ne crois pas qu'il faille beaucoup espérer.

– Je pensais... si seulement il pouvait conserver cela... Il y tient tant...

– Je ne suis pas très optimiste, s'agissant de défendre sa vie privée. Le plus important, c'est de prouver qu'il n'est pas un trafiquant de drogue. C'est un Amberville après tout, et toute la presse va danser sur sa tête.

Lily soupira et Maxi se leva pour partir. Toutes deux s'embrassèrent, un peu gauchement, avec plus de chaleur qu'elles n'en avaient montré depuis des années. D'un geste familier, Lily repoussa la mèche de sa fille.

– Elle n'est pas comme il faut ? demanda Maxi d'un ton pincé.

– Le problème avec toi, Maxi, c'est que tu passes tout de suite aux conclusions. Je me disais simplement que tu étais coiffée de façon charmante. Tu n'aurais pas l'air toi-même, sinon, tu ne crois pas ?

23

AU moment même où Maxi et Lily se disaient au revoir Cutter était en conférence, dans son bureau de Wall Street, avec Lewis Oxford, vice-président d'Amberville Publications, chargé des questions financières. Il aurait été plus facile pour Cutter de s'installer dans l'immeuble de la compagnie, mais il jugeait utile de forcer tous ceux qui y travaillaient à faire un long trajet pour venir le voir. De surcroît, il gardait ainsi à distance quiconque aurait voulu lui parler de questions sans importance.

– Oxford, j'aimerais que vous arrêtiez ! hurla-t-il.

– Excusez-moi, monsieur Amberville. Cela m'aide à réfléchir, répondit Oxford qui posa à regret le crayon avec lequel il se tapotait les dents.

– Il n'y a pas à réfléchir. Les ordres de ma femme sont suffisamment clairs.

– Tout à fait. Je me demandais simplement s'il ne serait pas plus sage de suivre ses instructions sur une période de six mois, ou même d'un an. Un trimestre, ce n'est pas beaucoup, et je vais devoir faire beaucoup de vagues.

– Oxford, je vous ai donné trois mois, et si vous n'en êtes pas capable, je trouverai bien quelqu'un qui saura s'en charger. Vous savez, je pense, qu'il est plus miséricordieux de couper la queue d'un chien d'un seul coup plutôt que bout par bout. Je veux voir disparaître, et dans les plus brefs délais, toutes ces dépenses inutiles qui alourdissent tous les titres d'Amberville Publications. Le prochain bilan devra refléter ces changements. D'après mes estimations, il est possible de réduire les coûts de production de quinze pour cent, et peut-être plus. Ce serait encore mieux.

Lewis Oxford hocha la tête :

– Je continue à penser qu'aller aussi vite constituerait une erreur.

– Oxford, je ne m'intéresse qu'aux résultats. Pour la qualité du papier, Mme Amberville désire qu'on descende d'un cran. *Style* n'a pas besoin de ressembler à *Pelouse et Maison* pour se vendre. Même chose pour toutes les autres, dès que vous aurez utilisé tout ce dont vous disposez en réserve. C'est bien compris ?

– Oui, monsieur Amberville.

– En ce qui concerne les salaires du personnel, les tarifs proposés aux auteurs et aux photographes extérieurs, je compte sur vous. Réduisez les effectifs de quinze pour cent, et sur l'heure. Mme Amberville veut que vous fassiez usage de tous les articles, de toutes les photos, que vous avez en archives. *Servez-vous-en*, Oxford. Vous avez là un matériel qui vaut des centaines de milliers de dollars, et qui sera bientôt périmé. Par ailleurs, plus question de payer des sommes folles à qui que ce soit. Cet article de Mailer sur « les vices de Miami »... voulez-vous m'expliquer pourquoi nous ne pourrions pas, à la place, recourir aux services d'un pigiste inconnu qui nous coûterait infiniment moins cher ?

– C'est une opération de prestige, monsieur

Amberville, et ça peut nous attirer des lecteurs supplémentaires.

– De prestige? Dans une revue qui a déjà sept millions de lecteurs? Inutile. La rédaction veut se faire plaisir, c'est tout.

– Si vous me le permettez, monsieur, vous êtes peut-être un peu injuste. Le rédacteur en chef de *TV Hebdo* estime que Mailer et d'autres écrivains connus feront grosse impression sur les agences de Madison Avenue. Il va faire passer des annonces dans *Adweek* et *Advertising Age*...

– Annulez tout. Au cours du trimestre qui vient, pas question qu'Amberville Publications chante ses propres louanges. Nous sommes dans le métier depuis près de quarante ans, et ça m'étonnerait que les annonceurs n'aient pas entendu parler de nous. Supprimez promotion et publicité.

– Bien, monsieur.

– Oxford, les tarifs des photographes sont délirants. Délirants.

– C'est ce que réclament aujourd'hui les plus cotés d'entre eux, monsieur.

– Envoyez une note à tous les rédacteurs en chef leur enjoignant de cesser d'employer ceux qu'ils utilisent depuis des années, et sur qui ils se déchargent du travail créatif qui devrait leur incomber. Je veux qu'ils en engagent de nouveaux, les moins chers possibles – des femmes, en particulier –, qui seront plus productifs et moins ruineux. En outre je veux trente pour cent d'illustrations couleur en moins. Remplacez-les par du noir et blanc. C'est aussi efficace quand on sait s'y prendre. Les mannequins nous coûtent beaucoup trop. Chaque fois que c'est faisable, je veux que des gens célèbres les remplacent – nous ne débourserons pas un sou.

– Monsieur Amberville, laissez-moi vous dire qu'il y a quand même une limite, de ce point de vue... toutes nos revues vont finir par ressembler à *People.* Jamais M. Zachary Amberville...

– Oxford, répéter le passé ne m'intéresse pas. Les lecteurs veulent voir des célébrités, et nous leur en donnerons. Les bénéfices du dernier trimestre m'ont beaucoup déçu. Il faudra qu'ils *grimpent*, Oxford.

– N'ayez crainte, monsieur Amberville.

– Les annonceurs ne procurent-ils pas des articles et des illustrations gratuits, si on dit du bien de leurs produits ?

– Ça arrive, mais pas ici.

– Eh bien, faites en sorte que ça arrive, Oxford, et aussi souvent que possible. Autre chose : les frais de déplacement de nos représentants sont absolument scandaleux. Dites à chacun d'eux que nous les surveillons de près, et prévenez-les que nous comptons sur une réduction de trente-cinq pour cent lors du prochain bilan.

– Mais, monsieur Amberville, ils vivent tous de leurs frais de déplacement... tout le monde sait ça.

– Ils vivent trop bien, Oxford. Tous ceux qui ne le comprendront pas seront remplacés. N'oubliez pas de le préciser dans la note de service.

– Mais tous les représentants doivent maintenir des relations...

La voix d'Oxford faiblit peu à peu : la rage envahissait le visage de Cutter.

– Oxford, Amberville Publications n'est pas une vache à lait ! De telles mesures auraient dû être prises il y a longtemps. Je vous considère comme responsable. Et si vous tenez à votre place, *abstenez-vous* de me dire que mon frère souhaitait qu'il en aille ainsi. C'était un très grand homme de presse, Oxford, mais je me rends compte qu'il n'était pas assez ferme – comme Mme Amberville et moi le soupçonnions. Avez-vous d'autres suggestions? Ou bien ai-je tout passé en revue?

– Il reste de petits détails. Les réceptions de presse, les repas offerts aux annonceurs, des choses comme ça.

– N'y touchez pas. Ça ne coûte pas beaucoup, et je veux que nous maintenions une certaine présence à ce niveau. Ne vous inquiétez pas, Oxford, quand nos bénéfices auront grimpé, nous passerons des annonces dans les média. Dans trois mois.

Cutter se tut, et Lewis Oxford, espérant que l'entretien était terminé, rassembla ses papiers et se prépara à sortir.

– Autre chose, Oxford. *B & B.* Combien nous fait-il perdre chaque mois?

– Je n'ai pas eu le temps de calculer les chiffres exacts, monsieur Amberville. Mais je ferai parvenir toutes vos directives à Mlle Amberville.

– Non, pas la peine. Combien de temps faudra-t-il pour que la revue rentre dans ses frais en supposant que chaque numéro se vende aussi bien que le premier?

– Plusieurs mois, j'en ai peur. Comme vous le savez, tout lancement d'une revue se traduit par une hémorragie de capitaux. Mais c'est normal. Une fois sorti de là, les bénéfices devraient être énormes.

– Interrompez la publication de *B & B*, Oxford.

– Comment?

– Vous ne comprenez pas ce qu'on vous dit? Arrêtez! Annulez! Liquidez! Terminé avec *B & B*, Oxford. Dites aux imprimeurs de ne plus imprimer un seul exemplaire. Faites savoir aux créanciers qu'ils seront payés jusqu'à concurrence de ce qui leur est dû actuellement mais qu'au-delà Amberville Plublications n'honorera plus une seule facture de Mlle Amberville. Prévenez-les, Oxford : pas un sou. Et licenciez tout le personnel de la revue, sauf Mlle Amberville. Elle n'émarge pas au budget de la société.

– Mais, monsieur Amberville, *B & B* est une réussite! Le plus gros succès de l'histoire de la presse depuis *Cosmo, Life* ou *Sept Jours.*

– Oxford, c'est une expérience qui a bien marché. Mais nous ne pouvons nous permettre de telles pertes au cours de l'année qui vient, ou même pendant le prochain semestre, du moins si nous voulons accroître nos bénéfices. Vous devrez bien admettre que toutes les économies que vous pourrez faire seront englouties par les dépenses qu'occasionne *B & B.*

– A vrai dire, je pensais que c'était bien pour cette raison que vous vouliez prendre des mesures aussi draconiennes.

– Il ne faut jamais rien croire, Oxford, dit Cutter avec un sourire aimable.

Il leva et l'accompagna jusqu'à la porte :

– Pas dans une société à responsabilité limitée, en tout cas.

Angelica s'appuyait d'un air désolé contre un grand panneau métallique de la Cinquième Avenue, entre la 56e et la 57e Rue. On y lisait : « Inutile de SONGER à vous garer ici », et juste en dessous, pour que ce soit bien clair : « Zone rouge. Frais de remorquage : 100 $ minimum. Stationnement interdit en permanence. » Non loin de là, autour de la fontaine du Steuben Glass Building, on remarquait l'habituel rassemblement d'épaves, d'ivrognes et de touristes; quelques-uns mangeaient des falafel, des schnitzel ou des sandwiches au poulet, achetés aux charrettes toutes proches. D'autres trempaient dans la fontaine des pieds meurtris ou examinaient le contenu des sacs qu'ils venaient de remplir dans les boutiques de l'Avenue. Calcutta, dans sa version nord-américaine et cossue.

Elie aimait à se tenir sous le panneau métallique quand il attendait Maxi dans la limousine. Il avait passé un accord tacite avec les agents de la circulation : chaque fois qu'ils s'approchaient il mettait le moteur en marche et avançait de quelques centimètres symboliques. Mais, cet après-midi, il était en retard pour ramener Maxi à la maison, et Angelica suivait des yeux la circulation, avec une impatience croissante.

La longue voiture bleue arriva enfin, et sa mère en sortit.

– Oh non ! grogna Maxi en apercevant sa fille et l'exemplaire du *New York Post* qu'elle tenait à la main, ouvert à la page où l'on racontait l'arrestation de Justin. Comment avait-elle pu oublier qu'Angelica pourrait lire toute l'histoire dans la presse, avant qu'elle ait le temps de lui apprendre la nouvelle ? Le déjeuner avec Lily et Justin, suivi de plusieurs heures trépidantes au bureau pour rattraper ce qu'elle n'avait pu faire le matin... Avec tout cela, elle n'avait plus pensé à prévenir la fillette.

– Maman ?

La voix d'Angelica était brouillée de larmes.

– Des âneries. Un gigantesque coup monté. L'oncle Justin n'a rien à voir là-dedans. Ne t'inquiète pas. Il est innocent, dit Maxi précipitamment.

– Mais je le sais bien, Maman, voyons, ce n'est pas la peine de me le dire. Mais pourquoi est-ce que Grand-Mère et toi, vous souriez sur la photo ? C'est ça que je veux savoir. Vous avez l'air de deux reines de beauté. Miss Caroline du Nord et sa charmante maman. Franchement !

– Et quel air aurions-nous dû prendre? Apeurées? Malheureuses? Terrifiées?

– Vous auriez dû vous montrer un peu plus cool. Après tout, vous n'aviez pas de raison d'être inquiètes. Au moins, oncle Justin a su se tenir... Il est terrible, dur, sombre, indifférent, comme Sting, oui, tout à fait comme Sting.

– Angelica, tu devrais faire carrière dans les relations publiques. Allez, viens, on rentre à la maison.

– Je peux manger un falafel d'abord?

– Et après tu ne voudras plus dîner. Enfin, vas-y, si tu peux le prononcer tu peux en avoir, dit Maxi, trop épuisée pour discuter.

– Tu te laisses aller, répondit Angelica soulagée. Ça ne m'étonne pas. J'ai appris aujourd'hui que Cindy Lauper avait trente ans. Elle est plus âgée que toi, Maxi.

– Un peu de respect, s'il te plaît! s'écria Maxi, très ferme.

– Je ferai de mon mieux, dit Angelica qui se sentait bien maintenant. Cindy Lauper était peut-être plus âgée, mais Maman était... sa mère.

Rocco ouvrit le *New York Post.* Il redressa brusquement la tête, et Angelo, le coiffeur du St. Regis, qui, pour quarante dollars, coupait les cheveux des hommes d'affaires, faillit l'entailler avec ses ciseaux. Fort heureusement, ses réflexes étaient suffisamment conditionnés pour affronter les réactions aberrantes des gens stressés.

– Hé, Rocco, tu veux perdre une oreille?

– Il faut que je donne un coup de fil. Tu finiras un autre jour.

Rocco se leva et entreprit d'enlever la blouse dont on l'avait revêtu.

– Assieds-toi ! J'en suis à moitié. Tu ne peux pas t'en aller comme ça.

– Oh que si !

Balayant les cheveux coupés, Rocco courut dans l'escalier. Toutes les cabines téléphoniques de la réception étaient occupées. Il se rua dehors et vit que, même en taxi, il ne pourrait avancer au milieu du trafic de cette fin d'après-midi. D'où appeler ? Les téléphones publics étaient toujours en panne, et saccagés à peine réparés. Le bureau était trop loin. Angelo ! Il revint à l'hôtel en courant, redescendit les marches à toute allure et s'empara du combiné sans prendre la peine d'en demander la permission au coiffeur. Celui-ci – qui pouvait procurer au président d'une très grosse société une réservation, jusque-là impossible, pour l'Hôtel du Cap, à Antibes, pendant la semaine la plus chargée de l'année – fronça à peine le sourcil. Rocco était fou, mais quel plaisir de lui couper les cheveux. Une bonne vieille chevelure d'autrefois, épaisse, bouclée, pleine de santé, qui durerait jusqu'à ce qu'il n'en ait plus besoin.

– Maxi, je viens d'apprendre ce qui est arrivé à Justin. Est-ce que je peux faire quelque chose ?

– Je ne sais pas. Mère s'occupe de mobiliser les meilleurs avocats, mais Justin n'a pas la moindre idée de la façon dont la cocaïne s'est retrouvée là. Il a donné beaucoup de soirées, et il prétend que des dizaines de personnes ont pu le faire... Il a cependant reconnu qu'un type a la clef de son appartement, mais tout ce qu'il a consenti à ajouter, c'est qu'il l'avait rencontré lors d'une séance photo, et que ça ne pouvait pas être lui.

– Et pourquoi pas ?

– Apparemment c'est un modèle de perfection, dit sèchement Maxi. Et Justin a fermement refusé de nous apprendre le nom de ce saint homme. Qui plus est, il a quitté la ville.

– Tu peux arriver à savoir qui c'est?

– C'est ce que je me demande. Le premier travail que Justin ait fait pour moi, c'était de prendre des photos de vieux maillots de bain, avec vingt-quatre modèles masculins. Le sujet suivant avait pour titre : « Les penderies des gens célèbres : les effets positifs du désordre créateur. » Le mois suivant, nous avions Bill Brass qui exposait trente façons différentes de porter ses sweaters. Outre les photos de mode, Justin s'est occupé de beaucoup de choses... Je suis en train d'examiner les clichés.

– Vingt-quatre mannequins? De la même agence?

– Non, Julie s'était adressée à quatre ou cinq.

– Ecoute, trouve leurs factures, elles doivent être à ton bureau. Passe-les-moi et je donnerai quelques coups de fil. Je te ferai savoir si j'apprends quoi que ce soit.

– Je déniche les factures tout de suite.

– Demain matin suffira. Il faut que je contacte les gens au travail, pas chez eux.

– Demain à la première heure. Rocco, Rocco, c'est extrêmement gentil de ta part, et je t'en suis très, très reconnaissante. Je ne l'oublierai jamais.

– Laisse tomber, dit Rocco. J'ai toujours bien aimé Justin. Pauvre gars. Comment Angelica le prend-elle? ajouta-t-il, soudain inquiet.

– A sa façon.

– Ce qui veut dire?

– Si quelqu'un doit survivre à tout cela, ce sera ma fille.

– Tu ne la comprends pas. Ma fille est une enfant très sensible.

– Je suppose que ses sentiments sont trop subtils pour moi.

– Exactement, elle a sans doute subi un traumatisme dont tu ne te rends même pas compte, et auquel tu ne pourrais faire face.

– Rocco, j'ai une idée. Si je disais à Elie de la conduire chez toi ? Tu l'emmènerais dîner et l'aiderais à supporter le choc.

– Hm. A vrai dire, je dois sortir avec une amie. Bien sûr, Angelica pourrait se joindre à nous. Ou peut-être que ce ne serait pas si judicieux que ça. Non, sans doute, à bien y réfléchir. De toute façon, elle passe le week-end avec moi. Nous parlerons de tout ça à ce moment-là.

– D'accord. Merci quand même, Rocco. Je t'appelle.

Maxi raccrocha doucement, et chercha des yeux quelque chose qu'elle pourrait jeter contre le mur, qui se briserait en mille morceaux et ferait énormément de bruit. Mais rien qui eût de la valeur. Ce misérable taré n'en valait pas la peine.

– Sue ? Rocco Cipriani à l'appareil.

– Oh, bonjour, monsieur Cipriani. Que puis-je pour vous ?

– J'aimerais vous poser une petite question sur quatre de vos gars, dit-il un ton léger.

– Mais bien sûr. Auxquels de nos demi-dieux vous intéressez-vous ?

– Je vais vous dire ça tout de suite. C'est un peu délicat, Sue, mais je suis sûr que vous comprendrez que je doive vous demander quelque chose d'un peu... euh... difficile.

– Je suis là pour ça, répliqua-t-elle, pleine d'assurance.

Rocco lui donna les noms de ceux qui, dans l'agence de Sue, avaient pris part à la séance photo en maillot de bain, et ajouta, comme s'il voulait connaître leurs mensurations :

– J'aimerais aussi savoir si l'un – ou plusieurs – d'entre eux est un consommateur de cocaïne.

– Est-ce une plainte, monsieur Cipriani? demanda Sue après un silence.

– Non, Sue, rien de tel. Pas de quoi s'alarmer. Mais je me suis dit que, si quelqu'un avait eu des problèmes avec eux, s'il s'était produit des choses, vous seriez la première à l'apprendre.

– Monsieur Cipriani, vous savez aussi bien que moi qu'un modèle qui touche à la drogue ne fait jamais long feu. Nous nous en débarrassons au plus vite.

– Bien sûr, bien sûr. D'un autre côté, Sue, il n'est pas impossible de se tirer d'affaire si l'on est très demandé. Un modèle qui a beaucoup de succès peut se sortir de situations difficiles, et à plus forte raison, ignorer les vétilles.

– Pas ici. Nous ne sommes pas à Hollywood.

– Vos gars sont vraiment à part, Sue, tout le monde le sait, dit Rocco d'une voix charmeuse. J'aimerais également découvrir si l'un des gars auxquels je m'intéresse dépense plus d'argent qu'il n'est censé en gagner.

– Je ne comprends toujours pas où vous voulez en venir, répondit-elle en s'efforçant de ne pas paraître sur la défensive.

– Pourquoi ne pas présenter les choses sous cette forme? déclara Rocco d'un ton apaisant. Mon petit doigt me dit que, parmi les modèles masculins de cette ville, quelques-uns sont de gros consommateurs, ou des dealers, de cocaïne, ou les deux à la fois. Quoi qu'il en soit, j'ai vraiment besoin du renseignement.

– Pas chez nous, monsieur Cipriani, pas question. Impossible.

– Peut-être pas. Je suis persuadé que vous avez raison. Mais il se passe bel et bien des choses. Et j'oserai suggérer qu'il est dans l'intérêt de toutes les agences de mannequins de faire le ménage. Appelons ça une action préjudiciaire. Parce que, Sue, si pour une raison ou pour une autre, je n'obtiens pas les noms que je cherche, j'ai bien peur que la police ne débarque en force et ne passe toutes les agences au peigne fin. En fait, ajouta-t-il aimablement, vous pouvez y compter.

– Je ferai tout ce qui est en mon pouvoir, dit Sue, plus professionnelle que jamais. Je vais me renseigner.

– Très bien. A propos, j'ai jeté un coup d'œil sur les factures que votre agence a envoyées à CL & K l'année dernière. Quatre cent mille dollars, c'est ça? Non, plus, en réalité, beaucoup plus que ça. Vous voulez que je vous dise? Vous savez vous y prendre, vous autres. Au revoir, Sue. Oh, et si, par le plus grand des hasards, il advenait que vous appreniez quoi que ce soit d'utile, faites-le-moi savoir au plus tôt, d'accord?

– Bien sûr, monsieur Cipriani.

– Vers trois heures et demie, quatre heures cet après-midi, disons, en tout cas pas après la fermeture des bureaux. Ah! Sue, au fait, je cherche un dealer, pas un petit consommateur occasionnel. Vous êtes beaucoup trop fine pour ne pas l'avoir saisi, n'est-ce pas? Les noms des usagers ne m'intéressent pas du tout, mais je veux les connaître quand même – au cas où.

– Au cas où?

– Oui, au cas où. *Un dealer et les gens à qui il vend.* C'est ça que je cherche, Sue. Et c'est ce que j'aimerais beaucoup avoir. Nous sommes tous concernés, non? J'aurai de vos nouvelles, d'une façon ou d'une autre, hein?

– Bien sûr. Absolument. Vous pouvez compter sur moi. D'une façon ou d'une autre. Ah! Merci d'avoir appelé, monsieur Cipriani.

– C'est toujours un plaisir de bavarder avec vous. Un dealer, Sue, et les gens à qui il vend.

Rocco consacra la matinée à donner quatre autres coups de fil du même genre aux agences qui avaient fourni les modèles pour la série de photos de maillots de bain. Toutes travaillaient beaucoup avec CL & K. Il obtint les mêmes réponses farouchement négatives, mais, dès cinq heures de l'après-midi, il possédait une liste de noms bien plus longue qu'il ne l'aurait espéré, et, dans les cinq agences, de nombreux cadres très préoccupés se consultaient mutuellement. Ce genre de choses ne se produisait jamais que chez les autres, se disaient-ils. Ils pouvaient se permettre de perdre la clientèle de CL & K, s'il fallait en arriver là, mais pas d'être éclaboussés par un scandale. Ils donnèrent à Rocco tous les renseignements qu'ils avaient pu tirer, par la ruse ou la menace, à leurs mannequins, ainsi que les noms de ceux sur lesquels ils avaient des soupçons. Mais que voulait donc dire Cipriani quand il parlait d'action « préjudiciaire » ? Et pourquoi se montrait-il si bizarrement agréable ? Si horriblement *gentil* ?

Deux jours plus tard, Rocco téléphona à Maxi au bureau :

– Justin est tiré d'affaire, Maxi. J'ai pensé que tu aimerais le savoir. Toutes les charges contre lui ont été abandonnées.

– Rocco ! Tu en es sûr ? Tout à fait sûr ?

– Je viens de recevoir un coup de fil de Charlie Salomon qui me l'a confirmé.

– Mais qu'as-tu fait ? Comment as-tu fait ?

Maxi était si excitée qu'elle faillit faire tomber le téléphone.

– J'ai posé quelques questions autour de moi.

– Rocco, arrête, je vais devenir folle. Oh, tu es merveilleux...

– Laisse tomber, Maxi. Ça n'était pas bien compliqué. J'ai demandé des noms, j'en ai eu, j'ai repéré celui du gars en question –, et je l'ai donné à Charlie Salomon, avec ceux des types qui achetaient à l'ami de Justin, et qui se sont vu instamment... recommander par leurs agences de témoigner contre lui. Rien qu'un détective amateur ne puisse faire, s'il sait où chercher.

– Tu es incroyable, absolument merveilleux. Qui était-ce?

– Une beauté nommée Jon, un petit dealer qui s'est fait coincer en Floride pendant qu'il parlait affaires avec un plus gros poisson. Il a essayé de s'en tirer en accusant Justin. Il avait laissé la marchandise chez ton frère, malheureusement pour Justin. Jon n'est pas quelqu'un de recommandable. Il a un gros problème d'attitude, comme dirait Angelica. De toute façon, les flics sont arrivés à le rattraper. Pas très difficile, une fois qu'ils savaient qui il était, c'est du moins ce que je pense.

– Pourquoi ai-je l'impression que tu me caches quelque chose?

– Tu as toujours été soupçonneuse de nature. Justin aurait dû en faire autant. Enfin, voilà. Je suis content que ce soit terminé. Au revoir, Maxi.

– Rocco, attends! Ne raccroche pas. Laisse-moi te remercier. Tu n'as pas la moindre idée de ce que ça représente pour moi. Je suis... je ne sais comment dire...

Les mots se bousculaient en un cri de gratitude, et son immense joie paraissait presque enfantine.

– Ah! arrête. Je l'ai fait pour Angelica et Justin. Et pour ta mère, bien sûr. Salomon l'appelle en ce moment même. Justin sera de retour à la revue lundi dans la journée. Il m'a chargé de te le dire.

– Quand lui as-tu parlé?

– Il y a quelques minutes. J'ai pensé qu'il devait être le premier à apprendre les bonnes nouvelles.

– Qu'est-ce qu'il t'a dit?

– Pas grand-chose. Il était soulagé, naturellement, mais avant tout il se refusait à croire que Jon l'avait dupé. Il se faisait de sérieuses illusions sur cette petite vermine. Ton frère est l'un des derniers grands romantiques. Alors, si j'étais toi, je ne me montrerais pas trop joyeuse, trop pétillante, quand il arrivera au boulot. Essaie d'être naturelle, le genre « ça n'est pas la fin du monde ». Facilite-lui les choses, le malheureux.

– Je ferai de mon mieux.

– Et ne sois pas trop sentimentale, hein?

– D'accord. Rocco.

Maxi chercha quelque chose d'assez résistant à broyer sous ses hauts talons de dix centimètres.

– Magnifique, ajouta-t-elle. Bien joué. La famille apprécie grandement tout ce que vous avez fait pour elle, et il y aura une dinde dans votre soulier à Noël, mon bon monsieur.

D'accord, se dit Maxi, d'accord, elle s'était sans doute comportée comme s'il avait été Superman, et elle Loïs Lane, attachée sur les rails; elle n'aurait pas dû témoigner tant d'enthousiasme, mais n'était-il pas normal de se montrer reconnaissante? Comment quelqu'un, même quelqu'un d'aussi hargneux et renfrogné que Rocco Cipriani, pouvait-il refuser d'être remercié? Comment un homme pouvait-il être à ce point méprisable?

Elle était assise au milieu de son lit. Son menton reposait sur ses mains repliées, et ses coudes sur ses genoux; elle demeurait immobile, à ruminer, pleine de rancune. Il ne perdait jamais une occasion de lui laisser entendre qu'elle n'était qu'une idiote. Il l'avait même accusée d'être insensible, lui expliquant comment accueillir Justin, comme s'il s'attendait à ce qu'elle soit maladroite et stupide. Il avait toujours eu cette arrogance, cette insupportable vanité qui l'amenaient à penser que lui seul avait raison. Il se croyait le centre de l'univers, voilà son problème. Il n'avait jamais compris qu'il n'était qu'un crétin au physique avantageux, qui savait se servir d'un crayon. L'humilité. Rocco avait besoin d'apprendre l'humilité. Elle prononça le mot à voix haute, en savoura la douceur. Contrairement à lui, elle n'avait pas l'esprit étroit, borné. Elle était heureuse de constater que le père de sa fille se montrait à la hauteur des événements. Il avait rendu un inappréciable service à la famille Amberville, et il en serait récompensé, qu'il le veuille ou non. De façon royale, jusqu'à ce qu'il en soit malade!

Sa bonne humeur retrouvée, Maxi s'empara du bloc jaune qui ne la quittait plus, et prit des notes. D'abord, une Alfa-Roméo Spider. Ce genre de voiture était une invitation au vandalisme, et il ne trouverait jamais d'endroit où la garer, et alors? Pour la carrosserie, elle se contenterait de la teinte immédiatement disponible, bien qu'elle eût préféré le noir : la poussière se voit plus vite. Ensuite : cet ensemble de vieux verres à vin en cristal, délicatement gravés, qu'elle avait vu chez James Robinson. Trois mille dollars. Il fallait les laver à la main, de préférence dans une bassine en plastique, et les sécher avec d'infinies précautions. Il aurait sans doute tout cassé d'ici six mois. Et puis? Pourquoi pas l'ensemble de bagages en cuir d'antilope de chez Loewe? Les maroquiniers espagnols avaient une boutique en bas, et elle avait contemplé avec convoitise leurs sacs de couleur gris pâle, cousus de fil pourpre, mais, bien entendu, ils étaient trop fragiles pour supporter les voyages en avion : un seul suffirait à les anéantir. Le plus petit fourre-tout valait à lui seul près de six cents dollars – peut-être parviendrait-il à lui garder un moment une allure présentable. Ah! Ah! mais oui, ce service à café Art Déco, en argent massif de chez Puiforcat. Il ne valait jamais que quarante mille dollars. Il faudrait aussi l'astiquer avec soin si l'on voulait qu'il ressemblât à quelque chose, comme toute argenterie. Mais on ne pourrait pas se méprendre sur l'intention.

Une écurie de chevaux de polo? Non, se dit Maxi, à regret. Dix mille dollars pièce, pas plus, mais même Rocco, si peu raffiné qu'il fût, comprendrait que c'était impensable. Il leur fallait des palefreniers, des boxes, une nourriture régulière, et elle devrait ne rien omettre ou renoncer à lui offrir une écurie. De toute façon, il n'était jamais monté à cheval et il savait qu'elle ne l'ignorait pas. Il serait délicieux de lui faire don d'un Learjet 23, mais trois cent mille dollars semblaient être un prix un peu élevé pour témoigner d'une gratitude éternelle. Il manquait quelque chose à cette liste. Elle avait l'air un peu chiche. Pourquoi pas deux billets pour une longue croisière dans les Caraïbes? Ce serait une bonne thérapie pour un travailleur aussi fanatique que Rocco. Ou peut-être deux, non, trois douzaines de ces serviettes de bain brodées de dentelle qu'elle avait remarquées chez Barney. En beige, bien sûr, ou, mieux, en blanc uni. Rien qui fasse féminin. Il pourrait sans doute trouver une blanchisserie qui lavait encore à la main, s'il cherchait assez longtemps. Et puis, rien que pour montrer à quel point elle était généreuse, une caisse de Glenfiddich, son whisky favori. Ce qu'elle aurait vraiment aimé lui offrir, c'était un portfolio de dessins de Léonard de Vinci. Cela lui aurait fait voir, mieux que tout, la dérisoire étendue de son pitoyable talent à lui. Mais la reine d'Angleterre avait mis la main sur les plus beaux, et la Morgan Library possédait le reste.

On frappa à la porte et Angelica entra.

– Pourquoi n'es-tu pas avec ton père ? demanda Maxi, surprise. (Sa fille devait passer le week-end avec Rocco.) Ne me dis pas qu'il a annulé !

– Non, Maman, tu sais bien qu'il ne ferait jamais ça. Il a un horrible rhume de cerveau. Il vient d'appeler pour dire qu'il était contagieux, qu'il grouillait de microbes et qu'il voulait savoir s'il pouvait échanger son week-end avec toi.

– Bien sûr que oui.

Le visage d'Angelica se fit plus lugubre encore.

– Tu n'as pas envie ?

– Eh bien, la Troupe aujourd'hui avait prévu quelque chose de spécial parce que beaucoup d'enfants ont des congés de printemps, et ça ne me plairait pas de manquer ça. Ça se passe ce week-end, tu comprends, pas un autre, et j'aimerais bien avoir un peu de temps à moi, pour aller les retrouver. Rien de bien méchant, Maman, juste de quoi aller faire la folle avec mes copains.

– Faire la folle ? dit Maxi. (Ses cheveux se dressèrent sur sa nuque.) Tu en parles comme si c'était une scène de pillage.

– Je fais référence, expliqua Angelica avec dignité, à un après-midi au cirque, suivi de ce que tu appellerais un moment agréable en compagnie de jeunes gens et de jeunes filles de bon ton, rafraîchissements compris.

– Vous êtes mon invitée, dit Maxi.

Elle avait la plus grande confiance dans les activités de la Troupe. Angelica disparut en poussant des cris de joie, enfin libérée un moment de ses parents, qui lui prenaient beaucoup trop de sa propre vie, en essayant de se faire bien voir, à cause de leur divorce. Ne savaient-ils donc pas que tout le monde divorce tôt ou tard?

Maxi commença de s'habiller pour s'en aller acheter les cadeaux destinés à Rocco. Peut-être serait-il encore malade quand il les recevrait. Un rhume de cerveau tenace pouvait durer une semaine. Congés de printemps? Angelica n'avait-elle pas dit quelque chose à ce sujet? Elle regarda par la fenêtre de la salle de bain et vit que le printemps était descendu sur Central Park sans prévenir, en une nuit, comme dans *Mary Poppins*. Un rhume de cerveau et des congés de printemps. Comment n'avait-elle pas compris plus tôt? Le rhume des foins Cipriani avait encore frappé, et Rocco, s'accrochant obstinément à ses traditions, avait refusé de l'admettre, déclarant, comme il le faisait tous les ans, qu'il était impensable qu'il puisse souffrir d'une affection aussi efféminée, aucun Cipriani dans l'Histoire n'en ayant jamais été atteint. Comment attraper un rhume des foins à Venise? s'était demandé Maxi, bien des années auparavant. La question était toujours valable.

Secouée d'un fou rire, dans son body de satin lavande, et, comme elle s'apprêtait à enfiler un bas noir brodé de-ci de-là de papillons, Maxi fut prise d'une impulsion généreuse et charitable. Elle passerait rapidement chez Rocco pour soulager un peu sa souffrance comme une infirmière en visite. Un ange de la pitié, pour ainsi dire.

Elle savait où Angelica gardait la clef de l'appartement de son père, et connaissait le traitement du rhume des foins Cipriani. Il y a des choses qu'on n'oublie pas. Alors qu'elle se rendait chez Rocco, elle se demanda comment c'était chez lui. Il habitait à quelques centaines de mètres de là dans un duplex de Central Park South, mais elle n'avait jamais daigné demander à sa fille de le lui décrire. Elle se souvenait du vieux désir de Rocco : quelque chose de monastique, d'austère, de calme, comme s'il était un moine japonais. Peut-être était-il devenu entre-temps un maître de l'école minimaliste de décoration : on enlève tout ce qui rend une maison vivable, et on dépense une fortune pour des détails que personne ne remarquera jamais. Ou il s'était entiché de fauteuils Mackintosh, atrocement confortables, et de carrelages blancs et noirs des années trente, qui étaient hideux au départ et ne s'étaient pas améliorés avec le temps. Peut-être investissait-il dans les objets industriels : tubes d'acier, éclairages au néon, et dormait-il sur un matelas posé par terre. Il est vrai que tout cela était démodé. Peut-être s'était-il rallié au look Santa Fé à la Calvin Klein. Un vrai cauchemar. Trois pierres, lourdes de signification, posées sur le manteau de la cheminée – leur disposition leur donne des pouvoirs magiques, il ne faut surtout pas la modifier –, des murs d'adobe sur lesquels le plâtre est vivement encouragé à s'écailler, et un cactus qui meurt à petit feu. Ou alors il vivait comme presque tous les maniaques du design qu'elle connaissait : murs blancs, meubles de Mies et de Breuer, aussi ruineux que laids. On ne pouvait raisonnablement espérer qu'il s'intéressât vraiment à ces atroces années cinquante et au contre-plaqué en feuilles. Probablement, comme tous les vieux garçons, son appartement devait-il être tout simplement une franche pagaille.

Doucement, Maxi se servit de la clef d'Angelica pour ouvrir la porte d'entrée. Le vestibule était une pièce spacieuse qu'elle observa d'un air désapprobateur. Comme c'était bizarre de sa part d'avoir choisi un très beau vieux parquet, aux reflets dorés. Quel étrange endroit pour loger un torse de Vénus, grandeur nature, de Maillol, présence forte et rayonnante, magnifique, entre la magie diffuse, les vagues multicolores des deux grands Helen

Frankenthaler qui se faisaient face sur les murs. Pas de meubles, remarqua-t-elle, à l'exception, sur le troisième côté, d'une superbe table Régence, toute en courbes et en sculptures, et que son œil aiguisé lui disait être authentique. Après tout, il n'est pas très difficile de s'entourer de belles œuvres, si l'on a l'argent nécessaire. D'ailleurs, Maxi était opposée à ces théories qui confondent décoration et galerie d'art. Sans bruit, elle ferma la porte derrière elle, et écouta, espérant surprendre un signe de vie, mais n'entendit rien. Elle avança prudemment jusqu'au salon. Rocco avait de toute évidence développé des goûts de luxe peu en rapport avec son arrogance mesquine – un luxe qui aurait semblé, avec une incongruité divine, plus à sa place dans une vieille grange, à la campagne, qu'ici, à Central Park. Le soleil envahissait le duplex et faisait des murs couverts de panneaux de bois un bel exemple de la beauté que le temps peut donner à ce matériau. Des sofas de velours gris, profonds et duveteux, séparés par une table laquée de rouge, se tournaient le dos au centre de la pièce et faisaient face aux deux grandes cheminées jumelles. De vieux cachemires indiens aux tons rouges, corail et biscuit, couvraient des fauteuils Régence suprêmement élégants; des tapis de soie chinois dont les couleurs assourdies faisaient écho à la lumière étaient dispersés de-ci de-là sur le sol de brique.

Maxi renifla d'un air aussi méprisant que possible. Bien sûr, l'objet le plus précieux du salon était la sculpture égyptienne qu'elle avait offerte à Rocco pour leur premier Noël ensemble. C'était une statue d'Isis de plus de cinquante centimètres de haut, taillée dans de la quartzite rouge. On pouvait admirer chaque détail de son corps car les déesses égyptiennes portaient des robes encore plus diaphanes que les créations de Bob Mackie, et

Isis avait un nombril et des seins délicieux, presque aussi beaux que les siens, pensa Maxi, mais pas de tête. La Vénus de Maillol n'avait pas de bras. Apparemment, Rocco n'aimait pas assez les femmes pour en supporter une qui fût entière.

Maxi sursauta en entendant un violent éternuement, et un sourire de plaisir anticipé fit de sa bouche une arme dangereuse. Ce sourire – mais Maxi elle-même n'était pas assez prétentieuse pour le savoir – rendait les hommes fous.

Elle monta l'escalier à pas de loup, en direction des jurons et du nez qu'on mouchait. Il serait hideux, tout gonflé, elle le savait. Une caricature de W.C. Fields au pire de sa forme.

La porte donnant sur la chambre à coucher de Rocco était aux trois quarts fermée. A l'intérieur il faisait sombre, presque noir. Il avait dû tirer les rideaux et s'enterrer sous toutes les couvertures qu'il possédait. Aucun homme n'avait jamais été aussi démoli par un rhume de cerveau que Rocco Cipriani. Dennis Brady se contentait de passer de la tequila aux grogs, et Laddie, comte de Kirkgordon, ignorait tout ce qui précédait la pneumonie. C'était le temps, expliquait-il. Ses ancêtres avaient *toujours* souffert du froid, et ce qui avait été bien assez bon pour Bonnie Prince Charlie était bien assez bon pour lui.

Maxi toussa légèrement pour le prévenir. Inutile de provoquer une crise cardiaque alors qu'elle venait le réconforter.

– Angelica, je t'ai dit de ne pas venir près de moi.

– Ce n'est que moi, répondit-elle. Angelica était si inquiète à ton sujet qu'elle a insisté pour que je passe m'assurer que tu n'avais pas besoin d'un médecin.

– Fiche le camp, gronda-t-il, éternuant délibérément dans sa direction.

Elle ne voyait de lui qu'un lugubre amas de hargne dickensienne.

– Rocco, voyons, tu te fais du mal. Inutile de te comporter comme si tu étais aux portes de la mort simplement parce que tu as un petit rhume de cerveau.

– Vas-y, moque-toi, glousse, mais débarrasse-moi le plancher.

– C'est un peu paranoïaque comme attitude, non? Pourquoi me réjouirais-je de la souffrance d'un être humain? Surtout si c'est le père de ma fille? Je suis venue ici dans la seule intention de rassurer Angelica. Cependant, dit Maxi gaiement en ouvrant les rideaux, puisque je suis là, je vais faire tout mon possible pour que tu te sentes plus à l'aise.

– Je ne veux pas me sentir plus à l'aise! Je veux être seul! Dans le noir!

– Typique, typique. Tout le monde sait à quel point les hommes aiment souffrir. Je parie que tu n'as même pas pris de vitamine C, répliqua Maxi, tout en contemplant d'énormes rameaux de forsythia en boutons, placés dans un vase florentin près de son lit. Majolique Renaissance, si elle ne se trompait pas. Il ne voudrait jamais le croire, mais c'était là l'origine de son rhume.

– La vitamine C, c'est une blague. On n'a jamais rien prouvé, dit Rocco en respirant péniblement. Il se glissa encore plus avant sous les couvertures et tenta de se mettre un oreiller sur la tête.

– On ne peut pas en être sûr, tu ne crois pas? De toute façon, tu as besoin de boire. Je vais te faire un cruchon de jus d'orange et je te le laisserai.

– Va-t'en. Je n'ai pas d'oranges. Dehors! Dehors!

Maxi disparut en refermant la porte, avant qu'il puisse faire l'effort de se lever pour la chasser. Prévoyant qu'il n'y aurait pas d'oranges, elle en avait apporté un sac. Les hommes n'en avaient jamais. Des citrons, oui, parfois des pommes... Elle redescendit et trouva la cuisine. Elle était quatre fois plus grande que la sienne et bien plus chaleureuse. Bien sûr, elle ne donnait pas sur le World Trade Center, mais son sol était de marbre, et elle abritait une cuisinière en fonte à huit feux, toute luisante, une énorme table en bois rustique et un réfrigérateur rempli de bouteilles de champagne. Elle jeta un coup d'œil dans le congélateur. Comme elle le pensait, de nombreuses bouteilles de vodka. L'alcool était glacé, il avait cette consistance presque pâteuse qui, lorsqu'on en boit, vous fait penser à un baiser donné par un iceberg amical. Songeuse, elle ajouta les trois quarts d'une bouteille au cruchon de jus de fruits et goûta. On ne remarquait même pas la vodka tant les oranges étaient douces. Elle plaça le récipient dans le congélateur pour qu'il rafraîchisse, et se mit en quête du placard à linge. Rien de tel que des draps propres pour qu'un malade se sente mieux! Eh bien! India n'était pas la seule à porter à la lingerie un amour éperdu. Rocco avait tout ce qu'on peut acheter chez Pratesi, en blanc avec de sévères bordures géométriques bleu marine, brun sombre et pourpre. Il ne se refusait rien, apparemment. Pratesi était encore plus cher que Porthault, bien qu'aller à Milan rien que pour lui remboursât le voyage. Elle rassembla pour des milliers de dollars de draps en coton égyptien, retourna à la cuisine prendre le jus de fruits et un verre, et remonta jusqu'à la chambre.

Elle ouvrit la porte sans faire de bruit. Il s'était déjà rendormi. Maxi souleva les couvertures et trouva le gros orteil de Rocco. C'est la manière la plus douce d'être réveillé. Elle tira dessus jusqu'à ce qu'il commence à remuer, et ne cessa pas avant qu'il n'émerge de sous l'oreiller.

– C'est l'heure du jus de fruits!

– Je n'y crois pas, grogna-t-il.

Il éternua férocement. Elle lui donna un Kleenex propre et un plein verre de jus d'orange, avec une dignité distante. Il but avidement et grommela quelque chose qui pouvait passer pour un remerciement. Elle en versa aussitôt un second qu'elle lui mit dans la main.

– Tu es déshydraté. Ça peut être dangereux.

– Plus tard. Pose-le. Et va-t'en.

– Oui, mais seulement quand tu auras fini.

Il but rapidement pour bien lui montrer à quel point il voulait qu'elle s'en aille, puis retomba sur l'oreiller et ferma les yeux. Maxi attendit que la vodka exerce son effet sédatif.

– Rocco?

– Ouais?

– Tu te sens mieux?

– Peut-être. Un peu.

– Dans ce cas, je te suggère de prendre une douche, et pendant ce temps-là je ferai ton lit.

– Une douche? Tu es folle. Le changement de température va me tuer – me tuer!

– Pas une chaude, une à la température de la pièce. Je te garantis que tu te sentiras beaucoup mieux.

– Tu es sûre?

– Absolument. Des draps frais... ça ne serait pas bien?

– Ça ne peut pas faire de mal. Puisque tu es là. Après tu t'en iras? Tu le promets?

– Bien sûr. Un peu de jus d'orange.

– Peut-être. Un autre verre, tiens. Ça semble aider un peu.

Il se dirigea en chancelant vers la salle de bain. Maxi s'activa. Elle savait admirablement faire les lits. Elle l'entendait prendre sa douche. Il ne chantait pas, mais il n'éternuait pas non plus. Elle emporta les forsythias dans le couloir, avec les draps qu'elle venait d'enlever, et ferma presque complètement les rideaux.

Dix minutes plus tard, Rocco revint pour retrouver une chambre à coucher vide, avec juste assez de lumière pour qu'il puisse voir le lit refait, à la couverture tirée bien haut, comme il l'aimait. Avec un soupir de soulagement, il se jeta dans ces draps divins, et s'étira, grognant de plaisir.

– *Aaaaah!*

Il sauta en l'air. Son pied venait de toucher quelque chose de vivant.

– Pour l'amour du ciel, ce n'est que moi, chuchota Maxi. Je croyais que tu t'en étais rendu compte. Désolée.

– Qu'est-ce que tu fais dans mon lit?

– J'ai dû m'assoupir. C'est un si grand lit, si difficile à faire.

– Tu es nue, fit-il remarquer.

– Ah bon? répondit-elle d'une voix ensommeillée.

– Uh-uh.

– Hmm, comme c'est bizarre, en effet...

Elle bâilla :

– J'ai dû penser que j'étais chez moi. Pardonne-moi.

– Et arrête de me faire peur. J'ai horreur de ça.

– Bien sûr, bien sûr, susurra-t-elle, maternelle, en attirant la tête de Rocco jusqu'à sa poitrine. Bien sûr, pauvre, pauvre, *pauvre* Rocco, c'est si horrible d'avoir un rhume de cerveau.

– Je suis contagieux, dit-il en embrassant ses seins.

– Non, non, ne t'inquiète pas, je n'ai jamais attrapé tes rhumes.

Elle était occupée à lui embrasser l'épaule, ainsi qu'un certain point de sa nuque, qui, si elle s'en souvenait bien, lui faisait toujours le plus grand effet.

Sa mémoire ne la trompait pas. Joyeusement, tendrement, et bientôt irrésistiblement, aidé par les lèvres et les membres agiles de Maxi, les souvenirs furent célébrés avec éclat.

Plusieurs heures plus tard, vers le crépuscule, Rocco se réveilla, la tête flottante, très mal à l'aise. Quelque chose s'était produit. Il ne savait pas quoi ni quand ni comment, mais *quelque chose* s'était produit. Il explora son lit avec la plus extrême prudence. Il était vide. Ça n'allait pas. Il alluma la lumière et parcourut la pièce du regard. Personne. Il se leva pour écouter les bruits de son appartement. Il était tout à fait seul. Qu'est-ce qui pouvait le préoccuper à ce point? Il se remit au lit et contempla le plafond. La mémoire lui revint. Oh, mon dieu. Oh non. *Cette garce.* Les souvenirs réapparurent avec de nombreux détails. Non pas une fois, ni deux, mais trois. Il le savait. Elle voulait le tuer. Trois fois de suite! Qu'est-ce qu'elle croyait, qu'il avait quatorze ans? Elle l'avait violé, voilà ce que c'était – du viol ou du harcèlement sexuel. Peut-on porter plainte pour viol à trois reprises en un après-midi. Il se rendit compte, furieux, qu'il souriait comme un imbécile. Rocco bourra son oreiller de coups de poing, jusqu'à ce que les plumes en sortent. C'était bien d'elle, d'abuser d'un malade. Un vampire, voilà ce qu'elle était. Cette créature vicieuse, impardonnable, manipulatrice, innommable, dépravée, savait parfaitement que les performances de Rocco n'étaient jamais aussi bonnes que lorsqu'il avait un rhume de cerveau.

– Alors, crétin, se dit-il à voix haute, comment se fait-il que tu n'éternues plus?

24

– Maxi, pourriez-vous venir un instant dans mon bureau ? demanda Monty en la prenant par le bras. Le vôtre est un véritable asile de fous, et il faut que nous parlions.

On était le lundi 15 avril au matin, et Maxi venait juste d'entreprendre les ultimes corrections sur épreuves : le numéro de septembre de *B & B* devait en effet partir à l'imprimerie la semaine suivante. Il fallait davantage d'illustrations pour l'article de Madonna, « Le narcissisme : des joies à votre portée ». Celui de Dan Rather, « Personne ne sait combien je suis timide », était devenu une rubrique mensuelle : de nombreuses célébrités rivalisaient d'efforts pour y exposer des angoisses qui remontaient à leur adolescence. « Des mensonges nécessaires : pourquoi se sentir coupable ? », de Bill Graham, avait suscité tant de lettres de lecteurs qu'on avait dû en reproduire beaucoup plus que prévu dans la page courrier. La série mensuelle « Si seulement j'étais... » de septembre, dans laquelle Johnny Carson souhaitait être Woody Allen, et Elizabeth Taylor Brooke Shields, avait été mal disposée : on y lisait que Woody Allen aurait aimé être Brooke Shields. Plus gênant encore, quelque chose dans le « rythme » du numéro en cours de préparation, dont chaque page était épinglée sur les murs du bureau de Maxi, semblait ne pas aller.

– Ça ne peut pas attendre l'après-midi, Monty? Tout ça est très urgent.

– Maintenant, s'il vous plaît.

Quand il parlait sur un ton aussi ostensiblement neutre, Maxi avait appris à ne pas poser de questions. Tous deux allèrent jusqu'au domaine de Monty, dissimulé dans un coin de l'espace supplémentaire qu'elle avait loué après le triomphal succès du premier numéro. Chemin faisant, ils dépassèrent le bureau tout blanc de Julie, qui était pendue au téléphone. Depuis que la presse avait révélé les liens qui unissaient Jon et Justin, la jeune femme avait toujours essayé d'éviter Maxi. Celle-ci, devinant l'angoisse que Julie voulait cacher, en avait aussitôt compris la cause. Elle ressentait pour son amie une vive compassion, mais lui en faire part revenait à lui montrer qu'elle savait pourquoi Julie souffrait si cruellement, et Maxi pensait qu'il convenait de la laisser un peu seule un moment. Le temps guérira tout, se dit-elle en traversant le couloir encombré de gens qui la saluaient. Un vieux cliché, une bien piètre consolation, mais c'était la vérité. Si, quand Rocco travaillait à *Savoir Vivre*, elle avait découvert qu'il était homosexuel, combien de temps lui aurait-il fallu pour s'en remettre? Six mois. Non, davantage. Un an? Sans doute plus. Sa rêverie fut interrompue par Monty qui la précéda dans la pièce, ferma la porte derrière elle, et s'y appuya pour que personne ne puisse entrer.

– Lewis Oxford vient d'appeler. Il doit être devenu fou, mais il avait l'air normal. Il m'a dit qu'il nous prévenait qu'Amberville Publications interrompait la parution de *B & B*. Tout le monde ici est licencié à partir de ce soir. Il a déjà contacté Meredith/Burda pour leur notifier qu'Amberville ne réglera pas les frais d'impression du numéro de septembre. Tous nos fournisseurs seront avertis qu'il ne faut plus nous accorder un sou de crédit. Oxford a reçu directement ses ordres de Cutter Amberville qui agit au nom de votre mère.

– Elle ne ferait jamais ça. Il doit se tromper, dit Maxi, assommée.

– Quand lui avez-vous parlé pour la dernière fois ?

– La semaine dernière, quand Justin a été libéré. C'est la première fois depuis des années que nous sommes en d'aussi bons termes. Monty, c'est encore un mauvais tour de Cutter. Il essaie je ne sais quelle tactique, et je n'y comprendrai rien avant d'avoir discuté avec ma mère. Restez là pendant que je vais la voir – elle est toujours à la maison le matin. Et surtout, pas un mot à qui que ce soit.

– Evidemment. Mais c'est l'imprimeur qui m'inquiète. Si nous perdons notre tour, s'ils nous ont déjà remplacés, nous n'arriverons pas à sortir le numéro à temps, même si vous arrangez les choses. Ils vendent leur temps des mois à l'avance.

– Appelez Mike Muller, le type de Meredith à l'usine, et dites-lui que je garantis personnellement le règlement. Moi, Maximilienne Amberville.

– Sans faute, dit Monty, comme s'il s'apprêtait à poser d'autres questions.

Elle sortit en courant de son bureau et se rua jusqu'à l'endroit où Elie et la limousine l'attendaient.

Elle interrompit Lily qui conférait avec son cuisinier à propos d'un dîner qu'elle devait donner.

– Mère, il faut que nous parlions, et tout de suite.

– Maximilienne, j'ai essayé de te joindre pendant tout le week-end. Jean-Philippe, nous discuterons de ce menu plus tard. Où étais-tu donc? Je voulais tellement que nous causions.

– J'étais sortie, répondit Maxi machinalement. Mère, Lewis Oxford vient juste d'appeler pour dire que les crédits nous étaient coupés, et que *B & B* allait disparaître.

– Oh, mon dieu, mon dieu, c'est exactement ce que je voulais éviter! Cet Oxford, quel niais! J'ai bien prévenu Cutter que je tenais d'abord à m'entretenir avec toi, Toby et Justin, mais de toute évidence, Oxford n'a pas pris la peine de s'assurer que la réunion avait eu lieu.

– Comment ça, « d'abord »? Pourquoi vouloir discuter avec nous trois? Quel rapport avec *B & B*?

– Maximilienne, arrête de hurler. Oh, mon dieu, je voulais tant que tout se passe dans les règles, et maintenant tout est gâché!

Lily gémit de détresse.

– Mère, tu vas me rendre folle. De quoi parles-tu donc?

– Je comprends que tu sois bouleversée d'en être informée de cette façon, chérie. Je voulais vous avertir tous en même temps.

Lily s'interrompit quelques instants puis, d'un ton résolu, poursuivit :

– J'ai décidé de vendre Amberville Publications à l'United Broadcasting Corporation, mais c'est sans doute la pire manière de l'annoncer.

Elle arracha un bouton de rose dans un bol d'argent.

– Mère! Je me fiche éperdument de la manière! *Comment peux-tu vendre?* Je... je ne comprends rien à ce que tu dis. Vendre *notre* société? Celle de Papa? Vendre Amberville? Je... c'est... c'est... je ne peux pas y croire... c'est *impensable*.

Maxi s'assit en face de sa mère, jambes coupées. Son cœur se serra rien qu'à voir l'expression têtue de Lily qui, manifestement, ne se préoccupait que de présenter une décision qu'elle était bien déterminée à prendre.

– Maximilienne, écoute-moi et cesse de dire la première chose qui te passe par la tête. Ce n'est pas impensable du tout. C'est très raisonnable. Depuis la mort de ton père, la société est privée de son fondateur. Pour le moment, elle continue sur sa lancée, mais ça ne durera pas indéfiniment. UBC est désireuse d'acheter, et Cutter pense que, dans trois mois, quand la vente aura lieu, le prix de la transaction tournera... aux alentours du milliard de dollars. C'est une occasion qui ne se représentera peut-être jamais, et il est évident que je dois en tenir compte. Maximilienne, toi, Toby et Justin toucherez chacun cent millions de dollars. Aucun d'entre vous ne peut réaliser ses parts, à moins que je ne vende, mais ce n'est pas la seule raison qui me pousse.

– Mère...

– Non, Maximilienne, *attends*, ne m'interromps pas avant de m'avoir entendue. Je ne peux pas diriger une entreprise de presse; Cutter ne veut pas en prendre la responsabilité et je ne saurais lui en vouloir; Toby, bien entendu, mène sa propre vie, comme Justin, et, bien que tu sembles beaucoup t'amuser à faire paraître une revue, tu n'es pas faite, évidemment, pour diriger une grande entreprise. S'il faut vendre la société, c'est maintenant ou jamais. Je sais que *B & B* a du succès, mais tu devras bien reconnaître qu'elle nous coûte une fortune. Cutter m'a, à contrecœur, dit combien d'argent il perd chaque mois, et j'en ai été horrifiée. C'est un jouet beaucoup trop ruineux, même pour toi, Maximilienne, et UBC achèterait Amberville sur la base de ce que Cutter a appelé un bilan très médiocre, si nous continuions à le publier.

– Alors, Oxford a appelé en fonction de tes directives ?

– Oui, bien sûr, mais je comptais tout vous expliquer avant qu'il ne t'en parle. Personne n'est censé savoir quoi que ce soit sur la vente avant qu'elle ait eu lieu, sauf la famille. Je suis très malheureuse que tu sois choquée à ce point. Si seulement j'avais pu te joindre pendant le week-end...

– J'étais sortie, répéta Maxi. Mère, ne comprends-tu pas qu'une nouvelle revue perd automatiquement de l'argent, quelle que soit l'ampleur de son succès, jusqu'à ce qu'elle puisse en gagner assez avec les annonceurs ? J'ai dû quasiment *donner* l'espace publicitaire rien que pour la lancer, et l'impression d'un seul numéro coûte plus que le prix de vente de chaque exemplaire.

– Sans doute était-ce judicieux de ta part, je présume, bien que je ne puisse en juger... J'ai l'impression que tu as pris délibérément un gros risque. Mais la question n'est pas là, Maximilienne. C'est à moi que revient la décision de vendre, et c'est ce que j'ai fait. Cutter me guidera pour expédier les affaires courantes jusqu'à ce que la transaction ait eu lieu, et il est inflexible : il faut interrompre dès maintenant la publication de *B & B*. Je suis désolée que tu sois déçue, chérie...

– Déçue... répéta platement Maxi.

Le fossé entre sa mère et elle était si vaste que les mots ne parviendraient pas à le combler. Elle ne pourrait rien dire qui convaincrait Lily que *B & B* n'était pas une amusette, mais le seul hommage qu'il était en son pouvoir de rendre à Zachary Amberville et au profond amour qu'elle avait pour lui.

– Je sais que tu t'es beaucoup amusée, et je suis vraiment fière de voir à quel point la revue se vend, mais tu n'aurais pu y arriver sans l'argent de la société, n'est-ce pas?

– Non, bien sûr. Impossible, reconnut Maxi.

– Alors, tu vois bien, n'est-ce pas? Ce n'est pas une véritable revue, chérie, non? Elle est pour ainsi dire subventionnée.

– Non, Mère, c'est faux. Des *millions* de femmes l'achètent tous les mois un dollar cinquante. J'ai une équipe formidable, qui se donne à fond. *B & B* existe, elle grandit à toute allure, le numéro de septembre aura deux cent cinquante pages, bourrées de photos, de texte, de publicités, nous recevons des millions de lettres de lectrices. Elle est aussi réelle que n'importe quelle autre revue, elle est simplement *jeune.*

Lily eut un rire indulgent :

– Maximilienne, je suis heureuse de te voir t'attacher à quelque chose aussi longtemps et, s'il vivait encore, ton père serait ravi, mais il te faudra accepter la vente d'Amberville. C'est dans notre intérêt.

– Mère, écoute. Si, *avant* qu'elle ait lieu, je peux te démontrer qu'Amberville Publications ne perd pas d'argent à cause de *B & B,* que le prix de la société resterait le même, sans la revue, accepterais-tu de revenir sur ta décision?

– Pour commencer, tu ne sais pas ce qu'en penseraient Toby et Justin. Je t'ai dit quelle était notre position, à Cutter et à moi. Non, Maximilienne, je ne peux pas te faire une telle promesse.

– Je ne te demande pas de « promettre ». Si, dans trois mois, je viens te voir pour que tu consentes à *réfléchir à deux fois...* dit Maxi, suppliante.

– Je crains que la réponse ne soit la même, Maximilienne, mais, bien entendu, tu peux toujours demander, répondit Lily. Il lui était difficile de dire un non définitif à sa fille, alors que celle-ci prenait la chose à cœur et se montrait si raisonnable. La laisser « demander » n'engageait à rien; de toute évidence, elle ne pouvait continuer à publier sa revue sans argent. Ne pas insister pour que Maxi accepte, dès maintenant, sa décision permettrait de mettre un terme à cet entretien éprouvant. Lily pourrait ainsi venir à bout, avant le déjeuner, du menu prévu pour sa soirée.

– Et maintenant, mademoiselle Amberville? demanda Elie.

– Amberville Building, répondit Maxi. Il fallait qu'elle parle avec Pavka. Il était le seul à qui elle pût demander conseil. A *B & B*, elle était la patronne; mais elle avait besoin d'aide, comme jamais auparavant. Pourvu qu'il soit dans son bureau, pourvu qu'il ne prenne pas part à l'un de ces interminables repas auxquels la presse se complaît – c'est encore pis qu'à Hollywood. Maxi devait absolument discuter avec lui avant d'aller voir ses comptables pour obtenir l'argent nécessaire à la parution de la revue.

– Il est là? demanda-t-elle anxieusement à la secrétaire de Pavka.

– Il est dans le bureau de votre père, dit celle-ci, manifestement troublée. Depuis une demi-heure. Il m'a bien précisé de ne lui transmettre aucun appel. Mais vous pouvez le voir, bien sûr. Je vais aller frapper à sa porte...

Maxi partit avant même que la secrétaire eût le temps de se lever, et traversa le couloir, courant presque pour arriver à la pièce dont, depuis la mort de Zachary Amberville, personne ne s'était servi – où rien n'avait changé.

– Pavka? demanda-t-elle doucement.

Il lui tournait le dos et se tenait debout devant

l'une des fenêtres, tête penchée, s'appuyant des deux mains sur le rebord dans une posture désespérée qu'elle ne lui avait jamais vu prendre. Il fit volte-face. Son visage de dandy avait perdu cette expression entendue, pleine d'humour, qu'il arborait toujours : on n'y lisait qu'une gravité semblable à celle de Maxi et une profonde souffrance. Pavka ne pouvait cependant avoir déjà entendu parler de la vente. Lily avait dit que seule la famille était au courant.

– Tu as dû en recevoir une aussi, dit Pavka en lui tendant une feuille de papier, sans même la saluer.

– Non, personne ne m'a rien envoyé. Tu ne m'embrasses pas?

– T'embrasser? répondit-il d'un air absent. Je ne l'ai pas fait?

Il lui donna un baiser très bref, si différent de ses embrassades habituelles que Maxi, pour la première fois depuis sa visite à Lily, se sentit gagnée par la terreur.

– Lis ça, dit-il en lui tendant la note de service du vice-président chargé des questions financières. Elle dressait la liste de tous les changements, de toutes les restrictions que Cutter avait signifiés à Oxford. Les rédacteurs en chef, les cadres et les directeurs artistiques des six publications du groupe en avaient reçu un exemplaire. Maxi la lut en silence. Nulle part il n'était question de la vente de la société.

– Je vais démissionner, déclara Pavka brutalement. Je n'ai pas le pouvoir d'empêcher de telles mesures mais je refuse d'y être associé. Recourir aux auteurs et aux photographes les moins chers; réduire le nombre de pages couleur; remplacer les mannequins par des gens célèbres; réclamer des articles aux annonceurs en échange d'une promotion de leurs produits; imprimer sur mauvais papier; utiliser tout ce que nous avons en archives, dont ces projets abandonnés en cours de route parce qu'ils ne donnaient pas d'assez bons résultats... Cette note est répugnante, Maxi, *répugnante*!

Il tremblait de rage et de frustration.

– Pavka, s'il te plaît, assieds-toi, que nous discutions, implora Maxi sans plus penser à *B & B*, tant elle se sentait honteuse de ce qu'elle venait de lire.

Tous deux s'installèrent dans les fauteuils au cuir usé qui faisaient face au bureau de Zachary Amberville et se turent. En dépit de leur colère, de leur inquiétude, ils se rendirent compte aussitôt que quelque chose se passait dans la pièce. On y discernait comme une activité – puissante, vivante, joyeuse, et dont les murs mêmes portaient l'empreinte – qui n'avait pas besoin de présence humaine; le souvenir de Zachary Amberville flottait dans l'air, aussi robuste et enthousiaste que lui. Pavka et Maxi respirèrent profondément, se sourirent enfin sans pourtant parler. Ils regardèrent autour d'eux, contemplant sur les parois lambrissées les originaux de quelques-unes des couvertures et des illustrations publiées par Zachary au fil des années – avec, de-ci de là, des photographies dédicacées de présidents des Etats-Unis, d'écrivains, de photographes, de graphistes. Il n'y en avait aucune de lui; mais l'écho de sa voix vibrante, passionnée, amusée, si chaude, semblait encore retentir. Son souci de perfection, son grand rire, son hurlement d'approbation quand quelqu'un faisait une bonne suggestion, toute l'énergie, l'ardeur et la ferveur qu'il avait dépensées pour chaque numéro de chacune de ses revues – tout cela vivait encore sans lui.

– Pavka, dit Maxi, ai-je raison de croire que le

prix qu'on paie pour racheter une société tient aux bénéfices qu'elle fait au moment de la vente ?

– Normalement, oui. Pourquoi cette question ?

– Si tu démissionnes, poursuivit-elle sans répondre, mais qu'on continue à publier les revues avec tous les changements imposés par Cutter, combien de temps faudrait-il pour que ces économies se traduisent en bénéfices ?

– Sur le prochain bilan, trois mois. Mais la question n'est pas là, Maxi. Il coûterait moins cher de faire paraître les revues mais elles ne seraient plus jamais les mêmes. Nous le saurions en préparant les nouveaux numéros, et, même en nous y prenant aussi habilement que possible, les lecteurs finiraient par s'en rendre compte. Peut-être ne pourraient-ils pas dire exactement ce qui aurait changé dans *Sept Jours* ou dans *Intérieurs,* mais ils n'attendraient plus chaque nouvelle parution avec la même impatience, ils ne liraient plus avec la même satisfaction. Pour finir, au bout d'un an environ, ou ils se résigneraient à accepter les revues telles qu'elles sont, appauvries, diminuées – et c'est souvent le cas, malheureusement, Maxi –, ou ils cesseraient de les acheter. Nous n'avons jamais recherché que la perfection, mais c'est une idée sur laquelle cette note se contente de cracher.

– Ma mère compte vendre Amberville Publications à un prix qui sera fonction des bénéfices dégagés lors du prochain bilan financier, dit Maxi d'une voix sans timbre.

– Ah ! Tout s'explique alors.

Sa voix était chargée de tristesse et de déception.

– J'aurais dû deviner. Quel crétin je fais de ne pas y avoir pensé. Pourquoi détruire tout ce à quoi ton père croyait, sinon ? Je suis pourtant étonné qu'elle agisse ainsi. On pourrait vendre les revues telles qu'elles sont. Il n'y aurait aucun déshonneur à s'en dessaisir, si c'est ce qu'elle a décidé.

– Mais ça rapporterait moins d'argent ?

– Oui, certainement, un peu moins, mais encore assez pour faire vivre n'importe qui jusqu'à la fin des temps, dit Pavka avec amertume. Elle recevra ma démission dans moins d'une heure. Je peux te certifier que bien des gens feront de même. Je me suis réfugié ici pour échapper à leurs coups de fil scandalisés. Ils ne se rendent pas compte que je ne suis pas en mesure de m'opposer à cela. Bientôt, tous ceux qui connaissaient le mieux ton père, tous ceux qui ont travaillé le plus longtemps avec lui – c'est-à-dire les plus importants – décideront, si ce n'est déjà fait, de ne pas cautionner tout ça. Ils sont d'ailleurs dans le circuit depuis suffisamment de temps pour savoir que, dès que la vente aura lieu, ils seront en instance de départ. Les nouveaux propriétaires, quels qu'ils soient, chambouleront tout et feront entrer des hommes à eux. D'ici quelques années, plus personne ne saura que l'ensemble des revues formait autrefois Amberville Publications, bien que les titres soient sans doute les mêmes. C'est cela qu'on vend, en fait : des titres.

– Es-tu vraiment sûr que les acquéreurs ne voudront pas conserver les gens qui ont fait des revues ce qu'elles sont ?

– Oh, Maxi, peut-être essaieront-ils, après tout. Peut-être seront-ils assez avisés pour cela. Mais un bon rédacteur en chef doit dépenser de l'argent, ce que cette note rend impossible. Quand on vend une compagnie créée par un seul homme, elle perd son cœur, ou son âme, si tu veux. Impossible de conserver l'esprit du fondateur, son imagination. Regarde ce qui est écrit là : ça a déjà commencé. Ta mère me consterne, Maxi, vraiment. Tant qu'Amberville Publications vivait, ton père ne mourait pas.

Il hocha la tête, accablé de tristesse au souvenir de l'enthousiasme et des grands projets avec lesquels Zachary Amberville et lui s'étaient lancés dans la grande aventure de l'édition, près de quarante ans auparavant.

Maxi se leva lentement, marcha jusqu'au bureau de son père et s'assit dans le fauteuil qu'il avait toujours été seul à occuper. Elle réfléchit à tout ce que sa mère lui avait dit. L'avenir de *B & B* n'était qu'une des pièces du puzzle. On assistait à la mise en pièces délibérée de l'œuvre de Zachary Amberville – une œuvre qui lui avait survécu, qui prospérait toujours plus d'un an après sa mort et qui aurait pu se maintenir indéfiniment avec l'aide du groupe d'amis fidèles dont il s'était entouré. Six importantes revues seraient publiées à l'économie, puis vendues sans raison valable. On allait détruire les efforts d'une vie entière – celle de son père. Les dividendes que rapportait Amberville Publications avaient toujours permis à la famille de vivre dans le luxe, et il pourrait en être ainsi tant que les gens sauraient lire.

Cutter. Une seule personne pouvait avoir intérêt à abattre la société, ce monument à la mémoire de son père. Cutter. Tout ce que Maxi savait ou avait observé de lui, tout ce qu'elle ressentait, tout ce que son instinct lui disait, tout ce qu'elle, Toby et Justin avaient éprouvé, face à leur oncle qui avait épousé leur mère, se rassembla en un nuage qui, peu à peu, se solidifia pour prendre une forme, celle d'une grande haine. *D'une grande envie.* Celle-ci était encore plus puissante que celle-là. Il s'était d'abord emparé de la femme de son frère. Puis il avait étranglé les dernières créations de Zachary Amberville, ces trois revues qui n'avaient pas encore trouvé leur rythme de croissance. Maintenant il s'apprêtait à vider les autres de leur substance et à les vendre aussi vite qu'il pourrait. Seule la jalousie pouvait rendre compte de ses actes, seule la mort de son frère lui avait permis de mutiler, puis de trahir, le travail de toute une vie.

Elle ne le laisserait pas faire.

– Pavka, dit-elle, ne démissionne pas. S'il te plaît, pour moi. Je vais m'opposer à cette vente. Je crois pouvoir amener ma mère à y renoncer. Si tu peux calmer tout le monde, travailler au cours des mois qui viennent, procéder à ces changements insupportables aussi lentement, aussi platement que possible, en rognant par-ci par-là, mais pas assez pour compromettre les numéros d'octobre et de novembre, si tu peux traîner les pieds à la moindre occasion, obliger Oxford à te reprendre sur tout, commander articles et photos aux meilleurs, *comme avant,* si tu peux accomplir tout cela, alors je serai en mesure de combattre Cutter.

– Cutter?

– Rien de tout cela ne vient de ma mère, Pavka. C'est lui qui l'y a poussée, je te le garantis. Cela ne se serait jamais produit, sinon.

Pavka s'approcha du bureau et fixa Maxi d'un air grave, dépourvu de cette habituelle complicité séductrice qui avait toujours marqué leurs relations. Elle était assise là où il n'avait jamais vu s'asseoir que Zachary Amberville. Lui-même n'aurait pas osé occuper cette place, et c'est pourtant ce qu'elle avait fait, sans même y penser. Et elle parlait avec une fermeté, une sagacité, une froideur résolue, une volonté de rassembler toutes ses forces, dont jamais il ne l'aurait crue capable. Ce n'était plus la jeune fille qu'il avait vue, si longtemps, poursuivre le plaisir, qui vivait comme si l'existence n'était qu'un énorme sac de sucettes aux couleurs vives, dont elle goûtait chacune, pour voir, avant de la rejeter et d'en prendre une autre. Pavka se rendit compte qu'il avait rarement rencontré Maxi depuis son retour d'Europe, et qu'elle avait bien changé au cours des mois qui avaient suivi cette révoltante réunion. Elle n'avait pas vieilli, non, ce n'était pas le mot qui convenait. Elle avait grandi. Maxi Amberville était devenue une femme.

– Pourquoi veux-tu affronter Cutter? Si tu laisses les choses en l'état, tout ce qui peut t'arriver, c'est de devenir encore plus riche, dit Pavka, et il y avait comme un avertissement dans sa voix. Maxi, même adulte, ne faisait pas le poids face à son oncle, qui gardait Lily sous sa domination. Je sais que tu le détestes, mais il est inutile de te lancer dans une bataille de ce genre.

– Ce n'est pas une vendetta personnelle, Pavka. Je le fais pour mon père. Je l'ai aimé plus que personne au monde, et c'est le seul moyen dont je dispose de montrer quelle importance il avait – il a *encore* – pour moi.

– Dans ce cas, je ferai de mon mieux. Pour mon meilleur ami – ton père.

Maxi avait téléphoné à ses courtiers du bureau de Pavka, afin de prendre rendez-vous avec Lester Maypole, de Maypole et Maypole, qui était son comptable depuis le jour où elle avait enfin pu disposer de son propre capital. Chemin faisant, elle réfléchit à l'argent. Ce n'était pas d'ordinaire un sujet auquel elle consacrait beaucoup de temps.

Pour elle, cela allait de soi, comme le toucher ou l'odorat. Sa mère avait parlé de cent millions de dollars; mais Maxi ne voyait pas pourquoi elle serait tentée par une telle somme, inintelligible, alors qu'elle avait toujours eu tout ce qu'elle voulait. Cela n'aboutirait qu'à créer des problèmes. En ce moment même, elle était riche de la même façon qu'elle avait dix doigts et dix orteils. Posséder cent millions de dollars, ce serait comme d'avoir deux têtes.

Elle était née riche, se dit-elle, tandis que la limousine se faufilait au milieu du trafic comme un long serpent bleu. Elle avait grandi dans le luxe et, quand elle avait été pauvre – ou vécu comme si cela avait été le cas, du temps où elle était mariée avec Rocco –, cela ne lui avait pas plu du tout, aussi avait-elle simplement fait en sorte de ne plus l'être. Une fois la promenade terminée, on enlève bien ses chaussures neuves qui vous ont fait tant souffrir. Elle était sortie de là pour retrouver le confort de la richesse qui n'avait jamais cessé de l'attendre. Se marier très jeune, avoir un enfant l'avait en revanche empêchée de se retrouver prisonnière de son propre univers, avec les débutantes et les coureurs de dot. Ou d'épouser quelqu'un de convenable pour accumuler ensemble maisons de campagne, chiens et chevaux. Sans doute, se dit Maxi, devait-elle être l'une de ces « héritières excentriques » dont il est question dans les feuilletons télévisés.

B & B lui avait appris ce que pouvait coûter le lancement d'une revue, mais elle avait gardé l'habitude de dépenser sans compter. Chez Lester Maypole, des inconnus payaient toutes ses factures et, comme Maxi n'avait jamais reçu de plaintes de leur part, elle supposait qu'elle disposait de plus d'argent qu'il n'en fallait pour mener un train de vie comme le sien. Les frais d'entretien de l'appartement; les voyages; les domestiques qui faisaient la cuisine, lavaient le linge, nettoyaient; le garage; les traiteurs pour les soirées; le fleuriste qui, deux fois par semaine, lui faisaient parvenir des bouquets pour chaque pièce; les vêtements qu'elle portait une seule saison, avant d'en changer; les nombreux bijoux – elle n'avait pas eu le temps de s'en offrir d'autres depuis qu'elle s'occupait de la revue. Et puis Angelica. Rocco payait la moitié des frais scolaires et de l'habillement de sa fille – il avait insisté –, et l'enfant, en définitive, coûtait fort peu à Maxi – une somme qui se situait quelque part entre la nourriture et les fleurs, mais Angelica était bien plus nécessaire que l'une, bien plus belle que les autres. De plus, se dit Maxi, il y avait aussi les objets d'art. Antiquités, coffrets précieux, argenterie ancienne – si nombreux qu'il avait fallu les mettre au garde-meuble quand elle s'était installée à Trump Tower.

Que faisaient donc ses comptables de tout l'argent qu'elle ne dépensait pas? Le réinvestissaient-ils en actions et en obligations? Le risquaient-ils sur le marché, ou se contentaient-ils de placements de père de famille? Elle n'était pas portée là-dessus et n'éprouvait pas le besoin de s'y intéresser. C'est pourquoi, précisément, elle payait Maypole. Mais il était évident qu'elle devait avoir beaucoup d'argent. Et on ne prête qu'aux riches, comme chacun sait.

Lester Maypole regarda Maxi comme s'il avait eu devant lui un croisement entre une sirène et un hippogriffe; une créature mythologique qui se serait matérialisée dans son bureau, avec une série de questions très raisonnables tant qu'on ne prenait pas en compte la réalité. Maximilienne Amberville avait toujours dépensé les énormes revenus que lui procuraient son capital et les dividendes d'Amberville Publications. Pas au-delà, juste dans les limites. Et elle ne semblait pas le comprendre, bien que ce fût écrit noir sur blanc en bas des relevés qu'ils lui faisaient parvenir tous les mois.

– Mais vous ne m'avez jamais *prévenue*, monsieur Maypole, protesta-t-elle, incrédule, presque furieuse.

– Mademoiselle Amberville, nous sommes des comptables, pas des anges gardiens. Nous nous bornons à recevoir vos fonds et à payer vos factures. Nous n'avons jamais eu la moindre raison de penser que vous ignoriez être à la limite de vos disponibilités tant que vous ne l'excédiez pas. Vous n'avez jamais exprimé le désir de faire des placements, auquel cas nous vous aurions dit que cela ne vous était pas possible. Vos objets d'art, votre appartement, vos bijoux constituent autant d'avoirs, mais pour le reste...

Il eut un geste de la main qui voulait tout dire.

– Jeté par les fenêtres.

– Allons, ne vous accablez pas. Après tout, la remise en état du château Kirkgordon vous a coûté près de trois millions de dollars...

– Laddie Kirkgordon avait pratiquement tout vendu, sauf son lit, pour acquitter les droits de succession... Il me semblait que c'était le moins que je pouvais faire... et il n'y avait pas de chauffage central, expliqua Maxi, en se souvenant de ces années aussi glaciales que titrées.

– Ensuite, à Monte-Carlo, on vous a volé vos perles... deux fois. Elles valaient aux environs de neuf cent mille dollars, et vous n'étiez pas assurée. Chaque fois vous les avez remplacées.

– Ce n'était pas à Monte-Carlo même. La police y est très efficace. C'était des pirates de haute mer... du moins c'est l'impression qu'ils donnaient. Je ne pouvais pas me faire assurer, monsieur Maypole. Quiconque est l'épouse de Dennis Brady, même pour peu de temps, n'inspire pas confiance aux assureurs, non sans raisons, d'ailleurs, mais une femme ne peut se passer des perles qu'elle portait à son mariage, dit Maxi, indignée. Après tout, ce n'étaient quand même pas des diamants.

– De surcroît, vous êtes dans la fourchette d'impôts la plus élevée, vous donnez beaucoup d'argent aux bonnes œuvres, et vous avez perdu des fortunes dans les casinos.

Il eut une petite toux désapprobatrice.

– C'est si amusant de jouer, dit Maxi. Mais personne de sensé ne s'attend à gagner.

– C'est plus ou moins mon opinion.

– *Tout* est parti ?

– Je n'irai pas jusque-là. Vous êtes très riche. Vous possédez dix pour cent d'une très grosse société. Pourquoi vous abstiendriez-vous de dépenser votre argent comme vous l'entendez ?

– Jeté par les fenêtres, répéta Maxi, exaspérée.

– Vous auriez pu recourir aux services d'un financier...

– Mais il est trop tard maintenant.

– Pour ce qui est du passé, j'ai bien peur que oui, mais il vous reste assez pour aller sans encombre jusqu'au versement des dividendes en juin, à moins que vous n'ayez acquis quelque chose que j'ignore encore.

– A combien se monteront-ils ? lança-t-elle, reprenant espoir.

– Cela dépend de votre mère. L'actionnaire majoritaire les déclare comme il l'entend.

– Accepteriez-vous de faire une estimation de ceux de cette année ? Non, non, inutile. Et les dix pour cent d'Amberville que je possède ? J'aimerais emprunter là-dessus.

– C'est un capital que vous ne pouvez vendre qu'à votre mère, dit Lester Maypole.

Elle doit quand même le savoir, pensa-t-il.

– Mais c'est bel et bien du capital, objecta-t-elle.

Elle avait l'impression qu'il la torturait par plaisir.

– Impossible d'emprunter là-dessus, mademoiselle Amberville. Pas un sou.

– Vous voulez dire que c'est comme s'il n'existait pas? Qu'il ne compte pas?

– Mademoiselle Amberville, je vous en prie, calmez-vous. Ça existe, ça compte, cela vous appartient. Toutefois, vous ne pouvez pas *emprunter* sur ce capital, parce qu'il ne vous est possible de le *vendre* qu'à votre mère et à personne d'autre.

– Vous êtes en train de me dire que je n'ai plus d'argent.

– On peut voir les choses de cette façon, effectivement. Disons que, pour le moment, vous n'avez pas de... *liquidités.*

– Merci, monsieur Maypole.

Maxi fila comme l'éclair, laissant Lester Maypole inquiet et en nage. Elle ne semblait pas comprendre la différence entre argent et liquidités, et lui-même, pour une fois, en avait perdu le souvenir. Il jeta un coup d'œil dans son portefeuille. Vingt-quatre dollars. Il appela sa secrétaire :

– Linda, dit-il, cœur battant, apportez-moi immédiatement mon portefeuille d'actions. Ensuite, vous irez porter un chèque à la banque. Non, je veux seulement un peu d'argent liquide, en billets de cinq dollars. Et dépêchez-vous.

Maxi traversa la foule qui écoutait un pianiste et un violoniste jouant « Alice Blue Gown » dans le hall d'entrée de la Trump Tower. Elle ne remarqua pas la chute d'eau, haute de vingt-cinq mètres, ni le sol et les murs de marbre couleur mangue et rose crevette, n'eut pas un regard pour les palmiers pleins de vigueur ou pour les amoureux qui s'embrassaient sur les escaliers roulants. Elle prit le premier ascenseur sur la droite et se dirigea vers la longue suite de bureaux où l'on s'occupait de la gestion de l'immeuble.

– Louise, dit-elle à la vice-présidente, blonde et chaleureuse, de la firme Trump, est-ce que je peux mettre mon appartement en gage ?

Louise Sunshine n'eut pas l'air surprise. Des années aux côtés de Donald Trump, aussi inépuisable qu'imprévisible, l'avaient immunisée contre quelque choc que ce fût.

– Ça va peut-être poser des problèmes. Qu'est-ce qui se passe, tu veux acheter le Pentagone ?

– En quelque sorte. Est-ce que Donald est visible ?

– Pour toi, toujours. Laisse-moi m'assurer qu'il n'est pas au téléphone.

Maxi attendit, pleine d'impatience. Elle regarda par la fenêtre et son cœur se serra. On apercevait – mais à une hauteur bien moindre que depuis son soixante-treizième étage – la vue qu'elle aimait si fort. Une vue inventée pour porter les gens aux extrêmes – haine ou amour –, celle d'une ville que chacun prenait comme un affront, un défi ou quelque chose à quoi il convenait de rester indifférent. New York ne serait jamais une simple cité; c'était un endroit qui devait vous appartenir ou être chassé de vos pensées. Et on n'en aurait jamais ailleurs qu'ici une vue aussi incroyablement belle, où le rêve l'emportait sur la réalité.

– Entrez, dit Louise Sunshine, la faisant tressaillir.

Donald Trump, le jeune et ambitieux promoteur immobilier, dont même ses ennemis reconnaissaient la totale absence d'affectation, se leva pour saluer Maxi.

– Bonjour, beauté. Quel est le problème ?

– J'ai besoin d'argent liquide, et au plus vite.

– Cela arrive dans les meilleures familles, répondit-il en souriant.

– Donald, est-ce que tu peux vendre mon appartement ? Cette semaine ?

– Une minute, Maxi. Tu es sûre de ce que tu dis ?

Il reprit son sérieux d'un seul coup :

– J'ai toujours eu une liste d'attente pour lui – après le mien, c'est le plus beau et le plus grand de toute la Tour – mais une fois parti, ce sera terminé. Et il n'y en aura plus jamais comme celui-là. C'est un appartement de toute première classe.

Son inquiétude n'était pas feinte. Il y avait naturellement dans l'immeuble de nombreuses ventes de ce genre, mais il s'agissait généralement de ceux achetés spécifiquement à des fins spéculatives. Maxi, qui aimait son appartement comme lui le sien – c'est-à-dire comme une part d'elle-même –, ne vendrait jamais si elle n'avait pas de très gros ennuis et plus rien d'autre à sacrifier.

– Peux-tu me promettre que j'aurai l'argent cette semaine ?

– Maxi, de combien as-tu besoin exactement ? Il y a peut-être moyen de s'arranger...

– Je ne sais pas. Un minimum de six millions de dollars – et sans doute plus.

– Tant que ça ? Et tout de suite ?

Il réfléchit un instant, puis dit :

– Non, il n'y a pas d'autre moyen. Ecoute, ça va prendre un certain temps pour conclure le marché, mais, si tu veux me le vendre, je te ferai un chèque de six millions de dollars. Ensuite, si je peux m'en défaire pour une somme plus élevée, ce que j'espère pouvoir réussir, je te donnerai le reste quand le contrat aura été paraphé.

– Où dois-je signer ? demanda Maxi.

– J'espère que ça en vaut la peine, dit-il en

hochant la tête. Il sortit un chéquier du tiroir de son bureau.

– Oh, oui, Donald, ça vaut la peine d'essayer, même si je perds. Passe-moi ton stylo. Et un Kleenex.

25

Un jour, Maxi s'était retrouvée, après deux heures de contemplation intense, à l'extrémité du premier étage du Louvre. Elle avait été submergée par un accès de total épuisement oculaire. La seule vue d'un nouveau chef-d'œuvre, elle le savait, l'empêcherait de jamais pénétrer à nouveau dans un musée. Elle avait donc résolu le problème en revenant sur ses pas, aussi vite que le lui permettaient des jambes épuisées, baissant la tête pour ne rien voir d'autre que le sol, sans que le moindre cadre puisse entrer dans le champ de sa vision périphérique. Elle était parvenue à la hauteur de la Victoire de Samothrace et avait descendu sans encombre l'escalier de marbre.

C'est de la même façon qu'elle traversa son appartement – son ex-appartement – et se dirigea droit vers le téléphone à côté du lit – qui lui appartenait encore – pour prendre rendez-vous avec un expert de Sotheby, qui viendrait aussitôt que possible faire l'inventaire de tous les objets de valeur en sa possession avant de les vendre aux enchères dans les plus brefs délais. Maintenant, pensa-t-elle en posant le récepteur, elle était assise sur son ex-lit. Le meuble, dit « à la polonaise », sculpté et doré, avec son oreiller de soie brodée en forme de couronne, datait du XVIIIe siècle; il devrait rapporter un bon prix. Etait-elle assise sur son ex-matelas? Sans doute, se dit-elle, ne se souvenant pas si elle en avait déjà vu un passer en salle des ventes en même temps que le lit auquel il appartenait. Mieux vaut ne pas chercher à savoir.

– Maxi, où es-tu? dit une voix.

– Ici, dans la chambre à coucher, répondit-elle, incapable de dire « *ma* chambre à coucher ».

Angelica, enfiévrée par les aventures de la journée, apparut à la porte.

– As-tu embrassé ta mère aujourd'hui? demanda Maxi, d'une toute petite voix.

– Tu n'as pas l'air d'en avoir besoin, observa sa fille en s'approchant avec précaution. Il te faudrait plutôt des soins intensifs ou peut-être même une transfusion. Tu travailles trop.

– Essaie le baiser, conseilla Maxi.

Angelica la prit dans ses bras, avec une force d'athlète, la souleva, la fit tourner à plusieurs reprises, puis s'effondra sur le lit avec elle, la serrant toujours.

– Ça t'a fait du bien? s'enquit-elle, anxieuse, fixant Maxi avec inquiétude de ses yeux candides.

– Beaucoup. Merci, chérie. J'ai quelque chose de désagréable à te dire.

– Tu es malade! s'écria Angelica en se dressant d'un bond.

– Mais non, pas du tout. Je vais tout à fait bien. Mais je suis obligée de vendre l'appartement. Nous ne pourrons plus vivre ici.

– Tu me promets que tu n'es pas malade?

– Je jure sur... sur quoi veux-tu que je jure, pour me croire?

– Sur ma tête.

– Je jure sur ta tête que je suis une mère en parfaite santé. Satisfaite?

– Ouais. Alors, pourquoi as-tu vendu l'appartement ? dit Angelica, profondément soulagée.

– C'est une histoire très longue et très compliquée, mais avant tout j'ai besoin d'argent.

Angelica fronça les sourcils, essayant de comprendre le sens de ces mots, que sa mère n'avait jamais prononcés de sa vie.

– Pour acheter quelque chose avec ?

– Oui... et non.

– Maman, dit Angelica patiemment, je pense qu'il serait vraiment utile que tu me racontes tout, même si ça prend du temps. Je suis assez grande pour comprendre.

Quand Maxi eut terminé, il y eut un long silence, tandis que la fillette réfléchissait à la situation.

– De la façon dont je vois les choses, tu as fait ce qu'il fallait faire. C'est comme dans la vie. En réalité, c'est bel et bien ça. C'est... intéressant. Pas très drôle, mais ça donne à penser. Maintenant, le problème est de savoir où nous installer. Je choisirais bien Colombus Avenue parce que c'est là que ça se passe, mais ça ne te plairait pas. D'ailleurs, il va falloir vivre avec trois fois rien, non ? Alors, pourquoi ne pas nous inviter chez l'oncle Toby ? C'est gratuit, il y a de la place et la nourriture sera formidable. Il sera sans doute enchanté d'avoir de la compagnie. Et puis, chaque jour après l'école je peux passer à *B & B* et donner un coup de main, porter les paquets, porter des lettres ou me rendre utile dans le service artistique.

– Je t'interdis *d'approcher* le service artistique !

– Qu'est-ce qu'il y a là-bas, des vipères ? Bon, bon, d'accord, mais il n'y aucune raison pour que je ne puisse pas rendre service, hein ?

– Aucune.

Maxi chercha le mouchoir de Donald Trump, car il ne possédait rien d'aussi commun qu'un

Kleenex, et le passa, aussi discrètement que possible, sur son visage inondé de larmes.

– Pour finir – et tant pis si tu désapprouves mon vocabulaire, ajouta Angelica, de mon point de vue, Maman, Cutter peut aller se faire foutre.

Maxi regarda autour d'elle et se demanda ce qu'il y avait de familier dans ce qui l'entourait. Angelica et elle avaient été les bienvenues chez Toby, mais elles avaient dû s'entasser dans les deux petites chambres du troisième étage de sa demeure – longue, mais étroite. Le rez-de-chaussée était occupé par la piscine et la cuisine. Le premier étage se réduisait à un immense salon. Le deuxième était le domaine de Toby. Maxi avait cru un moment qu'il leur attribuerait la chambre à coucher à côté de la sienne, mais c'était avant de découvrir qu'India et lui vivaient ensemble un week-end sur deux. Les penderies étaient pleines des vêtements d'India, et même – Dieu tout-puissant – de ses draps. Pour rien au monde, Maxi n'aurait voulu s'imposer à un couple qui avait entrepris de se construire un nid. Bien sûr, si elle avait su qu'India passait autant de temps à New York, elle n'aurait pas appelé Toby du tout, mais, quand elle l'avait fait, il avait insisté pour que toutes deux viennent s'installer chez lui.

Avait-elle l'impression d'être leur chaperon? se demanda-t-elle. Non, rien d'aussi adulte. Un camp de vacances. C'était ça. Angelica et elle y étaient ensemble, loin des lieux qui leur étaient familiers, dormant dans un endroit inconnu. Seuls quelques-uns des animaux en peluche d'Angelica, ses livres de classe, et quelques photographies encadrées, apportées par Maxi, leur donnaient vaguement l'impression d'être chez elles. Les vêtements de Maxi étaient suspendus à des portemanteaux métalliques très peu pratiques qu'elle avait dû acheter parce que les penderies n'étaient pas assez grandes. Oui, se dit-elle, un croisement entre un camp de vacances et la salle d'exposition, minuscule et bourrée à craquer, d'un styliste.

Dieu merci, elle avait acheté tous ses vêtements de printemps et d'été avant que le couperet ne tombe, se dit-elle en contemplant les portemanteaux surchargés. Il lui fallait paraître à la fois pleine d'autorité et totalement insouciante lors des déjeuners au cours desquels, chaque jour, elle enjôlait les annonceurs potentiels. Fort heureusement pour bien des rédactrices de mode, les attachées de presse de la plupart des couturiers prennent la peine de leur apporter les vêtements conçus par leurs stylistes, afin qu'elles fassent leur choix – au prix de gros, bien entendu. Ce soir, pourtant, elle pourrait se détendre. Elle enfila un pantalon de chez Zoran, très lâche, en cachemire ivoire, et un pull-over à col roulé assorti. L'un comme l'autre étaient trois fois trop chers, et, bien entendu, comme cela se devait, trois fois trop grands. Le cachemire était aussi réconfortant que le lait maternel, et bien plus facile à obtenir, songea Maxi en nouant les lacets de ses baskets. Elle n'était guère désireuse de voir la pluie d'avril céder la place à un printemps ensoleillé. Si c'était possible, elle porterait six couches de cachemire superposées jusqu'à ce qu'elle ait vaincu Cutter. Elle soupira. La laine la plus coûteuse ne pourrait la réchauffer assez pour dissiper les tourments qui l'accablaient. Elle fut submergée par une vague de profonde tristesse en pensant à oncle Nat et à tante Minnie. Elle aurait aimé pouvoir se confier à eux. Mais, lorsque oncle Nat était mort d'une crise cardiaque, aux alentours de la cinquantaine, tante Minnie était partie vivre à Palm Beach chez les Landauer. Il ne serait pas correct de lui imposer le récit des inextricables problèmes de *B & B,* mais tous deux lui manquaient beaucoup.

Maxi descendit l'escalier à pas de loup et s'arrêta à l'entrée de la cuisine-salle à manger dans laquelle Toby s'affairait. Elle l'entendit dire : « C'est un pâté à la viande, et tu peux t'estimer heureux de voir quelque chose d'aussi compliqué à la propre table du chef. » Se parlait-il à lui-même ? A son âge ? Ils devaient dîner ensemble, India étant à Hollywood et Angelica avec Rocco. Curieuse, Maxi jeta un coup d'œil furtif dans la pièce. Des vêtements de cuir usé, dispersés de-ci de-là, l'informèrent aussitôt de la présence de Justin.

Elle le serra joyeusement dans ses bras. Elle était si occupée à préparer avec Monty le budget des futurs numéros de *B & B* qu'elle ne l'avait pas revu depuis des jours.

– Je voulais te faire une surprise, dit Toby, ravi du succès de sa mise en scène.

– Tu nous réserves encore quelqu'un ? demanda Maxi.

– Non, rien que nous trois. Je ne crois pas que nous ayons dîné ensemble depuis que nous étions enfants. Après mon départ à l'Université et ton mariage il y avait toujours quelqu'un, généralement l'un ou l'autre de tes époux. C'est une soirée entre adultes cultivés qui aiment le pâté à la viande et partagent la même préoccupation.

– Et laquelle ? s'enquit Maxi.

– L'avenir d'Amberville Publications, répondit Justin. Tu ne penses quand même pas que tu es la seule concernée, non ?

– Bien sûr que non.

– Tu ne nous as jamais demandé de t'aider, Boucles d'Or, dit Toby, gravement. Tu ne crois pas que tu aurais dû le faire, avant de vendre ton appartement et de te dépouiller de tout ce que tu possèdes ?

– Non. C'est une bataille que j'ai choisi de mener. De plus, je ne suis pas sûre que, si je gagne, vous ne le regretterez pas. Peut-être chacun d'entre vous préférerait-il toucher l'argent qui lui reviendra si la vente a lieu. C'est ça que j'aurais dû vous demander d'abord.

– En tout cas, tu ne nous as rien dit. Et nous en avons été agacés, pour parler poliment. Ce dîner était un coup monté, au cas où tu ne t'en serais pas encore rendu compte, dit gaiement Toby, en arrosant son pâté d'une sauce tomate agrémentée de basilic.

– Je commençais à avoir des doutes. Alors, il vous est égal que Mère vende la société? Vous voulez que j'échoue, que je laisse tomber *B & B*, que je cesse de faire des histoires et que je me comporte comme si tout était parfait?

– Toby, as-tu remarqué à quel point Maxi a tendance à réagir de façon excessive?

– A vrai dire, puisque tu m'en parles, je crois que le problème avec Maxi, c'est qu'elle passe aussitôt aux conclusions, répliqua son frère.

– Ou alors, reprit Justin, on pourrait dire qu'elle saute par-dessus bord sans prendre la peine de vérifier s'il y a une ceinture de sauvetage à bord.

– Ça n'est pas vraiment ça. Le problème, c'est que Maxi se prend pour de Gaulle. L'Etat c'est moi, ce genre de choses. Amberville, c'est elle.

– C'est Louis XIV qui disait ça. Il avait une grande faiblesse pour la pompe excessive, mais c'était si longtemps avant la Révolution qu'on peut lui pardonner. Maxi, non.

– Vous êtes beaucoup moins drôles que vous ne le croyez, intervint Maxi, contrariée.

– Le problème avec Maxi, c'est qu'elle est incapable de voir que les gens veulent lui prêter de l'argent, dit Toby.

– Ah! nous y voilà enfin. *Pas question!* Vous

menez chacun votre vie, vous faites ce que vous voulez, pourquoi devrais-je m'attendre à ce que vous me prêtiez de l'argent pour une décision que j'ai prise seule? Garder la revue à flot jusqu'à ce qu'elle puisse avancer elle-même, c'est mon problème, et il *faut* que les fonds viennent de moi.

– Je travaille pour *B & B*, dit Justin. Est-ce que ça ne me donne pas le droit de placer un mot?

– Ecoute, Justin, je le sais très bien, tu détestes faire des photos pour les magazines, et tu ne continues que parce que c'est moi. Je n'en attendais pas autant, et je suis consciente de ce qu'il t'en coûte, répondit Maxi d'un air sévère. Alors n'espère pas qu'en plus je vais t'extorquer de l'argent.

– Et moi? dit Toby. Je suis ton frère aîné, Boucles d'Or. Tu aurais pu me demander.

– Allons, mon oiseau de nuit, la presse ne t'a jamais intéressé. Tu ne me convaincras pas du contraire. Non, Toby, cette revue est mon affaire. Ce ne serait pas bien de vous imposer ça. Vous êtes, je pense, tous les deux assez sensibles pour comprendre que, pour la première fois de ma vie, je veux réussir quelque chose *moi-même et seule.* Je me suis beaucoup amusée dans ma vie, sans que cela me mène nulle part. Cette fois-ci, c'est différent!

– Ecoutez-moi ça! dit Justin avec un regard ironique et surpris, mais plein d'affection.

– Le vrai problème, avec Maxi, poursuivit-elle, c'est qu'elle est toujours affamée, qu'elle veut toujours manger. Quelle plaie, cette fille! Elle devient folle quand elle a faim, alors fichez-moi la paix, vous autres! Disparaissez, bande de rats. Peut-on espérer voir ce pâté à la viande, sans doute surfait, avant qu'il ne brûle?

– Vous auriez peut-être dû accepter leur offre, dit Monty pour la troisième fois, tandis qu'elle signait des chèques. Ou, pour le moins, vous auriez pu leur demander quelle somme ils entendaient vous prêter.

Maxi hocha la tête. Elle ne pouvait lui expliquer que Lily comptait vendre l'ensemble de la compagnie. Cela l'empêchait aussi de lui dire quels espoirs elle mettait dans la survie de *B & B*, et dans un changement d'attitude de sa mère. Une possibilité bien faible, mais la seule dont elle disposât. Si elle se permettait d'avoir des doutes, tout serait perdu sans discussion. Maxi changea de sujet afin de distraire Monty de sa passion pour l'argent de ses frères.

– Monty, les derniers chiffres indiquent que nous atteignons les quatre millions d'exemplaires. A supposer que nous nous maintenions à ce niveau, quand les contrats publicitaires de six mois arriveront à expiration, nous pourrons les renouveler à des tarifs beaucoup plus élevés, non ?

– Oui, si tous vos annonceurs acceptent d'en passer par là, ce qui n'est nullement certain. Vous ferez mieux de n'y pas compter. Après tout, vous ne savez toujours pas, de façon précise, qui sont ces quatre millions de lectrices, quel est leur âge, quels sont leurs revenus. *Les statistiques*, Maxi, les statistiques. Madison Avenue achète des publics ciblés qui ont des besoins bien précis. Si l'on part du principe que tous les annonceurs renouvelleront leurs contrats, vous commencerez à voir le bout du tunnel avec le septième numéro. En ce moment, chaque exemplaire vendu à un dollar cinquante nous coûte deux dollars cinq, sans compter l'argent que Barney Shore avance pour les présentoirs. Vous avez un tel succès que vous perdez cinquante-cinq cents par exemplaire, quatre millions de fois par mois, ou, pour parler plus clairement, deux millions deux cent mille dollars par numéro.

Maxi leva les sourcils si haut qu'ils disparurent sous ses mèches ébouriffées :

– En comptant trois numéros de plus, cela fait plus de sept millions de dollars... C'est quand même moins dramatique que les pertes du ministère de la Défense. Ma vente aux enchères ferait bien de battre tous les records.

– Et n'essayez pas d'accroître votre diffusion. Le succès tue.

– Ne soyez pas inquiet. Je sais ça, au moins. Est-ce la seule activité où le produit coûte plus au fabricant qu'à celui qui l'achète ?

– Et le cinéma ? dit Monty, lugubre. Le théâtre ? La danse classique, l'opéra, les concerts ? Les émissions de télé qui ne marchent pas ?

– Nous sommes dans le show-business, alors ? résuma Maxi.

– Oh que oui.

– Si vous aviez de l'argent, vous l'investiriez dans le show-business ?

– Non. « Show-business » est un terme obscène.

– Si vous ne vous montrez pas un peu plus gai, vous aurez affaire à moi, dit-elle d'un air menaçant.

Il lui fit une pâle grimace qui s'efforçait de passer pour un sourire.

– Prions pour que le prix du papier, de l'impression ou de la diffusion n'augmente pas, dit-elle pensivement.

– Et pour que Barney Shore ne meure pas, ajouta-t-il aimablement.

– J'espère que vous courez plus vite que moi, s'exclama Maxi, fonçant sur lui. Gare !

– Franchement, Maxi, je pense que tu es cinglée, ou que tu te fais vieille, dit India en défaisant les neuf valises qu'elle avait apportées pour la semaine. Si quelqu'un voulait m'acheter une affaire de famille et que ça me permette d'avoir plus d'argent que je n'aurais pu en rêver, je sauterais sur l'occasion. Tu n'es même pas sûre que ton père n'aurait pas vendu, si UBC le lui avait proposé.

– Il n'avait que soixante et un ans quand il est mort. Je suis certaine que jamais il n'aurait accepté, pour prendre sa retraite ensuite. Qu'aurait-il fait alors? Il vivait pour ses revues. Elles étaient son point d'ancrage et il jouait le même rôle que moi. Tu ne comprends donc pas?

– Et tu t'identifies avec lui? C'est un transfert?

– Je savais que tu éprouverais le besoin de traduire ça dans ce jargon débile. Je vois que tu en as discuté avec le docteur Florence Florsheim.

– Evidemment, dit India, très digne. J'essaie de ne pas parler de toi, mais c'est de plus en plus difficile depuis que j'ai rencontré Toby.

– Et qu'en dit cette brave femme?

– Elle pense que tu n'as peut-être pas envie de recevoir cent millions de dollars.

– Oh, elle a des opinions, maintenant?

– Sur les autres, certainement. Elle est humaine, après tout. Elle n'a pas d'opinions sur *moi*, ou du moins elle ne m'en fait pas part de façon directe. Elle me laisse parvenir à mes propres conclusions sur ce qu'elle pense.

– India, serais-tu surprise de savoir qu'elle a raison? Je ne veux pas recevoir cent millions de dollars.

– Et pourquoi non?

– Depuis que tu es devenue célèbre, tu ne cesses de te plaindre de ce qu'il est pénible d'être belle et connue. Parmi les femmes que tu connais, combien te comprendraient ? Et sympathiseraient ? Tu n'arrêtes pas de pester contre cette combinaison de chromosomes qui t'a transformée en une sorte de monstre; contre ces inconnus qui se font toutes sortes d'idées fausses sur toi, à cause de tes pommettes, à cause de la couleur ou de la dimension de tes yeux; contre ces millions de gens qui projettent sur tes frêles petites épaules des rêves impossibles, qui tiennent à la forme de ton menton, à la longueur de ton nez, à la teinte de tes cheveux, et Dieu sait quoi d'autre. Tu dis que personne ne peut voir ta vraie personnalité, sauf une vieille amie comme moi, ou Toby, qui est aveugle, ou ton analyste, qui n'en a cure. Tu te plains d'intimider les gens à cause d'un accident de naissance; d'être timide en face d'eux, parce que tu sais ce à quoi ils pensent; d'attirer toutes sortes de cinglés, comme ce type qui n'arrête pas de te téléphoner et de t'envoyer ces lettres horribles. Tu en reçois encore, au fait ?

– Malheureusement oui. Surtout, n'en parle pas devant Toby – mon « fan » a appelé ici hier, il est de plus en plus détraqué. Parlons d'autre chose. De toute façon, qu'est-ce que des malades de ce genre ont à voir avec l'argent ?

– L'argent provoque les mêmes réactions – en pire. Je te croyais plus futée, India. Les gens entendraient parler de la vente dans les journaux – chaque fois qu'une société change de mains, les pages financières donnent tous les détails, et ça finit par atteindre la grande presse –, et je ne serais plus jamais un être humain. Je serais l'une de ces femmes immensément riches dont on détaille la fortune dans les magazines, et je n'aurais plus aucune chance de pouvoir mener une vie normale. C'est déjà assez pénible comme ça. Chaque fois que je rencontre des gens, je peux voir leurs pupilles se dilater comme si je brillais dans l'obscurité, comme si j'avais une aura ou un halo. Ça souille chaque mot qu'ils prononcent, et les fait taire dès que je profère la plus banale remarque. C'est bien, l'argent, mais c'est aussi une sacrée barrière, ça vous empêche de faire partie du reste de l'humanité.

Maxi soupira et tordit sa mèche blanche en tire-bouchon.

– Il y a des moments au bureau où je fais vraiment partie de l'équipe, et c'est le paradis. Etre une Amberville signifie être riche, évidemment, mais personne ne sait exactement *de combien,* et c'est ce petit détail, ce chiffre, qui excite les Américains. Et pas seulement eux, d'ailleurs. Tout le monde. Ça les rend fous. Ce serait très dur pour moi, mais pis encore pour Angelica, parce qu'au moins je suis moi, je sais à peu près qui je suis et qui sont mes amis, mais Angelica serait si exposée, si soumise aux feux de l'actualité, en grandissant. Pour le moment, c'est encore une petite fille normale.

– Normale, peut-être, mais ce n'est plus une petite fille. Du moins pas la dernière fois que je l'ai vue, c'est-à-dire ce matin, dit India.

– Elle a à peine douze ans! protesta Maxi, sur la défensive.

– Elle en aura bientôt treize, prends garde! Attention aux hormones! Elle sera riche *et* incroyablement belle. Cette gamine ressemble à Rocco. Tu es encore très bien, Maxi, quoique tu aies presque trente ans, répondit India en la soumettant à un examen critique très professionnel, mais ce n'est rien à côté d'Angelica. Cela dit sans vouloir t'offenser.

– Je ne suis pas offensée, espèce de garce. Après tout, je n'ai épousé Rocco que parce qu'il était si beau.

– Si je me souviens bien, il y avait une autre raison.

– Le pire, chez les vieilles amies, c'est qu'elles n'ont pas la délicatesse d'oublier. Rocco a toujours été un misérable pleurnichard et ça ne fait que s'aggraver en vieillissant. Il a tant de défauts qu'il est difficile de dire quel est le plus grand, mais je crois que c'est sans doute son ingratitude. J'ai guéri son rhume de cerveau et il n'a même pas appelé pour me remercier.

– Ah bon, tu sais guérir les rhumes? Ça peut être intéressant; la science cherche un moyen depuis des années, dit India d'un air dubitatif.

– Certains rhumes de cerveau seulement. Mieux, j'ai failli le récompenser de ce qu'il a fait pour Justin. J'y ai renoncé parce que je n'ai plus d'argent, mais ça vaut mieux. C'est quelqu'un d'odieux.

– J'ai toujours aimé Rocco, rétorqua India d'un ton résolu. Je parie qu'il est encore divinement beau.

– On peut à la rigueur voir ça comme ça, mais ça ne durera pas. La beauté est chose fugace. Même la tienne, ajouta Maxi, pleine de compassion.

– Où en est ta vie sexuelle? demanda India, la fixant sans pitié de ses yeux turquoise. On dirait que quelque chose te tourmente. Tu es trop sensible, trop irritable. Comme je te connais, ça doit être un homme.

– Ah! Comme si j'avais le temps! Je n'y pense même plus. Quand on est aussi occupé que moi, les appétits sexuels disparaissent sans qu'on s'en aperçoive.

– Alors c'est bien ça. Absence de libido. D'un autre côté, c'est sans doute le seul moyen de t'éviter des problèmes. Souviens-toi, tu as juré de ne plus jamais épouser un autre homme...

– Qui épouserais-je? Et surtout : pourquoi? Qui donc a dit : « J'ai été un homme, j'ai été une femme, et il doit y avoir quelque chose de mieux »? C'est très exactement ce que le mariage m'inspire.

– Je crois que tu confonds. N'est-ce pas Tallulah Bankhead qui déclarait : « J'ai *eu* un homme, j'ai *eu* une femme, et il doit y avoir quelque chose de mieux »?

– Laisse tomber. Tu vois ce que je veux dire.

– En fait, non. Il n'y a rien que je désire plus que le mariage, répondit pensivement India.

– Tu n'as jamais essayé, alors tu es tentée, c'est normal. De toute façon, Toby est cent fois supérieur à n'importe lequel de mes époux. Si tu parviens à le convaincre, bien entendu.

– Nous deviendrions belles-sœurs et je ne sais pas si je pourrais supporter ton pessimisme. Remets-toi. Si ça ne marche pas avec *B & B* et que tu finisses atrocement riche, tu pourras toujours tout donner aux pauvres. Ou fonder ton propre culte. Ou acheter Getty – non, tu n'aurais pas assez pour ça. Ah, tu pourrais t'offrir un studio de cinéma et tout gaspiller en un rien de temps.

– Pourquoi n'écris-tu pas un roman intitulé *Conseils non sollicités*? Ou encore *Je suis bonne à tout faire*? suggéra Maxi en tordant le célèbre nez d'India. J'apprécie tes commentaires, mais, vois-tu, je suis déjà dans le show-business.

Man Ray Lefkowitz et Rap Kelly, les associés de Rocco, déjeunaient ensemble au Périgord Park et, sans se faire remarquer, prêtaient l'oreille aux propos de Maxi, qui, à la table à côté, travaillait au charme le plus important acheteur d'espace publicitaire de chez Seagram. Sa voix, telle qu'elle leur parvenait, vous glissait le long de l'échine comme une dose de nitroglycérine – souple, captivante, et néanmoins très professionnelle; elle se gardait de se montrer trop ouvertement séductrice.

– Nous avons enfin obtenu les statistiques, George, dit Maxi, d'un air de conspiratrice ingénue. Vous êtes l'un des premiers à en prendre connaissance. Il a fallu beaucoup de temps pour les réunir, mais notre public est pour l'essentiel composé de femmes qui travaillent, d'épouses et de mères de famille. Notre lectrice a entre dix-neuf et quarante-quatre ans et, l'année dernière, elle a gagné plus de vingt-six mille dollars, ce qui correspond en gros à vingt-deux pour cent du revenu total des femmes américaines. Et ce n'est pas quelqu'un qui est au régime sec, George, oh que non. Elle achète *B & B* parce que la revue la fait se sentir bien – vous le savez déjà. Mais vous ignorez peut-être que soixante-dix pour cent de nos lectrices nous lisent en buvant un verre? Peut-être pour se détendre après le travail, peut-être en attendant le retour de leurs maris, peut-être en préparant à dîner – nous n'avons pas encore de chiffres détaillés à ce sujet, mais ça ne devrait pas tarder. *B & B* n'est pas le genre de revue qu'on achète quand on est au régime et qu'on a renoncé aux vins et à l'alcool – notre lectrice est trop soucieuse de s'offrir des petits plaisirs tout au long de la journée... Elle aime à fêter les grandes occasions et, s'il n'y en a pas... elle fait la fête quand même.

– Etes-vous sûre que ce n'est pas une alcoolique, Maxi? demanda George.

Elle se tourna très légèrement vers lui – d'un rien. Le strict minimum indispensable à une femme qui sait qu'elle a les plus belles jambes, la plus belle poitrine, les plus belles épaules et la plus belle coiffure de toute l'assistance.

– Vous avez un sens de l'humour incroyable pour un homme aussi séduisant que vous, dit-elle, avec un mélange d'ironie diabolique et de flatterie envoûtante, qui amènerait le malheureux à se demander toute la soirée ce qu'elle avait voulu dire exactement... Tant d'hommes, par ailleurs magnifiques, en sont si dépourvus. Ils se prennent tellement au sérieux.

– Je vois ce que vous voulez dire, répondit George, pédalant comme un fou. Intéressantes statistiques. Très, très intéressantes. Quatre millions de femmes, toutes occupées à boire un verre en lisant *B & B.*

– Je n'ai jamais dit ça, George. Soixante-dix pour cent de mes quatre millions de lectrices boivent *pendant* qu'elles lisent *B & B.* Les autres font d'autres choses. *Ensuite,* elles boivent. C'est pourquoi tant de firmes de spiritueux veulent s'assurer la dernière page de couverture pour l'année qui vient.

A la table à côté, Lefkowitz et Kelly se regardèrent d'un air obstinément impassible.

– Elle ne s'en tirera jamais comme ça, chuchota Lefkowitz. George ne marchera pas. Personne ne goberait un mensonge aussi éhonté.

– On parie ? souffla Kelly.

– Non. Enfin, regarde-la, bon sang. Miam !

– Après tout, qu'est-ce que ça lui coûte, à lui ? Ce n'est pas son argent, dit Kelly, qui se mit à rire.

– D'après toi, d'où tire-t-elle ses statistiques ?

– De la *Pravda* ?

– Elles sont plus sérieuses. Ecoute, faisons une bonne action. Rocco est atrocement peu créatif, ces temps-ci. Depuis que Maxi a lancé sa revue, nous n'avons décroché que deux contrats. Chacun représente vingt-cinq millions de dollars par an, d'accord, mais je pense que quelque chose le tracasse. Je ne serais pas surpris qu'il se fasse du souci à propos de *B & B* – tu sais ce que c'est de voir son ex-femme se lancer dans les affaires.

– Inutile de me l'apprendre.

– Soyons gentils avec elle.

– Rocco a bien précisé que nous ne devions pas lui faire de faveurs.

– J'ai dit gentils. Rien d'extraordinaire.

Ils réglèrent l'addition et se levèrent pour partir, longeant la table de Maxi en se dirigeant vers la sortie.

– Oh, mademoiselle Amberville, je ne vous avais pas vue, dit Kelly. Oh, bonjour, George. Vous en avez de la chance! On veut enfoncer la concurrence? Petit monstre! Mais je ne vous en blâme pas. J'espère que c'est vous qui offrez le repas. Mademoiselle Amberville, oserais-je vous dire à quel point nous sommes heureux de nos contrats avec *B & B*? Les meilleurs que nous ayons jamais signés.

– Une minute, Kelly, intervint Lefkowitz, qui avait compris, sans en être surpris, que son associé lui avait laissé le rôle du méchant. Une petite minute. Je pense que *B & B* nous doit une faveur. Nous avons signé avant la sortie du premier numéro. Cela témoignait d'une certaine confiance, d'une volonté de prendre des risques sur une nouvelle revue. Je pense que, s'agissant des changements de tarif des annonces publicitaires, nous devrions avoir droit à un petit quelque chose, je ne sais pas trop quoi, mais quelque chose! Je ne m'attends pas à un renouvellement de contrat aux prix de départ, qui étaient sacrifiés... mais je serais très malheureux si nous ne bénéficions pas de la clause de la nation la plus favorisée. Après tout, Mlle Amberville fait presque partie de la famille.

– Hé, vous autres, allez-y doucement, dit Maxi, suave. On partagera la différence... en une seule fois. Dites à Rocco qu'il n'est pas question, pas question du tout, que je solde de l'espace dans ma revue, cette fois-ci. Je suppose qu'il vous a conseillé de faire comme si vous me rencontriez par hasard?

– Ce n'est pas vraiment ce qu'il a dit, répliqua Kelly, penaud.

– Non, Rocco parle toujours de vous avec respect. Il a bel et bien dit que c'était le moment d'acheter si vous étiez disposée à vendre, mais que ça n'allait pas de soi simplement à cause... hum... du bon vieux temps, ajouta délicatement Lefkowitz.

– Ah! dit Maxi, où sont les neiges d'antan?

– Dites donc, vous deux, vous voulez vous joindre à nous, ou vous vous contentez d'encombrer le passage? demanda George, irrité. J'essaie de travailler un peu. A un de ces jours, d'accord?

On était à la fin du mois de mai et Monty regardait Maxi signer des chèques.

– J'espère que votre vente aux enchères aura lieu bientôt. Demain, ce serait bien, et aujourd'hui, encore mieux.

– Demain, je ne pense pas, répondit-elle avec une négligence étudiée. Je croyais n'avoir qu'à donner un coup de téléphone pour que ça se produise aussitôt, un peu comme lorsque les gens mettent sur les trottoirs tout ce dont ils veulent se débarrasser. Mais non. Sotheby m'a dit que les bijoux ne peuvent pas être vendus avant l'automne. La saison est passée, il n'y a pas assez de gens riches en ville, il est trop tôt pour la période d'avant Noël, toutes sortes de raisons ineptes. Et puis, mes collections sont trop variées : les tableaux devront attendre le bon moment, les coffrets ne rapporteront pas autant s'ils sont proposés seuls, etc. Exténuant. Il n'y a guère que mes meubles qu'ils peuvent mettre en vente dès le mois de juin. On dirait que c'est tout un art, et ils refusent de se presser. Apparemment, je n'ai pas assez de quoi que ce soit pour les décider à monter une vente de tout ce que je possède, en même temps, à moins que je ne meure, ce qui, je pense, donnerait à la chose un certain cachet et procurerait davantage d'argent.

Maxi haussa les épaules : un problème insignifiant.

– Juin ! Vous n'aurez pas d'argent avant ?

– C'est ce que je viens de vous dire. Et Dieu sait combien, une fois qu'ils auront pris leur commission. Il semble que l'appartement était ce que j'avais de plus précieux, et Donald n'a pu le vendre que pour un peu moins des six millions de dollars qu'il m'en a donnés. Je lui ai remboursé la différence. C'était lié à la valeur excessive du dollar. La moitié de la Trump Tower est détenue par des étrangers, et, le mois dernier, ils ne voulaient pas dépenser d'argent. Ah ! l'économie, quelle perte de temps.

– Nous sommes... mal partis, Maxi.

– Quatre-vingt-cinq pour cent des annonceurs ont renouvelé leurs contrats aux nouveaux tarifs.

– Oui, mais cela ne prend effet qu'en juillet, au mieux, et pas avant août ou septembre, pour la plupart.

– Pourquoi ne pas emprunter à une banque ? Tous nos annonceurs sont de grosses compagnies. C'est assez bon. Non, Monty, ne me dites pas que c'est impossible. Je le sais... J'ai essayé.

– Si ça ne tenait qu'à moi, je vous prêterais tout ce que j'ai, mais je ne suis pas une banque. Si seulement...

Monty soupira comme si on allait l'embaumer et poursuivit :

– Ne croyez-vous pas qu'il est temps de demander au personnel d'accepter des réductions de salaire?

– Même s'ils travaillaient pour rien, leurs salaires ne représentent qu'une goutte d'eau. Et si la nouvelle se répandait, tous les gens de Madison Avenue penseraient que nous avons des difficultés et voudraient revenir sur leurs engagements. Non, pas de réductions sur quoi que ce soit, sur les repas gratuits, la qualité des photos, les sommes offertes aux écrivains connus. Ce serait fatal. Nous péririons glorieusement ou poursuivrons glorieusement, mais pas de demi-mesures.

Maxi acheva de signer les chèques avec beaucoup de panache, et lança à Monty un sourire si encourageant qu'il décida de ne pas sauter par la fenêtre. Le soleil de mai semblait se briser en gouttes d'eau dans sa chevelure ébouriffée quand elle bougeait, et, bien qu'elle en fût arrivée à son dernier million, elle refusait de dire à Monty à quel point elle était désespérée, du moins pas avant que ce ne fût indispensable. Chaque numéro vendu de *B & B* lui démontrait qu'elle avait vu juste en créant une revue qui ne faisait pas son pain quotidien de la dépression, de la culpabilité et de l'angoisse de ses lectrices.

– Avouez-le, Monty, ça vous plaît d'être tout au bord.

Elle rit, et ses yeux étaient si verts qu'il battit des paupières.

– Au bord de quoi? répondit-il.

– De la faillite.

Une semaine plus tard, début juin, Maxi se retrouva seule dans la cuisine de Toby. Tout le monde était sorti, plein de projets, mais, si épuisée qu'elle fût, elle détestait n'avoir pas de compagnie. Pendant la journée, elle réussissait encore à présenter une image rassurante de chef d'entreprise; mais, de plus en plus souvent, quand elle n'avait plus de public – ne fût-ce qu'une seule personne – elle se sentait accablée. Pour la première fois depuis le début de sa lutte avec Cutter, Maxi se demanda si elle ne se montrait pas ridiculement donquichottesque, si elle ne s'était pas lancée dans un combat dont elle ne pourrait venir à bout, dans un affrontement dont elle n'aurait pu deviner l'ampleur, quand elle était allée voir Cutter pour le convaincre. Après tout, qui avait fait d'elle la gardienne de l'héritage de son père ? Il avait laissé tous pouvoirs à sa mère. Cela voulait-il dire qu'il voulait que les souhaits de celle-ci fussent suivis à la lettre, même s'ils impliquaient la destruction d'Amberville Publications ? Pourquoi Maxi était-elle la seule de la famille qui sût – ou crût savoir –, aussi sûrement que si elle pouvait entendre Zachary lui parler, que rien ne devait être épargné pour maintenir la cohésion de toutes les revues ? Certes, elle avait toujours été très proche de son père, beaucoup plus que les garçons. Il avait été la seule personne au monde qui eût toujours cru en elle, qui l'avait soutenue, quelles qu'aient été les aventures dans lesquelles elle s'était trouvée plongée. Cela voulait-il dire pour autant qu'elle savait, *en ce moment*, ce qu'il aurait souhaité ?

La seule personne avec qui elle pût partager ses préoccupations n'était autre que Pavka, et elle avait déjeuné avec lui ce jour-là. Elle tenait à le rencontrer au moins une fois par semaine, pour pouvoir se faire une idée de ce qui se passait dans les autres revues du groupe. Il dressait de la situation un tableau toujours plus sombre. Toutes les mesures qu'il avait pu prendre pour sauvegarder la qualité des magazines au cours des quelques semaines qui avaient suivi l'édit de Cutter, n'avaient pu être menées à bien qu'avec la patience et l'habileté les plus extrêmes. La moitié d'entre elles, pourtant, avaient été repérées et annulées par Lewis Oxford qui, chaque jour, rendait des comptes à Cutter. Seule la promesse qu'il avait faite à Maxi contraignait Pavka à poursuivre un travail dont il n'était plus maître. Maxi, qui savait combien elle était au bout du rouleau, se sentait coupable de lui imposer cette lutte. Ni l'un ni l'autre, cependant, n'agissait par égoïsme ou par ambition; tous deux le faisaient pour Zachary Amberville, par respect pour sa mémoire.

Cela ne durera plus longtemps, se dit-elle. La vente à UBC, si elle avait lieu, se déroulerait fin juin, au moment où l'on connaîtrait les bénéfices du trimestre. La bataille ne se poursuivrait plus que pendant un mois, de toute façon. A la fin du semestre, elle n'aurait peut-être pas l'argent pour faire imprimer la revue. Tout dépendait de la vente de ses meubles, qui devait se tenir la semaine suivante. Si elle se passait bien, Maxi pourrait tout juste s'en sortir, et si elle était sûre de pouvoir publier le prochain numéro, elle pourrait demander à Lily de réfléchir.

Cet après-midi-là, elle avait décidé d'arracher ses bijoux et ses coffrets aux mains précautionneuses de Sotheby, et de les vendre elle-même à quiconque en voudrait. Ou de les mettre en gage, si cela se révélait impossible, bien qu'elle ne sût pas comment elle trouverait le temps. Maxi ignorait d'ailleurs où s'adresser pour cela et comment s'y prendre. Si seulement elle avait investi dans la pierre. Si seulement elle s'était contentée de fausses perles. Si seulement elle avait acquis des obligations, au lieu de meubles anciens de valeur incertaine et de jolis jouets. Si seulement elle n'avait pas fait installer le chauffage central au Château de l'Epouvante, et était morte de froid sans protester. Si seulement elle avait fait comme la fourmi et non comme la cigale. Si seulement. Si seulement elle ne s'était pas conduite comme elle le faisait toujours, pensa-t-elle, furieuse. Trop tard. Inutile d'y penser davantage. Un coup de sonnette interrompit ce stérile passage en revue de son existence.

– Justin! Comme je suis heureuse de te voir! Je peux t'offrir cinq pâtés différents, tous originaux, inventés par Toby. Ils n'ont pas encore de nom. Je n'ai pas commencé à manger – viens, je vais mettre une assiette de plus.

Il la suivit et s'assit, mais n'accepta qu'un verre de vin.

– Quelles sont les nouvelles du front? demanda-t-il.

– Pas de prisonniers.

– C'est ce que j'ai entendu dire. C'est la rumeur qui court.

– Que racontent les gens? dit Maxi, fronçant les sourcils.

– Oh, à peu près n'importe quoi, depuis l'annonce de la vente, ce qui vient peut-être d'UBC, jusqu'aux démentis scandalisés. Tout ce que tu veux. Confusion dans les rangs, désordre général, la nuit en plein jour. Ecoute-moi bien. Je ne voudrais pas que tu penses que je veux éviter l'affrontement final, mais il *faut* que je quitte New York, c'est une ville pourrie. C'est trop pour moi, Maxi. Je ne peux plus supporter tout ce béton, maintenant qu'il fait si beau. Il y a tant d'endroits où je voudrais être. Bien mieux qu'ici. Je vais reprendre la route, avant le début de la mousson. J'aime Gershwin, mais je *déteste* New York en juin.

Il s'efforçait de parler d'un ton badin, mais son expression était féroce.

– Je me doutais bien que c'était ce que tu ressentirais, et, franchement, je te comprends. Au moins, je sais que tu reviendras toujours, tôt ou tard.

– Je vais manquer ton anniversaire.

– Et alors? Comme toujours. Mais tu sais, je n'en suis pas indignée. Oh, tu t'inquiètes parce que je vais avoir trente ans? Tu crois que je vais décliner? C'est ça, hein? Oh, Justin, qu'est-ce que c'est, trente ans? Quarante? Betty Friedan, voilà ce que c'est, la quarantaine.

– Non, Gloria Steinem.

– Tu vois bien, c'est sans importance. Et j'ai d'autres choses à penser, crois-moi.

– Eh bien... comment dire... je voulais t'offrir un cadeau d'anniversaire à l'avance, pour que tu puisses quitter sans regret ta jeunesse agitée, picaresque, consacrée au plaisir.

D'un air négligent, Justin sortit un morceau de papier et le déposa sur la table. Maxi ne fit pas un geste pour le prendre.

– Depuis quand offres-tu des chèques à ta sœur?

– Depuis qu'elle est assez grande pour savoir quoi en faire.

Il le prit et le plaça délicatement dans l'assiette de Maxi. Elle baissa les yeux et lut le montant. C'était suffisant pour maintenir *B & B* à flot jusqu'au paiement de l'espace publicitaire qu'elle avait vendu, assez pour sauver leur peau.

– Je t'ai déjà dit que je ne voulais pas t'emprunter d'argent. Que je ne pouvais pas et que je ne le ferais pas, dit-elle d'un air sombre, en repoussant le chèque. Il faudra que ça vienne de moi.

– Ne sois pas trop fière, Maxi. Nous le sommes tous, toi, moi, Toby – c'est l'influence de Mère. Je te le demande : si Papa avait eu des problèmes financiers à cause d'une revue à laquelle il croyait, est-ce qu'il n'aurait pas tout fait pour la sauver – malhonnêteté exclue? Ne te laisse pas emporter par l'orgueil. Et, de toute façon, c'est un cadeau, pas un prêt. Un *don* que tu ne pourras pas rembourser. Tu n'y peux rien. Borne-toi à dire : « Merci, Justin. »

– Mais pourquoi? Je ne comprends pas.

– Parce que c'est la seule façon dont je puisse prendre part à la bataille. Nous y sommes tous, nous sommes une famille et nous le faisons pour elle. Je veux y participer! Zachary Amberville était mon père aussi, Maxi. Tu n'es pas la seule à l'avoir aimé, tu sais. Si tu perds, au moins, je ne pourrai pas me dire que je n'ai pas fait tout ce que j'ai pu. *Laisse-moi t'aider!* C'est pour nous tous. S'il te plaît, Maxi, accepte-le, dit-il, suppliant, avec, sur son visage ironique et distant, plus d'émotion qu'elle n'en avait jamais vu.

Maxi reprit le chèque, aussi excitée que si elle attendait le passage d'une comète.

– Merci, cher, cher Justin! Et puisque tu es d'humeur généreuse, pourrais-tu me prêter dix dollars jusqu'à la fin du mois?

26

– CUTTER, ne peux-tu pas aller au Canada sans moi ? demanda Lily. Nous avons déjà dîné trois fois avec Leonard et Gerry depuis que vous vous êtes rencontrés. Est-ce que ça ne suffit pas, même pour une transaction de cette importance ? Pourquoi ma présence est-elle nécessaire ?

– Je croyais que tu aimais bien Gerry.

– Bien sûr que oui, c'est une femme très agréable, mais ce week-end avec eux pour aller voir les forêts que possède la société... ne comprends-tu pas que cela éveille en moi des souvenirs douloureux ?

L'expression de Cutter changea d'un coup, comme si, sous la surface de son charme raffiné, presque absolu, il se passait quelque chose.

– Chérie, c'est un peu facile de changer d'avis à la dernière minute, tu ne crois pas ? Le fait que Zachary soit mort au Canada ne devrait pas t'empêcher de visiter le pays – tu n'y es jamais allée. Tu vis toujours dans la maison que tu as partagée avec lui pendant tant d'années, sans que ça te soit pénible. Pourquoi serait-ce différent cette fois-ci ? Tu sais que je prépare ce voyage depuis des semaines. Gerry compte sur ta compagnie tandis que Leonard et moi nous inspecterons les stocks de bois.

– Décidément, ça n'en finit pas.

– C'est exactement le genre de week-end qui consolide une relation, bien mieux que des dizaines de dîners à New York, expliqua Cutter. Quand, d'ici deux semaines, le moment sera venu de s'asseoir pour parler affaires avec UBC, les liens que j'aurai établis avec Leonard feront la différence. Il ne voudra pas l'admettre, il ne s'en rendra même pas compte, mais je sais que c'est vrai. Tout repose sur toi. Tu es la vedette de notre petit groupe. Tu *possèdes* Amberville, je ne suis que ton porte-parole. Sois une grande fille, chérie. Ton rôle est si important... Souviens-toi que rien ne sera fait tant que les papiers ne seront pas signés.

Lily soupira. Elle voulait en finir une fois pour toutes : cette vente aurait dû avoir lieu il y a longtemps; elle était si lasse d'être aux yeux de tous le symbole même du pouvoir, si fatiguée de devoir constamment se soumettre à son propre jugement – le plus exigeant de tous –, de jouer le rôle que Cutter lui avait confié à Amberville Publications, de toujours devoir être la soliste du concert. Lily savait que Gerry Wilder, si plaisante qu'elle fût, avait un peu peur d'elle, qu'elle était aussi impressionnée qu'un membre d'un corps de ballet peut l'être par la danseuse étoile. Mais Lily était habituée à se tenir au premier plan – comme elle l'avait si ardemment désiré autrefois –, et, de toute évidence, Cutter entendait bien qu'elle prenne part à ce week-end.

– Très bien, je viendrai. Aurai-je besoin d'un manteau ou bien des cardigans suffiront-ils?

– Apporte tout ce que tu juges nécessaire. Nous volerons dans un avion de l'UBC et les bagages ne seront pas un problème.

– Bon. C'est déjà ça. Je vais dire à ma femme de chambre ce qu'il faut emporter.

L'intérieur de l'appareil n'évoquait nullement une salle de réunion volante. Il était possible de discuter tranquillement aux deux extrémités de la cabine. Cutter et Leonard Wilder s'assirent à l'arrière pour parler affaires, tandis que leurs épouses bavardaient à l'avant.

– Cette forêt couvre des milliers d'hectares. C'est l'une des dernières acquisitions de mon frère avant sa mort. Il pensait que plus Amberville serait indépendant des fabricants de papier mieux ce serait. Sans doute aurait-il acheté ensuite une imprimerie et monté une entreprise de diffusion, dit Cutter. UBC pourrait peut-être y penser.

Leonard Wilder gloussa :

– Une chose à la fois, Cutter.

Maintenant qu'il avait bel et bien décidé d'acquérir Amberville Publications ses manières un peu brusques étaient devenues plus avenantes.

– Puisqu'on parle de ça, j'ai beaucoup réfléchi à *B & B*. Quand nous nous sommes rencontrés pour la première fois, nous n'avons parlé que des revues déjà bien implantées. Je ne pensais pas que celle-là tiendrait un mois de plus. Mais depuis, votre petite expérience a commencé à me fasciner. J'ai cru d'abord qu'elle porterait tort à vos bénéfices, puis j'ai vu les chiffres de vente, et récemment je me suis demandé si la première chose à faire ne serait pas d'y consacrer beaucoup d'argent, ou, au contraire, d'arrêter les frais. Vous avez une idée là-dessus, Cutter ?

– Leonard, je me suis posé les mêmes questions que vous, multipliées par dix. Je me suis moi-même occupé de *B & B*, j'ai réglé tous les détails et je puis vous assurer que j'ai réussi à lui faire passer le cap le plus difficile. C'était un défi que j'ai relevé personnellement. Mais il faut encore attendre. Comme pour chaque nouveau projet j'ai laissé courir celui-là, sans aller plus loin. Cela oblige les responsables à une certaine vigilance, et c'est bon pour la société.

– J'ai entendu la fille de Lily faire un discours à une soirée de l'Association des Femmes de Presse, et j'ai été fichtrement impressionné. Est-ce qu'elle fait partie du lot ?

– Maxi est quelqu'un de formidable. Elle est comme son père. Il vous faudra discuter directement avec elle, Leonard. Je ne peux m'engager à sa place... mais je ne suis pas convaincu qu'elle sera forcément là très longtemps. Pourtant, qui sait ?

– Les pertes ont dû compromettre les bénéfices ?

– Moins que vous ne pourriez le croire. J'ai surveillé Maxi de près et je pense que vous serez agréablement surpris. Le bilan d'Amberville Publications me paraît très satisfaisant. Je crois que vous aurez la même impression.

– Les chiffres nous diront ça, non ?

Il s'étira avec satisfaction :

– Ah, c'est si agréable de voyager. Je ne suis jamais allé dans les forêts canadiennes.

– Les V.I.P. ont droit à des toilettes dernier cri.

– Ça ne m'étonne pas de vous.

– Leonard et moi n'avons jamais eu d'enfants, dit Gerry Wilder à Lily, comme chaque fois qu'elles parlaient ensemble. Je vous envie tellement ! Et non seulement trois enfants, mais une petite-fille ! Vous devez être très fière.

– Oui... mais, depuis peu, j'ai compris une chose : s'ils sont merveilleux, je ne peux m'en attribuer le mérite, et par conséquent, je ne devrais pas me faire de reproches quand ils sont... difficiles. Il m'a fallu des années pour parvenir à une telle conclusion. Autrefois, je pensais qu'il fallait qu'ils soient parfaits – le contraire aurait signifié que je ne l'étais pas moi-même. J'y ai renoncé. Nous sommes tous humains.

Gerry Wilder s'efforçait de dissimuler sa stupéfaction. Elle n'avait encore jamais entendu Lily parler sur un ton aussi intime et saisit l'occasion de mieux connaître le caractère de quelqu'un dont les manières, l'éducation incitaient les autres femmes de New York à la considérer comme différente d'elles.

– Vous sentez-vous plus proche de l'un de vos enfants en particulier ?

Lily eut un petit sourire. Il faut n'avoir jamais été mère pour imaginer qu'on peut répondre de façon satisfaisante à une telle question, à supposer que ce soit possible. Elle s'en tint donc à un lieu commun :

– Ils sont tous différents, et je suis proche de chacun de façon différente.

– Ce doit être merveilleux d'avoir une fille, dit Gerry Wilder pensivement.

– A dire vrai, je suis plus optimiste au sujet de Maxi que je ne l'ai jamais été, répondit Lily, surprise de ses propres paroles.

– Optimiste ?

– Oh, dit Lily en riant de l'impulsivité de sa remarque, elle a déjà eu trois maris, voyez-vous. C'est un peu préoccupant pour une mère. Elle semble s'être installée, en définitive. Célibataire et heureuse de l'être.

– Oh que oui ! Leonard m'a emmenée à une réception de l'Association des Femmes de Presse, et je l'ai trouvée merveilleuse. Si professionnelle. Ce mélange d'intelligence et de beauté nous a tous fascinés. Et j'adore sa revue. Je sors même l'acheter – je n'ai pas la patience d'attendre de la lire chez le coiffeur. Elle me rend toujours, comment dire... contente de moi. Je suppose qu'elle vous la montre tous les mois avant parution ?

– En fait, elle est très secrète là-dessus. Moi aussi je dois me rendre chez le marchand de journaux.

– Grands dieux ! s'écria Gerry qui ne comprenait plus rien au monde de la presse. Après tout, Lily Amberville était la propriétaire de la société. On aurait pu penser qu'elle recevait un exemplaire de chaque magazine avant qu'il soit mis en vente. Elle semblait être aussi peu au courant de ses propres affaires que Gerry l'était des pilotes de la saison à venir. Leonard ne lui permettait pas de les regarder, car elle ne pouvait s'empêcher de les comparer à « Masterpiece Theatre ». Mais elle ne possédait pas UBC.

Bientôt le petit avion atterrit sur la piste qui avait été gagnée sur la forêt. Les passagers sortirent de l'appareil, enfilant les épais manteaux qu'ils avaient apportés. Le temps était clair, mais il y avait du vent et il faisait encore très froid dans cette partie de l'Ontario. Un grand jeune homme à la fine barbe rousse les attendait à bord d'une jeep. Il s'approcha timidement du petit groupe. « Monsieur Amberville ? » demanda-t-il en regardant les deux hommes, indécis.

– C'est moi, répondit Cutter. Vous êtes sans doute Bob Davies. Vous ressemblez à votre père.

– Oui, monsieur. Heureux de vous rencontrer, monsieur.

– Voici Mme Amberville et nos invités, M. et Mme Wilder. Bob apprend le métier, Leonard. Son père était le responsable des lieux, mais il a pris sa retraite l'année dernière et il est parti en Floride.

Vous sortez de l'université, n'est-ce pas, Bob? Comment va votre père?

– Bien, monsieur. Merci. Pourquoi ne monteriez-vous pas tous dans la jeep pendant que je charge vos bagages? Je préfère ne pas vous faire attendre, avec tout ce vent. Il faut une demi-heure de route pour arriver à la maison.

Leonard Wilder monta dans la voiture à contrecœur. Il aurait voulu admirer les arbres immenses, vert sombre, qui, comme la mer, ont le pouvoir d'impressionner les citadins. Jamais la télévision ne lui avait donné cette violente sensation d'être en contact avec le monde réel, avec la vérité des choses. Cet avoir inattendu d'Amberville Publications, décida-t-il, deviendrait son fief personnel. La prochaine fois qu'il viendrait ici, ce serait en maître, pas en invité. Il laisserait Gerry redécorer la maison, quel qu'en fût l'état, pour qu'elle cessât de se plaindre qu'il ne lui présentait jamais les pilotes qui l'accompagnaient. Elle refusait de comprendre qu'elle avait de la chance qu'il n'en fît rien.

En ce samedi où Cutter et Lily étaient au Canada, Toby et India, à New York, se préparaient pour la première à Broadway d'une pièce de théâtre écrite par Sam Shepard, partenaire d'India dans son dernier film. Ils avaient invité Angelica et Maxi à venir avec eux, mais Maxi avait promis de passer la soirée avec Julie. Celle-ci était de plus en plus mécontente; selon elle, une revue expliquant aux femmes qu'elles sont très bien telles qu'elles sont n'a pas besoin d'une responsable de la rubrique mode, mais plutôt d'une de ces clochardes qui ramassent les chiffons dans la rue. Il restait donc à India et Toby un ticket de trop, et ils dirent à Angelica qu'elle pourrait amener un ami, si elle voulait bien s'habiller comme il convenait pour un événement théâtral qui attirerait l'habituelle foule de curieux et une meute de photographes.

Agacée, India se changea à la dernière minute. Elle était tombée dans le piège que lui tendait le printemps et avait fait l'emplette de robes imprimées qui paraissaient divines sur les cintres, mais transformaient celles qui les portaient en sofas anglais ambulants. « Les roses chou ne font pas le même effet sur le corps que sur des coussins », se dit-elle en fouillant dans ses penderies. Elle se décida pour un ensemble de Saint Laurent, en satin vert Nil, avec une ceinture d'un rose très pâle, et un imperméable, d'un rose un peu plus vif, et qu'il était fortement déconseillé d'exposer au moindre soupçon de pluie.

– L'ami d'Angelica est là, dit Toby. J'ai entendu la sonnette.

– De quoi ai-je l'air ? demanda India.

– Viens plus près. Hmm – comme le ciel en Norvège, la nuit de la Saint-Jean, entre le crépuscule et l'aurore.

– Et comment le sais-tu ?

– D'après le crissement du tissu, la couleur que j'aperçois au bout d'un minuscule tunnel, le bruit que tu fais en marchant, d'après ton parfum et le son de ta voix. A propos, lorsque nous descendrons, abstiens-toi de dire la première chose qui te viendra à l'esprit quand tu verras l'ami d'Angelica.

– Toby, ne fais pas le mystérieux. Tu as entendu sa voix ?

– Exactement. L'oiseau de nuit a une ouïe super-sensible. Et surtout, du calme.

Il toucha ses lèvres :

– Rouge à lèvres. Je vais t'embrasser quand même, mais sans le faire déborder. Je suis spécialiste des baisers laser, ultra-soniques, super-sensibles.

– Vas-y, vas-y. Comment saurais-je que tu m'as touchée, sinon ?

– Tu t'en rendras bien compte... n'est-ce pas ? Oh que oui. Viens, nous sommes en retard.

Ils se rendirent au salon où Angelica les attendait.

– Oh, Angelica, quelles merveilleuses roses chou, dit India sans réfléchir, stupéfaite. C'était vrai, pourtant. Sur la fillette, ces espèces de housses se transformaient en un jardin prêt à fleurir.

– Merci, Marraine, répondit Angelica d'un ton guindé. Puis-je vous présenter Henry Eagleson, un camarade de lycée ? Ma marraine, India West, et mon oncle Toby.

– Comment allez-vous ? dit le jeune homme.

– Vous devez jouer au basket, s'écria India.

– C'est le garçon le plus grand de sa classe, Marraine, dit Angelica, d'une voix tremblante mais triomphale.

– Au centre ? demanda Toby.

– Oui, monsieur. Mais si j'arrête de grandir, il faudra que j'abandonne.

– Quel âge avez-vous ? s'enquit India.

– Quatorze ans, madame.

– Et pourquoi cesseriez-vous de grandir à cet âge-là ? s'étonna Toby.

– Je mesure déjà un mètre quatre-vingt-huit, monsieur. Il faudra bien que je m'arrête un jour, enfin j'espère.

– Pas forcément, intervint Angelica. Il pourrait encore grandir jusqu'à vingt et un ou vingt-deux ans, non ? Qu'est-ce que tu en penses, oncle Toby ?

– Le mieux, c'est d'attendre pour voir. Et pourquoi ne nous appelez-vous pas India et Toby, Henry ?

– Extra. Si vous m'appelez Dunk. Chip sait que tout le monde m'appelle comme ça, mais ce soir elle a décidé d'être comme il faut, ou je ne sais quoi. Qu'est-ce qui t'arrive, Chip?

– Rien, rien, dit India. Chip a été élevée par une mère très vieux jeu, voyez-vous, Dunk, de la vieille école. Le vieux New York.

– Pointilleuse, hé? Ma mère est comme ça aussi. Ce soir, j'ai cru qu'elle allait me faire une dépression nerveuse. Elle m'a fait changer trois fois de cravate, et deux fois de chaussettes. Je lui ai dit : Ecoute, Maman, ça n'est pas parce que j'ai mon premier rendez-vous que *tu* dois te sentir nerveuse. Il y a des moments où je ne comprends pas les parents. J'y arrive d'habitude, mais pas toujours.

– Ma mère était pareille pour mon premier rendez-vous. N'est-ce pas, Marraine? dit Angelica d'un air suppliant.

– Oh que oui, Filleule. J'ai cru qu'elle allait en devenir verte. Ou bleue, je ne sais plus. Mais c'était *il y a si longtemps*, n'est-ce pas, Toby?

– Des années, des années. C'est si loin que je m'en souviens à peine. Si nous y allions? Il se fait tard.

Toby avait emprunté la limousine de Maxi pour la soirée. Elle avait survécu à la grande braderie : c'était le seul moyen de se déplacer dans New York. Il n'y avait pas de taxi près des bureaux de *B & B*, à l'heure du déjeuner alors que Maxi devait courir en hâte dans un restaurant avant de revenir à toute allure au travail. De plus, sa limousine bleue faisait partie intégrante de son image de femme à qui tout réussit. Elie fit monter dans la voiture Angelica et son copain sans trahir la moindre émotion. Ils avaient l'air si solennels qu'on aurait dit un duc et une duchesse d'un âge certain, en route vers l'église. Qu'en dira Mlle Amberville? se demanda Elie. Angelica devait bien, un jour ou l'autre, se mettre à sortir, mais avec un géant? Il était peut-être plus jeune qu'il ne paraissait. Au moins, ils avaient des chaperons, bien que Mlle West et M. Amberville fussent, d'après lui, bien trop amoureux l'un de l'autre pour remarquer quoi que ce fût. Quelle famille *atroce* ! Elie soupira de plaisir.

Une large foule était rassemblée devant le théâtre.

– C'est bien parce que c'est Sam, dit India. Je vais faire comme si de rien n'était, jusqu'à ce que nous soyons à l'intérieur. Ne lâche pas mon bras, Toby, je vais marcher droit devant moi comme si personne ne me regardait, d'accord ?

– D'accord. Elie, essayez de nous lâcher juste à l'entrée du théâtre, voulez-vous ?

– Oui, monsieur Amberville, répondit Elie. Une remarque aussi absurde prouvait bien que M. Amberville ne savait pas ce qu'était un bon chauffeur. Où croyait-il qu'il allait les laisser ? A trois cents mètres de là ?

Angelica et Dunk sortirent les premiers. Deux jeunes inconnus de grande taille, magnifiques, que la foule suivit des yeux avant de les ignorer, comme s'ils n'existaient pas. Puis Toby descendit et attendit India.

Comme ils traversaient l'entrée, il y eut tant d'éclairs de flash – sans compter les projecteurs des équipes de télévision – qu'India en fut aveuglée. Plongée dans une inconscience volontaire, elle n'entendit pas les voix qui la saluaient en hurlant.

– India, India, j'ai quelque chose pour toi, dit l'une d'elles, presque perdue dans le désordre provoqué par son apparition. India continua d'avancer, mais Toby lâcha aussitôt son bras, pivota sur lui-même et se jeta dans la foule comme un pilier de rugby, faisant tomber un homme. Tous deux s'affrontèrent un instant, et, avant même que les gens ne se mettent à crier, on entendit un bruit sec et un grognement. Comme au ralenti, Toby se battait toujours avec l'homme pendant que les badauds s'agitaient au bord de l'hystérie. De toutes ses forces, il maintint son adversaire sur le sol, l'obligeant à lâcher le revolver qu'il tenait. C'est alors seulement qu'India se retourna et hurla. Cela s'était produit si vite que, comme toujours, tout semblait terminé avant d'avoir commencé. Seul le sang qui coulait du bras de Toby avait l'air réel – ainsi que l'arme, précautionneusement ramassée par Dunk, qui la garda jusqu'à ce qu'un policier la lui prenne des mains.

– Comment as-tu su, comment as-tu su? sanglota India, serrant la main de Toby, tandis que l'ambulance fonçait à travers les rues.

– J'ai reconnu sa voix. C'était le cinglé qui te téléphonait tout le temps. Je l'ai su tout de suite. Je ne pense pas que tu aies eu envie de ce qu'il te destinait.

Il était encore sous le choc, et ne semblait pas remarquer l'infirmier qui s'efforçait d'arrêter l'hémorragie.

– Il voulait me tuer. Je savais qu'il était fou, mais je n'aurais jamais cru qu'il essaierait de me tirer dessus.

– Personne ne te fera de mal tant que je serai là.

– Toby, comment as-tu deviné *où* il se trouvait? Oh, Toby, comment?

– Le sens de l'orientation. C'est parfois bien utile...

– Madame, arrêtez de parler, s'il vous plaît. Je voudrais bien lui donner les premiers soins avant qu'on arrive à l'hôpital. Vous poserez des questions plus tard. Oh! India West! Dites-moi... est-ce que je pourrais vous demander un autographe quand nous serons là-bas? C'est pour ma femme... autrement, je ne me permettrais pas de vous importuner à un pareil moment, mais c'est une de vos grandes admiratrices.

Lily aurait voulu passer la matinée près de la maison qui les accueillait, mais Gerry désirait maintenant voir la forêt d'un peu plus près.

– Si nous faisions une promenade à cheval? proposa Lily.

– Les chevaux me terrifient. Ne croyez-vous pas que nous pourrions demander à ce jeune homme si aimable de nous emmener faire un tour dans sa jeep?

– Pourquoi pas? Cutter nous l'a laissé au cas où nous aurions besoin de lui.

Bientôt elles furent dans la jeep en compagnie de Bob Davies, qui avait surmonté sa timidité première. Lily se rendit vite compte qu'il était vraiment très bavard. Il était impossible de lui imposer silence, à moins de se montrer franchement brutal, et il les amusa avec ses récits sur les villes qui existaient aux lisières de la forêt. Les bûcherons allaient s'y enivrer les samedis soir, et cela se terminait généralement par des bagarres.

– Mon dieu! s'écria Gerry, fascinée par cet aspect sauvage de son nouveau domaine. Cela vous est déjà arrivé, Bob?

– Non, madame Wilder. Mon père m'interdisait d'entrer dans les bars quand j'étais au lycée. Ensuite, je suis allée à l'Ecole forestière puis je suis revenu travailler ici. C'était au moment où il a pris sa retraite, d'un seul coup. Un de ses parents lointains est mort – il ne savait même pas qui c'était –, et il a touché assez d'argent pour s'acheter une maison en Floride. Ça a toujours été le rêve de ma mère – elle n'aimait pas avoir froid. Ils ont fait leurs paquets et ils sont partis. Il a une petite affaire de location de bateaux maintenant et ils sont heureux comme de jeunes mariés. M. Amberville m'a laissé lui succéder sans même discuter. J'y ai été très sensible, croyez-le bien. C'est la première fois que j'ai le plaisir de rencontrer des membres de la famille Amberville. Les anciens propriétaires étaient toujours là : ils amenaient des amis pour la saison de la chasse, la saison de la pêche, ils faisaient du cheval, ils dînaient en plein air, ils s'amusaient bien. Pensez-vous revenir souvent maintenant que vous connaissez le coin, madame Amberville ?

– Je n'en sais rien, répondit Lily, très distante.

– C'est vraiment magnifique, remarqua Gerry, songeuse.

Lily comprit que, dès que la vente aurait eu lieu, Leonard et elle feraient venir tous leurs amis. Lily se sentit profondément contrariée. Et pourtant, une fois qu'UBC aurait absorbé Amberville, tout cela ne lui appartiendrait plus. Alors pourquoi ne pas l'accepter ? Quelle importance, après tout ?

La jeep avançait lentement le long du chemin de terre dans l'ombre de l'épaisse forêt. Il y avait du soleil, et la lumière se glissait dans chaque endroit où les arbres consentaient à la laisser pénétrer.

– Regardez, Lily, il y a une clairière. Pourquoi ne pas descendre de la jeep pour marcher par là ? C'est une honte de ne pas prendre un peu d'exercice ! dit Gerry.

Lily acquiesça :

– Bob, pourriez-vous vous arrêter ici un instant ? Nous allons faire une petite promenade.

– Certainement, madame Amberville.

Il freina avec précaution et descendit de son siège pour les aider à sortir.

– Je ferais peut-être mieux de vous accompagner, mesdames. Il y a un ravin à l'extrémité de la clairière.

– Ce ne sera pas nécessaire, Bob, dit Lily, glaciale.

Elle voulait passer un moment tranquille, sans qu'il se croie obligé de raconter sa vie. Il les laissa partir à contrecœur, et les deux femmes marchèrent à grands pas le long du chemin, sur une cinquantaine de mètres, respirant à pleins poumons l'air chargé d'une odeur de pin. Quand elles atteignirent la clairière, elles découvrirent qu'il faisait presque trop chaud en plein soleil, enlevèrent leurs manteaux et s'assirent dans l'herbe, goûtant le silence et la sérénité du lieu.

– Allons voir le ravin, suggéra Gerry, dont les yeux brillaient.

Elle n'en avait jamais possédé, et voulait se rendre compte par elle-même. C'était une particularité de l'endroit, comme les chevaux, ou le lac qu'on disait plein de poissons impatients de se faire prendre. L'air lui-même faisait partie du lot, comme l'herbe, les chemins, la maison. Elle ne s'intéressait nullement au bois, sinon comme à un décor pour les fêtes qu'elle donnerait.

– Je préfère m'en abstenir si vous n'y voyez pas d'inconvénient, répondit Lily. (Elle avait assez vu Gerry Wilder pour ce matin.) Je me sens un peu fatiguée, poursuivit-elle, mais allez-y, je vous attendrai.

– Vous êtes bien sûre?

– Absolument.

Gerry partit à l'aventure. Lily ne pensa plus à elle et faillit s'endormir. Soudain elle entendit un cri : « Oh, mon dieu! » Elle ouvrit les yeux et vit au loin Gerry qui revenait en courant :

– Lily! La pente est abominable, vous ne pouvez vous imaginez! « Ravin », pensez donc! On dirait l'entrée des enfers... Des rochers déchiquetés et une dénivellation horrible. Et on ne peut même pas s'en apercevoir avant d'être presque dessus. Des endroits pareils devraient être signalés, bon sang. Il devrait y avoir une barrière.

– Tu n'auras qu'à en faire poser une, marmonna Lily à voix basse. Revenez, Gerry. Remontons dans la jeep. Il doit être l'heure de déjeuner.

– Bob, dit Gerry dès qu'elles furent de retour dans la voiture, revenant vers la maison, c'est terriblement dangereux de ne pas indiquer des ravins pareils. Pourquoi n'y a-t-il pas de barrière ?

– Il y a tellement de ravins, madame Wilder ! Il a dû se produire un tremblement de terre, autrefois. Des dizaines. C'est le plus près de la maison. Tous ceux qui travaillent dans la forêt les connaissent. Seuls les nouveaux venus sont surpris. Je vous avais prévenues, d'ailleurs. En fait... mais ce n'est peut-être pas une histoire à vous raconter, mesdames... Ça c'est produit juste avant que les anciens propriétaires ne vendent. Mon père me l'a raconté, mais sous le sceau du secret...

– Oh, allez-y, Bob, dit Gerry, pleine d'impatience. Elle voulait tout savoir sur son futur domaine et, s'il y avait là un mystère, ce n'en serait que mieux.

– Eh bien... Je ne sais pas trop... De toute évidence, il mourait d'envie de leur raconter.

– Allons, Bob, allons ! Dites-nous tout !

– Eh bien, mon père volait dans un petit avion, comme celui du pilote qui a emmené vos époux. Un jour, il était parti précipitamment pour un camp situé de l'autre côté de la forêt : un bûcheron avait été gravement blessé, et il fallait l'emmener à l'hôpital le plus tôt possible. Il a remarqué deux hommes, des gens venus de la ville, comme vous, mesdames. Il ne m'a jamais dit de qui il s'agissait, mais ils étaient à cheval. Ils sont descendus de leurs montures dans la clairière là-bas, et ils ont dû se quereller. Comme les gens d'ici le samedi soir, et ils se sont battus à coups de poing. L'un a dû décocher un sacré coup car l'autre est tombé au fond du ravin.

– Et qu'est-ce que votre père a fait? demanda Gerry, haletante.

– Il ne pouvait pas atterrir parce qu'il n'avait pas de place pour se poser, et il était très inquiet pour ce bûcheron blessé. De toute façon, il savait que l'accident avait eu lieu près de la maison, et pensait que l'autre gars rentrerait à toute allure chercher du secours. Mais quand il est revenu le lendemain, on n'avait toujours pas retrouvé le malheureux au fond du ravin. C'était la confusion la plus totale, on envoyait des gens dans toutes les directions, sauf la bonne. Personne ne semblait diriger les recherches, ou savoir ce qui se passait. Papa les a immédiatement conduits au ravin, mais... il était trop tard. L'homme était mort. Personne n'a jamais su si c'était la chute ou si c'était d'avoir passé une nuit dehors. Il gelait quand c'est arrivé, voyez-vous. De toute façon...

– Arrêtez la voiture! hurla Gerry. Lily venait de s'évanouir. Effondrée sur le côté, elle penchait dangereusement en dehors de la jeep, et il fallut que Gerry rassemblât toutes ses forces pour l'empêcher de tomber.

Lily était assise dans la semi-obscurité de la principale chambre à coucher de la maison. Elle avait demandé à Gerry Wilder de tirer les rideaux et insisté, sur un ton qui n'admettait pas de réplique, pour qu'elle la laissât seule. Elle n'avait pas tenté de lui expliquer pourquoi elle avait sombré dans l'inconscience. « Laissez-moi me reposer. Je ne veux pas manger. Inutile de revenir voir comment je vais », avait-elle ordonné, d'un tel ton que Gerry n'avait pas osé poser la moindre question.

Tout au long de l'après-midi elle resta près de la fenêtre, tandis que ses souvenirs et ses pensées s'agitaient dans son for intérieur. En l'espace de quelques heures, elle devint vieille, usée, privée de son orgueil et de sa beauté. Elle avait désespérément froid comme si le sang ne coulait plus dans ses veines, et pourtant elle n'avait pas assez de volonté pour se lever et enfiler un autre sweater. Par moments, elle grommelait quelques mots à voix haute, puis retombait dans le silence. De temps à autre, elle se tordait de douleur, les mains péniblement crispées sur la bouche pour refréner ses spasmes de souffrance, ses accès de folle colère. Il lui fallait rassembler toutes ses forces pour calmer ses mains. Elles voulaient arracher sa peau, déchirer sa chair, arracher ses cheveux.

Et puis, en fin d'après-midi, elle parvint à se dominer et se mit à contempler la porte de la chambre. Bientôt, elle le savait, Cutter l'ouvrirait, s'attendant à la trouver allongée sur l'un des lits jumeaux. Lily ne faisait aucun bruit.

– Lily? demanda-t-il, sans la voir dans l'obscurité. (Il fit quelques pas et alluma une lampe.) Où donc... Lily, mais qu'est-ce que tu fais comme ça?

Il s'approcha d'elle, et s'arrêta net en voyant cette femme hideuse dont le visage était déformé par un rictus; une vieille femme qui portait les vêtements de Lily, et qui le fixait avec des yeux hagards.

– Grands dieux, Lily, qu'est-ce qui s'est passé? Gerry m'a parlé du ravin. Qu'est-ce que c'est que cette idée d'aller là-bas... c'est complètement idiot. Comment as-tu pu te mettre dans cet état? Regarde-toi...

– Non. Ne perds pas de temps à me contempler.

Ça n'a pas d'importance. Va devant le miroir et regarde-toi.

Sa voix était dure, brisée par les larmes qu'elle avait versées, rauque et vieillie.

– Que veux-tu dire? demanda-t-il avec un mélange de dégoût et de férocité. Bon sang, je n'aurais jamais dû t'emmener au Canada. Si j'avais su que tu étais morbide à ce point...

– Tu n'aurais pas dû en effet. Mais, pour la première fois de ta vie, tu n'avais pas tout prévu. Tu ne te doutais pas que je découvrirais la vérité.

La voix de Lily n'était plus qu'un souffle.

– Découvrir? Découvrir quoi? De quoi parles-tu?

– De la façon dont Zachary est mort.

– Lily, Lily, tu as toujours su comment Zachary était mort. Tout le monde le sait, chérie. Tu as eu un choc en te retrouvant si près de l'endroit où ça s'est passé, c'est tout. Allez, laisse-moi t'aider, je vais te faire couler un bain chaud. Tu vas te rendre malade si...

– *Assassin!*

– Lily! Arrête! Tu deviens hystérique!

D'un bond il se précipita vers elle, la souleva du fauteuil et la mit sur ses pieds, lui emprisonnant les bras dans le dos, d'une seule main.

– *Assassin!*

– Tais-toi! Les Wilder sont dans la pièce à côté, ils vont t'entendre...

– *ASSASSIN!*

Il lui ferma la bouche de l'autre main et elle lui mordit le pouce. Il la repoussa si brutalement qu'elle retomba sur le lit.

– Ça suffit, ça suffit, ça suffit! Tu ne comprends donc pas que tu perds la boule, Lily? C'est cet endroit qui te rend hystérique, c'est tout.

Lily secoua violemment la tête et se remit debout pour lui faire face :

– Tu étais là, au ravin, oh que oui. *C'était toi!* Tu l'y as poussé et tu l'as laissé mourir.

Elle regarda Cutter avec une stupéfaction pleine d'amertume. Sa voix s'était faite accusatrice tandis qu'elle énonçait les faits qu'elle avait passé l'après-midi à ruminer.

– C'est la... la chose la plus *délirante* que tu aies jamais dite de ta vie! Tu es folle, complètement folle...

– Tu peux essayer de m'intimider tant que tu voudras, ça ne servira à rien.

Elle le fixait toujours, comme si elle s'efforçait de rassembler des éléments épars en un seul individu, comme si elle essayait de se persuader qu'il était bien Cutter Amberville, l'homme qu'elle avait aimé, mais sans pouvoir y réussir. Elle continua pourtant à parler d'une voix ferme qui ne tremblait pas, qui semblait venir de très loin, d'une tête de mort, creuse et sans vie.

– Bob Davies m'a tout raconté. Il ne savait pas. Je comprends maintenant pourquoi son père a pu partir à la retraite à quarante-sept ans. Je sais qui lui a donné l'argent pour s'installer en Floride. Il était le seul témoin, mais il était aussi bavard que son fils. Nous avons entendu toute l'histoire, Gerry et moi. Deux hommes dans la clairière, deux hommes qui descendent de cheval, deux hommes qui se battent. L'un d'eux prend un coup – ou peut-être l'a-t-on poussé? –, tombe dans le ravin, et l'autre fait demi-tour et *n'envoie pas* de secours à la recherche de son frère. Alors qu'il gelait. Le ravin le plus près d'ici. Tu as dû être terrifié quand Davies est revenu le lendemain et t'a dit qu'il avait tout vu. Mais tu ne l'as pas neutralisé assez vite. Il en a parlé à son fils, et il pourra le répéter devant n'importe quel tribunal. J'y veillerai.

– Lily, tu ne vas quand même pas croire ça! Ce

gamin raconte plein d'histoires idiotes, de mensonges...

– Dois-je appeler son père en Floride? Un coup de fil suffira. Il reconnaîtra tout quand je lui dirai qu'il est complice d'un meurtre.

Lily s'empara du téléphone.

– J'ai son numéro. Je l'ai demandé à Bob au moment où Gerry n'écoutait pas. J'ai dit que je voulais lui faire savoir qu'il avait un fils parfait.

– Attends! Pose ce téléphone. Je peux tout t'expliquer...

– Je ne crois pas.

La voix de Lily fit frissonner Cutter, mais elle laissa retomber le récepteur. Il respira profondément :

– Lily, il s'est passé quelque chose ce jour-là, c'est vrai. J'aurai voulu que tu n'en saches jamais rien. J'étais avec Zachary quand il est tombé dans le ravin, oui. Nous nous sommes battus, *mais c'était un accident*, Lily, un accident!

– Et pourquoi n'as-tu envoyé personne à sa recherche? demanda-t-elle, implacable.

– Aujourd'hui encore je n'en sais rien. J'étais dans un état de choc incroyable, Lily. Je ne me souviens pas de ce qui s'est passé pendant les heures qui ont suivi. J'étais fou de chagrin. J'ai jeté un coup d'œil dans le ravin, et j'ai vu tout de suite qu'il était mort, rien qu'à sa position. Même si on l'avait tiré de là aussitôt, ça n'aurait rien changé. Je suis rentré comme j'ai pu, et mon esprit a cessé de fonctionner. Mon frère était mort... mon frère... je ne pouvais y croire. C'est bien pourquoi j'ai dû me débarrasser de Davies – je l'ai payé, c'est vrai. Je savais que personne ne m'aurait cru. Lily, Lily, il *faut* que tu me croies! Tu sais que jamais je n'aurais fait de mal à Zachary. Pourquoi l'aurais-je tué? *Pourquoi?* Ça ne rime à rien, reconnais-le. Ç'aurait été absurde.

Il se tut, et ses yeux implorant fixèrent le visage de Lily.

– Et pourquoi vous êtes-vous battus?

– A cause de toi. Je ne sais pas ce qui avait pu lui donner cette idée ou s'il avait choisi ce moment pour aborder le sujet, mais il avait des soupçons à notre égard. Il est devenu violent. Fou furieux. Il m'a accusé d'avoir été ton amant quand nous étions jeunes. Il m'a dit qu'il commençait à croire que Justin était mon fils. Je ne parviens pas à imaginer ce qui a bien pu lui permettre de découvrir nos secrets, après tant d'années, mais je ne pouvais pas prendre le risque de réagir, sauf s'il t'insultait. C'est pour toi que j'ai frappé, Lily. C'était si peu dans mon caractère que c'était le seul moyen que j'avais de lui montrer qu'il se trompait. Je l'ai fait pour te protéger, pour toi, chérie. Autrement, qui sait ce qui aurait pu arriver? S'il s'était vengé sur Justin et toi? Je l'ai fait, c'est vrai, mais c'était pour toi, rien que pour toi, Lily.

– Tu ne peux t'empêcher de mentir, hein? dit-elle d'un ton las.

Elle ne montrait pas de surprise, rien qu'un profond mépris.

– Mentir? Lily, pourquoi me serais-je battu avec mon frère, sinon?

– *Je lui ai tout dit il y a treize ans.* Il savait toute la vérité sur moi, sur toi, sur Justin. Nous avons fait la paix, Zachary et moi, mais avant je voulais prendre un nouveau départ. Aussi lui ai-je tout avoué. *Tout.* Il m'a pardonné. Il avait toujours aimé Justin comme s'il était son fils, et il a continué jusqu'au jour où tu l'as tué. Il en a souffert, mais il n'était pas un saint non plus. Aussi nous sommes-nous arrangés pour nous créer une vie à deux. Tu es la dernière personne au monde devant qui il aurait reconnu qu'il savait.

La voix de Lily était vide et morte mais la vérité éclatait à chaque mot. Cutter lui tourna le dos.

– Quelle que soit la raison pour laquelle tu as tué mon mari, ça n'a pas d'importance. C'est l'envie et la haine qui t'y ont poussé. C'est pourquoi je t'ai aimé. Pour lui arracher quelque chose. J'étais presque aussi vile que toi, à cette époque. Mais je ne suis pas une meurtrière. Ou une menteuse. Plus maintenant.

– Lily...

– Plus un mot. Plus jamais, *jamais*. Je m'en vais. Je rentre à New York. Raconte aux Wilder tous les mensonges que tu voudras. Je leur renverrai l'avion dès que j'arriverai. Zachary Amberville a été assassiné par son frère. Je connais la vérité. Je serai la seule. Je n'essaierai pas de te châtier. Cela ne servirait à rien. Tu n'en vaux pas la peine. A moins que...

– A moins que? demanda Cutter, incapable de croire qu'elle pensait vraiment ce qu'elle disait.

– A moins que tu n'essaies d'entrer en contact avec l'un des membres de la famille Amberville. Si c'est le cas, je te livrerai à la justice. Je le jure, par tout ce qui m'est cher.

– Attends! Arrête! cria-t-il, mais elle était déjà partie.

27

L'ANNÉE précédente, Maxi n'avait jamais traversé qu'en courant le hall d'entrée de l'Amberville Building. Ce jour-là, elle s'y attarda, ayant tout le temps voulu pour examiner les fougères géantes sous leurs lampes à ultraviolets, contempler ironiquement les broméliacées pleines de santé, ou compter avec dédain les rangées d'énormes palmiers. Pourquoi donc les responsables de Manhattan – son Manhattan – permettaient-ils à des bâtisseurs de plus en plus nombreux d'intercepter la lumière qui parvenait dans les rues, pour peu qu'ils garantissent que chaque nouveau gratte-ciel, toujours plus haut, abriterait un espace vert symbolique ? Plus il y aura de verdure dans l'entrée, plus il fera sombre dehors, se dit-elle, sans ignorer que sa mauvaise humeur s'expliquait par l'épouvante qu'elle avait ressentie en recevant l'ordre de venir s'entretenir avec Lily – rendez-vous pour lequel elle était en avance, grâce à l'inquiétante maîtrise d'Elie. De toute façon, même en arrivant à l'heure – ou, chose inconcevable, en retard – l'issue de cet entretien devait déjà être fixée, se dit-elle en prenant l'ascenseur.

– Mme Amberville vous attend dans le bureau de M. Amberville, lui annonça la réceptionniste en la voyant apparaître. Le grand jeu, cautionné par l'autorité de son père, pensa Maxi. Un tel déploiement de légitimité, de pouvoir absolu, ne présageait rien de bon.

Elle poussa la porte. Ici, au moins, le soleil pouvait entrer et s'esbaudir. On apercevait les deux fleuves qui étreignaient Manhattan, comme les bras d'un amant géant : l'un était plus sombre que l'autre, mais tous deux couraient vers l'océan. Elle regarda autour d'elle, aveuglée, et ne put distinguer sa mère avant de s'être accoutumée à la lumière. Lily était assise sur un escabeau de bibliothèque et tenait un exemplaire relié de *Sept Jours*, datant des années soixante. Il était ouvert sur une série de clichés de la campagne Kennedy-Nixon, pris par les nombreux photographes d'Amberville qui avaient suivi chaque rebondissement de cet événement d'ampleur nationale. Comme Maxi approchait, Lily posa le lourd volume et releva la tête. Elle semblait avoir gardé la même beauté lunaire, la même élégance étudiée. Autour de ses yeux, pourtant, son visage avait quelque chose de flétri que jamais Maxi n'avait vu, comme si, en une nuit, une fleur avait perdu toute sa fraîcheur pour devenir flasque, terne, épuisée.

– Qui était candidat à la vice-présidence avec Nixon ? demanda-t-elle à sa fille.

– Houlà !

Maxi ne pouvait s'en souvenir. Ce n'était pas Spiro Agnew, en tout cas. Encore que...

– Je ne sais pas non plus, Maximilienne.

– Voilà qui me rassure... Comment était ton week-end ? ajouta-t-elle. De toute évidence, il convenait d'abord de sacrifier au bavardage.

– Très révélateur. Et le tien ?

– Horrible. Pauvre Toby ! J'en suis encore toute retournée.

– Je suis allée le voir chez lui hier, mais Angelica et toi n'étiez pas encore rentrées. Dieu merci, tout sera terminé dès qu'il sera sur pied. Dis-moi, qui est Dunk? Qu'est-ce que c'est que ça?

– Le premier petit ami d'Angelica. Il a quatorze ans, il est très poli et mange autant qu'une armée entière. Mais il se tient très bien à table.

– Toby et India disent beaucoup de bien de lui.

– Angelica n'est pas *leur* fille, et il a intérêt à être gentil avec elle, dit Maxi, menaçante, en serrant les poings.

– Ou sinon?

– Ou sinon je lui enverrai Rocco. Tu te rends compte? Angelica s'enfuit pour son premier rendez-vous, en sachant très bien que je ne serais pas à la maison ce soir-là. Elle n'aurait jamais osé faire ça à son père. J'en suis encore furieuse.

– Le problème, Maxi, c'est que tu oublies ce que c'est que d'être jeune, répondit Lily, balayant ses objections.

– Mère! Je n'ai même pas trente ans! Pas avant plusieurs semaines! Et je ne suis pas sortie avec un garçon avant d'avoir... seize ans.

– Certes, mais après...

– Je m'en souviens aussi, c'est ça qui m'inquiète.

– Angelica est très différente de toi à son âge. Elle est raisonnable et très équilibrée. Si j'étais à ta place, je ne m'en ferais pas.

– Merci, répliqua Maxi, très digne, refusant de mordre à l'hameçon.

Elle n'avait nullement l'intention de défendre l'adolescente qu'elle avait été. Si Lily la jugeait encore de cette façon nul n'y pouvait rien.

– Elle changera, bien sûr, poursuivit sa mère, à mesure que le temps passera – comme nous tous, il le faut bien, n'est-ce pas? Mais elle a déjà un caractère très formé. Je peux presque imaginer comment elle sera dans dix ans – contrairement à toi, Maximilienne. Je n'étais jamais en mesure de savoir ce qui allait t'arriver. Tu étais une enfant plutôt difficile... mais je ne me doutais pas que tu parviendrais à maturité si tardivement.

– Si tardivement ? Qu'est-ce que ça signifie ?

– Ne te défends pas, Maximilienne. Je veux simplement dire que tu n'as donné toute ta mesure... non, que tu n'as commencé à donner toute ta mesure que ces derniers temps.

La voix de Lily était aussi neutre que l'eau claire, et il était aussi difficile d'y déchiffrer un sens caché que de s'orienter par une nuit sans étoiles.

Sans doute d'aussi aimables paroles cachent-elles quelque chose ? se dit Maxi, qui écoutait à peine sa mère. Elle était furieuse de s'entendre décrire comme « une enfant difficile », et de se voir comparer à Angelica qui avait toujours réussi à échapper aux jugements de sa grand-mère. Certes, la fillette était parfaite – enfin, plus ou moins.

– Si tu t'asseyais, Maximilienne, peut-être pourrions-nous discuter de tout cela plus confortablement, remarqua Lily qui s'installa dans un fauteuil.

Maxi était restée debout depuis le début de leur entretien. Elle se dirigea vers le bureau et, machinalement, s'assit dans le fauteuil de son père, comme le jour où elle avait demandé à Pavka de ne pas démissionner. Lily attendait qu'un petit silence se fasse.

– Tu es bien là ? finit-elle par demander.

Maxi se dressa d'un bond, confuse :

– Oh ! Je suis désolée ! Je ne m'en étais pas rendu compte.

– Je sais. J'en suis persuadée.

Elle lui sourit :

– Ce siège est vide depuis trop longtemps. Il t'irait bien.

– Mère ?

Qu'est-ce que c'est que ce jeu du chat et de la souris? se demanda Maxi qui n'y comprenait plus rien.

– Je t'ai déjà dit que tu avais oublié ce que c'était d'être jeune, vraiment jeune, Maximilienne. Moi aussi, d'ailleurs. Mais parfois, j'ai assez de bon sens pour m'en souvenir. A ton âge ton père avait déjà créé plusieurs de ses revues, et c'est à ce moment que je l'ai rencontré. Tu viens de lancer un magazine, dont tu as fait un énorme succès – si on veut bien passer sur tes méthodes de gestion un peu particulières... Pourquoi ne pourrais-tu pas prendre la direction des autres... avec l'aide des gens qui s'en occupent depuis la mort de ton père? Si tu le veux, bien entendu.

– *Prendre la direction des autres?* Mais... je n'ai jamais demandé... Jamais imaginé... une chose pareille, balbutia Maxi, très pâle.

– Certes, mais tu comprends bien que, si je ne vends pas Amberville, quelqu'un de la famille devra s'en charger. Et il n'y a que toi, non? J'ai quand même fini par comprendre. Moi aussi, je suis parvenue à maturité très tard.

– *Tu ne vends pas?*

– Tu ne penses quand même pas que je t'aurais fait venir ici, sinon? Grands dieux, Maximilienne, jamais je n'aurais fait quelque chose d'aussi cruel. Je te l'aurais dit, mais pas ici, dans le bureau de ton père. Parfois je pense que tu ne me comprends pas du tout.

Lily soupira :

– Mais inutile de parler de ça... c'est un problème dont nous ne viendrons peut-être jamais à bout et qui n'a rien à voir avec ta réponse. Veux-tu prendre la direction de toutes les revues? En être l'éditeur?

– Mais qu'est-ce que... je ne comprends pas... que va dire Cutter?

Le ton de Maxi, d'habitude sceptique et léger, indiquait le plus total désarroi.

– Il n'aura jamais rien à dire sur la façon dont les revues de ton père sont gérées, *plus jamais*. Il est... parti. Je l'ai renvoyé. Je ne veux pas savoir ce qu'il deviendra. Aucun de nous ne le reverra plus, et je suis certaine que nous ne parlerons plus jamais de lui, que nous ne prononcerons jamais son nom.

Lily proféra ces phrases sèches, abruptes, avec une voix dont la surface, si lisse, semblait brouillée – pour la toute première fois, pensa Maxi – par des tourbillons provoqués par un émoi brutal, une souffrance profonde.

De nouveau le silence tomba. Aucune des deux ne regarda l'autre, mais, au milieu des particules de poussière qui dansaient dans l'air, des questions furent posées, des réponses furent refusées, et il fut décidé qu'on n'en parlerait plus.

De toutes les choses, rares et désirables, que l'argent de Zachary Amberville lui avait permis d'acquérir tout au long de sa vie, pensa Lily, le pouvoir de chasser Cutter de son existence était en définitive la plus précieuse, la plus nécessaire. Elle pourrait, de même, imposer silence à ses enfants, se garder de leur donner la moindre explication. Mais jamais l'argent ne lui ferait oublier quel genre d'homme c'était. Comment avait-elle pu l'aimer? Où commençait sa propre responsabilité dans leur liaison? Pourquoi avoir maintenu ces absurdes liens, sans vouloir renoncer à ses rêves obstinés, quand il l'avait déçue si souvent? Etait-il vil à ce point? L'avait-il vraiment aimée? Et, pis que tout – *comment tout cela pouvait-il encore avoir de l'importance pour elle?* Elle était certaine d'une chose : elle était aussi coupable que lui, à un détail fondamental près – Cutter n'avait pas laissé mourir Zachary *à cause d'elle* – et c'est de là qu'il faudrait tirer sa force, si cruelles que fussent les questions qui la tourmentaient.

– Maximilienne, répéta-t-elle, veux-tu ce poste?

La tête de Maxi était aussi légère que si elle avait escaladé en hâte un pic rocheux pour respirer profondément l'air des cimes. Elle ne voyait plus rien, sinon l'horizon immense, les panoramas infinis qui s'ouvraient devant elle, l'énormité de la tentation. Elle demeura là un moment, éblouie, puis se força à revenir aux choses pratiques, à la réalité du bureau, essayant de s'imaginer là, chaque jour, faisant face à toutes les décisions, les exigences, les responsabilités, les difficultés qui seraient le lot de quiconque prendrait la direction d'Amberville Publications. Elle comprit tout d'un coup qu'il lui serait impossible de savoir à l'avance ce qui se passerait. Quand elle avait demandé à Cutter, toute joyeuse, de lui abandonner une pauvre chose qui s'appelait *Le Mensuel de la Passementerie,* avait-elle la moindre idée de ce que représenterait le fait de publier *B & B* tous les mois? D'être éditeur? *Présidente de la société?*

– Oh, oui, Mère! *Je le veux!* s'écria-t-elle, du fond du cœur. Elle le voulait, et elle savait que son père l'aurait voulu aussi.

– Très bien. Je suis heureuse, Maximilienne, vraiment heureuse. Jamais je ne te l'aurais proposé, si je ne t'en avais pas crue capable, dit Lily, très calme, mais avec beaucoup de tendresse. Il a toujours été possible de vendre, et c'est encore le cas. J'aimerais pourtant qu'Amberville Publications reste aux mains de la famille. On m'a dit autrefois que j'y avais sacrifié ma vie, que j'avais été privée de ma liberté en venant en aide à ton père pendant qu'il dirigeait ses revues. J'y ai cru. Je pensais que mon droit d'aînesse m'avait été arraché.

Elle se tut un moment, comme si elle réfléchissait au sens exact de « droit d'aînesse ».

– Papa croyait en toi, sinon jamais il ne t'aurait laissé le contrôle de ses affaires. Jamais il n'aurait agi ainsi, s'il pensait que tu n'en étais pas digne.

– Je ne sais pas ce qu'est la dignité, Maximilienne, mais j'ai beaucoup réfléchi hier et je sais maintenant à quel point ses revues ont enrichi ma vie. Elles sont une part de moi-même – une part trop précieuse pour que je me permette de les vendre à des inconnus, de les laisser échapper aux Amberville. J'en suis fière, Maximilienne, *fichtrement fière,* et je veux qu'elles soient meilleures que jamais...

– Mère, l'interrompit Maxi, as-tu la moindre idée...

– Oh que oui. Plus qu'une idée. J'ai passé la matinée avec Pavka. J'ai appris tout ce qui se passait derrière mon dos. C'est terminé. Les directives ineptes ont été annulées. Mais il n'y en a pas encore d'autres. J'attendais de voir ce que tu déciderais. Tu seras la seule à l'avenir à donner des ordres. Tu bénéficieras des conseils de Pavka, mais sans doute devras-tu gagner la confiance des responsables de l'ancienne direction. Quelques-uns t'en voudront peut-être. Je ne me mêlerai de rien – mais tu peux toujours faire appel à moi... pour les rideaux. Je suis très forte en ce domaine.

– Ne dis pas ça ! protesta Maxi. Tu as renoncé à une grande carrière de danseuse étoile. Oh, Mère, tu aurais vraiment pu...

– Pas forcément, murmura Lily avec un petit sourire mystérieux. Pas forcément. Je ne le saurai jamais – je n'aurai jamais à le savoir. C'est le plus important.

Elle hocha la tête, s'arrachant au passé :

– Toutefois, j'ai toujours été la meilleure, question rideaux, et j'entends bien le demeurer. Chaque fenêtre en a besoin faute de quoi ce n'est qu'un simple morceau de verre. Il ne faut jamais sous-estimer l'importance des rideaux.

Lily paraissait très prosaïque, mais il y avait sur son visage ovale une expression pensive et, dans ses yeux gris-bleu et verts, une lueur sombre et triste où s'était réfugiée toute la sagacité qu'elle avait toujours dissimulée et qu'elle partageait désormais avec sa fille – que, pour la première fois, elle admettait dans sa confidence.

– Angelica m'a dit un jour que Papa pensait qu'elle était la seule de la famille qui soit douée pour l'édition, avoua Maxi.

– Il avait tort... même Zachary pouvait se tromper. Même moi, il m'arrive de faire erreur, répondit Lily avec un léger sourire où le soulagement se mêlait à l'auto-ironie.

– Le problème avec toi, Mère, c'est que tu aimes toujours avoir le dernier mot.

– Comme toi.

– Tout à fait. Comme moi. Allez, Mère, embrassons-nous.

– Toby, demanda Maxi, serais-tu vexé si Angelica et moi te quittions? Maintenant que j'ai la sécurité de l'emploi et un salaire régulier, je peux me permettre de payer un loyer. Rien d'extraordinaire, juste un peu plus grand. Davantage de penderies, une chambre plus vaste pour Angelica, de quoi mettre quelques affaires.

– « Quelques »? Tu n'as jamais eu « quelques » affaires.

– Il y a un début à tout. Tu sais que finalement je n'ai rien mis aux enchères? Même les meubles ne sont pas encore vendus. J'ai décidé de ne garder que le peu que j'aime vraiment. Puisque j'ai pris l'habitude de vivre sans tous ces objets, je crois que je vais adopter un style plus dépouillé... juste quelques bibelots merveilleux, tous mis en valeur par l'espace autour d'eux... Naturellement, j'aurai besoin d'un décorateur de premier plan...

– Par pitié, épargne-moi l'exposé de tes projets, supplia Toby. Ne peux-tu en discuter avec Ludwig et Bizet ? Je croyais qu'ils avaient toujours travaillé pour toi.

– Oui, mais je pense que le temps est venu de changer.

– Est-il raisonnable de se charger d'une tâche qui va te prendre tout ton temps et de redécorer un nouvel appartement en même temps ?

– Présenté comme ça, non.

Toby était dans son fauteuil favori, pieds surélevés. Son bras reposait dans une écharpe brodée qu'India, maniant sans pitié une paire de ciseaux, avait taillée dans l'une de ses taies d'oreiller sacrées, tandis que Maxi proposait en vain un plein tiroir de foulards.

– Il faudra pourtant que nous nous en allions maintenant que l'alerte est passée. Angelica en est très malheureuse. Elle se plaît ici, et la Troupe aime beaucoup ta piscine.

– S'ils avaient apporté des serviettes, tout aurait été parfait, mais apparemment ça ne leur est pas venu à l'esprit, dit Toby pensivement.

Maxi ignora sa remarque :

– Je n'ai pas très envie de bouger non plus. C'est si confortable ici... Les restes sont encore meilleurs que les repas... D'ailleurs, tu as raison. Mon travail va tellement m'absorber que je n'aurai pas le temps de chercher un appartement, ni de faire quoi que ce soit avant d'être maîtresse de la situation. Je ferais bien d'y aller très tôt, de veiller très tard, d'y consacrer mes week-ends, et...

– Arrête. Tu vas faire une attaque, interrompit

Toby. Une attaque de stupidité. Cela arrive aux gens qui doivent affronter d'énormes changements dans leur vie, surtout des gens comme toi, pour qui c'est tout ou rien, qui se refusent aux demi-mesures, qui ne peuvent pas faire les choses petit à petit. En ce moment, ce sont les contraintes de ta carrière, tout comme autrefois c'étaient celles de ta recherche du plaisir, ce qui signifie que si tu travailles, ce sera à quelque chose qui te demandera beaucoup et ne te laissera pas un instant de liberté.

– Il se trouve que ce que tu appelles de façon si charmante les contraintes de ma carrière est aussi le plus grand bonheur du monde, s'écria Maxi, scandalisée. C'est de l'analyse à la petite semaine ! Répugnant.

– Puis-je te rappeler que tu as bientôt trente ans...

– Pourquoi faut-il que, tout d'un coup, tout le monde choisisse ce moment pour faire allusion à mon âge ?

– Trente ans, c'est le plus beau moment de l'existence, ce qui, d'après les souvenirs que j'ai de ton passé, plutôt agité, devrait impliquer un besoin, parfaitement normal, d'une présence masculine.

– Les hommes ! grogna Maxi.

– Tu parles comme Papa, intervint Angelica, étendue sur le sol aux pieds de sa mère. Lui dit « les femmes » sur le même ton méprisant. Il ne sort même plus avec elles. Tu te souviens de cette fille dont je lui disais toujours qu'elle sentait la vanille ? Elle a disparu depuis des mois, et en réalité elle n'était pas mal, tant qu'on ne fait pas attention aux odeurs bizarres. Et cette autre, si jolie, dont je lui ai dit que je *savais* instinctivement qu'elle ne lui conviendrait pas ? Il ne l'a plus jamais appelée et, en définitive, elle n'était pas mon genre, c'est tout. Il y en a eu des tas d'autres qui le poursuivaient sans arrêt parce qu'il a du succès – du moins, c'est mon point de vue – ou simplement parce qu'il est beau. Des femmes superficielles. Je n'ai jamais caché mes sentiments à Papa là-dessus, pour qu'il ne coure aucun risque – et voilà qu'il ne voit plus personne. Je lui ai peut-être donné un complexe?

– L'adolescence, dit India, a été inventée en 1905 par un psychologue nommé G. Stanley Hall. Il y a quatre-vingts ans, Angelica, quand personne ne savait encore que ça existait, quelqu'un t'aurait mise au coin ou contrainte à écrire cent fois au tableau noir « Je ne me mêlerai pas de la vie amoureuse de mon père », ou condamnée au pain et à l'eau. Ou au pilori. Ça ne t'aurait pas plu du tout.

– Je ne me mêle de rien, j'ai juste fait des remarques. S'il ne faisait pas attention à moi, comme tous les autres pères, elles ne l'auraient pas influencé. Et « vie amoureuse » est une expression complètement démodée. Il allait les voir, c'est tout.

– *Voir!* grogna Toby avec amertume. Voilà que c'est devenu un mot qui désigne toutes sortes de rapports, de la simple rencontre aux fiançailles. Hier, j'ai appris que Julie Jacobson « voyait » le directeur artistique de *B & B*. Qu'est-ce que ça veut dire? Chaque nuit, chaque soir, deux fois par semaine? Je me demande quel crétin a bien pu inventer une façon aussi tordue d'utiliser un mot!

– Pour Julie et Brick Greenfield je ne suis pas au courant, mais Papa s'en tenait là, répondit Angelica, tandis qu'India et Maxi échangeaient des regards inquiets. Ce n'est pas comme s'il leur avait sauvé la vie et qu'il soit vraiment amoureux, comme toi avec India. De toute façon, il faut que je m'habille. Dunk vient me prendre dans une demi-heure. On va voir une reprise des *Hauts de Hurlevent.*

– Je vais t'aider, dit Maxi en toute hâte, sans tenir compte de l'air surpris d'Angelica. Elle savait s'y prendre, quand même.

– C'est pourtant vrai, dit India au bout d'un moment.

– Tu l'as déjà signalé. Plusieurs fois. T'avoir sauvé la vie fait-il de moi ton prisonnier?

– Si tu étais chinois tu me devrais toutes sortes de choses parce que tu serais désormais responsable de moi, pour ainsi dire.

– Je ne suis pas chinois.

– Non, tu es blessé, répondit-elle, furieuse. Je m'en vais. Je suis lasse qu'on ne fasse pas attention à moi.

– Comment ça? Blessé? Qu'est-ce que ça veut dire?

– Tu es blessé et tu tournes en rond sans but, tu cours si vite que tu ne sens pas la douleur et que tu peux faire semblant de croire qu'elle n'existe pas. Je n'aurais pas cru ça de toi. Tu sembles avoir accepté l'idée de devenir aveugle et tu en feras toujours plus que ceux qui voient. Toujours plus. La cécité a des limites – ça ne pourra jamais être pire. Mais tu as décidé de te retrancher du reste de l'existence. La part la plus difficile, peut-être. La part humaine. Là où je suis. *Tes raisons ne m'intéressent pas.* Ce qui m'importe, c'est ce que je ressens à être amoureuse de toi. Sans espoir. Je ne peux plus le supporter. Je ne veux pas être blessée moi-même.

– Le docteur Florsheim?

– Je ne l'ai pas vue depuis des mois. Mon

analyse est terminée. Je te quitte, Toby. Pour de bon.

– Attends une minute.

– Oui? dit India depuis la porte.

– Tu emportes tes draps? demanda-t-il d'un ton méditatif, presque inquiet.

– Evidemment.

– Les taies d'oreiller? Les petits coussins aux bords festonnés?

– Où veux-tu en venir? Ce n'est pas parce que j'en ai fini avec l'analyse que je dois abandonner ma literie. L'un n'a rien à voir avec l'autre.

– Je ne crois pas que je pourrais dormir ailleurs que dans des draps infroissables, tissés à la main.

Toby sourit comme s'il avait résolu un difficile problème qui le tourmentait depuis des années.

– Oh!

Le cœur d'India se mit à battre si fort qu'elle pensa que même un homme qui y verrait parfaitement pourrait l'entendre.

– Mettons-nous d'accord. Nous nous marions et je prends soin de ton trousseau.

On sentait sous ses paroles négligentes toute la force d'un homme obstiné qui avait fini par changer d'avis.

– Mon trousseau? Tu veux parler de mon linge?

India s'approcha de lui, lentement, avec précaution, pour ne pas révéler le tumulte qui l'envahissait, le tremblement de ses mains.

– C'est la même chose, non?

– Je ne crois pas. Pas du tout. Mon trousseau! s'écria-t-elle d'un air insulté, meilleure comédienne que jamais.

– Alors, marions-nous et dormons dans tes draps.

Il parlait d'un ton aussi résolu que d'habitude,

mais India percevait comme un tremblement dans sa voix.

– Est-ce que je dois prendre ça comme une proposition ?

Elle voulait se moquer, mais échoua tout à fait.

– Ouais.

– Tu ne peux pas faire mieux ?

– Je t'ai sauvé la vie, non ? dit-il, trop impatient pour se montrer galant.

– Tu ne t'en tireras pas comme ça indéfiniment, Toby Amberville, répondit-elle, et la douceur de sa voix démentait ses paroles.

Toby se leva, vint vers elle et, de son bras valide, la tint étroitement serrée contre lui. Il la fixa avec insistance, ses yeux pleins de tendresse étaient plus joyeux que jamais...

– S'il se trouvait une lande non loin d'ici, je t'y emmènerais et je remplirais tes bras de bruyère, je te dirais combien je t'aime, Cathy... mais nous sommes à Central Park. Je t'aime, Cathy, je veux vivre avec toi pour toujours, avoir une dizaine d'enfants et accepter ce que me réserve la vie.

– Espèce d'Heathcliff !

– Dois-je comprendre que ta réponse est oui ?

– Il faut d'abord que j'appelle mon agent, mais... je crois que nous arriverons à quelque chose.

A San Francisco, quinze jours plus tard, Jumbo Booker fut appelé par sa secrétaire :

– M. Amberville est en ligne depuis New York, dit-elle. Dois-je vous le passer ?

Jumbo ne fut pas surpris. Il s'y attendait depuis qu'il avait appris que Cutter avait été chassé d'Amberville Publications. Deux ans s'étaient écoulés depuis qu'il avait quitté Booker, Smity et Jameston, et Jumbo – désormais président de la compagnie – avait perdu presque tout contact avec son ancien employé si ambitieux. Pourtant la nouvelle extraordinaire du départ, aussi brutal qu'inexpliqué, de Cutter lui était parvenue par la rumeur du monde des affaires – une rumeur aussi efficace que celle qui vantait les exploits sexuels de Cutter, du temps de son mariage.

Jumbo savait parfaitement que Cutter n'avait pu retrouver de travail. Il avait eu une dizaine d'entretiens préliminaires, mais sans résultats et, si lui ignorait pourquoi, Jumbo avait sa petite idée là-dessus. Une autre rumeur avait lentement circulé dans les plus hautes sphères de la bonne société de San Francisco et beaucoup de gens influents avaient fini par comprendre que Candice Amberville, la femme de Cutter, s'était suicidée. Un bon nombre d'entre eux avaient deviné pour quelle raison, et de là, bien des commérages étaient parvenus jusqu'à Manhattan – des commérages qui seraient toujours limités à un petit groupe, et ne franchiraient jamais certains cercles; mais si scandaleux, si vils, que quiconque, en les entendant, jurait de ne plus avoir le moindre rapport avec Cutter Amberville.

Le sentiment de supériorité de Jumbo lui interdisait à présent de rendre service à son ancien compagnon de chambre. Il souhaita ne l'avoir jamais connu, jamais fréquenté; il était gênant – pire, honteux – d'être son ami.

– Dites-lui que je n'ai pas l'intention de prendre la communication, Miss Johnson, répondit-il à sa secrétaire.

– Et, s'il veut rappeler, que dois-je faire?

– Lui annoncer que ce n'est pas possible.

– Je ne comprends pas bien, monsieur Booker. Vous serez donc absent toute la journée?

– Non. Je ne veux pas lui parler, ni maintenant

ni plus tard. Ni au téléphone, ni en personne. Et que ce soit bien clair, Miss Johnson.

– Oh! dit-elle, étonnée, et ne sachant que penser.

– Au besoin, montrez-vous brutale. Répétez-lui ce que je viens de vous dire, et raccrochez sans attendre de réponse.

– Monsieur Booker?

– Et si jamais il rappelle, et quelles que soient les circonstances, répétez-lui la même chose.

– Très bien, monsieur Booker. Je m'en souviendrai.

– Merci, Miss Johnson.

Cutter reposa lentement le récepteur. Au cours des humiliations des jours précédents, il s'était retenu d'appeler Jumbo Booker. Il n'avait cessé de compter sur lui, il était certain qu'il lui trouverait un poste, pas l'ancien peut-être, mais, du moins, un autre aussi bien payé. Cutter avait fait gagner de l'argent à Booker, Smity et Jameston, du temps où il travaillait pour eux, il avait toujours eu Jumbo à sa botte, mais il s'était lassé de devoir dépendre d'un homme qu'il connaissait depuis trop longtemps. Après avoir abandonné Amberville Publications, il avait préféré s'adresser à des étrangers plutôt que d'aller voir Jumbo, le chapeau à la main : Jumbo, ce médiocre, ennuyeux comme la pluie, à qui tout était acquis parce qu'il était fils à papa, qui n'avait même pas le courage de l'insulter et s'en était déchargé sur sa secrétaire.

Cutter s'allongea sur le lit de sa chambre d'hôtel. Tout cela était la faute de Zachary, évidemment, comme d'habitude. Zachary, qui avait épousé Lily; qui avait poussé Cutter à partir pour San Francisco; qui l'avait contraint à épouser Candice. Zachary qui était si insupportablement clément, si compréhensif, si peu touché par les révélations sur Lily et Justin. Il avait été nécessaire de l'anéantir, de le laisser mourir. Oui, mourir. Oui, mourir enfin, parce qu'il n'y avait pas d'autre moyen de s'en débarrasser, de se venger de lui. Ce n'était que justice, *et il ne méritait rien d'autre.*

Justin. Hier, dans la rubrique des potins mondains, il avait lu que Justin devait revenir à New York pour faire des photos du mariage de Toby avec cette actrice. Qu'est-ce qu'on disait de lui exactement? « Un Lord Snowdon américain va photographier le mariage de l'année », quelque chose comme ça. Justin, l'enfant que Lily adorait, Justin qui ignorait que son véritable père était toujours vivant, Justin qui lui devait la vie.

Une heure plus tard, on sonna à la porte de Justin qui, allant ouvrir, découvrit Cutter, aussi sûr de lui que s'il était un invité impatiemment attendu. Justin recula, et Cutter en profita pour pénétrer dans le salon.

– Bonjour, Justin, dit-il en lui tendant la main.

Le jeune homme battit en retraite.

– Très bien, Justin. Je comprends que tu sois aussi hostile, crois-moi. Je sais ce qui s'est passé depuis que j'ai eu cette altercation avec ta mère... elle ne veut plus me voir, elle a sans doute dû vous dire à tous des choses qui ne sont pas vraies, et qui vous ont dressés contre moi, mais ce n'est pas sa faute, Justin. Elle a subi un choc très grave, un véritable traumatisme après avoir entendu toutes sortes de mensonges quand nous sommes allés au Canada.

Justin demeura immobile, sans regarder Cutter.

– J'ai décidé de la laisser seule assez longtemps pour qu'elle comprenne que tout ce qu'on lui avait dit ne résisterait pas à l'examen du bon sens ou même à une enquête. Dieu sait qu'elle était libre d'en ouvrir une si elle l'avait voulu. Ecoute-moi, Justin. Je suis venu te parler, parce que je crois que tu es le plus raisonnable et le plus sensible des enfants de Lily et que je suis inquiet pour elle.

Justin recula encore, sans mot dire.

– Très bien. Tu ne veux peut-être pas en discuter, mais moi si. C'est trop important pour laisser les choses en l'état. Cette séparation d'avec ta mère est aussi cruelle pour elle que pour moi. Elle m'aime profondément, Justin, et je l'aime plus qu'elle ne saurait croire. Nous pourrions être heureux ensemble si seulement elle le comprenait. Je sais qu'elle a dit ne plus jamais vouloir me voir, pourtant comme je connais ma Lily, elle doit regretter d'avoir agi sans réfléchir. Mais elle est orgueilleuse et ne voudra jamais faire le premier pas. C'est pourquoi je suis ici. Tu es la seule personne qu'elle écoutera sans préjugés.

Justin lui tourna le dos et regarda par la fenêtre, épaules crispées, tant il faisait d'efforts pour ne pas répondre, pour paraître ne pas remarquer la présence de Cutter.

– Ecoute, Justin, réfléchis à la situation. Ta mère ne va-t-elle pas être très seule sans moi? Il a toujours fallu un homme pour la guider, pour se consacrer à son bonheur, pour la protéger. Dès que mon frère est mort, elle s'est tournée vers moi avec une telle détresse, une telle solitude que j'en ai eu le cœur brisé. Je ne lui ai jamais fait défaut un seul instant.

Cutter s'approcha de la fenêtre puis s'arrêta net quand il vit à quel point le corps mince et nerveux de Justin était tendu dans une attitude de rejet.

– Ecoute, Justin, tu n'es jamais en ville pour plus de quelques semaines de suite. Toby va se marier et sans doute s'établir en Californie, et Maxi sera trop occupée à diriger la société... Qui pourra veiller sur Lily, si je ne suis pas là? Justin, je suis venu te demander de faire quelque chose, pas pour moi mais pour ta mère. Je voudrais que tu ailles la voir pour lui demander de parler avec moi... rien de plus.

Justin quitta la fenêtre, s'empara d'un appareil photo, s'assit et se mit à l'examiner avec attention.

– Je ne t'en veux pas de ne rien vouloir me dire, Justin. Je ne sais pourquoi, nous ne sommes jamais parvenus à avoir des relations cordiales, mais nous devrions être amis depuis longtemps... plus que des amis.

Cutter était debout, face à lui, et lui parlait doucement, comme s'il voulait apaiser un animal sauvage.

– J'ai le *droit* de venir ici pour te parler, Justin. Je ne me serais jamais permis d'empiéter sur ta vie privée, sinon. Je ne t'aurais jamais confié ce que tu vas entendre, si je ne pensais pas que le temps était venu de te dire la vérité, et pourquoi je me sens autorisé à te demander de faire quelque chose pour moi, pour ta mère, et que je ne pourrais demander à personne d'autre dans la famille. Non, Justin, ne hoche pas la tête, ne refuse pas d'écouter, ne m'empêche pas de tout te raconter.

La voix de Cutter se fit suppliante, Justin était toujours assis, tendu, ne regardant que son appareil, faisant usage de toute la concentration que procurent les arts martiaux pour rester totalement immobile.

– Justin... ce n'est pas facile à dire. Je sais combien tu aimes ta mère. Il est impossible de ne pas l'aimer. Il y a des années de cela, quand elle et moi étions très jeunes, quand nous avions vingt-quatre ans – moins que toi –, nous sommes tombés amoureux l'un de l'autre.

Justin lâcha l'appareil qu'il tenait à la main, se

leva et se tourna vers le mur, comme un prisonnier dans sa cellule.

– Nous sommes tombés amoureux, nous nous sommes aimés comme un homme et une femme peuvent s'aimer et nous avons eu un enfant... toi, Justin. Tu es mon fils.

– Je sais, dit Justin, très vite, comme s'il crachait les mots.

– Quoi ? Lily te l'a dit ?

– J'ai lu la lettre que vous lui avez envoyée quand vous l'avez quittée pour partir en Californie. J'ai compris en faisant le rapprochement entre la date et celle de ma naissance. Je n'étais qu'un gamin qui fouillait dans un tiroir, comme le font tous les enfants, et je l'ai trouvée là, cachée. Après l'avoir lue, je l'ai remise à sa place. Elle doit encore y être.

– Mais alors... si tu sais... si tu savais ! Pourquoi n'as-tu jamais... comment as-tu pu... garder ce secret ?

Justin se détourna et se dirigea vers la porte. Il leva enfin les yeux vers Cutter :

– *Zachary Amberville était mon père.* Le seul que j'aie jamais voulu, le seul que j'aie jamais *eu*. Il l'est encore, et il le sera toujours. Allez-vous-en.

– Justin ! Tu connais la vérité, tu ne nies même pas ! Le sang est le sang... *Je suis* ton père, Justin ! Et je suis *vivant*... Cela n'a-t-il donc aucune importance pour toi ?

– Sortez d'ici. Allez-vous-en.

Justin ouvrit la porte et la désigna d'une main qui tremblait. Lentement, à contrecœur, Cutter s'avança, et, comme il passait près du jeune homme, parut hésiter. Puis brusquement, jouant sa dernière carte, il serra son fils dans ses bras.

– NON !

Instinctivement, d'un seul mouvement rapide et puissant, Justin se dégagea et, de toutes ses forces, abattit le tranchant de ses mains sur les bras qui voulaient le retenir. Cutter vacilla en arrière, avant-bras brisés, incapable de se redresser ou de s'appuyer contre le mur.

Comme il tombait dans l'escalier, hurlant de douleur, quelque part au-dessus de lui la porte fut fermée et verrouillée.

28

Quelques jours plus tard, alors que l'agitation suscitée par le mariage de Toby et d'India – prévu pour le week-end suivant – était à son comble, Maxi quitta la maison de son frère sans être remarquée. India, Angelica et Lily étaient trop occupées à parler de ce qu'elles porteraient pour la voir disparaître après dîner, et Toby, afin d'échapper au tapage, avait trouvé refuge dans l'un de ses restaurants.

Maxi – pieds nus dans des sandales, et sans maquillage – avait mis un vieux jean et un T-shirt tout blanc. Un lutin sublime, prêt à la bataille. Elle s'arrêta en route et arriva finalement chez Rocco, portant avec précaution un grand paquet blanc.

– Qu'est-ce qu'il y a dans cette boîte? dit-il, méfiant, comme elle se glissait dans l'appartement. Et pourquoi arrives-tu sans m'avoir appelée? Les New-Yorkais ne font jamais ça. Ils téléphonent d'abord.

– Il fallait que je m'en aille de chez Toby... Ils deviennent tous cinglés là-bas à parler dentelle et satin blanc, toutes ces âneries... Les mariages semblent rendre folles les femmes les plus posées. J'ai pensé que, comme tu étais là ce soir – Angelica me l'a dit –, tu ne te formaliserais pas de me voir pour discuter de certaines choses. Ses rapports avec Dunk, par exemple. Après tout, Rocco, il va être garçon d'honneur quand même.

– Ce n'est pas un engagement pour la vie. (Rocco renifla.) C'est une pizza?

– Oh, une petite. J'ai pensé que tu aurais peut-être faim. Je la mets dans la cuisine?

– Quel genre de pizza?

– Avec tout dessus. T'en ai-je jamais apporté d'autre, Rocco?

Ses yeux d'enchanteresse, ses sourcils sombres et même l'arc de sa lèvre supérieure, tout en elle exprimait un reproche amical.

– Non, je ne crois pas. Tu as toujours été très bonne, de ce point de vue. Une artiste consommée. A propos, félicitations, sincères félicitations. Je crois que tu seras un grand éditeur. Je le pense vraiment. Tu avais besoin de faire bon usage de ton énergie et tu en as enfin trouvé le moyen. Je suis très heureux pour toi, Maxi. Ça va être formidable. Abstiens-toi simplement de créer une autre maquette toute seule.

– Merci, dit Maxi, modeste. Ne pourrions-nous pas manger tant que c'est encore chaud?

– On partage, alors. Dans ce cas, mieux vaut ne pas la réchauffer. Le fromage devient filandreux et la pâte se dessèche. Je n'ai pas dîné, de toute façon. J'étais trop occupé à travailler pour y penser.

Il mit la table sans perdre de temps et coupa de larges tranches dans l'énorme pizza. Pendant un moment, ils mangèrent en silence – ce silence respectueux et affamé qu'exige la bonne pizza, laissant prudemment la croûte pour plus tard, quand il ne resterait rien d'autre. Car Rocco Cipriani n'en avait jamais laissé la moindre part, si décevante fût-elle, et celle-là était de premier ordre. Ils arrosèrent le tout de bière bue à la bouteille. La pile de serviettes en papier placée sur la table diminua de façon appréciable.

– Ce qui est amusant avec la pizza, dit Rocco, c'est qu'on sent son estomac remercier le reste de son corps. Ce n'est pas comme la nourriture habituelle, c'est un peu comme une transfusion. La cuisine des Noirs du Sud doit faire le même effet – mais pas pour moi.

– Moi, c'est les hot dogs des champs de course. Avec des tonnes de moutarde, ces petits pains tout tièdes, et cette saucisse flasque et rose... rien ne les remplacera jamais.

– C'est peut-être une différence religieuse.

– L'enfance, c'est lié à l'enfance. Enfin, je crois.

– Qu'est-ce que tu penses de la soupe ?

– La soupe ? Je n'ai rien contre, mais ça n'est pas franchement ce que je préfère.

– Et si tu étais malade ? Si tu avais froid ou simplement besoin de te réconforter ?

– Et qu'il n'y ait pas d'alcool à proximité ?

– Voilà. Pour une raison mystérieuse, impossible de trouver de l'alcool. Tu te rabattrais sur la soupe ?

– En boîte, alors. Pas quelque chose qu'on fait soi-même parce que c'est bon pour vous. Trop européen.

Rocco se mit à chanter – faux – sur l'air de *I'm in the mood for love* :

– J'ai tant envie de soupe, quand tu es près de moi, chérie, quand tu es près de moi, chérie, j'ai tant envie de soupe.

– Quel est le cadre ? demanda Maxi qui devinait la mise au point d'un spot publicitaire. Rocco n'avait pas pour habitude de fredonner dans la cuisine.

– Des amants, toutes sortes d'amants, de tous âges, de toutes tailles, de toutes formes, blancs, noirs, jaunes, bruns, rouges, extra-terrestres, trois secondes par couple. S'embrassant, se serrant, se caressant, avec Julio Iglesias qui chante.

– On voit le produit?

– Jamais. C'est pour l'Association Américaine de Soupe en Boîte. Ça te plaît?

– C'est très fort. Mais pas Julio... Je l'aime bien, mais son anglais n'est pas très convaincant. Kenny Rogers? Non, trop country. C'est une ballade, et Sinatra est trop évident – sans parler de ce qu'il demanderait comme cachet. Je sais! Tony Bennett!

– Parfait! Romantique, chaleureux, familier – parfait. Alors, l'idée te plaît? Vraiment?

– Ça suffirait à me pousser vers la cuisine, comme un zombi, pour ouvrir la première boîte de soupe qui me tombera sur la main, la chauffer et l'avaler avant que j'aie compris ce qui m'arrive.

Elle lui donna la dernière part de pizza et toutes les croûtes.

– C'est là-dessus que je travaille, dit Rocco entre deux bouchées. Je ne savais pas si les gens aimaient la soupe pour de bon, ou s'ils pensaient tout au plus que ça leur ferait du bien.

– Ça préoccupe vraiment ton commanditaire?

– J'ai besoin de m'investir dans un spot télé avant d'en venir à bout. Et ma mère préparait toujours sa soupe elle-même. Elle ne nous aurait jamais permis de toucher à une boîte, je ne pouvais donc pas me fier à mes propres instincts.

– Ta mère faisait de la soupe extraordinaire. Elle m'avait même donné sa recette pour en faire une au poulet; mais il fallait en acheter un entier, plus un jarret de veau. Je ne me sentais pas prête à ça. Alors je suis allée acheter une boîte de Campbell.

– Ah! Tu n'avais que dix-huit ans, après tout. Ou dix-sept? Je n'ai jamais su au juste.

– Moi non plus. Et je ne sais toujours pas cuisiner.

– Ma mère ne pourrait pas diriger une entreprise de presse. A chacun son métier.

Rocco posa les assiettes dans l'évier et sortit deux autres bouteilles de bière.

– Mais elle faisait son vin elle-même ! J'ai des problèmes avec le contrat Gallo, mais j'en viendrai à bout. Heureusement, elle ne fabriquait ni bière, ni savon, ni voitures. Passons donc au salon. Que penses-tu de Dunk ? Il m'a paru être quelqu'un de bien, quand Angelica l'a traîné de force pour que je le rencontre. On ne peut quand même pas craindre qu'il la séduise ?

– Sans doute pas. Ma mère a remarqué qu'elle n'était pas comme moi à son âge. Plus sage... Je crois que je devrais me détendre.

– Est-ce qu'il t'aurait plu quand tu avais douze ans ? demanda Rocco. Il était devant la fenêtre et regardait Central Park s'étendre devant lui.

– Bien sûr que non. Je t'attendais.

Il y avait beaucoup d'art dans cette simple remarque.

– Même pas de frotti-frotta ? Dunk est très séduisant.

– Jamais de la vie. Pas avec des gamins, répondit Maxi, en contemplant la pièce brillamment illuminée se refléter dans les vitres, comme si elle flottait : l'Isis était suspendue en l'air, intemporelle, royale, et la croupe majestueuse du cheval de la dynastie Han était visible sur une table.

– Tu es le premier homme que j'aie embrassé, ajouta-t-elle au bout d'un instant.

Elle battit des cils jusqu'à ce qu'ils s'emmêlent, mais sans regarder Rocco.

– Oh !

– Tu l'as toujours su.

– Pas du tout. Je pensais que tu avais une

certaine expérience – enfin, pas vraiment, puisque tu étais vierge, mais un peu. Tu étais un sacré numéro, comme on disait autrefois.

– De la frime.

– Non, non, c'est vrai.

– L'expérience – c'était ça la frime. Le reste, c'était toi.

Elle leva la tête et jeta sur lui un regard mutin. Sa bouche de sorcière était légèrement entrouverte. Maxi parut tout d'un coup enfantine, mystérieuse, comme si chaque minute de leur passé commun était abolie, comme s'ils se rencontraient pour la première fois.

– Ah ! Eh bien... merci.

– Rocco.

– Non, Maxi. *Non !*

– Non ? Comment sais-tu ce que je vais dire ? Comment peux-tu être aussi négatif, alors que tu ignores si je vais dire quelque chose qui appelle une réponse ?

– J'ai fait des progrès, avec le temps. Tu débarques chez moi, vêtue comme lors du premier été où nous nous sommes rencontrés, si jolie que c'en est criminel – sauf pour quelqu'un qui te connaît aussi bien que moi. Tu m'apportes une pizza avec tout dessus, tu es si intéressée, si aimable, si désireuse de te rendre utile pour mon spot télé sur la soupe en boîte.... Et tu voudrais que je ne sois pas *certain* que tu me prépares quelque chose ? Une arnaque de grande envergure ? Allez, Maxi, avoue.

– Tu ne crois pas que les gens peuvent changer quand ils deviennent adultes ? Tu ne crois pas que je pourrais tout simplement chercher à avoir de meilleures relations avec le père de ma fille ? Des rapports amicaux, entre deux personnes raisonnables ? La mise à l'écart de toute cette hostilité entre nous ? Un nouveau départ, Rocco, pour que – mis à part Angelica et l'amour que nous lui portons tous les deux –, nous puissions vivre dans la même ville, avec un peu d'amitié et d'estime? Faut-il vraiment que je vienne ici avec autre chose en tête?

– Allons, Maxi, un petit effort. Qui m'a fait chanter, de façon sordide, pour que je réalise la maquette de *B & B*? Qui m'a enivré quand j'avais un rhume de cerveau, et m'a violé trois fois de suite? Enfin... au moins la première fois.

– Absurde!

– Je ne peux peut-être pas le prouver, mais je le *sais.* Tu ne te montres jamais sans vouloir quelque chose. Qu'est-ce que c'est aujourd'hui? Attends, laisse-moi deviner. Pavka doit partir à la retraite dans quelques années et tu veux que je me prépare à lui succéder, c'est ça? J'accepterais volontiers, mais ça voudrait dire travailler pour toi, quelle que soit la liberté que tu m'accordes. Alors c'est non. Pas question. Quoi d'autre encore? Peut-être que...

– Rocco! Tu as parfaitement raison. Je le reconnais. Je suis une tricheuse. C'est ma nature. C'est bien plus drôle d'arriver à ses fins comme ça. On dirait que je ne peux m'empêcher d'altérer la vérité en ma faveur, et, pis encore, je suis parfois furieuse quand je n'obtiens pas ce que je veux.

– C'est à peine croyable.

– Mais j'ai *vraiment* changé. J'ai plus changé pendant l'année qui vient de s'écouler que dans tout le reste de ma vie. J'ai appris tant de choses, Rocco. J'ai découvert que, si je travaille dur, si je m'accroche, si je ne renonce pas, je peux avoir ce que je veux, honnêtement, comme je le veux – si mes amis me viennent en aide.

– Et tu veux que je sois l'un d'entre eux.

– Non.

Elle lui fit face, lui avouant enfin la vérité pure,

le regardant droit dans les yeux, toute conviction, toute résolution, tout feu.

– Je veux que tu m'aimes de nouveau, Rocco.

– Pourquoi ?

Il ne bougea pas d'un pouce. Pensait-elle qu'il lui suffisait de demander pour qu'il se traîne à ses pieds ?

– Tu ne sais donc pas combien je languis de toi ? Oh, Rocco, tout a recommencé comme quand je t'ai vu pour la première fois, et maintenant c'est mille fois pire que lorsque j'avais dix-sept ans. C'est une telle souffrance, un tel besoin – je ne trouve même pas les mots qu'il faudrait. Je ne peux plus supporter que tu ne m'aimes pas.

Il n'y avait plus de ruse dans la voix de Maxi, rien qu'une émotion pure.

– Il n'y a jamais eu d'autre homme auquel j'aie tenu – profondément, sincèrement. Si seulement je t'avais rencontré un peu plus tard ! Je ne me serais pas montrée impossible, je n'aurais pas fait toutes ces erreurs ineptes de gamine riche, ni cette erreur impardonnable – je t'aurais mieux compris, j'aurais vu à quel point tu étais orgueilleux. Nous aurions pu y arriver, nous serions encore ensemble. Rocco, par pitié, donne-moi au moins une chance. Rien qu'une chance, c'est tout ce que je te demande. Comment peux-tu me regarder ainsi, comme si tu ne savais pas ce que je ressens ? Je t'aime si fort que c'en est insupportable.

Il continua de la fixer d'un air impassible, songeant intensément. Tout confirmait ce qu'il savait de cette incroyable créature qu'il n'avait pu oublier, ni remplacer, depuis le jour où leur mariage s'était brisé. Elle l'avait empêché d'en aimer une autre – de façon délibérée, bien sûr. Une fois qu'on avait été amoureux d'elle, impossible de lui échapper, se dit-il. Il ne l'ignorait pas. Maxi avait toujours eu un bon fond. Elle ferait toujours naître des problèmes impossibles, certes, mais rien dont il ne puisse venir à bout. De toute façon – pourquoi jouer au plus fin –, *il l'adorait*. Il vénérait ce merveilleux petit démon et son inépuisable sac à malices. Il était *mort* quand elle avait épousé ces deux crétins. Personne d'autre ne comptait – n'avait jamais compté, ne compterait jamais.

Rocco fut submergé par un tel déferlement de bonheur qu'il put à peine articuler :

– D'accord. Ça me paraît correct.

– Tu me donnes vraiment une chance? s'écria Maxi, prête à défaillir, incapable de le croire. Par où allons-nous commencer? On repart de zéro, comme si nous ne nous connaissions pas?

– Pourquoi faire les choses à moitié? dit Rocco, grand seigneur. Allons-y franchement – remarions-nous. Ne va pas croire que je ne t'aime pas comme un fou, que j'aie jamais cessé de le faire – je ne suis même pas sûr d'avoir essayé. Nous avons gaspillé tant d'années à devenir adultes – ou peut-être le fallait-il? Tu vas venir t'installer ici avec Angelica, et tout de suite. Mais pas de tralala, pas de grand mariage, pas de dentelle, cette fois-ci.

Il la prit dans ses bras, jubilant – un geste qu'il avait refréné depuis longtemps, depuis si longtemps.

– Pas de tralala, promit Maxi. Je n'épouse pas un autre homme de plus.

– Tu m'épouses *moi*. Et pour de bon, pour toujours! Tu épouses l'homme avec qui tu as commencé! dit Rocco, s'abandonnant à la magie de Maxi sans plus regarder en arrière.

– Exact. C'est ce que je dirai à India. Plus jamais d'autre homme, susurra-t-elle, plus sorcière que jamais.

– India? Tu ne veux pas en parler d'abord à Angelica?

– Angelica? Ah oui, c'est vrai. Oui, bien sûr, je

le lui dirai en premier, répondit-elle vaguement, toute à la joie de se retrouver enfin chez elle.

– Si seulement tu ne devais pas retourner chez Toby, pour prendre tes affaires. Tu ne peux pas t'installer ici en jean et en T-shirt, murmura Rocco en la serrant très fort dans ses bras impatients.

Il la souleva et se mit à gravir l'escalier.

– Après tout, tu dois aller travailler demain matin, ma petite Maxi, ma beauté, mon petit éditeur, ma femme.

– Tout ira bien, l'assura-t-elle, souffle coupé, tant il la couvrait de baisers. L'atmosphère là-bas est très détendue.

Il ne semblait pas que ce fût le moment de lui dire qu'Elie attendait patiemment en bas, dans la limousine, avec tous ses bagages. Plus tard – oui, beaucoup plus tard, il serait toujours temps. Ou peut-être... jamais ?

Le Livre de Poche Biblio

Extrait de catalogue

Le LIVRE de POCHE

Miguel Angel Asturias. *Le Pape vert.* 3064
« Le costume des hommes libres, voilà le seul que je puisse porter. »

Adolfo Bioy Casares. *Journal de la guerre au cochon.* 3074
« " Ce n'est pas pour rien que les Esquimaux ou les Lapons emmènent leurs vieux en pleine neige pour qu'ils y meurent de froid ", dit Arévalo. »

Karen Blixen. *Sept contes gothiques (nouvelles).* 3020
« Car en vérité, rêver c'est le suicide que se permettent les gens bien élevés. »

Mikhaïl Boulgakov. *La Garde blanche.* 3063
« Oh ! Seul celui qui a déjà été vaincu sait ce que signifie ce mot. »

Mikhaïl Boulgakov. *Le Maître et Marguerite.* 3062
« Et quelle est votre spécialité ? s'enquit Berlioz.
— La magie noire. »

André Breton. *Anthologie de l'humour noir.* 3043
Allais, Crevel, Dali, Jarry, Kafka, Poe, Sade, Swift et beaucoup d'autres.

Erskine Caldwell. *Les braves gens du Tennessee.* 3080
« Espèce de trousseur de négresses ! Espèce d'obsédé imbécile !... Un baiseur de négresses ! C'est répugnant, c'est... »

Italo Calvino. *Le Vicomte pourfendu.* 3004
« ... mon oncle ouvrait son unique œil, sa demi-bouche, dilatait sa narine... Il était vivant et pourfendu. »

Elias Canetti. *Histoire d'une jeunesse :*
La langue sauvée. 3044
« Il est vrai qu'à l'instar du premier homme, je ne naquis qu'après avoir été chassé du paradis. »

Elias Canetti. *Histoire d'une vie :*
Le flambeau dans l'oreille. 3056
« Je m'incline devant le souvenir... et je ne cache pas les craintes que m'inspirent ceux qui osent le soumettre à des opérations chirurgicales. »